크나우스고르는 숭고한 것을 묵상하는 지적이고
진지한 심미가일 수도 있지만 채플린식의 난처한 실수를 하는
무기력한 바보에 더 가깝다. 그는 하나의 모순덩어리로 자신을 드러내면서
우리도 스스로를 바라보게 한다.
그리고 그것은 놀랍도록 효과가 있다.
영국_가디언

문학의 역할이 당신의 삶으로부터 당신을 구출하고
다른 이의 삶으로 초대하는 것이라면 '나의 투쟁 시리즈'는
진정한 의미의 문학이다.
영국_선데이 타임스

『모든 것을 위한 시간』은 지금까지 시리즈 중
가장 매력적이며 몰입도가 높다.
영국_데일리 익스프레스

거부할 수 없는 매력을 지닌 작품.
영국_파이낸셜 타임스

슬프면서 코믹한 소설이다.
크나우스고르의 순수한 모습을 볼 수 있다.
미국_뉴욕타임스

『모든 것을 위한 시간』을 읽는 것은 크나우스고르와 함께
그의 삶을 경험하는 것과 같다. 그의 글을 읽는 것은 또한 더욱 인간적인 것과
살아 있다는 것의 의미에 대해 더 큰 확신을 가지게 한다.
이 책은 강렬하고 철학적이면서 도발적인 청년의 모습을 훌륭하게 묘사했다.
영국_선데이 비즈니스 포스트

크나우스고르의 손에서는 가장 평범한 것도 가장 생생하고
매력적인 모습으로 변화한다.
덴마크_인포메이션

크나우스고르가 우리에게 보여주려고 하는 것은
그의 본연의 얼굴, 우리의 가장 원초적이고도 보편적인 욕망,
자기 인식을 위한 탐색, 삶을 내 것으로 만들려는 한 인간의 투쟁이다.
영국_가디언

모든 것을 위한 시간

MIN KAMP 4

나의
투쟁
5

모든 것을 위한 시간

칼 오베 크나우스고르 지음

손화수 옮김

한길사

일러두기

• 이 책은 노르웨이에서 발간된 Karl Ove Knausgård의 *Min Kamp* 4(Oslo: Forlaget Oktober, 2010)를
옮긴 것이다.

• 독자의 이해를 돕기 위해 옮긴이가 각주를 넣었다.

나는 항상 어둠을 좋아했다.
어렸을 때는 어둠 속에 홀로 있으면 두려움에
떨었다. 누군가와 함께 있을 때면
어둠 속에서 변해가는
세상을 보면서 행복감을 느끼곤 했다.

여행 가방 두 개가 공항 수하물 수취대 위에서 미끄러지듯 다가왔다. 이사를 하기 위해 짐을 트럭에 싣기 전날, 나는 어머니의 물건 중에서 60년대 말에 구입한 것으로 보이는 낡은 여행 가방을 찾아냈다. 그것은 날렵하고 세련된 신식 디자인이라고는 할 수 없었지만, 내겐 잘 어울렸기에 따로 내어놓은 물건이었다.

벽 쪽에 있는 재떨이에 담배꽁초를 던져놓고 수하물 수취대에서 여행 가방을 들어올린 나는 도착장 밖으로 나갔다.

오후 6시 55분.

느긋하게 담배를 꺼내 불을 붙였다. 서두를 필요는 없었다. 약속도 없었고, 누굴 따로 만나기로 한 것도 아니었다.

하늘엔 구름이 끼어 있었지만 공기는 청명했다. 공항의 해발고도는 그리 높지 않았지만, 주변의 풍경 때문인지 마치 높은 산 위에 올라와 있는 것 같았다. 몇 그루 안 되는 나무들은 키가 작고 구불구불하게 자라 있었으며, 저 멀리 보이는 산꼭대기에는 하얀 눈이 덮여 있었다.

공항버스는 순식간에 사람들로 가득 찼다.

나도 버스를 탈까?

나는 여행길에 오르기 전에 아버지가 마지못해 빌려주었던 돈으로 다음 달 월급날까지 버텨야 한다. 하지만 커다란 여행 가방 두 개에 배낭까지 메고 어디 있는지도 모르는 유스호스텔을 찾아 낯선 도시를 헤매는 것은 새로운 삶을 시작하는 방법으론 그다지 적합하지 않은 것 같았다.

택시를 타야겠다고 마음먹었다.

근처에 있는 패스트푸드 음식점에서 으깬 감자와 소시지 두 개를 사 먹은 나는, 저녁 내내 유스호스텔 방 안에서 시간을 보냈다. 침대 위에 이불을 뭉쳐 등을 받치고, 워크맨으로 음악을 들으며 힐데, 에이릭, 라스에게 편지를 썼다. 그해 여름 사귀었던 리네에게도 편지를 쓰기 시작했지만, 첫 장을 쓴 후에 옆으로 밀쳐놓았다. 옷을 벗고 불을 껐다. 백야 때문에 불을 꺼도 환하긴 마찬가지였다. 햇살을 머금은 주황색 커튼은 사람의 눈동자처럼 보였다.

평소 나는 어디에서든 잠을 자는 데는 문제가 없었다. 하지만 그날 밤은 뜬눈으로 지샜다. 나흘 후면 첫 직장에서 일을 시작할 예정이었다. 나흘 후면, 한 번도 들어본 적 없고, 사진조차 본 적이 없는 노르웨이 북쪽의 작은 해안 마을의 한 학교 교실로 들어서야 했다.

내가 학교 선생님이라니!

크리스티안산 출신의 열여덟 살 청년, 막 고등학교를 졸업하고 집을 나와 독립한 사내, 일을 했던 경험이라곤 저녁 시간과 주말에 목재상에서 아르바이트를 했던 것과, 작은 지역신문사에서 수습기자로 일했던 것, 그리고 방학 때 정신병동에서 잠시 아르바이트를 했던 내가 호피요르 학교에서 담임을 맡게 되었던 것이다.

잠이 오지 않았다.

학생들은 나를 어떻게 생각할까. 첫 수업 시간에는 교실에 들어가 학생들에게 무슨 말을 해야 할까. 동료 교사들은 나를 어떤 눈으로 바라볼까.

복도에서 문이 열리는 소리와 음악 소리, 사람들의 목소리가 들려왔다. 누군가가 나직하게 노래를 흥얼거리며 복도를 걷고 있었다. 뒤를 이어 누군가가 소리쳤다.

"이보세요! 문 좀 닫고 다녀요!"

잠시 후, 복도는 다시 조용해졌다. 나는 침대 위에서 옆으로 돌아누웠다. 한밤이었지만 해가 중천에 떠 있었기에 눈을 붙이기가 더욱 힘들었다. 잠을 잘 수 없다는 생각이 한 번 머릿속에 자리를 잡으니 눈이 더 말똥말똥해졌다.

몸을 일으켰다. 다시 옷을 입고 창가 의자에 앉아 책을 읽기 시작했다. 엘링 옐스비크의『죽음의 질주』.

내가 좋아했던 책들은 따지고 보면 모두 같은 주제를 다루고 있었다. 잉바르 암비외른센의『백색 흑인』, 라스 소뷔 크리스텐센의『비틀스』, 울프 룬델의『잭』, 잭 케루악의『길 위에서』, 휴버트 셀비의『브루클린으로 가는 마지막 출구』, 아게예프의『소설과 코카인』, 핀 알네스의『콜로스』, 앙나르 뮈클레의『루나 부인을 얽맨 동아줄』, 인간의 야만성을 다룬 옌스 비외르네뵈의 시리즈, 클라스 외스테르그렌의『젠틀맨』, 악셀 옌센의『이카로스』, 샐린저의『호밀밭의 파수꾼』, 올라 바우어의『뒝벌의 심장』, 찰스 부코스키의『우체국』. 모두 사회 속에서 자신의 자리를 찾지 못한 젊은 청년이 단조로운 일상과 가족에게서 벗어나 자신만의 삶을 꾸려나가고 싶어 한다는 이야기를 다루고 있었다. 한마디로 말하자면, 평범하고 단조로운 사회를 증오하며 자유를 갈구하는 젊은이들의 이야기다. 그들은 자유롭게 여행을 떠나고 정신을 잃을 때까지 술을 마시고, 책을 읽고, 사랑을 꿈꾸었다.

그들이 원했던 것은 내가 원하는 것과 다르지 않다.

그들이 꿈꾸었던 것은 나도 꿈꾸고 있는 것이다.

이 책들을 읽을 때면 가슴속에 응어리져 있던 동경이 녹아내리는 것 같다가도, 책장을 덮으면 그것들은 다시 먹먹한 덩어리가 되어 나를 덮쳤다. 고등학교를 다니는 동안 나는 내내 이처럼 반복되는 일에서 벗어날 수 없었다. 나는 세상의 모든 권위를 혐오했고, 내가 자란 동시대를 지배했던 물질만능주의적 가치에 저항했다.

고등학교에서 배웠던 것 역시 마찬가지였다. 비록 그것이 문학을 주제로 하는 것이라 해도 말이다. 내가 알고 싶었던 것, 진실에 바탕을 둔 지식, 진정으로 내가 필요로 했던 것은 내가 읽었던 책과 내가 들었던 음악 속에서 모두 찾을 수 있었다. 나는 돈이나 사회적 지위엔 전혀 관심이 없었다. 삶의 진정한 가치는 다른 곳에서 찾아볼 수 있다고 믿었던 것이다.

나는 공부를 계속하고 싶지 않았다. 대학처럼 보수적인 기관에서 공부를 하고 학위를 딸 생각은 전혀 없었다. 나는 단지 유럽 여행을 하고, 바닷가나 싸구려 여인숙 또는 길에서 만난 벗들의 집에서 잠을 자고 싶었다. 끼니를 때우기 위해선 호텔 레스토랑에서 설거지를 하거나 선박의 짐을 싣거나 오렌지 농장에서 과일을 따는 등의 일을 하면 된다고 생각했다.

그해 봄, 나는 유럽 각국에서 찾아볼 수 있는 갖가지 아르바이트 자리를 실은 작은 포켓북을 구입했다. 이 모든 것은, 단지 글쓰기를 위한 일일 뿐이었다. 나는 스페인의 시골 마을에 앉아 글을 쓰고 싶었고, 팜플로나로 가서 소몰이 축제에 참여하고 싶었다. 그리스의 한 섬에서 글을 마무리한 후, 2, 3년 뒤에 배낭에 원고를 넣어 다시 노르웨이로 돌아오고 싶었다.

그것이 바로 나의 계획이었다. 그렇기 때문에 나는 고등학교를 졸업한 후에도 대부분의 또래 아이들과는 달리 군대에도 가지 않았고, 학위를 따기 위해 대학에도 가지 않았다. 대신, 나는 크리스티안산의 구직소에 찾아가 노르웨이 북쪽 도시에 빈 교사 자리가 있는지 알아보았다.

"칼 오베, 교사로 일할 거라는 소문을 들었어. 그게 정말이야?"

그해 여름이 다 갈 무렵, 만나는 사람들은 모두 내게 같은 질문을 던졌다.

"아니야, 나는 작가가 될 거야. 하지만 먼저 돈을 벌어야 해. 1년 정도 일을 하면서 저축한 후에 유럽 여행을 할 생각이야."

그 일은 어렴풋한 생각에 그치지 않고 현실로 다가왔다. 나는 내일 트롬쇠 선착장에 가서 고속 페리를 타고 핀스네스로 간 다음, 거기에서 남쪽으로 좀 떨어져 있는 작은 마을, 호피요르까지 버스를 타고 갈 것이다. 호피요르에 도착하면 학교 경비원이 나를 마중 나오기로 되어 있었다.

잠을 잘 수 없었다.

여행 가방에 넣어온 위스키 병을 꺼낸 다음 욕실에서 유리컵을 가져왔다. 커튼을 옆으로 밀치고 위스키를 컵에 따랐다. 백야로 환한 창밖의 동네를 바라보며 위스키를 한 모금 마시니 술기운에 온몸이 부르르 떨렸다.

다음 날 오전 열 시쯤 눈을 뜨니, 전날의 긴장감과 불안감은 어디론가 사라지고 없었다. 짐을 싸고 로비의 공중전화를 이용해 택시를 불렀다. 나는 건물 밖으로 나가서 여행 가방을 길 위에 내려놓고 담배를 피우며 택시를 기다렸다. 다시 돌아올 기약도 없이 어디론가

13

떠나는 것은 태어나서 처음 경험하는 일이었다. 어머니는 우리가 살던 집을 팔고 푀르데로 이사 갔다. 아버지는 새 아내와 함께 북부 지방으로 이사 갔고, 윙베 형은 베르겐에 살고 있다. 나는 지금 난생처음으로 장만한 내 집으로 가는 길이다. 난생처음으로 그럴싸한 직장을 얻어 내 힘으로 돈을 벌게 되었다. 이젠 그 누구의 도움도 받지 않고 홀로 살아가게 된 것이다.

뿌듯하기가 이루 말할 수 없었다!

오르막길을 올라오는 택시가 보였다. 나는 담배를 길바닥에 던지고 발로 꾹꾹 눌러 불을 껐다. 나이 지긋한 백발의 운전기사가 차에서 내려 트렁크를 열어주었다. 몸집이 통통한 그는 목에 굵직한 목걸이를 두르고 있었다. 나는 트렁크에 짐을 넣었다.

"선착장으로 가주세요."

나는 뒷좌석에 앉으며 말했다.

"선착장이 꽤 넓은데…"

그가 나를 돌아보며 말했다.

"핀스네스로 가는 고속 페리를 타려고 하는데요."

"아, 그렇다면야. 진작 그렇게 말할 것이지…"

택시는 내리막길을 달리기 시작했다.

"그곳에서 학교를 다닐 겁니까?"

그가 내게 말을 걸었다.

"아닙니다. 거기서 다시 버스를 타고 호피요르로 가야 합니다."

"오, 그래요? 고기를 잡으러 가는 건가요? 아니… 손님은 어부처럼 보이진 않는데요?"

"사실은 그곳에서 교사로 일할 예정입니다."

"아, 그렇군요. 교사 중에는 남부 지방에서 온 사람이 많죠. 그런데 교사로 일하기엔 너무 젊어 보이는데요? 최소 열여덟 살은 되어야 하지 않나요?"

그가 웃음을 터뜨리며 백미러로 나를 흘낏 쳐다보았다.

나도 덩달아 웃음을 터뜨렸다.

"올여름에 고등학교를 졸업했습니다. 아무것도 하지 않는 것보다는 나을 것 같아서요."

"그렇겠죠."

그가 잠시 후 말을 이었다.

"하지만 그곳의 학생들을 한번 생각해보세요. 고등학교를 갓 졸업한 선생님이라니… 그것도 해마다 선생님이 바뀐답니다. 그러니 아이들이 9학년을 마치면 바로 고기잡이 어선을 타고 바다로 나가는 것도 이상한 일은 아니죠."

"그렇군요. 하지만 그건 제 잘못이 아니잖습니까."

"하하, 물론 손님 잘못이라고는 할 수 없지요! 사실, 공부하는 것보다 고기를 잡는 일이 더 좋을 수도 있어요. 서른이 될 때까지 책상 앞에 앉아서 공부한다면 얼마나 지루하겠어요."

"네… 저는 공부를 계속할 생각은 없습니다."

"하지만 교사로 일할 거잖아요!"

그가 다시 백미러로 나를 훔쳐보았다.

"네, 그렇습니다."

얼마간 침묵이 흘렀다. 그가 기어에 얹었던 손을 들어올려 창밖을 가리켰다.

"저 밑에 고속 페리 선착장이 있습니다."

그가 터미널 앞에 차를 세우고 여행 가방을 꺼내주었다. 나는 그에게 돈을 건네주었다. 택시를 타고 오는 동안 나는 택시기사에게

팁을 얼마나 주어야 할지 곰곰히 생각해보았다. 이렇다 할 답을 얻지 못했던 나는, 잔돈을 넣어두라는 말로 문제를 해결했다.

"감사합니다! 앞날에 행운이 있길 바랍니다!"

40크로네가 순식간에 사라져버렸다.

택시가 모퉁이를 지나 사라진 후, 나는 그 자리에 서서 남은 돈을 세어보았다. 결코 낙관할 수 없었다. 월급을 선불로 받을 수는 없을까. 일을 시작하기 전엔 돈이 없는 것은 당연한 일이니, 그들도 이해해주지 않을까.

몇 시간 후 작은 빵집에서 커피 한 잔을 마시며 버스가 오기를 기다리던 나는, 서둘러 지은 듯한 밋밋한 콘크리트 건물들이 양쪽에 늘어선 중심 도로와 저 멀리 보이는 황량한 산봉우리만 본다면 핀스네스는 알라스카나 캐나다의 한 작은 마을과 다름이 없다고 생각했다. 시내 중심이라 이름 붙일 수 있는 곳도 없었다. 마을은 너무나 작아서 마을 전체를 시내라 해도 좋을 것 같았다. 도시의 분위기는 내가 자랐던 도시의 익숙한 분위기와는 너무나 달랐다. 규모가 작기 때문일 수도 있었지만, 도시를 아름답고 보기 좋게 꾸미기 위해 신경 쓴 듯한 느낌이 전혀 없었기 때문이다. 대부분의 도시들은 앞면과 뒷면이 존재하기 마련이다. 하지만 핀스네스에는 앞면과 뒷면이 존재하지 않았다.

빵집에 들어서기 전 바로 옆에 있는 서점에서 구입한 책 두 권을 뒤적거렸다. 그 하나는 내겐 낯선 작가 로이 야콥센이 쓴 『새로운 물결』이었고, 다른 하나는 몇 년 전에 눈여겨본 밴드에서 음악을 연주하기도 한 모르텐 외르겐센이 쓴 『머스터드 외인구단』이었다. 책을 사기 위해 돈을 쓰지 않았다면 좋았을텐데… 하지만 나는 작가가 되

16

기로 결심한 사람이다. 그렇다면 최소한 동시대 문단의 흐름을 읽기 위해서라도 책을 읽어야만 한다. 나도 그들처럼 책을 쓸 수 있을까? 책을 뒤적이는 내 머릿속에는 그 질문이 떠나지 않았다.

버스가 왔다. 담배를 한 대 더 피운 나는 여행 가방을 버스 짐칸에 넣고 버스 운전기사에게 돈을 지불한 다음, 호피요르에 도착하면 내게 알려달라고 부탁했다. 나는 버스를 탈 때면 항상 그러하듯, 제일 뒷줄에서 한 칸 앞자리에 자리를 잡고 앉았다.

중앙 통로를 사이에 둔 대각선 앞쪽 좌석에는 예쁘장한 금발의 소녀가 앉아 있었다. 나보다 한두 살 더 많아 보였다. 그녀의 옆자리에 놓인 가방으로 보아, 나는 그녀가 핀스네스에서 학교를 다니다가 주말이 되어 집으로 가는 중이라 짐작했다. 그녀는 내가 버스에 오를 때부터 내게 눈길을 던졌다. 운전기사가 기어를 넣고 덜컹거리는 버스를 출발시키자, 그녀가 살짝 고개를 돌려 나를 쳐다보았다. 그녀의 눈길은 내게 오래 머물지 않았지만, 내 아랫도리를 발기시키기엔 충분했다.

나는 헤드셋을 끼고 워크맨에 카세트테이프를 넣었다. 더 스미스 The Smiths의 「여왕은 죽다」The Queen is Dead. 나는 괜히 끈덕지고 귀찮은 사람처럼 보일까봐 그녀에겐 눈길도 돌리지 않고 창밖만 내다보았다. 몇 킬로미터가 지나자 버스에 있던 승객 반 이상이 내렸다.

버스는 다시 황량하게 쭉 뻗은 도로를 달렸다. 핀스네스를 덮은 하늘은 창백한 빛을 띠고 있었고, 하늘 아래 도시 또한 무채색으로 가득했다. 그럼에도 구름 사이로 간간이 보이는 하늘의 푸른색은 그 어느 곳보다 더 푸르고 깊은 색을 띠고 있었다. 남서쪽 봉우리 위에 나직이 태양을 얹은 가파른 산은 그 밑에 자리하고 있을 바다를 감추고 있었다. 산등성이에는 다양한 붉은색을 띤 이름 모를 꽃들이 피어 있었고, 도로 옆에는 거의 보라색이라 해도 좋을 만큼의 짙은 색깔의 꽃들이 햇살을 받아 반짝였다. 그곳에서 자라는 나무들은 대부분 구불구불하게 자란 소나무와 난쟁이 자작나무였다. 내가 앉은 쪽의 창으로는 그다지 가파르지 않은 푸른 산을 향해 계곡이 뻗어 있었고, 반대쪽 창으로는 그리 높진 않지만 알파인산을 연상시키는 가파른 산이 자리하고 있었다.

사람과 집은 하나도 볼 수 없었다. 하지만 나는 이곳에 새로운 사람들을 만나러 온 것이 아니라 글을 쓰기 위해 찾아왔다. 글을 쓸 생각을 하니 마치 전기에 감전된 것처럼 온몸이 부르르 떨렸다. 설레는 기분을 억누르기가 쉽지 않았다.

나는 그곳을 향해 가는 중이다. 그곳을 향해.

음악에 파묻혀 두어 시간을 보내고 나니 저 앞에 팻말이 보였다. 팻말에 적힌 글자의 길이로 미루어보아 호피요르라고 적혀 있는 게 틀림없었다. 팻말의 화살표는 산속을 가리키고 있었다. 그곳에는 동굴이라 해도 좋을 만큼의 조악한 터널이 자리하고 있었다. 벽은 터널을 뚫고 난 후 전혀 뒷손질을 하지 않은 듯 울퉁불퉁했고, 천장에서는 물이 줄줄 흘러내려 버스 운전기사는 와이퍼를 작동시켜 창을 닦아야만 했다.

버스가 터널을 통과하자 나는 큰 숨을 들이쉬었다. 나무라곤 한 그루도 보이지 않는 가파른 두 산 사이에는 비좁은 피요르가 흐르고 있었고, 저 앞에는 푸른색 평원, 아니 푸른 바다가 자리하고 있었다.

오!

도로는 산등성이 바로 아래쪽에 바짝 붙어 있었다. 나는 그곳의 풍경을 더 자세히 보기 위해 자리에서 일어나 반대쪽 좌석으로 옮겨갔다. 금발의 소녀가 창문에 얼굴을 붙이고 앉아 있는 나를 돌아보며 미소를 지었다. 산 아래쪽 반대편에는 작은 섬이 보였다. 그 섬의 한 중앙에는 집들로 빽빽했고, 가장자리는 텅 비어 황량하기 그지없었다. 적어도 버스에서 바라본 섬의 풍경은 그러했다. 방파제 안쪽에는 고기잡이 어선이 정박해 있었다. 산은 거기서부터 약 1킬로미터쯤 더 뻗어 있었다. 안쪽은 무성한 녹색 숲을 이루고 있었지만, 바다로 이어져 있는 바깥쪽의 가파른 경사 지역에는 회색 자갈과 바위뿐이었다.

버스는 다시 동굴 같은 터널로 진입했다. 터널을 벗어나니 완만한 경사를 지닌 계곡과 함께 작은 마을이 보였다. 그곳이 바로 내가 앞으로 살 곳이었다.

세상에!

이렇게 아름다울 수가!

동네에 있는 대부분의 집들은 U자를 이루며 모여 있었고, 길 아래쪽 선착장 앞에는 공장 같은 건물이 보였다. 건물 뒤 바다 위에는 수많은 배가 떠 있었다. U자로 형성된 동네 끝부분에는 교회가 보였다. 길 위쪽에는 나직한 아파트가 있었고, 그 뒤쪽에는 갖가지 덤불과 잡초, 난쟁이 자작나무가 계곡이 끝나는 곳까지 빽빽하게 이어져 있었다. 길 양옆에는 커다란 산이 우뚝 서 있었다.

그것뿐이었다.

아니, 그건 사실이 아니다. 터널이 끝나는 곳, 길 아래쪽과 위쪽이 만나는 곳에는 커다란 건물 두 채가 나란히 자리하고 있었다. 보아하니 그 건물은 학교가 틀림없었다.

"호피요르!"

버스기사가 소리쳤다. 나는 헤드셋을 주머니에 넣고 버스 앞쪽으로 걸어갔다. 기사는 나를 따라 내려서 트렁크를 열어주었다. 내가

19

고맙다고 말하자, 기사는 천만의 말씀이라고 말하며 웃음기 없는 표정으로 무덤덤하게 말한 후, 다시 운전석에 앉았다. 잠시 후, 버스는 머리를 돌려 온 길을 되돌아가 터널 안으로 사라졌다.

양손에 여행 가방을 하나씩 들고 등에는 커다란 배낭을 멘 나는 먼저 길 위쪽을 살펴보았다. 아무도 보이지 않았다. 길 아래쪽으로 고개를 돌렸다. 신선하고 소금기가 배어 있는 짭짤한 공기를 깊이 들이마시면서 만나기로 약속한 학교 경비원을 찾아 두리번거렸다.

버스 정류장 앞에 자리한 건물의 문이 열렸다. 티셔츠와 조깅 바지를 입은 키가 작은 남자가 모습을 드러냈다. 그가 발걸음을 옮기는 방향으로 미루어보아, 내가 찾는 사람이 틀림없다고 생각했다.

양쪽 귀를 둘러싼 한줌의 머리숱을 제외하면, 그는 대머리라 해도 좋았다. 표정은 부드럽고 얼굴 윤곽은 뚜렷했다. 하지만 안경 너머로 보이는 두 눈은 조그맣고 날카로워서 얼굴의 나머지 부분과 왠지 어울리지 않는 것 같았다.

"크나우스고르 씨?"

그가 내 눈을 쳐다보지도 않고 손을 내밀었다.

"네, 맞습니다."

나는 그의 손을 잡았다. 그의 손은 작은 동물의 메마른 앞발을 떠오르게 했다.

"코르넬리우센 씨?"

"그렇습니다."

그가 미소 짓는 얼굴로 양팔을 활짝 벌려 동네를 가리켰다.

"어떻습니까?"

"뭐가요? 호피요르를 말씀하시는 겁니까?"

"좋지 않습니까?"

"네, 그러네요. 매우 좋아 보입니다."

그가 몸을 돌려 손가락으로 위쪽을 가리켰다.

"당신 집은 저기에 있습니다. 우린 이웃이에요. 나는 바로 저기에 삽니다. 저기 저 집 보이죠? 이제 당신이 살 집에 가볼까요?"

"네, 그런데 제 짐은 도착했습니까?"

그가 고개를 저었다.

"아직 도착하지 않았습니다."

"그렇다면 월요일에 도착하겠군요."

나는 그의 옆에 서서 나란히 걸으며 말했다.

"내가 들은 바로는 우리 집 막내가 당신에게서 배우게 될 것 같더 군요. 스티그라고 합니다. 4학년이죠."

"자제분이 많은가요?"

"넷입니다. 요한네와 스티그는 여기 살고, 토네와 루벤은 트롬쇠 에서 살고 있죠."

나는 발걸음을 옮기며 동네를 둘러보았다. 가게로 보이는 듯한 건 물 앞에 사람들이 모여 있었다. 주차장에는 차도 두 대 세워져 있었 다. 길 위쪽의 창고 건물 앞에는 자전거 몇 대가 세워져 있었다.

피요르 저 멀리서 보트 한 척이 육지를 향해 들어오고 있었다.

방파제 위에는 갈매기 몇 마리가 앉아 있었다.

그 외에는 아무것도 눈에 띄지 않았다.

"이 동네의 인구는 얼마나 됩니까?"

"약 250명 정도 됩니다. 물론 타지에서 학교에 다니는 젊은이들 까지 생각한다면 그 수가 조금 달라질 수도 있겠죠."

우리는 검은색 방수 페인트칠을 한 70년대 건물의 테라스 뒤쪽에 자리한 출입문 앞에서 걸음을 멈추었다.

"여깁니다. 들어오세요. 문은 열려 있을 겁니다. 열쇠는 지금 바로 드릴게요."

나는 문을 열고 안으로 들어가, 여행 가방을 바닥에 내려놓고 그가 건네주는 열쇠를 받아들었다. 집 안에서는 한동안 사람이 살지 않은 듯 습기 찬 곰팡이 냄새가 희미하게 코를 찔렀다.

반쯤 열린 문을 밀고 거실로 들어가 보았다. 바닥에는 주황색 카펫이 깔려 있었다. 짙은 갈색 책상과 같은 색 탁자, 그리고 짙은 색 나무에 갈색과 주황색 쿠션을 얹은 소파가 있었다. 북쪽 벽에는 빗장 없는 커다란 창문이 두 개 있었다.

"꽤 좋은데요."

"주방은 저기에 있습니다."

그가 작은 거실 끝 쪽에 자리한 문을 가리킨 후 몸을 돌리고 말을 이었다.

"그리고 침실은 저기 있습니다."

황금색, 갈색, 흰색이 섞인 주방의 벽지는 70년대에 유행하던 것이었다. 주방 창문 밑에는 작은 식탁이 있었고, 구석에는 냉동고를 포함한 작은 냉장고가 서 있었다. 얇은 래미네이트 합판으로 만든 조리대 옆에는 싱크대가 있었고, 바닥에는 회색 리놀륨이 깔려 있었다.

"이제 침실을 볼까요?"

내가 침실을 둘러보는 동안, 그는 문 앞에 서 있었다. 바닥에 깔린 카펫은 거실의 카펫보다 어두운 색이었고, 벽지는 거실보다 옅은 색이었다. 침실에는 집 안의 다른 가구들과 같은 재질로 틀을 짠 널찍한 침대 하나밖에 없었다. 티크 원목 또는 인조 티크처럼 보였다.

"아주 좋습니다! 마음에 들어요."

"침구는 가져왔습니까?"

나는 고개를 저었다.

"비행기로 다른 짐과 함께 부쳤어요."

"그렇다면 짐이 도착할 때까지 제가 침구를 빌려드릴게요."

"감사합니다."

"곧 침구를 가져오겠습니다. 만약 궁금한 것이 있으면 언제든지 찾아오세요. 이곳에선 모두 가족처럼 지내니까요."

"아, 네. 감사합니다."

나는 창가에 서서, 그가 걸어가는 모습을 지켜보았다. 그의 집은 우리 집에서 20여 미터밖에 떨어져 있지 않았다.

우리 집. 내 집!

세상에! 내게 집이 생겼다니!

나는 경비원이 침구를 들고 되돌아올 때까지 집 안을 왔다 갔다 하면서 서랍을 열어보고 장 속을 살펴보았다. 그가 돌아간 후, 나는 여행 가방을 열고 짐을 정리했다. 옷 몇 벌, 수건, 타자기, 책, 글을 쓸 종이. 나는 책상을 거실 창 아래로 옮기고, 그 위에 타자기를 올려놓았다. 램프를 옆으로 치우고 창틀에 책을 나란히 얹어놓았다. 오슬로에서 구입한 후 정기구독을 하려고 마음먹은 문학 월간지 『빈두에』*Vinduet*도 함께 꽂아놓았다. 그 옆에는 내가 가져온 스무 개 정도의 카세트테이프를 나란히 얹어놓았고, 책상 옆 종이 뭉치 옆에는 워크맨과 보조 배터리를 함께 놓아두었다.

책상 위를 정리한 나는 가져온 옷을 침실의 옷장 속에 차곡차곡 넣어두고, 제일 위쪽 선반에 빈 여행 가방을 올려놓았다. 더는 할 일을 찾지 못한 나는 방 한가운데 우두커니 서서 무엇을 할까 생각에 잠겼다.

문득 누군가에게 전화를 걸고 싶은 마음이 생겼다. 내가 도착했다는 것을 알리고 싶었다. 하지만 집 안에는 전화가 없었다. 밖에 나가서 공중전화를 찾아볼까.

배가 고팠다.

길 위쪽에 허름한 패스트푸드 음식점이 있는 것 같던데, 그곳으로 가볼까. 적어도 집 안에서는 더는 할 일이 없었다.

나는 욕실의 거울 앞에 서서 검은색 베레모를 썼다. 대문 앞 계단에서 잠시 걸음을 멈추고 동네 아래쪽 길을 내려다보았다. 동네는 한 번만 둘러보면 전체를 다 볼 수 있을 정도로 작았다. 숨을 곳도 찾을 수 없었다. 위쪽은 자갈길, 아래쪽은 아스팔트로 이루어진 골목길을 걷다보니 벌거벗은 듯한 느낌이 들었다.

열다섯 살쯤 되어 보이는 소년들이 패스트푸드 음식점 앞에 모여 있었다. 대화를 주고받던 그들은 내가 가까이 다가가자 말을 멈추었다. 나는 그들에게 눈길도 주지 않고 지나친 후, 계단을 올라 베란다처럼 보이는 곳으로 갔다. 늦은 여름 저녁의 햇살을 받아 황금색으로 반짝이는 작은 창문 안으로 머리를 쑥 집어넣었다.

창문에는 오래도록 닦지 않은 듯 기름때가 끼어 있었다. 안쪽에는 음식점 앞에 모여 있던 아이들과 비슷한 나이 또래의 소년이 서서 주문을 받고 있었다. 그의 뺨에 살짝 드러난 검은색 수염 두 오라기가 눈에 띄었다. 그의 눈동자는 갈색이었고, 머리는 검은색이었다.

"햄버거랑 콜라 하나."

나는 주문을 하면서 등 뒤에서 아이들이 중얼거리는 소리에 귀를 기울였다. 혹시 내 이야기를 하는 건 아닐까. 그런 것 같진 않았다. 나는 담배를 피워 물고 테라스를 서성거리면서 음식이 나올 때까지 기다렸다. 주문을 받은 소년이 손잡이가 달린 작은 철망에 생감자칩을 담아 펄펄 끓는 기름 속에 넣었다. 기름이 지글지글 끓는 소리와 등 뒤에서 중얼거리는 아이들의 목소리 외에는 아무 소리도 들리지 않았다. 피요르 건너편 섬에 자리한 집에서 불빛이 반짝였다. 수평선 쪽으로 나아갈수록 점점 높아지는 하늘은 푸르스름한 회색을 띠고 있었지만, 어둠과는 거리가 멀었다. 그곳을 둘러싼 정적은 무겁다기보다는 활짝 열린 듯한 느낌을 주었다.

정적은 누구에게 열려 있는 것일까. 무슨 이유에선지 우리에게 열려 있는 것은 아닌 것 같았다. 정적은 지구에 인간이 존재하기 전부터 있었으며, 인간이 사라진 후에도 그 자리에 남아 있을 것이다. 바다를 코앞에 둔 산봉우리 사이에 자리 잡은 오목한 접시 같은 이 마을에도.

저 바다는 어디로 이어져 있을까. 미국? 뉴펀들랜드?

그렇다. 뉴펀들랜드로 이어져 있을 것이다.

"햄버거 나왔습니다."

소년이 스티로폼 상자 속에 햄버거와 채소, 토마토 4분의 1, 감자칩을 담아 작은 창문 너머로 건네주었다. 나는 돈을 지불하고 상자를 집어든 후 몸을 돌렸다.

"혹시, 새로 오신 선생님인가요?"

자전거 핸들에 기대어 서 있던 한 소년이 내게 말을 걸었다.

"응."

"그렇다면 우리를 가르치겠군요."

소년은 길바닥에 침을 뱉고 나서 야구 모자를 고쳐 썼다.

"우린 9학년이에요. 그리고, 얘는 8학년이에요."

"오, 그러니?"

"네. 남부 지방에서 오셨나요?"

"응, 맞아."

"그렇군요."

그가 고개를 끄덕였다. 마치 이제 취조를 마쳤으니 내게 돌아가도 된다고 말하는 것 같았다.

"너희들 이름은 뭐니?"

"때가 되면 알게 될 거예요."

소년이 대답했다.

아이들이 웃음을 터뜨렸다. 나는 아무렇지 않은 듯 미소를 지었지만, 그들 앞을 지나칠 때 마치 바보가 된 것 같은 느낌을 지울 수가 없었다. 마치 그에게 허를 찔린 것만 같았다.

"선생님 이름은 뭔가요?"

그가 내 등 뒤에 대고 소리쳤다.

나는 걸음을 멈추지 않고 고개만 돌려 대답했다.

"미키. 미키 마우스."

"하하, 코미디언 아냐?"

그가 소리쳤다.

햄버거를 먹은 나는 옷을 벗고 침대에 누웠다. 밤 9시였지만, 창밖은 구름 낀 날의 오후처럼 환하기만 했다. 공기 중에 숨어 있는 정적 때문에 내가 몸을 움직일 때마다 나는 소리는 더욱 크게 들렸다. 너무나 피곤했지만, 전날 저녁처럼 잠에 빠지기까지는 몇 시간이나 걸렸다.

한밤중에 나는 문소리에 잠을 깼다. 위층에서 발소리가 들렸다. 잠에 취해 있던 나는 그곳이 튀바켄에 있는 아버지의 서재이며, 위층에서 나는 발소리는 아버지의 것이라고 생각했다. 도대체 내가 왜 여기 있지? 제대로 생각을 하기도 전에 나는 다시 어둠 속으로 빠져 들었다. 다시 잠에서 깼을 때, 나는 공황상태에 빠졌다.

여기는 어딜까.

튀바켄에 있던 우리 집? 트베이트에 있던 우리 집? 윙베 형의 자취방? 트롬쇠의 유스호스텔?

침대에서 일어났다.

사방을 두리번거려 보았지만, 내 시선을 고정시킬 만한 것은 아무 것도 찾을 수 없었다. 내 눈에 보이는 것은 모두 낯설기만 했다. 마치 미끈미끈한 벽에서 떨어져 내리는 것 같았다.

순간, 정신이 번쩍 들었다.

호피요르. 그곳은 호피요르였다.

다시 침대에 누워 그곳에 도착하기까지의 여정을 머릿속으로 되 짚어 보았다. 창밖의 동네 정경과 나란히 서 있는 집 안에 사는 낯 선 사람들을 떠올리니 기대감과 두려움, 불안함이 동시에 스멀스멀 자라기 시작했다. 몸을 일으켜 코딱지처럼 작은 욕실로 가서 샤워 를 하고 실크처럼 부드러운 녹색 셔츠, 폭이 널찍한 검은색 면바지 를 입었다. 창가에 서서 가게 쪽을 내려다보았다. 내일 아침에 먹을 음식을 사러 그곳에 가야 하지만 당장은 집 밖으로 나가고 싶지 않 았다.

가게 앞 주차장에는 여러 대의 차가 주차되어 있었고, 삼삼오오 짝을 지어 대화를 나누는 사람들도 보였다. 쇼핑백을 들고 가게문을 나오는 사람들도 눈에 띄었다.

어차피 해야 할 일이니 후딱 해치우는 것도 좋을 것 같았다.

나는 현관으로 나가서 코트를 걸쳐 입고 베레모를 쓰고 하얀 농구

27

화를 신은 후, 거울 앞에 서서 내 모습을 찬찬히 살펴보았다. 베레모를 살짝 고쳐 쓴 후 담배를 입에 물고 문을 나섰다.

하늘은 어제와 마찬가지로 부드러운 회색빛을 담고 있었다. 피요르 반대쪽에 자리한 산들은 가파르게 하늘을 향해 솟아 있었다. 왠지 너무나 야만적으로 보였다. 용서나 배려라곤 전혀 찾아볼 수 없는 잔인함과 주변에서 무슨 일이 벌어지더라도 전혀 신경을 쓰지 않을 것 같은 무심함도 느낄 수 있었다.

가게 앞에는 다섯 사람이 서 있었다. 그중 두 사람은 50대 정도로 꽤 나이가 들어보였고, 세 사람은 나보다 몇 살 더 많아 보였다.

그들은 저 멀리서 걸어오는 나를 지켜보고 있었다. 그들의 눈을 피할 길은 없었다. 이 동네에선 긴 검은색 코트를 입은 낯선 남자가 골목길을 걷는 모습을 그리 자주 볼 수 없을 것이라는 생각이 들었다.

나는 담배를 힘껏 빨아들였다. 너무나 힘껏 빨아들이는 바람에 필터가 뜨거워질 정도였다.

가게 문 양옆에는 『VG』 신문사의 하얀 선전용 깃발이 자리하고 있었다. 나란히 보이는 창에는 세일 물품을 손으로 적은 녹색과 주황색 종이가 붙어 있었다.

이제 약 15미터만 가면 그들 앞을 지나치게 될 것이다.

그들에게 인사를 건네야 할까? 호의를 담은 미소를 띠며 인사하는 것이 좋을까? 걸음을 멈추고 그들과 함께 대화를 나누어야 할까? 이곳에 새로 부임한 교사라고 나를 소개하며 가벼운 농담도 주고받아야 할까?

한 명이 나를 흘깃 쳐다보았다. 나는 보일 듯 말 듯 살짝 고개를 숙여 인사를 건넸다. 그는 내게 인사를 되돌려주지 않았다.

혹시 그가 못 보았던 것은 아닐까? 나의 고갯짓이 눈에 띄지 않을 정도로 작았기에 그들은 내가 단지 목 위에 얹어놓은 머리의 위치를 살짝 고쳐놓거나 작은 경련을 일으켰다고 생각했던 것일까?

그들의 시선이 마치 날카로운 칼날처럼 나를 후벼 팠다. 가게문 앞에 이른 나는 담배꽁초를 길에 던지고 발로 꾹꾹 눌렀다.

꽁초를 그대로 길 위에 버려두어도 될까? 아니, 허리를 굽혀 꽁초를 집어 들어야 할까? 꽁초를 집어 올리면 지나치게 꼼꼼한 사람으로 보이지 않을까?

젠장. 나는 꽁초를 그 자리에 버려두었다. 그들은 분명 어부들일 것이다. 담배를 피운 후 꽁초를 아무 곳에나 휙 던지는 사람들이 틀림없다!

문을 열고 들어가 빨간 쇼핑 바구니를 집어들고 진열대 사이를 걸었다. 서른다섯 살 정도로 보이는 통통한 여자가 소시지를 손에 들고 딸로 보이는 아이에게 무슨 말인가를 하고 있었다. 가냘프고 키가 큰 아이는 입을 비쭉 내밀고 불만이 가득한 표정을 짓고 있었다. 여인의 다른 쪽 옆에는 열 살 정도 된 소년이 진열대를 휘저으면서 무언가를 찾고 있었다. 나는 통밀빵과 알리* 한 봉지, 얼그레이 차 한 봉지를 바구니에 넣고, 반대편 진열대를 향해 갔다. 아이들이 내 뒤를 따라왔다. 나는 느긋하게 가게 안을 둘러보며, 냉장 진열대에서 염소젖 치즈, 간 고기 파테, 마요네즈, 우유, 마가린을 쇼핑 바구니에 넣은 후 계산대로 걸어갔다. 여인의 딸은 가게문 옆에 서서 세일 광고문을 읽고 있었다.

점원이 내게 고개를 끄덕이며 인사를 건넸다.

• 커피 브랜드 이름.

"안녕하세요."

나는 물건을 계산대 위에 늘어놓았다.

그는 몸집은 작았으나 건장했으며, 얼굴은 넓적했다. 코는 약간 비뚤어져 있었고, 각진 턱에는 백발의 턱수염이 성성하게 나 있었다.

"혹시, 새로 부임한 선생님인가요?"

그가 가격을 찍으며 내게 물었다. 광고지를 읽고 있던 소녀가 나를 향해 고개를 돌렸다.

"네, 그렇습니다. 어제 여기 도착했어요."

소년이 누나의 팔을 잡아끌었지만, 소녀는 동생의 팔을 힘껏 뿌리치고 문 쪽으로 걸어갔다. 소년과 그들의 어머니도 뒤를 따랐다.

오렌지와 사과를 깜박 잊고 사지 않았다는 것을 깨달았다. 나는 서둘러 과일 진열대로 뛰어가 오렌지 한 봉지와 사과 두 개를 집어 들었다. 계산대 앞으로 돌아오니, 점원은 마지막 물건의 가격표를 찍고 있었다.

"에벤튀르블란딩* 한 통과 종이, 그리고 『다그블라데』** 도 주시겠습니까?"

"혹시 남부지방에서 왔나요?"

그가 물었다.

나는 고개를 끄덕였다.

"크리스티안산에서 왔습니다."

플랫캡 모자를 쓴 나이 지긋한 남자가 가게에 들어섰다.

---

* 종이에 말아 피우는 타바코의 상표명.
** 노르웨이의 전국 일간지.

"잘 지냈는가, 베르틸!"

그가 소리쳤다.

"어서 오세요!"

점원이 그에게 인사하며 내게 고개를 돌려 눈을 찡긋했다. 나는 보일 듯 말 듯 미소를 지은 후 돈을 지불하고 물건을 비닐봉지에 넣고선 가게에서 나왔다. 문 앞에 서 있던 일행 중 한 명이 내게 고개를 끄덕이며 인사를 건넸다. 나도 살짝 고개를 숙여 인사한 후, 성큼성큼 걸어갔다.

언덕 위에 이른 나는 동네 끝에서부터 솟아오른 짙푸른 산을 쳐다보았다. 이곳의 자연 풍경 중에서 가장 놀랄 만한 점은, 내가 예상했던 것처럼 황량한 무채색의 자연이 아니라, 거대한 바다의 회색과 푸른색과 대비되어 더욱 선명하게 드러나는 짙푸른 녹색의 자연이라는 것이다. 그 푸르름은 눈을 돌리는 곳마다 자리하고 있었다.

집에 돌아오니 기분이 좋아졌다. 난생처음으로 나만의 보금자리를 마련했다는 뿌듯함 때문인지 너무나 자잘하고 일상적인 일을 하는 데도 크나큰 만족감을 느낄 수 있었다. 물론 과거에도 혼자 살던 때가 있었다. 나는 그해 여름 아르바이트를 하기 위해 정신병동에 딸린 작은 아파트에서 한 달 정도 살기도 했다. 지난 5년 동안 어머니와 함께 살던 집을 나와 그곳에서 일을 시작했을 때, 거기까지 어머니가 차로 데려다주었다. 복도에 방이 나란한 그곳은 집이라기보다는 기숙사라는 이름이 더 잘 어울렸다. 예전부터 혼자 사는 간호사들이 머무르던 곳으로 알려졌기에, 사람들은 그곳을 '암탉 가축장'이라고도 불렀다.

내가 했던 일도 일이라 이름 붙일 수 없는 것이었다. 나는 아무런 책임을 지지 않아도 되는 여름방학 아르바이트 학생일 뿐이었기 때문이다. 독립을 했다고는 하지만 그곳에서 해방감을 맛보기는 불가능했다. 크리스티안산이기 때문이었을까. 구체적이든 그렇지 않든 그곳에서는 너무나 많은 사람들과 연결되어 있을 수밖에 없었다. 그 도시에서 내 마음대로 무엇을 한다는 것은 있을 수 없는 일이었다.

이곳은 달랐다! 나는 빵을 우물우물 씹으면서 창밖을 내다보았다. 물 위에 비친 맞은편 산은 바람이 일렁일 때마다 수면 위에 만화경 같은 그림을 만들어냈다. 이곳에서는 내가 누군지 아는 사람이 아무도 없다. 이곳에서는 인간관계에 연연할 필요도 없고, 고정된 형식에 얽매일 필요도 없다. 단지 내가 원하는 대로 하기만 하면 된다. 세상으로부터 떨어져 글을 쓰고, 사람들의 눈을 의식할 필요도 없이 내가 계획한 일을 하기만 하면 된다. 느긋하게 돈을 벌며 저축을 해도 된다. 하지만 이 모든 것은 그다지 중요하지 않았다. 가장 중요한 것은 지금 내가 이곳에 있다는 사실이었다.

컵에 따른 우유를 천천히 마시고, 빈 컵을 빈 접시와 함께 조리대 위에 올려놓은 후, 치즈와 간 고기 파테를 냉장고에 다시 넣어두고 거실로 갔다. 타자기의 전선을 콘센트에 연결하고 헤드셋을 낀 후 볼륨을 끝까지 높였다. 타자기의 캐리지에 종이를 끼우고 레버를 움직여 종이를 한가운데로 옮겨놓은 후, 가장 윗줄에 숫자 1을 찍었다. 창밖으로 보이는 경비원의 집을 흘낏 바라보았다. 그의 집 대문 앞 계단 위에는 녹색 장화 한 켤레가 놓여 있었다. 벽에는 빨간 빗자루가 기대어 서 있었고, 자갈과 모래로 뒤덮인 마당에는 작은 장난감 자동차가 여러 개 널려 있었다. 이웃집과의 경계선은 이끼로 뒤덮여 있었고, 듬성듬성 자란 가느다란 나무 몇 그루도 보였다. 나는 음악의 리듬에 맞추어 손가락으로 책상 위를 두들겼다. 첫 문장을 적었다.

'가브리엘은 언덕 위에 서서 불만스런 눈빛으로 아래쪽 마을을 내려다보았다.'

담배 한 대를 피워 물고, 커피를 끓였다. 다시 창밖의 마을과 피요르, 맞은편 산을 바라보았다. 한 문장을 더 적었다.

'그의 등 뒤로 고든이 모습을 드러냈다.'

음악의 후렴구를 따라 불렀다. 다시 타자기를 두드렸다.

'그의 미소는 늑대의 미소를 연상시켰다.'

의자를 뒤로 밀고, 두 발을 책상 위에 올려놓은 후, 다시 담배에 불을 붙였다.

꽤 좋은걸?

나는 언어의 감각을 얻기 위해 헤밍웨이의 『에덴의 동산』을 꺼내 뒤적였다. 그 책은 이틀 전 힐데에게서 작별 선물로 받은 것이었다. 그녀는 내가 트롬쇠로 가는 비행기를 타기 위해 오슬로로 가기 전, 크리스티안산 기차역에서 책을 건네주었다. 기차역까지 나를 배웅해준 이들은 힐데와 그녀의 애인 에이릭, 그리고 라스였다. 리네는 나와 함께 오슬로까지 간 다음 거기서 작별 인사를 나눌 계획이었다.

책을 뒤적이던 나는 그제야 힐데가 첫 장에 적은 문구를 볼 수 있었다. 나는 그녀에게 매우 특별한 의미를 지닌 사람이라고 적혀 있었다.

나는 담배를 입에 물고 창밖을 보면서 생각에 잠겼다.

나는 그녀에게 어떤 의미를 지닌 사람일까?

그녀는 나를 보았다. 하지만 정작 그녀가 내게서 보았던 것은 무엇일까? 친구? 배려를 해줘야 하는 친구의 모습? 하지만 사람들은 일반적으로 자신을 이해해주고 배려해주는 사람들 앞에 서면 작아지기 마련이다. 문제는 바로 그것이다. 나 또한 힐데와 마주하면 왠지 작아지는 것 같은 느낌을 지울 수 없었다.

나는 힐데의 배려와 관심을 받을 만한 가치가 없는 사람이다. 하지만 나는 그녀 앞에서 괜히 그럴 만한 가치가 있는 사람인 척 시늉했고, 그녀는 나의 거짓된 모습마저도 고스란히 받아들였다. 그렇다고는 하지만 힐데는 결코 멍청하지 않았다. 매우 이성적이고 현명했다. 그녀는 내가 아는 사람들 중에 유일하게 책다운 책을 읽었고, 유일하게 글을 썼다. 우리는 2년 동안 같은 반에서 공부했다. 그녀는 날카로운 시선으로 사물을 보고 풍자하기도 했으며, 가끔은 반항적인 모습을 보이기도 했다.

여자아이들에게선 처음 보는 신선한 모습이었다. 그녀는 항상 올바른 말과 행동을 하기 위해 조심했고, 외모에만 신경 쓰는 또래 여자아이들을 유치하다고 말했지만, 그들을 공격적으로 대하거나 얕잡아 보지는 않았다. 그녀는 매사에 최선을 다했다. 착하고 상냥했으며 항상 다른 사람을 배려했다.

그녀는 부드러운 사람이었지만 날카로움도 함께 지니고 있었다. 독립적이었고 고집도 있었다.

시간이 갈수록 내가 그녀의 시선과 의견을 따르는 일이 점점 많아졌다. 그녀의 얼굴은 창백했고, 뺨에는 옅은 주근깨가 나 있었다. 머리는 붉은 기가 감도는 금발이었으며, 몸매는 가냘파서 보호본능을 불러일으키기도 했다. 그런 외모 때문이었는지, 그녀보다 현명하지도 않고 독립적이지도 않은 바보 같은 존재들이 그녀를 보살펴주겠다며 주제도 모르고 나서는 일도 간혹 있었다. 하지만 결국 주변 사람들을 배려하고 그들을 보살펴주는 사람은 항상 힐데였다.

그녀는 자주 군복을 생각나게 하는 녹색 재킷과 심플한 청바지를 입었다. 그러한 옷차림은 그녀의 좌파적 정치 이념을 나타내는 것이었다. 하지만 문화적인 면에서 보면, 그녀는 좌파와는 거리가 멀었다. 그녀는 물질주의를 배격하고 정신적인 면을 중시했다. 외면보다는 내면을 중시했다. 그녀는 솔스타, 팔바켄 같은 작가들을 비웃고 조롱했으며, 가끔은 이들을 섞어 팔로스바켄이라 부르기도 했다. 그녀가 좋아했던 작가는 비외르네뵈, 카이 스카겐 같은 작가들이었다. 심지어는 안드레 비예르케도 좋아했다.

시간이 흐르면서, 힐데는 내가 가장 신뢰하는 가까운 친구가 되었다. 베스트 프렌드라 해도 과언이 아니었다. 나는 그녀의 집을 내 집처럼 드나들었으며, 그녀의 부모님과도 한 가족처럼 지냈다. 그녀의 집에서 잠을 자기도 했고, 그녀의 가족과 함께 식사를 하기도 했다.

힐데와 나는 주로 대화를 나누며 시간을 보냈다. 둘만 만나 대화할 때도 있었고, 그녀의 애인인 에이릭과 함께 대화를 나눌 때도 있었다. 그녀의 집 지하실에 다리를 꼬고 앉아 와인 병을 앞에 둔 채, 창을 넘어 어둠이 새어들어 올 때까지 우리는 각자 읽었던 책에 관해 이야기를 하기도 했고, 정치적 사안에 관해 의견을 나누기도 했다. 우리의 미래, 우리가 원하는 것, 우리가 할 수 있는 것들에 관해서도 대화를 나누었다.

내 또래 아이들 중에서 그토록 진지한 시각으로 삶을 바라보았던 사람은 힐데뿐이었다. 그녀는 내게서 자신의 모습을 비추어 보았던지도 모른다. 동시에 그녀는 삶을 풍자하며 자주 소리 내어 웃기도 했다. 나는 힐데, 에이릭, 가끔은 라스까지 함께 그녀의 집에 모여 앉아 대화를 나누는 것을 좋아했다. 그렇지만 내 삶의 또 다른 부분은 그들과 나누었던 대화와는 너무나 동떨어진 것이었기에 가끔 나는 양심의 가책을 느끼기도 했다.

나는 그들과 함께 있지 않을 때면 디스코텍에 가서 술을 마시고 여자아이들을 꼬이기도 했다. 바로 그 때문에 그녀와 함께 그녀의 집에 앉아 자유와 아름다움과 의미에 관해 대화를 나눌 때면, 내가 꼬였던 여자아이들, 함께 어울렸던 아이들이 떠올라 내가 이중적 삶을 살고 있는 듯한 느낌에 사로잡히곤 했다. 나의 이중적 도덕성과 위선적 행위 또한 내 모습의 일부였기 때문이다.

정치적인 관점으로 본다면, 나는 무정부주의에 가깝다고 할 정도의 극좌파에 속해 있었다. 나는 순응과 조화, 일치와 신봉, 모든 전형적이고 상투적인 것을 혐오했다. 크리스티안산에서 자란 다른 아이들과 마찬가지로, 그녀와 나는 크리스트교와 우스꽝스런 카리스마로 사람들을 휘어잡는 목사들을 혐오하고 경멸했다.

하지만 나는 크리스트교를 믿는 여자아이들은 혐오하고 경멸하지 않았다. 아니, 나는 바로 그 때문에 그들에게 매력을 느꼈다. 힐데에겐 이것을 어떻게 설명해야 할까. 비록 나는 그녀와 함께 있을 때면 항상 피상적인 표면보다는 그 속에 자리한 의미를 찾으려 노력했지만, 정작 내가 몸담고 살고 싶었던 세상은 화려하고 매혹적이고 아름답고 표면적인 세상이었고, 그 세상 속에서 내 속에 자리한 온갖 무의미함을 털어내려 했다. 한마디로 말하면, 나는 정신을 잃을 정도로 술을 퍼마시고, 밤을 함께 보낼 수 있는 여자들을 찾기 위해 시내의 디스코텍과 술집을 찾아다녔다. 힐데에겐 이러한 나의 또 다른 모습을 어떻게 설명해야 할까.

설명할 길이 없었다. 그녀에게 설명한 적도 없다. 대신 나는 비밀스레 이중적인 삶을 살았다. 폭음과 설렘과 난잡한 삶. 그것은 식견과 통찰력, 순수함과 열정과 함께 내 속에서 공존했다. 극과 극을 이루는 이 두 개의 서로 다른 내 모습은 나의 정체성 속에서 작은 울타리를 사이에 두고 존재했다.

리네는 크리스트교인이었다. 교인이랍시고 드러내는 일은 없었지만, 그녀가 크리스트교인이라는 것은 분명한 사실이었다. 그녀는 기차역에서 내게 몸을 바짝 기대었다. 그 때문에 나는 적잖이 불편했다.

검은색 곱슬머리, 선명한 눈썹라인, 푸른 눈동자. 그녀의 몸짓은 우아하고 세련되었지만, 결코 타인에게 불편함을 줄 정도는 아니었다. 많은 시간을 그림 그리는 데 투자했던 그녀는 그쪽 방면으로 재능이 있는 것 같았다. 그녀는 나와 작별 인사를 나눈 후, 미학을 공부하기 위해 폴케하이스쿨*에 갈 예정이었다.

나는 그녀를 매우 좋아하긴 했지만, 그것은 사랑의 감정과는 거리가 멀었다. 가끔 그녀와 함께 화이트 와인을 마실 때면 그녀를 향한 격렬한 감정이 솟구쳐 오를 때도 있었다. 그녀와 사귀기 시작한 후, 한 번은 그녀의 집에서, 또 한 번은 암탉장이라 불리는 나의 기숙사에서 두 번이나 그녀와 함께 반나체로 침대에 누워 애무하고 키스한 적이 있었다. 하지만 그녀가 정작 몸을 주기로 한 사람은 내가 아니었다.

"후방위로 해보자고!"

절망에 빠진 나는 그것이 무슨 뜻인지도 모르고 그녀에게 소리를 질렀다. 리네는 부드러운 몸을 내게 기대며 입맞춤을 했다. 그로부터 채 몇 초도 지나지 않아 내 아랫도리는 경련을 일으켰고, 속옷은

---

* 노르웨이 학생들이 고등학교를 졸업하고 대학에서의 진로를 결정하기 전 1-2년 정도 적성을 찾기 위해 들어가는 비의무 교육기관.

축축해졌다. 나는 움찔하며 모른 척 그녀에게서 천천히 몸을 뗐다. 그녀는 내가 어떤 상황에 처한지도 모르고 여전히 장난기를 담은 눈빛으로 나를 바라보며 애무했다.

그녀는 기차역에서 작은 배낭을 등에 메고 양손을 바지 주머니에 넣은 채 내 곁에 서 있었다. 기차가 출발하기까지는 6분이 남아 있었다. 사람들은 줄을 지어 기차 안으로 들어갔다.

"편의점에 잠시 다녀올게."

그녀가 나를 쳐다보며 말을 이었다.

"뭐 필요한 거 없어?"

나는 고개를 저었다.

"콜라 한 병만 사줘."

그녀가 근처의 나르베센 편의점으로 서둘러 갔다. 힐데가 나를 바라보며 미소를 지었다. 라스는 눈을 껌벅였고, 에이릭은 저 멀리 바다 쪽을 바라보고 있었다.

"이제 너도 독립적인 삶을 살 테니 내가 삶의 조언을 하나 해주지."

그가 나를 돌아보며 말했다.

"조언?"

"행동하기 전에 항상 먼저 생각을 해. 현장에서 들키는 일이 없도록 말이야. 그런 일만 없다면 너는 잘 살아갈 수 있을 거야. 만약 네 학생과 그 일을 할 기회가 생긴다면 교탁 뒤에 숨어서 하라고. 절대 교탁 앞에서 하면 안 돼. 알았지?"

"그런 걸 두고 더블모럴이라고 하는 건가?"

그가 웃음을 터뜨렸다.

"북쪽에서 사귄 애인에게 손찌검을 할 기회가 생긴다 하더라도 절대 얼굴을 때리면 안 돼."

힐데가 말했다.

"나더러 애인을 두 명이나 사귀란 말이야? 여기 한 명, 거기 한 명?"

"그럴 수도 있지, 뭐."

"손찌검을 할 애인 한 명, 손찌검을 하지 않을 애인 한 명."

에이릭이 말을 이었다.

"균형 있는 삶을 살기 위해선 그보다 더 좋은 방법은 없어."

"또 다른 조언은 없니?"

"예전에 나이 많은 배우를 인터뷰한 텔레비전 프로그램을 본 적이 있어."

라스가 말했다.

"진행자가 배우에게 삶의 경험 중 몇 가지를 팬들과 공유해달라고 말하자, 그는 샤워 커튼에 관해 말하고 싶다고 했어. 샤워 커튼은 항상 욕조 안으로 넣어두어야 한다고 말하더군. 만약 샤워 커튼이 욕조 밖으로 나와 있다면 욕실 바닥이 물로 흥건하게 젖을 거라고 했어."

우리는 웃음을 터뜨렸다. 라스는 만족스러운 표정을 지으며 주변을 둘러보았다.

그의 등 뒤에 빈손으로 걸어오는 리네가 보였다.

"줄이 너무 길어. 기차 안에도 편의점이 있겠지?"

"그럴 거야."

내가 대답했다.

"이제 우리도 가볼까?"

"그러자. 이제 크리스티안산에는 다시 올 일이 없을 거야!"

39

그들은 차례차례 내게 작별의 포옹을 건넸다. 우리는 2학년 때부터 서로 만날 때마다 포옹을 나누며 인사를 하기 시작했고, 그것은 지금까지 습관처럼 남아 있었다.

나는 배낭을 메고 양손에 여행 가방을 든 채 리네를 따라 기차에 올랐다. 그들이 손을 흔들었다. 기차가 출발하자, 그들은 주차장을 향해 걷기 시작했다.

이 모든 것이 불과 이틀 전에 있었던 일이라는 것이 믿기지 않았다.

나는 책을 내려놓고 담배를 말았다. 미지근하게 식은 커피를 한 모금 마시며 내가 써놓은 세 문장을 다시 읽어보았다.

가게 앞에 모여 있던 사람들의 수는 눈에 띄게 줄었다. 주방에서 사과 하나를 가져와 다시 책상 앞에 앉았다. 그로부터 몇 시간 후, 나는 글을 석 장이나 썼다. 작은 마을에 사는 두 소년의 이야기였다. 꽤 흡족했다. 석 장 정도 더 쓰면 단편 하나를 만들어낼 수 있을 것 같았다. 나쁘지 않았다. 이곳에 도착한 첫 주에 단편 하나를 써냈다는 사실이 마음에 들었다. 이렇게만 한다면 성탄절까지 책 한 권을 쓸 수 있을 것 같기도 했다.

주전자에 남아 있는 커피 찌꺼기를 씻어내고 있으려니, 가게 쪽에서 달려오는 차 한 대가 눈에 띄었다. 차가 학교 경비원의 집 앞에서 멈추자, 20대 중반의 건장한 남자 둘이 차에서 내렸다. 하나는 키가 컸고, 다른 하나는 작은 키에 조금 퉁퉁했다. 나는 주전자에 물을 받아 불 위에 올려놓았다. 두 남자가 오르막길을 걷기 시작했다. 나는 그들에게 들키지 않으려 창가에 조금 비켜서서 창밖을 내다보았다.

그들은 우리 집 테라스 앞에서 발걸음을 멈추었다.

우리 집에 오려는 걸까?

두 사람이 말을 주고받았다. 잠시 후, 초인종 소리가 집 안에 날카롭게 울려 퍼졌다. 나는 허벅지에 손을 문질러 물기를 닦아내고 대문을 열었다.

키가 작은 남자가 내게 악수를 청했다. 그의 콧수염과 턱수염은 검은색이었고, 굵은 금목걸이를 목에 걸고 있었다.

"레미라고 합니다."

나는 갑작스런 방문에 어쩔 줄 모르며 그의 손을 잡았다.

"칼 오베 크나우스고르라고 합니다."

"저는 프랑크입니다."

키 큰 남자가 바위처럼 큰 손을 내밀었다. 그의 둥그런 얼굴은 사각형에 가까웠다. 통통한 얼굴, 커다란 입술, 부드러운 피부는 거의 분홍색을 띠고 있었다. 머리카락은 옅은 색이었고 숱이 적었다. 어찌 보니 그는 몸집만 커다란 어린아이 같기도 했다. 두 눈도 어린아이처럼 순수한 빛을 띠고 있었다.

"들어가도 됩니까?"

레미가 말을 이었다.

"이곳에 혼자 있다는 말을 들었어요. 심심해 할지도 모른다는 생각에 잠시 들렀습니다. 아직 이 동네에 아는 사람이 없죠?"

"아, 네. 반갑습니다. 어서 들어오세요!"

나는 한 발짝 뒤로 물러섰다. 내가 방금 무슨 말을 했지? 반갑습니다라고? 도대체 무슨 생각으로 그런 말을 했을까? 문득 내가 50대 중년 남자가 된 듯한 느낌이 들었다.

그들은 거실에 서서 집 안을 둘러보았다. 레미는 여러 번 고개를 끄덕였다.

"작년에는 이곳에 해리슨이 살았었지요."

그가 말했다.

나는 그에게 고개를 돌렸다.

"역시 계약직 교사였답니다. 우린 자주 이 집에 들렀어요. 참 좋은 사람이었지요."

"맞아요."

프랑크가 맞장구를 쳤다.

"단 한 번도 거절하는 법이 없었어요."

레미가 말했다.

"벌써 그가 그리워지는군요."

프랑크가 말을 이었다.

"앉아도 되겠습니까?"

"아, 그럼요! 커피 드시겠습니까? 방금 끓이기 시작했거든요."

"커피, 좋죠. 감사합니다."

두 사람은 재킷을 벗어 소파 팔걸이에 걸어두고 자리에 앉았다. 그들의 몸은 통나무로 만든 커다란 술통 같았다. 프랑크의 팔뚝은 내 허벅지만큼이나 굵었다. 나는 그들에게 등을 돌리고 주방에 서 있었지만, 그들의 존재를 너무나 선명히 느낄 수 있었다. 그도 그럴 것이, 그들의 커다란 몸이 온 집 안을 꽉 채웠으니까. 그들에 비하면 나 자신이 너무나 연약한 소녀 같았다.

"반갑네요. 이제 커피를…"

젠장. 그들에게 내어놓을 커피잔을 찾을 수 없었다! 잔이라고는 내가 가져온 것 하나밖에 없었다.

조리대 위의 찬장 문을 열어보았다. 텅 비어 있었다. 아래쪽 찬장도 마찬가지였다. 싱크대 아래쪽 배수관 옆에 잔이 보였다. 나는 얼른 그것을 물로 헹구어 놓고 주전자에 커피를 넣었다. 주전자를 조리대 위에 몇 번 툭툭 친 다음 거실로 가져갔다. 주전자를 올려놓을 만한 것이 아무것도 없었다.

『에덴의 정원』 원고가 눈에 띄었다.

"칼 오베, 이곳에 오니 어떤가요?"

레미가 물었다.

한 번도 만난 적이 없는 남자가 마치 오랜 친구를 부르듯 내 이름을 부르니 뺨이 화끈하게 달아올랐다.

"글쎄요…"

"오늘 저녁에 파티에 갈 거예요."

프랑크가 말했다.

"그륄레피요르에서 파티가 있을 예정인데, 함께 갈까요?"

"차에 빈자리가 하나 있어요. 당신은 아직 와인 전매점에 다녀오지 못했을 테니, 당신 몫의 술은 우리가 가져갈게요. 어때요?"

"글쎄요… 잘 모르겠어요."

"참 내… 저녁 내내 이 빈 집에 혼자 앉아 있을 겁니까?"

"너무 그러지 마, 스스로 결정할 수 있도록 시간을 주자고!"

프랑크가 끼어들었다.

"아, 참. 그렇지…"

"사실은 일을 좀 하려고 했어요."

내가 대답했다.

"일을 한다고요? 무슨 일인데요?"

레미가 물었다. 그의 시선은 이미 책상 위의 타자기로 향했다.

"글을 쓰시나요?"

내 얼굴이 다시 화끈거렸다.

"네, 조금…"

나는 어깨를 으쓱 추켜 보이며 말했다.

"아, 작가시군요!"

레미가 말을 이었디.

"멋있는데요?"

그가 웃음을 터뜨렸다.

"나는 평생 책을 단 한 권도 읽지 않았어요. 학교에 다닐 때도 마찬가지였죠. 요리조리 잘 피했답니다. 자네는 어땠어?"

레미가 프랑크를 돌아보며 물었다.

"난 책을 꽤 읽었어. 칵테일 시리즈 말이야."

두 사람이 소리 내어 웃었다.

"그것도 책이라고 할 수 있나요?"

레미가 내게 물었다.

"작가니까 잘 알 것 같군요. 칵테일 시리즈도 문학에 속하나요?"

나는 억지 미소를 지어냈다.

"책은 책이죠."

침묵이 흘렀다.

"말투를 보아하니 크리스티안산에서 왔군요. 그렇죠?"

프랑크가 말했다.

나는 고개를 끄덕였다.

"애인이 있습니까?"

나는 잠시 생각에 잠긴 척하며 대답을 질질 끌었다.

"그렇다고 할 수도 있고, 아니라고 할 수도 있어요."

"오, 그렇습니까? 흥미롭군요!"

레미가 말했다.

"자네에게 어울릴 것 같군."

프랑크가 레미를 향해 말했다.

"나한테 어울린다고? 난 이게 아니면 저거야. 그 방면에선 사리가 분명한 편이지."

다시 침묵이 흘렀다. 두 사람은 동시에 커피를 마셨다.

"자식은 있나요?"

레미가 물었다.

"자식이라고요? 젠장, 난 이제 열여덟 살인 걸요!"

나는 그제야 분위기에 적응이 되는 것 같았다.

"옛날에는 그 나이대의 사람들도 자식을 낳고 키웠어요. 충분히 있을 수 있는 일이지요."

레미가 말했다.

"당신들은 어떤가요? 자제분이 있습니까?"

내가 그들에게 질문을 던졌다.

"프랑크는 자식이 없고, 난 아홉 살짜리 사내아이가 있어요. 아이는 엄마와 함께 살고 있답니다."

"이게 아니면 저거였던 그 시절에 태어났던 아이지."

프랑크가 말했다.

두 사람은 다시 소리 높여 웃으며 나를 쳐다보았다.

"이곳에 온 첫날부터 당신을 귀찮게 할 생각은 없어요."

레미가 말하며 몸을 일으켰다. 프랑크도 그를 따라 자리에서 일어났다. 두 사람은 재킷을 거머쥐고 현관으로 나갔다.

"오늘 파티에 가는 걸 고려해보세요."

레미가 말을 이었다.

"헤게 집에 있을 테니 생각이 바뀌면 연락 주세요."

"참, 헤게가 어디 사는지 모르죠?"

프랑크가 말했다.

"길 위쪽으로 가다보면 왼쪽에서 네 번째 집이에요. 집 앞에 차가 많이 서 있을 테니 쉽게 찾을 수 있을 겁니다."

그가 손을 불쑥 내밀었다.

"꼭 오세요. 참, 커피 잘 마셨습니다!"

그들이 돌아간 뒤에 나는 침실로 갔다. 침대 위에 드러누워 천장을 보며 사지를 쭉 뻗은 후, 두 눈을 감았다.

창밖에서 자동차 소리가 들렸다. 그 소리는 우리 집 앞에서 멈추었다.

눈을 떴다. 또 누가 찾아오려는 걸까.

다른 층에서 문소리가 났다. 핀스네스에서 쇼핑을 하고 돌아온 것이 분명했다.

문득 내가 잘 아는 사람들에게 전화를 걸어 이야기를 나누고 싶은 강렬한 욕구가 들었다.

이 모든 것에서 피하기 위해 잠도 자고 싶었지만, 도저히 눈을 붙일 수가 없었다. 욕실로 가서 옷을 벗고 샤워를 했다. 샤워를 하는 것은 어떤 의미에서 새로운 시작을 앞두고 있다며 나 자신을 속이는 일이기도 했다. 잠을 자는 것과는 비교도 할 수 없었지만, 아무것도 하지 않는 것보다는 훨씬 나았다. 젖은 머리 때문에 목에 엉겨 붙은 셔츠를 입고 책상에 앉아 글을 쓰기 시작했다. 10대 소년 둘이 숲을 돌아다니는 이야기였다. 두 아이는 숲속에서 여우를 만날지도 모른다고 생각하며 소리 나는 장난감 권총을 들고 걸었다. 총소리가 나면 여우가 겁에 질려 도망갈 것이라 생각했기 때문이다. 갑자기 숲 안쪽에서 총소리가 들려왔다. 호기심을 참지 못하고 소리 나는 쪽으로 달려간 두 소년은 숲 한가운데 있는 쓰레기 처리장 앞에 멈춰 섰다.

두 청년이 땅에 엎드려 들쥐를 향해 총을 쏘고 있었다. 그 장면을 묘사하던 중, 갑자기 폭발할 듯한 영감이 솟구쳤다. 말로 형언할 수 없는 기쁨과 열정에 휩싸인 나는 타자기 위의 손을 마음처럼 빨리 움직일 수가 없었다. 봇물처럼 솟아나는 머릿속의 이야기를 손으로 따라잡을 수가 없었던 것이다. 그것은 황홀경이었다.

들쥐를 총으로 쏘던 청년이 그곳을 떠났다. 두 소년은 쓰레기 처리장에서 찾아낸 의자 두 개와 탁자를 앞에 두고, 포르노 잡지를 읽었다. 가브리엘은 빈 유리병에 고추를 집어넣었다. 갑자기 무언가에 찔린 듯한 느낌에 급히 고추를 꺼내보니 귀두에 벌레 한 마리가 앉아 있었다. 그 모습을 본 고든은 덤불 위를 데굴데굴 구르며 웃었다. 시간 가는 줄도 모르고 숲속에서 놀던 두 소년은 급히 집으로 돌아왔다. 이미 퇴근해서 아들이 돌아오기를 기다리던 아버지는 불같이 화를 내며 손찌검을 했다. 피가 흘렀다. 아버지는 아들을 밤새 작은 보일러실에 가두어놓았다.

단편 한 편을 다 썼지만, 시간은 저녁 7시 30분도 되지 않았다. 내 책상 위, 타자기 옆에는 빽빽하게 쓴 일곱 장의 A4 용지가 자리를 잡았다.

누군가에게 자랑하고 싶은 마음이 가득했다. 그 누구라도 좋았다. 자랑을 할 수만 있다면! 하지만 이곳에는 나뿐이다.

타자기를 끄고 주방에 선 채로 버터 바른 빵을 먹었다. 아래쪽 길, 여전히 푸른 빛을 머금은 하늘 아래서 희미한 그림자가 움직였다. 터널에서 자동차 두 대가 연이어 달려나왔다. 밖으로 나가야만 했다. 집 안에 더 있을 수가 없었다.

대문을 두드리는 소리가 났다.

문을 여니, 티셔츠와 반바지를 입은 30대 전후의 여인이 서 있었다. 그녀의 얼굴 윤곽은 부드러웠다. 코는 얼굴 한가운데 커다랗게 자리 잡고 있었지만 전혀 보기 흉하지 않았고, 갈색 눈동자는 따스한 빛을 머금고 있었다. 묶어 올린 꽁지 머리는 짙은 금발이었다.

"안녕하세요! 이사를 왔다기에 인사하러 왔어요. 저는 위층에 산답니다. 게다가 우린 직장 동료이기도 해요. 나도 교사로 일하고 있어요. 토릴이라고 합니다."

그녀가 손을 내밀었다. 손가락은 가늘었지만, 내 손을 쥐어잡는 그녀의 손에서는 힘이 느껴졌다.

"칼 오베라고 합니다."

"이곳에 오신 것을 환영합니다."

그녀가 미소를 지으며 말했다.

"감사합니다."

"어제 왔다고 들었어요."

"네, 버스로 왔습니다."

"그렇군요. 우린 앞으로 자주 만나게 될 거예요. 필요한 게 있으면 언제든 주저 말고 연락 주세요. 아, 그러니까… 내 말은… 설탕이나 커피, 침구라든가… 그런 일상적인 것들 말이에요. 참, 라디오는 있나요? 마침 우리 집에 남는 게 하나 있는데…"

나는 고개를 끄덕였다.

"워크맨을 가져왔어요. 고맙지만 사양하겠습니다. 어쨌든 여기까지 찾아와서 반겨주시니 고마울 뿐입니다."

"그런가요?"

그녀가 미소를 지었다.

"그럼, 나중에 또 봐요."

그녀가 말했다.

"네, 그러죠."

나는 그녀가 간 후에도 현관에 한참이나 멀뚱멀뚱 서 있었다. 도대체 내게 무슨 일이 벌어지고 있는 걸까.

사람을 만날 때마다 날카로운 낫에 내 영혼이 찔린 듯한 기분이 들었다.

밖으로 나가야만 했다.

옷을 걸쳐 입고 욕실 거울 앞에서 베레모를 쓰느라 시간을 소비했다. 대문을 잠그고 언덕길을 내려가기 시작했다. 언덕 아래쪽에 이르니 바다까지 쭉 뻗은 산등성이와 하늘과 닿은 곳에 선명하게 자리한 수평선을 볼 수 있었다. 커다란 하얀 구름 두 조각이 움직임 없이 제자리를 지켰다. 피요르 반대편에서 작은 고기잡이 어선 한 척이 뭍을 향해 들어오고 있었다. 푸글레외이* 피요르, 물론 그럴 것이다. 처음으로 이곳에 발을 들였던 사람들은 분명 이런 대화를 나누었을 것이다. 이 피요르는 무엇이라 부르면 좋을까. 피스케** 피요르? 아니, 그 이름은 지난번 피요르를 지나쳤을 때 이미 사용했던 이름이잖아? 그렇다면 푸글레*** 피요르는 어떨까? 그거 좋군! 좋은 생각이야!

길을 따라 걸으니 수산물 수취장 지붕 위에 앉아 있는 갈매기 몇 마리 외에는 아무것도 보이지 않았다. 동네의 길 위쪽에서 모퉁이를 도니, 끝에 자리한 집 뒤편 위로 거대한 산이 불쑥 솟아올라 있었

* 새들의 섬이라는 의미.
** 생선이라는 의미.
*** 새라는 의미.

49

다. 건물과 자연의 중간 지점이라고는 전혀 찾아볼 수 없었다. 내가 자랐던 곳의 익숙한 풍경과는 너무나 거리가 멀었다. 이곳의 자연은 남부 지방의 나직하고 부드러운 윤곽을 지닌 자연과는 달리, 야만적이고 억세며 원시적이었다. 그러한 자연 풍경을 대문만 나서면 코앞에서 볼 수 있다는 사실이 신기하기만 했다.

이 동네의 집은 다 합쳐서 몇 채나 될까?

산 아래, 바다 앞에 자리한 집은 다 합쳐도 백 채가 될까 말까 했다.

세상의 끝에 발을 들여놓은 듯한 느낌이 들었다. 더는 갈 수 없는 곳. 한 발짝만 더 내밀면 세상 밖으로 나갈 수 있을 것만 같은 느낌.

세상에! 내가 이런 곳에서 산다는 사실이 너무나 황홀하게 다가 왔다.

길가에 자리한 집들의 창 안으로는 사람들이 움직이는 모습과 텔레비전의 반짝이는 불빛이 보였다. 모든 움직임과 소리는 저 멀리서 육지에 부딪혀 오는 파도 소리에 묻혀 있거나, 파도 소리 속에 섞여 있었다. 그 소리는 너무나 규칙적이었기에 차갑고 뜨거움뿐만이 아니라 높고 낮음도 포함하고 있는 그곳의 공기를 이루는 성질처럼 여겨졌다.

헤게라고 불리는 여인의 집 앞에 다다른 것 같았다. 골목길 앞에는 자동차가 여러 대 서 있었다. 열린 베란다 문을 통해 음악 소리가 흘러나왔다. 70년대 유행했던 커다란 창문 뒤에는 탁자를 둘러싸고 앉아 있는 한 무리의 사람들을 볼 수 있었다. 가서 문을 두드려보고 싶은 충동이 생겼다. 그들은 내가 올 것이라고 짐작도 못 했을 것이다. 나는 그곳에 아는 사람이라곤 아무도 없기에, 말없이 앉아 있어도 자연스럽게 보일 것이다. 말없이 앉아서 술만 들이켜도 뭐라 하는 사람은 없을 것이다. 술기운이 돌면 내 속에 생겨난 딱딱하고 자그맣게 응어리진 긴장감이 풀리지 않을까.

나는 그런 생각을 하면서도 집 앞에서 걸음을 멈추지 않았다. 걷는 속도를 줄이지도 않았다. 만약 문 앞에 서서 들어갈까 말까 주저하는 모습을 보인다면, 그들은 마치 내가 어떤 사람인지 아는 척하며 내가 없는 곳에서 뒷말을 할 것이 뻔했다. 나는 얼른 발길을 돌렸다.

내가 동경했던 것은 어쩌면 심장이 터질 정도로 벅찬 느낌이었을지도 모른다. 하지만 그것은 내가 꼭 필요로 했던 것이라곤 할 수 없다. 나는 길을 걸으며, 내가 해야 할 일은 글을 쓰는 것이라고 생각했다. 걷다 보니 이미 너무나 많이 와 버렸다. 파티가 열리고 있는 헤게의 집으로 다시 돌아가기엔 너무 늦어버렸다.

우리 집 대문 앞에 서서 시계를 보았다.

동네 한 바퀴를 도는 데 15분밖에 걸리지 않았다.

그 15분의 공간은 내가 앞으로 살아야 할 곳이기도 했다.

이유를 알 수 없는 소름이 끼쳤다. 대문을 열고 들어가 재킷을 벗었다. 아무 일도 일어나지 않으리라는 것을 잘 알고 있었지만, 나는 대문을 잠갔다. 잠긴 대문은 다음 날 아침까지 열리지 않았다.

다음 날, 나는 밖에 한 발짝도 나가지 않고 글을 썼다. 가끔 창밖으로 지나가는 사람들을 내려다보며 집 안을 서성거리기도 했다. 화요일에 첫 수업을 시작하면 아이들에게 무슨 말을 해야 할지, 학생들과의 관계는 어떻게 이어가면 좋을지도 생각해보았다. 가장 먼저 학생들의 수준을 파악해야 할 것 같았다. 시험을 볼까? 그 성적에 따라 아이들의 수준을 가늠해보는 건 어떨까? 아니, 시험이라니! 첫날부터 시험을 친다는 것은 말도 안 된다고 생각했다.

집에서 할 숙제를 내주는 건 어떨까?

아니, 숙제를 내주면 수업 시간에 내가 할 일이 줄어들게 된다. 차라리 수업 중에 해야 할 과제를 내주는 게 낫지 않을까.

침실로 가서 침대 위에 드러누웠다. 그곳에 오기 전에 서점에 들러 구입한 책 두 권을 모두 읽은 후, 오슬로에서 산 문학 월간지를 뒤적였다. 아무것도 이해할 수 없었다. 대부분의 단어는 내가 이해할 수 있는 단어였지만, 그러한 단어들이 모여 만들어내는 의미는 내가 이해할 수 없는 다른 세상의 의미 같았다. 마치 이 세상에 존재해 왔던 언어로는 설명할 수 없는 새로운 세계를 들여다보는 것 같기도 했다. 그중에서 나를 강렬하게 덮쳤던 것은 『율리시스』라는 책을 설명한 기고문이었다. '율리시스'라는 제목만으로도 무언가 이국적이고 색다르게 느껴지지 않는가.

나는 구름 낀 하늘 아래 안개에 둘러싸인 채 습기를 머금고 반짝이는 거대한 탑을 떠올렸다. 그것은 모더니즘을 대표하는 책이었다. 솔직히 그때까지 내가 알고 있는 모더니즘은 납작하고 재빠른 스포츠카, 가죽 헬멧과 가죽 재킷을 입은 비행기 조종사, 어둠이 내려앉은 대도시의 반짝이는 건물 사이를 둥둥 떠다니는 체펠린*, 컴퓨터와 전자음악, 그리고 헤르만 브로흐,** 로베르트 무질,*** 아르놀트 쇤베르크**** 같은 이름들뿐이었으며, 그것은 베르길리우

• 20세기 초 독일의 체펠린과 에케너가 개발한 경식 비행선.
•• 오스트리아의 소설가.
••• 오스트리아의 작가.
•••• 오스트리아에서 태어나 미국으로 귀화한 작곡가이자 음악교육가.

스,* 브로흐, 조이스의 오디세우스와 같이 시간 속으로 사라진 과거의 문화가 재탄생한 것이라 이해했다.

전날 가게에 갈 때까지만 해도, 오늘이 일요일이라는 것을 생각하지 못했다. 그래서 장을 넉넉하게 보지 못했다. 나는 어쩔 수 없이 빵에 간 고기 파테와 마요네즈를 발라 배를 채웠다. 음식을 채 넘기기도 전에 초인종 소리가 들렸다. 나는 얼른 손등으로 입가를 닦고 현관으로 나갔다.

대문 앞에는 소녀 둘이 서 있었다. 그중 하나는 대번에 알아볼 수 있었다. 그녀는 내가 이곳으로 올 때 버스 안에서 대각선 앞좌석에 앉아 있었던 바로 그 소녀였다.

그녀가 미소를 지었다.

"안녕하세요! 나를 알아보시겠어요?"

"그럼요. 버스에서 보았던 것 같아요."

그녀가 소리 내어 웃었다.

"당신은 호피요르에 새로 부임한 교사죠? 버스에서 당신을 보았을 때 대충 짐작은 했지만, 확신할 수가 없었어요. 어제 파티에 가서 당신 이야기를 들었어요."

그녀가 손을 내밀며 말했다.

"이레네라고 해요."

"칼 오베라고 합니다."

나는 미소를 지었다.

"얘는 힐데라고 해요."

그녀가 옆에 서 있던 소녀를 향해 고갯짓을 했다. 나는 힐데와 악

* 로마의 국가 서사시 『아이네이스』의 저자.

53

수를 나누었다.

"우린 사촌지간이에요."

이레네가 말을 이었다.

"내가 오늘 힐데를 방문했던 건 사실 당신과 인사를 나누기 위한 핑계에 불과했어요."

그녀가 웃음을 터뜨렸다.

"아니에요. 농담이에요."

"안으로 들어오시겠어요?"

그들은 서로를 마주 보며 시선을 교환했다.

"네."

이레네가 대답했다.

그녀는 청바지와 청재킷을 입고 있었고, 재킷 아래에는 레이스가 달린 하얀 블라우스가 보였다. 몸집이 통통한 그녀의 젖가슴은 블라우스 아래에 묵직하게 자리하고 있었고 골반은 넓적했다. 턱까지 흘러내린 머리는 금발이었고, 피부는 창백했다. 코 위에는 주근깨가 나 있었다. 그녀의 커다란 푸른 눈동자는 장난기를 담고 있었다. 그녀의 진한 향수 냄새가 코를 찔렀다. 그녀가 주변을 두리번거리더니 수줍은 듯 자신의 재킷을 내게 건네주었다. 현관에는 옷을 걸 수 있는 곳이 하나도 없었기 때문이었다. 그녀의 재킷을 받아드는 순간, 내 아랫도리가 불룩 솟아올랐다.

"그쪽 재킷도 주세요."

나는 힐데를 향해 말했다. 그녀는 수줍은 듯 발갛게 달아오른 얼굴로 내게 재킷을 건네주었다. 나는 책상 앞 의자 등받이에 재킷을 걸쳐놓고, 불룩 솟아오른 바지 앞부분을 가리기 위해 주머니에 손을 집어넣었다. 그들은 주저하며 거실로 들어왔다.

"아직 가구가 도착하지 않아서 집이 허전하게 보일 거예요. 며칠 더 기다려야 가구가 도착할 것 같아요."

"정말 그러네요. 쓸쓸해 보여요."

이레네가 미소를 지으며 말했다.

둘은 무릎을 딱 붙이고 소파에 앉았다. 그들의 맞은편 의자에 앉은 나는 여전히 솟아오른 앞부분을 가리기 위해 다리를 꼬았다. 그녀는 내게서 1미터도 떨어지지 않은 곳에 앉아 있었다.

"실례지만 몇 살인가요?"

그녀가 내게 질문을 던졌다.

"열여덟 살입니다. 당신은요?"

"열여섯 살이에요."

이레네가 대답했다.

"전 열일곱 살이에요."

힐데가 말했다.

"그렇다면 이제 고등학교를 막 졸업한 건가요?"

이레네가 물었다.

나는 고개를 끄덕였다.

"난 지금 고등학교 2학년이에요."

이레네가 말했다.

"핀스네스 고등학교에 다니고 있어요. 기숙학교죠. 나는 주중에는 학교 기숙사에 머물고, 주말이면 가끔 집에 와요. 시간이 나면 제 기숙사로 놀러오세요. 앞으로 핀스네스에 자주 가게 될 테니까요."

"그럴게요."

그녀와 시선이 마주쳤다.

그녀가 미소를 지었다. 나도 그녀에게 미소를 지었다.

"나는 헬레비카에 살아요. 뒷동네죠. 산을 넘어서 몇 킬로미터만 더 가면 있어요. 그건 그렇고, 면허증은 있나요?"

"아뇨."

"아, 그렇군요."

잠시 침묵이 흘렀다. 나는 몸을 일으켜 재떨이를 가져온 후, 담배를 말기 시작했다.

"저도 하나 주세요. 제 담배는 재킷 주머니에 들어 있거든요."

나는 내 담뱃갑을 그녀에게 획 던졌다.

"어제 이곳으로 오는 버스 안에서 혼자 웃지 않을 수 없었어요."

그녀가 담배를 종이에 돌돌 말면서 말을 이었다.

"당신은 마치 창문에 매달려 있는 것 같았다고요."

그들이 웃음을 터뜨렸다. 이레네는 종이 끝에 풀칠이 되어 있는 곳에 혀를 가져가 살짝 핥은 다음, 엄지와 집게 손가락으로 종이를 붙인 후, 돌돌 만 담배를 입에 물고 불을 붙였다.

"창밖의 풍경이 너무나 아름다워서 더 자세히 보고 싶었어요."

나는 미소를 지으며 말을 이었다.

"사실 나는 이곳에 관해 전혀 모르는 상태에서 왔거든요. 호피요르는 내게 그냥 이름일 뿐이었어요. 아니, 솔직히 말하자면 그런 이름을 가진 곳이 있는지도 몰랐어요."

"그런데 왜 이곳 학교에 이력서를 넣었나요?"

나는 어깨를 으쓱 추켜 보였다.

"구직소에 가니 교사 자리가 있는 지역의 목록을 주더군요. 그 목록을 보고 고른 곳이 바로 여기였답니다."

위층에서 발소리가 들렸다.

모두 동시에 천장을 올려다보았다.

"토릴과는 인사를 나누었나요?"

이레네가 물었다.

"네. 그런데, 토릴과 잘 아는 사이인가요?"

"물론 잘 알죠. 여기선 모두들 다 알고 지내요. 헬레비카와 호피요르에 사는 사람들은 서로 누가 누군지 잘 알고 있죠."

"푸글레외이아도 마찬가지예요."

힐데가 끼어들었다.

다시 침묵이 흘렀다.

"커피 드실래요?"

나는 의자에서 반쯤 몸을 일으켰다.

이레네가 고개를 저었다.

"아니에요. 이제 가야 할 시간이 된 것 같아서… 넌 어때?"

"응, 이제 가봐야지."

그녀의 사촌이 대답했다.

우리는 동시에 몸을 일으켰다. 나는 의자 등받이에 걸어놓은 재킷을 그녀에게 건네주며, 그녀의 순수함과 장난기를 동시에 담은 눈동자, 작은 코, 쭉 뺀 목과 묵직하게 내려앉은 젖가슴, 놀랄 만큼 작은 두 발, 관능적인 허벅지와 다리에 바짝 몸을 붙였다. 그들을 보내고 문을 닫았다. 10분, 아니, 15분 정도가 지났다.

주방으로 들어와 다시 커피를 끓이려니, 또 대문을 두드리는 소리가 들렸다.

이레네였다. 그녀의 사촌은 어디 갔는지 보이지 않았다.

"다음 주 주말에 헬레비카에서 파티가 있어요. 사실, 당신을 찾아온 것도 바로 그 때문이었는데 깜박 잊었지 뭐예요. 파티에 오실래요? 이곳 사람들과 얼굴도 익힐 겸."

"물론 가야죠. 할 수만 있다면."

"할 수만 있다면? 그냥 차에 올라타기만 하면 되잖아요. 그렇게 하세요. 다음 주 주말에 봐요!"

그녀가 한쪽 눈을 찡긋해 보인 후 등을 돌려 걷기 시작했다. 골목길 아래쪽에서는 힐데가 아스팔트길 가장자리를 발 끝으로 툭툭 차며 그녀를 기다리고 있었다.

다음 날 아침, 나는 8시가 조금 지나 대문 밖으로 나갔다. 이틀 만에 처음으로 집 밖으로 나가는 셈이었다. 동쪽 산 위의 태양은 대문에 정면으로 햇볕을 내리쬐었고, 내 얼굴에 와 닿는 여름의 아침 공기는 부드러웠다. 하지만 거기에서 불과 몇 미터밖에 떨어지지 않은 곳, 산 뒤편의 그늘진 곳은 꽤 서늘했다. 문득 그곳에는 소용돌이와 회오리바람이 불어도 기분이 좋을 것만 같았다. 평평한 언덕 꼭대기 위에 내가 일할 학교가 자리하고 있었다. 그곳에 발을 들이는 것이 싫지는 않았지만, 학교에 가까이 가면 갈수록 내 몸을 파헤치는 긴장감과 불안감이 더욱 커졌다.

그것은 여느 다른 학교 건물처럼 평범했다. 한쪽에 자리 잡은 긴 단층 건물은 반대편에 있는 더 크고 더 높은 신식 건물과 터널을 닮은 복도로 연결되어 있었다. 신관에는 목공예실, 체육관, 작은 수영장이 있었다. 두 건물 사이에는 운동장이 있었고, 운동장 끝에는 축구 경기장이 설치되어 있었다. 축구장 뒤의 널찍한 평원에는 마을회관이 우뚝 서 있었다.

교문 앞에는 자동차 두 대가 주차되어 있었다. 커다란 흰색 지프와 나직한 검은색 시트로앵. 햇볕이 차창을 내리쬐었다. 열려 있는 학교 건물 안으로 들어가 보았다. 창을 통해 들어온 햇살에 누런색 리놀륨 바닥이 거의 흰색으로 반짝거렸다. 모퉁이를 도니 오른쪽에 문 세 개, 왼쪽에 문 두 개가 있는 복도가 나왔다. 복도 끝에는 운동장으로 나가는 문이 보였다. 한 남자가 멈춰서서 나를 쳐다보았다. 머리숱이 듬성듬성하고 턱수염이 덥수룩한 그는 대충 서른에서 서른다섯 살 정도로 보였다.

"안녕하세요!"

그가 먼저 인사를 건넸다.

"안녕하십니까."

"혹시 당신은… 칼 오베…?"

"그렇습니다."

나는 그의 앞에 멈춰섰다.

"나는 스투레라고 합니다."

우리는 악수를 나누었다.

"내 짐작이 맞았군요."

그가 미소를 지으며 말을 이었다.

"닐스 에릭처럼 보이진 않았어요."

"닐스 에릭이라고요?"

"네, 올해 남부 지방에서 온 교사는 두 명이랍니다. 당신과 닐스 에릭. 다른 계약직 교사들은 모두 이곳 출신이라 이전부터 잘 알고 있답니다."

"그렇다면 당신은 이곳 출신인가요?"

"그렇습니다."

그는 몇 초 동안 내 눈을 뚫어지게 바라보았다. 나는 그의 시선에 당황해 어쩔 줄 몰랐다. 도대체 무슨 의미일까? 일종의 테스트일까? 나는 먼저 시선을 피하는 약한 사람으로 보이고 싶지 않았기에 그의 시선을 정면으로 받아냈다.

"매우 어려 보이는군요."

그가 천천히 말문을 열며, 시선을 문 쪽으로 가져갔다.

"젊은 교사가 부임한다는 사실은 이미 알고 있었지만… 어쨌든 잘 될 거예요! 나를 따라오세요. 동료들과 인사를 나누어야죠."

그가 문을 가리켰다. 나는 문을 열고 안으로 들어갔다. 그곳은 교무실이었다. 구석에는 싱크대와 냉장고가 있었고, 소파와 탁자도 있었다. 한쪽에는 복사기와 산더미처럼 쌓인 종이가 있었고, 다른 쪽에는 양옆으로 교사들이 사용하는 책상이 나란히 줄지어 자리하고 있었다.

"안녕하십니까!"

여섯 명이 탁자를 둘러싸고 앉아 있었다. 모두들 일제히 고개를 돌려 나를 바라보았다.

그들은 고개를 끄덕이며 저마다 나직한 목소리로 내게 인삿말을 건넸다. 주방 쪽에서 키가 작고 건장하며 에너지가 넘치는 남자가 모습을 드러냈다. 그의 얼굴에는 붉은 기가 감도는 턱수염이 자라 있었다.

"칼 오베…?"

그가 환한 미소를 지으며 말했다. 내가 고개를 끄덕이자 그는 내게 악수를 청한 후, 다른 교사들을 향해 시선을 돌렸다.

"이 청년은 칼 오베 크나우스고르입니다. 우리와 함께 일하기 위해 크리스티안산에서 왔답니다!"

그는 내게도 교사들을 한 명씩 차례차례 소개해주었지만, 나는 다음 몇 초 동안 그들의 이름을 모두 잊어버렸다. 그들은 하나같이 손에 커피잔을 들고 있거나, 탁자 위에 자신의 커피잔을 올려놓고 앉아 있었다. 단 한 사람 나이가 꽤 들어 보이는 여인을 제외하고선 모두들 20대 초반으로 젊어 보였다.

"칼 오베, 앉으세요. 커피 드시겠습니까?"

"네, 감사합니다."

나는 소파 끝자리에 끼어 앉았다.

커피를 마신 후, 30대 후반으로 보이는 교장 리카르드는 우리에게 학교 구석구석을 보여주었다. 그는 나를 비롯한 계약직 교사들을 데리고 건물을 한 바퀴 돈 후, 열쇠와 책상을 지정해주었고, 시간표와 그 외의 정보들을 상세히 말해주었다. 학생 수가 얼마 되지 않는 작은 학교였기에, 대부분의 수업 시간은 서로 다른 학년에 속한 학생들을 한데 모아 합동 수업을 해야만 했다. 토릴은 1, 2학년의 담임을 맡았고, 헤게는 3, 4학년, 나는 5, 6, 7학년의 담임을 맡았으며, 스투레는 8학년과 9학년의 담임을 맡았다.

왜 내게 담임을 맡겼는지는 알 수 없었다. 나는 적잖이 당황했다. 남부 지방에서 온 닐스 에릭은 나보다 나이가 많아 보였다. 그는 다음 해부터 교육학을 전공할 예정이라고 말했다. 그는 교사라는 직업에 미래를 걸었지만, 나는 교사와는 아무런 관련이 없었다. 솔직히 교사는 나의 장래희망 목록에서 가장 마지막에 자리한 별 볼일 없는 직업이었다. 게다가 이곳 출신의 다른 계약직 교사들은 마을 상황을 잘 알고 있었기에 담임의 책임을 맡는 데 적합할 것이다. 그런데도 교장은 내게 담임을 맡겼다. 내 이력서 때문일까. 사실 나는 이력서를 좀 과장되게 꾸며 쓰긴 했다.

교장은 수업 계획서가 어디 있는지 보여준 후, 수업에 사용할 갖가지 부교재들을 보여주었다. 그 일은 오후 1시쯤 끝났다. 나는 학교를 나와 길 끝에 자리한 우체국으로 가서 사서함을 등록하고 편지를 부친 후, 슈퍼마켓에 들러 장을 보았다. 집에 돌아온 나는 침대에 누워 한 시간 정도 음악을 들었고, 수업 시간에 해야 할 일들의 요점을 대충 적어 보았다. 펜을 내려놓고 종이 위에 적은 것들을 읽어보니 모두 너무나 당연한 것들뿐이었다. 나는 종이를 구겨 휴지통 속에 던져넣었다.

잘 해낼 수 있을 거라는 자신감이 생겼다.

어스름한 저녁 무렵, 나는 다시 학교로 갔다. 커다란 건물 안의 긴 복도를 혼자 걸으니 기분이 이상했다. 텅 빈 건물엔 정적만 감돌았다. 희미한 저녁 햇살이 창을 통해 새어 들어왔다. 선반과 책장도 텅 비어 있었고, 교실조차도 있는 듯 없는 듯 눈에 띄지 않았다.

교무실 한쪽 구석에는 전화가 설치되어 있는 작은 방이 있었다. 나는 그 방에 들어가 어머니에게 전화를 걸었다. 어머니도 그날 새로운 학교에서 일을 시작하는 날이었다. 아마 지금쯤 푀르데 시내에서 조금 떨어진 조그만 셋집에서 짐을 풀고 있으리라. 나는 어머니에게 이곳의 이야기를 대충 전한 후, 다음 날 시작될 첫 수업 때문에 얼마나 긴장되는지 모른다고 말했다. 어머니는 다 잘 될 거라며 걱정하지 말라고 했다. 어머니의 말은 그다지 의미 있게 다가오진 않았지만, 조금 도움이 되는 것 같기도 했다. 어쨌든 나를 낳아준 어머니가 하는 말이었으니까.

전화를 끊고 복사실에 가서 내가 써놓은 단편을 10부 복사했다. 다음 날 지인들에게 보내기 위해서였다. 복사를 마치고 텅 빈 교실을 차례차례 둘러보았다. 아래층 체육관에 들어선 나는 갖가지 체육 도구를 쌓아둔 작은 창고 문을 열어보았다. 공을 찾아낸 나는 체육관 끝에 있는 골대를 향해 몇 번 던져보았다.

불을 끄고 체육관을 나와 수영장으로 들어가 보았다. 정적을 머금은 짙푸른 물이 보였다. 다시 계단을 올라 목공예실과 과학실을 둘러보았다. 창을 통해 산등성이 아래 나란히 자리 잡은 집들을 바라보았다. 끝없는 바다를 향해 줄지어 서 있는 형형색색의 집들은 반짝이는 저녁 햇살 때문인지 바르르 몸을 떨고 있는 것 같았다. 지붕 위의 하늘에는 굴뚝의 연기를 닮은 가늘고 긴 구름이 피어올라 있었다.

다음 날 아침 일찍 학생들이 등교하면 나의 하루도 시작될 것이다.

나는 불을 끄고 문을 잠근 후, 학교 앞 언덕길을 내려갔다. 손에 든 열쇠 뭉치가 달그락 소리를 냈다.

다음 날 아침 눈을 뜨니 너무나 긴장이 되어 토할 것만 같았다. 뱃속에 넣을 수 있었던 것은 커피 한 잔뿐이었다. 나는 첫 수업이 시작되기 30분 전에 학교에 도착했다. 교무실의 내 책상 앞에 앉아 그날 사용할 교재들을 뒤적였다. 복사실과 교실과 주방과 소파 사이를 왔다 갔다 하는 다른 교사들은 생기가 넘쳐 보였다. 창밖 언덕 너머로 학생들이 하나둘 모습을 드러냈다. 내 가슴은 긴장감과 두려움 때문에 딱딱한 응어리를 만들어내기 시작했다. 심장이 쪼그라들었다. 펼쳐놓은 책 위의 글자들을 내려다보았다. 그것들은 내게 아무런 의미도 주지 못했다. 몸을 일으킨 나는 커피를 가지러 주방으로 들어갔다. 몸을 돌리는 순간 닐스 에릭과 눈이 마주쳤다. 다리를 쩍 벌린 채 소파에 등을 기대고 앉아 있는 그는 느긋하게만 보였다.

"1교시 수업이 없나요?"

그가 고개를 끄덕였다. 그의 뺨은 발그레했고, 검은색 머리는 나의 옛 친구인 게이르와 마찬가지로 부스스했으며, 눈동자는 옅은 푸른색이었다.

"긴장이 되어서 숨이 막힐 것 같아요."

나는 그의 맞은편 소파에 앉으며 말했다.

"긴장할 필요 없어요."

그가 말을 이었다.

"한 교실에 학생이라곤 대여섯 명밖에 없는데 긴장할 게 뭐가 있나요?"

"물론 그렇긴 하지만… 긴장이 되는 건 어쩔 수 없네요."

그가 미소를 지었다.

"역할을 바꾸어볼까요? 그러면 좀 나아지려나… 솔직히 우리는 다른 점이 없잖아요. 이제부터 나는 칼 오베, 당신은 닐스 에릭이 되는 거예요."

"나쁘지 않군요."

내가 말을 이었다.

"하지만 다시 원래 자리로 되돌아올 때면 어떡하죠?"

"원래 자리로 되돌아온다고요? 꼭 그래야 할 필요가 있을까요?"

"당신 말도 일리가 있네요."

나는 창밖으로 시선을 던지며 말했다. 학생들이 건물 앞에 무리를 지어 서 있었다. 어떤 아이들은 운동장을 뛰어다녔고, 그들의 학부모로 보이는 어른들도 보였다. 아이들은 마치 행사장에 온 듯 한껏 치장을 한 차림새였다.

오늘은 그들에게도 첫날이라는 생각이 들었다. 어떤 아이들에겐 오늘이 입학식 날이기도 했다.

"그렇다면 나는 어디서 왔나요?"

내가 그에게 말을 건넸다.

"호크순. 나는 어디서 왔습니까?"

"크리스티안산."

"좋아요!"

나는 고개를 절레절레 저었다.

"아니, 이건 아니에요."

그가 궁금한 표정으로 나를 바라보았다.

"지금은 그렇겠죠. 하지만 몇 년만 더 기다려 보세요."

"몇 년 후엔 무슨 일이 생기기라도 하나요?"

그 순간 종이 울렸다.

"몇 년 후면 고향이 천국이라는 생각이 들 거예요."

그는 도대체 무슨 생각으로 그런 말을 했을까. 하지만 나는 아무 말도 하지 않고 자리에서 일어났다. 한 손에는 커피잔을 들고, 다른 한 손으로는 책을 든 채 문을 향해 걸었다.

"행운을 빌게요!"

그가 내 등 뒤에서 소리쳤다.

7학년 학생은 다섯 명뿐이었다. 여자아이 넷, 남자아이 하나. 그들 외에도 내가 책임져야 할 학생은 5, 6학년에 세 명이 더 있었다. 내가 담임을 맡은 학생은 모두 여덟 명인 것이다.

교탁 위에 책을 내려놓자, 아이들이 일제히 나를 쳐다보았다. 손바닥은 땀으로 축축했고, 심장은 세차게 뛰었다. 숨을 들이쉬자 가늘게 떨리는 숨결을 느낄 수 있었다.

"안녕, 내 이름은 칼 오베 크나우스고르라고 해. 크리스티안산에서 왔고, 올해 너희들의 담임교사로 일하게 되었어. 먼저 출석을 불러볼까? 여기 너희들 이름이 적혀 있긴 하지만 난 아직 누가 누군지 모르거든."

내가 말을 하는 도중, 아이들은 서로를 마주 보며 시선을 교환했다. 여자아이 둘이 키득키득 코웃음을 쳤다. 나를 향한 그들의 관심이 부정적이거나 위험하게 느껴지진 않았다. 그들의 관심은 유치하다고도 말할 수 있는 것이었다. 그들은 어린아이들이었으니까.

나는 그들의 이름이 적혀 있는 출석부를 꺼냈다. 출석부를 한 번 보고, 눈을 들어 그들의 얼굴을 확인했다.

가게에서 보았던 여자아이의 얼굴을 알아볼 수 있었다. 그중에서도 가장 눈에 띄었던 아이는 빨간 머리에 검은색 안경을 낀 여자아이였다. 그녀의 눈은 의심을 담은 회의적인 빛을 띠고 있었다. 다른 아이들에게선 부정적인 빛이라곤 전혀 느낄 수 없었다.

"안드레아?"

"네."

가게에서 만났던 여자아이가 대답했다. 그녀는 대답을 하자마자 시선을 내리깔더니 다시 고개를 들어 나를 쳐다보았다.

나는 그녀가 긴장하고 있다고 생각했기에 부드럽게 미소를 지어 보였다.

"비비안?"

그녀 옆에 앉아 있던 여자아이가 키득키득 웃으며 대답했다.

"네, 여기 있어요!"

"힐데군?"

"네."

안경을 낀 여자아이가 대답했다.

"카이 로알?"

7학년 학생 중 유일한 남학생이었다. 청바지와 청재킷을 입은 그는 펜을 만지작거렸다.

"네."

"리베?"

동글동글한 얼굴에 안경을 낀 긴 머리의 소녀가 미소를 지었다.

"네. 저예요."

뒤를 이어 6학년 여학생 한 명, 남학생 한 명, 그리고 5학년 여학생 한 명의 이름을 부르며 그들의 얼굴을 확인했다.

나는 출석부를 내려놓고 교탁 위에 걸터앉았다.

"내가 맡은 과목은 노르웨이어, 수학, 종교, 그리고 과학 과목이야. 너희들, 공부는 잘 하니?"

"그럭저럭…"

안경을 낀 빨간 머리 소녀가 말을 이었다.

"우린 지금까지 남부 지방에서 온 계약직 선생님들에게서만 배웠어요. 그런 선생님들은 일 년만 일하고 다른 곳으로 가버렸죠."

나는 미소를 지어보였지만, 그녀는 미소를 짓지 않았다.

"너희들은 무슨 과목을 제일 좋아하니?"

아이들은 서로를 마주 보았다. 아무도 대답을 하려 하지 않았다.

"카이 로알, 너는 무슨 과목을 제일 좋아하니?"

그가 발갛게 상기된 얼굴로 몸을 비비 꼬았다.

"잘 모르겠어요. 목공예 시간도 좋고 체육 시간도 좋아요. 노르웨이어 과목은 제일 싫어하는 과목이에요."

"넌 어때?"

나는 가게에서 보았던 여자아이를 턱으로 가리킨 후, 출석부를 내려다보며 이름을 확인했다.

"안드레아?"

그녀는 두 다리를 꼬고 앉은 채 책상 위로 몸을 굽히고 종이 위에 무언가를 적고 있었다.

"특별히 좋아하는 과목은 없어요."

"그렇다면 너는 모든 과목을 좋아하는 편이니, 아니면 그 반대니?"

그녀가 고개를 들어 나를 쳐다보았다. 그녀의 눈동자가 순간적으로 반짝였다.

"모든 과목을 싫어해요!"

"너희들도 그러니?"

나는 교실을 둘러보며 물어보았다.

"네!"

아이들이 일제히 대답했다.

"좋아. 문제는 수업 시간 중에는 싫든 좋든 이 자리에 앉아 있어야 한다는 사실이란다. 어차피 피할 수 없는 일이니 모두들 시간 중에라도 최선을 다하는 게 좋을 것이라고 생각해. 내 말이 틀렸니?"

아무도 대답하지 않았다.

"난 아직 너희들을 잘 모르기 때문에 첫 수업 시간엔 서로를 소개하고 앞으로 어떤 과목에 더 신경을 써야 할지 알아보는 시간으로 활용했으면 좋겠어."

나는 일어나서 커피를 한 모금 마신 후, 손등으로 입가를 닦았다. 책장을 사이에 둔 반대편 구석 쪽에서 누군가가 노래를 부르기 시작했다. 헤게의 높고 청명한 노랫소리를 따라 아이들의 목소리가 뒤를 이었다.

1학년 학생들이었다!

"그래서 너희들에게 과제를 내어주려고 생각했단다."

나는 다시 말을 이었다.

"프레젠테이션을 만들어보렴. 종이 위에 생각나는 대로 적으면 돼."

"어휴, 종이에 적으래…!"

카이 로알이 소리질렀다.

"그런데 프레젠테이션은 무슨 뜻인가요?"

비비안이 질문했다.

나는 그녀를 향해 시선을 돌렸다. 턱선이 보이지 않을 정도로 동글동글했기 때문에 그녀의 얼굴은 언뜻 네모처럼 보이기도 했다. 하지만 날카롭게 각진 느낌은 전혀 찾아볼 수 없었고, 오히려 자그마한 강아지처럼 부드럽고 귀엽기만 했다. 그녀의 푸른 눈동자는 미소를 지을 때마다 거의 보이지 않을 정도로 자취를 감추었다. 나는 그녀가 매우 자주 웃는다는 것을 이미 파악한 후였다.

"내가 누군지 다른 사람들에게 소개하는 거야. 낯선 사람들 앞에서 네가 누군지 설명한다고 했을 때, 가장 먼저 네가 말하고 싶은 것은 무엇인지 생각해보렴."

그녀가 자세를 고쳐 앉으며 통통한 다리를 꼬았다.

"내 나이가 열세 살이라는 것이랑… 호피요르 학교의 7학년 학생이라는 것…?"

"좋아. 그렇게 하면 돼. 그리고 네가 남자인지 여자인지도 말해야 되지 않을까?"

그녀가 코웃음을 쳤다.

"맞아요. 그건 말해야 할 필요가 있겠네요."

"좋아. 지금부터 자기 자신을 소개하는 글을 써보도록 하자. 종이 한 장이 넘어가도 상관없어."

"선생님이 아이들 앞에서 읽어주실 건가요?"

힐데가 물었다.

"아니, 그렇게 하진 않을 거야."

"그런데 어디다 쓰면 되죠?"

카이 로알이 물었다.

나는 이마를 탁 쳤다.

"앗! 너희들에게 아직 공책을 나누어주지 않았구나!"

아이들이 웃음을 터뜨렸다. 여느 아이들과 다름이 없었다. 그들은 이런 상황이 우습다고 생각하는 어린아이들일 뿐이었다. 나는 교무실에서 공책을 가져와 아이들에게 나누어주었다. 아이들이 과제를 하는 동안 나는 창가에 서서 산봉우리, 가볍게만 보이는 옅은 색 하늘, 하늘과 맞닿아 있는 차갑고 검푸른 피요르를 바라보았다.

종소리와 함께 아이들의 과제를 거두어 들였다. 문득 가슴 벅찬 느낌이 방울방울 온몸을 채우는 것을 느낄 수 있었다. 첫 수업을 잘 해냈다는 생각에 가슴이 뿌듯했다. 두려워할 것은 아무것도 없다는 확신이 생겼다. 12년 동안의 학업을 마치고 교사로서 첫 수업을 한 후 벅찬 기쁨과 함께 교무실 문을 열고 들어가는 순간, 나는 삶의 중요한 선을 하나 넘은 것 같았다. 어른의 세계에 접어들어 한 학급의 담임으로서 막중한 책임을 지게 된 것이다.

아이들의 과제물을 책상에 올려놓고 커피를 따랐다. 소파에 앉아 다른 동료들을 바라보면서, 내 자리는 백스테이지라고 생각하며 흡족해했다. 그것은 기본적으로 매우 기분 좋은 생각이었지만, 다음 순간 이것은 정반대로 변해버렸다. 오래도록 내가 원했던 것은 이것이 아니라는 생각이 들었기 때문이다. 제기랄! 교사라니! 세상에 이것보다 더 비참한 일이 있을까. 백스테이지. 그것은 밴드와 여인들과 술과 공연과 유명세를 의미하는 것이 아니었던가.

이 또한 내가 가려던 길은 아니었다. 이것은 삶의 다음 단계로 발을 들여놓기 위한 하나의 과정일 뿐이었다.

커피를 한 모금 마시고 문을 열고 들어오는 이를 향해 눈길을 던졌다. 닐스 에릭이었다.

"첫 수업은 어땠나요?"

그가 물었다.

"나쁘지 않았어요. 괜히 긴장했었다는 생각마저 들더군요."

그의 등 뒤로 헤게가 따라 들어왔다.

"너무 귀여워요! 조그만 아이들이 얼마나 예쁜지…!"

"칼 오베?"

주방에서 내 이름을 부르는 목소리가 들려왔다. 소리나는 쪽을 돌아보니 스투레가 커피잔을 손에 들고 나를 쳐다보고 있었다.

"자네도 축구를 가끔 하나?"

"네, 그렇습니다만 그다지 실력은 없어요. 두 시즌 전에 5부 리그에서 잠시 축구한 것밖에 없거든요."

"나는 이 동네 축구팀 코치로 일하고 있어요. 7부 리그에 속한 팀이죠. 그러니 당신이 우리 팀에서 뛰는 데는 별 문제가 없을 것 같아요. 우리 팀에서 한 번 뛰어볼 마음이 있나요?"

"네, 물론입니다."

"토르 에이나르도 우리 축구팀 멤버입니다. 그렇지 않나, 토르 에이나르?"

그가 교무실 안으로 고개를 쑥 들이밀고 소리쳤다.

"또 내 등 뒤에서 험담을 하는 겁니까?"

그의 목소리가 안쪽에서 들렸다. 잠시 후, 그가 주방문 안으로 얼굴을 들이밀었다.

"토르 에이나르는 주니어 팀에 있을 때 4부 리그에서 뛴 적이 있어요."

스투레가 말을 이었다.

"하지만 불행히도 축구 외에 다른 재능은 하나도 없어요."

"그래도 난 아직 머리숱이 많잖아요?"

토르 에이나르가 주방으로 들어오며 말을 이었다.

"그래서 난 다른 사람들처럼 남자의 가치를 지키기 위해 턱수염을 기를 필요가 없어요."

토르 에이나르는 핀스네스 출신이었다. 주근깨가 듬성듬성 보이는 창백한 얼굴, 붉은 기가 감도는 머리카락, 항상 입가에 감도는 미소. 그의 움직임은 느릿느릿하고 신중했다. 다른 사람들의 움직임과는 상관없이 자신만의 리듬에 맞추어 움직였기에 자칫 거만하게 보이기도 했다.

"팀에서 무슨 역할을 했나요?"

그가 내게 질문을 던졌다.

"미드필더였습니다. 당신은요?"

"중앙에서 공을 가로채는 역할을 하지요."

그가 윙크를 찡긋하며 대답했다.

"아, 미드필드 테리어군요."

나는 말을 이었다.

"우리 팀원들은 나를 두고 엘크라고 불렀죠. 그건…"

그가 웃음을 터뜨렸다.

"왜 하필이면 엘크인가요?"

헤게가 물었다.

"제가 달리는 모습 때문에 그럴 거예요. 긴 팔다리를 흐느적거리면서 아무렇게나 뛰는 듯한 모습 때문에…"

"축구 경기장에서 다른 동물들도 볼 수 있나요?"

그녀가 다시 물었다.

"그럴 걸요?"

나는 토르 에이나르를 쳐다보며 말했다.

"그렇죠. 억센 골잡이는 황소라고 부르기도 해요."

"호랑이도 있어요."

내가 말을 이었다.

"골키퍼의 호랑이 같은 스텝… 그 외에 동물은 아니지만 버틀러의 역할을 하는 선수도 있답니다."

"그건 뭔가요?"

"항상 다른 선수들의 움직임을 파악하고, 적절한 순간에 정확하게 이리저리 패스해주는 사람이죠."

"너무 유치해요!"

헤게가 말했다.

"물통을 나르는 사람도 있고…"

토르 에이나르가 끼어들었다.

"공격선에는 레이더 탐지기 역할을 하는 선수 한 쌍을 자주 볼 수 있지요. 물론 외로운 늑대도 있을 수 있고."

"심판도 있잖아요."

닐스 에릭이 말을 이었다.

"심판은 자주 젖소라고도 불린답니다."

"그런 일을 자발적으로 하다니, 믿을 수가 없어요."

헤게가 말했다.

"난 아니에요."

닐스 에릭이 말했다.

"당신들 둘, 말이에요."

헤게가 나를 바라보며 말했다.

종이 울렸다. 나는 다음 수업에 필요한 책을 가지러 가기 위해 몸을 일으켰다. 스투레가 내 어깨에 손을 얹었다.

"다음 시간은 내 학생들을 가르칠 거죠?"

나는 고개를 끄덕였다.

"영어 과목입니다."

"스티안이라는 학생은 요주의 인물이에요. 아마 이런저런 방법으로 당신에게 도전을 해올지도 몰라요. 하지만 신경 쓸 일은 아니에요. 그냥 아무렇지도 않게 넘기면 잘 될 거예요."

나는 어깨를 으쓱 추켜 보였다.

"그러길 바랍니다. 감사합니다."

"그 아이를 막다른 골목에 밀어 넣지만 않으면 아무 문제 없을 거예요."

"알았습니다."

영어는 내가 자신 없는 과목이었다. 게다가 나는 학생들보다 겨우 두 살밖에 많지 않았다. 나는 8학년과 9학년 학생들의 교실이 있는 신관 쪽으로 걸어갔다. 긴장감으로 뱃속이 뒤틀리는 것만 같았다.

교탁 위에 책을 올려놓았다. 의자에 앉아 있는 아이들은 마치 세탁 건조기에서 방금 빠져나온 듯 부스스했다. 모두들 내가 그 자리에 없는 것처럼 투명인간 취급을 했다.

"헬로! 마이 네임 이즈 칼 오베 크나우스고르. 하우 두 유 두? 나는 올해 여러분에게 영어 과목을 가르칠 교사입니다."

아무도 입을 떼지 않았다. 교실 안에는 남학생 넷과 여학생 다섯뿐이었다. 몇 명이 고개를 들어 나를 쳐다보았다. 나머지는 종이 위에 무언가를 끄적거리거나 뜨개질을 했다. 패스트푸드 음식점 앞에서 만난 소년의 얼굴이 보였다. 야구 모자를 쓴 그는 의자 위에서 몸을 건들거리며 입가에 비꼬는 듯한 미소를 담은 채 나를 쳐다보았다. 나는 그가 바로 스티안이라고 짐작했다.

"이제 각자 영어로 자기소개를 하도록 하겠습니다."

"어쭙잖은 영어보다는 노르웨이어로 말하는 게 더 낫지 않을까요, 선생님?"

스티안이 소리쳤다. 그의 뒷자리에 앉아 있던 소년이 소리 내어 웃음을 터뜨렸다. 그는 나보다 키가 훨씬 큰 것 같았다. 1미터 94센티미터라는 내 키도 작은 키는 아닌데… 여학생 몇 명이 키득키득 코웃음을 쳤다.

"언어를 배울 때는 기회가 있을 때마다 그 언어로 직접 말을 해봐야 합니다."

하얀 얼굴에 짙은 색 머리와 푸른 눈을 가진 통통한 얼굴의 여학생이 손을 치켜들었다.

"예스?"

"선생님의 영어는 누구를 가르치기엔 그다지 유창하다는 생각이 들지 않는 걸요?"

순간, 내 뺨이 화끈 달아올랐다. 나는 달아오른 뺨을 감추기 위해

75

한 발짝 앞으로 나서며 미소를 지었다.

"그렇습니다. 내 영어는 원어민처럼 완벽하지 않다는 것을 인정해요. 하지만 그건 중요하지 않습니다. 우리에게 가장 중요한 것은 상대방이 이해할 수 있도록 언어를 구사하는 능력을 갖추는 것입니다. 여러분은 내 말을 이해할 수 있습니까?"

"조금…"

그녀가 대답했다.

"좋아요. 왓츠 유어 네임?"

그녀가 못마땅한 표정을 지으며 눈동자를 휘휘 굴렸다.

"카밀라."

"문장을 만들어 대답해보세요."

"오우! 마이 네임 이즈 카밀라. 해피?"

"예스."

"왓 두 유 민 예스?"

그녀가 질문을 던졌다.

"예스…"

나는 다시 얼굴을 붉혔다.

"왓츠 유어 네임?"

나는 카밀라 뒤에 앉아 있는 여학생을 바라보며 질문을 던졌다. 그녀가 고개를 치켜들고 나를 바라보았다.

오! 오!

그녀는 너무나 아름다웠다!

그녀가 미소를 짓자 부드러운 푸른색 눈이 가늘어졌다. 커다란 입. 높이 솟은 광대뼈.

"마이 네임 이즈 리브."

그녀가 소리 내어 웃으며 대답했다.

"카밀라, 리브. 앤 유?"

나는 스티안을 향해 고갯짓을 했다.

"내 이름은 스티안입니다."

"방금 했던 말을 영어로 해보세요."

"스티안!"

모두들 웃음을 터뜨렸다.

수업을 마치는 종소리가 울렸다. 나는 말할 수 없이 피곤한 몸을 이끌고 교실을 나섰다. 회피하고 얼버무리며 둘러대야 할 것, 이해해야 할 것, 무시해야 할 것, 야단을 치고 고쳐주어야 할 것들이 너무나 많았다. 카밀라는 나를 뚫어지게 바라보며 두 팔을 올려 기지개를 켜며 하품을 했다. 그녀가 팔을 올리자 하얀 티셔츠 밑에 자리한 둥그렇고 큼직한 젖가슴이 선명하게 윤곽을 드러냈다. 내 아랫도리가 그 모습에 반응을 보였다. 솟아오른 아랫도리를 원상태로 되돌리기 위해 애써 다른 생각을 해보았지만 소용이 없었다. 교탁 뒤에 서 있었던 것이 다행이라면 다행이었다.

게다가 리브는 어떤가. 수줍고 아름다웠으며, 내성적인 면과 활발한 모습을 동시에 보여주었던 그녀는 가끔 남자아이처럼 개구쟁이 같은 면을 드러내기도 했다. 그녀의 존재를 무시하는 것은 불가능했다. 그것은 길고 숱이 많은 짙은 금발 머리와 달그락달그락 소리를 내는 팔찌 때문일 수도 있었고, 수줍음과 공존하는 생동감과 반짝이는 눈빛 때문일 수도 있었다.

스티안은 기회만 생기면 나를 공격하기라도 하듯 쉴 새 없이 작은 주머니칼을 만지작거렸다. 칼을 집어넣으라고 주의를 줘도 소용없었다. 과제에 집중하라고 부드럽게 타일러도 소용없긴 마찬가지

77

였다. 그의 단짝 친구로 보이는 이바르는 스티안이 무슨 말을 할 때마다 주위를 둘러보며 멍청하기 짝이 없는 웃음을 내뱉었지만, 가끔 나를 향하는 그의 눈빛은 호의를 담아 반짝였다. 이바르는 통제가 가능할 것 같다고 생각했다. 가끔 그는 내가 하는 말에 웃음을 터뜨리기도 했으니까.

교무실에 돌아온 나는 소파에 털썩 주저앉았다. 비베케가 미소를 지으며 내게 다가왔다. 열아홉 살의 그녀는 생기를 머금은 동그란 얼굴의 소유자였다. 푸른색의 밝은 눈동자, 파마를 한 금발 머리.

"수업은 어땠나요?"

그녀가 물었다.

"그럭저럭 괜찮았어요. 당신은 어땠나요?"

"나도 마찬가지예요. 하지만 난 여기 오래 살아서 별로 새로울 게 없답니다. 이곳에서 태어나 학교를 다녔으니까요."

나는 할 말을 찾을 수 없었다. 그녀는 미소를 지은 후 자신의 책상으로 돌아갔다. 야네가 곁에 와서 앉았다. 그녀도 이곳에서 태어나 자란 사람이었다. 20대 초반의 그녀는 몸집이 꽤 컸다. 그녀의 팔뚝은 내 팔뚝보다 두 배나 더 굵었고, 평평한 뺨 위에 자리한 코는 고대 로마인처럼 길게 쭉 뻗어 있었다. 가느다란 입술은 마치 눈앞에 있는 혐오스러운 것을 보듯 양옆이 밑으로 처져 있었고, 두 눈은 항상 화를 내는 것 같았다. 하지만 그녀가 웃는 모습을 두 번쯤 본 적도 있었다. 그녀는 한번 웃음을 터뜨리면 멈추지 못했고, 사라진 통제력을 되찾으려는 듯 애를 쓰는 것 같았다. 그럴 때면 화를 내는 것 같은 그녀의 시무룩한 모습은 어디서도 찾을 수 없었다.

젊은 계약직 교사 외에 나이가 꽤 많은 정교사도 있었다. 40대 후반의 에바였다. 나이에 비해 훨씬 늙어 보이는 그녀는 가사 과목을 담당했다. 그녀의 몸은 작고 가냘펐으며, 얼굴은 길고 뾰족했다. 머리숱은 적었고 목소리는 날카로웠다. 그녀가 뜨개질 실과 바늘을 손에 들고 나의 맞은편에 앉았다. 그녀의 몸짓으로 보아 그녀가 나를 별로 마음에 들어 하지 않는다고 짐작했다. 하지만 나는 개의치 않았다. 나는 어차피 이곳에 오래 있지 않을 테니까. 평생 교사로 살아갈 생각은 조금도 없었다.

영어 수업을 마치고 교무실에 들어서자 그녀가 고개를 들어 나를 쳐다보았다. 그녀의 태도와 눈빛으로 미루어보아, 그녀는 내가 어떤 기분에 휩싸여 있는지 아는 것 같았다. 물론 그것은 불가능한 일이다. 그럼에도 나는 그 생각을 지울 수가 없었다.

나는 점심시간에 마을 반대편에 있는 우체국으로 갔다. 햇빛을 머금은 산등성이는 눈부신 녹색을 띠고 있었고, 바다는 짙은 푸른색이었다. 뜨거운 햇살 속에서도 무언가 가볍고 서늘한 기운을 느낄 수 있었다. 전형적인 8월의 날씨였다. 문득 매년 여름방학을 마치고 새학년을 맞이했을 때의 들뜬 기대감이 나를 스쳤다. 어쩌면 올해도 무언가 기분 좋은 일이 일어나지 않을까.

나란히 줄지어 선 건물 뒤에는 녹색 사이로 듬성듬성 자취를 드러낸 누런색도 볼 수 있었다. 북부 지방이다 보니 가을이 일찍 찾아오는 것 같았다. 나는 지나가는 자동차를 향해 고개를 끄덕이며 인사를 건넸다. 학부모로 보이는 여자가 차창 너머로 내게 인사를 되돌려주었다. 우체국 앞에 깔린 자갈길에 발을 디뎠다. 우체국은 2층 건물의 아래층에 자리하고 있었다. 위층은 일반 가정집처럼 보였다. 우체국 입구에는 사서함이 나란히 설치되어 있었고, 안쪽에는 안내 데스크와 우체국 사무를 보는 공간이 있었다. 벽에는 우체국 광고

포스터가 걸려 있었고, 진열대에는 엽서와 봉투가 꽂혀 있었다.

데스크 뒤에 앉아 있는 여인은 50세 정도로 보였다. 붉은 기가 감도는 파마 머리는 숱이 적은 것을 감추기 위한 것 같았다. 안경 낀 얼굴, 가느다란 금 목걸이를 한 목. 작은 창문 아래 있는 책상 앞에선 보행기에 몸을 의지한 한 남자가 동전으로 복권을 열심히 긁고 있었다.

"안녕하세요."

나는 우체국 직원에게 인사를 건네며 데스크 위에 편지 봉투를 내려놓았다.

"이걸 보내려고 하는데요."

"네, 알았습니다. 참, 벌써 당신에게 편지가 왔어요. 사서함을 확인해보세요."

"그렇습니까? 감사합니다!"

그녀가 편지 봉투의 무게를 재고 우표를 찾는 동안, 나는 내 이름이 붙어 있는 사서함을 열어보았다. 리네가 보낸 편지 한 통.

나는 안으로 들어가서 요금을 지불하고, 우체국을 나와 편지를 읽으면서 자갈길을 걸었다.

그녀는 방에 홀로 앉아 내 생각을 한다고 했다. 나를 진심으로 좋아한다고 했다. 우리는 수많은 일을 함께하며 시간을 보냈지만, 나를 단 한 번도 사랑한 적은 없다고 했다. 이제, 우린 먼 곳에 떨어져 살고 있으니, 솔직하게 심정을 고백하고 관계를 정리하는 것이 최선이라고 했다. 그녀는 내 앞날에 좋은 일만 있기를 바라며, 집필에 최선을 다하라고 당부했다. 그녀는 그림 그리는 일에 최선을 다할 것이라고 했다. 이런 편지를 보냈다고 화내지 않기만을 바랄 뿐이라고도 했다. 우리의 삶은 이제 새로운 시작을 앞두고 있으며, 그녀는 내일 폴케하이스쿨 기숙사로 들어갈 것이라 했다. 내게도 새로운 도시에 잘 정착했기를 바란다는 그녀는, 우리가 작별 인사를 나누었던 것이 마치 엊그제처럼 느껴진다고 적었다. 그녀가 나를 사랑하지 않은 것은 명백한 사실이기에 헤어지는 수밖에 없다고 했다. 솔직한 마음을 감추고 관계를 지속한다면 그것은 스스로를 속이는 일이라고도 했다. 그녀는 내가 참 좋은 사람이라는 것을 잘 알기에 이렇게 할 수밖에 없다고 했다. 감정은 우리가 통제할 수 있는 것이 아니기 때문에.

나는 편지를 구겨 코트 주머니에 집어넣었다.

나도 리네를 진심으로 사랑한 적은 없었다. 그렇기 때문에 나도 그녀가 했던 말을 그대로 되돌려줄 수 있다. 그럼에도 그녀의 편지를 읽으니 섭섭하고 화가 났다. 나는 그녀가 나를 사랑하기를 바랐던 것이다. 비록 이젠 그녀와 헤어져 홀가분하기도 했지만, 관계를 끝내자고 먼저 말한 사람이 내가 아니라 그녀라는 사실에 기분이 좋지 않았다. 이제 그녀는 먼저 관계를 끝내자고 말했다는 사실 때문에 나보다 우위적인 입지에 서게 되었다. 또한 그녀는 앞으로도 내가 그녀를 사랑했다고 믿을 것은 물론이며, 그녀의 편지 때문에 내가 절망에 빠졌다고 믿을 것이 분명했다.

쳇.

수산물 수취장 앞에는 사람들로 북적북적했다. 선착장에는 배가 여러 대 정박되어 있었고, 어둑어둑한 창고 앞의 콘크리트 길 위에는 화물차가 왔다 갔다 하고 있었다. 긴 고무장화를 신은 남자들이 바쁘게 움직였고, 하얀 코트와 하얀 모자를 쓴 한 무리의 여인들은 창고 옆에 서서 담배를 피우고 있었다. 건물 지붕 위에는 갈매기들이 끼룩끼룩 울며 날갯짓을 하고 있었다.

나는 가게 안으로 들어가 롤빵, 당근, 마가린과 우유를 샀다. 계산대 앞의 점원이 내게 이곳 생활에 잘 적응하고 있는지 물었다. 나는 잘 지내고 있다고 말하면서 가게를 나왔다.

점심시간 직후에는 수업이 없었다. 나는 롤빵 두 개를 먹고 남은 음식은 교무실의 작은 냉장고 속에 넣어둔 후, 책상 앞에 앉아 그 주에 있을 수업 준비를 했다. 계약직 교사들은 정기적으로 교육학자와 만나 회의를 해야만 했다. 우리 학교에 배정된 교육학자는 일주일에 한 번 우리와 함께 회의를 하면서, 수업과 관련한 문제점이나 어려운 점을 해결하는 데 도움을 줄 예정이었다. 또한 다음 주에는 그 지역 계약직 교사들을 위한 강의가 핀스네스에서 있을 예정이었다. 그곳의 젊은이들은 공부를 하기 위해 외지로 나간 후 거의 되돌아오는 일이 없었기에, 타지에서 온 계약직 교사들의 수는 꽤 많았다. 물론 이로 인한 문제점도 적지 않았다.

그렇기 때문에 정부에서는 북부 지방에 여러 가지 혜택을 주었다. 아버지와 운니가 북부 지방으로 이사 간 것도 세금 감면 혜택 때문이었다. 두 사람은 북부 지방의 한 고등학교에서 일하고 있다. 더 정확히 말하면, 현재 아버지는 학교에서 일을 하고, 운니는 휴가를 얻어 출산을 기다리고 있었다. 그들을 마지막으로 본 것은 몇 주 전이었다. 그들은 당시 남부 지방 쇠를란데의 한 연립주택에서 살고 있었다. 그때 운니의 배는 크게 불러 있었다.

내가 북부 지방에서 일하겠다고 결심한 것은 바로 그들 때문이었다. 우리는 베란다에 함께 앉아 대화를 나누었다. 아버지는 웃통을 벗은 채 햇볕에 그을린 갈색 피부를 드러내고 한 손으로는 담배를 들고 다른 한 손으로는 맥주병을 든 채 앉아 있었다. 나는 선글라스를 낀 채 한쪽 귀에 십자 귀걸이를 하고 앉아 있었다. 가을이 오면 무엇을 할 계획이냐고 묻는 아버지의 시선은 안절부절못하는 듯 정작 내가 아닌 주변을 쉴 새 없이 훑었고, 목소리는 피곤하고 무관심한 듯 힘이 없었다. 내가 그곳에 도착했을 때부터 마신 맥주 때문이었을 것이다. 그래서 나도 무덤덤하게 대답했다. 비록 아버지의 질문에 나는 가슴이 뜨끔했지만 어깨를 으쓱 추켜 보이며 공부를 계속하거나 군대에 갈 생각은 없다고 말했다.

"일을 할 생각이에요. 병원이나 그 비슷한 곳에 일자리가 생긴다면."

아버지는 허리를 쭉 펴고 탁자 위에 있는 커다란 재떨이에 담배꽁초를 버렸다. 꽃가루로 가득한 공기는 묵직했고 여기저기서 날벌레와 벌이 날아다니는 소리가 들렸다.

"교사로 일할 생각은 없니?"

아버지가 의자에 무겁게 등을 기대며 말했다. 아버지는 지난번에 보았을 때보다 체중이 20킬로그램은 불은 것 같았다.

"북부 지방에선 이력서를 넣기만 하면 바로 그날로 일자리를 얻을 수 있단다. 고등학교 졸업장만 있으면 여기저기서 서로 오라고 할 걸."

"네, 한번 생각해볼게요."

"그래, 진지하게 고려해봐. 맥주를 더 마시고 싶으면 직접 가져와서 마셔. 맥주가 어디 있는지 알고 있지?"

"네."

나는 의자에서 일어나 주방으로 들어갔다. 식탁 앞에 앉아 신문을 읽고 있던 운니가 내게 미소를 지었다. 그녀는 카키색 반바지에 헐렁한 회색 상의를 입고 있었다.

"맥주를 가지러 왔어요."

"응, 저기 있어. 방학이니까 하고 싶은 대로 해."

"네. 병따개는 어디 있나요?"

"저기 선반 위에 있을 거야. 배고프니?"

"아뇨, 그다지… 날씨가 너무 더워서 입맛을 잃어버렸나봐요."

"오늘 자고 갈 거지?"

"네."

"그렇다면 저녁을 좀 늦게 먹어도 되겠구나."

나는 고개를 뒤로 젖히고 맥주를 한 모금 길게 마셨다.

"정원 일을 좀 해야 하는데 너무 더워서 꼼짝도 못 하겠어."

"네, 정말 덥네요."

"게다가 배도 이렇게 부르니…"

"네, 정말 그러네요. 아래쪽 강에 가서 몸을 식히는 건 어때요?"

"아냐, 사람이 너무 많은 것 같더라."

나는 고개를 끄덕였다. 동시에 미소를 지었다. 나는 다시 아버지가 앉아 있는 베란다로 나갔다.

"맥주를 가져왔구나."

"네."

나는 의자에 앉았다. 예전 같으면 아버지는 지금쯤 정원에서 일을 하고 있을 것이다. 정원에서 일을 하지 않는다면, 아버지의 날카로운 눈은 주변에서 일어나는 모든 일을 빠짐없이 지켜보고 있을 것이다. 심지어는 지나가는 차가 멈춰섰을 때 운전석의 청년이 차창을 내리는 모습까지도. 하지만 아버지의 예전 모습은 이제 찾아볼 수가 없다. 아버지의 눈빛에는 귀찮은 듯 무덤덤한 기색뿐이었다. 하지만 항상 그런 것은 아니었다. 가끔 아버지와 눈이 마주칠 때면, 예전의 차갑고 딱딱한 아버지가 여전히 그곳에 있다는 것을 느낄 수 있었으니까. 내가 어렸을 때 그토록 두려워했던 무섭고 냉정한 아버지.

아버지가 몸을 굽혀 빈 맥주병을 바닥에 내려놓고, 새 맥주병을 들어올려 열쇠 꾸러미에 달려 있던 병따개로 뚜껑을 열었다. 아버지는 주방에 갈 때마다 맥주를 서너 병씩 가져왔다. 그렇게 하면 병을 비울 때마다 주방에 가서 새 맥주를 가져오지 않아도 된다고 말했다. 아버지가 맥주병을 들어올려 입속에 술을 흘려넣었다.

"음… 햇살이 좋구나."

"네, 그러네요."

"올해도 햇볕에 잘 그을릴 수 있어서 만족해."

"네, 저도 많이 그을렸어요."

"쳇, 네가?"

아버지가 콧방귀를 뀌었다.

"얼마 전에 구입한 솔라리움이 2층에 있어. 어둑한 곳에 두어야 한다더구나."

"네, 그렇군요. 2층에 갔을 때 언뜻 본 것 같아요."

"그래."

아버지는 다시 길게 한 모금 맥주를 들이켜고 빈 병을 바닥에 내려놓았다. 담배를 말고 불을 붙인 후, 다시 새 맥주병의 뚜껑을 땄다.

"언제 저녁을 먹을까?"

"저는 아무래도 좋으니까, 아버지와 운니가 결정하세요."

"알았어. 날이 이렇게 더우니 나도 입맛이 없구나."

아버지가 탁자 위에 있던 신문을 들어올리며 말했다.

나는 베란다 울타리 위에 한쪽 팔을 올려놓고 아래쪽을 내려다보았다. 베란다 아래의 잔디는 바짝 말라 누렇게 변한 곳이 더 많았다. 회색 골목길은 텅 비어 있었다. 동네 어귀의 먼지 가득한 자갈밭 뒤에는 나무 몇 그루가 자라고 있었고, 그 뒤에는 나란히 자리 잡은 집들의 담벼락과 지붕이 보였다. 아버지와 운니는 이곳에 아는 사람이라곤 아무도 없었다. 이웃은 물론 시내 전체를 통틀어도 아는 사람이 없었다. 푸른 하늘에 작은 헬리콥터 한 대가 미끄러지듯 날고 있었다. 거실 쪽에서 운니의 무거운 발소리가 들려왔다.

"E18번 도로에서 정면충돌 사고가 있었나보군."

아버지가 말했다.

"승용차와 트럭이 부딪쳤나봐."

"네? 그런 일이 있었어요?"

"대부분의 교통사고는 자살을 위장한 사고라는 걸 알고 있니? 그들은 전속력으로 달려 트럭이나 산등성이에 부딪힌단다. 사람들은 사고 당사자의 의도를 알 길이 없지. 그렇게 자살한 사람들은 수치심을 느끼지 않아서 좋을 거야."

"정말 그렇게 믿으시나요?"

"물론이지. 자살하기엔 아주 효과적인 방법이야. 핸들을 옆으로 살짝 돌리기만 하면 몇 초 후에 죽을 수 있으니까."

아버지가 내게 신문을 들어보이며 말을 이었다.

"살아남을 가능성이 거의 없어 보이지?"

사진 속에는 납작하게 찌그러진 자동차 한 대가 보였다.

"네, 그러네요."

나는 의자에서 일어나 화장실에 가기 위해 계단을 내려갔다. 변기 위에 앉아 있으려니, 술기운이 덮쳤다. 몸을 일으켜 찬물로 얼굴을 씻었다. 아버지는 세세한 일마저도 결코 그냥 넘어가는 일이 없었기에 변기 물을 내리는 것도 잊지 않았다. 베란다로 다시 나가니, 아버지는 신문을 내려놓고 울타리 위에 팔꿈치를 얹은 채 앉아 있었다. 내가 어렸을 때 여름이 되면, 아버지는 항상 열린 차창에 팔꿈치를 얹어놓고 운전을 하곤 했다. 그때 아버지는 몇 살이었을까? 나는 속으로 햇수를 세어 보았다. 아버지는 지난 5월에 마흔셋이 되었다. 문득 아버지 생일 때마다 형과 함께 초록색 '멘넨' 애프터 셰이브를 선물로 샀던 기억이 났다. 당시 아버지는 턱수염도 없었는데 우리는 왜 해마다 애프터 셰이브를 사주었을까. 그 생각을 하니 절로 미소가 지어졌다. 아버지가 비틀거리며 몸을 일으키더니, 균형을 잡기 위해 잠시 몸을 가눴다. 아버지는 반바지의 뒤춤을 추켜올리며 거실로 들어갔다.

그날 이후, 북부 지방에서 교사로 일하겠다는 생각은 내 머릿속에 뿌리를 내리고 점점 자라기 시작했다. 아무리 생각해도 단점은 찾아낼 수 없었다.

1. 내가 아는 모든 사람에게서 멀리 떨어져 완벽한 자유를 누리며 살 수 있다.

2. 그럴듯한 일을 하며 돈을 벌 수 있다.

3. 글을 쓸 수 있다.

그 생각은 현실이 되었고, 나는 지금 책상 위에 책을 펼쳐 놓은 채 다음 수업 시간 준비를 하고 있다. 교무실 앞 복도 끝에 자리한 화장실에서 토릴이 나왔다. 그녀는 말없이 내게 미소를 건넨 후, 선반에서 작은 서류첩을 꺼냈다.

"교사라는 직업은 생각보다 꽤 좋은 것 같아요!"

내가 말했다.

"지금은 그렇게 생각하겠지만 조금만 더 기다려보세요!"

그녀가 미소 띤 얼굴로 교무실을 나섰다. 창밖을 보니 닐스 에릭이 내 학급 학생들과 함께 건물을 향해 걸어오고 있었다.

5년 전만 해도, 나는 창밖에 보이는 아이들과 같은 나이였다. 앞으로 5년이 지나면, 그들은 내 나이가 될 것이다. 오, 그때가 되면 나는 이미 작가로 데뷔했을지도 모른다. 그때가 되면 나는 대도시에 살면서 글을 쓰고 술을 마시며 원하는 삶을 살고 있을 것이다. 짙은 색 눈동자와 커다란 젖가슴을 지닌 아름답고 날씬한 애인이 생길지도 모른다.

나는 보온병을 치켜들고 커피가 남아 있는지 흔들어 보았다. 텅비어 있었다. 나는 커피머신에 물을 붓고, 필터를 끼운 다음 커피를 다섯 스푼 넣고 전원을 켰다. 기계에서 한숨을 쉬는 듯한 소리, 기침을 하는 듯한 소리와 함께 검은색 액체가 흘러내렸다. 잠시 후 보온 상태를 알리는 빨간 불빛이 켜졌다.

"지금까지의 수업은 어땠나?"

소리 없이 등 뒤로 다가온 목소리에 깜짝 놀라 몸을 돌렸다. 리카르드였다. 그는 나를 빤히 바라보며 환한 미소를 짓고 있었다. 도대체 뭘까? 그는 소리도 내지 않고 이 학교 안을 돌아다니면서 교사들을 감시하는 걸까?

"네, 만족합니다. 교사라는 직업이 꽤 흥미로운 직업이라는 생각도 해보았습니다."

"그렇다네. 교사는 매우 의미 있고 특별한 직업이지. 더불어 막중한 책임이 따르는 일이기도 하다네."

그는 왜 그런 말을 했을까? 내게 책임감이 부족하다는 것을 돌려 말했던 건 아닐까? 그렇다면, 그 이유는 무엇일까? 혹시, 내가 책임감이 없는 사람처럼 보이는 건 아닐까?

"네… 제 아버지도 교사랍니다. 여기서 좀더 북쪽으로 올라간 곳에서 일하고 있어요."

"아, 그런가. 아버님이 북부 지방 출신이었던가?"

"아닙니다. 세금 감면 혜택 때문에 그곳에 자리를 잡았어요."

리카르드가 웃음을 터뜨렸다.

"커피 드시겠습니까?"

내가 그에게 물었다.

"이제 거의 다 됐어요."

"그냥 보온병에 넣어두게. 난 조금 있다가 마실 테니까."

그는 올 때와 마찬가지로 갈 때도 소리 없이 사라졌다. 그냥 보온병에 넣어두라고? 그냥? 어찌 되었건 그가 나를 얕잡아보고 업신여긴다는 생각을 지울 수가 없었다. 기분이 상했다. 내가 열여덟 살밖에 되지 않았다고 나를 학생처럼 대한다는 것은 있을 수 없는 일이었다. 나는 그와 마찬가지로 이 학교에 고용된 사람이 아닌가.

잠시 후, 종이 울렸다. 수업을 마친 교사들이 하나둘 교무실로 들어오기 시작했다. 말없이 들어오는 사람도 있었고, 마주치는 사람들에게 재치 있는 말을 한마디씩 던지며 들어오는 사람도 있었다. 나는 탁자 위에 커피를 담은 보온병을 올려두고, 커피잔을 손에 쥔 채 창가에 기대섰다. 학생들이 운동장에서 뛰어놀고 있었다. 나는 그들의 얼굴에 이름을 끼워 맞춰 보려 했지만, 내가 기억하는 이름은 7학년의 유일한 남학생 카이 로알뿐이었다. 나로 인해 그의 머릿속에 반항심이 형태를 갖추게 되었고, 그 때문에 가끔은 흥미를 가지고 있는 일조차도 거부한다는 사실, 또는 그의 눈에서 간혹 발견할 수 있는 반짝이는 열정을 보았다는 사실 때문에 내가 그를 동정하고 있는 건 아닐까. 그는 바지 뒷주머니에 손을 꽂고 벽에 기대어 서 있었다. 9학년의 아름다운 소녀 리브도 바지 뒷주머니에 손을 집어넣고 벽에 기대어 서 있었다. 그녀는 베이지색 점퍼와 청바지를 입고, 조금 낡은 회색 운동화를 신은 채 껌을 씹으며 바람 때문에 얼굴을 덮은 머리 한 가닥을 뒤로 넘기고 있었다. 스티안은 양손을 주머니에 넣고 다리를 쩍 벌린 채 서서 고개를 비스듬히 기울인 모습으로 친구와 대화를 나누고 있었다.

나는 다시 교무실 안으로 눈을 돌렸다. 닐스 에릭이 내게 미소를 지었다.

"집이 어디지?"

그가 물었다.

"아래쪽 길에 있는 작은 아파트에 살고 있어."

"우리 집 아래층이야."

토릴이 끼어들었다.

"자네는 어디 살고 있지?"

나는 닐스 에릭에게 물어보았다.

"위쪽 길에 있는 아파트에 살고 있어."

"우리 집 아래층이야!"

스투레가 말했다.

"아하, 그러고 보니, 정교사들은 경치를 잘 볼 수 있는 위층에 살고, 우리 계약직 교사들은 지하층에 사는군!"

"당연하지."

스투레가 말을 이었다.

"3년 동안 교육대학을 다니며 고생한 걸 생각하면 돌아오는 것도 있어야 하지 않겠어? 젠장, 그런 이점도 없다면 누가 교육대학을 가겠어?"

그가 웃음을 터뜨렸다.

"혹시 우리가 정교사들의 가방도 들어주어야 하는 건 아닐까요?"

내가 농담을 던졌다.

"아니, 그토록 막중한 책임을 맡길 수는 없어. 대신 매주 토요일 오전에 우리 집에 와서 대청소를 해주는 건 어때?"

그가 내게 눈을 찡긋하며 말했다.

"참, 소문에 듣자니 주말에 헬레비카에서 파티가 있다던데… 혹시 거기 갈 사람 있어?"

"벌써 이 마을 사람이 다 된 것 같군."

닐스 에릭이 말했다.

"누가 그런 말을 했지?"

헤게가 물었다.

"그냥… 들었어. 나도 가고 싶긴 한데, 아는 사람도 없이 혼자 거기 가면 좀 멋쩍을 것 같아서."

"여기 파티에선 절대 혼자 있을 수가 없어. 여긴 북부 노르웨이 잖아."

"혹시 파티에 가실 건가요?"

나는 스투레에게 물어보았다.

그가 고개를 저었다.

"돌봐야 할 가족이 있어. 하지만 파티에 관한 조언이 필요하다면 얼마든지 해줄 수 있지."

그가 소리 내어 웃으며 말했다.

"난 파티에 갈 거야."

야네가 말했다.

"나도!"

비베케가 옆에서 거들었다.

"자네도 갈 건가?"

나는 닐스 에릭에게 물어보았다.

그가 어깨를 으쓱 추켜 보였다.

"글쎄… 파티는 언제 열리지? 금요일? 토요일?"

"금요일이라고 알고 있어."

"그렇다면 한번 생각해볼게."

종이 울렸다.

"나중에 다시 이야기해보자."

그가 자리에서 일어나며 말했다.

"그러지."

나는 커피잔을 내려놓고 책을 집어든 후 교실로 들어갔다. 교탁 위에 걸터앉은 채 학생들이 들어오기를 기다렸다.

하루 일을 마치고 집에 돌아오니, 테라스에 이삿짐이 도착해 있었다. 그것은 내가 소유한 것의 전부였다. 언뜻 보기에도 그다지 많아 보이지 않았다. 음반 한 박스, 낡은 스테레오 기기 하나, 주방 용품과 내 방에 있던 자잘한 물건들, 어머니의 책장에서 가져온 책 몇 권. 짐을 거실에 모두 들여놓고 보니 마치 큰 선물을 받은 것만 같았다. 나는 제일 먼저 스테레오 기기를 설치하고 벽 선반에 음반을 가지런히 정리한 후, 가장 좋아하는 음반을 골랐다. 브라이언 에노Brian Eno와 데이비드 번David Byrne의 고스트Ghost가 연주한 「마이 라이프 인 더 부시」My Life in the Bush가 흐르는 가운데 나는 짐을 정리하기 시작했다.

짐은 모두 집에서 가져온 것이다. 접시와 냄비, 커피잔과 유리잔은 어렸을 때 튀바켄에 살 때부터 사용했던 것이다. 갈색 접시, 녹색 유리컵, 손잡이 하나가 떨어져 나간 커다란 냄비는 밑 부분과 옆 부분이 거의 까맣게 변해 있었다.

열한 살 때부터 내 방에 걸려 있었던 79/80년 시즌 리버풀 축구팀의 거대한 포스터는 소파 옆 벽에 걸어놓았다. 모르긴 해도, 리버풀 팀의 멤버는 그때가 최고였던 것 같다. 케니 달글리시, 레이 클레멘스, 앨런 한센, 엠린 휴즈, 그레엄 수네스, 존 토샥 등 전설적인 인물들이 당시 리버풀에서 활동했다.

내 어린 시절을 돌아볼 때 빼놓을 수 없는 폴 매카트니의 포스터는 돌돌 말아 침실 벽장에 넣어두었다. 짐 정리를 마친 후, 나는 음반들을 다시 훑어보았다. 문득 제3자의 눈에는 이 음반과 그 소유자가 어떤 이미지로 비추어질지 궁금해졌다. 약 150여 장 이상의 음반들 대부분은 최근 2년 동안 구입한 것이다. 나는 지역 신문사에서 음반 평론기자로 아르바이트를 했을 때 꽤 많은 음반을 손에 넣을 수 있었다. 그 외에도 수중에 돈이 생길 때마다 내가 좋아하는 밴드의 백카탈로그와 음반을 사 모았다.

이 음반들은 각각 하나의 작은 세계라 해도 과언이 아니었다. 저마다 개성과 관점, 태도와 분위기는 달랐지만, 어느 하나도 외로운 섬처럼 고립되어 있지는 않았다. 각각의 음반들은 서로 연결되어 있었고 가지를 뻗어 밖으로 향하고 있었다. 예를 들어, 록시 뮤직에서 음악 활동을 시작한 브라이언 에노는 솔로 앨범을 냈고 U2의 프로듀서로 활약하기도 했으며, 존 하셀, 데이비드 번, 데이비드 보위, 로버트 프립과 함께 활동하기도 했다. 로버트 프립은 데이비드 보위의 앨범 「스케어리 몬스터」에서 연주했고, 데이비드 보위는 벨벳 언더그라운드의 루 리드, 스투지스가 속해 있던 이기 팝의 활동을 도와 프로듀서로 활약했다. 데이비드 번은 토킹 헤즈의 전설적 음반인

「리메인 인 라이트」 제작 당시 함께 활동했고, 당시 기타리스트였던 아드리안 벨루는 데이비드 보위의 여러 음반에서 연주를 하기도 했으며, 보위가 가장 애정하는 라이브 기타리스트이기도 했다.

확장성과 연결성은 음반과 음반 사이에서만 적용되었던 것이 아니라 내 삶에도 영향을 미쳤다. 음악은 내가 했던 거의 모든 일과 기억에 밀접하게 엮여 있었다.

음반을 틀자, 최근 5년 동안의 일들이 파도처럼 나를 덮쳤다. 그것은 생각과 사고의 형태가 아닌 분위기와 열린 공간의 형태로 나를 찾아왔다. 일반적인 것도 있었고 특별한 것도 있었다. 만약 여기저기 흩어져 있는 기억 조각들을 모아 내 삶의 트레일러에 싣는다고 한다면, 음악은 그 기억 조각들을 한데 묶어 엮는 밧줄이라 해도 될 것이다.

가장 중요한 것은 바로 음악 그 자체다. 예를 들어, 내가 8학년 때부터 정기적으로 들어왔지만 단 한 번도 싫증을 낸 적이 없었던 『리메인 인 라이트』 앨범의 세 번째 수록곡 「더 그레이트 커브」가 흐르면 내 몸은 절로 움직이기 시작한다. 너울거리듯 아늑하기도 하고 복잡 미묘하기도 한 도입부의 반주 음악에 브라스 밴드의 음악과 코러스가 가미되면서 생기와 활력이 번지기 시작하면, 세상에서 가장 리듬감 없는 열여덟 살의 청년조차도 가만히 앉아 있을 수가 없어 흐느적거리며 춤을 추기 시작한다. 혼자 있을 때면 나도 모르는 사이에 볼륨을 높이고 자리에서 일어나 미친 듯 몸을 흔들어대기도 한다. 음악이 끝부분에 이르면 마치 전투기 한 대가 춤을 추는 작은 마을 위를 지나치듯 아드리안 벨류가 연주하는 기타 멜로디가 흐른다. 음악에 몸을 맡기고 기쁨에 넘쳐 춤을 추던 나는 그 순간이 영원히 지속되기를 바라곤 했다. 전투기가 영원히 착륙하지 않기를, 그의 솔로 기타 연주가 영원히 지속되기를, 해가 영원히 지지 않기를, 삶이 영원히 계속되기를 바랐던 것이다.

「토킹 헤즈」의 정반대라 할 수 있는 에코와 버니맨의 「헤븐 업 히어」도 마찬가지다. 여기서 내가 몸을 맡기는 것은 격정적인 리듬이 아니라 멜로디와 분위기다. 가슴 벅찬 멜로디가 그 소리를 점점 높여가기 시작하면, 이름 모를 온갖 동경과 그리움, 아름다움과 슬픔이 음악 속에서 자리바꿈을 해가며 모습을 드러내면서, 어느새 그것은 음악 그 자체의 형태로 나를 덮친다. 내가 좋아하는 다른 밴드와 마찬가지로 리드 싱어에 관해 너무나 잘 알고 있고, 그의 인터뷰 기사도 수없이 읽었지만, 음악을 듣는 순간 그러한 배경과 지식은 순식간에 사라져버린다.

음악은 그런 것을 필요로 하지 않는다. 음악 속에서는 의미와 존재가 아닌 독특한 분위기와 특별함만 만날 수 있기 때문이다. 음악은 신체와 성격이 존재하지 않는 인간을 연상시킨다. 그렇다. 음악은 구체적인 형태를 찾아볼 수 없는 어떤 특별한 존재의 성격이나 개성이라 할 수 있을 것이다. 각각의 앨범은 이러한 흔적과 자취들로 가득하다. 음악을 틀 때마다 만나는 또 다른 세상인 것이다. 나는 음악을 들을 때마다 무엇이 내 몸을 채워오는지 알 수가 없다. 내가 아는 것은 오직 하나, 단지 그 순간을 영원히 즐기고 싶다는 것뿐이다.

음악에서 얻은 것도 없지 않다. 나는 음악의 도움으로 주류에서 앞설 수 있었다. 모든 이들이 우러러보는 사람. 음악을 만들고 노래를 부르는 사람들과는 비교할 수 없지만, 적어도 음악을 듣는 사람들 중에서는 한 발 앞서 나갈 수 있었던 것이다. 이곳 북부 지방에서는 크리스티안산에서처럼 음악과 관련한 나의 존재를 알아주고 존중해주는 사람이 별로 없을 것이다. 하지만 그 어딘가에는 나의 가치를 알아주는 사람이 있을 것이다. 나는 그런 환경을 찾아 나서리라 결심했다.

나는 음반들이 각각의 개성을 선명하게 드러내는 동시에 서로 연결되어 있다는 점을 강조하기 위해 몇 번이나 자리를 바꾸어가며 정리했다. 누가 찾아와 내 음반을 뒤적여 보았을 때도 한눈에 그러한 점을 알아볼 수 있도록 말이다. 음반 정리를 마친 후, 나는 가게에 가서 맥주 몇 병과 저녁으로 먹을 냉동 파스타 카르보나라를 구입했다. 그 외에도 노란 루타바가* 한 뿌리, 콜리플라워 하나, 사과와 자두 몇 개, 포도 한 송이를 샀다. 이것들은 전날 수업 계획표를 살펴보며 생각해냈던 것으로, 다음 날 3학년과 4학년의 합동 과학수업 시간에 사용할 예정이었다.

집에 돌아온 나는 냉동 파스타를 데워서 주방에 선 채로 먹었고, 맥주를 마시며 일간지 『다그블라데』를 읽었다. 배가 불러 기분이 좋아진 나는 침대에 누워 한 시간쯤 눈을 붙이려고 마음먹었다. 눈을 감으니 동료 교사들과 학생들의 얼굴, 교실 안의 모습이 어른거렸다. 잠시 후, 나는 잠에 빠졌다. 30분쯤 지났을까, 초인종 소리에 눈을 떴다. 혼란스러웠다. 여기는 어딜까. 초인종을 누르는 사람은 누굴까. 나는 잠이 덜 깬 상태에서 긴장감을 떨쳐내지도 못하고 서둘러 대문을 열었다.

대문 앞에는 여학생 셋이 서 있었다. 안드레아가 미소를 지으며 안으로 들어가도 되냐고 말하자, 비비안은 키득키득 웃으면서 얼굴

---

* 순무와 비슷한 외형으로 스웨덴 순무라고도 함.

을 붉혔다. 리베는 두꺼운 안경 너머로 나를 빤히 쳐다보았다.

"물론이지. 어서 들어와!"

그들은 여느 다른 방문자와 마찬가지로 거실에 들어와 집 안을 둘러보았다. 서로 딱 붙어 서서 쉴 새 없이 코웃음을 치거나 소리 죽여 키득키득 웃는 모습은 그 또래의 어린 소녀들과 다름이 없었다.

"앉을래?"

나는 턱으로 소파를 가리켰다.

그들은 내가 시키는 대로 했다.

"무슨 일로 여기까지 왔니?"

"선생님이 어떻게 지내는지 보고 싶어서 찾아왔어요. 너무너무 심심해서…"

안드레아가 말했다.

그녀는 무리의 리더 격일까. 학교에서는 전혀 그런 모습을 볼 수 없었는데…

"이 동네엔 할 일이 아무것도 없어요."

비비안이 말했다.

"정말 아무것도 없어요."

리베가 맞장구를 쳤다.

"그런 것 같구나. 하지만 우리 집도 마찬가지란다."

"여긴 감옥이에요."

"우리 집이?"

그녀가 얼굴을 살짝 붉혔다.

"아니, 선생님 집이 아니라 우리 동네 말이에요!"

"나는 9학년을 마치는 그날 바로 이 동네를 떠날 거예요."

비비안이 말했다.

“나도 그럴 거예요.”

리베가 말했다.

“넌 내가 하는 건 다 따라 하더라.”

비비안이 리베를 돌아보며 쏘아붙였다.

“뭐? 그게 어쨌다고?”

리베가 말했다.

“뭐? 그게 어쨌다고?”

비비안이 리베를 흉내 내며 그녀의 말을 되풀이했다. 심지어는 코를 찡긋거리는 것까지 똑같이 흉내 냈다.

“어휴!”

리베가 짜증을 냈다.

“열여섯 살이 되었다고 해서 마을을 떠나는 일에 독점권을 행사할 수는 없어.”

내가 비비안에게 말하자, 그녀가 미소를 지으면서 시선을 내리깔았다.

“칼 오베 선생님, 참 이상한 말을 많이 하는군요. 그런데 독점권은 무슨 뜻인가요?”

안드레아가 물었다.

학생이 갑자기 내 이름을 부르는 바람에 나는 얼떨결에 그녀를 바라보았다. 화끈거리는 얼굴을 감추기 위해 얼른 고개를 숙였다.

“그건 자기만 권리를 가지고 있는 것처럼 어떤 일을 혼자 결정하는 것을 말한단다.”

나는 다시 고개를 들어 그녀를 바라보았다.

“아, 그렇군요.”

그녀는 갑자기 지루해졌는지 시무룩하게 말했다. 옆에 있던 두 학생이 웃음을 터뜨렸다. 나는 그들을 향해 미소를 지었다.

"너희들은 아직 배울 게 많은 것 같구나. 내가 여기서 너희들의 선생님으로 일하는 걸 행운으로 여겨야 할 걸."

"난 아니에요."

안드레아가 말을 이었다.

"난 이미 내게 필요한 일은 모두 할 수 있는 걸요."

"자동차 운전을 하는 것만 빼고."

비비안이 끼어들었다.

"난 운전도 할 수 있어!"

안드레아가 소리쳤다.

"그래. 하지만 넌 아직 미성년자이기 때문에 운전을 하는 건 불법이야. 내가 말한 건 바로 그런 뜻이었어."

잠시 침묵이 이어졌다. 나는 그들에게 미소를 지었다. 내 미소가 연장자의 권위를 담고 있다고 생각했을까. 안드레아가 눈을 가늘게 뜨고 나를 쏘아보았다.

"우린 열세 살이에요. 선생님이 생각하듯 조그만 아이가 아니라고요."

나는 웃음을 터뜨렸다.

"넌 내가 정말 그렇게 생각한다고 믿니? 너희들이 7학년 학생이라는 건 나도 잘 알고 있어. 난 내가 7학년이었을 때 어떤 생각을 했는지 아직도 생생하게 기억하는걸."

"무슨 생각을 했는데요?"

"처음으로 중학교 학생이 되었다는 사실. 너희들도 오늘이 중학교에서의 첫날이지?"

"맞아요. 초등학교 때와는 많이 달라요."

비비안이 말을 이었다.

"6학년 때보다 훨씬 지루한 것 같아요."

초인종 소리가 들렸다. 셋은 서로를 쳐다보았다. 나는 문을 열어주기 위해 자리에서 일어났다.

대문 앞에는 닐스 에릭이 서 있었다.

"동료에게 커피 한 잔 얻어먹으려고 왔어."

"커피 대신 맥주는 어때?"

그가 뜻밖이라는 듯 한쪽 눈썹을 추켜올리며 나를 쳐다보았다.

"고맙지만 맥주는 사양할게. 운전을 해야 하니까."

"어서 들어와."

소파에 앉아 있던 학생들이 닐스 에릭을 쳐다보았다.

"아, 너희들이 저녁에 어디서 시간을 보내나 했더니, 여기에 있었군."

그가 말했다.

"자네 집에는 아이들이 아직 찾아가지 않았었나?"

그가 고개를 저었다.

"오늘 오후에 어묵을 굽고 있으려니 4학년 학생 몇 명이 놀러왔더군."

"그것 봐요. 우리만 심심해하는 게 아니라니까요."

리베가 말했다.

다른 둘이 화난 눈초리로 그녀를 바라보더니, 의자에서 일어났다.

"이제 가볼게요."

안드레아가 말했다.

"잘 가. 나중에 또 놀러오렴!"

"쳇!"

비비안이 현관에서 코웃음 치는 소리가 들렸다. 잠시 후, 대문을 쾅 닫는 소리가 났다.

닐스 에릭이 미소를 지었다. 창밖을 내다보니, 그들은 가게로 향하는 언덕길을 내려가고 있었다.

"아이들이 좀 안됐어."

내가 말을 이었다.

"방과 후에 얼마나 할 일이 없으면 선생님 집을 찾아왔을까."

"그건 자네가 인기가 많아서 그런 거야."

닐스 에릭이 말했다.

"그러는 자네는?"

"하하, 난 아냐."

그가 숨을 훅 내쉬며 말을 이었다.

"그건 그렇고, 드라이브를 할 생각인데, 같이 가지 않겠나?"

"어디로 갈 건데?"

그가 어깨를 으쓱 추켜 보였다.

"피요르 건너편…? 헬레비카도 좋을 것 같군."

"헬레비카로 드라이브를 한다면 나도 같이 갈게. 피요르 맞은편은 여기서도 볼 수 있으니까."

보아하니, 닐스 에릭은 야외 활동에 관심이 많은 것 같았다. 이곳에 이력서를 보낸 이유도 북부 지방의 자연 때문이라고 말했다. 그는 주말마다 텐트와 침낭을 들고 캠핑을 한다면서 내게 함께 가자고 제안했다.

"주말마다 캠핑을 한다면 좀 곤란한걸."

나는 피요르 갓길을 따라 달리는 그의 노란색 자동차 안에 앉아 미소를 지었다.

"내 스타일이 아냐."

그는 내 말에 고개를 끄덕였다

"나도 그러리라 짐작했시. 그건 그렇고, 머리부터 발끝까지 검은 색 옷을 입은 대도시 청년이 여기까지 온 이유는 뭐지?"

"글을 쓰려고 왔어."

"글을 쓴다고? 무슨 글? 고지서? 이력서? 해야 할 일 목록? 편지? 라디오에 보낼 유머 에피소드? 독후감?"

"난 단편소설을 쓰고 있어."

"단편소설! 그건 문학의 포뮬러원*이잖아!"

"그런가?"

"아냐."

그가 웃음을 터뜨리며 말을 이었다.

"사실은 그렇지 않아. 문학의 포뮬러원은 시라고 알고 있어. 퍼포먼스한 시인이 그렇게 말했던 것 같아."

나는 전혀 몰랐던 사실이지만 아무 말도 하지 않았다.

"그래도 가끔 캠핑을 같이 갈 수는 있잖아. 그렇지? 한 달에 한두 번쯤은 괜찮을 거야. 여기서 한 시간만 가면 정말 환상적인 국립공원이 있어."

"글쎄. 그럴 시간이 있으면 글을 쓰는 게 더 나을 것 같은데…"

"세상에! 사람은 자연을 경험해봐야 돼! 자연은 신이 창조한 것 중에서 가장 신성한 것이라고! 자연의 온갖 색과 생명체들! 자네는 바로 그런 걸 글로 써야 한다고!"

* 자동차 경주 대회의 한 명칭.

나는 비웃듯 코웃음을 쳤다.

"난 자연엔 별로 관심이 없어. 너무 뻔하잖아."

"그렇다면 자넨 무엇에 관해 글을 쓰나?"

나는 어깨를 으쓱 추켜 보였다.

"시작한 지 얼마 안 됐어. 하지만 원한다면 내가 쓴 글을 보여줄게. 한 번 읽어봐."

"좋아!"

"내일 학교에 가져갈게."

우리는 저녁 8시쯤 마을로 되돌아왔다. 낮처럼 환했다. 나는 테라스에 서서 끝없는 하늘을 한참 바라본 후에 집 안으로 들어갔다. 하늘은 공허했지만 그 아래 살고 있는 인간들을 부드럽고 호의적으로 감싸주고 있는 것 같았다. 어쩌면 양쪽에 쭉쭉 뻗어 있는 산이 너무나 날카롭고 딱딱하게 보였기 때문일지도 모른다.

간단히 저녁을 먹은 후, 차를 마시고 담배를 피우며 학생들이 제출한 과제를 읽어보았다.

내 이름은 비비안이고 나이는 열세 살입니다. 내는 호피요르라고 하는 마을에 살고 있습니다. 내겐 리브라고 하는 동생이 있습니다. 아빠는 고기를 잡는 어부이고 엄마는 집안일을 돌보는 가정주부입니다. 내 단짝 친구는 안드레아입니다. 내는 안드레아와 대부분 붙어 지냅니다. 학교는 정말 지루합니다. 우리는 가끔 수산물 수취장에서 아르바이트를 합니다. 대구의 혀를 잘라내고 돈을 받습니다. 내는 그 돈을 모아 스테레오 기기를 사려고 합니다.

아, 비비안과 리브는 자매지간이었구나!

가슴이 벅차오르며 기분이 좋아졌다. 이유는 알 수 없었다. 그녀의 글을 읽는 동안 조금의 불편함도 느낄 수 없었다. 그녀가 조금의 사심도 없이 자신을 활짝 열어보였기 때문일까.

나는 틀린 글자를 일일이 고쳐주지 않았다. 첫날부터 아이의 사기를 꺾을 필요는 없다고 생각했기 때문이다. 대신 나는 아이의 공책에 내 의견을 짧게 한 줄 적었다.

잘 읽었어, 비비안! 앞으로 '나'를 쓸 곳과 '내'를 쓸 곳을 구별해서 쓰는 게 좋겠구나!

다음 공책을 펼쳤다.

내 이름은 안드레아입니다. 열세 살 여학생이며, 노르웨이 북부지방의 작은 섬에 살고 있습니다. 내겐 열 살짜리 남동생과 다섯 살짜리 여동생이 있습니다. 아버지는 어선에서 일을 하는 어부이고, 어머니는 집에서 막내 카밀라를 돌봅니다. 나는 음악을 듣고 영화 보는 것을 좋아합니다. 내가 제일 좋아하는 영화는 「챔프」입니다. 학교에서 돌아오면, 나는 비비안, 힐데군, 리베와 함께 작난을 치거나 동네 여기저기를 돌아다니며 시간을 보냅니다. 할 일이 많이 없어서 심심하고 지루합니다. 파티를 하며 놀 수 있을 정도로 나이가 들면 심심하지 않을 것 같습니다.

안드레아와 비비안의 글을 읽고 나니, 두 아이가 마치 동전의 양면 같다고 생각했다. 학교에서 그들과 두 번이나 마주한 적이 있지만 두 사람을 구별하기가 쉽지 않았다. 하지만 그들의 글을 읽으니 두 아이가 많이 다르다는 생각을 하지 않을 수 없었다. 그 중 한 명이 다른 한 명보다 글을 더 친밀하게 썼기 때문일까.

나는 안드레아의 공책에도 이전과 마찬가지로 짤막하게 한 줄을 남기고 세 번째 공책을 펼쳐 들었다. 세 번째 아이의 글은 앞선 두 아이의 중간 정도쯤의 친밀도를 담고 있었다. 학생들의 공책을 가방에 넣은 후, 로이드 콜의 「마이 백」을 틀어놓고 창밖의 골목길을 내다보았다. 음악이 나를 덮치자 머리와 팔에 전율이 흘렀다. 나는 천천히 음악에 맞추어 몸을 흔들기 시작했다. 한쪽 팔을 살짝 흔들며 발을 앞으로 내밀어 보기도 했다. 잠시 후, 창밖에서 집 안을 넘겨보지 못하도록 불을 끈 나는 두 눈을 감고 목청껏 노래를 부르며 마음껏 춤을 추었다.

그날 밤, 나는 잠결에 사정을 했다. 온몸을 휩쓴 격한 만족감 때문인지 나의 의식은 잠에서 벗어나려 했다. 나는 잠을 깨고 싶지 않았지만, 어느새 나의 의식은 현실이라는 수면 위로 나를 몰아가고 있었다. 정신을 차리고 내가 누군지, 내가 어디에 있는지 깨닫는 순간, 나는 다시 깊은 심연으로 빠져들었다. 한참이나 어둡고 무거운 심연 속에 머물러 있었다. 갑자기 알람시계가 울렸다. 눈을 뜨니 방 안은 햇살로 가득했고, 내 속옷은 진득진득한 정액으로 축축하게 젖어 있었다.

가장 먼저 나를 휩쓸었던 것은 죄책감이었다. 내가 어떤 꿈을 꾸었는지는 오직 신만이 알고 있을 것이다. 순간, 꿈속에서 내가 어디에서 무엇을 했는지 기억이 났다. 가슴이 답답해지기 시작했다. 몸을 일으켰다. 절대 긴장하거나 두려워할 필요가 없다고 혼자 중얼거리며 욕실로 갔다. 학생 수도 많지 않고, 학생은 어린아이에 불과하다는 생각을 했지만, 도움이 되지 않았다. 마치 무대로 나가기 직전 내가 해야 할 대사를 기억하지 못해 공황 상태에 빠진 것 같은 느낌이었다.

나는 전날 저녁에 느꼈던 기분 좋은 느낌을 다시 떠올렸다. 학생들의 과제물을 살펴보며 교사라는 내 자리에 흡족해했던 나, 그들이 더욱 발전할 수 있도록 도움을 주고 앞날의 계획을 함께 짜는 나. 하지만 그 만족스러운 느낌은 뜨거운 수증기에 둘러싸여 몸을 닦을 때 내 몸에 묻어 있던 물기와 함께 사라져버렸다. 나는 정식 교사도 아니었고, 성인이라고도 할 수 없었기 때문이다. 나는 아무것도 제대로 못하는 10대 소년에 불과했다.

"오, 젠장!"

나는 소리를 질렀다. 수건으로 습기 찬 거울을 닦아낸 후, 거울에 비친 내 얼굴을 바라보았다. 몇 초도 지나지 않아, 거울에는 다시 습기가 찼고 내 얼굴은 사라져버렸다.

문득 내가 너무나 멋있고 잘생긴 것 같았다.

흠, 그나마 다행이었다.

나는 이곳에 오기 직전 어깨까지 내려왔던 긴 머리를 짧게 잘랐다. 지금 내 머리카락은 두피에서 약 3센티미터 정도로 자라 있었고, 왼쪽 귀에는 십자가 귀걸이가 달려 있었다.

미소를 지었다.

하얀 이빨이 가지런히 드러났다. 가끔 상황과는 전혀 맞지 않는 무의미한 순간에 행복감을 느낄 때도 있다. 거울을 보며 내게 윙크를 하고 미소를 지으면 가슴이 벅차 뱃속이 팽팽하게 당겨올 정도다.

제기랄. 이처럼 바보 같을 수가.

스팅의 「드림 오브 더 블루 터틀스」 티셔츠와 검은색 리바이스 바지를 입고 흰 양말을 신은 후, 거울 앞에 서서 군복을 닮은 얇은 녹색 재킷과 푸른 재킷을 손에 들고 생각에 잠겼다.

무엇을 입을까 고민하던 나는 밀리터리 재킷을 입고 베레모를 써 보았지만 잘 어울리지 않았다. 2분 후, 나는 베레모를 벗어던지고 수업에 사용할 갖가지 물건으로 가득 채운 하얀 알리 커피*의 홍보용 봉지를 덜렁덜렁 손에 들고 학교 앞 언덕길을 올랐다.

3학년과 4학년 학생들은 그 수가 적기 때문에 대부분 합동 수업을 했다. 여학생 다섯과 남학생 일곱. 두 학년을 합쳐도 열두 명밖에 되지 않았지만, 막상 그들 앞에 서면 그 수는 훨씬 많은 것 같았다. 아이들은 쉴 새 없이 여기저기 뛰어다니고 소리를 지르고 잠시도 가만히 앉아 있지 않았다. 마침내 의자에 앉아 수업을 시작한다 하더라도, 몸을 비비 꼬고 팔을 휘두르고, 관심을 요구하는 눈초리를 던졌기에 그들은 마치 긴장하는 강아지들처럼 보이기도 했다.

나는 아직 그들과 수업을 해본 적이 없었다. 단지 멀리서 바라보기만 했을 뿐. 교실에 들어서니 아이들의 시선이 내게 박혔다.

나는 미소를 지으며 수업 준비물을 넣어둔 봉지를 교탁 위에 올려놓았다.

"봉지 안에 뭐가 있나요?"

누군가가 내게 질문을 던졌다.

"봉지 안에 뭐가 있나요, 선생님?"

* 커피 상표명.

107

나는 그를 바라보았다. 아직 어린 티가 사라지지 않은 하얗고 통통한 볼살, 갈색 눈동자, 짧게 자른 머리.

"네 이름은 뭐지?"

"레이다르."

"난 칼 오베라고 해. 수업 시간에 너희들이 가장 먼저 배워야 할 것은, 할 말이 있을 때는 먼저 손을 들어야 한다는 것이란다."

레이다르가 손을 번쩍 들었다.

흠, 꽤 똑똑한걸.

"그래, 무슨 말을 하고 싶니?"

"칼 오베 선생님, 그 봉지 안에는 뭐가 들어 있나요?"

"비밀이야. 하지만 조금 후에 알 수 있어. 먼저 너희들 이름부터 알아봐야 할 것 같구나."

레이다르 뒤에 앉아 있는 자그마한 몸에 금발 머리, 나이에 비해 성숙해 보이는 푸른 눈동자의 소년이 손을 들었다.

"네 이름은 뭐니?"

"스티그라고 합니다. 선생님은 무섭고 엄한 사람인가요?"

"무섭고 엄한 사람이냐고? 아냐. 전혀 그렇지 않아!"

"우리 엄마가 선생님은 교사로 일하기엔 나이가 너무 어리다고 했어요!"

그가 아이들을 둘러보며 말했다.

아이들이 일제히 웃음을 터뜨렸다.

"난 너희들보다 나이가 많아! 그렇기 때문에 크게 문제 될 일은 없을 거야."

"그런데 왜 귀에 십자가 귀걸이를 하고 있나요?"

레이다르가 물었다.

"혹시 크리스트교 신자인가요?"

"질문을 할 때는 항상 먼저 손을 들어야 한다고 말한 것 같은데?"

"앗!"

그가 웃음을 터뜨리며 손을 올렸다.

"아냐, 난 교인이 아니란다. 난 무신론자야."

"그게 뭔가요?"

레이다르가 물었다.

"손? 네 손은 어디로 갔니?"

"오!"

"무신론자는 신을 믿지 않는 사람이란다. 어쨌든 난 너희들 이름 부터 확인해야겠어. 저기 끝줄부터 시작해볼까?"

아이들은 차례차례 자신의 이름을 말하기 시작했다.

비베케

케넷

수잔네

스티그

레이다르

루비사

멜라니에

스티브

엔드레

스테인-잉게

헬레네

요

몇 명은 이름과 얼굴을 단번에 기억할 수 있었다. 옷차림은 물론 몸과 얼굴까지도 인형처럼 귀여운 여자아이, 얼굴이 동그랗고 통통한 남자아이, 항상 화난 듯한 표정의 가냘픈 아이, 커다란 머리에 부드럽고 따스한 눈동자를 가진 남자아이, 거만한 남자아이, 양 갈래로 땋은 머리에 차갑고 이성적으로 보이는 여자아이. 다른 아이들은 개성이 전혀 드러나지 않았기에 이름을 들어도 내 머리에 박히지 않았다.

"너희들은 3학년과 4학년이랬지? 너희들이 사는 마을 이름은 뭘까? 아는 사람?"

"호피요르!"

레이다르가 대답했다.

나는 아무 말도 하지 않고 학생들을 바라보았다. 그러자 갑자기 무언가를 깨달은 듯 서너 명이 손을 번쩍 치켜들었다. 나는 작은 인형처럼 생긴 여자아이를 손가락으로 가리켰다.

"루비사?"

"호피요르."

"그렇다면 호피요르가 속해 있는 행정구역의 명칭은 무엇일까?"

"트롬스."

"트롬스가 속해 있는 나라는?"

모두 일제히 손을 번쩍 들었다. 나는 통통한 남자아이를 가리켰다.

"노르웨이."

"노르웨이가 속해 있는 대륙은?"

"유럽."

"잘했어!"

내가 칭찬을 하자 그가 미소를 지었다.

"그렇다면 우리가 살고 있는 이 행성 이름은 뭘까? 아는 사람? 레이다르?"

"지구…?"

"그것도 틀렸다고 할 수는 없어. 하지만 지구는 또 다른 이름을 가지고 있단다."

나는 등을 돌려 칠판에 글자를 적었다. 호피요르. 트롬스. 노르웨이. 유럽. 텔루스. 다시 등을 돌려 아이들을 바라보았다.

"그렇다면 텔루스는 어디에 있을까?"

"우주에 있어요."

스티안이 말했다.

"맞아. 그건 태양계에 속해 있고, 이 태양계가 속해 있는 것은…"

나는 칠판에 은하계라고 적었다.

"너희들도 들어본 적이 있지?"

"네!"

몇 명의 아이들이 소리를 질렀다.

"은하계는 상상할 수 없을 정도로 넓단다. 하지만 우주 전체를 볼 때는 아주 작아."

나는 그들을 바라보았다.

"우주 밖에는 뭐가 있을까? 아는 사람?"

아이들은 멍한 표정을 지으며 나를 바라보았다.

"한 번도 생각해본 적이 없니? 엔드레?"

엔드레가 고개를 저으며 질문을 던졌다.

"우주 밖에 정말 뭐가 있긴 있나요?"

"그건 아무도 모른단다. 하지만 아무것도 없을 수는 없겠지? 분명히 무언가 있을 거야."

"책에는 뭐라고 적혀 있나요?"

레이다르가 물었다.

"책에도 나와 있지 않아. 아무도 모르기 때문이지."

"정말 아무도 모르나요?"

"응."

"그렇다면 왜 우리가 그런 걸 배워야 하나요?"

나는 미소를 지었다.

"너희들은 너희들이 살고 있는 곳에 관해 먼저 배워야 해. 넓게 본
다면 가장 먼저 우주를 들 수 있겠지. 너희들이 밤마다 고개를 들어
바라보는 곳이란다. 아니, 너희들은 아직 어리기 때문에 일찍 잠자
리에 드니까 밤하늘을 자주 볼 일이 없겠구나."

"아니에요! 우린 어린아이가 아니에요!"

"농담했을 뿐이야."

나는 말을 이었다.

"어둑어둑해지면 하늘에서 별을 볼 수 있어. 달과 다른 행성들도
볼 수 있지. 너희들은 오늘 이런 것들에 관해 배우게 될 거야."

나는 다시 등을 돌려 칠판에 '우주'라고 적었다.

"좋아. 그럼 우리 태양계에 속해 있는 행성들을 한번 살펴보자. 아
는 행성 이름이 있으면 말해보렴."

"텔루스!"

레이다르가 소리쳤다.

아이들이 웃음을 터뜨렸다.

"또 다른 행성 이름을 아는 사람?"

"명왕성!"

"화성!"

"좋아!"

아이들이 더 말을 하지 않자, 나는 칠판에 은하계 그림을 그렸다.

태양

수성

금성

지구

목성

토성

천왕성

해왕성

명왕성

"이 그림에서 보면 행성들은 바로 옆에 붙어 있는 것처럼 보이지. 실제로는 엄청난 거리를 사이에 두고 떨어져 있단다. 예를 들어 지구에서 목성까지 가려면 수백만 년이 걸릴 거야. 이제 나는 너희들에게 각각의 행성들이 얼마나 멀리 떨어져 있는지 보여주려고 해. 모두들 옷을 입고 운동장으로 나가보자."

"지금 운동장으로 나가라고요? 수업 시간에요?"

"응, 서둘러. 얼른 옷을 입고 밖으로 나가자."

아이들은 일제히 몸을 일으켜 옷걸이에 걸린 옷을 집어 들었다. 나는 봉지를 손에 들고 문 옆에 서서 아이들이 준비를 마치기를 기다렸다.

운동장으로 나가니 아이들이 나를 에워쌌다. 내가 이 조그맣고 야생적인 존재들과는 너무나 다른 것 같았다. 마치 양치기가 된 것 같기도 했다.

"자, 모두들 여기 모여봐!"

나는 봉지에서 축구공을 꺼내 땅 위에 내려놓았다.

"이건 태양이야."

아이들이 의아한 표정으로 나를 바라보았다.

"나를 따라와. 함께 저쪽으로 갈 거야."

나는 20미터쯤 떨어진 곳에 자두를 내려놓았다.

"이건 수성이야. 태양에서 가장 가까운 곳에 있는 행성이지. 저기 있는 태양이 보이니?"

모두들 눈을 돌려 자갈 위에 작은 그림자를 드리운 축구공을 바라보며 고개를 끄덕였다.

나는 마을회관 앞까지 이르는 곳에 사과 두 개, 오렌지 두 개, 루타바가 한 개, 콜리플라워 한 개, 명왕성 역할을 할 포도 한 알을 차례차례 내려놓았다.

"이제 각각의 행성들이 서로 얼마나 멀리 떨어져 있는지 이해할 수 있겠니?"

내가 말을 이었다.

"저 멀리 보이는 축구공은 태양, 자두는 수성이란다. 너무나 작아서 여기선 잘 보이지도 않아."

아이들은 축구공을 멍하니 바라보았다.

"이 모든 것은 저 넓은 우주에 비하면 너무나 작단다. 너무너무 작아서 눈에 보이지도 않아. 저 행성들이 우리가 사는 지구에서 몇 백만 킬로미터나 떨어져 있다는 것이 이상하지 않니?"

몇몇 아이들은 그들의 뇌가 움직이는 소리가 들릴 정도로 깊은 생각에 잠겼다. 반면, 몇몇 아이들은 동네 쪽 또는 피요르 건너 쪽을 멍하니 바라보기만 했다.

"이제 들어가자. 교실까지 뛰어가볼까?"

교무실에 들어선 나는 내가 쓴 단편소설의 복사본을 한 부 꺼내 스테이플러로 고정시켜 닐스 에릭에게 건네주었다. 그는 소파에 앉아『트롬스 폴케블라드』*를 읽고 있었다.

"내가 말했던 단편이야."

"흥미롭군!"

"언제 읽어볼 거야? 오늘 저녁에?"

"왜? 마음이 급해졌어?"

그가 내게 미소 지으며 말을 이었다.

"사실은 오늘 오후에 핀스네스에 가려던 참이야. 같이 갈래?"

"좋은 생각이야."

"자네 단편은 내일 읽을게. 그 후에 토론을 해보는 것도 좋지 않겠어?"

토론이란? 그것은 대학과 학문과 강의, 여자와 파티를 의미하는 게 아니었던가.

"좋아."

나는 커피를 가져오기 위해 몸을 일으켰다.

"그런데 수업 시간 중에 학생들과 운동장에서 뭘 한 거야?"

닐스 에릭이 나를 쳐다보며 물었다.

"특별한 건 없어. 그저 학생들에게 우주를 묘사해 보여주었을 뿐

• 트롬스의 지역 신문.

이야."

다음 수업을 위해 교실에 들어가니, 창가에 여학생 셋이 모여 서서 나직이 귓속말을 하고 있었다. 너무나 집중해서인지 그들은 내가 들어가도 알아채지 못했다.

"모두 자리에 앉아. 수업 종이 울린 지가 언젠데! 너희들은 학생들이야. 교칙과 선생님의 말을 따라야 하는 학생들이라고!"

그들이 재빨리 내게 몸을 돌렸다. 하지만 그들은 미소를 지으며 자리에 앉을 생각도 하지 않았다.

"너희들! 얼른 자리에 앉아!"

그날 오후, 나는 홀로 앉아 곰곰이 생각에 잠겼다. 평소 어린 송아지 같다고 생각했던 그들의 태도와 행동은 어느새 여성적인 부드러움과 우아함으로 변해 있는 것 같았다.

"너희들이 제출한 과제를 모두 읽어보았어."

나는 아이들에게 공책을 나누어주며 말했다.

"모두들 글을 잘 쓰더구나. 몇 가지 짚고 넘어가야 할 사항도 있었어. 이건 모두에게 해당되는 거란다."

아이들은 공책을 뒤적이며 내가 무슨 말을 적었는지 확인하기 시작했다.

"점수는 매기지 않았나요?"

힐데군이 물었다.

"이처럼 작은 과제엔 점수를 매기지 않아. 이번에는 내가 너희들을 더 잘 알기 위해 냈던 과제에 불과하거든."

안드레아와 비비안은 각자의 공책을 펼쳐들고 내가 적어놓은 글을 비교했다.

"우리에게 적어준 글이 너무 비슷해요!"

비비안이 소리쳤다.

"숙제 검사를 하는 게 귀찮았나요?"

"귀찮았냐고?"

나는 미소를 지으며 말을 이었다.

"너희들은 앞으로 시험을 치르고 점수를 받게 될 거야. 그다지 기대되는 일은 아닐 것 같구나."

등 뒤의 교실 문이 열렸다. 몸을 돌리니 리카르드가 서 있었다. 그는 벽 쪽 책상 앞에 자리를 잡고 앉아, 내게 수업을 계속하라는 손짓을 했다.

도대체 뭘까? 나를 감시하려고 들어온 걸까?

"가장 먼저 살펴봐야 할 점은 너희들이 사용하는 사투리야."

나는 아이들을 돌아보며 말을 이었다.

"글을 쓸 때는 사투리를 쓰면 안 돼. 그건 전적으로 금지된 사항이란다. 예를 들어, '나'를 써야 할 자리에 '내'를 쓰는 건 피해야 해. '장난'을 '작난'으로 쓰는 것도 피해야 할 사항이지."

"하지만 우리는 평소에 그렇게 말하는 걸요!"

비비안이 자세를 고쳐 앉으며 리카르드 쪽을 흘낏 바라보았다. 그는 팔짱을 끼고 앉아 꼼짝도 하지 않았다.

"말할 때는 '내'라고 하는데 글을 쓸 때는 왜 굳이 '나'라고 써야 하는지 이해를 할 수가 없어요."

"작년에 우리를 가르쳤던 해리슨 선생님은 우리가 말하는 대로 써도 된다고 했어요."

힐데군이 말했다.

"해리슨 선생님은 글을 정확하게 쓰는 것보다 어떤 것이든 일단 써보는 게 더 좋다고 했어요."

리베가 말했다.

"작년까지만 해도 너희들은 초등학생이었어."

나는 아이들을 둘러보며 말을 이었다.

"지금은 중학생이잖아. 그러니 너희들이 사용하는 언어도 소위 말하는 일반적 기준을 따라야 해. 이건 너희들뿐만이 아니라 전국의 학생들에게 모두 적용되는 것이란다. 말을 할 때는 사투리나 방언을 써도 상관없어. 하지만 글을 쓸 때는 보크몰이나 뉘노르스크*를 사용해야 된단다. 논쟁의 여지가 없는 일이지. 만약 너희들이 과제 공책에 빽빽하게 적힌 빨간 글자를 보고 싶거나, 성적이 나쁘게 나와도 상관없다면 글을 쓸 때 사투리나 방언을 사용해도 좋아."

"아~!"

안드레아가 나와 리카르드를 번갈아가며 쳐다보았다. 다른 아이들은 키득키득 코웃음을 쳤다.

나는 아이들에게 교과서를 펼치라고 한 다음, 힐데군에게 책을 읽어보라고 했다. 내가 창가로 다가가자 리카르드가 자리에서 일어나 내게 고개를 끄덕이고는, 문밖으로 자취를 감추었다.

나는 쉬는 시간에 그의 집무실 문을 두드렸다.

책상 앞에 앉아 있던 그가 고개를 들어 나를 쳐다보았다.

"칼 오베! 무슨 일인가?"

"네, 수업 시간에 왜 교실에 들어오셨는지 궁금해서 여쭈어보러 왔습니다."

나를 쳐다보는 그의 눈은 어이없다는 빛과 심문을 하듯 날카로운

---

* 보크몰과 뉘노르스크는 노르웨이에서 사용하는 공식 공용어다.

118

빛을 동시에 담고 있었다.

그가 미소를 지으며 아랫입술을 잘근잘근 깨물었다. 이미 그를 몇 번이나 봤기에 그가 턱수염이 더부룩한 턱을 앞으로 내밀고 아랫입술을 깨무는 것은 습관이라는 것을 알고 있었다.

"자네가 수업을 잘하고 있는지 한번 보려고 들렀었네. 앞으로도 이런 일은 자주 있을 거야. 자네도 알다시피 계약직 교사들 중에는 제대로 교육을 받지 않은 사람이 많아. 나는 이 학교의 교장으로서 개개의 교사들이 어떻게 수업을 하는지 알아야 한다네. 교사의 역할을 수행한다는 것은 그리 쉽지 않아."

"만약 문제가 생긴다면 즉시 말씀드리겠습니다. 그 점에서만큼은 저를 믿으셔도 됩니다."

그가 소리 내어 웃었다.

"나도 잘 알고 있네. 자네를 믿지 못해서 그런 건 아니라네. 지금은 쉬는 시간이니 자네도 어서 가서 좀 쉬게나."

그는 책상 위의 서류를 내려다보았다. 그것은 권위를 가진 자가 상대방을 돌려보낼 때 흔히 사용하는 수단이었다. 나는 그의 권위를 받아들일 수밖에 없는 위치에 있었다. 그에게 할 말도 더 없었고, 그도 내게 더 할 말이 없는 것 같았다. 나는 별수 없이 발길을 돌려 교장실을 나와 교무실로 들어갔다.

일을 마치고 우체국에 들르니 사서함에 편지 세 통이 도착해 있었다. 하나는 스타방게르에서 대학을 다니는 바센에게서 온 편지였고, 하나는 애인과 함께 크리스티안산으로 이사 간 라스에게서 온 편지였으며, 마지막 편지는 트론헤임 공대에 입학한 에이릭에게서 온 편지였다.

바센은 스타방게르에 이사 가기 직전의 일을 편지에 적었다. 술집에서 만난 소녀, 아니 스물다섯 살의 여성과 함께 집으로 가서 섹스를 하던 중, 그녀가 갑자기 온몸에 경련을 일으켰다고 했다. 그녀가 발작을 일으키는 건 아닌가 싶어 너무나 놀라고 두려웠던 그는 얼른 하던 일을 멈추고 몸을 일으켰다는 것이다.

정말 무서웠어, 칼 오베! 구급차를 불러야 할까. 만약 그녀가 죽으면 어떻게 할까! 그래, 그 생각까지도 해봤다고. 그런데 그녀가 눈을 뜨고 나를 홱 끌어당기더니, 왜 갑자기 몸을 뺐냐고 묻더군. 내게 계속하라고 소리를 질렀어. 세상에! 그녀는 발작을 일으킨 게 아니라 오르가즘을 느꼈던 거야! 나는 그날 처음으로 성숙한 여인의 세계를 경험했어!

나는 길을 걸으며 웃음을 터뜨렸다. 동시에 알 수 없는 불쾌함이 나를 덮쳤다. 나는 단 한 번도 누구와 잠자리를 해본 적이 없다. 섹스를 해본 적도 없다. 한마디로 나는 동정인 셈이다. 그것은 내게 수치심을 주었기에 지난 2년 동안 친구들과 함께 성 경험에 관해 이야기를 할 때면 항상 거짓말을 하곤 했다. 바센을 비롯한 대부분의 친구들은 내 말을 곧이곧대로 믿어주었지만, 나는 섹스에 깊은 동경을 가지고 있었다. 여자와 함께 잠자리를 하는 것. 그 누구라도 상관없었다. 바센과 다른 친구들이 정기적으로 경험한 일을 나도 경험해보고 싶었던 것이다. 그들의 분방한 행각을 들을 때마다 무기력함과 욕정이 동시에 솟구쳐 올랐다. 시간이 흐를수록 그 열정과 무기력함은 누군가를 만날 때마다 두려움을 만들어냈다.

나는 문제가 생기면 항상 마음을 나눌 수 있는 사람과 대화를 했다. 그러면 마음이 가벼워지곤 했다. 하지만 이 문제만큼은 그 어느 누구와도 터놓고 이야기를 할 수가 없었다. 생각할 수도 없는 일이었다. 하루에도 몇 번씩이나 내 생각은 섹스로 채워졌다. 그것은 마치 태양을 지나쳐 흐르는 구름처럼 순식간에 내 머릿속을 지나치기도 했고, 가끔은 오래도록 내게 머물러 있었다. 그러한 동경과 욕구가 절망의 형태로 나를 감싸올 때면 나는 견딜 수가 없었다. 말로 형언할 수 없는 불확실함과 고뇌에서 빠져나오기가 힘들었던 것이다.

나도 할 수 있을까? 과연 나도 할 수 있을까? 만약 상황이 나를 도와서 빈방에 나체의 여인과 함께 시간을 보낼 수 있는 기회가 온다 하더라도, 내가 과연 그녀와 섹스를 할 수 있을까? 과연 내가 그 일을 마무리해낼 수 있을까?

그 일에는 너무나 큰 비밀과 이중성이 자리하고 있었기에 결코 내겐 쉬운 일이 아니었다.

"콘돔 끝에 뭐가 있는지 아는 사람?"

지난봄, 트론이 나를 쳐다보며 농담을 던졌다. 쉬는 시간이었기에 우리는 학교 운동장에 무리 지어 서서 이런저런 이야기를 나누고 있었다.

그는 바로 나를 쳐다보았다.

왜? 혹시 내가 섹스에 관해 쭉 거짓말로 일관해왔다는 것을 그가 꿰뚫어본 것은 아닐까.

나는 얼굴을 붉혔다.

무슨 말을 해야 할까. 모른다고 대답하면 그때까지 내가 거짓말을 했다는 것이 탄로날 것이고, 안다고 대답하면 분명 또 다른 질문이 뒤를 이을 텐데… 이를 어쩌지?

"글쎄, 뭐가 있는데?"

"네 물건은 꽤 작은 모양이구나?"

그가 나를 놀렸다.

아이들이 일제히 웃음을 터뜨렸다.

나도 함께 웃었다. 모두들 그의 말을 농담으로 여기는 분위기였기에 말할 수 없이 마음이 가벼워졌다.

하지만 에스펜은 웃지도 않고 나를 빤히 바라보았다. 마치 모든 것을 다 알고 있다는 것처럼 자신만만하고 뻔뻔한 표정으로 나를 바라보고 있었다.

그로부터 이틀 후, 우리는 기슬레의 집에서 시간을 보냈다. 에스펜은 나를 우리 집까지 차로 데려다주었다.

"칼 오베, 넌 지금까지 몇 번이나 해봤어?"

차가 크라게뵈엔의 완만한 오르막길을 달릴 때였다. 길옆에는 오래 되어 낡은 집들이 나란히 서 있었다.

"왜 그런 걸 묻니?"

"그냥 궁금해서…"

그가 내게 시선을 던진 후, 길 앞쪽을 바라보았다. 그의 입가에 담긴 미소는 음흉하기까지 했다.

나는 이맛살을 찌푸리며 생각에 잠긴 척했다.

"음… 여섯 명. 아니, 다섯 명."

"그게 누군데?"

"지금 나를 심문하는 거야?"

"아냐. 그런 질문엔 가볍게 대답할 수 있잖아?"

"세실리에. 너도 알지? 아렌달 출신. 내가 잠깐 만났던 애."

창밖으로는 내가 수도 없이 드나들었던 금방이라도 무너질 것 같은 낡은 슈퍼마켓이 보였다. 에스펜이 깜빡이를 켰다.

"그래?"

"그리고… 마리안네."

"마리안네와도 해봤어? 그건 나도 몰랐는데! 왜 지금까지 아무 말도 하지 않았니?"

나는 어깨를 으쓱 추켜 보였다.

"나도 사생활이 있으니까."

"쳇! 우리 중에서 너처럼 비밀스런 아이는 없어! 그건 그렇고, 또 누가 있니? 아직 두 명뿐인데?"

길옆에서 입을 쩍 벌린 배불뚝이 사내가 우리가 탄 차를 쳐다봤다.

"저 사람은 항상 저기 서 있더군. 도대체 뭐 하는 사람일까?"

내가 말했다.

"질문을 피할 생각은 하지 마."

에스펜이 말을 이었다.

"아직 세 명이 더 남아 있어. 네가 끝까지 대답하면 나도 내 경험을 이야기해줄게. 네가 원한다면 말이야."

"좋아. 작년 여름에 옆 가게에서 일했던 아이슬란드 여자도 있어. 나는 그때 아렌달 시내에서 카세트테이프를 팔았거든. 나는 개와 하룻밤을 보낸 적이 있어."

"아이슬란드인?! 좋았겠구나."

에스펜이 말했다.

"응, 맞아. 나머지 두 명은 시내 술집에서 만났던 아이들이야. 이름도 몰라."

우리는 집 앞 언덕길에 도착했다. 강가에 자란 무성한 활엽수들이 마치 벽을 이루듯 빽빽하게 서 있었다. 나는 저 멀리 보이는 축구 경기장으로 시선을 돌렸다. 그림자 세 개가 움직이고 있었다. 네 번째 그림자가 골대를 향해 공을 차 넣었다.

"이제 네 경험을 말해봐."

"시간이 없어. 너희 집 앞에 도착했잖아."

"그러지 말고 어서 말해봐."

그가 웃음을 터뜨리며 차를 세웠다.

"내일 아침에 보자!"

그가 말했다.

"이 악마 같은 자식!"

나는 차에서 내려 대문을 향해 걷기 시작했다. 그의 차가 언덕길을 내려가는 소리를 들으며, 내가 왜 그의 질문에 일일이 대답해주었는지 후회했다. 그가 상관할 일이 아니라고 한마디 쏘아붙였어도 좋았을 일을⋯ 그였더라면 분명히 그랬을 것이다.

그도 경험한 일을 나는 왜 아직 경험하지 못했을까.

그는 나와 달리 여자아이들을 그다지 어렵게 생각하지 않는다. 그것 때문일까. 그렇다고 그가 여자아이들을 좋아하지 않는 건 아니다. 아니, 사실은 그와 정반대라 해도 과언이 아니다. 다른 점이 있다면, 나는 여자아이들을 말도 제대로 걸 수 없는 어려운 존재라고 생각하는 반면, 그는 여자아이들을 자신과 동일한 가치를 지닌 한 인간으로 생각한다는 것이다. 아니, 자기 자신도 여자아이들과 같은 가치 있는 존재라고 생각할지도 모른다. 왜냐하면 그는 자신감 하나만큼은 충분히 가지고 있는 사람이니까.

그는 여자아이들을 다가갈 수 없는 존재로 생각하기보다는, 손에 넣어야 할 존재로 생각할지도 모른다. 반면, 나는 여자아이들을 다가갈 수 없는 존재라고 생각한다. 그들은 내게 천사와 같은 존재다. 나는 그들의 팔에 드러난 가느다란 핏줄, 부드러운 귀의 곡선, 티셔츠에 윤곽을 드러낸 아름다운 젖가슴, 여름 원피스 밑으로 보이는 하얀 허벅지를 사랑한다. 그런 것들을 볼 때마다, 숨이 막히고 욕구가 솟구친다. 여자들을 향한 나의 동경과 욕구는 빛과 공기처럼 나를 감싸지만, 그들은 내 손에 닿을 수 없는 곳에 자리하고 있다. 동시에, 어둡고 묵직하게 내 아랫도리를 감싸기 시작하는 내 의식은 체념과 포기와 무기력함으로 변해버린다. 열려 있던 세상은 문을 닫아버리고, 내게 남아 있는 것은 어색함과 서투름, 침묵과 두려움을 담은 핏줄 선 눈동자들, 달아오른 뺨과 형언할 수 없을 정도로 크게 자라버린 불안감뿐이다.

또 다른 이유도 없지 않다. 그것은 내가 할 수 없는 것, 내가 이해할 수 없는 것이었다. 비밀과 어둠, 비웃는 듯한 웃음소리. 오, 그것은 이미 짐작은 하고 있었지만, 내가 모르는 것들이었다. 내가 아는 것은 아무것도 없었다.

바센의 편지를 주머니에 집어넣고 서둘러 오르막길을 올랐다. 30분쯤 후에 닐스 에릭이 나를 데리러 올 예정이었다. 그전에 뭘 좀 먹어야 할 것 같았다.

약 두 시간 후, 우리는 핀스네스의 중심지에 도착했다. 오슬로와 트롬쇠를 거쳐 이곳에 처음 도착했을 때, 나는 이곳이 너무나 작고 보잘것없는 도시라 생각했었다. 하지만 그로부터 고작 닷새가 지났을 뿐인 지금, 호피요르에서 온 나는 핀스네스가 온갖 기회로 가득한 대도시 같다고 생각했다.

닐스 에릭은 커다란 마트 앞 주차장에 차를 세웠다. 우리는 와인 전매점을 찾아 걸어갔다. 나는 파티에서 마실 코스켄코르바° 한 병,

---

° 핀란드산 보드카.

화이트 와인 네 병과 집에서 혼자 마실 반 병짜리 위스키를 구입했고, 닐스 에릭은 레드 와인 세 병을 구입했다. 그가 맥주나 독주와는 거리가 먼 사람이라 생각했던 내 짐작은 틀리지 않았다. 우리는 술병을 차의 트렁크에 넣어두고 전자제품 가게로 들어갔다. 그곳에는 스테레오 기기도 함께 팔고 있었다. 내가 가지고 있던 스테레오는 그다지 품질이 좋지 않았기에, 월급을 받으면 꼭 그럴싸한 스테레오 기기를 하나 장만하리라 생각하던 참이었다.

그곳에는 앰프 랙밖에 보이지 않았다. 최고 품질의 랙도 아니었다. 하지만 나는 현재로서는 충분하다고 생각했다. 나중에 기회가 되면 더 좋은 것을 살 수 있으리라.

점원은 계산대 뒤에서 등을 돌리고 서서 작은 칼로 상품 포장지를 뜯고 있었다. 나는 그에게 다가갔다.

"물건을 사려고 하는데 좀 도와주시겠습니까?"

그가 고개만 돌리고 말했다.

"잠깐만요."

나는 랙을 진열해둔 선반 앞에서 점원을 기다리며, 음반을 뒤적이고 있던 닐스 에릭을 향해 손을 흔들었다.

"자네 같으면 뭘 사겠나?"

그에게 물어보았다.

"여기선 아무것도 안 살 것 같은데? 랙은 그다지…"

"동감이야. 하지만 여기서 파는 건 이것밖에 없으니 할 수 없잖아. 난 이곳에서 살 때만이라도 사용할 수 있는 스테레오가 필요해."

그가 나를 쳐다보았다.

"돈이 남아도는 모양이군? 아니, 크나우스고르 집안이 선주나 재벌이었나? 그런 말은 안 했잖아!"

126

"할부로 사면 돼. 3499크로네니까 매달 나가는 돈도 그다지 많지 않을 거야."

점원이 허리를 펴고 나를 찾아 두리번거렸다. 그는 금속 안경을 끼고 머리를 뒤로 벗어 넘긴 호리호리한 남자였다.

나는 히타치 랙을 가리켰다.

"이걸 사려고 하는데요. 할부로 구입하는 것도 가능합니까?"

"직장이 있으면 가능합니다."

"나는 호피요르에서 교사로 일하고 있어요."

"그렇다면 문제없습니다. 저를 따라오시죠. 서류를 작성하셔야 합니다."

내가 서류를 작성하는 동안, 그는 물건을 가져오려고 창고로 갔다.

"이게 정말 현명한 일일까?"

닐스 에릭이 말을 이었다.

"할부로 물건을 구입하면 결국엔 제값보다 훨씬 돈이 많이 나갈 텐데. 굳이 그럴 필요는 없잖아. 우리 월급은 그다지 많다고 할 수도 없는데…"

나는 그를 쳐다보았다.

"자네 말하는 걸 보니 마치 시어머니 같아."

"알았어. 어차피 자네 일이니까."

그는 발길을 돌려 다시 음반 진열대로 향했다.

"맞아."

점원이 커다란 박스를 들고 창고에서 나왔다. 그는 내게 박스를 넘겨주고 나서 내가 작성한 서류와 신분증을 확인했다. 잠시 후 우리는 박스를 차의 뒷좌석에 실었다.

우리는 마지막으로 마트에 가서 장을 봤다. 각자 쇼핑 카트를 밀며, 우리는 호피요르에선 살 수 없는 갖가지 물건이 진열된 선반 사이를 걸었다. 내가 가장 먼저 집어올린 물건은 담배 두 갑이었다.

가게 안쪽 과일 진열대 앞에 도착한 나는, 닐스 에릭이 파스타를 살펴보는 동안 재킷의 양옆 주머니에 담뱃갑을 하나씩 집어넣었다. 그리고 아무 일도 없었던 것처럼 태연자약하게 쇼핑 카트를 앞세워 가게 안을 둘러보았다. 나는 마트에서 장을 볼 때마다 담배를 훔치곤 했다. 너무나 감쪽같이 훔쳤기에 지금까지 단 한 번도 들킨 적이 없었다.

물건을 훔친다는 것은 내게 자유를 의미했다. 사회적 규범을 무시하고, 해야 할 일이 아니라 원하는 일을 한다는 것은 내게 엄청난 해방감을 주었다. 그것은 일종의 반항이었으며 순응과는 거리가 먼 행위였다. 동시에 그러한 행위는 내가 가고자 하는 방향으로 나를 한 걸음 더 가까이 데려다주었다. 나는 물건을 훔쳤다. 나는 물건을 훔치는 사람이었다.

단 한 번도 물건을 훔쳐서 문제가 된 적은 없었지만, 쇼핑 카트를 밀며 계산대 앞으로 오는 동안 긴장되고 두려워 어쩔 줄 몰랐다. 다행히도 점원의 눈에선 의심의 빛을 찾아볼 수 없었다. 내게 다가오는 보안 요원도 없었다. 나는 식은땀으로 축축한 손으로 물건을 들어올려 계산대 앞에 내려놓았다. 돈을 지불하고 물건을 비닐봉지에 넣은 후, 의심을 살까봐 일부러 느릿느릿 걸었다. 가게에서 나온 나는 그제야 걸음을 멈추고 담배를 피우면서 닐스 에릭이 나오기를 기다렸다. 그는 잠시 후 양손에 터질 듯한 비닐봉지를 하나씩 들고 내옆에 섰다.

처음 몇 킬로미터를 달릴 때는 아무 말도 하지 않았다. 나는 여전히 가전제품 가게에서 나의 구매 태도를 비난했던 그에게 화를 내고 있었다. 나는 누가 내 일에 참견하는 것을 건디지 못한다. 내 어머니든, 형이든, 선생님이든, 또는 단짝 친구라 해도 그들이 내 일을 참견할 때면 화를 내곤 했다.

그가 운전하다 곁눈질로 나를 슬쩍 바라보았다. 창밖의 자연 풍경은 나직하게 변하기 시작했다. 저 멀리 보이는 높고 뾰족한 산봉우리 대신 키 작은 나무, 땅에 자작하게 깔린 덤불과 이끼, 얕은 시냇물이 차창 밖을 지나쳤다. 그는 핀스네스를 벗어난 직후 차에 기름을 넣었다. 한참 후에도 남아 있는 기름 냄새 때문에 머리가 어질어질했다.

그가 다시 나를 흘낏 바라보았다.

"괜찮다면 음악을 좀 틀어주겠나? 글러브 박스 안에 카세트테이프가 들어 있어."

나는 테이프 몇 개를 꺼내 무릎 위에 놓았다.

샘 쿡, 오티스 레딩, 제임스 브라운, 프린스, 마빈 게이, UB 40, 스모키 로빈슨, 스티비 원더, 테렌스 트렌트 다비.

"보아하니 자네는 소울뮤직 팬인가보군?"

"소울과 펑크를 즐겨 들어."

나는 그중에서 유일하게 들어본 적이 있는 프린스의 「퍼레이드」 테이프를 틀고, 의자에 등을 기댄 채 창밖을 지나치는 산을 바라보았다. 산 아래턱은 마치 주름진 녹색 카펫처럼 갖가지 덤불과 키 작은 나무로 뒤덮여 있었고, 위쪽으로 올라갈수록 이끼가 주를 이루었다.

"그런데 왜 담배를 훔쳤어?"

닐스 에릭이 물었다.

"물론 나와는 상관없는 일이라는 건 잘 알지만, 궁금해서 물어보지 않을 수 없었어."

"봤어?"

그가 고개를 끄덕였다.

"자네에게 돈이 없는 것도 아니고··· 생과 사를 걸 만큼 남배가 중요한 것도 아닌데···"

"자네 말이 맞아."

"들키면 어쩌려고 그랬어? 마을 사람들의 눈에 어떻게 보일지 생각은 해봤어? 교사가 도둑질을 하다니."

"들키진 않았잖아."

"응."

"그렇다면 자네의 말은 가정에 불과할 뿐이야."

"원하지 않는다면 꼭 이런 이야기를 할 필요는 없어."

그가 말했다.

"아냐, 난 괜찮아. 계속해봐."

그가 너털웃음을 웃었다.

뒤를 이은 침묵은 꽤 길었다. 하지만 침묵 속에 앉아 있는 것이 그다지 불편하진 않았다. 길은 쭉 뻗어 있었고, 양옆의 산은 아름다웠다. 음악은 기분 좋게 흐르고 있었으며, 닐스 에릭은 내가 관심을 가질 필요도 없는 사람이었으니까.

아차 싶은 생각이 스쳤다. 마치 쭉 뻗은 길을 걸어오다 구불구불하고 비좁은 골목길에 접어든 것 같았다. 해결되지 않은 일들이 나를 괴롭혔다. 닐스 에릭이 잘못한 것은 아무것도 없다는 것을 깨달았던 것이다. 그는 내게 어떤 악의도 없었으며 단지 호기심을 가졌을 뿐이다. 내가 불편해했던 것은 그가 조금 집요하게 다가왔다는 사실뿐이었다. 하지만 아는 사람이라곤 아무도 없는 이곳에선 그의 관심조차도 고맙게 여겨야 하지 않을까.

나는 「가끔은 4월에도 눈이 내려요」의 멜로디를 나직하게 흥얼거렸다.

"프린스의 새 음반 「러브섹시」는 들어봤어?"

그가 고개를 저었다.

"하지만 프린스가 올여름에 노르웨이나 스웨덴에서 공연을 한다면 난 무슨 일이 있어도 거기 꼭 가볼 생각이야. 최근 콘서트의 평판이 굉장히 좋더군. 얼마 전에 「사인 오브 더 타임스」 콘서트에 다녀온 사람과 이야기를 했는데, 그의 말로는 프린스의 공연이 최근에 본 것 중에서 최고라고 했어."

"구미가 당기는걸."

나는 말을 이었다.

"어쨌든 최근에 발매된 음반은 나쁘지 않다고 들었어. 물론 「사인 오브 더 타임스」보다는 못하지만… 그건 그렇고, 얼마 전에 『페드레란즈벤넨』*에 음악평론을 실은 적이 있는데, 큰 실수를 할 뻔했어."

나는 그를 흘낏 바라본 후 다시 말을 이었다.

"예전에 영국 음악 잡지에서 그가 글자를 못 읽는 무식한 사람이라는 걸 읽었거든. 그래서 나도 그것을 인용하려고 마음먹었지. 주제를 그것으로 잡지 않은 것만 해도 천만다행이었어. 프린스가 글자를 모르는 사람이라니. 좀 이상하지 않아? 그래서 생각 끝에 그 이야긴 적지 않았지. 나중에 알고 보니, 그가 읽지 못했던 건 글자가 아니라 악보였어. 물론 평론을 쓸 당시엔 전혀 몰랐던 사실이었어. 그때

* 노르웨이의 크리스티안산 및 남부 지방에서 발간되는 일간지.

생각만 하면 아직도 식은땀이 흘러. 정확하지 않은 정보를 마치 사실인 듯 여기저기 퍼뜨린다면 얼마나 부끄럽겠어. 게다가 그런 거짓 정보가 내 이름과 함께 신문에 활자로 찍힌다면 말할 것도 없지."

"페이크 뉴스! 난 그게 바로 신문의 역할이라고 생각해왔는데?"

닐스 에릭이 나를 돌아보지도 않고 미소를 지으며 말했다.

"하하, 그럴 수도 있겠지."

저 멀리 호피요르로 들어가는 진입로가 보였다. 양쪽에 높이 솟은 커다란 산봉우리 사이에 비좁은 회색 아스팔트길이 뻗어 있었다. 멀리서 보니 그 길은 마치 작고 어둑어둑한 동굴 같았다.

"그건 그렇고 화요일에 애인에게서 긴 편지를 받았어."

"오, 그래?"

그가 관심을 보였다.

"굳이 따진다면 애인이라 할 수도 없어. 우린 여름에 잠시 함께 시간을 보냈을 뿐이거든. 그녀의 이름은 리네였어."

"리네였다고? 얼마 전에 죽었다는 소리야, 뭐야?"

"내겐 그래. 내 말이 바로 그거라고. 그녀가 편지로 우리의 관계를 끝내자고 하더군. 난 아주 좋은 사람이고 어쩌고저쩌고하며 구질구질하게 늘어놓더니, 결국은 지금껏 단 한 번도 나를 사랑한 적이 없었다고 써놓았어. 마침 내가 북부 지방으로 옮겨가니 관계를 끝내기에 매우 적절할 것 같다고 했어."

"그렇다면 자넨 지금 싱글이란 말이군."

닐스 에릭이 말했다.

"그렇지. 그게 바로 내가 말하려던 요점이었어."

맞은편 터널에서 나온 작은 검은색 딱정벌레 자동차가 금세 커졌다. 속도를 꽤 내서 달리는 것이 분명했다.

딱정벌레 자동차의 운전사가 우리 옆을 지나치며 손을 들어 인사를 건넸다. 닐스 에릭도 손을 들어 인사를 했다. 잠시 후 우리가 탄 차는 속력을 줄여 마을로 향하는 길로 들어서기 위해 방향을 틀었다.

"이상하지 않아?"

내가 그에게 말을 걸었다.

"모두들 우리가 누군지 알고 있는데, 우린 아는 사람이 하나도 없으니 말야."

"맞아. 우린 무시무시한 도시에 살고 있는 거야."

그가 농담으로 내 말을 받아쳤다.

그가 전조등을 켜고 와이퍼를 작동시켰다. 빗방울이 차체와 차창과 지붕에 떨어졌다. 엔진 소리는 산등성이에 부딪혀 메아리를 만들어내며 우리를 따라왔다. 열린 피요르 앞에 이르니 우리를 감쌌던 그 소리는 온데간데없이 사라졌다.

"사귀는 사람은 있어?"

나는 닐스 에릭에게 물어보았다.

"없어. 싱글의 표본이지. 몇 년 동안 여자를 사귄 적이 없어."

그는 호모일까?

제발, 제발! 호모라는 말만 하지 말아줘!

그러고 보니 그가 호모 같았다. 발갛게 상기된 양볼 하며…

"여긴 선택권이 큰 곳이라고 할 수 없어."

그가 말을 이었다.

"하지만 경쟁자도 거의 없으니 괜찮아."

그가 웃음을 터뜨렸다.

경쟁자가 거의 없다니. 그게 무슨 말일까. 이곳에는 호모가 별로 없다는 말일까.

나는 뻣뻣하게 앉아 눈앞에 펼쳐진 푸른 바다만 뚫어지게 바라보았다.

"그런데 토릴은 꽤 마음에 들어. 건강하고 생기 있어 보여서 좋아."

그가 말했다.

토릴!

아, 그렇다면 내가 오해한 거였구나!

나는 고개를 돌려 그를 바라보았다. 그는 차창 앞만 바라보고 있었지만, 그의 관심은 나를 향하고 있다는 것을 느낄 수 있었다.

"하지만 토릴은 나이가 꽤 많잖아."

"나이가 많다고? 아냐!"

그가 반박했다.

"스물여덟 정도로 보이던데? 많아봤자 서른. 어쨌든 나이가 많다고는 할 수 없어! 게다가 토릴은 섹시하기까지 해. 음… 아주 섹시하지."

"난 토릴이 섹시하다고는 단 한 번도 생각해보지 않았는데."

"칼 오베. 자넨 이제 열여덟 살이야. 난 스물네 살이라고. 그러니 내게 스물여덟은 절대 많은 나이가 아냐. 쳐다보지도 못할 정도로 불가능하진 않다고."

그가 웃음을 터뜨렸다.

"물론 나이를 떠나서 토릴이라는 사람 자체가 이루지 못할 사랑이라면 또 문제가 달라지겠지만…"

우리는 산등성이 아래쪽에 자리한 비좁은 도로로 들어섰다. 그곳 사람들은 전반적으로 매우 속력을 내서 달리는 편이었지만, 닐스 에릭은 달랐다. 그는 운전을 할 때 항상 신중하고 조심스러웠다.

"자넨 어떤가? 마음에 드는 사람이라도 있어?"

그의 말에 나는 미소를 지었다.

"사실은 이곳에 온 첫날 버스에서 만난 사람이 있긴 있어. 핀스네스에서 학교를 다닌다고 하더군. 헬레비카 출신이래."

"그렇군!"

"시간이 지나면 알 수 있겠지. 그 외엔 없어."

"비베케는 꽤 성숙한 몸매를 가지고 있지."

"성숙하다고? 뚱뚱하다는 뜻이겠지?"

"아니, 내 말은… 그녀가 꽤 사랑스럽다는 뜻이었어. 좀 통통하긴 해. 하지만 보기 흉할 정도는 아니잖아? 그리고 헤게는… 좀 다루기 어려운 여자 같아. 하지만 꽤 매력이 있어. 자네도 그렇게 생각하지?"

"이제 보니 자넨 완전 잡식성이구만. 그렇지?"

"여자는 여자일 뿐이야. 그게 나의 관점이지."

발아래에 마을이 펼쳐졌다. 그는 우리 집 앞에 차를 세워주었다. 그는 내가 장을 본 봉지를 집 안까지 옮겨주었고, 나는 스테레오 기기가 들어 있는 박스를 옮겼다. 그는 내게 작별 인사를 한 뒤 차를 타고 사라졌다.

나는 스테레오 기기를 설치하고 더 어소시에이트의 「설크」를 틀었다. 소파에 드러누운 나는 한참이나 광적인 멜로디에 몸을 맡겼다. 잠시 후 나는 소파에서 일어나 편지를 쓰기 시작했다. 대부분 짧막하게 썼기에 비교적 빨리 쓸 수 있었다. 지금 내게 중요한 것은 편지 쓰는 일이 아니라 소설을 쓰는 일이었기 때문이다.

다음 날, 쉬는 시간이 되자 스투레가 내게 다가왔다.

"잠시 이야기 좀 해도 될까요?"

그가 머리를 긁적이며 말했다.

"물론이죠."

"조언을 한마디 해주고 싶어서 그래요."

그가 말을 이었다.

"3학년과 4학년 학생들의 수업에 관한 사항입니다. 들리는 이야기로는 어제 우주에 관한 수업을 했다고요…?"

"네, 그런데요?"

"당신도 알다시피 그 아이들은 아직 어려요. 그래서 너무 광범위한 사항부터 다루면 안 될 것 같아요. 예를 들어, 우리 학교가 있는 곳의 지도부터 보여주는 게 더 좋다고 생각합니다. 그다음엔 우리 마을, 그리고 마을이 자리한 섬… 이해하실 수 있죠? 이미 알고 있는 것부터 시작해서 범위를 넓혀나가는 게 좋아요. 그다음에 노르웨이, 유럽, 세계로 나가는 것이죠. 우주는 그다음에 다루는 게 좋다고 생각합니다. 그때까지도 당신이 여기서 일을 한다면 말이죠."

그가 소리 내어 웃으며 내게 윙크를 찡긋했다. 마치 권위자로서가 아니라 동료로서 조언해준다는 것을 강조라도 하려는 듯. 하지만 그것은 조언이 아니라 비난이자 질책이었다. 그를 보고 있자니 솟구치는 분노를 억누르기가 쉽지 않았다.

"한번 생각해보죠."

나는 몸을 홱 돌려 그에게서 벗어났다.

너무나 화가 났다. 그러면서도 그의 말이 틀리지 않다는 것을 잘 알고 있었기에 수치스럽기도 했다. 학생들은 너무나 어려 아무것도 이해하지 못했을 것이다. 내가 열 살 때 흥미롭다고 여겼던 것이, 지금 이곳 아이들도 흥미롭다고 생각할지는 확신할 수는 없는 일이다.

교무실로 들어간 나는 그 누구와도 말을 하고 싶지 않아 구석진 책상 앞에 앉아 책을 읽는 척했다. 종소리가 울리자 나는 뒤도 돌아보지 않고 교무실을 나섰다.

교탁 앞에 선 나는 아이들이 들어오기를 기다렸다. 문득 교무실이 아니라 교실에 있는 것이 더 편하다는 사실에 기분이 이상해졌다.

그런데 아이들은 어디에 있을까.

나는 창가로 걸어갔다. 두 건물 사이에는 사람의 그림자도 보이지 않았다. 그렇다면 아이들은 지금 운동장에 모여 있을까.

시계를 보았다. 수업이 시작된 지 5분이나 지났다. 분명 무슨 일이 생겼을 것이라는 생각에 서둘러 복도로 나가 보았다. 반대쪽에서 스투레가 성큼성큼 걸어와 문을 열고 건물 밖으로 나갔다. 나는 그의 뒤를 따랐다. 운동장에 나간 그는 달리기 시작했다.

싸움이 일어난 모양이었다. 남자아이 둘이 뒤엉켜 싸우고 있었다. 그중 한 명은 땅에 드러누워 있다가 힘겹게 일어났다. 주변에는 한 무리의 아이들이 말없이 모여 서서 싸움 구경을 하고 있었다. 그들 뒤에는 마을이 펼쳐져 있었고, 마을 뒤에는 산과 바다가 펼쳐져 있었다.

나도 달리기 시작했다. 누가 볼까봐 달렸던 것이다. 내가 가지 않더라도 스투레가 싸움을 말릴 것이라 생각했기에 마음이 조급하진 않았다.

싸움을 한 아이는 스티안과 카이 로알이었다. 스티안은 학생들 중에서 가장 힘이 센 아이였다. 카이 로알을 땅에 쓰러뜨린 아이도 바로 스티안이었다. 하지만 카이 로알은 포기하지 않았다.

그들은 스투레가 다가가자 싸움을 멈추었다. 그는 아이들을 꾸짖으며 스티안의 옷깃을 잡고 카이 로알에게서 떼어놓았다. 스티안은 마치 풀죽은 강아지처럼 고개를 푹 숙였다. 내가 싸움을 말렸어도 스티안이 저렇게 풀 죽은 모습을 보였을까. 나는 그렇지 않을 것이라 확신했다.

나는 그들 앞에서 발걸음을 멈추었다.

카이 로알은 땅만 내려다보고 있었다. 그의 바지는 무릎과 허벅지에 흙이 묻어 지저분했고, 그의 눈은 눈물로 젖어 있었다.

"도대체 무슨 일이야?"

내가 그들에게 물었다.

"너희들 싸웠니?"

"쳇!"

나는 카이 로알의 어깨에 손을 올렸다. 하지만 그는 몸을 비틀어 내 손을 벗어났다.

"안으로 들어가자."

나는 그에게 말한 후, 주변에 모여 선 학생들을 둘러보았다.

"너희들도 마찬가지야! 지금 여기서 뭘 하고 있니! 싸우지도 않으면서 멍하니 서 있기만 하는 주제에… 얼른 들어가!"

카이 로알이 나를 쳐다보았다. 벌을 받을 것이라고 생각했지만, 내가 그를 질책하지 않으니 의아한 모양이었다.

"카이 로알, 너는 화장실에 가서 좀 씻고 들어와. 몰골이 그게 뭐니."

스투레 반의 학생들은 이미 건물 안으로 들어가고 있었다.

"피가 묻었나요?"

카이 로알이 내게 물었다.

"아냐. 흙과 콧물뿐이야."

우리는 수업 시간에 그날 있었던 일에 관해 이야기를 했다. 카이로알이 들어오자, 나는 그에게 싸움은 얼마든지 해도 되지만, 학교에서만큼은 싸움을 하지 않도록 조심하라고 말했다.

"주말에는 아침에 눈을 뜰 때부터 저녁에 잠자리에 들 때까지 싸워도 돼. 수업을 마치고 오후에 집에서 싸워도 돼. 하지만 학교에서는 절대 싸움질을 하면 안 돼. 앞으로 내 말대로 할 수 있겠니?"

그가 고개를 저었다.

"싸움을 먼저 걸어온 애는 스티안이에요."

"알았어. 그렇다면 방과 후에 담판을 짓도록 해. 하지만 학교 내에선 절대 안 돼. 만약 다시 이런 일이 생긴다면 네게 벌을 줄 수밖에 없어. 알아듣겠니? 이런 일로 벌을 받는 건 무의미해. 그러니 아무리 화가 나더라도 몇 시간만 참아. 그 후엔 네가 하고 싶은 대로 다 해도 돼. 자, 이제 수업을 시작해볼까. 너희들은 머리에 든 게 아무것도 없으니 뭐라도 배워야 하지 않겠어?"

여학생 넷이 입을 삐죽이 내밀고 나를 쳐다보았다.

"너희들은 아는 게 아무것도 없어! 자, 어서 책을 펼쳐."

"제기랄, 그러는 선생님은 아는 게 많은가요?"

힐데군이 말했다.

비비안과 안드레아가 웃음을 터뜨렸다.

나는 집게손가락을 치켜들었다.

"교실에선 욕을 하면 안 돼! 다시는 그런 말이 내 귀에 들리지 않도록 조심해!"

"하지만 이곳에선 모두들 욕을 하는 걸요. 북부 지방 사람들은 다 그래요."

비비안이 말했다.

"욕도 싸움과 마찬가지야."

나는 말을 이었다.

"원한다면 집에서 마음껏 욕하렴. 하지만 여기선 안 돼. 진지하게 하는 말이야. 알았지? 자, 이제 지난번 과제부터 한번 살펴볼까. 13쪽을 펴. 문제를 풀다가 모르는 게 있으면 손을 들어. 그러면 내가 가서 도와줄게. 다음 시간에는 문제 해결 과정을 전반적으로 살펴볼 거야. 알았지?"

나는 창가로 다가가 팔짱을 꼈다. 닐스 에릭의 목소리가 들렸다. 그는 4학년 영어 수업을 진행하고 있었다. 나는 스티안을 떠올렸다. 나를 바라보며 비웃는 듯한 웃음을 입가에 머금었던 스티안. 그를 쳐다보던 여학생들의 눈빛. 여학생들은 스티안이 멋있다고 생각하는 게 틀림없었다. 어쩌면 그들은 밤에 꿈을 꾸면서도 스티안을 생각할지 모른다.

물론 그럴 것이다.

문득 스티안은 조그만 어린아이라는 생각이 스쳤다.

나는 교탁 앞으로 돌아가 옆 반의 헤게를 향해 시선을 돌렸다. 그녀는 학생들을 데리고 도서관에서 수업을 하고 있었다. 아이들은 헤게를 빙 둘러싸고 앉아 그녀가 읽어주는 책에 귀를 기울였다.

그녀가 내 시선을 느꼈는지 내게 고개를 돌리고 미소를 지었다. 나는 그녀에게 미소를 돌려준 후, 교탁 뒤에 있는 의자에 앉아 다음 시간에는 무엇을 할지 교과서를 뒤적거렸다.

고개를 드는 순간, 안드레아와 눈이 마주쳤다. 순간 그녀의 양 볼이 발갛게 달아올랐다. 나는 그녀에게 미소를 보냈다. 그녀가 손을 번쩍 치켜들더니 수줍은 듯 고개를 숙였다. 나는 몸을 일으켜 안드레아에게 다가갔다.

"어떤 문제를 푸는데 도움이 필요하니?"

"여기 이 문제요…"

그녀가 연필로 공책을 가리켰다.

"제가 문제를 푸는 방식이 틀렸나요?"

나는 몸을 굽혀 그녀가 푼 문제를 찬찬히 살펴보았다. 그녀는 안절부절못하며 몸을 비비 꼬면서도, 눈으로는 종이 위를 짚어 내려가는 내 손가락을 따랐다. 그녀에게서 희미한 사과향이 났다. 그녀가 사용하는 샴푸 냄새라고 생각했다. 순간 가슴속에서 작은 설렘이 꿈틀거렸다. 그녀의 숨결, 얼굴 위로 흘러내린 잔머리, 반짝이는 눈동자. 이 모든 것은 내게서 너무나 가까운 곳에 자리하고 있었다.

"음… 모두 정확하게 푼 것 같은데?"

"그런가요?"

그녀가 고개를 들어 나를 쳐다보았다. 그녀와 눈이 마주치는 순간 나는 허리를 폈다.

"응. 계속 그렇게만 하면 돼!"

수업을 마치고 교무실에 오니 아무도 없었다. 자리에 앉고 나서야 토릴을 발견했다. 그녀는 주방에 서서 빵에 버터를 바르고 있었다.

"수업이 없었나요?"

나는 그녀에게 물어보았다.

그녀는 고개를 끄덕이며 빵을 한 입 베어 물었다. 손가락 하나를 들어올리며 음식을 씹어 넘긴 후 그녀가 대답했다.

"네. 하지만 다음 수업 준비 때문에 제대로 쉬지도 못했어요."

"그렇군요."

나는 탁자 위에 있는 신문을 집어 들며 말했다. 내가 신문을 뒤적이는 동안, 그녀는 바쁘게 여기저기 움직이면서 빵을 먹었다.

그녀가 허리를 굽혀 냉장고 문을 열었다. 나는 고개를 들었다. 그녀는 몸에 딱 달라붙는 검은색 스판바지를 입고 있었다. 아, 그녀와 함께 잠자리를 한다면 얼마나 환상적일까. 내 몸에 붙여오는 그녀의 둔부와 허벅지. 오! 그녀의 몸에 삽입을 하고. 오! 그녀의 젖가슴을 애무하고. 오! 그녀의 매끈한 살결을 음미하고. 오! 허벅지 안쪽의 매끈매끈한 피부를 느낄 수만 있다면!

나는 천장을 바라보며 마른침을 꿀꺽 삼켰다. 있을 수 없는 일이었다. 아무리 용기를 낸다 하더라도 그녀와 같은 침대에 눕는다는 것은 불가능한 일이었다. 그것쯤은 나도 잘 알고 있었다.

우유를 한 손에 들고 허리를 편 그녀가 컵에 우유를 따르며 내게 시선을 던졌다. 그녀는 나와 눈이 마주치자 미소를 지었다.

그녀는 내가 그녀를 보고 있었다는 것을 알고 있었다.

뺨이 화끈거렸다. 나는 미소를 지으면서 상기된 얼굴은 물론 방금 내 머릿속을 스쳤던 생각들을 지워보려 무진 애를 썼다.

그녀가 고개를 숙이고 우유를 한 모금 길게 마셨다. 입가에 묻은 우유를 손등으로 닦아낸 그녀는 나를 바라보며 다시 미소를 지었다.

"커피 드시겠어요, 칼 오베? 보아하니 지금 커피가 필요한 것 같은데!"

도대체 무슨 뜻으로 그런 말을 했을까. 왜 내게 커피가 필요한 것 같다고 말했을까.

"괜찮습니다."

아니, 그녀의 제안을 거절하면 오히려 더 이상하게 보이진 않을까.

"아, 아니 커피를 마시는 것도 좋겠네요. 감사합니다!"

"우유를 넣어 마시나요?"

나는 고개를 저었다. 그녀는 커피 두 잔을 가져와 그중 하나를 내게 건네준 후, 가냘픈 한숨을 쉬며 내 곁에 앉았다.

"지금 한숨을 쉬었나요?"

"아, 제가 그랬나요?"

그녀가 말을 이었다.

"피곤해서 그랬나봐요. 어젯밤에 잠을 제대로 못 잤거든요."

나는 단단하게까지 보이는 검은색 액체 표면에 입을 가져가 후후 불었다. 커피잔 가장자리에 연갈색의 작은 방울이 생겨났다. 커피를 한 모금 마셨다.

그녀가 고개를 절레절레 저으며 말문을 열었다.

"집에 있으면 당신이 무엇을 하는지 다 들려요. 하지만 상관없어요."

"정말 괜찮아요?"

"네, 그럼요."

"하지만 음악 소리가 귀에 거슬리면 언제든 말하세요."

"그건 그렇고, 당신은 우리 집에서 나는 소리를 들을 수 있나요?"

그녀가 물었다.

"아니, 귀에 거슬릴 정도는 아니에요. 거실을 걷는 발소리가 전부예요."

"그건 게오르그가 바다에 나가기 위해 자주 집을 비우기 때문이에요."

그녀가 말을 이었다.

"난 혼자 있을 땐 꽤 조용히 지내는 편이죠."

"한 번 바다에 나가면 오래 집을 비우나요?"

"아니, 그렇진 않아요. 사실, 이번 주 토요일에 집에 온답니다."

그녀가 미소를 지었다. 나는 그녀의 부드럽고 빨간 입술이 하얗고 단단한 이빨 위로 움직이는 것을 보았다.

"그렇군요."

나는 천장을 올려다보며 말했다. 교무실 문이 열리며 토르 에이나르가 모습을 드러냈다. 그의 뒤를 따라 헤게와 닐스 에릭이 차례차례 들어왔다.

"누가 보면 군대 행진을 하는 줄 알겠어요."

내가 그들에게 농담을 던졌다.

"하하, 우린 단지 수업 시간을 정확하게 지킬 뿐이야."

닐스 에릭이 말을 이었다.

"우린 일분일초가 학생들의 장래에 큰 영향을 미친다는 것을 잘 알고 있어. 그렇기 때문에 정해진 시간을 무시하고 수업을 일찍 마치진 않아. 다시 말하건대, 우린 종이 치기 3분 전에 수업을 마치는 일이 없어. 너무나 무책임한 일이지. 수업을 일찍 마치는 건 좀 과장해서 말하자면 용서받을 수 없는 일이라고 할 수도 있어."

"계약직 교사 치고는 너무나 막중한 책임감에 사로잡혀 있는 것 같군."

내가 말을 이었다.

"그런데도 자네는 왜 나처럼 담임을 맡지 못했을까? 담임을 맡으면 시간을 좀더 융통성 있게 사용할 수도 있을 텐데."

"내 목표는 교장이 되는 거야."

닐스 에릭이 말을 이었다.

"물론 쉽지 않은 일이겠지. 하지만 난 목표를 확실히 정해두고 일을 하고 있어."

그가 양손을 비비고 나서 얼굴을 문질렀다. 그 모습은 마치 만화에 나오는 욕심 많은 주인공 같았다.

"이제 딱딱한 빵에 딱딱한 염소젖 치즈를 얹어 먹을 생각을 하니 가슴이 설레는걸!"

교무실 문이 열리며 비베케, 야네, 스투레가 함께 들어왔다. 나는 음식을 먹을 동료들에게 자리를 내주기 위해 몸을 일으켰다. 창가로 간 나는 손에 든 커피잔을 내려다보았다.

하늘은 회색이었지만 묵직하게 느껴지진 않았다. 내 학급의 여학생들은 벽 쪽에 모여 수다를 떨고 있었다. 8학년과 9학년 아이들은 쉬는 시간에도 교실에 남아 있을 수 있었다. 그래서 그들은 쉬는 시간이 되어도 운동장에서 자주 볼 수 없었다. 특히 여학생들은 쉬는 시간이 되어도 운동장에 나오는 일이 거의 없었다. 초등학교 학생들은 축구장 옆에 모여 있었다.

나는 아직까지도 쉬는 시간 감독을 해본 적이 없었다.

나는 동료 교사들을 향해 몸을 돌리고 질문을 던졌다.

"그런데 오늘 쉬는 시간 감독은 누군가요?"

"내 짐작이 맞다면, 오늘 감독은 자네일걸?"

스투레가 한쪽 어깨를 문에 기대고 다른 쪽 팔을 쭉 뻗어 올리며 말했다.

나는 벽에 붙어 있는 시간표를 향해 다가갔다. 그의 짐작은 틀리지 않았다.

"젠장! 까맣게 잊고 있었어요."

나는 서둘러 복도로 나간 후, 재킷을 입고 운동장으로 달려갔다.

보슬비 속에서 작고 통통한 아이가 내게 다가왔다. 요라는 이름의 남학생이었다. 나는 그를 못 본 척하고 축구장 골대 앞에서 묵직한 회색 공을 가지고 노는 한 무리의 아이들을 향해 걸어갔다.

나를 발견한 그들은 공을 멈추고 내게 말을 걸었다.

"같이 축구해요, 선생님!"

"그럴까? 잠시만 같이 공을 찰게."

"선생님은 반대편 팀이에요!"

"좋아."

키퍼가 축구장 한가운데로 공을 뻥 찼다. 아이들의 수는 많았지만, 그들의 다리는 짧았기에 공을 쉽게 가로챌 수 있었다. 가끔 아이들을 가장자리로 밀어내면, 그들은 소리 높여 프리킥을 외쳤다. 나는 그들에게 힘도 없는 조무래기들이라며 놀렸다. 그들은 포기하지 않고 내게서 공을 뺏으려 안달했다. 나는 가끔 그들이 흥미를 잃어버리지 않도록 일부러 그들에게 공을 내어주기도 했다. 하지만 마지막엔 다시 공을 가로채서 골문을 향해 힘껏 차넣은 후, 내가 이겼다고 크게 외쳤다. 아이들은 가지 말라며 나를 붙잡았다.

"선생님을 꼭 이기고 말 거예요!"

어떤 아이들은 내 바지를 잡아당기기도 했다. 나는 아이들의 손에서 벗어나기 위해 몸을 비틀어 재빨리 그곳을 벗어났다. 아이들은 다시 공을 차며 놀기 시작했다. 나는 반대편에 서 있는 아이들을 살펴보기 위해 발길을 돌렸다. 요가 우울한 표정을 지으며 고개를 푹 숙인 채 벽 쪽에 혼자 서 있었다.

"왜 너는 다른 아이들과 함께 놀지 않니?"

나는 지나가듯 무덤덤하게 말했다.

요가 내게 다가왔다. 나는 걸음을 멈출 수밖에 없었다.

"난 축구를 좋아하지 않아요."

요가 울먹이며 말했다.

"꼭 축구를 좋아하지 않더라도 함께 놀 수는 있잖아!"

"싫어요. 대신 선생님을 따라다니면 안 되나요?"

"나를?"

나는 어이없다는 표정으로 요를 바라보며 말을 이었다.

"난 그냥 여기저기 돌아다닐 뿐인데?"

요가 내 손을 잡고 미소를 지으며 나를 쳐다보았다.

"알았어. 네가 원한다면 할 수 없지."

요는 선생님과 함께 손을 잡고 걸으면, 같은 반 친구들이 어떤 눈으로 볼지 정말 모르는 걸까. 그는 전혀 모르는 것 같았다.

나는 작고 통통한 소년의 손을 잡고 운동장 반대편으로 갔다. 그곳에는 우리 반 학생들 몇 명과 중학생 몇 명이 함께 서 있었다.

"선생님, 나는 어제 선생님이 내준 숙제보다 책을 훨씬 많이 읽었어요."

요가 나를 쳐다보며 말했다.

"오, 그랬니? 잘했어. 책을 읽어보니 뭘 좀 이해할 수 있을 것 같았어?"

"네, 조금… 조금 이해할 수 있을 것 같았어요."

"그런데 넌 뭘 좋아하니? 축구를 싫어한다는 건 이미 내게 말했고…"

"나는 그림 그리는 걸 좋아해요. 굉장히 좋아해요."

"밖에 나가서 노는 건 좋아하지 않니?"

"자전거 타는 건 좀 좋아해요. 가끔 엔드레와 함께 자전거를 타기도 해요."

"너희 둘은 친하니?"

"가끔 친하게 지내요."

나는 아이를 내려다보았다. 개성이라곤 전혀 볼 수 없는 너무나 평범한 얼굴이었다.

친구 없는 외톨이 소년.

나와 눈이 마주치자, 아이의 얼굴에 환한 미소가 번졌다. 나는 그의 어깨에 손을 얹고 쭈그려 앉았다.

"같이 가서 축구를 하지 않을래? 너와 내가 한 편이 되어서 공을 차면 재미있을 것 같지 않니?"

"하지만 난 축구를 못해요."

"아냐, 넌 잘할 수 있어. 운동장을 뛰어다니며 공을 차면 돼. 내가 도와줄게. 서둘러. 금방 종이 칠 거야."

"좋아요."

그가 흔쾌히 말했다. 우리는 함께 축구 골문을 향해 뛰어갔다.

나는 아이들 앞에 서서 손을 번쩍 치켜들었다.

"나를 다시 끼워주겠니? 이번엔 요랑 내가 한 팀이야. 어때?"

"하지만 요는 축구를 정말 못해요!"

레이다르가 소리쳤다.

"너희들도 못하긴 마찬가지야. 자, 얼른 시작하자!"

요는 정말 축구를 못했다. 그에게 몇 번 공을 주었지만, 그는 공을 차지도 못했다. 하지만 그의 입가엔 미소가 사라지지 않았다. 다행히도 몇 분 후, 수업 시작을 알리는 종소리가 울렸다.

"요, 네가 공을 모아서 교무실로 가져오겠니?"

"네!"

그가 운동장에 흩어져 있는 공을 모아 종종걸음으로 걷기 시작했다. 그의 뒤를 따르던 나는 9학년 여학생 리브의 뒷모습을 바라보며 그녀와 눈이 마주쳤으면 좋겠다고 바랐다.

내 바람은 이루어졌다. 카밀라와 함께 걷던 그녀가 복도 모퉁이를 돌며 내게 짧은 시선을 던졌던 것이다. 나는 호리호리하지만 완벽한 곡선을 이루는 그녀의 허리와 엉덩이를 보며 욕망을 느꼈다.

하루의 수업을 모두 마친 나는 교무실에 앉아 다른 교사들이 집으로 돌아가기만을 기다렸다. 집이 아닌 다른 곳에서 혼자 있고 싶기도 했고, 아는 사람들에게 전화를 하고 싶기도 했기 때문이다.

가장 마지막까지 학교에 남아 있던 사람은 리카르드였다. 운동장에는 여전히 그의 차가 주차되어 있었다. 나는 그가 언제라도 교무실에 들어올 수 있다고 생각했기에, 그가 차를 타고 나가기만을 기다리며 백과사전을 뒤적였다.

구름이 모여들어 어둑해진 하늘에서 빗방울이 떨어지기 시작했다. 창을 때리는 빗방울 소리에 나는 고개를 돌려 창밖을 내다보았다. 처음 몇 방울은 아스팔트 위에 아무런 흔적도 남기지 않았다. 하지만 몇 초도 지나지 않아 컴컴해진 하늘은 마치 구멍이 뚫린 듯 빗물을 쏟아내기 시작했다. 세차게 내리는 빗줄기가 마른 땅을 날카롭게 파고들었다. 지붕의 홈통에선 폭포수처럼 물줄기가 흘러내렸고, 창을 때리는 빗줄기는 마치 북을 치는 듯한 소리를 만들어냈다.

"대단한 날씨야. 폭풍이 오려나."

리카르드가 문 앞에 서서 미소 띤 얼굴로 내게 말했다. 그는 녹색 파카 점퍼를 입고 허리띠에 작은 칼을 차고 있었다.

"그러네요."

"할 일이 더 남았나?"

그가 교무실 안으로 들어오며 말했다.

"아닙니다. 다음 주 수업 계획표를 대충 살펴볼까 싶어서 남아 있었습니다."

"그건 그렇고, 일을 시작한 첫 주는 어땠나?"

"그럭저럭 무난하게 일을 해낸 것 같습니다."

그가 고개를 끄덕였다.

"다음 주 금요일에 교육학자인 시그리와 면담이 있을 예정이야. 면담 전에 궁금한 점이나 생각해두었던 것이 있으면 미리 적어놓는 것도 좋다고 생각하네. 큰 도움이 될 수 있으니 기회를 잘 이용하라고."

"네, 그렇게 하겠습니다."

그가 아랫입술을 잘근잘근 깨물더니 구부정하게 허리를 굽히고 복도로 나갔다.

"주말 잘 지내게!"

"네, 주말 잘 보내십시오."

그로부터 1분도 채 되지 않아, 그는 서류가방을 옆에 끼고 차를 세워둔 곳까지 달려갔다. 열쇠를 꺼내고, 차문을 열고, 운전석에 앉았다.

차의 전조등이 켜지는 순간, 내 등에는 알 수 없는 전율이 흘렀다. 빨간 후미등은 축축하게 젖어 검은색으로 변한 아스팔트 위를 비추었고, 노란 전조등은 앞쪽에 자리한 건물 벽을 비추었다. 언뜻 벽이 스스로 빛을 발하는 것처럼 보이기도 했다.

비는 그칠 줄을 몰랐다. 길 위에도, 지붕의 홈통에도 물이 콸콸 흐르는 소리가 났다.

문득 이곳이 바로 내가 발을 담고 사는 세상이라는 생각이 들었다.

이제 뭘 하지? 주먹 쥔 손으로 창문을 두드리고 싶기도 했고, 건물 안을 뛰어다니며 소리를 지르면서 책상과 의자를 내던지고 싶기도 했다. 별안간 내 몸을 채웠던 생기와 활력을 잠재우기 힘들었기 때문이다.

이것은 우리가 아는 세상의 끝!

나는 교무실이 떠나가도록 목청껏 노래를 불렀다.

이것은 우리가 아는 세상의 끝!
느낄 수 있어!
나는 느낄 수 있어!

리카르드의 자동차가 언덕 아래로 사라지자, 나는 학교에 남아 있는 사람이 있는지 확인하기 위해 건물을 한 바퀴 돌았다. 어쩌면 무언가를 고치기 위해 경비원이 남아 있을지도 몰랐다. 건물 안에 아무도 없다는 것을 확인한 나는, 교무실 안쪽의 구석진 곳에 자리한 전화방으로 들어가 어머니의 전화번호를 눌렀다.

어머니는 전화를 받지 않았다.

야근을 하거나, 외식을 하지 않는다면 장을 보는 중일 것이다.

윙베 형에게 전화를 했다. 형은 신호가 가자마자 바로 전화를 받았다.

"여보세요?"

"나야, 칼 오베."

"지금 어디야? 북부 지방엔 잘 도착했어?"

"응, 물론이지. 형은 어때? 잘 지내고 있어?"

"응, 난 잘 지내고 있어. 강의를 듣고 방금 집에 도착했어. 좀 쉬다가 밖에 나가볼까 생각 중이야."

"어디로 나갈 건데?"

"훌렌."

"좋겠다."

"자원해서 굳이 북부 지방으로 간 건 너잖아. 베르겐으로 올 수도 있었을 텐데."

"응."

"거긴 어때? 집은 구했어?"

"응, 꽤 좋아. 지난 화요일부터 일을 시작했어. 생각보다 재미있더라. 오늘 저녁엔 나도 밖에 나가볼까 해. 물론 훌렌과는 비교도 안 되겠지만. 옆 동네의 마을회관에서 파티가 있대."

"거기 괜찮은 여자애들은 눈에 좀 띄니?"

"어… 글쎄… 참, 버스 안에서 한 명 만나긴 했어. 어쩌면 잘 될지도 몰라. 그 외엔 전부 학교나 일자리를 구하러 외지로 나가는 바람에 남아 있는 사람들이 별로 없어. 이 동네에 남아 있는 여자들이라곤 초중등학교 학생이나 가정주부밖에 없는 것 같아."

"그렇다면 초중등학교 학생들을 꾀는 수밖에 없겠군."

"하하!"

잠시 침묵이 흘렀다.

"참, 내가 보낸 소설은 받아봤어?"

"응."

"읽어봤어?"

"응, 대충 읽어봤어. 전화로 얘기하기엔 쉽지 않을 것 같아. 나중에 시간 봐서 편지를 써 보낼게."

"형 생각은 어때? 괜찮은 것 같아? 아니, 한마디로 말하기엔 쉽지 않을지도 모르겠군."

"응, 꽤 마음에 들었어. 생기도 느낄 수 있었고… 어쨌든 이 이야기는 나중에 다시 하자. 알았지?"

"응, 알았어."

다시 침묵이 흘렀다.

"아버지는?"

내가 먼저 말문을 열었다.

"아버지 소식은 들어봤어?"

"아니, 아무것도. 너는?"

"나도 들은 게 없어. 지금 아버지에게도 전화를 해볼까 생각 중이야."

"안부 전해줘. 네가 안부를 전해주면 몇 주 동안은 내가 전화를 하지 않아도 되니까."

"그럴게. 시간 나면 편지 보내."

"알았어. 끊어."

"응."

나는 전화를 끊고 교무실 탁자에 다리를 올려놓고 앉았다. 욍베형과 전화를 하고 나니 무슨 이유에선지 마음이 착잡하게 가라앉았다. 어쩌면 형은 친구들과 함께 베르겐이라는 대도시의 홀렌에 가는데, 나는 아는 사람이라곤 아무도 없는 이 황량하고 외딴 시골의 마을회관 파티에나 가야 한다는 생각 때문인지도 몰랐다.

아니, 어쩌면 형이 내 소설을 두고 '꽤 마음에 들었어'라고 말했기 때문일까.

형은 정확히 "응, 꽤 마음에 들었어"라고 말했다.

꽤 마음에 들었다고? 꽤?

나는 헤밍웨이의 단편을 읽은 적이 있다. 그 이야기의 주인공 소년은 의사였던 아버지와 함께 인디언 원주민들이 사는 지역으로 갔다. 출산을 기다리는 여인을 도와주기 위해서였던가. 정확하게 기억할 수는 없지만, 그 소설 속에선 목숨을 잃은 사람도 있었던 것 같다. 어쨌든 소년과 아버지는 할 일을 마치고 다시 집으로 돌아왔다. 그것뿐이었다. 간결하고 직접적인 소설이었다. 나는 내 소설도 헤밍웨이의 소설만큼 훌륭하다고 생각했다. 물론 소설의 배경은 다르지만 헤밍웨이와 내가 속한 시대가 다르니 그건 당연한 일이 아닌가. 나는 현시대의 일을 주제로 소설을 썼다.

그런데 윙베 형은 문학에 관해 아는 것이 있기나 할까. 형은 책을 몇 권이나 읽었을까. 헤밍웨이도 읽어보았을까.

나는 몸을 벌떡 일으켜 다시 전화가 설치된 구석방으로 들어갔다. 바지 뒷주머니에서 아버지의 전화번호를 적어둔 종잇조각을 꺼냈다. 미루는 것보다 생각난 김에 전화를 하는 것이 나을 것 같았다.

"네, 여보세요?"

아버지의 날카로운 목소리. 나는 우리의 통화가 짧아질 것이라 짐작했다.

"여보세요. 저예요, 칼 오베."

"오, 너냐?"

"네, 이제 북부 지방에 도착해서 짐을 풀었어요. 일도 시작했고요."

"그렇군. 잘 지내고 있니?"

"네."

"다행이구나."

"아버지는 어떻게 지내세요?"

154

"너도 알다시피 여긴 달라진 게 없어. 운니는 집에 있고, 난 방금 퇴근했지. 이제 곧 저녁을 먹을 거야. 전화를 걸어줘서 고맙구나."

"운니에게 안부 전해주세요."

"그럴게. 잘 지내라."

"네, 아버지도 잘 지내세요."

나는 집을 향해 터벅터벅 걷기 시작했다. 세차게 내리던 비는 어느새 풀이 죽었지만 완전히 그치진 않았기에 집에 도착하니 머리가 흠뻑 젖어 있었다. 욕실에서 수건을 가져와 대충 머리를 닦고 재킷을 벗은 후, 벽난로를 켜고 젖은 신발을 말리기 위해 그 옆에 놓아두었다. 감자, 소시지, 양파를 잘게 썰어 함께 구운 다음 어제 신문을 읽으며 음식을 먹었다. 침대에 누운 후 몇 분도 채 되지 않아 잠에 빠졌다. 창문을 때리는 빗소리가 자장가처럼 들렸다.

초인종 소리에 잠을 깼다. 비는 어느새 그쳤고 하늘은 파랗게 변해 있었다. 대문을 열기 위해 몸을 일으켰다.

닐스 에릭이었다. 그는 입술을 꾹 다물고 두 눈을 둥그렇게 치켜 뜬 채 양팔을 활짝 벌리고 무릎을 살짝 굽힌 모습으로 서 있었다.

"여기서 파티가 열리나요?"

그가 가느다란 노인의 목소리를 흉내 내어 말했다.

"네, 네. 그렇습니다. 어서 들어오세요!"

그는 대문 앞에서 꼼짝도 하지 않은 채 말을 이었다.

"여기… 젊고 예쁜 여자들도 있습니까?"

"얼마나 젊은 여자를 찾나요?"

"음… 열세 살?"

"하하! 어서 들어와! 추워 죽겠구먼."

나는 등을 돌리고 집 안으로 들어와 냉장고에서 화이트 와인 한 병을 꺼냈다.

"와인 한잔할래?"

나는 그에게 소리쳤다.

"내 와인은 젊은 여인의 피처럼 붉은 와인이어야 한다네!"

그가 현관에서 노인의 말투를 흉내 내어 소리쳤다.

"쳇!"

나는 그의 말에 콧방귀를 뀌었다. 그가 주방으로 들어와 조리대 위에 자신이 가져온 레드 와인을 올려놓았다. 나는 그에게 와인 오프너를 건넸다.

그는 푸른색 포코로코 셔츠와 검은색 가죽 넥타이, 빨간 면바지를 입고 있었다. 나는 그가 다른 사람들의 시선을 개의치 않는 사람이라 생각하고 홀로 미소를 지었다. 다른 사람이 자신에 관해 어떤 말을 하든지 신경을 쓰지 않는 건 그의 성격에서 중요한 부분이기도 했다.

"오늘 저녁엔 옷차림이 휘황찬란한걸."

"기회는 스스로 잡지 않으면 오지 않는 거야. 이 동네에선 여자들을 꾈 때 이렇게 옷을 입어야 한다고 들었어."

"정말 그렇게? 파란색과 빨간색?"

"바로 그거야!"

그가 와인 병을 무릎 사이에 끼우고 코르크 마개를 당기자 바람 빠지는 소리가 났다.

"정말 기분 좋은 소리야!"

그가 말했다.

"샤워를 하려는데 괜찮겠지? 조금만 기다려. 오래 걸리진 않을 거야."

그가 고개를 끄덕였다.

"좋아. 그동안 난 음악을 들어도 될까?"

"물론이지."

"아무도 우리를 예의 없는 청년이라 말하진 못할 거야."

그가 소리 내어 웃으며 말했다.

나는 욕실로 가서 재빨리 옷을 벗고 물을 튼 다음 샤워기 아래에 자리를 잡고 섰다. 겨드랑이와 사타구니만 씻는 둥 마는 둥하고 발을 내려다본 후, 고개를 뒤로 젖히고 머리를 물에 적셨다. 물을 잠그고 몸을 닦은 후 헤어젤을 머리에 살짝 발랐다. 수건을 허리에 두르고 거실로 나오니, 닐스 에릭은 소파에 앉아 눈을 지그시 감고 데이비드 실비안의 음악을 듣고 있었다. 나는 침실로 들어와 새 속옷과 양말, 하얀 셔츠와 검은색 바지를 입었다. 셔츠의 단추를 잠근 후, 검은색 스트링 넥타이를 메고 다시 거실로 나갔다.

"우리가 피해야 하는 옷차림은 바로 그런 거야!"

그가 말을 이었다.

"여자들은 흰 셔츠, 독수리 그림이 그려진 스트링 넥타이, 검은색 바지를 입은 사람에게 매력을 느끼지 못한다고."

나는 뭔가 재미있는 말을 해주고 싶었지만, 아무것도 생각이 나지 않았다.

"하하."

나는 잔에 와인을 가득 채워 한 모금 길게 마셨다.

화이트 와인. 그것은 여름밤과 사람들로 빽빽한 디스코텍, 얼음 조각으로 둘러싸인 술병, 반짝이는 눈동자, 벌거벗은 몸, 햇볕에 그을린 팔을 떠오르게 했다.

온몸이 절로 부르르 떨렸다.

"왜? 혹시 술을 못 마시는 건 아니겠지?"

닐스 에릭이 물었다.

나는 그를 째려본 후, 잔이 넘치도록 와인을 가득 부었다.

"크리스 아이작의 신곡을 들어봤어?"

나는 그에게 질문을 던졌다.

그는 고개를 저었다. 나는 잔을 탁자 위에 내려놓았다.

"굉장히 좋아."

우리는 한참 동안 아무 말도 하지 않고 가만히 앉아 있었다.

나는 담배를 말아 불을 붙였다.

"그건 그렇고, 내 소설은 읽어봤어?"

그가 고개를 끄덕였다. 나는 몸을 일으켜 음악의 볼륨을 낮추었다.

"여기 오기 직전에 읽어봤는데, 글을 잘 썼더라고."

"정말 그렇게 생각해?"

"응, 글에 힘이 넘쳐. 하지만 내가 말할 수 있는 건 그것밖에 없어. 난 문학가도 아니고 작가도 아니거든."

"특별히 마음에 드는 작품이 있었어?"

그가 고개를 저었다.

"그런 건 없었어. 모두 다 마음에 들었거든. 부드럽게 연결되어 있다는 느낌을 받았어."

"좋아. 다른 부분과 비교했을 때 결말 부분은 어떻게 생각해?"

"꽤 강렬하게 다가왔어."

"그게 바로 내가 원하던 거였어."

나는 말을 이었다.

"아버지라는 인물을 통해서 예상치도 않았던 결말을 이끌어내고 싶었어."

"응, 그런 것 같아."

그가 잔에 와인을 채웠다. 그의 입술은 레드 와인 때문에 발갛게 변해 있었다.

"그건 그렇고, 『비틀스』는 읽어봤어?"

그가 내게 물었다.

"응, 물론이지. 그건 내가 가장 좋아하는 소설이야. 그 책을 읽고 난 후에 작가가 되기로 결심했지. 그 책과 암비외른센의 『하얀 흑인』은 내게 큰 영향을 주었어."

"그럴 거라고 생각했어."

"어? 내가 글을 쓰는 방식과 비슷해?"

"응, 그런 것 같아."

"너무 많이 비슷하면 곤란한데…"

그가 미소를 지었다.

"아냐, 그렇지는 않아. 하지만 자네 글을 읽으니 그 사람들에게서 영향을 많이 받았다는 것을 대번에 알 것 같더라고."

"피가 흐르는 장면에 관해선 어떻게 생각해? 중간 부분에 말야. 과거형 문장이 갑자기 현재형으로 바뀌는 곳."

"그건 눈치채지 못했는데?"

"난 개인적으로 그 부분이 가장 마음에 들어. 그가 고든의 피와 핏줄, 살점과 인대를 바라보는 장면을 묘사한 곳 말야. 꽤 강렬하다고 생각해."

닐스 에릭이 고개를 끄덕이며 미소를 지었다.

다시 침묵이 흘렀다.

"생각보다 글 쓰는 게 쉽다고 느꼈어."

나는 침묵에서 벗어나기 위해 말문을 열었다.

"그건 내가 난생처음 써보는 단편이거든. 그전에는 신문에 잠시 기고를 했던 게 전부야. 완전히 다른 형식의 글이지. 내가 이곳으로 온 것도 글을 쓰기 위해서였어. 글을 쓰기 시작하니… 그냥 쓰면 되겠구나 하는 생각이 들었어. 별다른 비법이 필요한 건 아니라는 생각도 들더군."

"그렇군. 그 일을 심각하게 생각하고 있어?"

"응. 난 작가가 될 거야. 여기 있는 동안 주중에는 일을 하고, 주말에는 단편을 쓰려고 해. 그건 그렇고, 자네 헤밍웨이는 읽어봤나?"

"물론이지. 누구나 읽어야 하는 고전이잖아."

"난 헤밍웨이의 글 쓰는 방식이 마음에 들어. 군더더기 없이 간결하고 직접적이면서 강렬한 글."

"응."

나는 잔을 다시 채운 후, 한 모금에 비웠다.

"만약 우리가 다른 학교에 이력서를 냈다면 어땠을지 생각해본 적이 있나?"

나는 그에게 질문을 던졌다.

"무슨 말이야?"

"호피요르에서 일하게 된 것은 우연의 극치였다는 생각이 들어. 솔직히 말하면 호피요르가 아닌 그 어느 곳이 될 수도 있었잖아. 그랬다면 우린 여기와는 다른 그곳의 환경에 적응하고 그곳의 사람들을 만났겠지."

"두 젊은이가 마주 보고 앉아서 와인을 들고 크리스 아이작을 마셨겠지. 물론 그 반대일 수도 있겠지. 세상에! 우리가 이런 말도 안 되는 소리를 지껄이고 있다니!"

그가 웃음을 터뜨렸다.

"위하여, 칼 오베! 내 앞에 앉아 있는 사람이 다른 사람이 아닌 바로 자네라는 사실에 감사하네!"

우리는 동시에 잔을 부딪쳤다.

"만약 자네 앞에 앉아 있는 사람이 내가 아니었더라도 같은 말을 했을까?"

그 순간 초인종이 울렸다.

"틀림없이 토르 에이나르일 거야."

나는 몸을 일으키며 말했다.

대문을 열자, 그는 등을 돌리고 서서 바깥쪽을 바라보고 있었다. 저 멀리 솟아 있는 두 개의 산봉우리 사이에는 회색 구름이 떠 있었다. 머리 위에 높이 솟은 8월의 반짝이는 푸른 하늘과 비교하니 완전히 딴 세상처럼 보였다.

"어서 들어와."

토르 에이나르는 마치 연극배우처럼 나를 향해 천천히 몸을 돌렸다. 그는 매사에 여유를 즐기는 듯 느릿느릿 움직였다.

"저… 들어가도 될까?"

"물론이지. 어서 들어와."

그의 움직임은 첫인상과 다름없이 정확하고 세심하기 그지없었다. 그는 마치 손가락 하나를 움직일 때도 최소 두 번 이상은 생각한 후에 움직이는 것 같았다. 그의 입가에서 미소가 사라진 적도 없었다.

그가 손을 들어 올리며 닐스 에릭에게 인사를 건넸다.

"무슨 얘기를 하고 있었나?"

토르 에이나르가 물었다.

"바다 생선에 관한 이야기를 하고 있었지."

닐스 에릭이 미소를 지었다.

"바다 생선과 여자 보지."

내가 옆에서 한마디 거들었다.

"짭짤한 생선과 신선한 보지? 신선한 생선과 짭짤한 보지?"

그가 되물었다.

"다른 점은 뭐지?"

내가 물었다.

"그건 말이지… 대구에 뿌린 소금이냐, 소금에 절인 대구냐 하는 건데… 사실 그 둘은 완전히 다른 거란 말이거든. 생선과 보지도 마찬가지지. 하지만 밀접한 관련이 있는 건 사실이야. 매우 밀접한 관계에 있지."

"대구에 뿌린 소금?"

"그렇지? 자네 말이 맞아!"

그가 웃음을 터뜨리며 바지를 무릎 위까지 올린 후에 닐스 에릭 옆에 앉았다.

"그건 그렇고, 이번 주는 어땠어? 만족하게 잘 보냈나?"

"우리가 하고 있던 이야기도 바로 그거였어."

닐스 에릭이 말했다.

"올해 여기에 온 사람들은 모두 좋은 사람 같아."

토르 에이나르가 말했다.

"교사들?"

내가 그에게 물어보았다.

"응. 사실 나는 자네들 둘만 제외하고선 이전부터 아는 사이였어."

"하지만 자네도 외지에서 왔잖아?"

닐스 에릭이 물었다.

"할머니가 여기 사셨어. 그래서 어렸을 때는 해마다 여름방학과 성탄절이 되면 할머니를 뵈러 여기 오곤 했지."

"자네도 고등학교를 막 졸업했지? 그렇지? 핀스네스에서 학교를 다녔다는 소리를 들었는데?"

내가 그에게 물었다.

그가 고개를 끄덕였다.

"그렇다면 혹시 거기 사는 이레네라는 여자아이를 알고 있나? 헬레비카 출신이라던데."

"아, 이레네!"

그의 얼굴에 환한 미소가 번졌다.

"당연히 알지. 물론 내가 바라는 만큼 가까운 사이라곤 할 수 없지만, 잘 아는 사이야. 그런데 왜? 자네도 이레네야 아는 사인가?"

"안다고는 할 수 없고… 이곳으로 올 때 버스 안에서 한 번 만났어. 꽤 괜찮은 아이 같던데…"

내가 말했다.

"오늘 저녁에 이레네를 만날 거야? 그게 파티에 가는 목적이었어?"

나는 어깨를 으쓱 추켜 보였다.

"꼭 그런 건 아니지만, 이레네가 파티에 온다는 소리를 들었어."

그로부터 30분 후, 우리는 집 앞 오르막길을 함께 걸었다. 나는 화이트 와인을 몇 잔 마신 후였기에 기분이 좋았다. 그렇다고 술에 취한 느낌은 없었다. 내 머릿속의 생각들은 방울이 되어 서로 맞부딪친 후 시냇물처럼 흘러내렸다. 나는 그 느낌이 너무나 좋았다.

그들이 우리 집에서 모였다는 사실을 떠올리니 기분이 더 좋아졌다. 직장 동료인 우리는 이제 친구가 되기 위해 함께 길을 걷고 있다고 생각했다. 그리고 나는 세상 사람들이 입을 쩍 벌릴 만큼 훌륭한 단편소설을 쓸 것이다.

나는 하늘을 날 듯 기분이 좋았다. 게다가 공기를 감싼 빛은 또 어떤가. 인간과 인간 사이에 자리한 빛은 일종의 정교한 어둠으로 가득 찬 어슴푸레한 빛이며, 그 빛은 하늘 위로 쭉 뻗어 올라가면서 맑고 청명한 기운을 발한다.

황홀경. 그리고 정적.

바다에서 들려오는 파도 소리, 자갈길을 걷는 우리의 발소리, 어디선가 들려오는 문소리와 뒤를 잇는 사람들의 목소리. 이 모든 것은 정적으로 둘러싸여 있고, 정적은 땅에서 솟아올라 갖가지 물건들과 인간들을 말로 표현할 수 없는 방식으로 감싸고 있다. 우리는 이 정적을 느낌만으로 받아들일 뿐이다. 어렸을 때 느꼈던 쉬르뵈보그의 여름날 아침을 감싼 정적, 리혜스텐의 거대한 산봉우리에 반쯤 감추어진 피요르의 정적. 세상의 정적. 그 정적은 나의 새로운 친구들과 함께 오르막길을 걷고 있는 이곳에서도 찾아볼 수 있었다. 우리를 감싸고 있던 것은 빛도 아니고 정적도 아니었지만, 나는 그것을 선명히 느낄 수 있었다.

황홀경.

파티장으로 향하는 열여덟 살의 청년.

"바로 저 집이야. 이레네는 저기 살고 있어."

토르 에이나르가 길가의 집을 가리켰다. 며칠 전 저녁 무렵에 길을 걸으면서 본 적이 있는 집이었다.

"검은색 집."

닐스 에릭이 옆에서 거들었다.

"맞아. 그녀는 바다에서 고기를 잡는 비다르와 함께 살고 있어."

토르 에이나르가 말했다.

"이곳 남자들은 모두 어부로 일하나봐."

대문 앞에서 멈춰선 나는 초인종을 눌렀다.

"그럴 필요는 없어. 그냥 들어가면 돼."

토르 에이나르가 말을 이었다.

"여긴 북부 지방이라고!"

나는 문을 열고 안으로 들어갔다. 2층에서 사람들의 말소리와 음악 소리가 들렸다. 계단에는 담배 연기가 자욱했다. 우리는 침묵 속에서 신발을 벗고 계단을 올라갔다. 2층에 오르니 정면에 주방이 있었고, 거실은 왼쪽에 있었다. 오른쪽은 침실인 것 같았다.

열 명 정도가 거실 소파에 앉아 대화를 나누면서 웃고 있었다. 탁자 위에는 술병과 술잔, 담배와 재떨이로 빈틈이 없었다. 모두들 몸집이 건장했고, 콧수염을 기른 사람들도 꽤 많이 있었다. 모두 20대에서 40대 사이로 보였다.

"선생님들이 오시는군."

그중 하나가 우리를 발견하고 소리쳤다.

"꾸중을 듣지 않도록 조심해야겠는걸."

모두 웃음을 터뜨렸다.

"안녕하세요!"

토르 에이나르가 그들에게 인사를 건넸다.

"안녕하세요!"

닐스 에릭도 인사를 했다.

그곳의 유일한 여자인 헤게가 일어나서 창가에 있는 식탁 의자를
가져왔다.

"여기 앉아."

그녀가 말을 이었다.

"잔이 필요하면 주방에 가서 직접 가져오면 돼."

나는 주방으로 들어갔다. 조리대 앞에 서서 집 뒤편에 우뚝 솟아
오른 산을 바라보며 오렌지 주스와 보드카를 섞었다. 거실 입구에
서서 탁자를 둘러싸고 앉아 있는 사람들을 바라보았다. 그들은 마치
형형색색의 마실 것을 각자 만들어낸 마법사처럼 보였다. 주스, 사
이다, 콜라와 섞은 보드카를 앞에 두고 담배를 돌돌 말아내는 그들
의 콧수염과 짙은 눈동자는 저마다의 이야기를 담고 있었다. 일 년
에 한 번씩 바뀌는 얼굴들, 비슷한 생각을 지니고 전국 각지에서 모
여든 낯선 얼굴들.

하지만 상황은 내 생각과 정반대였다. 그들은 어부들이었고, 나는
교사였다. 나는 이곳에서 무엇을 하고 있는가. 이곳에서 시간을 보
내기보다는 집에 앉아서 글을 쓰는 게 더 낫지 않을까.

주방에 혼자 들어간 건 실수였다. 닐스 에릭과 토르 에이나르는 이
미 당연하다는 듯 어부들 사이에 앉아 자연스럽게 대화를 나누고 있
었다. 나도 처음부터 그들과 함께 거실에 자리를 잡고 앉았더라면 지
금쯤 혼자 우두커니 서 있지 않고 이미 대화 속에 섞여 있었을 텐데.

나는 보드카를 한 모금 마시고 그들을 향해 갔다.

"오, 저기 작가님이 오시는군!"

목소리의 주인공은 대번에 알아볼 수 있었다. 그는 첫날 나를 찾
아왔던 레미였다.

"레미! 잘 지냈어요?"

나는 그에게 손을 내밀어 악수를 청했다.

"혹시 이름을 기억하는 특별 강좌를 받았습니까?"

그가 내 손을 잡으며 농담을 했다. 그가 내 손을 잡아 쥐고 흔드는 방식은 50년대 이후에는 사용되지 않은 것처럼 구식의 느낌을 물씬 풍겼다.

"당신은 이곳에서 처음 만난 어부였어요. 당연히 이름을 기억하고 있죠."

그가 웃음을 터뜨렸다. 나는 파티장에 오기 전에 술을 조금 마셨던 것을 감사하게 생각했다. 그렇지 않았다면 그의 앞에서 할 말을 찾지 못해 멍하니 서 있었을 테니까.

"작가라고?"

헤게가 물었다.

"맞아요. 글을 쓰는 사람이죠. 내 눈으로 직접 봤다니까요!"

"전혀 몰랐어. 그런 재능이 있다니!"

나는 멋쩍은 미소를 지으며 자리에 앉아 셔츠 주머니에서 담배를 꺼냈다.

한동안 할 말을 찾을 수 없어 묵묵히 앉아 있었다. 담배를 피우고, 술을 마시고, 다른 사람이 미소를 지으면 함께 미소를 짓고, 다른 사람이 웃으면 함께 웃었다.

나는 닐스 에릭에게 눈길을 돌렸다. 그는 거나하게 취한 모습으로 쉴 새 없이 농담을 하며 분위기에 잘 적응하는 것 같았지만, 그의 생각은 다른 곳에 있는 것 같았다. 그는 그곳에 모인 사람들과는 달랐다. 그의 태도는 전형적인 동부 지방 사람들처럼 활발하고 가벼웠기에 왠지 겉도는 것 같았다. 그렇다고 그들이 닐스 에릭을 따돌리는 건 아니었다. 단지 그가 농담이랍시고 하는 말은 기본적으로 이곳 사람들의 분위기와는 전혀 달랐기에 무난하게 융화될 수 없었다. 그는 언어로 웃음을 자아냈지만, 이곳 사람들은 그렇지 않았다. 그는 이야기 속에 등장하는 이들의 역할을 직접 해내며 인상을 찌푸리기도 하고 목소리의 높낮이를 조절하기도 했지만, 이곳 사람들은 그렇지 않았다. 그가 웃음을 터뜨릴 때는 매번 과장된 듯 발작을 연상시키곤 했지만, 이곳 사람들은 전혀 그렇지 않았다.

토르 에이나르의 태도는 이곳 사람들과 비슷했다. 그는 북부 지방의 분위기에 익숙했고, 이곳에 사는 사람들도 대부분 잘 알고 있었다. 그럼에도 그는 이들과 한데 섞이지 못한다는 것을 깨달았다. 그는 마치 민간 전통 연구자처럼 이곳 사람들을 자신의 연구 주제의 하나로 생각하는 것 같았다. 그의 태도는 이곳 사람들의 말과 행동을 흉내 내는 것에 불과했다. 그렇다. 그는 이곳의 분위기를 매우 좋아했지만, 그것은 이곳 사람들에게는 단지 몸에 밴 자연스런 환경에 불과했다. 단 한 번도 호불호를 따져보지 않았던 생활 그 자체였던 것이다.

토르 에이나르는 웃을 때마다 무릎을 치는 버릇이 있었다. 나는 그런 행동을 하는 사람을 영화에서밖에 본 적이 없었다. 그는 이야기를 할 때 허벅지를 문지르는 버릇도 있었다.

사람들은 주제에 연연하지 않고 서슴없이 이야기를 털어냈다. 하지만 정치와 관련된 질문이나 토론은 들을 수 없었고, 여자·음악·축구에 관한 이야기도 술잔 위에 오르지 않았다. 그들은 단지 이야기를 할 뿐이었다. 하나의 이야기는 또 다른 이야기로 연결이 되었고, 탁자 위에는 웃음의 파도가 넘실거렸다. 그들이 마법사처럼 모자를 벗어들고 쏟아내는 갖가지 이야기는 마치 바닥이 보이지 않는 우물처럼 끝없이 이어져 나왔다. 평생을 뱃멀미로 고생하던 60대 어부는 아직도 배를 탈 때마다 멀미를 하고 토한다는 이야기. 한 무리의 청년들이 트롬쇠의 SAS 호텔에서 엄청난 돈을 지불하고 스위트룸을 빌려 며칠을 보냈던 이야기. 갓난아기처럼 얼굴에 살이 통통하게 찐 프랑크라는 청년이 한순간에 무려 2만 크로네를 날린 이야기. 나중에 알고 보니, 그가 돈을 날렸다는 것은 어딘가에 소비를 한 것이 아니라 문자 그대로 바람에 날려 보냈다는 이야기였다. 또 다른 청년은 술이 너무나 취해 엘리베이터 안에서 똥을 싸기도 했다는 이야기. 그 또한 비유나 은유가 전혀 포함되지 않은 말 그대로의 상황이었다고 했다. 술에 취한 채 잠이 들었던 프랑크는 아침에 일어나 보니 자신이 싼 똥 무덤 위에 누워 있었다는 이야기도 탁자 위를 오갔다.

그의 어머니는 우리 학교 교사이기도 했다. 아직도 독립하지 않고 어머니와 함께 사는 아들 때문에 그녀가 많이 힘들 것이라는 얘기도 들렸다. 헤게가 풀어놓은 이야기는 조금 다르긴 했지만, 이상하긴 마찬가지였다. 시험을 앞두고 너무나 긴장했던 그녀의 친구는 머리를 식힌다며 숲속으로 산책을 가서, 야구 방망이로 자신의 머리를 때렸고, 덕분에 진단서를 떼어 시험을 치지 않았다고 했다.

나는 그녀를 쳐다보았다. 그녀가 우리를 놀리고 있는 건 아닐까. 그런 것 같지는 않았다. 그녀는 나와 눈이 마주치자 환한 미소를 짓더니, 눈을 가늘게 뜨고 코에 주름을 지었다. 잠시 후, 그녀는 다시 환한 미소를 지으며 내게서 시선을 돌렸다.

무슨 뜻일까. 그것은 동등한 자격의 교사로서 내게 보내는 무언의 신뢰를 의미하는 것일까. 아니면 너무나 터무니없는 그녀의 이야기를 믿을 필요가 없다는 일종의 신호였을까.

그들은 모두 서로를 잘 알고 있는 정도가 아니라, 가족처럼 가까운 사이였다. 그들은 같은 마을에서 태어나 같은 학교를 다녔고, 같은 직장에서 일했으며, 함께 파티를 즐겼던 사람들이었다. 평생을 매일 만나며 살아왔던 사람이라 해도 과언이 아닌 것이다. 그들은 서로의 부모와 조부모까지도 잘 알고 있었을 뿐 아니라, 대부분은 사촌이나 오촌지간이기도 했다. 언뜻, 그들의 삶은 너무나 단조롭고 지루할 것이라는 생각도 할 수 있을 것이다. 평생을 그렇게 살면 삶이 견딜 수 없이 지루할지도 모른다. 그들이 경험하고 듣고 본 모든 일은 이 마을에 사는 250명가량의 사람들 사이에서 일어났으며, 그들은 서로의 온갖 비밀과 특이점을 속속들이 잘 알고 있다.

그렇게 따지자면 새로운 것은 아무것도 없다. 그럼에도 내 눈에 보이는 그들은 전혀 삶을 지루해하는 것 같지 않았다. 오히려 그런 삶을 최대한 즐기며 너무나 재미있게 사는 것 같았다. 그들이 자아내는 분위기는 걱정이라곤 조금도 찾아볼 수 없는 가볍고 활기찬 것이었다.

나는 그곳에 앉아, 남부 지방에 사는 친구들과 지인들에게 보냈던 편지의 일부를 이야기처럼 읊어댔다. '이곳 사람들은 하나도 빠짐없이 모두 콧수염을 길러! 정말이라고! 하나도 빠짐없이!' 또는 '이 사람들이 즐겨 듣는 음악이 뭔지 아니? 보니 테일러! 닥터 후크! 세상에! 아직까지도 이런 음악을 듣는 사람들이 있다니! 내가 이토록 세상과 동떨어진 곳에 살고 있다는 사실을 믿을 수 있겠니?' 또는 '이곳 사람들은 돈을 날렸다는 표현을 문자 그대로 이해하고 있더라고. 더 할 말이 없지…'

나는 화장실에 가기 위해 몸을 일으켰다. 이미 보드카의 3분의 1 이상을 마신 후였기에 몸을 가누기가 쉽지 않았다. 나는 옆에 앉아 있는 남자의 어깨를 짚었다. 순간 그가 몸의 균형을 잃었다. 그가 들고 있던 잔에서 술이 넘쳐흘렀다.

"아… 미안… 미안합니다."

나는 허리를 쭉 펴고 발걸음을 옮겼다.

"알고 보니 하나는 수다쟁이고 다른 하나는 주정뱅이였군!"

내 뒤에 있던 남자가 농담을 하며 소리 내어 웃었다.

나는 그가 닐스 에릭과 나를 가리키며 말했다고 짐작했다.

발걸음을 조금 빨리하니 몸의 균형을 잡기가 쉬워졌다.

그런데 화장실은 어디 있을까.

문을 열었다. 침실이었다. 나는 그곳이 헤게의 침실이라고 생각하고 얼른 문을 닫았다. 남의 침실을 들여다볼 때면 마치 금지된 일을 하는 것처럼 불편했기 때문이다.

"화장실은 반대편에 있어요."

등 뒤의 주방 쪽에서 목소리가 들렸다.

나는 등을 돌렸다.

갈색 눈을 지닌 뚱뚱한 남자가 나를 바라보고 있었다. 그의 콧수염은 어깨 위로 늘어뜨린 긴 머리카락과 마찬가지로 양쪽 입술 끝으로 길게 자라 있었다. 마치 자기 집인 것처럼 자연스럽게 그곳에 서 있는 그를 보면서 나는 그가 헤게의 애인 비다르라고 짐작했다.

"네, 감사합니다."

"천만에요. 바닥에 흘리지 않도록 조심해주세요."

"노력해보겠습니다."

나는 욕실로 들어가, 몸을 가누기 위해 벽에 손을 짚고 소변을 보았다. 입가에 빙그레 미소가 떠올랐다. 그는 건장한 외모만으로 보았을 때 70년대 밴드의 베이스 기타리스트를 연상시켰다. 스모키였던가.

헤게는 어쩌다가 저런 마초와 사귀게 되었을까?

변기물을 내리고 비틀거리며 거울 앞에 서서 다시 미소를 지어보았다.

회장실에서 나오니, 모두들 자리를 뜨려는 참이었다. 누군가가 버스라는 단어를 입에 올리기도 했다.

"지금 이 시간에도 버스가 다니나요?"

궁금해진 내가 질문을 던졌다.

레미가 나를 돌아보았다.

"우리 밴드 버스를 이야기하는 거예요."

"이 동네에도 밴드가 있어요? 당신도 밴드 멤버입니까?"

"그럼요. 밴드 이름은 오토파일럿이에요. 마을회관에서 파티가 있을 때 자주 연주를 하곤 해요."

나는 그의 뒤를 따라 계단을 내려갔다. 상황은 예상했던 것보다 훨씬 긍정적인 방향으로 흘러가고 있었다.

"무슨 악기를 연주하십니까?"

나는 현관에서 코트를 입으며 다시 질문을 던졌다.

"드럼을 쳐요."

나는 그의 어깨에 팔을 둘렀다.

"나도 드럼을 쳐요. 아니, 드럼을 쳤었죠. 2년 전에."

"그래요?"

"네."

나는 신발을 신기 위해 벽에 손을 짚고 허리를 굽히다가 누군가와 부딪쳤다. 비다르였다.

"앗, 미안합니다."

"괜찮아요. 당신이 가져온 술은 챙겼습니까?"

"젠장. 깜박했네요."

"이게 당신 술이죠?"

그가 보드카 병을 들어올렸다.

"네! 감사합니다! 정말 감사합니다!"

그가 미소를 지었다. 하지만 그의 눈동자는 냉정하고 차갑기만 했다. 나는 개의치 않았다. 나는 술병을 바닥에 놓고 신발을 신는 데 온 신경을 집중했다. 겨우 신발을 신은 나는 앞으로 고꾸라질 듯 대문 밖으로 나갔다. 백야로 환한 거리에는 사람들이 무리 지어 서서 나를 기다리고 있었다. 버스는 약 100여 미터 앞쪽의 진입로에 주차되어 있었다.

무리 중 한 명이 차문을 열고 운전석에 앉았다. 우리는 차례차례 낡고 커다란 버스 안에 몸을 집어넣었다. 버스 안에는 소파와 탁자, 심지어는 미니바까지 있었다. 모두 합판과 벨벳으로 장식되어 있었다. 운전사가 시동을 걸자마자 우리는 술병을 꺼내들었다. 버스가 피요르 옆의 울퉁불퉁한 갓길을 따라가는 동안 우리는 한 손에 술병을 들고 다른 한 손에 담배를 든 채, 쉴 새 없이 술을 마시고 담배를 피웠다.

꿈만 같았다.

나는 정육점 아저씨, 정육점 아저씨, 도대체 지금 어디 있나요라고 목청껏 노래를 부르고, 두 팔을 휘저으며 다른 사람들에게도 함께 노래하자는 신호를 보냈다. 그 버스는 내게 레이프 유스테르가 버스 운전사로 등장하는 옛날 영화를 상기시켰고, 레이프 유스테르는 다시 「사라진 정육점 주인」이라는 코미디 영화를 떠오르게 했기 때문이다.

한 시간쯤 지나자, 버스는 마을회관 앞 모퉁이를 돌아 멈추어 섰

173

다. 나는 버스에서 뛰어내려 일행과 함께 사람들로 바글바글한 마을 회관 안으로 들어갔다.

눈을 떴다. 기억나는 것은 아무것도 없었다.

머릿속은 하얀 백짓장과 다름이 없었다.

내가 누구인지, 여기는 어디인지도 알 길이 없었다. 확실하게 알고 있는 것은 잠을 자다 눈을 떴다는 사실뿐이었다.

방은 낯설지 않았다. 우리 집 침실이었다.

어떻게 여기까지 왔을까?

몸을 반쯤 일으켰다. 여전히 술에 취해 있는 듯 머리가 핑 돌았다.

몇 시쯤 되었을까?

무슨 일이 있었을까?

두 손으로 얼굴을 감싸 쥐었다. 뭔가 마셔야 할 것 같았다. 지금 당장. 하지만 나는 주방까지 걸어갈 기운이 없어 침대 위에 다시 드러누웠다.

헤게의 집에서 파티를 했던 기억, 버스에 올라타 노래를 불렀던 기억이 났다. 내가 노래를 불렀다고? 노래를?

세상에!

게다가 나는 낯선 남자의 어깨에 팔을 두르고 어깨동무를 하기도 했다. 마치 오랫동안 알고 지냈던 친구처럼. 하지만 우리는 친구도 아니고 동료도 아니었다. 나는 그에 비하면 남자도, 청년도 아닌 어린아이에 불과했고, 빨대처럼 가느다란 팔뚝으로 신발 끈도 제대로 묶지 못하는 남부 지방 출신의 멍청이였을 뿐이었다.

얼굴이 화끈거렸다. 당장 뭐라도 마셔야만 할 것 같았다.

몸을 일으켰다. 몸이 납덩이처럼 무거웠기에 마음처럼 잘 움직일 수가 없었다. 나는 한 발 한 발 차례차례 바닥을 짚고, 천천히 일어섰다.

젠장.

침대로 되돌아가고 싶은 크나큰 갈망을 이겨내기 위해 나는 있는 힘을 다해 걸음을 옮겼다. 주방으로 가기 위해 몇 발짝을 옮기는 동안, 나는 남아 있는 힘을 다 써버렸다. 금방이라도 쓰러질 것 같았기에 조리대에 몸을 기대고 한참 서 있다가 수돗물을 틀어 잔을 채운 후 물을 마셨다. 한 잔, 두 잔. 다시 침실로 돌아갈 엄두가 나지 않아 나는 거실 소파에 드러누웠다.

술에 취해 엉뚱한 짓을 하진 않았을까.

춤을 추었던 기억이 났다. 나는 눈에 보이는 사람은 가리지 않고 손을 잡은 채 춤을 추었다.

60대 여인과도 춤을 춘 것 같은데? 미소 띤 얼굴로 춤을 추며 그녀에게 내 아랫도리를 마구 비벼댔던 것은 꿈이었을까.

아니, 그건 꿈이 아니었다.

세상에!

젠장! 오, 젠장!

가슴을 짓눌러오던 묵직한 응어리가 점점 커지면서 온몸을 통증으로 뒤덮었다. 하지만 통증의 근원점은 찾을 수 없었다. 단지 온몸이 쑤시고 아플 뿐이었다. 참을 수가 없었다. 갑자기 아랫배의 근육이 뒤틀리기 시작했다. 침을 꿀꺽 삼켰다. 억지로 몸을 일으켜 비틀비틀 욕실로 향했다. 온몸을 짓누르는 통증이 더욱 커졌다. 변기 앞에 털썩 몸을 던졌다. 무릎을 꿇고 두 팔로 변기를 감싼 채 토하기 시작했다. 변기물 속으로 쏟아지던 누런 액체가 내 얼굴로 다시 튀어올랐다. 나는 개의치 않았다. 아무 생각도 할 수 없었다. 속을 비울 수 있다는 것만으로도 행복했다.

욕실 바닥에 털썩 드러누웠다.

이토록 시원할 수가.

하지만 거기서 끝나지 않았다. 뱃속의 근육이 다시 비비 꼬이기 시작했다. 제기랄. 나는 다시 변기에 얼굴을 집어넣었다. 변기 가장자리에 음모 한 가닥이 눈에 띄었다. 순간 텅 빈 뱃속에서 경련이 일어났다. 나는 입을 벌리고 신음을 했다. 우웩. 우웩. 하지만 내 입에서 나오는 것은 아무것도 없었다.

갑자기 사전 경고도 없이 한 줌의 누런 액체가 입 밖으로 튀어나왔다. 하얀 포르셀린 변기 속으로 떨어지는 끈적끈적하고 누런 액체의 끝은 여전히 내 입가에서 떨어지지 않고 덜렁덜렁 매달려 있다. 나는 손등으로 입을 닦고 다시 욕실 바닥에 드러누웠다. 이제 끝이 난 걸까. 정말 그게 마지막이었을까.

그렇다.

문득 주변이 교회 안처럼 평온하게 변했다. 나는 자궁 속의 태아처럼 등을 구부리고 누워, 내 몸을 감싸오는 평온함을 만끽했다.

이레네가 떠올랐다.

다시 뱃속이 뒤틀리기 시작했다.

이레네.

우리는 함께 춤을 추었다.

그녀에게 몸을 바짝 붙여 발기된 성기를 그녀의 배에 문질렀던 기억이 났다.

그리고…?

또 무슨 일이 있었을까?

마치 기억 속의 한 특별한 장면이 어둠 속에 갇혀 있는 것 같았다.

176

그녀와 춤을 추었던 것은 기억이 나지만, 그전은 물론 그 후에 무엇을 했는지는 전혀 기억할 수 없었다.

혹여 후회할 일은 하지 않았겠지.

갑자기 누더기 옷으로 목이 졸린 채 도랑에 널브러져 있는 그녀의 모습이 떠올랐다.

아니, 아니! 왜 이런 생각이 드는 것일까.

하지만 그 모습은 다시 떠올랐다. 누더기 옷에 목이 졸린 채 도랑에 쓰러져 있는 이레네.

왜 이토록 생생한 그림이 내 머릿속에 찾아드는 것일까. 그녀의 파란 바지, 토실토실한 허벅지, 위로 한껏 젖혀 올라간 하얀 블라우스, 그 밑으로 드러난 하얀 젖가슴, 텅 빈 눈동자. 도랑의 진흙 사이로 삐죽삐죽 솟아오른 누런색과 녹색의 풀들, 늦은 저녁의 햇살.

아니, 아니! 이건 환상일 뿐이야.

그런데 나는 어떻게 집에 왔을까.

파티가 끝난 후 술에 취한 사람들이 웃으면서 마을회관 앞에 비틀거리며 서 있을 때, 나는 밴드 버스 앞에 서 있지 않았던가.

맞아, 그랬었지.

이레네도 거기 있었던가.

그렇다. 우린 키스를 했다.

나는 한 손에 술병을 들고 병째로 술을 마셨고, 그녀는 내 옷깃을 잡아당기며 내 얼굴을 쳐다보았다. 그리고, 그녀가…?

그녀가 뭐라고 했더라?

아, 젠장!

갑자기 뱃속에 있던 뱀이 다시 요동쳤다. 하지만 이미 텅 비어 있던 배에서 더 쏟아낼 것은 없었기에 나는 신음소리만 뱉어냈다. 우웩. 우웩. 나는 변기를 두 팔로 감싸쥐고 머리를 집어넣었다. 여전히 아무것도 나오지 않았다.

아, 씨발.

포기하려는 찰나, 갑자기 말할 수 없이 진득하고 끈적끈적한 액체가 입속을 채웠다. 나는 그것을 뱉어내면 괜찮아질 줄 알았지만, 내 짐작은 완전히 빗나갔다. 뒤틀린 배는 경련을 멈추지 않았고, 나는 목구멍 깊은 곳에서부터 무언가를 끄집어내면 나아질까 싶어 계속 헛구역질을 했다.

우웩. 우웩. 우웩.

가늘고 끈적끈적한 액체 한 줄기를 간신히 뱉어낼 수 있었다.

이젠 괜찮을까.

이젠 끝났을까.

그런 것 같았다.

오~

아~

나는 세면대 가장자리를 잡고 겨우 몸을 일으켰다. 차가운 물로 얼굴을 씻고 비틀비틀 거실로 갔다. 조금 전보다는 몸을 가볍게 움직일 수 있었다. 소파에 누워 몇 시나 되었는지 확인해보고 싶었지만, 고개를 돌려 시계를 볼 힘도 없었다. 몸이 안정을 찾을 때까지 기다리는 수밖에 없었다. 아, 오늘은 글을 써야 하는데…

나는 처음 술을 마시기 시작했을 때부터 취했을 때의 일을 일부분만 기억하는 부분 기억 망각증을 경험했다. 9학년을 마치던 해 여름, 나는 노르웨이 컵에 참가했을 때 처음으로 술을 마셨고 쉴 새 없이 웃음을 터뜨렸다. 그것은 나의 술과 관련한 기본적인 경험이라 할 수 있다. 술은 내게 자유와 해방감을 가져다주었고, 동시에 내 주변의 모든 것을 신성하기까지 할 정도로 긍정적이고 아름답게 변화시켜주었다. 하지만 술이 깬 다음 내가 기억하는 것은 극히 일부분뿐이었다. 나는 어둠을 향한 벽처럼 강렬하게 나를 덮치는 조각난 기억 속에서 나왔다가 다시 그 속으로 사라지곤 했다. 그런 일은 술을 마실 때마다 계속되었다.

다음 해 봄, 나는 얀 비다르와 함께 카니발 구경을 갔다. 어머니는 내게 보위의 알라딘 세인처럼 화장을 해주었고, 도시는 검은색 곱슬머리 가발을 쓰고 구슬이 달린 짧은 반바지를 입은 사람들로 가득했다. 여기저기 삼바 리듬이 흘렀고, 날씨는 선선했으며, 사람들은 수줍음과 어색함으로 뻣뻣하기 그지없었다. 그럼에도 자유와 해방감을 맛보고자 몸을 흔들어대는 사람들의 모습은 춤이라기보다는 경련을 일으키는 것처럼 보였다.

80년대였던 그즈음에는 새로운 자유와 미래지향적인 관념이 지배했다. 노르웨이적 분위기는 우중충하고 비관적이었던 반면, 남유럽적 분위기는 삶과 자유 그 자체였다. 60년대부터 80년대 초반에 이르기까지 거의 20여 년에 이르는 시기만 하더라도, 노르웨이에는 텔레비전 채널이 하나밖에 없었고, 그 채널에서는 오슬로의 고등교육을 받은 일부 국민들만이 노르웨이를 대표하는 것처럼 묘사해왔다. 하지만 80년대에 접어들면서 예능과 오락 위주의 민영방송국이 하나둘 자리 잡기 시작했고, 이 두 방송국이 합치면서 음악·정치·문학·뉴스·건강 등 온갖 주제를 다루는 예능과 마케팅 위주의 방송이 나가기 시작했다. 카니발은 이 과도기를 대표하는 것이었으며, 이에 발맞추어 사람들은 70년대의 심각하고 진지한 분위기에서 벗어나 가벼움과 생기로 가득 찬 90년대를 맞이할 준비를 시작했다.

이 움직임은 여기저기서 선명히 드러났다. 사람들은 어색한 움직임, 불안한 눈빛을 애써 감추며 선선한 봄날 저녁 크리스티안산의 길거리에서 들려오는 이국적인 음악에 맞추어 가냘픈 엉덩이를 흔들기 시작했다. 이러한 현상은 당시 도시적 외양을 갖춘 대부분의 지역에서 일어나는 일반적인 현상이었다. 매년 개최되었던 카니발은 새로운 전통을 만들어냈고, 창백한 피부를 지닌 북유럽 남녀들은 남유럽인들의 복장을 하고 소리 내어 웃으며 춤을 추었다. 그들은 학교 관악대의 이국적인 리듬이 자유와 해방감의 대명사라도 되는 듯 최면에 걸린 것처럼 몸을 흔들었다.

당시 열여섯 살에 불과했던 얀 비다르와 나는 이 모습이 너무나 비참해 보인다고 생각했다. 우리가 바랐던 것은 남유럽풍의 폭발적인 분위기였으며, 불룩 솟은 젖가슴과 통통한 엉덩이, 음악과 자유였다. 우리는 그 분위기의 일부가 되고자 했지만, 현실은 우리의 바람과는 달랐다. 항상 그러한 여인들을 차지했던 것은 사회적 입지를 갖춘 자신만만하고 당당한 남자들이었다.

우리는 인색함과 욕심에 반대하고 여유와 풍부함을 갈망했으며, 부족함과 빈약함에 반대하고 자유와 열린 사고를 갈망했다. 그럼에도 우리는 카니발에 참석할 때마다 우리가 사는 도시와 국가가 처한 상황에 슬픔을 금치 못했다. 자랑스러움이라곤 전혀 느낄 수 없는 공동체에 내가 속해 있다는 것이 너무나 비참했다.

카니발은 내가 살고 있는 도시가 얼마나 보잘것없는지 극명하게 보여주는 매개체 역할을 했을 뿐이다. 물론 우리는 정확한 이유를 알지 못했다. 하지만 이해는 할 수 있었다. 우리는 주머니에 작은 양주병을 넣고, 길을 채워가며 느릿느릿 걷는 멍청한 사람들 사이에서 발걸음을 옮기며, 아는 얼굴을 찾기 위해 쉴 새 없이 두리번거렸다.

더 정확히 말하자면 우리가 찾았던 얼굴은 여자아이들의 얼굴이었고, 가끔은 낯선 여자아이들과 함께 서 있는 아는 남자아이들의 얼굴을 절망적으로 찾아다니기도 했다.

우리는 포기하지 않았다. 간당간당한 희망을 품고 거리를 걸었지만, 결국 우리에게 남았던 것은 점점 더 자라는 취기와 슬픔뿐이었다.

그리고 나는 기억을 잃어버렸다. 얀 비다르는 그런 나를 눈치채지 못했다. 그가 내게 말을 걸면 나는 항상 대답을 해주었기 때문에, 그는 내가 정상적이라 생각했던 것이다.

하지만 그것은 사실과 달랐다. 나는 이미 사라져버린 후였다. 내 영혼은 텅 비어 있었고, 나는 그 텅 빈 영혼 속에 자리 잡고 있었던 것이다. 그 상태를 다른 말로는 어떻게 설명해야 할지 알 수가 없다.

내가 아닌 나는 누구라 해야 할까. 내가 누군지 기억할 수 없는 나는 누구라 해야 할까. 다음 날 엘베가텐의 자취방에서 눈을 떴을 때, 나는 아무것도 기억하지 못했다. 마치 전날 도시 속에서 내 영혼이 분해되어버린 것 같은 느낌뿐이었다. 나는 술에 취하면 그 어떤 일이라도 할 수 있었다. 나를 멈추는 것은 아무것도 없었고, 나는 마음이 내키는 대로 자유분방하게 그 어떤 일이라도 할 수 있었다.

얀 비다르에게 전화를 걸었다. 그는 자고 있었지만, 그의 아버지가 그를 깨워 전화를 바꿔주었다.

"어제 무슨 일이 있었는지 기억하니?"

"어… 아니… 특별한 일은 아무것도 없었던 것 같은데? 바로 그 때문에 엄청 재미없었잖아."

"난 마지막에 기억나는 게 하나도 없어. 실로카이아 근처에 갔던 건 기억나는데… 그게 전부야. 그 뒤로는 아무것도 기억이 안 나."

"정말? 정말 아무것도 기억 못 하는 거야?"

"응."

"네가 트럭 짐칸에 올라타서 바지를 벗어내린 채 그곳에 모인 사람들에게 엉덩이를 보여준 것도 기억을 못 하니?"

"내가? 내가 정말 그랬다고?"

그가 웃음을 터뜨렸다.

"아냐, 그런 일은 없었어. 농담했을 뿐이야. 아무 일도 없었으니까 안심해. 참, 우리가 집으로 가던 중에 네가 길가에 주차되어 있던 자동차의 사이드미러를 모두 접어놓은 건 기억하니? 그때 누가 우리에게 고함을 쳤지. 그 소리에 우린 줄행랑을 쳤고… 하지만 내가 보기엔 네가 특별히 술에 많이 취한 것 같진 않았어. 정말 어제 술에 많이 취했었니?"

"응. 양주를 너무 많이 마셨던 것 같아."

"난 집에 오자마자 잠에 빠졌어. 술에 너무 취해서… 그건 그렇고, 어제저녁은 정말 심심했어. 다시는 카니발에 가지 않을 거야. 결심했어."

"혹시… 그거 알아?"

"뭘?"

"지금은 네가 그렇게 말하지만 내년에 카니발이 시작되면 우린 다시 가게 될 거야. 우리가 집에 가만히 앉아 있을 것 같진 않아. 여긴 일 년 내내 재미있는 일이라곤 아무것도 찾을 수가 없으니까."

"네 말이 맞아."

전화를 끊고, 나는 아직도 얼굴에 남아 있는 알라딘 세인의 번개 분장을 지웠다.

다시 그런 일이 생겼던 때는 하지 축제가 열렸던 날이었다. 그날도 나는 얀 비다르와 함께 술을 마셨다. 우리는 각자 맥주병이 든 비닐봉지를 들고 호네스 옆 학교 아래쪽에 있는 커다랗고 평평한 바위 위로 터덜터덜 걸어갔다. 우리는 그곳에서 술을 마셨고 여름밤을 적셨던 보슬비에 온몸을 으슬으슬 떨었다. 거기엔 외이빈과 그의 친구들, 하므레산덴 출신의 몇몇 소년도 있었다.

외이빈은 그날 저녁 꽤 오랫동안 사귀었던 레네에게 이별을 고했다. 레네는 일행과 떨어져 혼자 바위 위에 앉아 울고 있었다. 나는 그녀에게 다가갔다. 그녀의 등을 쓰다듬어주며 세상에는 다른 남자아이도 많고, 그녀는 젊고 아름답다며 위로해주었다. 그녀는 코를 훌쩍이며 고마움을 눈에 담고 나를 바라보았다. 나는 우리가 침대가 없는 야외에 앉아 있다는 사실이 안타깝기만 했다. 비도 추적추적 내리고 있었다. 갑자기 그녀가 자신의 재킷을 내려다보며 비명을 질렀다. 그녀의 어깨엔 피가 흥건하게 묻어 있었다. 그녀의 등도 마찬가지였다. 그것은 내 손에서 흐른 피였다. 나는 그때까지도 손을 다쳐 피가 흐르는 것을 깨닫지 못했던 것이다.

"이 멍청한 개자식아!"

그녀가 내게 소리를 지르며 벌떡 일어섰다.

"이건 얼마 전에 산 새 옷이란 말야. 이 옷이 얼마나 비싼지 알기나 해?"

"미안해. 그럴 생각은 없었어. 난 단지 너를 위로해주고 싶었을 뿐이야."

"꺼져!"

그녀는 아이들이 모여 있는 쪽으로 뛰어갔다. 알고 보니, 외이빈은 마음을 바꾸고 다시 그녀와 사귀기로 한 모양이었다.

나는 혼자 바위 위에 앉아 빗방울이 떨어지는 바닷물을 바라보며 술만 벌컥벌컥 들이켰다. 얼마 후, 얀 비다르가 내게 다가와 옆에 앉았다. 우리는 어떤 여자아이를 꾀면 가능성이 있을지, 섹스를 함께하고 싶은 아이는 누군지 토론 아닌 토론을 했다. 우리는 천천히 술에 취했고, 결국 나는 어렴풋한 유령의 세계로 미끄러져 들어갔다.

유령의 세계. 내가 그 세계 속에 있을 때면, 그 세계는 내 몸과 의식을 거침없이 통과했다. 정신을 차리고 그 세계에서 벗어난 후에 내 기억 속에 남아 있는 것은 아무것도 없었다. 내가 기억하는 것이라곤, 여기저기 간헐적으로 떠오르는 얼굴과 몸, 방과 계단, 뒷정원과 어둠에 둘러싸인 창백한 빛뿐이다.

세상에! 그것은 공포 영화라 해도 과언이 아니었다. 나는 이상하기 짝이 없는 것들을 세세하게 기억하기도 했다. 강바닥에 잠겨 있는 돌맹이, 주방 선반 위에 있는 올리브 오일. 너무나 평범하고 일상적인 것이긴 하지만 그것은 밤을 아우르는 현실을 대표하는 것이기도 했다. 그럴 때면 나는 기억의 조각이 남기고 간 형언할 수 없는 기묘함에 몸을 떨었다.

나는 왜 그 돌맹이를 기억하는 것일까. 나는 왜 하필이면 올리브 오일을 기억하는 것일까. 그런 일이 있었던 처음 몇 번은 전혀 두렵지 않았다. 나는 그것을 일종의 중립적인 사실 관계로 받아들였기 때문이다. 하지만 그런 일이 거듭해 일어나기 시작하자, 오싹한 두려움과 불쾌함이 나를 덮쳤다. 내가 통제력을 잃었다는 사실 때문이었다.

따지고 보면 특별한 일은 일어나지 않았다. 앞으로도 일어나지 않을 것이다. 하지만 나의 말과 행동을 전혀 통제하지 못했다는 사실은 받아들일 수가 없었다. 만약 나의 기본적인 인성이 선하다면, 내가 통제력을 잃었다 하더라도 그 선한 인성은 제자리를 지키고 있을 것이다. 하지만 나의 기본적인 인성이 선하다는 것은 어떻게 확인할 수 있을까.

나는 스스로가 자랑스럽기도 했다. 내가 기억을 잃을 때까지 술을 마셨다는 사실이 왠지 멋있게 느껴졌기 때문이다.

그해 여름, 나는 열여섯 살이었고, 내가 진정으로 원했던 것은 단세 가지뿐이었다. 첫째, 애인을 사귀는 것. 둘째, 누군가와 섹스를 해보는 것. 셋째, 정신을 잃을 때까지 술을 마셔보는 것.

아니, 정확히 말하자면 두 가지밖에 없었다. 누군가와 섹스를 하는 것과 정신을 잃을 때까지 술을 마시는 것. 나는 여러 가지 일을 해보았고 온갖 야망도 있었다. 책 읽기, 음악 듣기, 기타 연주, 영화, 축구, 수영과 스노클링, 외국 여행, 돈을 모아 원하는 것을 구입하기 등등. 이 모든 것은 시간을 잘 보내는 것, 잘 사는 것과 관련된 것이다. 하지만 내가 진정으로 원하는 것은 단 두 가지뿐이었다.

아니, 상황이 도와주지 않는다면 한 가지로 줄일 수도 있다.

누군가와 섹스를 해보는 것. 이것이 바로 내가 원하는 유일한 것이었다.

그 욕망과 욕구는 내 속에서 불길같이 치솟았고, 그 불길은 꺼질 줄을 몰랐다. 심지어는 잠을 잘 때도 불길은 꺼지지 않았다. 꿈속에서 여인의 젖가슴을 한 번 흘낏 보는 것만으로도, 내 속옷은 흠뻑 젖곤 했다.

세상에, 또 이런 일이 일어나다니! 나는 살갗에 끈적끈적하게 감겨오는 축축한 속옷과 함께 눈을 뜰 때마다 절망에 빠졌다. 당시 내옷은 어머니가 세탁해주었다. 그런 일이 있었을 때 처음 몇 번은 속옷을 물에 적셔 사정 흔적을 없앤 후 빨래통에 넣어두었다. 하지만 그 또한 어머니의 의심을 살 것 같았다. 왜 칼 오베의 속옷만 매번 이처럼 흥건히 젖어 있을까. 나는 그때부터 속옷을 물에 헹구지 않고 그냥 빨래통에 던져넣었다. 사정액이 묻은 내 속옷은 몇 시간 후 바짝 말라 마치 소금물이 묻은 것처럼 변해버렸다. 어머니도 눈치챘을 것이 분명했다. 왜냐하면 그런 일은 일주일에 두 번, 아니 가끔은 세 번이나 일어났기 때문이다. 어머니는 단 한 번도 내게 속옷에 관한 이야기를 하지 않았다. 어머니와 단둘이 살 때, 우리는 어떤 일에 관해선 대화를 나누고 이해를 주고받기도 했지만, 어떤 일에 관해선 한마디도 언급하지 않고 이해를 해보려는 시도조차 하지 않았다.

그러한 나의 경험은 무지로 가득한 텅 빈 공간을 채워나갔다. 물론 윙베 형에게 조언을 구할 수도 있었다. 형은 나보다 네 살이나 많았고 경험도 많을 테니까. 형이 자위를 한 적이 있다는 것은 나도 잘 알고 있었다. 하지만 나는 단 한 번도 자위를 해본 적이 없었다. 나는 왜 그때 형에게 조언을 구하지 않았을까.

그것은 생각할 수도 없는 일이었다. 그것은 생각할 수 없는 일에 속했다. 왜 그런지는 나도 알 수 없었다. 하지만 형에게 조언을 구한다고 해서 무슨 도움이 될까. 그것은 에베레스트산 등정을 하는 데 조언을 구하는 일과 다르지 않았다. 계속해서 산을 오르기만 하면 된다는 말을 들을 것이 뻔하니까.

나는 누군가와 섹스만 할 수 있다면 그 어떤 일도 할 자신이 있었다. 상대방이 누가 되더라도 말이다. 그녀가 내가 사랑하는 한네가 되어도 좋았고, 창녀라 하더라도 상관이 없었다. 설사 그것이 악마를 신봉하는 종교에 입문하는 일종의 제사 의식이라 하더라도 나는 흔쾌히 응했을 것이다. 하지만 그것은 얻을 수 있는 것이 아니라 쟁취하는 것이었다. 정확히 어떤 방식으로 쟁취하는지는 알 수 없었다.

그것은 악의 순환이라 해도 과언이 아니었다. 어떤 것에 관해 잘 알지 못할 때면 자신감을 잃기 마련이다. 여자들이 싫어하는 것은 바로 자신감 없이 안절부절못하며 우유부단하게 행동하는 것이다. 그 정도쯤은 나도 잘 알고 있었다. 여자를 얻기 위해선 자신만만하고 당당한 모습을 보여줘야 한다. 하지만 자신만만하고 당당한 모습은 어디에서 오는 것일까. 아니, 자신감을 얻기 위해선 무엇을 어떻게 하면 될까. 한낮의 태양이 내리쬘 때는 옷을 다 입고 여자 앞에 서 있다가, 불과 몇 시간 후 어둠이 내려앉으면 옷을 벗고 그녀와 함께 눕는 것이 정말 가능한 일일까.

그 두 상황 사이에는 깊은 심연이 자리하고 있었다. 한낮에 내 앞에 서 있는 여자를 보았을 때, 그것은 내가 현실적으로 바닥이 보이지 않는 심연 앞에 서 있는 것과 마찬가지라고 할 수 있다. 발을 떼면 그 심연 속에 빠지는 일 외에는 아무것도 없을 것이다. 그녀는 안절부절못하는 내 모습을 보며 나를 받아들이기는커녕 뒷걸음질을 치면서 문을 닫아버릴 것이며, 결국엔 다른 사람에게로 가버릴 것이다. 실제로는 그 두 상황 사이에 존재하는 괴리가 그다지 크지 않다. 단지 그녀의 셔츠를 머리 위로 올려 벗기고, 브래지어를 벗겨 내리고, 바지의 단추를 풀고, 그녀의 하얀 허벅지가 드러날 때까지 바지를 벗겨 내리기만 하면 되는 일이다. 20초, 아니 30초면 가능한 일이다.

그보다 더 이율배반적인 일이 또 있을까. 내가 진정으로 원하는 일을 하는 데 필요한 시간은 단 30초. 심연에서 벗어날 수 있는 이 30초라는 시간은 나를 환장하게 만들기에 충분했다. 가끔 나는 우리가 여전히 석기 시대에 살았으면 좋겠다고 바라기도 했다. 그렇다면 방망이를 들고 다니며 가장 가까운 곳에 있는 여인의 머리를 내리쳐 기절시킨 후에 내가 원하는 일을 하기 위해 그녀를 집에 데려오기만 하면 될 것이다. 하지만 그런 일은 있을 수 없다. 지름길도 없다. 그 30초라는 시간은 환상에 불과했다. 이 세상의 모든 여인이 내겐 환상으로 다가오는 것과 마찬가지로. 그들을 눈으로만 볼 수 있는 존재라는 건 내게 너무나 모욕적으로 느껴졌다.

현실적으로 따지자면 그들은 눈만 돌리면 볼 수 있는 존재다. 블라우스 아래에 자리한 젖가슴과, 바지 속에 자리한 엉덩이와 허벅지, 바람에 흩날리는 머리카락과 미소 짓는 아름다운 얼굴들. 묵직하게 처진 젖가슴, 탱탱한 젖가슴, 동그란 젖가슴, 달랑달랑 흔들리는 젖가슴, 하얀 젖가슴, 햇볕에 그을린 젖가슴… 벗은 손목, 벗은 팔꿈치, 벗은 뺨, 벗은 눈동자는 어디서든 볼 수 있다. 벗은 손바닥, 벗은 코, 벗은 목. 이것들은 어딜 가든 내 눈에 띈다.

어딜 가도 여자들을 볼 수 있다. 접근성은 끝이 없다. 마치 끝없이 솟아오르는 샘물처럼. 아니, 끝없는 바다처럼 셀 수 없이 많은 여자들은 나를 미치게 한다.

나는 매일 수백 명의 여자를 본다. 그들은 저마다의 모습으로 나를 유혹해온다. 서 있는 모습, 몸을 살짝 비트는 모습, 걷는 모습, 고개를 들어올리는 모습, 고개를 살짝 기울이는 모습, 눈을 깜박이는 모습. 이러한 모습들은 저마다 독특한 개성이 있다. 살아 있는 모든 것은 그들 안에 존재하고 있다. 이 특별한 존재들 속에. 그들의 눈짓은 나를 위한 것이든 그렇지 않은 것이든 항상 그 자리에 있다. 오, 강렬하게 반짝이는 그들의 눈동자! 오, 그들의 짙고 깊은 눈동자! 오, 그 눈부신 기쁨이여! 오, 그 매혹적인 모호함이여! 물론 그중에는 무지하고 멍청한 눈빛도 없지 않다. 하지만 그 또한 나름의 매력을 지니고 있다. 그 매력 또한 간과할 수 없다. 멍청하고 텅 빈 눈동자, 벌린 입을 담고 있는 성숙하고 아름다운 몸.

이 모든 것은 내게 너무나 가까운 곳에서 찾아볼 수 있었다. 내가 원하는 유일한 것은 30초라는 거리 내에 자리하고 있었지만, 그곳은 내가 닿을 수 없는 다른 세상이었다.

나는 그들과 나 사이에 자리한 심연을 증오했다. 나 자신을 증오했다. 이 절망과 어둠에도 불구하고 여인들은 빛을 발하고 있었다.

그러던 중 내게도 기회가 찾아왔다.

그 우울하고 절망적인 하지 축제 후, 나는 축구팀의 일원으로 덴마크에 원정 훈련을 갔다. 우리는 덴마크 림피요르의 모르스라는 곳에 자리한 도시, 뉘쇼빙의 외곽에서 머무를 예정이었다. 축구장은 우리가 기숙사로 사용했던 커다란 대저택 옆에 있었고, 그 위에는 빽빽하게 들어선 나무들이 짙은 그림자를 드리우고 있었다.

우리는 저녁이 되면 무리를 지어 시내로 갔다. 허락되지 않은 일이었지만, 시내는 코앞이었고, 훈련에만 열심히 참가하면 코치들도 굳이 뭐라고 하지 않았다. 우리는 슈퍼마켓에서 싸구려 와인을 구입해 길가의 벤치에 앉아서 마신 후, 근처의 디스코텍으로 갔다.

이틀째 되던 날, 나는 그곳에서 덴마크 소녀와 만났다. 그날 이후, 매우 발랄하고 얼굴이 귀엽게 생긴 그녀는 매일 저녁 나를 만나러 왔다. 우리는 벤치에 앉아 서로의 몸을 더듬었고, 디스코텍으로 가서 춤을 추었다. 어느 날 저녁, 우리는 근처 공원에서 함께 산책을 했다. 나는 노르웨이로 돌아가기 전에 마음먹었던 일을 꼭 해내리라 결심했다. 그렇지 않으면 언제 다시 기회가 올지 모르는 일이었다.

훈련 마지막 날, 우리는 모두 함께 야외에서 시간을 보냈다. 바닷가에 앉아 바비큐를 하던 우리에게 팀의 주장이 맥주를 나누어주었다. 우리는 맥주를 마신 후에 택시를 타고 기숙사에서 그리 멀리 떨어져 있지 않은 숲속의 별장으로 향했다. 그녀도 그곳에 오겠다고 이미 약속을 한 터였다.

마침내 그녀가 모습을 드러냈다. 그녀는 여느 때와 마찬가지로 두 팔을 쭉 뻗어 나를 안고 입을 맞춘 후, 내 손을 잡았다. 우리는 자리를 잡고 앉았다. 나는 용기가 필요했기에 와인을 입속으로 들이붓다시피 했다. 외게와 비외른은 내게 그녀를 데리고 방으로 들어가라며 응원해주었다. 기분 좋은 저녁이었다. 밖에는 녹색 나뭇잎 위로 회색 구름이 무겁게 내려앉아 있었고, 안에는 반짝이는 샹들리에 아래로 사람들이 왔다 갔다 하기도 했고, 술을 마시며 웃기도 했고, 춤을 추기도 했다. 그곳은 땀 냄새와 향수 냄새, 담배 냄새와 술 냄새로 가득했다.

그녀는 우리 옆 테이블에 앉아 하랄과 대화를 나누면서도 쉴 새 없이 나를 힐끗힐끗 쳐다보았다. 내가 와인병을 손에 들고 그녀의 테이블로 가자, 그녀의 표정이 환해졌다. 긴장감과 설렘으로 배가 살살 아파오기 시작했다. 그녀가 몸을 반쯤 일으켜 탁자 너머에 앉아 있는 내게 입맞춤을 했다. 그녀의 잔에 와인을 따라주려 하자, 그녀가 손을 치켜들며 사양했다. 다음 날 아침 일찍 아르바이트를 하러 가야 한다며, 내게 저녁에 자기 집으로 오라고 말했다.

"하지만 우린 내일 여길 떠날 거야."

"너만 여기 남아 있어. 집에 가지 마. 여기서 나랑 함께 살자. 여기서 학교를 다녀도 되잖아! 일을 해도 되고! 어때?"

"어, 그러지 뭐."

우리는 함께 웃음을 터뜨렸다. 좌절감이 밀려들었다. 곧 나는 그녀와 함께 방에 들어갈 것이다. 곧 그녀는 내 곁에 바짝 다가와 나직이 속삭일 것이다. 그녀는 내가 무엇을 어떻게 해야 하는지 잘 알 것이라 생각할 것이다.

"잠시 산책하러 나갈까?"

나는 그녀에게 제안을 해보았다.

그녀가 고개를 끄덕였다.

"와인은 어쩌고?"

그녀가 내게 물었다.

"다시 돌아와서 마시면 돼."

나는 몸을 일으켰다. 그녀의 어깨에 팔을 얹고 디스코텍 밖으로 함께 나왔다. 고개를 돌려 뒤를 보니 외게와 비외른이 미소를 지으며 엄지손가락을 치켜들었다.

그녀가 나를 쳐다보았다.

"어디로 갈 건데?"

"숲속으로 가볼까?"

나는 그녀의 작은 손을 잡고 걷기 시작했다. 나는 그녀의 젖가슴에 입을 맞춘 적이 있다. 벤치에 앉아 서로의 몸을 더듬던 중, 나는 그녀의 스웨터 안으로 머리를 쑥 집어넣어 입을 맞추었다. 그것이 전부였다. 그때 그녀는 몸을 비틀며 자지러지게 웃었다. 내가 여자아이들에게 했던 것은 그게 전부였다. 그들의 몸 위에 올라가 몸을 더듬다가 그들의 젖가슴에 입을 맞추는 것. 한 번은 아랫도리를 내리고 성기 안에 손가락을 넣어본 적도 있긴 있었다. 벌써 2년 전의 일이다.

온몸이 부르르 떨렸다.

"왜 그래?"

그녀가 팔로 나를 감싸안으며 물었다.

"추워?"

"응, 좀 추운 것 같아. 저녁이 되니까 싸늘한걸."

어둑어둑하고 묵직한 구름은 어느새 우리 머리 위에 다다랐다. 나무둥치 사이엔 짙은 어둠이 깔리기 시작했다. 세찬 바람이 한 줄기 불어오자 나뭇가지들이 마구 흔들렸다.

심장이 쿵쿵 소리를 내며 뛰기 시작했다.

나는 침을 꿀꺽 삼켰다.

"우리 기숙사 구경을 해볼래?"

"응."

그녀가 대답을 하자마자 내 아랫도리가 불쑥 일어서서 바지를 밀쳤다. 다시 침을 꿀꺽 삼켰다.

기숙사 건물은 황금빛 가로등 불빛에 잠겨 있었다. 나는 금방이라도 토할 것만 같았고, 내 손은 식은땀으로 축축하게 젖어오기 시작했다. 하지만 나는 기회를 놓치지 않겠다고 마음을 다잡았다.

걸음을 멈추고 그녀를 감싸안았다. 키스를 했다. 그녀의 작고 부드러운 혀가 내 입속으로 들어왔다. 성기에 피가 몰려 통증이 느껴질 정도였다.

"바로 저기야."

나는 그녀에게 나직이 속삭였다.

"정말 안에 들어가보고 싶니?"

그녀의 눈에 살짝 놀라는 듯한 빛이 스쳤다. 하지만 그녀는 거부하지 않았다.

나는 다시 그녀의 손을 꼭 잡아쥐고 마지막 200미터를 걸었다. 텅 빈 1층 로비에 이르러 그녀를 꼭 안으니, 넘쳐오르는 욕구에 숨이 막

힐 지경이었다. 복도를 지나 팀원 셋과 함께 사용하는 방으로 걸어
갔다. 떨리는 손으로 열쇠를 꽂고 돌렸다. 손잡이를 돌리고 문을 연
다음 방 안으로 들어갔다.

"칼 오베, 이제 오는 거야?"

외게가 소리치며 웃음을 터뜨렸다.

"손님을 데려온 모양이군?"

비외른이 말했다.

"반가워!"

하랄이 말을 이었다.

"맥주 마실래, 리스벳?"

나는 아무 말도 할 수 없었다. 그들은 방을 함께 쓰는 팀원이었고,
나만큼이나 그 방을 사용할 권리가 있었기 때문이다. 그들은 나를
골탕 먹이기 위해 서둘러 기숙사로 돌아온 것이 틀림없었다. 그들에
게 이건 약속과 다르다고 말하고 싶었지만, 리스벳 앞에서 차마 그
런 말을 할 수는 없었다. 만약 그런 말을 한다면, 리스벳이 무슨 생각
을 할까. 내가 그녀의 등 뒤에서 친구들과 어떤 대화를 나누었는지
알아챈다면 나를 어떻게 생각할까.

"너희들 여기서 뭘 하고 있니?"

내가 할 수 있는 말은 그것뿐이었다.

외게가 미소를 지었다.

"그러는 너희들은 여기서 뭘 하고 있니?"

나는 원망스런 눈길로 그를 바라보았다. 그는 침대 위를 뒹굴며
깔깔 웃었다.

하랄은 리스벳에게 맥주를 내밀었다. 그녀는 맥주를 받아들고 나
를 바라보며 미소를 지었다.

"네 친구들이 있어서 더 재밌을 것 같아."

그녀가 말했다.

뭐라고? 정말 진심으로 하는 말일까?

그녀가 방 안을 둘러보았다.

"담배 가진 사람 있니?"

"우린 축구 선수야."

하랄이 말을 이었다.

"우리 중에 담배 피우는 사람은 칼 오베뿐이야."

"자, 여기."

비외른이 프린스 마일드* 한 갑을 꺼내 그녀에게 내밀었다.

다시 이런 기회를 잡으려면 앞으로 몇 년을 더 기다려야 할지 모른다. 그런데도 그들은 단지 재미로 내게 돌아온 이 황금 같은 기회를 망쳐버렸다.

리스벳이 손을 바지 뒷주머니에 찔러넣고 내 곁에 바짝 다가왔다. 내 성기는 다시 꼿꼿이 고개를 들었다. 나는 한숨을 푹 내쉬었다.

"칼 오베, 너도 한 잔 마셔."

외게가 말을 이었다.

"모두 재미있으라고 하는 일이야."

"응, 고마워. 정말 재밌군."

그가 다시 깔깔대며 웃음을 터뜨렸다.

우리는 30분쯤 그곳에 머물렀다. 리스벳은 그곳에 모인 아이들과 차례차례 돌아가며 이야기를 했고, 우리는 맥주를 비운 후에 다시 야외로 나갔다. 리스벳은 새벽 1시쯤 집으로 돌아갔고, 우리는 동이

• 노르웨이 담배 상표명.

194

튼 후에야 기숙사로 돌아왔다.

다음 날, 나는 리스벳과 잠시 만나 주소를 교환했다. 그녀가 울기 시작했다. 목을 놓고 엉엉 울진 않았다. 나는 그녀를 감싸 안고 흐르는 눈물을 닦아주었다.

"나중에 뢰켄에서 다시 만날까? 우리 집에서 페리를 한 번만 타면 뢰켄에 갈 수 있어. 너도 뢰켄으로 올 수 있지?"

"응."

그녀가 흐르는 눈물 사이로 미소를 지으며 대답했다.

"편지 쓸게. 그리고 언제 다시 만날지 편지로 이야기하자."

"응."

우리는 키스로 작별 인사를 대신했다. 그녀는 멀어지는 내 등을 바라보며 한참이나 그곳에 서 있었다.

그녀에게 뢰켄에서 만나자고 했던 것은 마음에도 없던 말이었다. 단지 어둡게 축 처지는 분위기를 조금이나마 가볍게 만들어보고자 했던 말이었을 뿐이다. 그녀는 내게 아무런 의미도 없는 사람이었다. 내가 사랑하는 사람은 한네뿐이었다. 나는 오직 한네 생각만 하며, 그해 겨울과 봄을 보냈다. 내가 원했던 것은 오직 그녀의 곁에 있는 것뿐이었다. 그녀와 섹스를 하겠다는 생각은 할 수도 없었고, 키스를 하거나 애무를 하는 것조차도 생각할 수 없는 일이었다.

그녀를 볼 때마다 내 몸을 채워왔던 설렘은 이 세상의 것이 아닌 것 같았다. 그 느낌을 어떻게 설명하면 좋을까. 그녀는 평범한 소녀일 뿐이었다. 모르긴 몰라도, 이 세상에는 그녀와 비슷한 소녀가 수천, 수만 명이나 있을 것이다. 하지만 내 심장과 내 영혼을 떨리게 만드는 사람은 오직 한네밖에 없었다. 어느 봄날, 나는 그녀에게 아스팔트길 위에 무릎을 꿇고 나와 결혼해달라고 말했다. 비가 추적추적 내리는 저녁, 자전거를 끌며 걷던 그녀는 웃기만 했다. 내가 농담을 하는 것이라 생각했으리라.

"웃지 마. 진심으로 하는 말이야. 우린 결혼할 수 있어. 외딴섬에 가서 살면 돼. 너와 나. 할 수 있어! 우리만 결심한다면 아무도 뭐라 할 수 없어."

그녀는 다시 웃음을 터뜨렸다. 유리구슬이 또르르 구르는 듯한 예쁘고 기분 좋은 웃음소리였다.

"칼 오베! 우린 이제 겨우 열여섯 살이야!"

나는 몸을 일으켰다.

"네가 원하지 않는다면 할 수 없지. 이해할 수 있어. 하지만 난 진심으로 하는 말이야. 내 머릿속에는 오직 너밖에 없어. 내가 함께 살고 싶은 사람은 너뿐이야. 그런데도 아닌 척하며 나 자신을 속이고 싶진 않아. 넌 내가 그러길 원하니?"

"하지만 난 따로 사귀는 사람이 있어. 너도 알잖아!"

"응."

그건 나도 잘 알고 있는 사실이었다. 그녀가 가끔 나와 함께 산책을 했던 것은 내가 그녀에게 항상 듣기 좋은 말만 하고, 그녀와 알던 다른 아이들과는 많이 달랐기 때문이리라. 언젠가는 그녀와 사귈지도 모른다는 희망은 이미 사라진 지 오래였다. 그럼에도 나는 포기하지 않았다. 앞으로도 포기할 생각은 없었다. 덴마크에서 노르웨이로 향하는 페리에서 바람에 머리카락을 흩날리며 가늘게 뜬 눈으로 바다 위에 나직하게 걸린 오후의 태양을 바라보던 내 머릿속에도 오직 한네 생각뿐이었다. 리스벳의 자리는 조금도 찾아볼 수 없었다.

나는 크리스티안산에 도착하자마자, 집에 들르지 않고 바로 바위

섬의 오두막에서 열리는 학교 파티에 갈 예정이었다. 한네도 그곳에 올 것이 틀림없었다. 나는 여름방학 동안 그녀에게 몇 통의 편지를 보냈다. 쇠르뵈보그에서는 두 통이나 보냈다. 워크맨에서 흘러나오는 음악을 들으며 인적 없는 강가를 거닐던 내 머릿속에는 오직 한네 생각뿐이었다. 한밤중에 잠에서 깨어 강 상류 폭포수까지 걸어 올라가 별을 바라보던 때도 마찬가지였다.

그녀는 답장으로 엽서 한 장을 보내왔다.

리스벳을 만난 후, 나의 자신감은 커졌다. 페리 안에 서서 바라보는 거대한 바다 앞에서도 그 자신감은 줄어들지 않았다. 그와 함께 내 속에 자리한 욕구도 점점 자랐다. 그 욕구는 내게서 밤잠을 없애버렸고, 이 세상의 모든 아름다운 것들을 볼 때마다 눈물을 흘리게 만들었지만, 나는 그 욕구를 아무 곳에도 사용할 수 없었고, 소진할 수도 없었다.

"엘크!"

등 뒤에서 외게의 목소리가 들렸다.

"마지막 맥주, 어때?"

내가 고개를 끄덕이자, 그가 튜보르그* 한 병을 내게 건네주었다. 뚜껑을 따자 하얀 거품이 병 입구 쪽으로 흘러나왔다. 나는 얼른 입을 가져가 거품을 빨아들인 후, 고개를 뒤로 젖히고 길게 한 모금 마셨다.

"나흘째 마시는 맥주 맛은 그 어디에도 비교할 수 없군!"

그가 내 말에 웃음을 터뜨렸다. 그는 웃을 때 숨을 들이쉬며 웃는 버릇이 있었다. 흉내 내기가 어렵지 않았기 때문에, 얼마 가지 않아

• 덴마크 맥주 상표명.

우리는 모두 그의 웃음소리를 따라 했다.

"리스벳은 참 멋있는 여자아이 같아."

그가 말을 이었다.

"그런데 넌 어떻게 리스벳을 손에 넣을 수 있었니?"

"손에 넣었다고? 난 태어나서 지금까지 단 한 번도 여자를 손에 넣어본 적이 없어. 넌 사람을 잘못 봤어."

"너희들은 거의 일주일 내내 붙어다녔잖아. 심지어는 리스벳이 우리 기숙사까지 찾아왔잖아! 그런데도 아니라니… 그렇다면 내가 무슨 말을 해야 할지 모르겠구나."

"내가 먼저 뭘 어떻게 한 건 아냐. 걔가 먼저 들이댔을 뿐이지. 어느 날 갑자기 내게 다가오더니 내 손을 자기 젖가슴 위에 올려놓더라. 이렇게."

나는 손바닥을 그의 가슴에 댔다.

"에이씨! 이게 무슨 짓이야. 관둬!"

그가 소리쳤다.

우리는 함께 웃음을 터뜨렸다.

"난 잘 모르겠어."

그가 나를 빤히 쳐다보며 말을 이었다.

"난 평생 여자를 사귈 수 없을 것 같아. 넌 어떻게 생각하니? 솔직하게 말해봐."

"평생? 솔직하게 말해보라고?"

"농담하지 마. 누가 나 같은 아이를 사귀려 할까?"

외게는 내가 아는 사람들 중에서 그런 말을 터놓고 할 수 있는 유일한 아이였다. 그는 솔직하고 착한 아이였다. 하지만 그를 두고 잘생겼다고 말하는 사람은 거의 없었다. 멋있고 세련된 아이라고 할 수도 없었다. 그를 표현할 때는 단단하고 실속 있다는 말이 더 어울릴 것이다. 그는 백 퍼센트 신뢰할 수 있는 아이였다. 지적이었으며 유머 감각도 있었다. 한마디로 참 좋은 사람이라 할 수 있었지만, 포토모델과는 거리가 멀었다.

"언젠가는 네 짝을 만나게 될 거야."

내가 말을 이었다.

"넌 눈이 높은 편이잖아. 네 문제는 바로 그거야. 여자를 사귀고 싶어 하는 네 마음은 잘 알겠어. 그런데 네가 원하는 여자는 어떤 사람이니?"

"신디 크로포드."

"농담하지 마. 솔직히 말해보라고. 넌 누구 이야기를 자주 하니?"

"크리스틴. 잉게르. 메레테. 벤케. 테레세."

나는 양팔을 활짝 벌렸다.

"그 애들은 제일 예쁜 애들이잖아! 네가 그들 중의 한 명과 사귈 일은 없어! 너도 그건 알아야 해!"

"하지만 내가 사귀고 싶은 애들은 바로 걔들인데 어쩌겠니."

그가 미소를 지으며 말했다.

"하긴, 나도 그래."

"어, 정말?"

그가 내게 고개를 돌리며 말을 이었다.

"너한테는 오직 한네밖에 없는 줄 알았는데?"

"그건 다른 이야기야."

"다른 이야기라니?"

"진실한 사랑."

"오, 세상에!"

그가 혀를 찼다.

"다른 애들에게 가볼게. 안녕."

"같이 가!"

아이들은 페리 카페에 모여 있었다. 뭍이 가까워지자 그들은 맥주 대신 콜라를 마시기 시작했다. 나는 그들 사이에 끼어 앉았다. 하랄, 하랄을 상전처럼 따르는 엑세, 헬게, 토르 엘링이 거기에 앉아 있었다. 그들은 나를 그다지 좋아하지 않았다. 나 또한 이런 경우 외에는 그들과 함께 앉아 있는 일이 거의 없었다. 참을 수는 있었지만, 즐길 수는 없는 상황이었다. 그들의 입에서는 자주 날카롭고 뾰족한 말이 튀어나왔지만, 나는 개의치 않았다.

외게는 달랐다. 우리는 2년 동안 같은 반에서 공부했고, 함께 담배를 피우며 정치에 관한 토론도 자주 했다. 그는 Frp*적 사상에 물들어 있었고, 나는 SV**적 사상을 선호했다. 하지만 우리는 음악에서만큼은 의견을 같이했다. 그는 우리가 자란 시골구석에서 꽤 괜찮은 음악적 감각을 지닌 유일한 사람이었다. 그는 어렸을 때 아버지를 잃고 어머니와 남동생과 살며 집안의 가장 노릇을 했다. 가끔 사람들은 그를 속이고 농락하려 들 때도 있었다. 그는 심성이 착한 사람이었기에 그를 농락하는 것은 그리 어렵지 않았다. 하지만 그는 항상 너털웃음으로 대응했고, 결국은 상대방도 포기하게 만들었다. 우리도 가끔 그를 놀리곤 했다. 하지만 절대 악의를 담아 놀린 적은 없었다. 그의 웃음소리를 흉내 내는 것이 전부였으니까. 그럴 때면 그는 침묵을 지키거나 개의치 않는 듯 웃어넘겼다.

• 노르웨이 진보정당.
•• 노르웨이 사회주의 좌파당.

그가 좋은 사람이라는 것은 명백한 사실이었다. 그는 몇몇 아이들과 함께 상업고등학교에 진학했다. 나머지 아이들은 기술고등학교에 진학했다. 나는 그에게 돈을 받고 수필 과제를 써주기도 했다. 그는 내게 글을 너무 잘 쓰면 선생님들이 믿지 않을 것이라며 적당히 써달라고 부탁했다. 한 번은 들킬 뻔한 적도 있었다. 과제를 확인하던 선생님은 그가 제출한 시가 그의 성격이나 여러 가지 면을 보았을 때 너무나 동떨어진 것이라 생각하고, 시에 관한 해석을 다시 써오라고 추가 과제를 내주었다. 그는 머리를 짜내어 직접 과제를 해결했고, 그것을 본 선생님은 4점을 주었다.*

그 이야기를 전해들은 나는 실망하지 않을 수 없었다. 그에게 써주었던 시는 내 영혼을 담은 시였기에 충분히 6점을 받을 수 있다고 생각했기 때문이었다. 하지만 상업고등학교 과정에서 내가 무엇을 더 바랄 수 있을까.

만약 시내의 카페에 앉아 있다가 외게가 들어오는 것을 보았다면, 나는 그가 도시의 카페와는 전혀 어울리지 않는다고 생각했을 것이다. 어쩌면 그도 스스로 그렇게 생각했는지 모른다. 나는 단 한 번도 시내 카페에 앉아 있는 그를 본 적이 없으니까.

"안녕, 카사노바. 맥주 한 잔 더 할래?"

그가 내게 다가와 말을 걸었다.

"안 할 이유도 없지. 그런데 내가 카사노바라면 넌 뭐니? 안티-카사노바?"

"마이 네임 이즈 뵌. 외르겐 뵌.**"

---

* 노르웨이 중고교 과정의 성적은 1부터 6까지로 나뉘며, 6점이 최고 점수다.
** 외르겐은 그의 본명으로, 친구들은 그를 외게라는 애칭으로 불렀다.

그가 대답하며 웃음을 터뜨렸다.

약 30분 후, 페리는 크리스티안산 항구에 도착했다. 나는 커다란 배낭을 등에 짊어지고 육지에 발을 디뎠다. 다른 아이들은 트베이트로 갈 예정이었고, 나는 바센과 함께 학교 파티에 갈 예정이었다. 페리에서 내리니, 바센이 세관 신고장 앞에 서서 나를 기다리고 있었다.

"음."

그가 무덤덤하게 말을 건넸다.

"음."

"잘 지냈어?"

"그럭저럭. 너는?"

"나도."

"여전히 사귀는 여자는 없고?"

"무슨 소리야. 한두 명쯤은 항상 관리를 하고 있지."

그가 웃음을 터뜨리며 말했다. 우리는 함께 버스를 탔다. 그해, 우리는 같은 반 여자아이들을 대상으로 누가 더 많이 사귀는지 무언의 내기를 했고, 만날 때마다 무용담처럼 여자아이들 이야기를 늘어놓곤 했다.

그날도 예외는 아니었다. 우리는 시브가 보트로 우리를 데리러 오기를 기다리는 동안 맥주를 마시며 여자아이들 이야기를 나누었다. 그날 저녁의 승자는 바센이었다. 이야기를 들어보니, 그는 일곱 명의 여자아이들과 손을 잡거나 입을 맞추었고, 나는 네 명뿐이었다.

가끔 나는 가을이 오면 어떻게 달라질지 생각해보곤 했다. 가을이 되면, 그는 과학고등학교에 다닐 것이고, 나는 인문고등학교를 다니고 있을 것이다. 이전에 우리가 함께 지냈던 것은 단지 우리가 같은 반에서 공부를 했기 때문이었다.

우리가 처음으로 수업을 함께 들었을 때, 우리는 옆에 나란히 앉아 있었다. 선생님은 우리에게 종이를 나눠주며, 각자의 성격을 묘사할 수 있는 단어 세 개를 적어내라고 말했다. 나는 종이 위에 우울함, 느림, 심각함이라고 적었다.

"바보 아냐?"

그가 말했다.

"자기인식력이 부족하다는 것도 적어야지! 이건 내가 본 것 중에서 최악이야. 넌 우울한 사람도, 느린 사람도 아니잖아? 심각한 것과도 거리가 멀어. 도대체 이런 생각을 네 머릿속에 집어넣은 사람이 누구야?"

"그러는 넌 어떻게 적었는데?"

그가 자신의 종이를 보여주었다.

현실적. 성실함. 음탕하고 원기 왕성함.

"얼른 버려. 그런 걸 적어낼 수는 없어!"

그가 내게 말했다.

나는 그가 시키는 대로 종이를 버리고, 새 종이 위에 다시 적었다. 지적임. 수줍음이 많음. 그러나 실제로는 그렇지 않음.

"그렇게 쓰니 좀 낫다. 그런데 조금 전에 쓴 건 정말 너무했어. 느리고 우울하다니!"

그해 늦가을, 그의 집에 처음 놀러갔을 때 나는 그를 다시 보지 않을 수 없었다. 스스로도 믿을 수가 없었다. 그는 미래에 내가 되고 싶어 하는 사람 그 자체였다. 그날 이후, 나는 그와 더욱 자주 어울렸다. 지금도 마찬가지다. 그의 존재는 나를 가득 채운다 해도 과언이 아니었다. 그가 하는 모든 말과 행동은 내가 본받고 싶은 것이었고, 심지어는 망망대해를 바라보며 지루해했을 때 언뜻 보았던 그의 눈 빛조차도 머릿속에서 지울 수가 없었다.

그는 왜 나와 함께 어울릴까? 그가 내게서 얻을 수 있는 건 아무것 도 없을 텐데.

나는 그와 함께 있을 때면 항상 먼저 자리를 뜨곤 했다. 내가 얼마 나 지루하고 재미없는 사람인지 알아챌 기회를 주면 안 된다고 생각 했기 때문이다. 그것은 일종의 열병 같은 것이었다. 그와 함께 있을 때면 내 속에는 두 개의 서로 상반되는 감정과 생각이 충돌을 일으 키곤 했다.

오늘 봄날 오전, 그날도 마찬가지였다. 우리는 수업을 빼먹고 스 쿠터를 타고 그의 집에 가서 잔디밭에 누워 음악을 들었다. 나는 형 언할 수 없을 정도로 자유롭고 기분이 좋았지만, 동시에 얼른 그곳 을 벗어나고 싶어 안절부절했다. 그러한 상황을 즐길 만큼 내가 가 치 있는 사람이 아니라는 생각이 들었기 때문이다. 푹신한 잔디밭이 마치 바늘방석처럼 느껴졌다.

우리는 눈을 감고 꽤 괜찮은 신곡이라며 의견일치를 본 「톡톡」을 함께 들었다. "이것은 당신의 삶"이라는 노랫말이 귓전을 스쳤다. 불 안해할 이유는 아무것도 없었다. 햇살은 따스했고, 우리는 열여섯 살이었고, 난생처음으로 수업을 빼먹고 새로 사귄 친구의 집에 가서 그와 함께 잔디밭에 누워 유유자적 시간을 보냈으니 그보다 더 좋은 일이 있을까. 그럼에도 나는 어쩔 줄 몰라 안절부절못했다.

내가 몸을 일으켜 집에 가야겠다고 말하자, 그는 내가 수업을 빼 먹었기 때문에 선생님에게 야단을 맞을까봐 두려워한다고 짐작했 다. 그 상황이 견딜 수 없을 정도로 행복하고 완벽했기 때문에 두려

위한다고는 생각지도 못했을 것이다. 내가 그를 말할 수 없을 정도로 좋아하고 심지어는 우러러보기까지 한다고도 생각지 못했을 것이다.

우리는 거의 5분 동안 아무 말도 않고 침묵을 지켰다.

나는 침묵을 자연스럽게 채우기 위해 담배를 말았다. 그는 담배를 마는 나를 곁눈질로 흘낏 쳐다보더니, 셔츠 주머니에서 프린스 마일드를 꺼내 한 개비를 입에 물었다.

"라이터 있니?"

그가 내게 물었다.

나는 노란색 Bic* 라이터를 그에게 건네주었다. 그가 담배에 불을 붙이고 담배 연기를 훅 내뿜었다. 회색 담배 연기가 그의 얼굴 앞에서 몇 초 머물러 있다가 사라졌다.

"너희 부모님은 요즘 어떻게 지내시니?"

그가 내게 라이터를 돌려주며 물었다. 나는 라이터를 받아 담배에 불을 붙이고, 빈 담뱃갑을 구긴 후 썰물에 모습을 드러낸 바위를 향해 던졌다.

저녁 햇살이 비를 머금은 묵직한 공기와 함께 다가왔다. 회색빛 바다는 고요했다. 가끔 저 멀리서 빈 깡통이 파도를 타고 바위에 부딪히는 소리가 들려왔다.

"그럭저럭 잘 지내시는 것 같아. 아버지는 지금 트베이트에서 새 애인과 함께 살고 있고, 어머니는 서부 지방에 계셔. 며칠 후에 집에 오실 거야."

"넌 지금 그 집에서 어머니와 단둘이 살고 있는 거야?"

• 노르웨이 라이터 상표명.

205

"응."

바다 쪽으로 쭉 뻗은 곳을 지나 보트 한 척이 다가왔다. 조종석에 앉아 있는 사람의 긴 금발 머리는 회색빛 하늘과 바다 사이에서 반짝이며 빛을 발했다. 우리는 몸을 일으켜서 배낭을 거머쥐었다. 그녀는 우리를 발견하고 큰 소리로 무슨 말인가를 했지만, 그 소리는 보트의 엔진 소리에 묻혀 알아들을 수 없는 나직한 속삭임처럼 들렸다.

시브였다.

우리는 보트에 배낭을 싣고 자리를 잡았다. 그로부터 10분 후에, 우리는 바위섬에 위치한 그녀의 오두막집에 도착했다.

"너희들이 마지막으로 도착했어. 모두 너희들을 기다리느라 아직 저녁을 못 먹었단다."

한네도 그곳에 있었다. 그녀는 하얀 티셔츠와 청바지를 입고 식탁 앞에 앉아 있었다. 지난번에 보았을 때보다 앞머리가 꽤 자란 것 같았다.

그녀가 수줍은 듯 미소를 지었다.

내가 보낸 편지 때문일까.

우리는 새우를 먹고 맥주를 마셨다. 예전과는 달리 술기운이 묵직하게 차올라왔다. 전날 마셨던 술 때문인 것 같았다. 술기운은 내 머릿속은 물론 내 몸의 깊숙한 곳에서부터 천천히 퍼지기 시작했다. 나는 이 술기운이 오랫동안 지속될 것임을 짐작할 수 있었다.

내 짐작은 틀리지 않았다. 바위섬에 어둠이 내리기 시작할 무렵, 우리는 거실의 가구를 벽 쪽으로 밀어놓고 춤을 추기 시작했다. 잠시 후 우리는 밖으로 나가 어둠을 뚫고 헤엄을 쳤다. 나는 다이빙 보드 위에서 몸의 균형을 잡았다. 머리 위의 하늘과 발밑의 바닷물은 칠흑처럼 캄캄했다. 나는 어둠 속으로 몸을 던졌다. 수면에 몸이 닿기까지 억겁의 시간이 흐른 것만 같았다. 나는 어둠 속으로 끝없이 떨어졌다. 별안간 차갑고 짜디짠 바닷물이 내 몸을 감쌌다. 아무것도 보이지 않았다. 온 세상은 어둠으로 뒤덮여 있었다. 하지만 위험할 것은 아무것도 없었다. 팔을 몇 번 휘젓자 내 몸은 수면을 갈랐다. 그제야 어둠 속에 감추어져 있던 육지 위의 작은 나무들이 희미하게 눈에 들어오기 시작했다.

물에서 기다리고 있던 한네가 내 어깨에 수건을 둘러주었다. 우리는 언덕 위로 올라가 나란히 앉았다. 저 밑에서는 여자아이 몇이 실오라기 하나 걸치지 않은 몸으로 헤엄을 치고 있었다.

"옷을 다 벗고 헤엄치나봐."

내가 말했다.

"응, 나도 보고 있어."

한네가 말했다.

"너도 옷을 다 벗고 헤엄칠 생각은 없니?"

"내가? 전혀 없어! 생각도 할 수 없는 일이야."

침묵.

그녀가 나를 바라보았다.

"내가 그러길 바라니?"

"응."

"그럴 줄 알았어!"

그녀가 소리 내어 웃으며 말을 이었다.

"너는 그럴 생각이 없니?"

"물이 너무 차가워. 물이 차면 그게 작아진단 말야."

"그거?"

그녀가 미소 띤 얼굴로 되물었다.

"응."

"넌 정말 이상한 애야."

다시 침묵이 흘렀다. 나는 저 멀리 보이는 작은 섬으로 시선을 돌렸다. 섬은 하늘보다 조금 더 깊은 어둠을 머금고 있었다. 수평선 위로 한 줄기 빛이 보였다. 벌써 동이 튼 건 아니겠지?

"너와 이렇게 앉아 있으니 참 좋아."

나는 용기를 내어 말을 이었다.

"난 널 사랑해."

그녀가 나를 흘낏 쳐다보았다.

"글쎄, 난 확신할 수가 없는걸."

그녀가 말했다.

"왜 확신할 수가 없니? 내 머릿속에는 오직 네 생각뿐이야. 서부 지방의 외갓집에 있었을 때, 비록 넌 거기 없었지만 내 머릿속엔 온통 네 생각뿐이었어."

"넌 술을 너무 많이 마셔."

그녀가 말을 이었다.

"좀 조심해서 술을 마실 수는 없겠니? 나를 위해서라도?"

"거기서 술을 마셨던 건 아냐."

"나도 알고 있어. 하지만 정말 심각하게 한번 생각해보렴. 항상 그렇게 술을 많이 마실 필요는 없잖아?"

"행복한 기독교인? 술에 취한 예수님?"

"허튼소린 이제 그만해. 난 진심으로 네가 걱정돼서 하는 말이야."

"응."

208

우리는 침묵을 지켰다. 아래쪽 다이빙 보드 위에서 둘이 함께 서서 서로를 밀치고 있었다. 그중 하나는 바셴인 것 같았다.

둘은 동시에 물에 빠졌다. 뭍에 있던 아이들은 손뼉을 치면서 소리를 질렀다.

저 멀리 바다 위에서 등대 불빛이 반짝였다. 등 뒤의 오두막에선 열린 문을 통해 음악 소리가 새어나왔다.

"넌 사실 나에 대해서 아는 것이라곤 하나도 없어."

그녀가 말했다.

"충분히 알고 있다고 생각해."

"아냐, 넌 다른 것을 보고 있어. 나를 보고 있지 않다고."

"그건 네가 잘못 생각하고 있어. 네가 잘못 알고 있다고."

우리는 한참 동안 서로를 빤히 쳐다보았다. 그녀가 미소를 지었다.

"이제 우리도 안으로 들어가는 게 어때?"

그녀가 말했다.

나는 한숨을 내쉬며 몸을 일으켰다.

"술을 더 마셔야겠군."

나는 그녀에게 팔을 둘러 내게로 바짝 당겼다.

"약속했잖아!"

그녀가 말했다.

"난 아무것도 약속하지 않았어. 참, 그건 그렇고…"

나는 말끝을 흐렸다.

"응, 뭐?"

"오두막까지 가는 동안만이라도 네 손을 잡고 걸으면 안 될까?"

"좋아."

나는 바지와 양복 재킷을 입고, 심플 마인드의 「나를 잊어요」에 맞춰 바센과 함께 춤을 췄다. 아네테와 함께 앉아 대화를 나누던 한네는 간간이 우리에게 시선을 던졌다.

나는 그녀 옆에 앉아 유리잔에 보드카와 주스를 섞어 넣었다.

"속에 아무것도 입지 않고 양복 재킷만 걸치니 굉장히 섹시해 보여."

그녀가 말했다.

"너도 그렇게 생각하니?"

나는 아네테를 돌아보며 물었다.

"쳇, 물론 아니지. 그건 그렇고, 너희 둘은 언제 키스할 거야?"

"이번 생에선 안 될 것 같아."

내가 말했다.

"하늘나라에선 가능할 것 같니?"

그녀가 물었다.

"난 신을 믿지 않아."

한네가 웃음을 터뜨렸다. 나는 음반을 뒤적이고 있던 바센에게 다가갔다.

"괜찮은 곡을 찾았니?"

"글쎄, '스팅'이 있긴 한데… 난 오늘 일찍 자야 한단 말야. 내일 영국에 가야 되거든. 늦잠을 자서 영국으로 가는 배를 놓치고 싶진 않아."

"배에서 자면 되잖아. 지금 꼭 자야 되니?"

그가 웃음을 터뜨렸다.

"그렇다고 지금 안 자야 할 필요도 없잖아? 게다가 내가 없으면 네가 무대를 장악할 수 있을 테니까 네겐 더 이득이지."

"하하, 네 말이 맞아. 너와 함께 있으면 내게 기회가 돌아오지 않는 건 사실이야."

그가 LP 음반의 안쪽 커버를 꺼내 비스듬히 세우자, 음반이 미끄러지듯 커버 밖으로 빠져나왔다. 그는 엄지손가락을 음반 가장자리에 대고, 다른 손가락으로는 음반 중앙의 에티켓을 받친 후, 음반을 턴테이블 위에 조심스레 내려놓았다.

"그런데 너와 한네는 어떻게 된 거야?"

그가 작은 바늘을 LP 음반 위로 가져가 천천히 내려놓았다.

"이루어질 수 없는 사랑이지."

"좀전에 언덕 위에 둘이 앉아 있는 모습을 보니 엄청 좋아보이던데?"

"음…"

스피커에서 스팅의 「이프 유 러브 섬바디 셋 뎀 프리」If You Love Somebody Set Them Free가 흘러나오자 아이들은 너나 할 것 없이 모두 춤을 추기 시작했다.

우리는 다락방 침실에서 잠을 잤다. 다음 날 느지막이 눈을 뜬 나는 자리에 누워 한동안 빈둥거렸다. 그곳에 영원히 머무르고 싶었다. 전날 느꼈던 설레는 마음과 행복한 마음을 계속 간직하고 싶었다. 시브는 보트에 아이들을 태워 뭍으로 데려다주었고, 나는 가장 마지막 무리에 끼어 보트를 탔다. 나직한 파도를 연상시키는 남부 지방의 풍경은 점점 도시적으로 변하기 시작했고, 어느새 우리는 버스 정류장 앞에 도착했다. 나는 버스를 타고 아버지와 운니가 함께 사는 집으로 향했다.

나는 그 버스를 3년 정도밖에 타지 않았지만, 마치 평생 동안 탄 것 같다고 생각했다. 눈에 익은 각각의 길모퉁이와 길가의 나무들은 단 한 번도 말을 나눈 적이 없지만 마치 내게 손을 흔들며 인사를 건네는 것 같았다.

시브의 오두막 별장에서 보냈던 하루는 나쁘지 않았다. 아니, 난 생처음으로 그토록 행복한 시간을 보냈다 해도 과언이 아니었다.

하지만 그것은 학급 파티에 불과했다.

그리고 한네.

우리는 잠에 빠지기 전, 각자의 침낭 속에 누워 얼굴을 마주 보며 거의 한 시간 동안이나 나직이 속삭이며 대화를 나누었다. 그녀는 웃을 때조차도 귓속말을 하듯 소리를 죽여 웃었다. 나는 그녀가 웃을 때마다 너무나 행복해 지금 당장 죽어도 여한이 없다고 생각했다.

"네게 굿나잇 키스를 해도 될까?"

"뺨에 해줘!"

나는 팔꿈치에 몸을 의지해 몇 센티미터 몸을 움직였다. 그녀는 뺨을 내게로 돌려주었다. 천천히 그녀의 뺨에 얼굴을 가져가던 나는, 마지막 순간에 방향을 홱 바꿔 그녀의 입에 진한 키스를 퍼부었다.

"앗, 사기꾼 같으니!"

그녀가 웃음을 터뜨렸다.

"잘 자."

"너도 잘 자."

그리고 우리는 잠에 빠졌다.

진정 그날 저녁과 밤이 아무런 의미도 없다고 할 수 있을까?

그녀도 분명 내게 어떤 감정을 느꼈을 것이다.

어떤 감정이라도 느꼈을 것이 틀림없다.

그녀는 몇 번이나 내게 아무런 감정이 없다고 거듭 말했다. 나를 좋아하긴 하지만 아니, 심지어 매우 좋아하긴 하지만 그 이상도 그 이하도 아니라고 잘라 말했다.

이제 그녀가 고등학교에 가면 나와 마주칠 일도 없을 것이다. 그녀는 자신의 동네 근처에 있는 보그스뷔그드 학교에 입학할 예정이었다. 그렇다면 나도 매일 그녀와 마주치며 감정의 동요를 일으키지 않아도 될 것이다.

버스가 깜빡이를 켜고 셰빅을 향해 방향을 돌렸다. 그 순간, 머리 위에서 나직하게 나는 비행기 소리가 들렸다. 다음 순간, 비행기는 엄청난 속도로 활주로 위를 달리기 시작했다. 그 속도가 너무나 빨라 마치 버스가 제자리걸음을 하는 것만 같았다.

반짝이는 불빛, 귀가 먹먹할 정도의 엔진 소리. 우리는 미래의 세계에 살고 있었다.

비록 그녀와 다른 학교에 다닐지라도, 우리는 가끔 시내에서 만날 수도 있을 것이다. 저녁을 함께 먹고, 극장에 가고, 토요일 오전이 되면 그녀와 함께 수영장에 갈 수도 있을 것이다. 그렇게 하다 보면 그녀도 사랑에 빠지지 않을까. 어쩌면 그녀는 내게 헤어지자고 말할지도 모른다. 이제 우리 사이엔 아무것도 존재하지 않는다고.

그래서 어쩌라고?

우린 공식적으로 사귄 적도 없는데?

저녁에 가끔 만나고, 입을 맞추고, 피자를 함께 먹었다고 우리가 사귀었다 말할 수 있을까? 그녀의 친구들과 함께 어울리고 극장에 가서 영화를 봤다고 우리가 사귀었다 말할 수 있을까?

그것으로는 충분치 않다.

나는 그녀를 가지고 싶었다. 그녀는 내게 친구 이상의, 애인 이상의 의미를 가진 존재였다. 나는 그녀와 함께 살고 싶었다. 하루 종일 그녀의 곁을 맴돌며 그녀와 모든 것을 함께 나누고 싶었다. 이 도시인에서가 아니라 외딴 바위섬에서 그녀와 단둘이만 살고 싶었다. 외딴 숲속이라 해도 상관없었다. 단지, 그곳에서 그녀와 단둘이만 있을 수 있다면.

오슬로도 나쁘지 않았다. 아무도 우리를 알아보지 못하는 대도시도 괜찮을 것이다. 강의를 듣고 집에 오는 길에 장을 보고, 우리만의 집으로 와서 그녀를 위해 저녁 식사를 준비하고 싶었다.

시간이 흐르면 그녀와 나 사이엔 아이도 생길 것이다.

버스가 작은 터미널 앞에 멈추었다. 야구 모자를 쓴 남자가 작은 여행 가방을 들고 버스에 올라탔다. 그는 요금을 지불하고 휘파람을 불며 뒷좌석 쪽으로 왔다. 그가 내 앞자리에 앉았다.

나는 어이없다는 듯 양팔을 활짝 벌렸다. 버스 안에는 승객이라곤 나밖에 없었는데, 하필이면 바로 내 앞자리를 차지하고 앉다니!

그에게선 달짝지근한 애프터셰이브 냄새가 났다. 그의 뒷목에는 가는 털이 듬성듬성 보였고, 두터운 귓불은 불그스레했다. 비르켈란의 농부가 틀림없었다.

아이가 생길지도 모른다고?

나는 자식을 낳고 싶은 생각은 조금도 없었다. 9시에서 4시까지 일에 얽매이는 그런 삶을 살고 싶지 않았다. 그런 올가미에 빠져들 생각은 전혀 없었다. 하지만 한네를 위해선 그 어떤 일도 할 수 있을 것 같았다.

제기랄. 우리가 결혼할 일은 없을 것이다. 외딴 바위섬에서 함께 살 일도 없을 것이다. 우리가 함께 자식을 낳을 일은 더더욱 없을 것이다!

절로 미소가 떠올랐다. 그것은 내 머릿속을 스쳤던 온갖 생각 중에서 가장 터무니없는 것이기 때문이었다.

활주로 건너편에는 외계의 집이 자리하고 있었다. 창을 통해 불빛이 새어나왔다. 나는 그의 모습을 볼 수 있을까 싶어 허리를 굽히고 차창 밖을 바라보았다. 그는 보이지 않았다. 분명 지금쯤 물침대 위에 누워서 피터 가브리엘의 음악을 듣고 있을 것이다.

다음 날 오전, 나는 아래층에서 들려오는 전기 청소기 소리에 잠을 깼다. 나는 꼼짝 않고 계속 누워 있었다. 전기 청소기 소리가 사라지자, 또 다른 소리가 뒤를 이었다. 빈 병이 서로 부딪치는 소리, 식기 세척기가 돌아가는 소리, 양동이에 물을 채우는 소리. 그들은 전날 내가 도착했을 때 파티 중이었다. 침실에 들어가기 직전에 본 것은 그의 일그러진 얼굴과 그의 어깨에 팔을 두른 그녀의 모습이었다. 나는 그때 술에 취한 그의 모습을 처음 보았다. 그가 우는 것을 본 것도 처음이었다. 얼마 후, 문이 열리는 소리와 함께 자갈돌을 밟는 소리, 그리고 내 창문 밑에서 들려오는 그들의 목소리를 들을 수 있었다.

정원에는 작은 야외용 테이블이 있었다. 여름이 되면 아버지는 자주 그곳에 앉아, 다리를 꼬고 상체를 앞으로 굽힌 채 연기가 모락모락 나는 담배를 손가락에 끼우고 신문을 읽었다.

두 사람의 웃음소리가 들렸다. 그녀의 밝은 웃음소리와 그의 어두운 웃음소리.

나는 몸을 일으켜 창가로 다가갔다.

하늘은 안개가 낀 듯 흐릿하고 단조로운 색을 띠고 있었으나, 정원에 내리쬐는 햇볕은 날카로웠고 바람 한 점 품지 않은 공기는 햇살에 살짝 떨리는 것 같았다.

창문을 열었다.

두 사람은 짐작대로 정원의 테이블 앞에 앉아, 담벼락에 등을 기대고 두 눈을 지그시 감은 채 햇살을 음미하고 있었다. 두 사람의 뒤로 젖혀진 머리는 나를 향하고 있었다.

"어디서 바퀴벌레 한 마리가 우리를 보고 있는 것 같은데?"

아버지가 말했다.

"안녕, 잘 잤어?"

운니가 아침 인사를 건넸다.

"잘 주무셨어요?"

나는 얼른 창문을 닫았다. 마치 나도 한 가족의 일부라는 듯 내게 자연스럽게 다가오는 그들의 목소리가 왠지 싫었다. 나는 나일뿐 그들과는 상관없는 사람이었으니까.

하지만 철없는 10대 소년처럼 반발하는 것은 더 싫었다. 나는 어떤 일이 있어도 그들에게 나를 책망할 수 있는 꼬투리를 주고 싶지 않았다.

주방에 가서 빵으로 아침을 때운 후, 말끔하게 뒷정리를 했다. 접시와 식탁 위에 흘린 빵가루를 모아 싱크대 밑의 쓰레기통에 버리고, 방에 가서 워크맨을 가져온 후 신발을 신고 밖으로 나갔다.

"잠시 나갔다 올게요."

"알았어. 친구 집에 놀러갈 거니?"

아버지는 내 친구들의 이름을 하나도 모른다. 심지어 나와 3년 동안 함께 붙어다닌 얀 비다르의 이름도 몰랐다. 그런데 이제 와서 자상하고 세심한 아버지 흉내를 내는 것이다. 운니가 옆에 있기 때문일까.

"네."

"내일은 이삿짐을 옮길 거야. 그때까지 네가 여기 있었으면 좋겠구나. 네 도움이 필요할지도 모르니까."

"그럴게요. 그럼 전 잠시 다녀올게요."

친구 집에 갈 생각은 없었다. 얀 비다르는 여름방학을 맞아 빵집에서 아르바이트를 하고 있었고, 바센은 영국으로 가는 중이었으며, 페르는 보나마나 목재상에서 아르바이트를 하고 있을 것이다. 외게가 무엇을 하는지는 알 수 없었지만, 특별한 일 없이 자전거를 타고 그를 찾아갈 마음은 없었다. 지금까지 한 번도 없었던 일이기도 했다. 혼자 있는 것도 좋겠다는 생각을 하며, 헤드셋을 끼고 언덕길을 내려가며 음악을 들었다. 풍경은 한 점 흔들림이 없었고, 강 건너편의 초원을 덮은 하늘에는 몇 안 되는 구름 조각이 제자리를 지키고 있었다. 길을 따라 걸으니, 약 1킬로미터 앞쪽의 농가 한 채를 제외하고선 오직 숲과 강물밖에 보이지 않았다.

햇빛을 머금은 솔잎은 연녹색을 띠고 있었고 그늘진 곳에 자리한 솔잎은 거의 검은색을 띠고 있었지만, 나무에선 여름 특유의 밝음과 가벼움을 느낄 수 있었다. 수줍은 듯 몸을 꽁꽁 싸매고 있는 겨울나무와는 달리, 다른 모든 생명체와 마찬가지로 온화한 공기에 몸을 맡기고 햇살을 향해 두 팔을 활짝 벌리고 있었다.

소박한 오솔길을 걷기 시작했다. 집에서 200여 미터밖에 떨어지지 않은 곳이었지만, 나는 겨울에 스키를 타러 몇 번 그곳을 찾았을 뿐 여름엔 한두 번밖에 발을 들여놓지 않았다. 아무도 보이지 않았다. 어른들은 물론 동네에 사는 어린아이들도 이곳을 찾지 않는 것 같았다. 그들의 삶은 아래쪽 마을에 속해 있었다.

내가 이곳에서 자랐더라면 어땠을까. 튀바켄에서처럼 길가의 덤불과 자잘한 나뭇가지 하나까지도 속속들이 잘 알고 있을 것 같았다. 하지만 나는 이곳에서 3년밖에 살지 않았다. 내게 익숙한 것은 아무것도 없었고, 의미 있는 것도 없었다.

음악을 끄고 헤드셋을 벗어 목에 걸쳐놓았다. 공기는 지저귀는 새소리로 가득해서 마치 새들을 직접 보는 것만 같았다. 가끔 길가의 나뭇가지가 흔들리기도 했다. 새들의 날갯짓 때문일까. 하지만 내 눈에는 아무것도 보이지 않았다.

완만한 오르막길은 양옆에서 커다란 나무들이 드리우는 그림자로 채워져 있었다. 언덕 위 작은 호수에 이른 나는 풀숲에 털썩 드러누웠다. 하늘을 바라보며 음악을 들었다. 「리메인 인 라이트」Remain in Light를 들으며 떠올린 사람은 한네였다.

그녀에게 다시 편지를 써야겠다고 생각했다. 마음이 홀릴 정도로 멋있는 편지를 써서, 그녀가 나 외에 다른 사람 생각은 조금도 하지 않도록 만들어주겠다고 결심했다.

다음 날 이삿짐을 옮기던 아버지는 내 도움을 필요로 하지 않았다. 아버지는 커다란 흰색 트럭에 직접 모든 박스를 싣고 시내로 갔다. 그렇게 세 번을 반복한 후, 큰 가구를 옮길 때가 되어서야 아버지는 내 도움이 필요하다고 말했다. 가구를 다 실은 후, 아버지는 대문을 닫고 나를 흘낏 바라보았다.

"연락하자."

아버지가 내 어깨에 손을 얹었다.

지금까지 단 한 번도 없었던 일이었다.

나는 눈시울이 젖어오는 것을 보이지 않으려 고개를 숙였다. 아버지는 트럭의 운전석에 올라타 시동을 걸었다. 트럭은 언덕 아래쪽을 향해 천천히 달리기 시작했다.

아버지가 나를 좋아하는 건 아닐까?

그게 정말 가능한 일일까?

나는 옷소매로 두 눈을 문질렀다.

왠지 후련했다. 이제 아버지와 함께 살 일은 없을 테니까.

숲 쪽에서 고양이가 꼬리를 세우고 천천히 내게 다가왔다. 고양이는 대문 앞에 멈춰 서서 노란 눈동자로 나를 쳐다보았다.

"안에 들어가고 싶니, 메피스토? 배가 고픈 거야?"

고양이는 대답 대신 내 다리에 머리를 문질렀다. 대문을 열어주니 고양이는 뒤도 돌아보지 않고 안으로 들어가 먹이통 앞에 서서 나를 바라보았다.

나는 고양이 사료를 먹이통에 가득 채워주고 거실로 들어갔다. 운니의 향수 냄새가 여전히 공기 중에 희미하게 걸려 있었다.

테라스 문을 열고 계단 위에 앉았다. 햇살은 어느새 구름 뒤로 숨어버렸지만, 공기는 여전히 후덥지근했다.

언덕 위에서 페르가 자전거를 끌며 내려오고 있었다.

나는 경사진 정원의 가장자리로 내려갔다.

"아르바이트를 하고 오는 중이니?"

"당연하지! 난 하루 종일 침대에 누워 뒹굴뒹굴하는 사람과는 다르거든!"

그가 소리쳤다.

"그래서 오늘 연금 포인트를 많이 적립해놓았니?"

"네가 평생 적립해도 비교할 수 없을 정도로 많이 해놓았지."

그가 너털웃음을 터뜨렸다. 그는 자주 나이 많은 노인처럼 너털웃

219

음을 터뜨리곤 했다.

그가 손을 들어 작별 인사를 건넸다. 나도 그에게 손을 들어준 후, 안으로 들어갔다.

아버지는 거실 벽에 걸려 있는 그림 중에서 두 개를 가져갔다. 음반과 책도 각각 반 정도 가져간 것 같았다. 서류와 책상과 사무기기, 텔레비전 앞에 있던 소파, 가죽 안락의자 두 개. 주방용품도 반이 없어졌다. 물론 옷은 모두 가져갔다.

텅 빈 듯한 느낌은 없었다.

현관 옆 작은 방에서 전화벨 소리가 들렸다. 나는 서둘러 그 방으로 들어갔다.

"여보세요, 칼 오베입니다."

"나야, 윙베. 무슨 일이라도 있었어?"

"방금 아버지가 이삿짐을 싣고 떠났어. 어머니는 곧 오실 거야. 여기엔 나랑 고양이밖에 없어. 형은 지금 어디 있는데?"

"난 트론 집에 있어. 사실은 내일 집에 들를 예정이었는데, 이미 아버지가 떠났다고 하니 오늘 저녁에 갈까 생각 중이야."

"응, 오늘 저녁에 와. 그러면 좋겠다."

"알았어. 아르비드가 나를 태워주기로 했거든. 오늘 저녁에도 아르비드가 시간이 된다면 갈게. 그럼, 거기서 보자."

"좋아."

나는 전화를 끊고, 냉장고에 먹을 것이 있는지 찾아보기 위해 주방으로 갔다.

약 한 시간 후, 언덕길을 올라오는 어머니의 자동차 소리가 들렸다. 나는 소시지와 양파, 감자를 굽고, 빵을 잘라 버터를 바른 후 상을 차렸다.

대문을 열고 나가보았다. 어머니는 차고 안에 차를 주차시키고 차에서 내려 발을 쭉 뻗은 후, 차고 문을 닫았다.

어머니는 하얀 바지와 자주색 스웨터를 입고 샌들을 신고 있었다. 나를 본 어머니가 환한 미소를 지었다. 하루 종일 운전을 했기 때문인지, 어머니는 매우 피곤해보였다.

"안녕! 지금 혼자 있니?"

어머니가 말했다.

"네."

"덴마크에선 재밌게 잘 지냈어?"

"네, 아주 재미있었어요. 어머닌 쇠르뵈보그에서 잘 지내셨나요?"

"응, 나도 잘 지내다 왔어."

나는 몸을 살짝 굽혀 어머니에게 포옹을 건네고, 어머니의 뒤를 따라 주방으로 들어갔다.

"저녁을 해놓았구나!"

어머니가 말했다.

나는 미소를 지었다.

"앉으세요. 오늘 하루 종일 운전을 하셨으니 많이 피곤하실 거에요. 차를 끓일까요? 정확히 언제 어머니가 오실지 몰라서…"

"미안하구나. 미리 전화를 하고 왔으면 더 좋았을걸. 그건 그렇고, 덴마크에서 어떻게 지냈는지 얘기해보렴."

"굉장히 좋았어요. 경기장도 훌륭했구요. 낮엔 훈련을 하고 경기도 치렀어요. 저녁엔 주로 밖에 나가서 놀았죠. 하지만 가장 재미있었던 건 학교 파티였어요. 지금까지 가본 파티 중에서 제일 좋았어요."

"거기서 한네를 만났니?"

어머니가 물었다.

"네, 그래서 더 좋았던 것 같아요."

어머니가 미소를 지었다. 나도 덩달아 미소를 지었다.

전화가 왔다. 나는 전화를 받기 위해 몸을 일으켰다.

"나다. 네 아버지다. 네 어머니, 거기 있니?"

"네, 어머니랑 통화하시게요?"

"아냐, 네 어머니와 할 말이 뭐가 있겠니? 난 단지 네가 월요일 날 우리 집에 올 수 있는지 물어보려고 전화했어. 집들이를 할 생각이야."

"네, 갈게요. 몇 시에 하나요?"

"여섯 시. 윙베 소식은 들었니?"

"아뇨. 아마 지금 트로뫼이아에 있을 거예요."

"윙베와 이야기할 기회가 있으면 집들이에 오라고 전해줘."

"네, 그럴게요."

"알았어. 잘 있거라."

"네, 안녕히 계세요."

전화를 끊었다. 불과 몇 시간 전에 내 어깨에 손을 얹었던 아버지였는데, 전화기 너머로 들려오는 목소리는 차갑기 그지없었다. 어떻게 이런 일이 가능할까.

다시 주방으로 들어가니, 어머니가 끓는 물을 찻잔에 붓고 있었다.

"아버지 전화였어요."

"그래?"

"집들이에 저를 초대했어요."

"잘 됐구나."

나는 어깨를 으쓱 추켜 보였다.

"최근에 아버지 소식은 들어보셨나요?"

"아니. 변호사를 통해서만 소식을 들었지."

어머니는 주전자를 내려놓고 자리에 앉았다.

"변호사가 뭐라고 하던가요?"

"그게 그러니까… 재산분할에 관한 이야기였지. 이 집을 어떻게 처리하느냐를 두고 이견이 있었어. 하지만 그건 네가 생각할 일이 아니란다."

"제가 생각할 일이 아니라고요? 생각은 원하는 대로 할 수 있잖아요!"

나는 프라이팬에 주걱을 집어넣어 구운 소시지와 감자와 양파를 접시에 옮겨 담았다.

"내 말은 네가 특별히 걱정할 일이 아니라는 거였어."

"저는 이미 오래전부터 걱정을 해왔어요. 일곱 살 때부터였다고요. 그러니 새로운 일도 아니에요. 문제될 일도 없어요."

나는 불에 구워져 한껏 몸을 웅크린 소시지에 포크를 찔러넣어 입으로 가져갔다.

"만약 일이 이대로 진행된다면 경제적으로 많이 어려워질 거야. 하지만 네 아버지에겐 양육비를 최대한 많이 얻어낼 생각이야. 네 앞날을 위해서. 반면 아버지는 이 집의 반을 차지할 권리가 있단다. 그렇기 때문에 내가 계속 이 집에서 살게 된다면, 건물 가치의 반을 아버지에게 줘야 해. 그렇게 된다면 난 경제적인 여유가 없단다."

"다 잘 될 거예요. 돈은 돈일 뿐이에요. 삶에서 중요한 건 돈이 아니잖아요."

"그렇게 말할 수도 있겠지."

어머니가 미소를 지으며 말을 이었다.

"넌 참 긍정적이라서 좋아."

윙베 형과 아르비드는 밤 10시쯤 왔다. 아르비드는 대문에 고개만 쏙 들이밀고 인사를 한 후 바로 가버렸고, 윙베 형은 여행 가방과 커다란 가방을 지난 3년 동안 거의 사용하지 않았던 자신의 방으로 옮겼다.

"내일 바로 떠나는 건 아니지?"

나는 거실로 내려온 윙베 형에게 물어보았다.

"아냐, 모레 비행기를 타고 갈 거야. 하지만 정해진 건 아니야. 난 공항에 가서 떨이로 나오는 표를 싸게 구해서 갈 생각이니까."

나는 고리버들 의자에 앉았고, 윙베 형은 소파의 어머니 옆자리에 앉았다. 창밖에서 박쥐 두 마리가 날갯짓을 하다가 강 건너편의 어둠 속으로 사라지더니, 잠시 후 어스름한 여름밤 하늘 아래 다시 모습을 드러냈다. 윙베 형은 보온병에 들어 있는 커피를 잔에 따랐다.

"이제 그간 있었던 일을 늘어놓을 시간이 돌아왔군."

윙베 형이 말했다.

나는 우리 셋이 함께 앉아 대화를 나누는 일에 익숙했다. 어렸을 때부터 늘 해오던 일이었다. 하지만 아버지가 집에 있을 때와 없을 때의 차이는 너무나 컸다. 아버지가 집에 있을 때는, 대화를 나누다가도 언제 아버지가 들어올지 몰라 항상 신경을 곤두세우곤 했다.

물론 아버지가 있을 때도 우린 온갖 이야기를 다 했지만, 단 한 번도 아버지에 관한 이야기를 한 적은 없었다. 그것은 우리를 지배했던 일종의 불문율이었다.

이전에는 생각해본 적이 없는 일이었다.

한마디로 불가능한 일이었다.

왜 그랬을까.

신뢰와 존중 때문이었을까. 어쩌면 아버지가 엿듣고 있을지도 모른다는 두려움 때문일지도 몰랐다. 어쨌든 나는 어떤 일을 경험했든, 어디에 있었든, 단 한 번도 어머니와 형과 함께 아버지에 관한 이야기를 한 적이 없었다. 물론 윙베 형과 단둘이 있을 때는 아버지 이야기를 한 적도 없지 않았지만, 우리 셋이 모두 한자리에 있을 때는 단 한 번도 없었다.

마치 커다란 댐이 무너진 것 같은 느낌이었다. 거침없이 쏟아져 내리는 물이 아래쪽 저수지를 꽉 채우는 것만 같았다.

윙베 형이 먼저 아버지 이야기를 시작했다. 우리는 아버지에 관한 이야기를 하나둘씩 쏟아냈다. 윙베 형은 B-Max가 처음 문을 열었을 때 아버지 심부름을 하기 위해 그곳에 갔던 이야기를 했다. 아버지는 윙베 형에게 장을 볼 목록과 돈을 주며 물건을 구입한 후에 꼭 영수증을 받아오라고 당부했다. 형은 아버지가 시키는 대로 했다. 영수증을 확인한 아버지는 지불한 돈과 물건 가격이 일치하지 않는다며 형을 지하실로 데려가 손찌검을 했다.

또 한 번은 형의 자전거에 펑크가 났다는 이유로 손찌검을 하기도 했다. 반면, 나는 단 한 번도 형처럼 심하게 맞아본 적이 없었다. 아버지는 무슨 이유에선지 항상 윙베 형을 나보다 더 심하게 다뤘다. 나는 아버지가 지하실에 나를 가두고 따귀를 때렸던 이야기를 했다. 우리의 이야기는 거의 다르지 않았다. 아버지는 조그만 일에 갑작스레 화를 냈다. 시간이 흐른 후에 돌아보니 우습기까지 했다. 우리는 아버지 이야기를 하며 웃음을 터뜨렸다. 버스 안에서 장갑을 잃어버렸을 때 아버지에게 따귀를 맞았던 일. 현관에 있던 가냘픈 탁자에 기대어 섰다가 탁자가 부서져 아버지에게 맞았던 일. 너무나 비합리적인 일이었다! 나는 항상 아버지를 두려워했다고 말했다. 윙베 형은 아버지가 자신의 삶을 통제하려 했던 것 같다고 말했다.

어머니는 아무 말도 하지 않았다. 가만히 앉아서 우리를 번갈아 쳐다보며 이야기를 듣기만 했다. 가끔 어머니의 눈빛이 무관심한 빛을 띠기도 했다. 그도 그럴 것이, 우리가 했던 이야기는 이미 어머니도 여러 번 들었던 이야기였으니까. 하지만 지난 이야기들을 한꺼번에 모아 늘어놓고 보니 너무나 많아 주체할 수 없을 정도였다.

"네 아버지는 내면이 혼란한 사람이었어."

어머니가 말을 이었다.

"당시엔 내가 이해할 수 없을 정도로 큰 혼란을 겪고 있었던 것 같아. 난 네 아버지가 화를 내는 모습을 본 적이 있지만, 단 한 번도 너희들에게 손찌검을 하는 건 본 적이 없었단다. 네 아버지는 내가 있을 때는 너희들을 때리지 않았어. 너희들도 내게 그런 말을 한 적이 없잖아. 어쨌든 나는 네 아버지가 너희들에게 화를 냈던 것만큼 그 부분을 보상하려고 노력했는데…"

"괜찮아요, 어머니. 다 지난 일이잖아요."

내가 어머니에게 말했다.

"우린 항상 대화를 많이 나누었지."

어머니가 다시 말을 이었다.

"네 아버지는 사람을 교묘하게 잘 다루었어. 하지만 자기인식이 부족한 사람은 아니었단다. 그건 내게도 영향을 미쳤어. 그래서 난… 그래… 난 항상 너희들보다는 네 아버지의 편을 들었던 것 같아. 아버지는 항상 내게 너희들과 가까워지기가 어렵다고 말했지.

226

내가 너희들과 네 아버지 사이를 가로막고 있기 때문이라고 했어. 네 아버지가 집에 오면 너희들은 자리를 떴어. 난 그런 모습을 보며 홀로 죄책감에 시달렸단다."

"지난 일은 잊어버리세요, 어머니."

윙베 형이 말을 이었다.

"제 문제는 어머니 아버지가 이곳으로 이사를 오면서부터 시작되었어요. 그때부터 저는 가족의 도움 없이 홀로 살아야 했으니까요. 저는 그때 어머니가 아버지 몰래 저를 도와주길 은근히 바랐어요. 저는 열일곱 살 고등학생일 뿐이었고, 수중엔 돈이 한 푼도 없었으니까요."

어머니가 한숨을 쉬었다.

"나도 알아. 난 네 아버지만 생각했고 네 아버지 편만 들었지. 그때는 내 생각이 짧았어. 내가 잘못했어. 아주 큰 잘못을 했지."

어머니가 담배에 불을 붙였다. 나는 윙베 형을 바라보았다.

"형은 내일 뭐 할 거야?"

윙베 형은 어깨를 으쓱 추켜 보였다.

"넌 뭘 하고 싶은데?"

"강에 가서 수영을 해볼까?"

"시내에 가는 건 어때? 음반 가게도 둘러보고 카페에 가서 커피도 마시고…"

형이 어머니를 돌아보며 말했다.

"내일 어머니 차를 빌려도 되나요?"

"물론이지."

그로부터 30분 후, 어머니는 잠자리에 들었다. 나는 어머니가 우

227

리 이야기를 곱씹어보며 뜬눈으로 밤을 지샐 것임을 잘 알고 있었다. 나는 어머니가 괴로워하지 않기만을 바랐다. 하지만 그건 내가 어찌할 수 없는 일이기도 했다.

2층에서 발소리가 들려오자, 윙베 형이 나를 돌아보며 말했다.

"밖에 나가서 담배 피울래?"

나는 고개를 끄덕였다.

우리는 발소리를 죽여 현관으로 갔다. 신발을 신고 재킷을 걸쳐입은 후 살그머니 밖으로 나가, 어머니의 침실과 멀찍이 떨어진 곳에 멈춰 섰다.

"형이 담배를 피운다는 건 언제 어머니에게 말할 생각이야?"

나는 윙베 형의 라이터 불빛을 바라보며 말을 걸었다.

형이 담배 연기를 뿜어냈다.

"너는 언제 말할 건데?"

"난 아직 열여섯 살이야. 법적으로 흡연이 금지된 나이지. 하지만 형은 스무 살이잖아."

"그래, 알았어. 알았다고."

나는 기분이 상해 정원 쪽으로 몇 걸음 옮겼다. 감자밭 끝에 흐드러지게 핀 하얀 꽃들의 진한 향기가 코끝을 간질였다. 저 꽃 이름이 뭐였더라?

하늘에선 어슴푸레한 빛이 흘러내렸고, 강 건너편의 숲은 어두컴컴했다.

"넌 어머니와 아버지가 단 한 번이라도 포옹하는 것을 본 적이 있니?"

윙베 형이 내게 물었다.

나는 형에게 가까이 다가갔다.

"아니. 내 기억에 그런 일은 없었던 것 같아. 형은?"

윙베 형이 어둠 속에서 고개를 끄덕였다.

"딱 한 번 본 적이 있어. 호베에 살 때였지. 그때 나는 다섯 살 정도 되었던 것 같아. 아버지가 어머니에게 심한 말을 해서 어머니가 울기 시작했단다. 주방에 홀로 서서 울고 있을 때, 아버지가 어머니를 안아주며 위로해주었어. 그게 처음이자 마지막이었어."

내 눈에서 눈물이 흘러내렸다. 어둠 속에서 소리 내지 않고 울었기에 윙베 형은 눈치채지 못했다.

윙베 형과 함께 시내에 가기 전, 어머니를 찾았다. 어머니는 정원용 장갑을 끼고 작은 가위로 화단의 가장자리를 정리하고 있었다.

"어머니, 돈 좀 주실 수 있나요? 제가 가지고 있던 돈은 덴마크에서 다 써버렸어요."

"얼마나 있는지 볼게."

나는 핸드백을 가지러 가는 어머니의 뒤를 따랐다.

"50크로네밖에 없는데, 이걸로 되겠니?"

어머니가 지갑에서 녹색 지폐 한 장을 꺼냈다.

"100크로네짜리 지폐는 없어요? 음반 한두 장을 사려면 그 정도는 있어야 하는데…"

어머니가 동전을 세기 시작했다.

"90크로네. 이게 전부야."

"그 정도면 충분해요."

나는 밖으로 나갔다. 윙베 형은 차에 시동을 걸어놓고 나를 기다리고 있었다. 조수석에 앉으니, 윙베 형이 레이 밴 선글라스를 꼈다.

"나도 돈이 생기면 그런 선글라스를 살 거야."

나는 윙베 형의 선글라스를 가리키며 말했다.

차는 내리막길을 달리기 시작했다.

"첫 학자 융자금을 받으면 하나 장만하렴."

"아직 2년이나 남았어."

"그럼, 아르바이트를 하든지. 보엔 목재상에서 자재를 정리하는 일을 해도 되고…"

"난 음반평론 기고문을 쓸 거야. 밴드 인터뷰도 하고…"

"그래? 좋은 생각이야. 어느 신문에?"

"『뉘에 쇠를란데』."

우리는 나무 그림자가 드리워진 비좁은 길을 달렸다. 흰색 페인트 칠을 한 오래된 집 몇 채를 지나쳤다. 길 아래쪽에는 햇살에 반짝이는 강물이 흐르고 있었다. 폭포수 옆에 이르자 바위 위에 누워 일광욕을 하는 사람들이 보였다.

"오는 길에 강에서 헤엄을 치면 안 될까? 시간은 충분하잖아."

"그러지 뭐. 하므레산덴은 어때?"

"좋아."

"거기 아이스크림도 파니?"

"물론이지. 소프트 아이스크림도 팔걸?"

나는 시내의 구 도로에 위치한 뵈르스 건물 안으로 들어가, 플라테뵈르센이라는 음반 가게로 윙베 형을 안내했다. 그곳에는 내가 원하는 모든 것이 한곳에 자리 잡고 있었다.

윙베 형이 음반 하나를 들어올렸다.

"이 음반도 집에 있니?"

"아니? 그게 뭔데?"

"처치The Church의『블러드 크루세이드』*The Blurred Crusade*. 이건 꼭 한 번 들어봐."

"알았어. 그걸 살게."

그 외에도, 나는『토킹 헤즈 77』음반을 세일 가격으로 구입할 수 있었다. 윙베 형은 다음 달 학자 융자금이 나오면 그때 음반을 사겠다고 했다.

우리는 도서관 앞 카페에 앉아 담배를 피우며 커피를 마셨다. 나는 아는 얼굴이 보일까봐 쉴 새 없이 주변을 두리번거렸다. 내가 이 도시에서 친구도 없는 외톨이가 아니라는 것을 윙베 형에게 보여주고 싶기도 했고, 아는 이들에게 내가 윙베 형과 함께 앉아 있는 모습을 보여주고 싶기도 했다.

하지만 그날은 시내에서 아는 얼굴을 하나도 볼 수 없었다.

"어머니가 성탄절 선물로 우리에게 음반을 주었잖아. 그때 어머니가 혹시 어느 가게에서 음반을 샀는지 아니?"

윙베 형이 내게 물었다.

지난 성탄절에, 어머니는 윙베 형에게 더 더The The의 데뷔 앨범을 선물로 주었고, 내게는 카멜레온즈The Chameleons의『스크립트 오브 더 브리지』*Script of the Bridge*를 주었다. 그때까지만 하더라도 카멜레온즈의 음악을 한 번도 들어본 적이 없었던 나는, 그들의 음악에 단번에 매료되었다. 윙베 형도 마찬가지였다. 우리는 어머니가 어떻게 그런 음반을 우리에게 사줄 생각을 했는지 도저히 이해할 수가 없었다. 그 도시에서 음악에 관해서라면 윙베 형과 나의 감각을 따라올 사람이 없었기 때문이었다. 알고 보니 어머니는 음반 가게에 들어가 윙베 형과 나를 상세히 설명했고, 그 말을 들은 점원이 그 두 장의 음반을 어머니에게 소개해주었던 것이다.

나는 어머니에게 거기가 어디냐고 물었고, 대답을 들은 나는 성탄절이 지난 후 그곳에 들러 보았다. 가게를 지키고 있던 사람은 바로 하랄 헴펠이었다. 나는 그제야 모든 것을 이해할 수 있었다. 그는 '릴리와 지골로'라는 밴드에서 연주했던 매우 유명한 기타리스트였다. 당시 그 도시에서 소위 음악에 일가견이 있다고 알려진 사람들은 그가 언급하지 않은 음악은 들을 가치도 없다고 입을 모았다.

"그 가게는 드론닝겐스 거리에 있어. 거기 가볼까?"

"응, 그럴까?"

시내 음반 가게를 한 바퀴 둘러본 후, 나는 다음 블럭에 있는 건물을 가리켰다.

"저게 바로『뉘에 쇠를란데』신문사 건물이야. 내가 말했던 바로 그 신문사 말야."

차를 운전하던 윙베 형이 고개를 비스듬히 기울여 창밖을 내다보았다.

"그다지 큰 것 같진 않은데?"

"이 도시에서 두 번째로 큰 신문사야. 아렌달로 치면『티덴』신문사와 비슷한 규모일 거야."

나는 엘베가텐을 지날 때, 혹여 아버지의 모습이 눈에 띄지 않을까 주위를 둘러보았다. 아버지와 운니가 이사한 집이 그곳에 있었기 때문이다. 아버지는 보이지 않았다.

"형은 뭐가 더 낫다고 생각해? 우편으로 이력서를 보내는 것과, 직접 찾아가 보는 것 중에서?"

"직접 찾아가는 게 훨씬 좋을 거야."

"알았어. 그럼 직접 한번 찾아가볼게."

"그건 그렇고, 심플 마인드Simple Mind가 드람멘스할렌 체육관에서 공연한다는 소식은 들었니?"

"아니, 못 들었는데?"

"한참 기다려야 해. 하지만 표는 몇 달 전부터 예매를 시작하니까 일찍 구해놓는 게 좋을 거야. 그 공연은 꼭 가봐."

"응. 형은 안 갈 거야?"

"베르겐에선 너무 멀잖아. 교통비만 해도 엄청날 거야. 하지만 넌 공연장에서 그리 멀지 않은 곳에 사니까 갈 수 있잖아."

"응, 꼭 가볼게."

나는 의자에 등을 기대며 말했다. 문득 길도 없고 건물도 없다면 이 도시는 어떤 모습일지 궁금해졌다. 사람의 손이 닿지 않은 만과 곶, 빽빽한 숲. 하므레산덴의 해변에선 캠핑카와 텐트도 찾아볼 수 없을 것이다. 오두막도, 창고도, 사람도 없을 것이고, 가게와 주유소, 집과 교회도 없을 것이다. 오직 눈에 보이는 것은 숲과 산과 해변과 바다뿐일 것이다.

상상하기가 쉽지 않았다.

"하므레산덴에는 다음에 가자."

윙베 형이 말을 이었다.

"지금쯤 어머니가 저녁을 해놓고 우리를 기다리고 있을 거야."

"그러지 뭐. 나도 얼른 처치 음반을 들어보고 싶어."

나는 어머니와 달리 사람들이 작별을 고하고 떠날 때에도 슬퍼하지 않는다. 하지만 윙베 형이 떠날 때에는 항상 마음이 착잡했다. 그것은 슬픔과는 다른 것으로, 일종의 멜랑콜리한 기분과 비슷했다.

그렇기 때문에 나는 어머니가 윙베 형을 셰빅까지 차로 데려다줄 때 함께 가지 않았다. 대신 자전거를 타고 얀 비다르의 집을 찾았다. 나는 그와 함께 강에 가서 한 시간 정도 헤엄을 쳤다. 강 상류 쪽으로 힘겹게 헤엄을 쳐서 올라간 후, 흐르는 물에 몸을 맡기고 하류 쪽으로 내려왔다. 점점 세차게 흐르기 시작하는 물에서 몸을 멈추기는 쉽지 않았기에, 우리는 살짝 방향을 바꾸어 천천히 강의 가장자리로 움직였다.

우리는 신발을 벗고 바위 위에 드러누워 햇살에 물기를 말렸다. 얀 비다르는 안경을 벗어 신발 안에 조심스레 넣어두었다.

그곳에는 메레테와 군도 있었다. 그들은 비키니를 입고 하얀 거품을 만들어내며 세차게 흐르는 강물 한가운데에 자리한 커다란 바위 위에 누워 있었다. 그들을 바라보는 것만으로도 우리는 세찬 감정의 동요를 느꼈다. 꼼짝 않고 드러누워 있는 우리의 몸속에는 강렬한 설렘과 흥분감이 요동을 쳤다. 나는 그 상태가 자연의 법칙에 위배되는 것 같다고 생각했다.

메레테는 빨간 비키니를 입고 있었다.

그녀는 우리보다 두 살이 어렸고 이제 9학년이 될 예정이었다. 하지만 내겐 아무 상관없는 일이었다.

나는 어차피 그녀와 사귈 수 있는 처지가 아니었다. 하지만 내 몸은 이러한 내 상황과는 달리 독자적으로 반응을 보였다.

그곳에 누워 그녀를 쳐다보는 것만으로도 절망에 빠지기에 충분했다. 바위에 맞닿아 평퍼짐하게 변해버린 그녀의 허벅지, 그녀의 허벅지 사이에 보이는 작은 틈, 그곳을 감싸고 있는 빨간 비키니. 그리고 그녀의 가슴.

우리는 몸을 일으켰다. 우리가 그곳에 있다는 것을 그들에게 알리고 싶어서였다. 어쩌면 그들도 우리와 같은 행동을 하지 않을까. 하지만 그들은 우리를 본 척도 않고 그 자리에 누워 있었다. 얀 비다르와 칼 오베는 그들에게 너무나 보잘것없는 존재였던 것이다.

우리는 상류 쪽의 폭포수로 올라가 물결을 타고 그들 쪽으로 헤엄쳐가려 시도해보았다. 하지만 세찬 물결에 휩쓸려 순식간에 하류 쪽에 자리한 바위 옆으로 떠내려가 버렸다.

그들은 눈 하나도 깜짝하지 않았다.

하지만 우리는 그런 일엔 익숙해 있었다. 이미 3년 내내 경험했던 일이었으니까. 자존심이 상했다. 얀 비다르도 마찬가지였던 것 같다. 그는 바위 위에 누워 이리 뒤척 저리 뒤척 몸을 비비 꼬고 있었다.

우리에게 요행이 오지 않을 것이라는 것은 명백했다.

문득 덴마크에서 손에 넣었던 기회를 눈앞에서 놓쳤던 일이 떠올랐다.

그들은 악마와 다름이 없었다. 내 기회를 망쳐놓고 그들이 얻었던 것은 단지 웃음뿐이었다. 그들이 원했던 것은 내가 잡은 기회를 망쳐놓는 것뿐이었다.

나는 덴마크에서 있었던 일을 얀 비다르에게 이야기해주었다.

그가 배를 잡고 웃었다.

"네가 스스로 자초한 일 같은데? 비외른과 외게에게 말했던 건 네 잘못이었어. 정말 바보 같은 짓이었다고."

"완벽한 기회였어. 모든 것이 딱딱 들어맞았는데⋯ 하지만 결국 아무 일도 일어나지 않았어."

"예뻤어?"

"응. 굉장히 예뻤어. 그냥 예쁜 정도가 아니었다고."

"한네보다 더 예뻤어?"

"아니, 아니, 한네와는 비교할 수도 없지. 그건 사과와 배를 비교하는 것이나 마찬가지야."

"어째서?"

"지나가다 만나 섹스를 하고 싶어 했던 덴마크 여자아이와 한네를 비교할 수는 없어. 너도 그건 이해하지?"

"넌 한네와 뭘 하고 싶은데?"

"적어도 이런 식으로 한네 이야기를 하고 싶진 않아."

그가 미소를 지으며 눈을 감았다.

다음 날 오후, 나는 아버지의 집을 찾았다. 하얀 양복 셔츠와 검은색 면바지를 입고 하얀 농구화를 신었다. 양복 셔츠만 입으면 항상 벌거벗은 듯한 느낌이 들었기에, 양복 재킷도 함께 집어들었다. 하지만 날이 너무나 더워서 나는 재킷을 한 손으로 잡고 어깨에 걸쳤다.

버스가 룬즈브로아를 지나자마자 나는 버스에서 내렸다. 낮잠에 빠진 듯한 한적한 골목길을 지나 아버지의 집 앞에 이르렀다. 나는 지난겨울 그 집의 쪽방에서 자취를 한 적도 있었다.

아버지는 뒷마당에 서서 바비큐 그릴 위에 활성액체를 뿌리고 있었다. 벌거벗은 상체에 푸른 반바지를 입고 끈 없는 운동화를 구겨 신은 아버지의 모습은 처음 보는 듯 낯설기만 했다.

"이제 오니?"

"네."

"앉아라."

아버지가 벽에 붙여둔 벤치를 가리켰다.

열린 주방 창을 통해 유리잔과 냄비가 부딪치는 소리가 들렸다.

"운니는 안에서 저녁 준비를 하고 있어. 곧 나올 거야."

아버지가 말했다.

아버지의 눈은 흐리멍덩했다.

내게 한 걸음 다가온 아버지가 탁자 위에 있던 라이터를 집어들고 그릴 석탄에 불을 붙였다. 거의 투명한 불꽃이 나직하게 피어올랐다. 불꽃은 석탄과 접촉하지 않고 공기 중에서 떠도는 것 같았다.

"윙베 소식은 들어보았니?"

"네. 집에 잠시 들렀다가 바로 베르겐으로 갔어요."

"여긴 안 오려는 모양이구나."

"오고 싶어 했는데, 시간이 없어서요."

아버지가 나직한 불꽃으로 시선을 돌렸다. 다시 내게 몸을 돌린 아버지가 캠핑 의자에 앉더니, 마치 마술을 부리듯 어디선가 와인잔과 와인병을 꺼내왔다. 보아하니 의자 옆 바닥에 있었던 것 같았다.

"오늘을 위해서 와인을 좀 사놓았어. 여름이잖아."

"네."

"네 어머니는 술을 좋아하지 않았어."

"그랬나요?"

"응. 사람이 가끔은 즐길 때도 있어야 되는데 말야."

"네."

"그렇지, 그렇지."

아버지는 한 모금 만에 잔을 비웠다.

"그건 그렇고 군나르가 왔었어. 내가 어떻게 사는지 염탐하러 왔던 게 틀림없어. 우리 집에 왔다가 바로 너희 할아버지 댁에 가서 내가 어떻게 사는지 샅샅이 고해바친 모양이야."

"아마 여느 때와 마찬가지로 할아버지 댁에 들렀던 건 아닐까요?"

아버지는 대답 없이 잔에 와인을 채웠다.

"운니, 얼른 나와봐! 내 아들이 찾아왔어."

"잠시만요."

안쪽에서 그녀의 목소리가 들렸다.

"아니야, 내가 어떻게 사는지 염탐하러 왔었어. 그리고 네 할아버지에게 꼬치꼬치 다 일러바쳤어."

아버지는 와인잔을 쥐고 앞만 멍하니 바라보았다.

아버지가 고개를 돌려 나를 바라보았다.

"너도 뭘 좀 마실래? 콜라나 사이다? 냉장고에 콜라가 있을 거야. 운니에게 가서 부탁해봐."

나는 그곳을 벗어날 수 있다는 사실이 기뻐 얼른 몸을 일으켰다.

군나르 삼촌은 매우 성실하고 올바른 사람이었으며, 매사에 신중하고 이성적으로 행동했다. 항상 그런 삶을 살아왔기에 삼촌의 의도를 의심하는 것은 있을 수 없는 일이었다. 그런데 아버지는 왜 갑자기 무슨 이유로 군나르 삼촌을 헐뜯는 것일까.

강렬한 햇볕이 내리쬐는 정원에 있다가 집 안으로 들어오니 앞이 잘 보이지 않았다. 방금 설거지를 마치고 솔을 내려놓은 운니는 내게 다가와 포옹을 건넸다.

"다시 보니 반갑구나, 칼 오베."

그녀가 미소를 지으며 말했다.

나도 그녀에게 미소를 지었다. 그녀는 마음이 따뜻한 사람이었다. 나와 마주칠 때마다 항상 진심으로 기뻐했고, 나를 어른처럼 대해주며 친밀함을 표시했다. 나는 그것을 좋아하기도 했고 싫어하기도 했다.

"저도 그래요. 아버지가 냉장고에 마실 것이 있다고 하셔서…"

나는 냉장고 문을 열고 콜라 한 병을 꺼냈다. 운니는 유리컵의 물기를 닦아 내게 건네주었다.

"네 아버지는 참 좋은 사람이야."

그녀가 말을 이었다.

"그건 너도 잘 알고 있겠지."

나는 아무 말도 하지 않고 미소만 지었다. 그녀가 나의 침묵을 부정적으로 해석하지 않았다는 것을 확인한 후, 나는 다시 정원으로 나갔다.

아버지는 조금 전과 마찬가지로 같은 자리에 앉아 있었다.

"네 어머니는 뭐라고 했니?"

아버지가 허공을 바라보며 내게 말했다.

"무슨 일에 관해서 말씀하시는 건가요?"

나는 의자에 앉아 병뚜껑을 따고 유리컵에 콜라를 가득 채웠다. 컵에 넘쳐흐르는 거품을 땅에 흘려보내기 위해서 얼른 몸을 일으켰다.

아버지는 내가 몸을 일으킨 것도 눈치채지 못하고 있었다.

"이혼에 관해서."

아버지가 말했다.

"특별한 말은 없었어요."

"네 어머니 눈에는 내가 피도 눈물도 없는 괴물로 보이겠지. 너희들은 네 어머니와 함께 모여앉아 틀림없이 그런 이야기를 할 거야. 그렇지?"

"전혀 그렇지 않아요. 맹세할 수 있어요."

침묵이 흘렀다.

하얀 울타리 너머, 햇살을 머금은 짙은 녹색 강물과 길 맞은편에 자리한 집들의 지붕이 보였다. 여기저기 푸르른 나무들이 서 있었다. 평소엔 있는지도 모르고 그냥 지나치는 이 아름다운 존재들. 하지만 빽빽한 나무들의 푸르름은 경이로울 정도의 웅장함을 지니고 항상 그 자리를 지켜왔다.

바비큐 그릴에 넘실거리던 불꽃이 거의 사라졌다. 몇몇 숯 덩어리는 오렌지색 빛을 발하며 타들어가고 있었고, 몇몇 덩어리는 회색 재로 변하는 중이었다. 어떤 숯 덩어리는 여전히 검은색을 띠고 있었다. 문득 담배를 피고 싶었다. 담배는 재킷 주머니 안에 들어 있었다. 나는 아버지 집에서 파티를 할 때 담배를 피운 적이 있다. 하지만 지금은 사정이 달랐다.

아버지가 술을 마셨다. 숱이 많은 옆머리를 톡톡 두들기고, 빈 잔에 술을 따랐다. 잔은 반도 채워지지 않았는데, 술병은 텅 비었다. 아버지는 술병의 상표를 확인하더니, 의자에서 일어나 집 안으로 사라졌다.

문득 아버지의 마음에 드는 아들이 되어야겠다고 생각했다. 아버지가 내게 어떤 일을 했든지, 나는 아버지의 눈에 자랑스런 아들이 되어야겠다고 생각했다.

결심을 하는 순간 바닷가에서 한 줄기 바람이 불어왔다. 이 두 가지 현상은 이상하게도 마치 깊은 관련이라도 있는 것처럼 내 안에 자리를 잡았다. 그것은 길고 단조로운 하루가 막바지에 이르렀을 때 뜻하지 않게 나를 찾아왔던 신선함 같은 것이었다.

아버지가 다시 정원에 나와서, 잔을 비우고 새 술로 빈 잔을 채웠다.

"칼 오베, 난 지금 행복해."

아버지가 의자에 앉으며 말했다.

"운니와 함께 잘 지내고 있어."

"네, 행복해 보여요."

"그래, 그래."

아버지는 내 말을 듣지도 않고 혼자서 중얼거렸다.

아버지가 정원에서 구운 고기 몇 조각을 가져왔다. 운니는 식탁 위에 하얀 식탁보를 두르고, 반짝반짝 광이 나는 새 접시와 유리잔을 올려놓았다. 우리가 왜 정원에서 저녁을 먹지 않는지는 알 수 없었다. 나는 그것이 이웃의 눈 때문이라고 짐작했다. 아버지는 남들의 눈에 띄는 것을 그다지 좋아하지 않았다. 적어도 음식을 먹는 것처럼 지극히 개인적인 일들에 관해선 더더욱 그러했다.

아버지가 잠시 자리를 비웠다. 몇 분 후 다시 모습을 드러낸 아버지는 지난번 파티에서 입었던 주름진 흰 셔츠와 검은색 바지를 입고 있었다.

우리가 정원에 앉아 있는 동안, 운니는 브로콜리와 감자를 오븐에 구웠다. 아버지는 포도주를 내 잔에 따라주며, 음식에 곁들여 마시라고 했다.

나는 음식이 훌륭하다고 운니에게 말했다. 고급 고기를 숯불에 구우니 맛이 더 좋을 수밖에 없었다.

"위하여!"

아버지가 말했다.

"운니를 위하여!"

우리는 잔을 높이 치켜들고 서로를 바라보았다.

"칼 오베를 위하여!"

운니가 말했다.

"그렇다면 나를 위해 잔을 들어주는 것도 나쁘지 않겠군."

아버지가 소리 내어 웃으며 말했다.

아버지 집에서 처음으로 느낀 기분 좋은 순간이었다. 따스한 기운이 온몸을 감쌌고, 아버지의 눈은 기쁨으로 반짝였다. 나는 너무나 행복해서 나도 모르게 음식을 허겁지겁 먹었다.

"우린 행복하게 잘 지내고 있어."

아버지가 운니의 어깨에 손을 올려놓으며 말했다. 운니가 웃음을 터뜨렸다.

예전에는 아버지의 입에서 행복이라는 단어를 들어본 적이 없었다.

나는 잔을 바라보았다. 텅 비어 있었다. 주저하는 모습을 숨기기 위해, 나는 얼른 작은 숟가락을 감자 속에 찔러넣고, 아무렇지도 않은 듯 스스럼없이 와인병을 향해 팔을 뻗었다.

아버지는 아무것도 눈치채지 못했다. 나는 재빨리 잔을 비우고 다시 와인을 채워넣었다. 아버지와 운니가 의자에 등을 기대고 담배를 말기 시작했다.

"술을 더 가져와야겠군."

주방에 다녀온 아버지가 운니를 한 팔로 감싸 안았다.

나는 재킷 주머니에 넣어둔 담배를 가져와 자리에 앉은 다음 담배에 불을 붙였다.

아버지는 그것도 눈치채지 못했다.

아버지가 의자에서 일어나 비틀거리며 욕실로 갔다. 운니가 나를 바라보며 미소를 지었다.

"난 이번 가을 학기부터 1학년 학생들에게 노르웨이어를 가르칠 예정이란다. 네게 가끔 조언을 구해도 될까? 처음 맡아보는 학년이라서 그래."

"그럼요."

그녀가 미소를 지으며 내 눈을 빤히 바라보았다. 나는 얼른 시선을 내리깔고 천천히 와인을 길게 한 모금 마셨다.

"넌 문학에 관심이 많잖아. 그렇지?"

그녀가 말을 이었다.

"네, 조금…"

"나도 그래. 난 네 나이 때 책을 굉장히 많이 읽었단다."

"그렇군요."

"난 눈에 띄는 책은 모두 읽었어. 존재를 찾기 위해서였다고나 할까. 그때는 그랬지."

"네."

"내가 보기엔 둘이 꽤 잘 통하는 것 같군."

아버지가 내 등 뒤에서 말했다.

"잘 된 일이야. 칼 오베, 운니와 대화를 하다보면 운니가 얼마나 좋은 사람인지 너도 알게 될 거야. 운니는 시도 때도 없이 잘 웃지. 그렇지, 운니?"

"시도 때도 없이 웃진 않아요."

그녀가 소리 내어 웃으며 말했다.

아버지는 자리에 앉아 술을 마셨다. 아버지가 술을 마실 때면 아버지의 눈동자는 마치 짐승의 눈빛처럼 텅 비어버리곤 했다.

아버지가 상체를 굽혔다.

"칼 오베, 난 항상 네게 좋은 아버지였다고는 할 수 없었어. 네가 그렇게 생각한다는 것을 나도 잘 알아."

"아니에요."

"거짓말을 할 필요는 없어. 이젠 속내를 숨기며 살지 않아도 돼.

넌 내가 좋은 아버지와는 거리가 먼 사람이라고 생각하지? 네 생각에도 일리가 있어. 나도 실수를 많이 했으니까. 하지만 난 최선을 다했어. 네가 그것만큼은 알아줬으면 좋겠구나. 그래, 난 좋은 아버지가 되기 위해 항상 최선을 다했단다."

나는 시선을 내렸다. 아버지는 거의 애원하듯 말하고 있었다.

"칼 오베, 네가 태어났을 때 한쪽 다리에 이상이 있었다는 것을 알고 있었니?"

"네."

"난 병원에 가자마자 네 한쪽 다리가 정상이 아니라는 것을 알았어. 금방 태어난 갓난아기가 한쪽 다리에 깁스를 하고 누워 있는 것을 보니 가슴이 먹먹하더구나. 네가 깁스를 풀었을 때, 나는 네 다리를 마사지해주었어. 매일매일 마사지를 몇 번씩 해주었지. 너도 알다시피, 그때 우리는 오슬로에 살고 있었어."

아버지의 뺨에 눈물이 흘러내렸다. 나는 얼른 운니에게 눈길을 돌렸다. 운니는 아버지를 바라보며 아버지의 손을 꼭 쥐었다.

"우린 그때 너무나 가난했어."

아버지가 말을 이었다.

"우린 산과 들을 찾아다니면서 열매를 땄고, 나는 바다로 나가서 낚시를 했지. 너도 기억하지? 그렇게 하지 않으면 끼니를 때울 수 없을 정도였단다. 너도 가끔 지난 일을 돌이켜볼 때가 있을 거야. 어쨌든 난 항상 좋은 아버지가 되기 위해 최선을 다했어. 네가 지금 나를 어떻게 생각하든 간에…"

"난 아버지가 나쁜 사람이라고 생각해본 적은 없어요. 그때는 많은 일이 있었고… 지금은 다 지난 일인 걸요."

아버지가 고개를 들었다.

"그래, 맞아."

아버지는 손가락 사이에 끼운 담배를 멍하니 바라보다가, 탁자 위에 있는 라이터를 집어들고 불을 붙였다.

"어쨌든 지금 이 순간을 행복하게 즐겼으면 좋겠구나."

"네. 이렇게 훌륭한 저녁 식사를 해본 지도 꽤 오래되었어요."

"운니에게도 아들이 하나 있단다."

아버지가 말을 이었다.

"네 나이 또래야."

"지금은 그런 말을 할 필요가 없어요."

운니가 말했다.

"지금 우리 앞에 있는 사람은 칼 오베니까요."

"하지만 칼 오베도 들어야 해."

아버지가 말했다.

"너희들은 형제나 마찬가지야. 그렇지? 너도 그렇게 생각하지, 칼 오베?"

나는 고개를 끄덕였다.

"성실하고 모범적인 소년이야. 난 일주일 전에 걔를 처음 봤어."

나는 아버지의 눈에 띄지 않도록 조심스레 와인을 잔에 따랐다.

전화벨 소리가 들려왔다. 아버지가 전화를 받기 위해 의자에서 일어났다.

"어이쿠!"

몸의 균형을 잃어버린 아버지가 멋쩍은 듯 소리치고는, 전화기를 향해 혼잣말처럼 중얼거렸다.

"알았어, 알았다고. 지금 가고 있잖아."

아버지가 수화기를 들었다.

"오, 아르네! 오랜만이군!"

아버지의 목소리는 너무나 커서, 마음만 먹으면 모두 엿들을 수 있었지만, 나는 그렇게는 하기 싫었다.

"네 아버지가 최근에 많이 힘들어하셨단다."

운니가 내게 나지막이 말했다.

"속에 있는 것을 털어낼 필요가 있어."

"이해할 수 있어요."

"윙베도 왔더라면 좋았을 텐데."

윙베?

"베르겐으로 돌아가야만 했어요."

"물론이지! 나도 이해할 수 있어!"

아버지의 목소리가 들려왔다.

"그런데 아르네는 누구인가요?"

나는 운니에게 물어보았다.

"내 친척이야."

운니가 말을 이었다.

"네 아버지와 난 올여름 초에 우리 친척들을 함께 만났단다. 참 좋은 사람들이야. 너도 그들을 곧 만나게 될 거야."

"네."

식탁으로 되돌아온 아버지가 술병이 비어 있는 것을 발견했다.

"집에 코냑도 있지? 코냑 어때? 후식으로 말야."

"너도 코냑을 마시니?"

운니가 내게 물었다.

"아냐, 칼 오베는 독주를 마시기엔 아직 어려."

아버지가 말했다.

"저도 코냑을 마셔본 적이 있어요. 여름에 훈련 캠프에 갔을 때…"
아버지가 내게 시선을 돌렸다.
"네 어머니도 아시니?"
아버지가 물었다.
"어머니?"
운니가 아버지의 말을 되풀이했다.
"그렇다면 한 잔 마셔. 하지만 딱 한 잔만 마셔야 된다."
아버지가 운니를 바라보며 말했다.
"한 잔 정도는 괜찮겠지?"
"네."
나는 그들의 대화에 끼어들었다.
아버지가 코냑을 가져와 잔에 따르고 하얀 소파에 등을 파묻은 채 창밖을 내다보았다. 길 건너편에 자리한 집의 하얀 담벼락이 석양빛으로 물들어 있었다.
"내가 얼마나 행복해하는지 네 눈에도 보이지, 칼 오베?"
아버지가 물었다.
"네."
나는 씁쓸한 술이 혀에 닿는 순간 얼굴을 찌푸렸다. 어깨가 바르르 떨리는 것 같았다.
"운니도 화를 낼 때가 있단다. 화를 내면 아주 무서워. 그렇지, 운니?"
"그럼요."
그녀가 미소를 지으며 말했다.
"한 번은 알람시계를 벽에 내던져 부숴버리기도 했단다."
"나는 마음속에 담아두는 걸 잘 못 해. 기분 나쁜 일이 있으면 모

247

두 그 자리에서 풀어야 한단다."

운니가 말했다.

"네 어머니와는 반대야."

"그런데 계속 당신의 전처에 관한 이야기를 할 필요가 있을까요?"

운니가 말했다.

"아냐, 아냐."

아버지가 서둘러 말을 이었다.

"아무것도 아닌 일에 신경 쓰지 마. 칼 오베는 그녀와 함께 낳은 자식이야."

아버지가 나를 턱으로 가리켰다.

"가끔 내 아들과 함께 이야기를 하는 건 괜찮잖아?"

"그럼 계속 이야기 나누세요. 난 들어가서 잘 테니까."

그녀가 자리에서 일어났다.

"운니…"

그녀가 자취를 감추었다. 아버지는 자리에서 일어나 나를 돌아보지도 않고 천천히 그녀의 뒤를 따랐다.

화난 듯한 두 사람의 목소리가 나직하게 들려왔다. 나는 잔을 비우고 다시 코냑을 채워넣은 후, 술병을 조금 전과 똑같은 자리에 내려놓았다.

"세상에!"

아버지가 소리쳤다.

잠시 후, 아버지가 거실로 나왔다.

"막차 시간은 언제지?"

아버지가 내게 물었다.

"11시 10분이에요."

"얼마 남지 않았구나. 지금 서두르면 막차를 탈 수 있겠군."

"네."

나는 자리에서 일어났다. 비틀거리지 않기 위해 한 발을 조금 앞으로 내밀어 균형을 잡은 후, 미소를 지었다.

"오늘 즐거웠습니다."

"종종 연락해라."

아버지가 말했다.

"비록 한집에서 같이 살진 않지만, 우리 사이에 달라진 건 아무것도 없다는 것을 기억해. 아주 중요한 거야."

"네."

"너도 이해하지?"

"네, 중요한 일이죠."

"내게 건방지게 말하지 마!"

"아니에요. 따로 살고 있으니 가끔 연락하며 지내는 건 매우 중요하다는 의미였어요."

"그래. 전화할게. 너도 시내에 올 일이 있으면 가끔 여기 들러. 알았지?"

"네."

신발을 신으려는 순간 나는 쓰러질 뻔했다. 얼른 벽에 손을 짚고 몸을 지탱했다. 소파에 앉아 술을 마시던 아버지는 아무것도 눈치채지 못했다.

"안녕히 계세요!"

나는 대문을 열며 작별 인사를 했다.

"조심해서 가거라."

아버지의 목소리가 거실 안에서 들려왔다. 나는 버스 정류장으로 가기 위해 어둠 속을 걸었다.

15분쯤 버스를 기다렸다. 계단 위에 앉아 담배를 피우며 밤하늘을 올려다보던 나는 한네를 떠올렸다.

그녀의 얼굴.

미소를 지을 때 반짝이는 눈동자.

그녀의 웃음소리가 귀에 들리는 것 같았다.

그녀는 자주 웃었다. 웃지 않을 때는 그녀의 목소리에 방울 같은 웃음기가 묻어 있었다.

세상에! 그녀는 웃기는 이야기를 들을 때나 어처구니없는 일을 당할 때 항상 그렇게 말했다.

그녀가 진지하거나 심각할 때도 있었다. 그럴 때면 나는 그녀가 나의 세계 속에 들어온 것 같다고 느꼈고, 나는 그녀를 둘러싼 거대한 검은 구름이 된 것 같았다. 하지만 그건 자주 있는 일이 아니었다.

나는 그녀와 함께 있을 때 자주 웃음을 터뜨렸다.

아, 그녀의 작고 귀여운 코!

그녀는 여인이라기보다는 소녀에 가까웠다. 내가 남자가 아니라 소년에 가까운 것처럼. 나는 자주 그녀가 고양이를 닮았다고 말하곤 했다. 그것은 사실이었다. 그녀의 움직임은 항상 가까이 다가오려는 고양이의 부드러운 움직임을 떠오르게 했다.

나는 그녀의 웃음소리를 떠올리며 밤하늘의 별을 향해 담배 연기를 내뿜었다. 저 멀리서 들려오는 버스 소리에 담배를 끄고 꽁초를 길가로 던진 후 몸을 일으켰다. 주머니 속에 있는 동전을 세어 버스 운전사에게 건네주고 좌석에 앉았다.

저녁 버스 안을 채웠던 은은한 불빛과 나지막한 소리들. 승객들은 저마다의 생각에 잠겨 있었다. 창밖의 어둠을 헤치고 지나쳐 가는 풍경들. 버스의 엔진 소리. 버스에 앉아 어느 한 곳에서 다른 한 곳으로 가면서 세상에서 가장 아름다운 것을 떠올릴 때, 온몸을 가득 채워오는 그 아름다운 세상을 느낄 수 있을 때에야 우리는 세상 속에서 진실된 자리를 잡았다고 할 수 있지 않을까.

아, 그 노래는 사랑에 빠진 청년의 마음을 이야기하고 있었다. 그에게 '사랑'이라는 단어를 사용할 권리가 있을까. 그는 삶은 물론 자기 자신과 그녀에 관해서도 아는 것이 없다. 그가 알고 있는 유일한 것은, 난생처음으로 이토록 강렬하고 선명한 느낌에 몸을 떨고 있다는 사실이다. 너무나 아프지만, 그보다 더 아름답고 황홀한 것은 없다. 아, 그 노래는 버스에 앉아 그녀를 생각하는 열여섯 살 소년의 마음을 이야기하고 있었다. 소년의 가슴을 채웠던 그 강렬한 감정과 느낌들이 자신도 모르는 사이에 천천히 희미해지고, 거대하게만 보였던 삶이 통제할 수 있을 정도로 천천히 줄어들 때에는 아픔과 황홀경도 함께 줄어들기 마련이다.

*

이것은 40대 중년의 남자가 쓴 글일 수도 있다. 나는 지금 마흔 살. 그때의 아버지와 같은 나이이다. 나는 지금 말뫼의 집에 앉아 글을 쓰고 있다. 내 가족들은 자고 있다. 린다와 바니아는 우리 침실에서 자고 있고, 헤이디와 욘은 아이들 방에서 자고 있다. 아이들의 외할머니는 거실 소파에서 자고 있다. 2009년 11월 25일에 떠올리는 80년대 중반이라는 시간은, 80년대에 떠올리는 50년대의 시간과 그리 다르지 않을 것이다. 하지만 이 이야기 속의 모든 사람은 여전히 살아 있다. 한네도 어딘가에 살아 있을 것이며, 얀 비다르와 외게 도 마찬가지다. 내 어머니와 윙베 형도 마찬가지다. 나는 두 시간 전 에 윙베 형과 통화를 했다. 우리는 여름에 각자의 가족들을 데리고 함께 코르시카에 가기로 했다. 린다와 나도 이야기 속에 존재한다. 하지만 아버지는 세상을 떠났기에 찾아볼 수 없다. 할머니와 할아버 지도 마찬가지다.

아버지가 남긴 유품 중에는 수첩 세 권과 일기장 한 권이 있다. 아 버지는 3년 동안 매일 누구를 만났는지, 누구와 통화를 했는지, 얼마 나 술을 마셨는지 기록했다. 가끔은 그날 있었던 일을 짧게 기록하 기도 했다.

'K.O. 방문.' 그것은 아버지의 기록에 자주 보이는 짤막한 문장 이다.

K.O.는 바로 나를 가리키는 말이다.

가끔은 이런 것도 볼 수 있었다. 'K.O. 기분 좋음.' 내가 다녀간 날 에 남긴 기록이었다.

'자연스런 대화.'

'그럭저럭 괜찮은 분위기.'

가끔은 아무것도 적혀 있지 않았다.

수첩을 살펴보니 아버지가 매일 만났던 사람들, 대화를 나누었던 사람들에 관해 기록했다는 것을 알 수 있었다. 말다툼과 화해를 기 록한 부분도 있었다. 하지만 나는 아버지가 매일 얼마나 술을 마셨 는지 기록했던 것을 이해할 수 없었다. 아버지는 마치 스스로의 종 말을 준비하며 기록을 남긴 것 같았다.

*

    방학이 끝나자 처음부터 다시 시작하는 것 같았다. 1년 전, 고등학교에 갓 입학했을 때와 그리 다르지 않았다. 새로운 교실, 낯선 학생들과 선생님들. 한 가지 다른 점이 있다면, 1학년 때는 우리 반에 여학생이 스물여섯 명이었지만, 2학년이 되니 스물네 명으로 줄었다는 사실이었다.

    나는 항상 교탁에서 보았을 때 왼쪽 제일 뒤쪽에 앉았고, 이전 해와 마찬가지로 수업 중에 말대꾸를 하고 교사들과 토론을 했으며, 다른 아이들과 함께 정치나 종교에 관해 언쟁을 했다. 쉬는 시간이 되면, 아이들은 무리를 지어 모였다. 모두들 이전부터 잘 아는 사이 같았다. 나는 항상 외톨이였고 혼자 서 있을 때의 어색함과 수치심을 이겨내기 위해 무진 애를 써야만 했다.

    그렇기 때문에 쉬는 시간이 되면 나는 자주 도서관에 가서 책을 읽곤 했다. 당시 스무 살의 젊고 유명한 작가였던 에릭 포스네스 한센의 『송골매의 탑』을 읽으면서, 나도 4년만 더 있으면 스물네 살이 될 것이라 생각했다. 나는 스물네 살에 내 이름으로 책을 출간할 수 있을까. 나는 수업 중에 책상 앞에 앉아 과제를 하는 척했고, 쉬는 시간이 되면 학교 맞은편에 있는 주유소 편의점에 가서 오슬로 일간지를 구입했다. 그것을 읽는 척하면 다른 아이들과 말을 섞지 않아도 되었기 때문에, 나는 긴 점심 시간이 되면 식당에 혼자 앉아 오슬로 일간지를 읽었다.

    가끔은 누구를 찾는 척하면서 두리번거리기도 했다. 계단을 오르락 내리락 하며 김플레할렌 쪽이나 상업반 아이들의 교실을 둘러보며, 가상의 인물을 찾는 척했다. 하지만 대부분의 시간은 학교 건물 입구에 서서 담배를 피우며 보냈다. 그렇게 하면 담배를 피우는 다른 아이들과 함께 서 있을 수 있었기 때문에, 모르는 사람이 보면 내가 '친구'들과 함께 있는 것으로 생각할 것이라 믿었던 것이다.

친구 없는 외톨이로 보일지도 모른다는 두려움은 말할 수 없이 컸다. 어느 날 학교 게시판에 공고가 붙었다. 방금 전학온 학생이 친구를 구하는 공고문으로, 그와 친구가 되고 싶은 사람은 다음 날 12시에 깃대 앞으로 나오면 된다는 내용이었다.

다음 날 12시가 되자, 운동자 깃대 앞에는 아이들이 빽빽하게 모여들었다. 모두들 친구 없는 존재를 보기 위해 모여들었지만, 정작 공고문을 내건 주인공은 나타나지 않았다.

농담에 불과했던 것일까. 아니면 막상 빽빽하게 모여든 아이들을 보니 모습을 드러낼 용기가 나지 않았던 것일. 나는 게시판에 공고문을 붙인 아이가 누군지는 몰랐지만, 속으로 그를 한없이 비웃었다.

나는 다짜고짜 『뉘에 쇠를란데』 신문사로 찾아가 음악평론을 담당하는 사람을 만나고 싶다고 말했다. 나를 스테이나르 빈슬란의 사무실로 안내해주었다. 숱 많은 짙은 색의 머리를 정수리에만 남겨두고 양옆과 뒷목 부분의 머리카락은 짧게 쳐올린 그는 생각보다 젊은 사람이었다. 어찌 보니 심플 마인드의 베이스 기타리스트와 닮은 것 같기도 했다. 덥수룩한 턱수염과 반짝이는 눈동자 때문이었을까. 나는 그에게 나를 소개하고 그곳을 찾은 이유를 말했다.

"현재 우리 신문에선 정기적으로 음악평론을 싣지 않아."

그가 말을 이었다.

"예전에는 내가 그 일을 했는데, 최근 들어 일이 너무 많아지는 바람에 음악평론에 충분한 시간을 할애할 수가 없단다. 하지만 그 일을 대신할 수 있는 사람이 있다면 좋을 것 같아."

그가 나를 빤히 쳐다보았다. 나는 그날 특별히 옷차림에 신경을 썼다. 더 에지The Edge 멤버처럼 체크무늬 셔츠와 검은색 바지를 입고 징이 박힌 벨트를 둘렀다.

"너는 어떤 음악을 좋아하니?"

내가 대답하자, 그가 흡족한 듯 고개를 끄덕였다.

"한 번 시험적으로 일을 해볼 생각은 없니?"

그는 책상 위에 흩어져 있는 음반들을 뒤적였다.

"이 음반들을 집에 가져가서 들어보고 평을 써봐. 네 글이 좋으면 우리 신문사의 새로운 음악평론가로 일할 수 있는 기회를 줄게."

나는 주말 내내 꼼짝 않고 방에 앉아 음악평을 썼다. 월요일 학교 수업을 마치자마자, 나는 손으로 적은 여섯 장의 종이를 들고 신문사를 찾았다. 그는 사무실에 선 채로 내가 쓴 글을 읽었다. 시간이 오래 걸리진 않았다. 그가 고개를 들고 나를 쳐다보았다.

"우리 신문사의 새로운 음악평론가가 될 자격이 충분해."

"제가 쓴 글이 마음에 드시나요?"

"잘 썼어. 지금 잠시 시간을 낼 수 있겠니?"

"네?"

"네 사진을 찍고 기사를 내고 싶어. 네게 몇 가지 질문을 해도 되겠지? 카타 고등학교에 다닌다고 했나?"

나는 고개를 끄덕였다. 그가 책상 위에 있는 카메라를 들어올려 내 얼굴 앞에 렌즈를 들이댔다.

"여기 앉아."

그가 구석 자리를 손으로 가리켰다.

카메라의 찰칵하는 소리를 듣는 순간, 온몸에 전율이 흘렀다.

"자, 이제 이 음반들을 들고 나를 쳐다봐."

그가 LP 석 장을 가리켰다. 나는 그것을 들고 최대한 진지한 표정을 지으며 카메라 렌즈를 바라보았다.

"U2를 좋아한다고 했지? 그 외에 좋아하는 밴드가 또 있나?"

"빅 컨트리. 심플 마인드. 데이비드 보위… 이기도 좋아합니다. 토킹 헤즈와 REM도 좋아해요. 혹시 크로닉 타운도 들어보셨나요? 정말 좋아요."

"그래, 그래. 할 말이 있나?"

나는 온몸에 열이 나는 것 같았다.

"어… 없습니다."

"개인적으로 특별히 좋아하는 음악은 뭐지? 라이브 공연에 대해서 하고 싶은 말은 있니? NRK 국영 채널의 음악 프로그램에 대해선 어떻게 생각하는지 말해봐."

"어… 글쎄요. 라디오에서 음악을 다루는 프로그램은 단 하나밖에 없어요. 텔레비전에는 하나도 찾아볼 수 없죠."

"좋아! 지금 열여섯 살이라고 했지?"

"네."

"이만하면 충분해. 기사는 내일 나갈 거야. 너는 다음 주부터 일을 시작하는 걸로 하자. 어때, 괜찮겠어?"

"네."

"목요일… 그래, 목요일쯤에 다시 여기 오렴. 실질적인 사항에 관해서 이야기를 해야 하니까."

그가 내 손을 잡고 악수를 건넸다.

"참, 잠깐만!"

그가 문을 나서려는 나를 불러세웠다.

"네?"

"앞으로는 손으로 쓰지 마. 그건 안 돼. 만약 타자기가 없다면 이번 기회에 하나 장만해!"

"네. 감사합니다."

신문사를 나온 나는 거리에 우두커니 섰다.

마치 꿈을 꾸는 것만 같았다. 신문사의 음악평론가가 되다니! 이제 겨우 열여섯 살에 불과한 내가!

담배를 피우며 길 아래쪽으로 걸어갔다. 메마른 아스팔트, 매연으로 거뭇거뭇하게 변한 길가의 창문들, 자동차들을 보며, 내가 대도시에 살고 있다고 상상해보았다. 런던 거리를 걷는 젊은 음악평론가. 방금 편집회의를 마치고 나온 유능한 젊은이.

스테이나르 빈즐란은 내가 생각했던 저널리스트의 모습과 다르지 않았다. 그는 어떤 일이든 엄청난 속도로 처리했다. 데드라인을 넘기지 않기 위해 항상 재빠르고 신속하게 일하는 저널리스트들. 게다가 그는 음악에도 일가견이 있었다. 하랄 헴펠과도 친분이 있을 것이며, 오슬로의 몇몇 밴드에 관해서도 잘 알고 있을 것이다.

이제 나도 그들을 만날 수 있을 것이다!

이전에는 생각조차 할 수 없는 일이었다. 하지만 나는 이제 신문사의 음악평론가라는 지위를 이용해, 유명한 밴드가 공연을 하러 오면 자연스럽게 그들과 만날 수 있을 것이다.

하늘을 날 듯 기분이 좋았다.

15미터쯤 앞쪽에는 드론닝겐스 거리와 엘베가텐 거리로 향하는 교차로가 있었다. 거기까지 간 김에 할아버지와 할머니를 찾아보는 것이 도리인 것 같았다.

문제는, 내게 7크로네밖에 없다는 것이었다. 게다가 오후 5시 이후에는 버스를 탈 때 학생 할인이 적용되지 않는다.

모자라는 돈은 할아버지와 할머니에게서 빌려도 되지 않을까. 이젠 나도 일을 해서 돈을 벌 테니, 빌린 돈은 곧 갚을 수 있을 것이다.

신호등 앞에서 멈춰섰다. 푸른 박스 위의 단추를 누르고 빨간불이 녹색 불로 변하기를 기다렸다. 눈을 감고, 만약 내가 장님이라면 어떤 느낌일지 상상해보았다.

할아버지와 할머니를 찾아보는 것은 어쩌면 가장 중요한 일일지도 모른다. 나는 아버지가 이사를 간 후, 한 번도 그분들을 찾아보지 않았다. 어쩌면 그분들은 아버지의 이혼 이후, 손자들과 연락이 끊길까봐 걱정하고 있을지도 모른다. 우리는 어머니와 함께 살고 있으니 충분히 그럴 만도 했다.

아버지 댁에는 목요일 날 스테이나르와 만난 후에 들러도 될 것이다.

스테이나르!

신호등에서 똑딱똑딱하는 소리가 들리기 시작했다. 앞이 보이지 않는 사람들을 위한 신호였다. 나는 눈을 뜨고 횡단보도를 건넌 후, 슈퍼마켓이 들어서 있는 커다란 사각형 건물을 지나 룬즈브로아로 걸어갔다. 그곳에는 항상 짭짤한 바다 냄새가 어려 있었고, 그곳을 감싼 빛도 항상 다른 곳보다 훨씬 더 강렬했다. 아마도 쭉 펼쳐져 있는 바다에 햇살이 반사되어 비치기 때문이리라.

바다 위에는 하얀 돛단배 두 척이 떠 있었다. 고깃배 한 척이 뭍을 향해 들어오고 있었다. 나는 걸음을 멈추고 다리 난간에 손을 짚은 후 몸을 굽혀 바다를 내려다보았다. 기둥 부근의 물은 짙은 녹색으로 얼룩져 있었다.

아버지는 어렸을 때 바로 이곳에서 물에 빠진 적이 있다고 말했다. 그것은 아버지가 들려준 어렸을 때의 유일한 이야기였다. 그때 할아버지는 아버지에게 화를 내며 손찌검을 했고, 아버지는 몇 시간 동안 계단 밑에 누워 있었다고 덧붙였다.

그 이야기가 사실인지는 알 수 없다. 아버지는 스타트 축구팀에서 유망한 선수로 활약한 적도 있다고 했다. 나중에 알고 보니 그것은 새빨간 거짓말이었다. 또 한 번은 비틀스의 노래가 모두 표절이라 말하기도 했다. 그들이 이름 없는 독일 작곡가의 노래를 표절했다는 이야기를 들은 나는 아버지가 그걸 어떻게 아냐고 대들었다.

나는 그때 열두 살이었고, 비틀스의 팬이었기 때문이다. 아버지는 어렸을 때 피아노를 쳤는데, 그때 이 독일 작곡가의 곡을 연주한 적이 있다고 말했다. 작곡가의 이름은 기억할 수 없지만, 비틀스의 멜로디와 똑같았다고 덧붙였다. 심지어는 그 악보도 여전히 가지고 있다고 말했다. 나는 아버지의 말을 믿을 수밖에 없었다. 아버지의 말을 감히 의심한다는 것은 있을 수 없는 일이었다.

얼마간 시간이 흐른 후, 나는 아버지에게 그 악보를 찾아서 피아노로 연주해달라고 부탁했다. 아버지는 악보를 다락에 보관해두었기 때문에 찾으려면 시간이 많이 걸린다고 둘러댔다. 나는 그제야 아버지가 거짓말을 했다는 것을 깨달았다. 아버지는 거짓말을 했다! 새빨간 거짓말을!

나는 아버지가 거짓말을 했다는 것을 알았지만 오히려 기분이 좋았다. 비틀스의 체면이 무너지지 않았기 때문이리라.

나는 계속 걸어갔다. 오른쪽으로 방향을 틀어 지름길로 접어든 나는 쿠홀름스베이엔 거리에 이른 후 완만한 언덕길을 올랐다. 언덕 꼭대기에 이르니 왠지 황량해 보이는 푸른 바다가 눈에 들어왔다.

아버지는 왜 우리가 옛날에 그토록 가난했다고 말했던 걸까. 그 가난이 우리와 무슨 상관이 있기에 그런 말을 했던 걸까.

나는 혼자 고개를 절레절레 저으며 그물 울타리로 둘러싸인 정원을 지나쳤다. 정원 안에는 빨갛게 익은 사과가 주렁주렁 달린 나무가 세 그루나 있었다. 그 옆에는 파란색 스테이션왜건 한 대가 반짝반짝 햇살을 반사시키며 서 있었다.

초인종을 누르자 창문에 할머니의 머리가 보였다. 잠시 후 대문이 열렸다.

"아이고, 이게 누구야! 어서 들어와!"

나는 허리를 살짝 굽혀 할머니에게 포옹을 건넸다. 순간 할머니가 멈칫했다. 나는 할머니에게 포옹을 건네기엔 너무 커버린 건 아닌가 하는 생각에 얼른 허리를 폈다.

할머니에게선 언제나 그랬듯 특유의 체취를 맡을 수 있었다. 갑자기 어렸을 때의 기억이 물밀듯 밀려왔다. 할머니 집에 갈 거야! 할머니가 오실 거야! 할머니가 오셨어!

"네 귀에 그건 뭐니?"

할머니가 내게 물었다.

앗! 나는 귀걸이를 빼놓고 온다는 것을 깜박 잊었다.

귀를 뚫은 후 두 번 정도 할머니를 방문했을 때는 항상 귀걸이를 빼놓았는데, 그날은 깜박 잊었던 것이다.

"아, 이거요… 그냥 십자가예요."

"시대가 변했구나."

할머니가 말을 이었다.

"남자도 귀걸이를 다 하고 말야! 요즘은 다 그렇게 하는 모양이지?"

"네."

할머니가 몸을 돌렸다. 나는 할머니의 뒤를 따라 계단을 올라갔다. 할아버지는 언제나처럼 주방 식탁 의자에 앉아 있었다.

"이게 누구야!"

벽시계 아래에는 내가 항상 좋아했던 파란 계단식 의자가 있었고, 식탁 위에는 그물 받침대 위에 커피 주전자가 놓여 있었다. 달라진 것은 아무것도 없었다.

"귀를 뚫었니?"

할아버지가 내게 물었다.

"요즘은 저게 유행인가봐요."

할머니가 옆에서 한마디 거들더니, 미소를 지으며 고개를 절레절레 저었다. 그리고 나를 돌아보며 내 머리를 쓰다듬어주었다.

"오늘 일자리를 얻었어요."

"오, 그랬어?"

할머니가 말했다.

나는 고개를 끄덕였다.

"『뉘에 쇠를란데』 신문사에서 음악평론가로 일하게 되었어요."

"네가 음악에 대해서 아는 게 있니?"

할아버지가 물었다.

"네, 조금…"

"시간이 참 빨리 가는구나. 네가 벌써 이렇게 커버렸어."

"고등학생인 걸요."

할머니가 말을 이었다.

"고등학생이니까 애인도 있을 거예요."

261

할머니가 내게 윙크를 찡긋했다.

"아니에요. 불행히도 애인은 아직 없어요."

"때가 되면 생길 거야. 이렇게 키도 훤칠하고 잘생겼으니까."

"그 귀에 십자가 귀걸이만 빼면 금방 애인이 생길 거야."

할아버지가 말했다.

"그러면 여자애들이 줄을 서서 따라다닐걸."

"여자애들은 오히려 십자가 귀걸이를 좋아하지 않을까요?"

할머니가 농담을 했다.

할아버지는 대답하지 않고 무릎 위에 내려놓았던 신문을 다시 들어올렸다. 할아버지는 하루에도 몇 시간씩 신문을 읽는 데 소비했다. 그도 그럴 것이 조그마한 광고까지도 놓치지 않고 다 읽었으니까.

할머니가 의자에 앉아 식탁 위에 있던 멘톨 타바코를 집어들었다.

"설마 흡연을 시작하진 않았겠지?"

할머니가 내게 물었다.

"사실은 담배를 피운 지 꽤 되었어요."

할머니가 내게 눈을 돌렸다.

"그게 정말이니?"

"많이 피우진 않았어요. 몇 차례 시도해본 게 전부예요."

"설마 연기를 목으로 넘기진 않겠지?"

"아니에요."

"그렇다면 괜찮아. 앞으로도 절대 담배 연기를 목으로 넘기면 안 돼. 알았지?"

할머니가 할아버지를 향해 고개를 돌렸다.

"그건 그렇고, 당신은 누가 우리에게 담배를 가르쳐줬는지 기억하세요?"

할아버지는 대답하지 않았다. 할머니는 타바코를 돌돌 만 종이 끝에 침을 묻혔다.

"그건 바로 네 아버지란다."

할머니가 나를 돌아보며 말했다.

"아버지라고요?"

"응. 여름 별장에 갔을 때였지. 그때 네 아버지가 담배를 가져와서 우리에게도 한번 피워보라고 했단다. 우린 네 아버지가 시키는 대로 했어. 그렇죠?"

할아버지가 아무런 대꾸도 하지 않자, 할머니는 내게 윙크를 찡긋해 보였다.

"요즘 네 할아버지의 정신이 오락가락하는 것 같아."

할머니가 담배를 입에 물고 하얀 연기를 내뿜었다.

할머니는 연기를 목으로 넘기지 않는 게 확실했다. 이전에는 단한 번도 생각해본 적이 없는 사실이었다.

할머니가 내게 시선을 돌렸다.

"배고프니? 우린 이미 저녁을 먹었지만, 네가 원한다면 남은 음식을 데워줄게. 그럴까?"

"네, 그렇게 해주시면 정말 고맙겠습니다. 사실은 배가 많이 고파요."

할머니가 담배를 재떨이 위에 올려놓고 덧신을 신은 발로 냉장고쪽으로 걸어갔다. 할머니는 무릎을 덮는 파란 원피스와 베이지색 스타킹을 신고 있었다.

"할머니, 저를 위해서 일부러 음식을 데울 필요는 없어요."

"괜찮아. 힘든 일도 아닌데 뭐…"

할머니가 음식을 데우는 동안, 나는 할아버지를 바라보았다. 할아버지는 정치와 축구에 큰 관심이 있었다. 그건 나도 마찬가지였다.

"할아버지, 이번 선거에선 누가 이길 것 같아요?"

"어… 뭐?"

할아버지가 신문을 내려놓으며 나를 바라보았다.

"이번 선거에서 누가 이길 것 같냐고 여쭤어 봤어요."

"글쎄… 예상하기가 쉽지 않은걸. 난 윌로크가 승리했으면 좋겠어. 이 나라에서 사회주의 좌파당이 설치는 꼴을 더는 보기 싫어서 그래."

"저는 크반모가 승리했으면 좋겠어요."

할아버지가 심각한 표정을 지으며 나를 바라보았다. 하지만 몇 초가 지나자 할아버지의 얼굴에 미소가 번졌다.

"넌 네 엄마랑 똑같구나."

"네. 저는 돈이 삶을 지배하는 사회에선 살기 싫어요. 그렇게 된다면 우리 사회는 결국 자기 자신만 생각하는 이기적인 사회로 변할 거예요."

"그래? 그렇다면 너는 사람들이 자기 자신이 아니라 무엇을 위해 살아야 한다고 생각하니?"

"고통받는 사람들, 가난한 사람들, 난민들…"

"그렇다면 난민들이 우리의 도움을 받아야 할 이유는 뭐라고 생각하니? 그 점을 한번 설명해보렴."

할아버지가 말했다.

"네 할아버지 말은 귀담아 들을 필요 없어."

할머니가 불 위에 냄비를 올려놓으며 말을 이었다.

"너를 놀리고 있는 거라고."

"하지만 우리는 고통받는 사람들을 도와줘야 할 책임이 있어요."

"그렇지."

할아버지가 말을 이었다.

"하지만 그건 우리 스스로를 돌본 후에 해야 하는 일이란다. 반면 난민들이 원하는 것은 이 나라에서 더 나은 삶을 사는 것이지. 딱히 도움이 필요한 사람들은 아니야. 우리 선조들이 그토록 힘을 들여 나라를 일으켜 놓았더니, 이제 와서 손 하나 까딱 않고 이 나라를 차지하려 들다니… 정말 염치없는 짓이야. 한 일은 아무것도 없으면서… 그런 사람들에게 우리가 왜 도움을 주어야 하지?"

할머니가 의자에서 몸을 일으켰다.

"그건 그렇고, 넌 할아버지가 제일 좋아하는 돈이 뭔지 아니?"

"글쎄요. 그게 뭔가요?"

"그건 할머니야!"

할머니가 웃음을 터뜨렸다.

할아버지는 혀를 쯧쯧 차며 신문을 펼쳤다.

침묵이 흘렀다. 냄비에서 음식이 보글보글 끓는 소리가 들리기 시작했다. 할머니는 다시 담배에 불을 붙이고, 한쪽 팔로 다른 쪽 팔을 감싸며 나직이 휘파람을 불었다.

할아버지가 신문을 뒤적거렸다.

나는 더 할 말이 없었다. 오늘 신문사에 취직했다고 자랑을 늘어놓는 데는 생각보다 시간이 많이 걸리지 않았다.

용기를 내어 재킷 주머니에 있는 담배를 꺼내올까. 아니, 십자가 귀걸이에 담배 피우는 모습까지 더한다면, 두 분이 충격을 받을지도 모른다.

아버지를 떠올렸다. 그러고 보니, 나는 이미 아버지 앞에서 두 번이나 담배를 피웠다. 내가 담배 피우는 모습을 아버지가 간과했다면, 할아버지 할머니도 모른 척해주지 않을까.

나는 담뱃갑을 꺼냈다. 할머니가 나를 쳐다보았다.

"담배를 가지고 다니니?"

나는 고개를 끄덕였다. 할머니의 라이터를 사용하고 싶진 않았다. 사생활 침해를 하는 것 같기도 했고, 범죄를 저지르는 것 같기도 했다. 주머니에서 라이터를 꺼내 담배에 불을 붙였다.

"며칠 전에 아버지 댁에 들렀어요. 잘 지내시는 것 같았어요."

"응, 그렇잖아도 어제 네 아버지가 여기 왔었어."

할머니가 말했다.

"비록 따로 살긴 하지만 계속 연락하며 지내려고요."

내가 말을 이었다.

"이혼을 하면서 많이 힘들어하신 것 같았어요."

"정말 그렇게 생각하니?"

할머니가 나를 바라보며 담배 연기를 훅 내뿜었다.

"어… 네… 두 분은 꽤 오랫동안 결혼 생활을 하셨잖아요. 헤어지기가 쉽지 않았을 거예요."

"그래, 그랬을 거야."

할머니가 말했다.

"할머니와 할아버지도 자주 찾아뵐게요. 학교에서 가까우니까 수업 마친 후에 가끔 들러도 되잖아요. 게다가 이젠 근처에 직장도 있으니 가끔 여기서 저녁을 먹어도 될 테고…"

할머니가 내게 미소를 지으며 몸을 돌렸다. 냄비 뚜껑이 달싹달싹 움직이는 것을 본 할머니는 불을 끄고 접시와 포크를 식탁 위에 올려놓았다.

나는 반쯤 피운 담배를 재떨이에 던져 넣었다. 할머니가 한 손으로 냄비를 기울이고 다른 한 손으로는 냄비 속에 주걱을 넣어 고기 세 점과 감자 두 개, 양파 등을 건져 올려 내 접시에 옮겨주었다.

"시간을 절약하려고 소스에 감자를 넣어 함께 데웠단다."

"정말 맛있어 보여요."

내가 음식을 먹는 동안 말하는 사람은 아무도 없었다. 나는 순식간에 접시를 비웠다.

"잘 먹었습니다!"

나는 나이프와 포크를 접시 위에 올려놓았다. 할머니가 빈 접시를 물로 헹구고 식기 세척기를 열어 생선뼈를 닮은 칸막이 사이에 접시를 끼워넣은 후, 식기 세척기 문을 닫았다. 벽시계는 5시 2분을 가리켰다.

할머니에게 돈을 빌리려면 미리 계획하지 않은 듯 자연스럽게 보여야 할 것이다. 갑자기 생각난 것처럼 말하는 것이 좋을 것 같았다. 이미 학생카드로 버스를 탈 수 있는 시간은 지났다. 이왕 늦어버렸으니 급할 것은 없었다.

담배를 한 개비 더 피워도 될까.

내 직관은 담배를 피우면 안 된다고 말하고 있었다. 지나치다는 생각도 들었다.

"흥미로운 기사라도 있나요?"

할머니가 할아버지에게 물었다.

"오늘 오전에 대충 봤는데, 눈길을 끌 만한 기사는 아무것도 없었어요."

"음, 부고를 읽고 있어."

할아버지가 말했다.

"이젠 부고까지 읽어요?"

할머니가 나를 돌아보며 웃음을 터뜨렸다.

"부고라니!"

나는 미소를 지었다.

"아버지의 새 여자 친구를 만나본 적은 있나요?"

"운니? 응. 만나봤지. 좋은 사람 같더구나."

"네. 저는 운니가 아버지와 잘 어울린다고 생각해요. 하지만 솔직히 두 사람이 같이 있는 모습을 보니 좀 이상한 기분도 들었어요."

"그렇겠지. 충분히 이해해."

할머니가 말했다.

"저는 아무래도 좋아요."

"그래, 너무 신경 쓸 필요 없어."

할머니가 다시 휘파람을 불며, 손을 동그랗게 오므리고 손톱을 살펴보았다.

"올해 과일이 많이 열렸나요?"

"응, 그럭저럭. 사과를 몇 개 줄까?"

"네, 조금… 할머니가 주시는 사과를 먹으면 어릴 때 기억이 나요."

"그렇겠지. 봉지에 몇 개 넣어줄게."

나는 고개를 치켜들고 과장된 몸짓으로 벽시계를 바라보았다.

"앗! 벌써 시간이 이렇게 되었나요? 5시 10분?"

나는 몸을 일으켜 주머니를 뒤적였다. 동전을 꺼내 세어보며 입술을 꾹 깨물었다.

"5시에 가는 마지막 버스를 놓쳤어요. 그 시간이 지나면 학생 카드가 적용되지 않아서 일반 요금을 지불해야 하는데, 돈이 좀 모자라네요."

나는 할머니를 흘낏 바라본 후 시선을 아래로 떨구었다.

"하이킹을 하는 수밖에 없겠어요."

"내 지갑에 동전이 있는지 살펴볼게."

할머니가 말했다.

"가깝지도 않은 거린데 버스를 타야지…"

할머니가 자리에서 일어났다.

"이제 이만 가볼게요."

나는 할아버지를 돌아보며 말했다.

할아버지가 신문을 내려놓았다.

"조심해서 가거라."

"네, 안녕히 계세요."

나는 할머니를 따라 아래층으로 내려갔다. 할머니는 회색 코트 주머니에서 작은 동전 지갑을 꺼내들고 나를 바라보았다.

"버스 요금이 얼마지?"

"14크로네예요."

할머니가 10크로네짜리 동전 두 개를 내게 건네주었다.

"남는 돈으로는 맛있는 걸 사먹이."

"다음에 꼭 갚을게요, 할머니."

할머니가 콧방귀를 꼈다.

우리는 현관에서 아무 말도 하지 않은 채 잠시 서 있었다. 할머니는 나를 얼른 보내고 싶어 하는 것 같았다.

사과를 준다고 했는데 잊어버린 건 아닐까.

나는 몇 초 동안 무엇을 해야 할지 몰라 그 자리에 우두커니 서 있었다. 할머니는 분명히 사과를 준다고 했는데… 할머니에게 그 말을 상기시켜 드리면 예의에 어긋나는 일일까.

방금 내게 버스를 탈 돈도 주었기 때문에 할머니를 더 귀찮게 할 생각은 없었다.

할머니가 현관에 있는 거울을 보며 머리를 매만졌다.

"사과를 주신다고 하지 않으셨나요? 집에 몇 개 가져가서 어머니와 함께 먹었으면 좋겠어요. 어머니도 할머니의 사과 맛을 그리워할 게 분명해요."

"아, 그렇지. 사과!"

할머니가 지하 창고로 향하는 문을 열었다.

나는 거울을 바라보며 한참 동안 현관에 서 있었다. 구겨진 셔츠의 목깃을 바로잡고, 손가락으로 머리를 빗으며 살짝 미소를 지어 보았다. 진지한 표정을 지어 보았다가 다시 미소를 지었다.

"자, 여기!"

할머니가 계단을 올라오며 말했다.

"사과 몇 개를 담아왔어."

나는 할머니가 건네주는 봉지를 손에 들고 현관을 나서며 작별 인사를 했다.

"안녕히 계세요!"

"응, 잘 가."

나는 등을 돌려 걷기 시작했다. 등 뒤에서 대문 닫히는 소리가 났다.

룬딩겐에 이른 나는 버스를 기다리며 담뱃불을 붙였다. 버스는 한 시간에 한 대밖에 없었다. 다행히도 몇 분 지나지 않아 버스가 왔다.

버스에 올라타서 운전사가 잔돈을 거슬러주기를 기다리며 버스 안을 둘러보았다.

얀 비다르?

그가 틀림없었다.

손에 턱을 괴고 창밖을 내다보던 그는, 내가 다가가기 전까지도 내가 버스에 탔다는 것을 모르고 있었다. 워크맨에 연결된 헤드셋을 빼내고 나를 쳐다보았다.

"어, 칼 오베!"

"안녕."

나는 그의 옆자리에 앉으며 말했다.

"뭘 듣고 있었어?"

"B.B.킹."

"B.B.킹?! 미쳤어?"

"기타리스트 연주를 들어봤어? 굉장히 좋아! 믿거나 말거나."

"기타리스트?"

얀 비다르가 고개를 끄덕였다.

"그는 너무나 뚱뚱해서 기타를 연주할 때 기타를 수평으로 들고 연주하잖아. 그렇지?"

내가 말을 이었다.

"너도 봤지? 마치 스틸기타를 연주하는 것 같아."

"레드 제플린이 누구의 영향을 받았다고 생각하니? 바로 우리가 구식이라고 생각하는 블루스 연주자들이야."

"나도 그건 알아. 그렇다고 우리가 블루스까지 들을 필요는 없잖아? 블루스는 쓰레기야. 물론 블루스에서 영감을 받을 수는 있겠지. 하지만 블루스 그 자체는 쓰레기라고. 같은 멜로디만 계속 반복되잖아."

271

"만약 이 기타리스트처럼 연주할 수만 있다면, 세상의 모든 음악을 연주할 수 있을 거야."

얀 비다르가 말을 이었다.

"필링을 강조했던 사람은 바로 너잖아. 바로 그 때문에 넌 지미 페이지가 리치 블랙모어나 잉베이 맘스틴보다 훨씬 훌륭한 연주자라고 말했어. 난 그 점엔 동의해. 논쟁의 여지는 없어. 하지만 필링에 관해서라면 이 사람의 연주를 꼭 들어봐야 한다고 생각해!"

그가 내게 헤드셋을 건네주었다. 나는 헤드셋을 귀에 꽂고 플레이 버튼을 눌렀다. 2초도 지나지 않아 나는 헤드셋을 빼버렸다.

"그게 그거잖아. 같은 멜로디."

얀 비다르는 조금 화가 난 것 같았다.

"화났어?"

"아냐, 내가 화를 낼 이유는 없잖아? 난 내 말이 맞다는 걸 알고 있으니까."

"하하."

버스는 E18번 도로에 진입하기 직전 신호등 앞에서 멈추었다.

"그런데 룬딩겐에는 어쩐 일이야?"

얀 비다르가 물었다.

"할아버지 댁에 들렀다가 오는 길이니?"

나는 고개를 끄덕였다.

"『뉘에 쇠를란데』 신문사에 갔다가 할아버지 댁에 잠깐 들렀어."

"신문사엔 무슨 일로?"

"일자리를 얻었어."

"일자리라고?"

"응."

"무슨 일? 신문 배달?"

그가 웃음을 터뜨렸다.

"하하."

나도 덩달아 웃음을 터뜨렸다.

"아냐. 음악평론을 쓰게 되었어. 음반평론이지."

"네가? 우와! 축하할 일이네?"

"응. 다음 주에 일을 시작할 거야."

침묵이 흘렀다. 얀 비다르가 무릎을 들어올려 앞좌석에 기댔다.

"넌? 너는 어디 갔다 오는 길이니?"

"친구 집에 들렀다 오는 길이야. 밴드 연습을 하고 왔어."

"그런데 왜 기타는 가져가지 않았니?"

그가 뒷좌석을 턱으로 가리켰다.

"뒤에 있어."

"네 친구 실력은 어때?"

"너보다는 훨씬 나아."

"그럼, 굉장한 수준이겠구나."

우리는 서로를 마주 보며 미소를 지었다. 그가 창밖을 내다보았다. 나는 아는 얼굴이 더 있는지 찾아보려고 버스 뒤편을 둘러보았다. 7학년 정도로 보이는 낯선 소년 한 명, 신발 가게의 하얀 쇼핑백을 무릎 위에 놓고 앉아 있는 50대의 여인 한 명뿐이었다. 그녀는 껌을 씹고 있었다. 그녀의 헤어스타일과 안경을 보면서, 껌을 씹는 모습과 어울리지 않는다는 생각을 했다.

"네가 나 대신 일했던 때를 기억하니?"

얀 비다르가 내게 물었다.

"물론이지."

273

그는 한때 신문 배달 아르바이트를 한 적이 있었다. 꽤 넓은 지역을 소화해야 하는 힘든 일이었다. 나는 그가 일주일 정도 휴가를 냈던 기간에 그의 일을 대신했다. 휴가였지만 그는 일주일 내내 집에 있었고, 우리는 함께 자전거를 타고 여기저기 친구들을 방문하곤 했다. 내가 그의 일을 대신해 시작한 지 사흘째가 되던 날부터 고객들의 불평이 이어졌다. 할 수 없이 그는 휴가를 반납하고 다시 일을 해야만 했다. 그는 휴가 동안 나 때문에 제대로 쉬지 못했다고 투덜거렸지만, 나는 개의치 않았다.

"네가 그때 일을 얼마나 엉망으로 했는지 기억하니? 난 아직도 이해할 수가 없어."

나는 어깨를 으쓱 추켜 보였다.

"난 솔직히 최선을 다했어."

"쳇. 믿을 수가 없어."

그가 혀를 차며 말했다.

그는 내가 일을 시작하기 전에 나와 함께 배달 지역을 두 번이나 돌아다니면서 몇 가지 기억할 일을 알려주었다. 어떤 집은 신문을 대문 앞에 놓아두길 원했고, 또 다른 집에선 우체통에 넣어주길 원했다. 문제는 그 동네에 동명이인이 있었기 때문에 그들의 우체통을 정확히 기억하긴 쉽지 않았다. 얀 비다르는 이러한 사항을 몇 번이나 내게 일러주었다. 하지만 내가 혼자 배달을 시작하는 날, 나는 얀 비다르의 말을 까맣게 잊어버리고 대충대충 신문을 배달했다.

"생각해보니 작년 일이네!"

내가 말을 이었다.

"벌써 몇 년이나 지난 일처럼 느껴져."

"그해 여름엔 재밌는 일이 많이 있었지."

그가 말했다.

"맞아, 그랬었지."

버스는 티메네스 교차로를 지나 숲길로 향했다. 언덕 위의 나무 꼭대기에는 햇살이 앉아 있었지만, 길 위에는 나무들이 드리우는 그림자로 어둑어둑했다. 나는 그곳의 버스 정류장을 지나치면서 빌리 아이돌을 떠올렸다. 우리는 그곳에서 파티를 하고 살을 에는 듯한 겨울밤에 집까지 걸어가며 빌리 아이돌의 노래를 흥얼거리곤 했다. '레벨 옐Rebel Yell'.

"이곳 버스 정류장에서부터 집까지 이르는 길엔 잊지 못할 기억들이 곳곳에 숨어 있어."

그가 고개를 끄덕였다.

길 오른쪽에 톱달스피요르덴이 보이기 시작했다. 푸르른 바닷물 위에 하얀 물거품이 보였다. 해변에 앉아 있는 사람들 주위로 어린 아이 몇 명이 뛰어다니고 있었다.

곧 가을이 시작될 것이다.

"너희 학교엔 예쁜 여학생이 많니?"

나는 얀 비다르에게 물어보았다.

"내가 보기엔 전부 별로야. 카타 고등학교는 어때?"

"우리 반에 굉장히 예쁜 애가 한 명 있긴 있어. 문제는 걔가 독실한 크리스트교 신자라는 거야."

"넌 그런 건 신경 쓰지 않잖아?"

"맞아. 하지만 걔는 좀 달라. 필라델피아 기독곤가 뭔가, 여튼 너도 알지? 오리털 파카에 빅북, 포코 로코* 옷만 입는… 그런 애…"

---

* 옷 상표명.

"그게 문제는 아닌 건 같은데?"

"맞아. 가장 큰 문제는 걔가 나를 좋아하지 않는다는 거야."

"한네와는 자주 만나니?"

나는 고개를 저었다.

"전화 통화를 몇 번 해본 게 전부야."

나는 한네 이야기를 하면 얀 비다르가 지루해 할까봐 내심 걱정이 되었다. 얼른 주제를 바꾸는 게 좋겠다고 생각했다. 하지만 할 말을 생각해내지 못한 나는 버스의 엔진 소리에 몸을 묻고 몇 분 동안 침묵을 지켰다.

문득 지금까지 살아온 시간의 반 이상을 버스 안에서 보낸 것 같다는 생각이 들었다. 오르막길과 내리막길, 이곳저곳, 나날이 계속되는 비슷한 일상. 버스, 버스, 버스. 우리는 버스에 관해서만큼은 전문가였다. 무의미한 자전거 타기와 끝없는 걷기와 마찬가지로. 물론 우리 존재의 회전축을 중심으로 어디에서 파티가 열리는지 알아차리는 것도 우리의 전문 분야라고 할 수 있었다. 누가 전기톱 살인을 다룬 비디오 영화를 가지고 있다고? 그렇다면 그곳으로 자전거를 타고 가봐야지. 온갖 고물과 쓰레기로 가득한 쓰러질 듯한 폐허 앞에 서 있는 무시무시한 외모를 한 낯선 남자를 생각하고 갔지만, 그곳에는 넋이 나간 듯 멍청하게 보이는 20대 청년이 우리를 우두커니 기다리고 있었다. 그는 자전거를 탄 우리를 향해 고개를 돌렸다.

아무것도 보이지 않는 황량한 들판 한가운데 바로 그의 집이 서 있었다.

"네가 전기톱 살인 사건 비디오를 가지고 있다는 소문이 들리던데?"

얀 비다르가 물었다.

"맞아. 하지만 지금은 누굴 빌려줘서 없어."

"그렇군."

얀 비다르가 나를 돌아보며 말을 이었다.

"언제 자전거를 타고 거기 한 번 다시 가볼까?"

8학년 학생이 친구들을 집에 초대했다는 소문이 들릴 때도 마찬가지였다. 우리는 세상에서 가장 당연한 일처럼 그의 집으로 찾아가 대문을 두드리고 우리 자신을 초대했다. 마실 것도 없고 여자애들도 없는 집에서 우리는 멍하니 텔레비전만 바라보았다. 솔직히 말하자면 우리에겐 따로 특별하게 할 일도 없었다.

그런 일은 자주 되풀이되었다.

누가 새 기타를 샀다는 소문이 퍼지면? 우리는 주저 없이 자전거를 타고 기타의 주인을 보러 갔다.

그렇다. 우리는 여기저기 들려오는 소문의 냄새를 맡는 데는 전문가였다. 그중에서도 우리가 가장 잘했던 일은 버스를 타거나 방 안에 가만히 앉아 있는 일이었다.

그 일을 하는 데 우리를 이길 수 있는 사람은 아무도 없었다.

그것이 새로운 일로 이어지는 때는 드물었다. 그렇다. 우리에겐 한 가지 일을 다른 일로 연결할 수 있는 창의성이 없었다. 우리가 나눈 대화 수준은 보잘것없었고, 몇몇 되지 않는 대화의 주제는 천천히 침묵으로 이어지기 일쑤였다. 우리 중에는 유능한 기타리스트도 없었다. 물론 마음은 그렇지 않았지만 말이다. 여자아이들과 관련해선, 그들의 스웨터를 걷어올리고 젖가슴에 입을 맞출 때 뺨을 맞기 일쑤였지만, 그것은 우리가 속한 누런 잔디, 회색빛 도랑, 먼지 묻은 길로 가득한 세상에서 빛을 볼 수 있는 몇 안 되는 순간이었기에 우린 개의치 않았다. 적어도 내겐 그랬다. 나는 얀 비다르도 나와 다르지 않을 것이라 짐작했다.

우리는 왜 그런 일을 했을까. 우리가 기다렸던 것은 무엇일까. 아니, 우리는 무슨 이유로 그토록 인내심을 가지고 기다렸던 것일까. 우리가 원하는 일은 언제 일어날지도 모르면서! 그렇다, 우리에게는 아무 일도 일어나지 않았다! 항상 같은 일만 반복될 뿐! 매일매일!

비가 오나 바람이 부나, 진눈깨비나 눈이 내리거나, 햇살이 비치거나 폭풍이 불거나, 오직 같은 일만 되풀이되었다. 어디서 새로운 일이 생겼다는 소문이 퍼지면, 우리는 그곳으로 갔고 다시 집으로 되돌아왔다. 그의 방에 앉아 있다가 또 이러저러한 소문을 들으면 버스를 타거나, 자전거를 타거나, 두 발로 걸어서 거기까지 갔다가 다시 되돌아와 방에 우두커니 앉아 있었다. 여름이 되면 강이나 바다에 가서 헤엄을 치기도 했다. 다른 것이 있다면 오직 그것뿐이었다.

도대체 무엇 때문에?

우리는 친구였다. 그 이상도 그 이하도 아닌.

그리고 기다림. 그것은 우리의 삶이었다.

솔슬레타에 이르자 얀 비다르가 기타를 들고 버스에서 내렸다. 나는 보엔까지 가는 유일한 승객이었다. 잠시 후, 버스는 보엔에서 멈추었다. 나는 등에 가방을 메고 손에 할머니의 사과가 들어 있는 봉지를 들고 터벅터벅 집으로 걸어갔다.

어머니는 저녁을 해놓고 나를 기다리고 있었다.

"이제 오니?"

대문을 열고 들어가자 어머니의 목소리가 들렸다.

"나도 방금 집에 왔어."

"할머니가 사과를 주셨어요."

나는 봉지를 들어보이며 말했다.

"할머니 댁에 들렀었니?"

"네, 할머니가 안부 전하래요."

"응, 고맙구나."

나는 냄비 뚜껑을 열었다. 토마토소스 속에 대구처럼 보이는 생선 조각이 담겨 있었다.

"저는 이미 할머니 댁에서 저녁을 먹었어요."

"그렇구나. 난 배가 고파서 뭘 좀 먹어야겠어."

어머니가 무릎에 앉아 있는 고양이를 바닥에 내려놓고 접시를 꺼내왔다.

"칼 오베, 신문사 일은 어떻게 되었니?"

나는 어머니의 목소리를 흉내 내어 말했다.

"앗, 참! 그 일을 깜박 잊었구나."

어머니가 민망한 듯 말했다.

나는 미소를 지었다.

"일을 하기로 했어요! 제가 적은 평론을 대충 읽어보고선 바로 일을 하라고 하더군요."

"주말 내내 고생한 보람이 있구나."

어머니가 생선 조각을 접시에 옮겨 담고 다른 냄비 뚜껑을 열어 주걱으로 감자를 건져 올렸다.

어머니가 감자를 접시로 옮겨가는 동안, 감자알이 주걱 위에서 천천히 데굴데굴 굴렀다.

"게다가 내일 신문에는 저의 인터뷰 기사도 실릴 거예요."

'기사가 실린다'는 말을 뱉고 나니 전문가가 된 것 같은 기분에 우쭐해졌다.

"축하한다, 칼 오베."

"그런데 문제가 있어요."

어머니가 접시를 식탁 위에 내려놓고, 서랍에서 포크와 나이프를 꺼냈다. 나는 어머니의 맞은편에 앉았다.

"문제라니?"

어머니는 음식을 먹기 시작했다.

"담당자가 제게 타자기를 구입하라고 했어요. 손으로 기사를 쓰면 안 된다고 했어요. 그래서 타자기를 구입해야 될 것 같은데…"

"제대로 된 타자기를 구입하려면 돈이 많이 들 텐데."

"우리에게 그 정도 돈은 있지 않아요? 이건 투자예요. 저도 신문에 평론을 싣기 시작하면 돈을 벌 수 있을 거예요. 어머니도 이해하시잖아요."

어머니가 음식을 씹으며 천천히 고개를 끄덕였다.

"신문사에서 타자기를 대여할 수는 없을까?"

"일을 시작한 첫날부터 타자기를 대여해달라고 말할 수는 없어요."

"그래, 네 말도 일리가 있구나. 그리 좋은 생각 같진 않아."

고양이가 내 다리에 몸을 문질렀다. 허리를 굽혀 가슴을 긁어주니, 고양이가 눈을 지그시 감고 기분 좋은 듯 목에서 가르릉 하는 소리를 냈다. 나는 고양이를 안아 무릎 위에 올려놓았다. 고양이는 두 발로 내 무릎을 긁었다.

"타자기는 얼마쯤 할 것 같니?"

어머니가 물었다.

"글쎄요, 전혀 아는 바가 없어요."

"다음 달 월급을 받으면 좀 형편이 나아질 것도 같지만… 지금은 수중에 돈이 하나도 없어."

"하지만 그때까지 기다릴 수는 없어요. 어머니도 아시잖아요."

어머니는 고개를 끄덕였다.

"난 어머니가 무슨 말을 할지 짐작해요. 없는 돈이 어디서 나오겠 냐고…"

"불행히도 그건 사실이란다. 네 아버지에게 도와달라고 부탁해 보는 건 어떻겠니?"

나는 아무 말도 하지 않았다. 어머니의 말은 생각해볼 만했다. 아버지에겐 돈이 있을 것이다. 하지만 과연 내게 돈을 주려 할까.

만약 아버지가 내게 돈을 줄 마음이 없다면 또 다른 문제에 직면 하게 된다. 아버지는 내가 무언가를 요구한다고 생각할 것이고, 아버지가 그것을 거절하거나 거절해야만 하는 상황에 부딪혔을 때 둘의 관계는 서먹서먹해질 것이다. 결국 그러한 관계를 만들어낸 책임 은 내가 져야 할 것이다.

"한번 물어보긴 할게요."

나는 고양이의 귀 뒤를 긁어주며 말했다. 고양이는 눈을 지그시 감고 기분 좋은 듯 몸을 비틀었다.

"참, 네 앞으로 편지가 왔더라."

어머니가 말했다.

"현관에 놓아두었어."

"편지가 왔다고요?"

나는 고양이를 바닥에 내려놓았다. 기분 좋게 쉬고 있던 고양이를 내려놓으려니 마음이 안타까웠지만, 그도 잠시였다. 내 앞으로 편지가 오는 일은 자주 있는 일이 아니니까.

편지 봉투 겉면의 내 이름은 여자의 필체로 적혀 있었다.

소인은 거의 보이지 않을 정도로 흐릿했다.

편지 봉투와 우표로 미루어보아 덴마크에서 온 편지 같았다.

"제 방에 올라갈게요. 어머니 혼자 저녁을 드셔도 괜찮겠어요?"

"물론이지!"

주방에서 어머니의 목소리가 들렸다.

방에 올라간 나는 책상 앞에 앉아 봉투를 뜯고 편지를 읽기 시작했다.

뉘크 M 8월 20일, 1985년

안녕, 칼 오베.

그간 잘 지냈니? 넌 편지를 보내겠다고 약속했지만 아무리 기다려도 네 편지는 오지 않았어. 난 네가 어떻게 지내는지 너무너무 궁금해. 왜 내게 편지를 보내지 않았니? 난 매일 아침에 눈을 뜨자마자 네 편지가 왔는지 확인하려고 우체통으로 달려가곤 했단다. 비록 넌 약속을 지키지 않았지만, 난 도저히 네게 화를 낼 수가 없어. 왜냐하면 난 너를 너무나 사랑하니까. 가끔 네게서 죽을 때까지 아무 소식도 듣지 못한다면 어떡할까 두렵기도 해. 덴마크에 올 계획은 있니? 그렇다면 언제? 네가 돌아간 후, 난 매일 너를 그리워했어. 낮에는 친구들을 만나고, 저녁이면 디스코텍에 갔지만 네가 없으니 모든 게 시들해졌어. 이젠 이곳 생활도 얼마 남지 않았단다. 난 9월 14일에 이스라엘로 이사를 갈 거야. 무척 기대

된단다. 이스라엘에 가기 전에 너를 꼭 한 번 만나고 싶어.

넌 내가 바보 같다고 생각할지도 모르겠구나. 우린 네가 덴마크에 머무르던 짧은 시간 동안 함께 많은 일을 경험했어. 넌 내가 사귀고 싶은 유일한 사람이야. 널 사랑해. 나를 실망시키지 말아줘. 편지해.

너를 사랑하는
리스벳으로부터

나는 편지를 옆으로 밀쳐놓았다. 형언할 수 없을 정도로 강렬한 좌절감이 밀려왔다. 나는 그때 그녀와 섹스를 할 수도 있었는데. 그녀도 원했는데! 게다가 그녀는 나를 사랑한다고 했다. 그렇다면 그때 내 요구도 들어주었을 텐데.

그녀는 내가 기숙사로 가자고 했을 때 선뜻 응했다. 무슨 일이 일어날지 분명히 짐작했음에도. 그런데 외게 때문에 일을 망쳐버렸다. 멍청하고 사악한 새끼!

편지 봉투 안에 무언가가 더 들어 있을 것 같은 생각에 봉투를 들어 살펴보았다.

아니나 다를까, 사진 한 장이 들어 있었다. 리스벳의 사진이었다. 고개를 비스듬히 기울이고 진지한 표정으로 카메라를 정면으로 바라보는 그녀의 모습. 그녀의 헐렁한 칼리지 스웨터에는 빨간 글자로 NIKE 로고가 커다랗게 적혀 있었다. 한쪽 눈을 가린 앞머리, 땋아서 귀 뒤로 넘긴 반대쪽 옆머리.

길고 예쁜 그녀의 목.

갸름한 얼굴과는 어울리지 않을 정도로 도톰한 입술.

그녀의 얼굴은 보면 볼수록 불만에 가득 차 있는 것 같았다.

하지만 나는 여전히 그녀를 감싸 안았을 때의 느낌을 기억하고 있다. 그녀의 손이 나의 셔츠 안으로 들어와 내 가슴을 어루만졌을 때, 나는 허리를 쭉 펴고 큰 숨을 들이쉬었다.

"넌 정말 멋있어! 하지만 평소처럼 행동해. 난 있는 그대로의 네 모습이 더 좋으니까. 넌 정말 멋있어!"

그리고 그녀는 덴마크인이었다.

나는 사진을 봉투 속에 다시 집어넣고, 봉투를 서랍 깊숙한 곳에 있는 일기장 속에 끼워넣었다.

아래층으로 내려가니 어머니는 설거지를 하고 있었다.

"칼 오베! 좋은 생각이 났어. 아버지가 예전에 쓰던 타자기가 어딘가에 있을 거야. 이사를 하면서 타자기는 가져가지 않았을 거야. 창고를 한번 살펴보렴. 거기 박스 속에 있을지도 몰라."

"아버지에게 타자기가 있었다고요?"

"응. 몇 년 동안 편지를 쓸 때 타자기를 사용하곤 했지."

어머니는 유리컵을 찬물로 헹구고, 건조대에 엎어놓았다.

"네 아버지와 처음 만났을 때는 시도 썼단다."

"아버지가요?"

"응. 네 아버지는 시에 관심이 많았어. 특히 옵스트펠데르를 좋아했지. 빌헬름 크라그도 좋아했던 것으로 기억해. 주로 낭만주의 시인에 관심이 많았지."

"아버지가요?"

나는 같은 말을 되풀이했다.

어머니가 미소를 지었다.

"하지만 아버지가 쓴 시는 별로였어."

"그럴 것 같아요."

나는 현관으로 가서 신발을 신고 창고의 뒷문을 열었다. 그 문은 창고를 처음 지었을 때는 앞문으로 사용했던 것 같았다. 당시 창고를 출입할 때 사용했던 문 옆에는 건초가 가득 쌓여 있었다. 아버지가 사용했던 창고 아래층에는 여러 개의 작은 방을 개조해 70년대식 집으로 만들었다. 하지만 창고 위층은 옛날 모습을 그대로 간직하고 있었다.

창고 안으로 들어서며 우리가 이처럼 커다란 공간을 소유하고 있었음에도 사용하지 않고 그대로 버려두었다는 것이 이상하다고 생각했다. 이전에도 여러 번 해본 생각이었다. 물론 창고라는 목적으로 사용하긴 했지만 말이다.

벽에는 구식 농가에서나 볼 수 있는 물건들이 여전히 걸려 있었다. 수레 바퀴, 마구, 녹슨 낫과 쇠스랑, 괭이. 벽에는 아버지가 분필로 적어놓은 나의 애칭도 보였다. 처음 이곳에 이사했을 때 아버지는 조그만 것에도 기뻐했다.

바퀴벌레

납작빵

사랑새

클로버

광대

물건을 담아놓은 여러 개의 박스는 벽에 기대어진 채 나란히 자리하고 있었다. 나는 그 박스들을 그날 처음 보았다. 아버지가 낡은 바닥재 하나를 사이에 둔 아래층에서 생활했다는 게 믿기지 않았다. 가끔 아버지는 우리가 아버지의 물건에 손을 댔을까봐 확인해보기 위해서 위층에도 올라와 보았을 것이다. 하지만 우리는 단 한 번도 창고 위층에 발을 들인 적이 없었다. 아버지의 물건에 손을 댄다는 것은 생각할 수도 없는 일이었다.

어렸을 때 보았던 어머니와 아버지의 옷이 눈에 띄었다. 70년대에 유행했던 바지. 두 사람이 런던 여행을 했을 때 구입했던 옷이 틀림없었다. 당시 유행했던 스타일이긴 하지만 바지의 아래쪽 폭은 노르웨이에서는 거의 본 적이 없을 정도로 넓었다. 어머니의 하얀 코트, 아버지의 커다란 오렌지색 점퍼. 갈색 안감이 대어져 있는 그 점퍼는 아버지가 낚시를 할 때 자주 입었던 옷이었다. 스카프와 치마, 목도리와 선글라스, 벨트와 장화, 그리고 갖가지 형태의 신발들. 또 다른 박스 속에는 주방 용품이 들어 있었다.

아무리 뒤져도 타자기는 보이지 않았다!

나는 박스 몇 개를 더 열어보았다. 비닐봉지 속에 잡지가 들어 있었다.

내가 잊고 있었던 만화책일까?

가장 위쪽의 봉지를 열어보았다.

그것은 포르노 잡지였다.

다음 봉지도 열어보았다.

그 역시 포르노 잡지로 가득 차 있었다.

박스를 가득 채운 포르노 잡지들.

도대체 누구 것일까?

나는 포르노 잡지 몇 권을 꺼내 바닥에 늘어놓고 책장을 넘겨보았다. 대부분은 60년대와 70년대의 잡지였다. 사진 속 여인들의 몸에는 비키니 라인이 선명하게 나 있었고, 허벅지 안쪽과 젖가슴은 눈처럼 흰색이었다. 대부분은 야외 풀숲에 누워 있었지만, 나무 뒤에 서 있는 여인도 있었다. 70년대에 볼 수 있었던 특별한 색으로 채워진 사진에는 커다란 젖가슴과 커다란 젖꼭지를 가진 여인들로 즐비했다. 어떤 여자의 가슴은 너무나 커서 축 늘어져 있기도 했다.

잡지를 뒤적이는 동안 내 성기는 꼿꼿하게 서버렸다. 몇몇 80년대 사진 속에서는 낯선 점을 찾아볼 수 없었다. 60년대 사진들은 전혀 감흥을 주지 못했다.

아버지는 이 잡지들을 언제부터 가지고 있었을까. 아버지 서재에 보관해두었던 것일까.

아니, 도대체 언제 이런 잡지들을 샀단 말인가.

나는 그것들을 박스 속에 넣고 생각에 잠겼다. 잡지를 어딘가에 숨겨야겠다고 생각했다. 어머니의 눈에 띄면 안 된다는 생각과 함께, 나중에 다시 보고 싶다는 생각도 함께 스쳤다.

정말 이곳에 다시 와서 포르노 잡지들을 들추어볼 수 있을까.

아버지는 이 잡지들을 들추어보았다. 아버지는 사진 속의 벌거벗은 여자들을 이미 보았다. 나는 도저히 그렇게 할 수 없다고 생각했다. 아버지의 손때가 묻은 여인들의 사진을 다시 볼 생각을 하니 구토가 나려고 했다.

다시 제자리에 넣어두는 게 상책이라고 생각했다. 어차피 어머니는 이곳에 와서 박스를 뒤져보진 않을 테니까.

아무리 생각해도 앞뒤가 맞지 않았다. 지난 몇 년 동안, 아니, 내가 세상에 태어났을 때부터 작년까지, 아버지는 이 포르노 잡지들을 집 안에 보관해왔다.

세상에!

다음 박스를 열어보았다. 타자기는 거기에 들어 있었다. 짐작했던 대로 낡은 수동식 타자기였다. 만약 포르노 잡지들을 발견하기 전에 타자기를 보았다면 실망했을 것이 틀림없었다. 어쩌면 아예 사용할 생각도 하지 않고, 어머니나 아버지에게 새 타자기를 사달라고 졸랐을지도 모른다. 하지만 아버지의 포르노 잡지들을 본 후엔 생각이 달라졌다. 아무래도 상관없었다.

나는 타자기를 들고 거실로 들어갔다. 어머니는 소파에 누워 쉬고 있었다.

"보기엔 괜찮은 것 같구나."

어머니가 반쯤 눈을 감은 채 말했다.

"저도 그렇게 생각해요. 그런데 소파에서 주무실 거예요?"

"아냐, 조금 쉬려던 참이었어. 30분쯤 후에 깨워줄래? 그때까지도 내가 일어나지 않는다면 말야."

"네."

나는 내 방으로 들어가 리스벳의 편지를 다시 읽어보았다. 그녀는 편지에 나를 사랑한다고 적었다. 이전에는 그 어느 누구에게서도 사랑한다는 말을 들어본 적이 없었다.

한네도 내게서 사랑한다는 말을 들었을 때 이런 느낌이었을까? 내가 그녀를 사랑한다고 말했을 때? 나는 리스벳을 사랑하지 않았다. 그녀가 편지를 보내왔다는 사실엔 기쁘기 한량없었지만, 그 이상도 그 이하도 아니었다. 그렇다, 나는 단지 그녀가 내게 편지를 써주었기에 기뻤을 뿐이다. 내게는 오직 한네뿐이었다.

하지만 내가 리스벳을 생각하는 것처럼 한네도 나를 그렇게 생각하는 건 아닐까?

그녀는 나를 좋아한다고 했다.

나를 두고 장난을 쳤던 건 아닐까.

나를 좋아한다면서 왜 나와 사귀지 않으려는 걸까.

오, 나는 한네와 사귈 수만 있다면 무슨 일이라도 할 수 있을 것 같았다! 내가 원하는 것은 오직 그것뿐이었다. 그것만이 내가 원하는 것이었다! 하지만 그녀가 나를 원하지 않는다고 했으니, 내가 무엇을 더 할 수 있단 말인가. 아무래도 상관없었다.

나는 한네에게 받은 대로 되돌려주리라 마음먹었다. 이젠 아무래도 상관없는 일이니까.

자리에서 일어나 아래층으로 내려갔다. 전화 수화기를 들고 한네의 전화번호를 눌렀다. 마지막 한 자리는 차마 누를 수가 없었다. 창밖을 내다보았다. 검은 새 두 마리가 길 건너편 덤불 위에 앉아 빨간 열매를 따먹고 있었다. 메피스토는 꼬리를 살랑살랑 흔들며 새를 바라보고 있었다.

마지막 번호를 눌렀다.

"여보세요?"

그녀의 아버지였다.

그녀의 아버지가 전화를 받으니 살짝 두려워지기 시작했다. 왜냐하면 그의 딸은 지금 내가 아닌 다른 사람과 사귀고 있으니까. 그는 분명히 내 의도를 눈치챘을 것이다. 한 번은 한네와 한 시간 넘게 전화 통화를 한 적도 있었다. 그때 전화 통화의 상대방이 나라는 것을 알아낸 그녀의 아버지는 매우 언짢아했다.

"안녕하세요, 칼 오베라고 합니다. 한네와 통화할 수 있을까요?"

"잠시만 기다려."

그의 발소리가 점점 멀어졌다. 메피스토는 새를 향해 천천히 다가가고 있었다. 새들은 아무것도 모른 채 고개를 까딱까딱하며 열매를 따먹고 있었다. 가벼운 발소리가 들렸다. 나는 그것이 한네의 발소리라고 짐작했다. 심장이 점점 빨리 뛰기 시작했다.

"안녕. 참 이상해. 방금 네 생각을 하고 있었는데, 네가 전화를 하다니!"

"무슨 생각을 했는데?"

"그냥 네 생각."

"오늘 저녁엔 뭘 할 거니?"

"프랑스어를 공부하려던 참이었어. 작년보다 훨씬 어려워져서 따라가기가 쉽지 않아. 넌 어때?"

"작년과 마찬가지야. 작년에도 프랑스어는 아는 게 없었고, 올해도 아는 게 없으니까. 내가 프랑스어 시험에서 4점을 맞았던 걸 기억하니?"

"응, 기억해. 그때 넌 굉장히 기뻐했어."

"맞아. 난 프랑스어 시험을 볼 때 항상 2점을 받았거든. 4점을 받았던 그 시험에선 나만의 비법을 사용했단다. 꽤 쉬운 방법이었어. 예문이 꽤 길었잖아, 그렇지? 난 대답을 쓸 때 예문에 있던 단어를 주로 사용했고, 내가 아는 단어를 중간중간에 끼워넣었단다. 그러고선 점수를 받아보니 4점이더라고."

"넌 머리가 좋아서 그래."

"하하, 나도 알아."

"그런데, 넌 오늘 뭐했니?"

"특별한 일은 없었어. 편지가 와서 몇 번 읽어보았을 뿐이야."

"누가 편지를 보냈어?"

"덴마크에서 만났던 여자아이."

"정말? 그 이야기는 내게 해주지 않았잖아!"

"맞아. 그땐 너무나 많은 일이 있었고… 게다가… 그런 이야기를 하면 별로 재미없을 것 같아서…"

"그건 네가 잘못 생각한 거야!"

"음…"

"그런데 걔가 편지에 뭐라고 썼니?"

"나를 사랑한다고 썼어."

"하지만 넌 덴마크에 일주일밖에 머물지 않았잖아!"

"이미 말했다시피 그 주엔 정말 많은 일이 있었어. 우린 함께 자기도 했어."

"정말? 그게 정말이니?"

"응."

침묵이 흘렀다.

"그런데 그 이야기를 왜 내게 하는 거니, 칼 오베?"

나는 잠시 뜸을 들이다가 말문을 열었다.

"네가 흥미를 보일 만한 일이 아니라고 생각했는데, 네가 그렇지 않다고 말했어. 그래서 그 이야기를 해도 되겠다고 생각한 거야."

"응."

"그리고… 맞아, 그 일도 있었고… 여하튼 우리 사이에 많은 일이 있었어. 그래서 곰곰히 생각해봤는데… 너도 알다시피… 내가 지난번에 네게 말했던 건… 너도 알다시피… 그러니까, 지난여름에… 난 사랑이라는 감정을 찾아 헤맸던 것 같아. 내가 무슨 말을 하는지 이해할 수 있겠니? 그리고 덴마크에서 리스벳을 만났지…"

나는 그녀의 이름을 말하며 일부러 말을 끊었다. 그녀의 이름이 한네의 머릿속에 더 강렬한 효과를 남기기를 원했기 때문이었다.

"리스벳과의 경험은 현실이었어. 머릿속에서만 맴도는 생각이 아니라 내가 직접 귀로 듣고 손으로 만졌던 실질적인 경험이었어. 그리고 이제 그녀에게서 편지를 받고 보니, 나도 그녀를 사랑하고 있다는 것을 깨닫게 되었단다. 정말 황홀한 기분이야! 어쨌든 우린 처

291

음부터 아무 관계없는 사이였잖아. 지금도 마찬가지고. 그래서, 그래서 말인데… 이젠 너를 놓아줘야겠다고 생각해. 이 말을 하려고 했어."

"응, 말해줘서 고마워."

"하지만 우린 앞으로도 계속 친구로 지낼 수 있겠지?"

"물론이지."

그녀가 말을 이었다.

"네가 누구와 사랑에 빠지든, 그건 네 자유야. 우린 사귀는 사이도 아니잖아."

"네 말이 맞아."

"하지만 솔직히 네 말을 듣고 보니 좀 슬프기도 해. 시브의 오두막에서 너와 함께 보냈던 시간이 너무나 좋았거든. 아직도 가끔 생각하곤 한단다."

"응, 나도 그래."

"응."

"프랑스어 공부를 해야 하는데 내가 너무 시간을 많이 뺏은 건 아닌지 모르겠다."

"아냐. 괜찮아. 어쨌든 전화해줘서 고마워. 안녕."

"안녕."

나는 수화기를 내려놓았다.

이제 모든 것은 끝이 나버렸다. 그건 내가 원했던 일이기도 했다. 그리고 이젠 원하는 대로 이루어진 셈이었다.

다음 날 쉬는 시간 종이 울리자마자, 나는 학교 앞 E18번 도로 맞은편의 주유소 편의점으로 뛰어갔다. 그날 발간된 『뇌에 쉬를란데』

신문을 사기 위해서였다. 진열대에서 일간지를 집어든 나는 제일 뒷장부터 펼쳐보았다.

신문에 실린 내 사진을 보는 순간 뺨이 화끈 달아올랐다.

나의 인터뷰 기사는 지면 한 장을 꽉 채울 정도로 크게 실려 있었고, 그중에 3분의 2는 내 사진이 차지하고 있었다. 사진 속의 나는 음반 석 장을 치켜든 채 독자들을 정면으로 바라보고 있었다.

인터뷰 기사를 대충 눈으로 훑어보았다. 기사에 의하면, 나는 음악에 깊은 관심이 있는 청년이며, 록 뮤직이 사회 속에서 점점 자리를 잃어가는 데 경각심을 가지고 있다고 했다. 개인적으로는 영국 인디 뮤직을 선호하지만 모든 장르의 음악, 심지어는 히트송 리스트에 오른 음악까지도 열린 눈으로 보려 노력한다고 적혀 있었다.

나는 기사에 나온 것처럼 말한 기억이 없었다. 하지만 은연중에 그러한 의미를 내포한 말을 했을 수도 있을 것 같았다. 스테이나르 빈즐란은 행간의 의미까지도 읽어냈던 것이 틀림없었다.

사진은 만족스럽게 잘 나왔다.

나는 돈을 지불하고 신문을 접어 손에 들고서 다시 학교로 갔다. 아이들이 하나둘 교실에 들어왔다. 나는 책상 위에 신문을 내려놓고 의자에 앉았다. 여느 때와 마찬가지로 의자를 벽에 흔들흔들 부딪히며 아이들을 바라보았다.

『뉘에 쇠를란데』를 읽어본 아이들이 있을 것이라곤 생각지 않았다. 아이들은 거의 신문을 읽지 않았다. 그들이 아는 신문 이름이라곤『페드레란즈벤넨』뿐이었다. 그렇기에 책상 위에 신문을 펼쳐놓은 내 모습은 아이들의 관심을 끌기에 충분했다. 왜 학교에『뉘에 쇠를란데』신문을 가져왔니?

그들은 내가 집에서 신문을 가져왔다고 생각했다! 그들에게 자랑하기 위해 일부러 집에서 가져왔다고 생각했을 것이 틀림없었다!

나는 얼른 신문을 접었다. 난 아이들이 그렇게 생각하는 것이 싫었다. 사실이 아니었으니까. 나는 주유소 편의점에서 신문을 구입했다. 그곳 외에는 신문을 살 수 있는 곳이 없었으니까. 바로 그 때문에 학교에 신문을 가져왔던 것이다.

젠장. 그게 뭐가 중요할까. 그냥 솔직하게 말해버려도 되지 않을까. 하지만 자랑하는 것처럼 들리면 안 되는데, 어떡하지.

생각을 고쳐먹었다. 그건 자랑이 아니라 있는 그대로의 사실이니까. 나는 신문사의 음악평론가가 되었고, 오늘자 신문에 나의 인터뷰 기사가 실렸으며, 나는 그 신문을 학교 앞 주유소 편의점에서 구입했을 뿐이다.

일부러 신문을 감출 필요는 없었다.

"안녕, 라스!"

그는 남자아이들 중에서 가장 편하게 대할 수 있는 아이였다. 라스가 내게 몸을 돌렸다. 나는 신문을 허공으로 높이 치켜들었다.

"내가 신문사의 음악평론가가 되었어. 한번 볼래?"

그가 몸을 일으켜 내게 다가왔다. 나는 신문을 펼쳐 내 기사가 실린 지면을 찾았다.

"우와! 이게 무슨 일이야!"

그가 허리를 쭉 펴며 소리를 질렀다.

"얘들아! 칼 오베가 신문에 났어!"

라스는 교실을 둘러보며 크게 외쳤다.

상황은 내가 바랐던 것보다 훨씬 만족스럽게 돌아가고 있었다. 다음 순간, 아이들은 나를 빙 둘러싸고 신문에 실린 나의 사진과 기사를 보았다.

그날 저녁, 나는 낡은 음악 잡지를 뒤적이며 그곳에 실린 음반평론 기사를 모두 읽어보았다. 보아하니, 평론 기사는 세 가지로 나뉘는 것 같았다. 그 하나는 셰틸 롤네스, 토르그림 에겐, 핀 비엘게, 헤르만 빌리스의 평론처럼 대상을 살짝 깎아내리는 듯 재치 있는 글이었고, 다른 하나는 외이빈 호네스, 얀 아르네 한도르프, 아르비드 스캉케-크눗첸, 이바르 오르베달의 평론처럼 진지하고 무거운 글이었으며, 마지막 하나는 토레 올센, 톰 셰클레세테르, 게이르 라크보그, 게르드 요한센, 빌리 B의 평론처럼 직접적이고 지적이며 선명한 글이었다.

나는 이들의 서로 다른 평론 스타일에 익숙해 있었다. 그중에서도 얀 아르네 한도르프의 평론을 가장 좋아했다. 물론 내가 그의 평론을 이해했던 것은 아니다. 하지만 나는 그가 전하고자 하는 의미를 느낌으로 받아들일 수 있었다. 혼란스럽게 나열되어 있는 낯설고 현학적인 단어들 속에 숨어 있는 의미를 이해할 수 있을 것 같았다. 그는 독자들이 이해를 하든 말든 자신만의 스타일로 글을 쓰는 것 같았고, 그의 글은 나를 점점 범접할 수 없는 깊은 밤의 어둠 속으로 인도했다.

나는 다른 시각을 가지고 있는 사람들을 꼼짝 못하게 만드는 짧고 살인적인 문장으로 마무리된 평론에도 호감을 느꼈다. 나도 그런 평론을 쓰고 싶었다. 가능하다고는 생각지 않았지만, 내겐 아주 중요한 점이기도 했다. 대부분의 평론가들은 무자비했다. 심플 마인드처럼 밴드가 음악 성향을 바꿀 때면 평론을 쓰는 것이 그리 어렵지 않았다. 그 이유를 요구하는 것은 평론가의 역할이기도 하거니와 매우 쉬운 일이기도 했다.

왜? 음악 자체의 의미를 갈구하고 헌신했던 밴드가 왜 갑자기 태도를 바꾸었을까? 갑자기 돈이 필요했던 건 아닐까? 거대한 체육관에서 공연을 하고 돈에 혈안이 된 이유는 무엇일까? 그것이 과연 의미 있는 일일까? 팬과 청중들은 어떻게 생각할까? 그럼에도 팬들에게 직접 다가갈 수 없다면 그 결과로 돌아오는 온갖 비난에는 어떻게 대처할까? 솔직히 노르웨이는 세계적으로 입지를 강화시켜나가는 밴드에겐 그다지 매력적인 나라라고 할 수 없다. 그러니 유명 밴드들의 라이브 공연도 그리 자주 접할 수 없다.

나는 지금까지 단 세 편의 평론을 썼을 뿐이고, 스테이나르 빈즐란드는 나의 평론을 모두 읽어보았다. 나는 그 평론에서 중립적이고 공정한 입장을 유지하려 애썼다. 동시에 그중 한 음반에 대해선 매우 강한 어조로 깎아내리며 풍자적인 문장으로 글을 마무리했다. 그것은 바로 최근에 발간된 스톤스의 음반이었다. 나는 그들의 음악을 결코 좋아할 수 없었다. 『섬 걸스』*Some Girls* 앨범만 제외한다면 말이다. 하지만 밴드 멤버들은 모두 40대를 넘긴 나이였기에 감상적으로 변할 수밖에 없다고 생각했다. 어쩔 수 없는 일이었다.

내 속에는 할 말이 너무나 많았다. 이제 그것들을 밖으로 끄집어내는 일만 남았을 뿐이다.

창밖이 어두워지기 시작했다. 나는 가을이 세상을 감싸오는 그 시기를 좋아했다. 어둠, 비, 갑자기 과거에서 고개를 비집고 나온 듯한 시간은 축축한 잔디와 흙 속에서 팔을 활짝 벌렸다. 자동차의 전조등이 담벼락을 비출 때, 워크맨에서 흘러나오는 음악이 문득 내 몸을 감싸올 때도 마찬가지였다. 나는 「디스 모털 코일」This Mortal Coil을 들으면서 어둠이 내린 튀바켄에서 놀았던 어렸을 때의 기억을 떠올렸다. 기분 좋은 느낌이 나를 감쌌다. 하지만 그것은 근심 걱정을 찾아볼 수 없는 밝고 가벼운 느낌이 아니라 한마디로 표현할 수 없는 복잡 미묘한 느낌이었다. 애잔함과 아름다움이 숨어 있는 음악을 들을 때 느낄 수 있는 상실과 죽음, 그리고 실연의 아픔처럼 아름다움과 공존하는 고통. 하지만 바로 그러한 느낌에서 자라나는 그리움과 동경은 앞으로 살아갈 수 있는 힘을 주기에 충분하다. 그 세계에서 벗어나면 삶을 살아갈 힘을 얻게 된다. 북적북적한 대도시의 거리, 고층 빌딩이 드리우는 그림자, 아름다운 사람들이 모여 낯선 집에서 즐기는 파티. 깊은 사랑을 만난 후의 세상은 일상의 반복과 받아들임, 안도감과 후련함, 황홀경으로 가득 찬 새로운 세상이다.

그녀를 버리고 새로운 여자를 찾고 다시 그녀를 버리는 일. 나를 드러내고 냉정하고 무자비하게 살아가는 일. 유혹자. 모든 여자가 원하는 남자. 하지만 그들에겐 눈도 돌리지 않는 남자. 나는 그런 사람이 되고 싶었다. 음악 잡지들을 다시 책장에 꽂아놓고 아래층으로 내려갔다. 옷방에 앉아 전화 통화를 하던 어머니가 열린 문으로 내게 미소를 지었다. 나는 어머니가 누구와 무슨 이야기를 하는지 궁금해 잠시 그 자리에 서서 귀를 기울였다.

이모와 통화를 하는 것 같았다.

나는 주방에 들어가 선 채로 빵을 한 조각 먹고, 우유를 마셨다. 다시 위층으로 올라가 한네에게 편지를 쓰기 시작했다. 우린 앞으로 만나지 않는 게 좋겠다고 적었다.

기분이 좋아졌다. 무슨 이유에선지는 모르겠지만, 그녀에게 복수를 하고 있다는 생각이 스쳤다. 그녀에게 상처를 줌으로써, 나를 놓친 게 얼마나 후회할 일인지 상기시켜주고 싶었다.

편지를 가방에 넣었다.

나는 학교에 가는 버스를 타기 전에 편지를 부쳤다. 잘했다는 생각에 매우 만족스러웠다.

그날 저녁, 나는 소파에 누워 학교 도서관에서 빌려온 책을 읽었다. 비외르네뵈의『닭이 울기 전』을 읽고 있으려니, 문득 내가 잘못했다는 생각이 들었다. 나는 여전히 한네를 사랑하고 있었다. 그런데 왜 앞으로 만나지 말자는 편지를 썼을까. 해서는 안 될 일을 한 것 같았다.

후회가 막심했다. 되돌릴 수만 있다면 얼마나 좋을까.

나는 책을 소파 팔걸이 위에 내려놓고 몸을 일으켰다. 지난번에 보낸 편지는 내 솔직한 마음이 아니었다고 다시 편지를 쓸까. 지난 일은 잊어버리고 다시 만나자고 말할까.

바보처럼 보일 것이 틀림없었다. 전화를 해야겠다고 마음먹었다.

나는 생각이 바뀌기 전에 얼른 전화기로 달려가 그녀의 번호를 눌렀다.

전화를 받은 사람은 한네였다.

"안녕. 지난번에 전화로 했던 말에 대해 사과하고 싶어서 다시 전화했어. 그때는 마음에도 없는 말을 했어."

"딱히 사과할 일은 아닌 것 같은데?"

"아냐, 사과를 하고 싶어. 미안해. 할 말이 또 있어. 길게 말하진 않을게. 사실, 네게 편지를 보냈어."

"그래?"

"응. 하지만 편지에 쓴 말은 내 솔직한 마음이 아냐. 왜 내가 그런 편지를 보냈는지 나도 모르겠어. 어쨌든 그 편지는 읽어볼 필요도 없어. 한 가지 부탁이 있는데 들어주겠니? 내가 보낸 편지는 절대 읽지 마. 편지를 받으면 바로 쓰레기통에 버려줘."

그녀가 웃음을 터뜨렸다.

"네가 그런 말을 하니까 더 호기심이 생기는걸! 정말 내가 그 편지를 읽지 않고 버릴 수 있다고 생각하니? 그건 그렇고, 편지엔 뭐라고 썼는데?"

"그건 말할 수 없어! 그게 바로 내가 전화를 한 이유니까."

그녀가 다시 소리 내어 웃었다.

"넌 참 이상한 애야. 그런데 마음에도 없는 말을 왜 편지에 썼니? 난 그게 궁금해."

"그건 나도 몰라. 그냥 기분이 이상했어. 한네, 약속해줄 수 있겠니? 편지가 오면 바로 버리겠다고 약속해줘. 처음부터 그 편지는 존재하지 않았던 것처럼. 왜냐하면 내가 편지에 쓴 말은 사실이 아니니까."

"알았어. 생각해볼게."

그녀가 말을 이었다.

"하지만 그건 내게 온 편지잖아. 그러니까 그 편지를 어떻게 하든 그건 내 자유라고 할 수 있지 않을까?"

"맞아. 네 말은 충분히 이해하지만… 이번 한 번만 내 부탁을 들어주면 안 되겠니?"

"편지에 뭐 나쁜 말이라도 썼니? 아, 물론 그렇겠지."

"이젠 알았으니까 내 부탁을 들어주는 거지? 원한다면 네 앞에서 무릎을 꿇을 수도 있어. 아니, 지금 그렇게 하고 있어. 무릎을 꿇고 있다고. 그러니 제발 부탁이야. 편지가 오면 바로 쓰레기통에 버려줘."

그녀가 다시 웃었다.

"무릎을 꿇을 필요는 없어. 얼른 일어나!"

그녀가 말했다.

"지금 뭘 입고 있니?"

그녀가 대답하기까지 몇 초의 시간이 걸렸다.

"티셔츠랑 조깅 바지. 난 네가 전화를 히리라곤 생각지도 못했어. 그건 그렇고, 넌 지금 뭘 입고 있니?"

"나? 검은색 셔츠와 검은색 바지, 그리고 검은색 양말."

"하하, 내가 왜 그런 걸 물어봤는지 나도 모르겠어."

그녀가 웃음을 터뜨렸다.

"이번 성탄절 선물로 화려한 색의 모자를 사줄게. 그 모자를 쓰고 다니는 게 부끄럽다 하더라도 넌 꼭 쓰고 다녀야 해. 왜냐하면 그건 내가 네게 주는 거니까. 적어도 나를 만날 때는 꼭 그 모자를 써야 해. 알았지?"

"아, 그건 악마 같은 짓이야."

"우리 사이의 일을 너만 결정할 수 있다고는 생각지 마."

"무슨 뜻이니? 내가 신을 믿지 않는다고 해서 꼭 내가 사악한 인간이라고는 할 수 없잖아?"

"아냐, 농담했을 뿐이야. 그리고 넌 사악한 사람과는 거리가 멀어. 이제 전화를 끊어야겠어. 부모님이 나를 찾으셔. 뭘 먹으라고 하시는 것 같아."

"편지는 꼭 버려, 알았지?"

그녀가 웃음을 터뜨렸다.

"안녕!"

"꼭! 알았…?"

하지만 그녀는 이미 전화를 끊은 후였다.

스테이나르 빈즐란과의 만남은 길지 않았다. 그는 내게 평론을 어떤 식으로 쓰면 되는지 간단하게 보여주었다. 평론을 쓰는 양식은 따로 마련되어 있었다. 종이 위쪽에 따로 채워넣어야 하는 칸도 있었다. 그는 내게 그 양식을 한 움큼 건네주었다. 그리고 내게 시내 음반 가게에 가서 최근에 발간된 음반 석 장을 골라 집에서 들어보라고 했다. 이미 음반 가게 주인에게 말을 해놓았다고 했다.

"음반으로 네 일의 대가를 치러도 되겠지?"

"그럼요."

"평론을 다 쓴 후엔 내게 가져와. 나머지는 내가 처리할 테니까."

그가 내게 윙크를 찡긋하며 악수를 한 후, 책상 위에 쌓인 종이 위로 몸을 돌렸다. 나는 신문사 건물을 나와 거리를 걷기 시작했다. 여전히 설레는 기분이 가시지 않았다. 오후 3시 30분. 나는 아버지의 집에 들러보기로 마음먹었다. 대문 앞에 서서 초인종을 눌렀지만 인기척은 없었다. 터덜터덜 발걸음을 돌려 버스 정류장으로 가려는 찰나, 아버지의 연두색 아스코나 자동차가 언덕을 내려오고 있었다.

아버지는 인도 쪽에 차를 바짝 대고 세웠다.

나는 아버지가 차에서 내리기도 전에, 아버지의 모습은 예전과 비교해 변한 점이 없다는 것을 깨달았다. 딱딱하고, 뻣뻣하며, 신중한 자세. 아버지는 안전벨트를 풀어 조수석에 있는 봉지를 집어들고 차에서 내렸다. 아버지는 길을 건넌 후에야 나를 발견했다.

"여기서 나를 기다렸니?"

"네. 지나는 길에 잠깐 들러보려고요."

"우리 집에 올 때는 미리 전화를 하고 와."

"네. 오늘은 근처에 볼 일이 있어서 왔다가 그냥…"

나는 말을 맺지 못하고 어깨를 으쓱 추켰다.

"여긴 별다른 일이 없어. 그러니까 당장 버스를 타고 집으로 가."

"네."

"다음에 올 때는 꼭 미리 전화를 해라, 알았지?"

"네."

아버지는 내게서 등을 돌리고 대문에 열쇠를 꽂았다. 나는 버스 정류장을 향해 걷기 시작했다. 아버지 말에도 일리는 있었다. 별다른 일이 없으니 꼭 들러볼 이유도 없었다. 사실 나는 아버지에게 안부를 전하러 들렀을 뿐이다. 그런데 아버지가 원하지 않는다면 발길을 돌려도 상관없었다. 나와는 상관없는 일이었다.

그날 저녁 밤 10시 30분쯤, 아버지에게서 전화가 왔다. 술에 취한 목소리였다.

"안녕, 나다. 아직 안 잤니?"

"네. 밤에 혼자 있는 게 좋아서요."

"네가 미리 연락도 없이 찾아오는 건 그다지 마음에 들지 않아. 그렇다고 네가 찾아오는 게 싫다는 말은 아냐. 이해할 수 있겠지?"

"네, 알았습니다."

"알았다고 그칠 일이 아냐! 서로를 이해하는 건 매우 중요한 일이야."

"네, 매우 중요한 일이죠."

"난 지금 여기저기 전화를 하고 있어. 안부를 전하려고. 맥사 한 잔과 함께. 기분이 아주 좋구나."

맥사? 그것은 맥주와 사이다를 자주 섞어 마시는 동쪽 지방 사람들의 습관이기도 했다. 아마도 운니에게서 배운 것이리라. 그 외에도 아버지는 동쪽 지방의 말투를 자주 사용하곤 했다. 그 역시 운니의 영향을 받은 것이 틀림없었다. 한번은 몸이 헐렁해졌다는 말도 했다. 그 역시 동쪽 지방에서 자주 사용하는 말이었다. 아버지가 살이 쪘다는 말을 그렇게 표현한 것은 이전에는 없던 일이었다.

"내일 저녁에 동료 몇 명을 초대해서 저녁을 함께 먹을 거야. 너도 산네스에서 만나본 적이 있는 사람들이니까, 시간이 된다면 함께 저녁을 먹었으면 좋겠구나."

"네, 그럴게요. 몇 시에 가면 되나요?"

"여섯 시, 여섯 시 반쯤."

"네."

"이제 기분 나쁜 건 다 풀렸지?"

"네."

"그래, 우리 사이에 앙금이 있으면 안 돼. 나는 어쨌거나 네 아버지니까."

"네."

잠시 침묵이 흘렀다. 아버지가 술을 한 모금 넘기는 소리가 들렸다.

"할아버지 댁에 들렀다면서?"

"네."

"할아버지와 할머니가 혹시 나와 운니 이야기를 했니?"

"아뇨, 별다른 이야기는 없었어요."

"정확히 말해. 이야기를 하긴 했지만, 별다른 말이 없었다는 뜻이니?"

"전날 아버지가 들렀다는 말을 했어요. 운니와 함께. 운니가 참 좋은 사람 같다는 말도 했어요."

"그렇군. 정말 그렇게 말했니?"

303

"네."

"이번 성탄절은 어디서 보낼 거니? 나와 함께 보낼 거니, 아니면 네 어머니와 함께 보낼 거니?"

"그건 생각해보지 않았어요. 아직 성탄절까지는 시간이 많이 남아 있잖아요."

"그래, 그렇긴 하지. 하지만 미리 계획해놓는 것도 나쁘진 않아. 우린 성탄절에 남유럽 여행을 할지, 집에서 파티를 할지 생각 중이야. 만약 너희들이 온다면 우린 집에 있을 거야. 그러니 빠른 시일 내에 말해줬으면 좋겠구나."

"한번 생각해볼게요. 윙베 형과도 이야기를 해봐야 할 것 같아요."

"원한다면 혼자 와도 좋아."

"네. 시간을 좀 주셨으면 해요. 아직 성탄절 생각은 해보질 않아서…"

"알았어. 너도 생각할 시간이 필요하겠지. 그런데 너는 가능하면 네 어머니와 함께 성탄절을 보내고 싶은 모양이구나?"

"꼭 그렇지도 않아요."

"그렇군. 알았어. 그럼, 내일 보자."

아버지가 전화를 끊었다. 나는 주방에 가서 차를 마시기 위해 물을 끓였다.

"어머니, 차 드시겠어요?"

나는 고양이를 무릎에 올려놓고 클래식 음악을 들으며 뜨개질을 하는 어머니에게 물어보았다.

창밖은 짙은 어둠으로 둘러싸여 있었다.

"응, 고마워."

5분 후, 나는 양손에 찻잔을 들고 거실로 갔다. 어머니는 뜨개질

거리를 소파 팔걸이에 내려놓고, 무릎에 앉아 있던 고양이를 옆자리로 옮겼다. 고양이가 앞발을 쭉 뻗고 기지개를 켰다. 어머니는 소파 위에 올려놓았던 두 다리를 펴고 양손을 비볐다. 한동안 제자리에 가만히 앉아 있다가 몸을 움직이기 전에 늘 하는 행동이었다.

"아버지가 술을 마시기 시작한 것 같아요."

나는 창문 밑에 있는 버들고리 의자에 앉았다. 의자가 삐걱삐걱 소리를 냈다. 나는 뜨거운 차를 후후 불어 한 모금 마시고 어머니를 쳐다보았다. 메피스토가 내 무릎 위로 올라와 앉았다.

"방금 전화 통화를 한 사람이 네 아버지였니?"

"네."

"술에 취해 있었니?"

"네, 조금. 지난번에 저녁을 먹으려고 들렀을 때도 꽤 많이 취해 있었어요."

"너는 무슨 생각을 했니?"

나는 어깨를 으쓱 추켜 보였다.

"글쎄요. 그냥 기분이 좀 이상할 뿐이에요. 이사 가기 전에 여기서 파티를 했던 날, 처음으로 아버지가 술에 취한 모습을 봤어요. 그 뒤로 벌써 두 번이나 취한 모습을 봤고요. 긴 시간도 아닌데…"

"그다지 이상하게 생각할 건 없을 것 같구나."

어머니가 말을 이었다.

"아버지도 삶의 큰 변화를 경험한 셈이니까."

"네. 곧 나아지겠죠. 하지만 아버지는 술을 마시면 좀 성가시게 변해요. 과거에 아버지가 잘못했다고 생각하는 일들을 일일이 들추어내면서 기분이 많이 가라앉는 것 같았어요. 내가 갓난아기였을 때 매일 내 다리를 마사지해주었다는 이야기도 했어요."

어머니가 웃음을 터뜨렸다.

나는 어머니를 바라보며 미소를 지었다. 어머니가 소리 내어 웃는 건 자주 볼 수 있는 모습이 아니었다.

"네 아버지가 정말 그렇게 말했니? 내 아버지는 네 다리를 딱 한 번 마사지해주었단다. 하지만 네 아버지가 너를 특별히 생각했던 건 맞아."

"그때뿐이었나요?"

"아냐, 물론 그 후에도 너를 특별히 생각했단다, 칼 오베."

어머니가 나를 바라보았다. 나는 메피스토를 바닥에 내려놓고 몸을 일으켰다.

"어떤 음악을 듣고 싶으세요?"

나는 벽에 기대어둔 음반들 앞에 무릎을 꿇고 말했다. 메피스토는 기분이 나쁠 때면 항상 그러하듯 천천히 주방으로 가버렸다.

"네가 듣고 싶은 음악을 틀어보렴."

나는 라디오를 끄고 전축에 샤데이Sade의 음반을 올려놓았다. 내 음반 중에서 어머니가 좋아할 만한 유일한 음반이었다.

"이 노래, 괜찮아요?"

음악이 거실을 채우고 몇 분이 지난 후, 나는 어머니에게 물어보았다.

"응, 참 좋구나."

어머니가 소파 옆의 작은 탁자 위에 찻잔을 내려놓고 다시 뜨개질을 하기 시작했다.

다음 날 나는 학교 수업을 마친 후, 플라테뷔르센 음반 가게에 들러 점원을 찾았다.『뉘에 쇠를란데』신문사의 스테이나르 빈즐란과

306

이야기를 했다고 전하며, 음반 석 장을 가지러 왔다고 말했다. 그는 고개를 끄덕였다. 나는 평론을 쓸 만한 음반 석 장을 고르는 데 30분 정도를 소비했다. 내가 조금이라도 아는 밴드의 음반을 골라야 했다. 이미 관련 음반의 평론이 나와 있다면 더더욱 좋았다. 아무 바탕도 없이 시작하는 것보다 이미 나와 있는 평론을 중심으로 내 의견을 전개하는 것이 훨씬 쉽다고 생각했기 때문이다.

그 외에도 나는 그날 아침 어머니에게서 받은 용돈으로 음반 한 장을 더 구입했다. 음반 가게를 나온 나는 고픈 배를 채우기 위해 게 헤브 베이커리에 가서 크림빵을 사먹었다. 음반이 담긴 봉지를 들고 걷던 나는 빵 봉지를 길에 버리고 양손을 비볐다. 등 뒤에서 옷을 잘 차려입은 통통한 중년의 남자가 소리를 질렀다.

"거기, 너! 이렇게 길에 쓰레기를 버리면 안 돼! 당장 집어!"

나는 두려움으로 쿵쿵 뛰는 심장을 애써 억눌렀다. 등을 돌려 차갑고 날카로운 눈초리로 그를 쏘아보았지만 너무나 두려웠다. 나는 용기를 내어 그에게 한 발 다가갔다.

"그게 그렇게 중요한 일이라면 직접 하세요!"

나는 너무나 두려워서 다리에 힘이 풀릴 지경이었다. 심장은 가슴을 뚫고 나올 듯 세차게 뛰었다. 나는 등을 돌려 가던 길을 걷기 시작했다.

나는 그가 나를 쫓아올지도 모른다고 생각했다. 그가 내 멱살을 거머쥐고 야단을 칠지도 몰랐다. 아니, 내 배를 주먹으로 때릴지도 몰랐다. 하지만 아무 일도 일어나지 않았다.

그럼에도 나는 몇 블록이나 지나서야 용기를 내어 뒤를 돌아볼 수 있었다.

등 뒤에는 아무도 없었다.

내게서 그런 용기가 나오다니!

그도 이제 곰곰이 생각해볼 것이다. 그가 뭔데 내게 이래라 저래라 했던 것일까. 도대체 그런 자유는 어디서 나온 것일까.

나 또한 자유로울 수 있는 인간의 권리를 가지고 있다! 아무도 내게 이래라 저래라 할 수는 없다. 아무도!

칼레도니엔 호텔을 지나칠 때는 너무나 기분이 좋아 뱃속이 간질간질할 정도였다. 시간은 오후 4시밖에 되지 않았다. 아직 두 시간이나 여유가 있었다. 나는 그와 다시 마주칠까봐 두려워 샛길로 도서관에 갔다. 빈자리에 앉아 잠시 음반에 눈길을 던진 후, 등 뒤의 책장에서 책 한 권을 골라 가져왔다. 그것은 같은 반의 힐데가 추천했던 비외르네뵈의 야수성에 관한 트릴로지 중 첫 번째 책이었다. 내가 읽었던 비외르네뵈의 책은 어제 몇 장 읽었던 『닭이 울기 전』과 열두 살 때 잭 런던의 책과 함께 읽었던 『상어들』밖에 없었다. 그것은 깊고 묵직하고 가슴을 후벼 파듯 아픈 이야기였다. 메마른 바람의 묘사로 시작되는 도입부는 가슴이 벅찰 정도로 황홀했다.

악은 외부에서 오는 것일까.

인간을 후려치는 바람처럼.

아니, 악은 내부에서 생겨나는 것일까.

나는 교회 앞 광장을 바라보았다. 길에는 노랗고 빨간 낙엽이 떨어져 있었다. 뒷길에는 우산을 펼쳐든 사람들이 지나가고 있었다.

나도 악한 사람일까. 비정상적이고 잔인한 바람에 휩쓸려 다른 사람을 고문하는 그런 사람일까. 아니, 나는 이미 악한 사람으로 지내오진 않았을까.

문득 현대 사회는 고문과는 거리가 멀다고 생각하며 계속 책을 읽었다. 하지만 그 책은 잠시 눈길을 던졌다가 금방 고개를 들게 되는 그런 책이었다. 고문은 극단적인 수단이며, 유대인 말살 또한 극단적인 수단이라 할 수 있다. 하지만 그 일 역시 평범한 사람들이 했던 일이었다. 그들은 왜 그런 극단적인 행위를 했던 것일까. 그 일이 잘못된 것이라는 생각은 못 했을까. 물론 그들도 그러한 행위가 잘못된 것이라는 것을 알고 있었을 것이다. 그렇다면 그들은 잘못된 일을 하고 싶었던 것일까. 허세 가득한 그들만의 작은 도시를 거닐며, 스스로를 세상에서 제일 잘난 민족이라 생각했던 건 아니었을까. 또한 기회가 왔을 때 그들이 정작 하고 싶었던 일은 극악무도한 행위가 아니었을까. 스스로도 모르는 채? 어쩌면 그들은 형체를 지니지 않은 악을 항상 몸속에 지니고 다니면서, 기회가 왔을 때만 악을 내보이는 사람들일지도 몰랐다.

오, 그럼에도 그들은 신을 믿고 천국을 믿는 멍청한 종족이었다. 그들은 착각 속에 살고 있었다! 항상 스스로 선을 행하고 인간도 선을 행하기를 원하는 신이 그들을 특별히 선택할 이유는 없지 않은가. 신은 왜 하필이면 그 보잘것없는 종족을 특별히 선택해 애정했던가.

나는 혼자 소리 내어 크게 웃으려다, 그곳이 도서관이라는 것을 깨닫고 소리 죽여 킥킥 웃었다.

주위를 둘러보니, 아무도 내가 코웃음을 쳤다는 것을 눈치채지 못한 것 같았다. 갑자기 고개를 들고 주위를 둘러보는 것이 이상하게 보일까봐, 나는 태연하게 창밖으로 시선을 돌렸다. 고개를 비스듬히 치켜들고 미리 계획한 일이라는 듯.

레나테?

그렇다. 그녀는 틀림없이 레나테였다.

그녀는 페페스 피자 가게로 들어가는 중이었다. 그녀 옆에 서 있는 여자아이는 모나일까?

나도 그들을 따라 피자 가게로 들어가고 싶은 충동이 생겼다. 우연히 마주친 척, 같은 테이블에 앉아도 되냐고 물어본 후 그들의 관심을 끌 만한 이야기를 늘어놓기만 하면 된다. 그리고 그들과 함께 집으로 가는 버스를 타도 될 것이다. 금요일인 데다 그들은 인기가 많은 아이들이니 틀림없이 파티에 초대받았을 것이다. 그들과 함께 파티에 가서 함께 맥주를 몇 병 마시고, 레나테를 집까지 바래다준다며 그녀를 따라나서면 되지 않을까. 그녀는 내 손을 잡고 함께 들어가자고 말할 것이다. 내가 그녀를 거절할 이유는 없다. 집에 들어가자마자 나는 그녀의 티셔츠와 바지를 벗겨 내리고 침대에 누워 그녀가 정신을 잃을 정도로 황홀하게 해주면 된다.

하하.

그녀가 정신을 잃을 정도로? 생각만 했는데도 피곤함이 몰려들었다. 솔직히 운이 좋다면 그녀의 옷을 벗겨 내릴 수는 있을 것이다. 매우 운이 좋은 날이라면 말이다. 하지만 내가 할 수 있는 것은 그것뿐이다. 거기에서 끝이 나버린다. 그렇기 때문에 피곤함과 무기력함이 밀려오는 건 아닐까.

레나테는 나보다 두 살 어렸고, 우리 동네에서 가장 몸매가 예쁜 여자아이였다.

한번은 그녀와 함께 버스를 탄 적이 있었다. 그때 그녀 옆에 있던 모나가 나를 놀리기 시작했다. 나보다 세 살이나 어린 모나가! 레나테는 옆에 앉아 아무 말도 하지 않고 듣기만 했다.

"칼 오베, 넌 참 잘생겼어. 그런데 말이 너무 없어. 왜 평소에 아무 말도 하지 않니? 앗, 네 뺨이 왜 그래? 빨갛게 달아올랐네! 우리와 함께 갈래? 우린 지금 레나테 집에 가는 길이거든. 재미있을 것 같지 않아? 아닌가? 너 혹시 호모 아니니? 그 때문에 평소에 말이 없는 거니?"

그녀는 커다란 입과 그보다 더 큰 자신감으로 무장한 작은 악마였다.

나는 8학년 동안 내내 그녀의 언니를 짝사랑했었다. 그래서 모나가 무슨 말을 해도 나는 입을 뗄 수가 없었다. 그들보다 훨씬 나이가 많은데도 그들의 말에 대꾸를 할 수 없었던 것이다. 무슨 말이라도 하면 그녀가 꼬투리를 잡을 것이 틀림없었다. 게다가 레나테도 옆에 있는데… 그녀는 모나와는 달리 두 살밖에 어리지 않은데다 9학년에 다니고 있으니… 아… 하지만 나는 아무 말도 할 수 없었다. 나는 그저 상기된 얼굴로 그들의 말을 한 귀로 흘리며 뻣뻣한 눈동자로 버스 창밖을 바라보았을 뿐이다. 그렇게 하면 마치 그 상황을 쉽게 벗어날 수 있기라도 하듯.

절망적인 순간이었다. 그들을 내 맘대로 가지고 놀 수 있다면 더 바랄 것이 없을 것 같았다. 아니, 모나는 제외였다. 하지만 레나테는 가능하지 않을까.

아니, 아니! 나는 그렇게 할 수 없었다.

나는 시선을 떨구고 계속 책을 읽기 시작했다. 하지만 몇 초 지나지 않아 온갖 생각이 다시 머릿속을 채우기 시작했다. 비외르네뷔의 글은 어디론가 사라져버렸다. 아무래도 좋았다.

아버지와 운니가 마련한 저녁 식사에는 여섯 명의 손님이 초대되었다. 두 사람은 거실의 커다란 탁자 위에 하얀 식탁보를 덮고 양초와 냅킨, 그리고 은식기로 장식했다.

"레드 와인을 음식에 곁들여 마셔."

나는 아버지가 시키는 대로 했다. 나는 거의 아무 말도 하지 않고 식탁을 둘러싼 사람들이 대화를 나누고 웃음을 터뜨리는 모습을 지켜보았다. 분위기는 서서히 고조되었다. 잔을 비운 나는 와인병을 향해 팔을 뻗었다. 아버지는 나를 바라보며 단호하게 고개를 저었다. 나는 얼른 와인병을 내려놓았다. 그들 중 한 명은 집에 6개월 된 갓난아기가 있다고 했다. 사람들은 그의 딸이 세례를 받아야 할지의 여부를 두고 토론을 시작했다. 크리스트교를 신실하게 믿는 사람은 아무도 없었지만, 모두 전통을 지키는 것은 중요하다고 생각했다.

"단지 전통을 따른다는 이유만으로 아이에게 세례를 주는 것이 과연 옳은 일일까?"

그가 물었다.

별안간 내 심장이 세차게 뛰기 시작했다.

"저는 가족과 친지들이 선물로 주는 돈을 받기 위해 성인식을 했어요. 그리고 열여섯 살이 되는 날, 국교에서 탈퇴했답니다."

모두들 내게 시선을 돌렸다. 대부분은 입가에 부드러운 미소를 띠고 있었다.

"국교에서 탈퇴했다고? 나한테는 말도 없이? 도대체 누가 네게 그런 권리를 주었지?"

아버지가 소리 질렀다.

"열여섯 살이 되면 법적으로 가능한 일이에요. 저는 그때 열여섯 살이었고요."

"법적으로는 가능한 일이지만, 그것이 올바른 일이라고는 할 수 없어."

"하지만 당신도 국교에서 탈퇴했잖아요!"

운니가 아버지에게 말하며 웃음을 터뜨렸다.

"그러니 당신 아들이 그랬다고 해서 뭐라 할 수는 없지 않겠어요?"

아버지는 운니의 말에 매우 불쾌해했다.

아버지는 억지 미소를 짓긴 했지만, 불쾌한 모습이 역력했다. 아버지에게서 차가운 기운이 느껴졌다. 하지만 운니는 아버지의 기분을 모르는 듯 웃으며 이야기를 계속했다.

아버지의 불쾌한 기분은 서서히 사라졌다. 술과 함께 녹아버린 것 같기도 했다. 중요하게 여겨졌던 것들은 술과 함께 중요하지 않은 것으로 변했고, 나는 그 기회를 놓치지 않고 슬쩍 술병을 향해 손을 뻗어보았다. 아버지는 눈치채지 못했다. 나는 술을 잔에 따랐다. 어느새 내 앞에는 술이 가득 찬 술잔이 자리했다.

아버지는 모든 것을 놓아버린 것 같았다. 그럼에도 아버지가 발산하는 독특한 기운은 집 안을 가득 채웠다. 그곳에 앉아 있는 사람들 눈에는 아버지가 중심인물이었고, 그들이 시선으로 찾아 헤매는 것은 바로 아버지였다. 아버지에게선 말로 표현할 수 없는 기운이 과하다 싶을 정도로 뻗어나왔다. 아버지는 낄 때 끼지 않을 때를 가리지 못하고 소란스럽게 말을 내뱉었고, 아무것도 아닌 일에 큰 소리로 웃었고, 쓴웃음을 가져오는 농담을 했으며, 다른 사람의 말엔 귀를 기울이지 않았다. 사람들이 자신의 말을 귀담아 듣지 않으면 불쾌한 티를 냈고, 한참 자리를 떴다가 아무 일도 없었다는 듯 천연덕스럽게 되돌아와 의자에 앉았다. 가끔 사람들이 보는 앞에서 운니에게 키스를 하기도 했다.

사람들은 서서히 표정과 눈짓을 교환하며 아버지를 피하기 시작했다. 대화에 아버지가 끼는 것도 원치 않았다. 그들의 분위기와는 맞지 않았던 것이다. 나는 아버지가 그 자리에 어울리지 않는다는 것을 눈치챘다.

문득 사람들이 원망스러워졌다. 그들이 아무것도 이해하지 못하는 바보 멍청이며 소심하기 짝이 없는 사람들이라 생각했다. 내가 치를 떨었던 것은, 그런 그들이 스스로를 매우 대단한 사람이라 여긴다는 사실이었다. 그들은 내 눈에 보잘것없는 좀생이에 불과했다.

그해 가을, 아버지의 모습이 서서히 변하기 시작했다. 매주 술을 마셨고, 내가 오전에 가든 오후에 가든, 저녁에 가든 늘 술병을 손에 들고 있었다. 토요일 일요일도 가리지 않았다. 하지만 한 주가 시작되는 월요일부터는 술을 마시지 않았다. 아니, 적어도 주말보다는 술을 적게 마셨다. 가끔 주중에도 하루쯤 술을 마실 때가 있었다. 그런 날이면, 아버지는 나를 포함한 지인들에게 전화를 걸어 주정을 했다. 나는 최소 일주일에 한두 번은 아버지를 찾아보려 노력했다. 아버지는 술을 마시지 않을 때면 예전과 다름없이 진지하고 이성적인 모습을 보였다. 내게 학교생활이나 윙베 형에 관해 질문을 하기도 했다.

우리는 대부분의 시간을 텔레비전 앞에서 침묵으로 보냈다. 내가 자리에서 일어나 집에 갈 때까지. 아버지는 나를 반기지 않았다. 그 집에 내가 들어서는 것도 싫어하는 것 같았다. 그럼에도 나는 정기적으로 전화를 했고, 아버지가 집에 있다고 하면 어김없이 아버지를 찾았다. 하지만 아버지가 술을 마시면 모든 것은 혼란스럽게 변했다. 운니와 얼마나 행복하게 잘 지내고 있는지를 쉴 새 없이 늘어놓는가 하면, 듣는 사람의 얼굴이 붉어질 정도로 어머니와 살았을 때의 삶을 세세하게 이야기하기도 했다. 뿐만 아니라 어머니와의 삶과 운니와의 삶을 비교하기도 했다. 그럴 때면 항상 아버지의 눈물이나 운니의 걱정스런 말로 이야기가 마무리되었다. 아버지는 운니가 다른 남자의 이름만 입에 올려도 불같이 화를 내며 자리를 박차고 일어났다. 그건 운니도 마찬가지였다. 아버지가 다른 여자의 이름만 말해도 그녀는 자리를 박차고 일어나기 일쑤였다.

아버지는 술에 취하면 항상 나의 어린 시절에 관한 이야기를 꺼냈다. 그 이야기는 백이면 백, 아버지의 어린 시절 이야기로 이어졌다. 할아버지에게서 맞고 자란 이야기, 비록 내게 좋은 아버지 역할을 하진 못했지만 나름대로는 최선을 다했다는 이야기 등. 특히 내 다리를 마사지해주었다는 이야기와 그 시절엔 너무나 가난했다는 이야기는 귀가 따가울 정도로 자주 했다.

나는 아버지와 나눈 이야기를 어머니에게 그대로 옮기진 않았다. 어머니와 함께 사는 삶은 완전히 다른 세상이었고, 그것이 진정한 내 삶이었다. 나는 어머니와 온갖 이야기를 다 나누었다. 하지만 여자아이와 관련된 이야기, 학교에서 외톨이로 지내는 이야기, 아버지의 삶에 관해선 한마디도 하지 않았다.

어머니는 항상 내 이야기에 귀를 기울였다. 가끔은 내가 하는 이야기를 전에는 한 번도 생각해본 적이 없는 것처럼 어머니의 얼굴에 진심으로 놀라는 빛이 떠오르기도 했다. 하지만 그것은 어머니의 특별한 공감 능력 때문이었다. 어머니는 자신이 공감 능력을 가지고 있다는 것을 모르는 것 같았다.

가끔 우리는 동년배의 친구처럼 터놓고 대화를 나누기도 했다. 서로를 존중하며 대화를 나누긴 했지만, 가끔 어머니와 나 사이의 거리감이 모습을 드러낼 때도 없지 않았다. 비외르네뵈의 책을 읽고 온갖 무의미한 이야기를 주절주절 늘어놓았던 그날 저녁, 어머니는 갑자기 눈물까지 찔끔찔끔 흘리며 큰 소리로 웃음을 터뜨렸다. 그 모습은 외할아버지를 연상시켰다.

"아냐, 칼 오베. 그건 아냐. 네 주변을 한번 돌아보렴!"

나는 그날 저녁 이후, 한 주 내내 기분이 상해 어쩔 줄 몰랐다. 하지만 어머니의 말은 틀리지 않았다. 어떤 면에서 보면 우리는 서로의 입장을 대변했다고도 볼 수 있었다. 나는 평소 삶은 즐기면서 살아야 하는 것이라 말했고, 아침 9시에 출근해 오후 4시에 퇴근하는 틀에 박힌 삶을 살고 싶진 않다고 입버릇처럼 말했다. 반면 어머니는 삶은 고통의 연속이라고 말하는 입장이었다. 우리는 고통 속에 있을 때 비외르네뵈의 비관적 관점과 무의미함의 벽을 되새기게 된다. 그건 나도 잘 알고 있다. 나는 세상의 온갖 비참함과 비열함을 보았으니까. 하지만 동시에 그것은 나와 너무나 동떨어진 일처럼 여겨졌다. 왜냐하면 나의 삶과 미래의 그림은 밝고 강렬하기 때문이었다.

그럼에도 이 두 가지 관점이 밀접하게 관련이 있다고 여겨지는 이유는 무엇 때문일까. 어쩌면 책임과 의무를 간과하며 멋대로 사는 삶의 장애물은 바로 그러한 삶에서 겪는 무의미함을 통해 얻을 수 있는 이해력과 통찰력이라 할 수 있지 않을까.

고등학교를 다니며 썼던 일기장에는 이러한 생각의 조각으로 가득 차 있었다. 신은 존재하는가. 일기장 제일 윗줄에 썼던 질문의 대답은 석 장을 넘긴 뒤 마지막 줄에 그렇지 않다라는 한 줄로 마무리한 것도 볼 수 있었다. 나는 무신론자였지만 무작정 대놓고 신을 반대하진 않았다. 나는 내 관점을 이성적이고 구조적으로 유지하려 노력했다. 나는 어느 특정 개인이나 국가의 입장보다는, 여러 개인이나 단체의 융합적 관점을 따랐지만, 다국적 기업과 자본주의, 종교에는 반대했다. 나는 자유를 지향하고 자유롭게 권리를 행사하는 자유로운 인간을 존중했다.

가끔 어머니는 아픈 사람을 누가 보살펴줄 수 있겠냐고 물었다. 나는 지역 사회가 그 책임을 져야 한다고 대답했다.

"그렇다면 그 비용은 누가 지불하며, 어떤 통화를 사용해야 할까?"

어머니와의 토론은 그런 식으로 진행되었다.

"그런 일을 할 수 있는 국가 기관이 있어야 한다고 생각하지 않니? 아니, 그게 아니라면 아예 통화 체계를 무너뜨리는 것이 좋다고 생각하니?"

"그것도 얼마든지 가능한 일이라고 생각해요. 실물경제가 나쁜 건 아니잖아요. 상품경제를 꼭 고집할 이유는 없다고 생각해요."

"그렇다면 그런 사회에서 네가 모으는 저 음반들은 어떻게 생산할 수 있을까?"

어머니의 말 한마디에 내 사고의 기반이 흔들리기 시작했다. 나의 두 세계가 서로 충돌해버린 것 같았다. 멋대로 자유롭게 사는 세계와 원칙적인 삶을 사는 세계, 또는 내가 원하는 세계와 내가 믿고 신뢰하는 세계가 부딪쳐버렸던 것이다. 젠장, 나는 친환경을 부르짖는 채식주의자가 아니란 말이다! 따지고 보면 요점은 그게 아니라고도 할 수 있지만, 어찌 되었건 그것은 내가 기본적인 원칙을 따름으로써 받아들여야 하는 결과로 다가왔기 때문에 매우 혼란스러웠던 것은 사실이다.

가끔 어머니의 친구들이 우리 집을 찾았다. 아렌달에서 온 친구들, 오슬로에서 공부했을 때 사귀었던 친구들, 크리스티안산에서 일하며 사귀었던 친구들. 나는 그들의 눈에 성숙한 청년이었다. 그들과 함께 앉아 묻는 말에 예의 바르고 상냥하게 대답했고, 가끔 깊이 있는 말로 그들을 놀라게 하기도 했다. 내가 자리를 뜨자, 그들은 어머니에게 내가 참으로 성숙한 아이라며 칭찬을 멈추지 않았다. 그들이 그렇게 생각하도록 만드는 것은 내겐 너무나 쉬운 일이었다.

나는 학교 수업 외엔 일주일에 세 번씩 신문사에 보내야 하는 음악평론을 쓰는 일로 대부분의 시간을 보냈다. 하지만 돈으로 대가를 받는 일이 아니기 때문에 저녁 시간에 목재상에서 짬짬이 아르바이트를 하기도 했다. 그 달에는 할아버지 댁을 꽤 자주 찾았다. 비록 아버지는 가정을 버렸지만 나는 변하지 않았다는 것을 보여주고 싶었고, 내가 성실하게 잘 지내고 있다는 모습을 보여줌으로써 아버지의 잘못을 조금이나마 상쇄하고 싶었기 때문이다.

학교에서는 새로운 친구를 사귀기도 했다. 그즈음, 바센은 2학년의 에스펜 올센이라는 자못 거만한 아이와 자주 시간을 보냈다. 호네스에 살고 있던 에스펜은 자신감으로 똘똘 뭉친 아이였고 꽤 발이 넓어 모르는 사람이 없었다. 나는 그가 누구인지 잘 알고 있었다. 그는 어디서든 쉽게 눈에 띄는 아이였다. 그는 학교 임원 선거가 있을 때 학생들로 빽빽한 식당에서 원고도 없이 연단에 올라가 일장 연설을 했고, '이둔'이라는 학생 연합회의 리더 역할을 당당하게 해냈다. 어느 날 쉬는 시간에 그가 내게 다가왔다.

"네가 『뉘에 쇠를란데』 신문에 음악평론을 싣는다면서?"

"응."

"난 일학년 때 너를 본 적이 있어. 그때 난 네가 좀 이상한 아이라고 생각해서 혼자 웃었단다. 에코와 버니맨팬이면서 폴 영도 좋아한다고 했어! 어떻게 그게 가능하지? 젠장, 폴 영이라니?"

"폴 영은 상당히 과소평가된 음악가야."

그가 비웃듯 크게 소리 내어 웃었다.

"하지만 REM은 그럭저럭 괜찮아."

"「그린 온 레드」Green on Red는 들어봤니?"

"물론이지."

"「월 오브 부두」Wall of Voodoo는?"

"농담하니? 물론이지!"

"스탠 리지웨이는 꼭 한 번 들어볼 만해!"

그로부터 몇 주 후, 그가 나를 자신의 집으로 초대했다. 파티에 가기 전에 자기 집에서 맥주를 마시며 분위기를 띄우자고 제안했던 것이다. 왜 그가 나를 초대했을까? 그가 내게서 얻을 만한 것은 아무것도 없을 텐데. 뜻밖이었지만, 나는 그의 제안에 흔쾌히 응했다. 그는 자기가 맥주를 준비하겠다며 빈손으로 와도 좋다고 말했다.

"맥주는 내가 준비할 테니 돈은 나중에 줘도 돼."

나는 토요일 저녁에 버스를 탔다. 레벨 옐 정류장에서 내려 호네스 언덕을 올랐다. 그의 집은 지난해에 우리가 엉망진창으로 공연했던 시내의 한 건물에서 그리 멀지 않은 곳에 있었다.

그는 벽을 공유하는 단독주택을 나란히 모아놓은 저층 집합주택에서 살고 있었다. 초인종을 누르자 그의 아버지로 보이는 사람이 대문을 열어주었다.

"에스펜 집에 있나요?"

"응."

그가 한 발짝 옆으로 비켜서며 말했다.

"어서 들어와. 에스펜은 2층에 있으니까 올라가 보렴."

그의 어머니로 보이는 여인이 현관에 서서 허리를 굽히고 신발을 신고 있었다.

"오늘 처음 보는 친구 같구나?"

그의 아버지가 말했다.

"네."

나는 그가 내민 손을 잡으며 말했다.

"칼 오베라고 합니다."

"아, 네가 바로 칼 오베구나."

그의 어머니도 미소를 지으며 내게 악수를 청했다.

"보다시피 우린 지금 나가려던 참이야. 재미있게 잘 놀아라!"

두 사람은 대문 밖으로 사라졌다. 낯선 집에 들어온 나는 주저하며 계단을 올라갔다.

"에스펜?"

나는 크게 그의 이름을 불렀다.

"난 여기 있어!"

그의 목소리가 들리는 곳의 문을 열었다.

그는 양팔을 욕조 난간에 얹고 환한 미소를 지은 채 욕조 안에 누워 있었다. 그의 벌거벗은 몸을 보는 순간, 나는 그와 눈을 마주치지 않으려 무진 애를 썼다. 하지만 수면에 둥둥 떠 있는 그의 고추를 보지 않기란 쉽지 않았다. 보면 안 돼. 보면 안 돼. 나는 그의 눈만 빤히 바라보았다. 누군가의 눈을 그처럼 오랫동안 정면으로 빤히 바라본 것은 처음인 것 같았다.

"집을 잘 찾아왔네?"

그가 미소를 지으며 말했다. 그는 마치 온 세상을 소유한 듯 느긋하고 편안한 자세로 누워 있었다.

"그다지 어렵지 않았어."

"뭐야? 불편해 보이는걸?"

그가 웃음을 터뜨렸다.

"어디 아파?"

"아냐."

그가 다시 소리 내어 웃었다.

"나를 이상한 눈초리로 쳐다보기에 물어봤어."

"아냐."

나는 여전히 그의 눈만 바라보며 대답했다.

"왜 고추를 처음 봤니? 그래서 그런 거야?"

"다른 아이들은 언제 오니?"

나는 애써 태연하게 물어보았다.

"여덟 시. 너한테도 여덟 시라고 말했잖아. 그런데 왜 이렇게 일찍 왔어?"

"나한테는 일곱 시라고 했어."

"여덟 시."

"일곱 시."

"고집쟁이 같으니… 거기 수건 좀 줄래?"

나는 수건을 그에게 휙 던지고, 그가 욕조에서 몸을 일으키기 전에 얼른 그곳을 빠져나왔다. 내 이마엔 땀방울이 맺혀 있었다.

"아래층에서 기다려도 될까?"

"물론이지."

그가 욕실 안에서 대답했다.

"어디 앉아서 기다리지만 않으면 돼."

나는 그의 말이 농담이라는 것을 너무나 잘 알고 있었지만, 멀뚱 멀뚱 서서 거실을 둘러보며 그가 내려오기를 기다렸다.

정말 그가 일곱 시라고 말했을까?

한쪽 벽에는 그의 갓난아기 때 사진과 10대 초반의 사진이 걸려 있었다. 사진 속에 보이는 또 다른 소년은 그의 형이 틀림없었다.

청바지와 하얀 티셔츠를 입고 맨발로 내려온 그가 턴테이블에 음반을 얹었다. 도입부의 화음이 거실에 울려 퍼지자 그가 나를 흘낏 쳐다보았다.

"무슨 곡인지 알겠니?"

그가 물었다.

"물론이지."

"밴드 이름은?"

"바이올런트 펨스Violent Femmes."

그가 고개를 끄덕이며 몸을 일으켰다.

"진짜 훌륭하지 않아?"

그가 말했다.

"응."

"맥주 마실래?"

"좋아."

그의 집에 온 다른 아이들은 모두 잘 모르는 아이들이었다. 하지만 카타에서 온 아이들은 대충 안면이 있었다. 키가 크고 빼빼한 트론은 옅은 금발, 삼각형의 얼굴, 그리고 커다란 입을 가지고 있었다. 그는 커다란 입에 걸맞게 잠시도 쉬지 않고 말을 했다. 기슬레는 트론과는 정반대였다. 키가 작고 짙은 색의 머리카락에 역시 짙은 색의 음흉한 눈동자를 가지고 있었다. 그는 말수가 적었지만, 항상 균형을 잃지 않고 상황에 적합한 말을 했다. 토레와 엘링은 쌍둥이였다. 나는 그들을 구별해내기까지 몇 달이나 걸렸다. 그들은 음악을 좋아했고, 서로의 말을 주거니 받거니 재잘거렸으며, 항상 기분 좋은 미소를 띠고 따스한 눈빛으로 사람들을 바라보았다. 그들은 작년 겨울 U2 공연이 열리는 드람멘으로 가기 위해 기차를 탔을 때 나를 처음 보았다고 했다. 나는 그때 혼자 공연장에 가서 홀로 우두커니 서서 공연을 보았다. 그런 내가 이상하게 보였을 것이 분명했지만, 그들은 아무 말도 하지 않았다. 바센은 그곳에 모인 아이들과 이전부터 잘 아는 사이였고, 무리 중의 하나였다. 보아하니 바센과 에스펜은 그다지 사이가 좋은 것 같지 않았다. 그 이유는 알 수 없었다.

그날 저녁, 바센은 보이지 않았다. 나는 그곳에 모인 아이들과 잘 모르는 사이였기에 에스펜과 몇 마디 말을 주고받은 것을 제외한다면 대부분의 시간 동안 침묵을 지키며 앉아 있었다.

에스펜은 농담을 하며 분위기를 띄우려 애썼다. 나를 대화에 끌어들이려고도 했지만, 그가 그러면 그럴수록 나는 더 깊은 침묵과 나를 짓눌러오는 묵직한 생각에 빠져들어 갔다.

술을 마시기 시작하자 기분이 좋아졌다. 술기운이 온몸을 채운 후에야, 나는 그들과 같은 방에 있다는 것을 느낄 수 있었다. 목청껏 노래를 하고, 음악을 들으면서 마음에 있는 말을 거침없이 내뱉었다. 오, 이 음악은 정말 좋아! 세상에! 이 노래는 정말 멋있지 않니? 정말 훌륭한 밴드야!

나는 그 상태에 도달하고 싶었다. 바로 그 상태에 도달하는 것이 내가 원하는 것이었다. 술에 취해 노래를 하고, 버스 정류장까지 비틀비틀 걸어가 디스코텍이나 바를 찾고, 다시 술을 마시고 대화를 나누고 큰 소리로 마음껏 웃는 것.

다음 날 나는 12시쯤 일어났다. 전날 에스펜의 집을 나서 버스 정류장에 도착한 이후에는 기억나는 것이 거의 없었다. 잠깐 스쳐가듯 떠오르는 기억이 있긴 했지만, 다행히도 그것은 꽤 길고 구체적인 기억들이었고, 비록 시간은 기억할 수 없었지만 공간은 기억할 수 있었기에 그다지 걱정하지 않아도 될 것 같았다.

그런데 나는 집에 어떻게 왔을까.

택시만 타지 않았더라면! 택시 요금은 250크로네이니, 만약 택시를 타고 집에 왔다면 내가 가지고 있는 돈을 다 써버렸을 것이 틀림없었다.

기억을 더듬었다. 버스를 탔을 것이라는 생각이 들었다. 베 학교 아래쪽에 자리한 작은 활강언덕에서 반짝였던 버스의 전조등이 떠올랐기 때문이다.

술기운은 여전히 내 몸에 머물러 있었다. 이전에 머리끝까지 술에 취했을 때 경험했던 느낌, 불쾌함과 기분 좋음이 동시에 존재하는 그 느낌이 내게 남아 있었다. 주방으로 내려갔다. 아침 식사를 하고 남은 음식이 식탁 위에 놓여 있었다. 어머니는 거실 안쪽에 있는 책상 앞에 앉아 수업 준비를 하고 있었다.

"어제 재밌게 잘 놀았니?"

"네."

나는 차를 마시기 위해 물을 끓이고, 냉장고에서 미트볼을 꺼내 굽기 시작했다. 어제 신문을 가져와 음식을 먹으면서 신문을 읽고, 창밖에 자리한 가을을 머금은 황금색 풍경을 바라보며 두 시간 동안 그 자리에 앉아 있었다. 숙취는 그다지 환영할 만한 것이 아니라고 생각했다. 하지만 서서히 술기운이 사라지며 나를 되찾아가는 그 기분도 나쁘진 않았다. 어느 순간, 생기를 되찾았을 때의 그 느낌은 거의 승리를 거둔 자의 만족감과도 비슷하다는 생각이 들었다.

누런 나뭇잎과 푸른 상록수 위를 덮은 하늘은 묵직한 회색빛을 띠고 있었다. 땅 위의 강렬한 노란색, 초록색, 검은색들은 하늘로 뻗어 올라가다가 회색 하늘을 만나 힘을 쓰지 못하고 그 자리에서 멈춰버린 것 같았다. 그 때문인지 땅 위에 존재하는 온갖 색깔은 더욱 선명하고 강렬해 보였다. 끝없는 하늘 위로 올라가 서서히 사라질 수도 있었지만, 하늘이라는 장애물에 막혀 제자리에서 스스로를 태워버리는 것 같기도 했다.

전화벨이 울렸다.

에스펜이었다.

그는 한 번도 내게 전화를 한 적이 없었기에, 그의 목소리를 듣자 기분이 좋아졌다.

"집엔 잘 도착했니?"

그가 물었다.

"응. 하지만 어떻게 집에 도착했냐고는 묻지 말아줘. 많이 취했던 것 같아."

그가 웃음을 터뜨렸다.

"그런 것 같아. 그런데 집에 어떻게 갔어?"

그가 다시 물었다.

"택시를 탔어. 가지고 있던 돈을 다 써버렸지만, 어쩔 수 없지 뭐. 나쁘진 않았어."

"그건 그렇고, 오늘은 뭘 할 거니?"

"특별한 일은 없어. 음반평론을 써야 하기 때문에 오늘은 집에 있어야 해."

"그래? 어떤 음반?"

"턱시도문."

"아, 그거! 하지만 그건 단지 유럽식 아방가르드를 모방한 쓰레기

325

에 불과해. 그렇지 않니?"

"그렇긴 하지만 꽤 훌륭해. 분위기는 그럴듯하거든."

"분위기가 그럴듯하다고?"

그가 코웃음을 쳤다.

"난 네가 혹평을 쓰길 바라. 월요일 날 보자."

오후 4시쯤 되자 창밖이 어두워지기 시작했다. 나는 거실 책상 앞에 앉아 음반평론을 쓰기 시작했다. 8시쯤 되어 자리에서 일어난 나는 소파에 앉아 어머니와 함께 두 시간쯤 텔레비전을 보았다. 텔레비전을 본 것이 후회되었다. 영국 드라마에 나오는 등장인물 중 하나는 호모였다. 나는 호모라는 단어가 귀에 들릴 때마다 얼굴을 붉혔다. 나는 호모도 아니었고, 굳이 어머니에게 내가 호모가 아니라는 말을 할 필요도 없었다. 하지만 나는 어머니가 나를 호모라고 생각할까봐 안절부절못했다. 가시방석에 앉아 있는 것만 같았다. 어찌 생각하니 좀 우습기도 했다. 호모라는 단어가 들릴 때마다 내가 얼굴을 붉히면, 어머니는 내가 호모일지도 모른다고 생각할 것이다. 그 생각을 하니 더욱 얼굴이 붉어졌다.

가끔 나는 상황이 절망적일 때 내가 정말 호모일지도 모른다고 생각한 적도 있었다. 잠자리에 들기 직전, 내가 남자인지 여자인지 헷갈릴 때도 있었다. 나는 알 수 없었다! 나의 의식은 걷잡을 수 없는 속도로 내 머릿속을 휘저었고, 내 사고의 벽은 너무나 미끌미끌해서 의식이 자리를 잡을 수가 없었다. 나는 알 수 없었다. 어쩌면 나는 여자일지도 모른다. 그 순간, 나는 메마른 땅에 발을 디뎠고 가슴속에 형언할 수 없는 두려움을 간직한 채 두 눈을 크게 치켜떴다. 아, 그제야 나는 여자가 아니라 남자라는 것을 확신할 수 있었다.

내 정체성에 관한 의심이 고개를 들면, 나는 안절부절못했다. 내 속에 숨겨진 또 다른 내가 있다는 생각을 좀처럼 떨쳐버릴 수가 없었다. 그 두려움은 너무나 깊고 컸기에, 나는 꿈속에서도 긴장의 끈을 놓칠 수가 없었다. 마치 누군가가 내 속에 몸을 숨기고 내가 무슨 꿈을 꾸는지 지켜보는 것만 같았다. 내가 꿈속에서도 여자가 아닌 남자라는 사실을 확인시켜주듯. 하지만 내 꿈속에 나타났던 이들은 항상 여자아이들뿐이었다. 내가 꿈을 꾸거나 잠에서 깨어 있거나 간에 내가 생각했던 존재는 늘 여자들뿐이었다.

내가 호모가 아니라는 사실은 분명했다. 호모일지도 모른다는 의심은 깨알처럼 작았지만, 작은 파리처럼 내 의식의 거대한 지평선을 쉴 새 없이 넘나들었다. 학교에서 동성애에 관한 수업을 할 때면 내 의식은 도전을 받곤 했다. 조금이라도 얼굴을 붉힌다면 그 시간은 재앙으로 변할 것이다. 나는 얼굴을 붉히지 않기 위해 그 어떤 일이라도 해야만 했다. 아이들의 시선이 나의 달아오르는 뺨에서 멈추지 않도록 눈을 비비거나 머리를 긁적거리기도 했다.

축구 경기장에선 호모라는 단어를 자주 들을 수 있다. "너 호모니?" 또는 "이 호모 같으니!"라는 말은 내게 전혀 위협으로 다가오지 않았다. 아이들은 자주 서로를 부를 때 그런 호칭을 사용했고, 바로 그 때문에 특별히 얼굴을 붉힐 필요도 없었기 때문이다.

물론 나는 호모가 아니다.

드라마가 끝나자, 어머니는 차를 끓였고 우리는 거실에서 차를 마시며 이런저런 이야기를 나누었다. 대부분은 가족에 관한 이야기였다. 어머니는 자신의 형제자매에 관한 이야기나 그날 있었던 이야기를 했다. 셸라우 이모, 잉군 이모, 샤르탄 삼촌과 전화를 하며 나눈

이야기도 해주었다. 이모의 직장일, 이모부의 직장일, 사촌들의 이야기. 어머니는 샤르탄 삼촌의 이야기를 가장 많이 했다. 얼마 전 저명한 문학 계간지에서 삼촌의 시 네 편을 받아들였고, 그것은 봄에 출간될 것이라 했다. 삼촌은 베르겐으로 가서 철학 공부를 하겠다는 바람을 아직 접지 않은 것 같다고도 했다. 외할머니의 건강은 많이 악화되었기에, 외할아버지가 홀로 농가를 꾸려나가기는 힘들다고 했다. 셀라우 이모는 농가에서 그리 멀지 않은 곳에 살고 있지만, 이모도 가정이 있고, 보살펴야 할 농가와 직장이 있기 때문에 주말에만 외할머니와 외할아버지를 도와줄 수 있었다.

"샤르탄은 요즘 혼자 철학책을 읽으며 공부한다고 했어."

어머니가 말을 이었다.

"현재 상황을 고려한다면 그게 최선일 거야. 샤르탄도 20대를 넘겼으니까 지금 대학에 입학해 학생으로 지낸다는 건 쉽지 않을 거고…"

"네. 하지만 어머니는 얼마 전에 학교를 다녔잖아요? 어머니의 나이도 20대를 훌쩍 넘겼는데…"

"그래…"

어머니가 미소를 지었다.

"하지만 내겐 가족이 있었잖니. 너희들은 이곳에 있었고. 나는 학교를 다니면서도 내가 학생이라는 생각을 해본 적이 없었어. 내 말을 이해하겠니? 반면 샤르탄은 대학 생활에 큰 기대를 가지고 있단다."

"삼촌의 시는 읽어보셨어요?"

"응. 얼마 전에 내게 보내줬어."

"시를 이해할 수 있었나요?"

"조금…"

"지난여름에 삼촌이 제게 시를 보여주었어요. 저는 그때 아무것도 이해할 수 없었어요. 하늘의 가장자리를 걷는 사람에 관한 시였던가…? 그게 도대체 무슨 뜻일까요?"

어머니가 미소를 지으며 나를 바라보았다.

"글쎄, 그게 무슨 뜻일까?"

"저는 모르겠어요. 어떤 철학적 의미를 담고 있는 건 아닐까요?"

"그렇겠지. 하지만 네 삼촌이 말하는 철학은 결국 따지고 보면 모두 삶에 관한 거야. 우리는 삶에 관해 무지하진 않잖아."

"그렇다면 삼촌은 왜 삶을 있는 그대로 쓰지 않는 걸까요?"

"그렇게 직접적으로 삶에 관한 글을 쓰는 사람도 있어. 반면 직접적으로 말할 수 없는 삶에 관해 쓰는 사람도 있단다."

"예를 들면요?"

어머니는 조용히 한숨을 쉬며 고양이의 머리를 긁어주었다. 고양이는 만족스럽게 눈을 지그시 감으며 기지개를 폈다.

"내가 학교에 다닐 때, 뢰그스트룹이라는 덴마크 철학자의 책을 읽은 적이 있어. 그는 샤르탄과 마찬가지로 하이데거에 큰 관심을 가지고 있었지."

"그 이름은 저도 기억해요."

나는 미소를 지으며 말했다.

"그는 하이데거의 개념을 이용했지."

어머니가 말을 이었다.

"특히 배려를 자주 주제로 삼았는데, 내가 공부했던 간호학에서 그것은 가장 중요한 개념이기도 했단다. 간호사들의 가장 중요한 역할은 타인을 보살피는 일과 그들에게 배려를 표하는 것이니까. 하지만 배려는 정확히 무슨 뜻일까? 우리는 어떤 식으로 타인에게 배려를 표할 수 있을까? 그것은 타인 앞에서 한 인간으로 살아가는 것을 의미해. 하지만 한 인간으로 살아간다는 것은 어떤 것일까?"

"그건 누구에게 질문을 하느냐에 따라 대답이 달라질 수 있을 것 같아요."

"바로 그거야."

어머니가 고개를 끄덕이며 말을 이었다.

"그런데 모든 사람이 공통적으로 가지고 있는 것은 무엇일까? 이건 철학적 질문이란다. 또한 내가 하는 일에서 매우 중요한 개념이기도 하고."

"저도 그건 이해할 수 있어요. 하지만 왜 샤르탄 삼촌이 왜 하늘의 가장자리를 걷는다고 표현했는지는 도통 이해할 수가 없어요."

"네가 그걸 꼭 정확하게 이해해야 할 이유는 뭐지?"

"이해하지도 못하는 글을 읽을 필요는 없잖아요?"

"그렇다면 다음에 샤르탄 삼촌을 만날 때 직접 물어보렴."

"그게 무엇을 의미하는지 물어보라고요?"

"왜? 그래도 되잖아?"

"싫어요. 전 샤르탄 삼촌과 대화를 나눌 수가 없어요. 항상 화를 내는 것 같단 말이에요. 아니, 화를 낸다기보다는 항상 기분이 나쁜 것 같아요. 어쨌든 삼촌에겐 좀 특별한 구석이 있어요."

"그건 그래. 하지만 샤르탄은 위험하거나 나쁜 사람은 아니란다."

"그건 저도 잘 알아요."

침묵이 흘렀다.

나는 더 할 말을 찾아보았지만, 시간은 이미 늦었고, 어머니는 침묵이 흐르는 동안 잠자리에 들어야겠다고 생각한 것 같았다. 하지만 나는 어머니와 대화를 더 나누고 싶었다. 문득 음반평론을 마무리해야 할 것 같다는 생각이 들었다. 더 이상 미루면 밤을 새워야 할지도 몰랐다.

"시간이 많이 흘렀구나."

어머니가 말했다.

"네."

"일을 좀더 한 후에 잘 거니?"

나는 고개를 끄덕였다.

"너무 늦게까지 앉아 있는 건 좋지 않아."

"하다 보면 언젠가는 끝이 나겠죠."

"그렇겠지."

어머니가 몸을 일으켰다.

"나는 이제 자러 갈게."

"안녕히 주무세요."

어머니가 거실에서 나가자, 소파 옆 바닥에 누워 있던 고양이가 기지개를 펴며 나를 쳐다보았다.

"안 돼."

나는 고양이를 향해 고개를 저어보였다.

"난 일을 해야 한단다."

음반을 틀어놓고 나는 몇 번이나 평론을 새로 고쳐 썼다. 종이를 뭉쳐 바닥에 던지는 일을 되풀이하다 보니, 어느새 바닥엔 구겨진 종이가 산더미처럼 쌓이기 시작했다. 새벽 2시가 좀 넘었을 때, 나는 그제야 만족스런 글을 쓸 수 있었다. 타자기에서 종이를 꺼내고, 의자를 뒤로 밀친 채 내가 쓴 글을 다시 읽어보았다.

턱시도문-Tuxedomoon

홀리 워즈 (크램보이)Holy Wars (Cramboy)

평론. 칼 오베 크나우스고르

턱시도문은 샌프란시스코에서 결성되어 브뤼셀에 기반을 둔 밴드로서, 올해 12월 1일 오슬로의 오페라 하우스에서 공연할 예정이다.

턱시도문의 주요 멤버인 블레인 라이닝게르는 매우 유망한 솔로 커리어를 위해 밴드를 떠났다. 홀리 워즈 음반은 라이닝게르가 떠난 후 제작된 턱시도문의 첫 앨범이다. 「디자이어」 때처럼 반응은 좋지 않지만, 그렇다고 해서 수준이 낮다고는 할 수 없다.

턱시도문의 멤버들은 클래식 음악을 전공했으나 록 뮤직과 함께 성장했다. 그 결과로 그들의 음악 성향을 한마디로 정의하기는 쉽지 않다. 그 특성을 몇 마디로 표현하자면, 아방가르드 록, 미래주의, 모더니즘 등을 들 수 있다.

밴드는 끊임없이 새로운 음악을 추구하고 시도했다. 홀리 워즈에서는 아름다운 멜로디와 분위기를 느낄 수 있지만, 동시대적 감성에서 조금 벗어난 경향을 보이고 있다. 신디사이저를 비롯한 모던한 음색과 함께 들을 수 있는 어쿠스틱 음색은 과거와 미래를 융합한 듯하다. 가사 중에서는 중세 프랑스 시인의 시어도 찾아볼 수 있다. 개인적인 의견으로는 이 앨범에서 「세인트 존」이 가장 강렬한 곡이라 생각한다. 도입부과 후렴구에서 들을 수 있는 귀에 쏙쏙 들어오는 매력적인 오르간 멜로디 때문일 것이다.

가장 분위기가 밝은 「인 어 우먼 오브 스피킹」In a woman of speaking

과 함께 눈여겨볼 만한 곡은 「슬픔이여 안녕」과 가사 없는 기악곡
「왈츠」 등이 있다.

나는 잠자리에 들기 전, 어머니에게 아침에 나를 깨우지 말라는
메모를 썼다. 어머니는 평소 나보다 한 시간 일찍 일어나서 아침을
먹었고, 커피를 마시고 담배를 피우면서 라디오를 들은 후, 나를 깨
웠다. 가끔 나는 어머니 차를 타고 학교에 갈 때도 있었다. 어머니가
강의를 나가는 학교는 우리 학교에서 1킬로미터밖에 떨어져 있지
않았다. 학교로 가는 30분 동안, 우리는 차 안에 앉아 거의 아무 말
도 하지 않았다. 나는 그 침묵이 아버지와 나누었던 침묵과 너무나
다르다는 생각을 종종 하곤 했다. 아버지와의 침묵은 마치 고열처럼
차 안을 달구었지만, 어머니와의 침묵은 너무나 자연스럽고 편했다.
  그날 아침, 나는 학교 버스가 지나간 후 30분이나 지나서야 눈을
떴다. 몽정을 한 것을 깨닫고 젖은 속옷을 벗어던졌다. 새 속옷을 꺼
내려 옷장 문을 열었지만, 옷장 속에는 빨아놓은 속옷이 하나도 없
었다.
  어머니는 왜 빨래를 하지 않았을까. 주말 내내 도대체 뭘 했단 말
인가!
  욕실에서 나온 나는 거실 바닥에 빨래를 한 옷이 산더미처럼 쌓여
있는 것을 발견했다. 모두 젖어 있었다. 보아하니, 어머니는 전날 저
녁 빨래를 해놓고 건조대에 널어놓는 것을 잊어버린 모양이었다. 아
침이 되어 부랴부랴 세탁기에서 꺼내놓았던 것이 아닐까.
  세상에! 어쩜 그렇게 멍하게 살 수 있을까!
  내겐 선택의 여지가 없었다. 빨랫감을 모아놓은 통에서 더러운 속
옷을 꺼내 다시 입거나, 젖은 속옷을 입는 수밖에 없었다.

나는 한참 동안 제자리에 서서 생각에 잠겼다. 바깥 날씨는 꽤 추 웠다. 젖은 속옷을 입고 버스 정류장까지 걷고 싶진 않았다.

하지만 학교에서 아이들이 내게 가까이 다가와서 말을 건넬 일도 배제할 수는 없었다. 내 몸에서 퀴퀴한 냄새가 난다고는 생각지 않 았지만, 더러운 속옷을 입었다는 생각에 아이들이 가까이 다가오면 괜히 뻣뻣하게 행동할 것 같았다.

가끔 남자아이들에게 다가가 아무렇지도 않은 척 스킨십을 하는 메레테가 오늘은 그 푸른 눈동자로 나를 바라보며 내 어깨를 어루만 질 수도 있지 않은가. 아니, 어쩌면 그녀의 젖가슴이나 아름다운 손 가락이 내 몸을 살짝 스칠지도 모른다.

젠장. 젖은 속옷을 입는 수밖에 없었다.

나는 샤워를 하고 아침을 먹었다. 다음 버스를 타기 위해 서두를 필요는 없다고 생각했다. 그 버스를 놓치면 그다음 버스를 타면 되 니까.

파란 하늘에 태양이 나직하게 걸려 있었다. 강가의 나무들이 드리 우는 그림자 아래에는 잔잔한 수면 위로 안개가 피어오르고 있었다.

버스가 학교 앞 정류장에 도착한 때는 3교시 수업이 끝난 후였다. 그렇다면 교실에 들어가는 것보다 차라리 버스를 계속 타고 시내에 가는 게 더 낫지 않을까. 신문사에 들러 평론도 전달할 겸. 스테이나 르는 사무실에 있었다.

"오늘 결석했니?"

나는 고개를 끄덕였다.

"쯧쯧."

그가 혀를 차며 미소를 지었다.

"내게 줄 건 없어?"

나는 가방에서 종이를 꺼냈다.

"여기 올려놔."

그가 책상을 가리켰다.

"읽어보지 않으실 건가요?"

그는 항상 내가 평론을 전달하면 그 자리에서 재빨리 읽어보곤 했다.

"아냐, 난 너를 믿어. 지금까지도 일을 훌륭하게 잘 해왔으니, 오늘도 그러리라고 생각해. 잘 가!"

"안녕히 계세요."

나는 신문사를 나섰다. 그가 한 말 때문에 하늘을 날 듯 기분이 좋았다. 나는 그 일을 축하하기 위해 음반 몇 장을 구입한 후, 게헤브에 앉아 크림빵과 콜라를 마시며 음반 커버를 들여다보았다. 자리에서 일어나니 시간이 너무나 많이 흘러 학교에 되돌아가는 것도 우습다고 생각했다.

나는 시내를 돌아다니다 버스를 타고 집에 갔다. 교차로 앞 우체통을 확인하니 편지 세 통이 들어 있었다. 두 통은 어머니 앞으로 온 고지서였다. 다른 하나는 외국에서 온 편지였고 봉투 겉면에는 내 이름이 적혀 있었다.

필체를 알아보는 것은 어렵지 않았다. 우체국 소인을 살펴보니 이스라엘에서 온 것이었다. 나는 내 방에 들어가 책상 앞에 앉은 후, 그제야 편지 봉투를 열어보았다. 몸을 일으켜 음반을 틀어놓고 다시 의자에 앉아 천천히 편지를 읽기 시작했다.

텔 아비브, 1985년 10월 9일

안녕, 칼 오베.

나는 한 달 전에 텔아비브에 도착했어. 모든 것이 새롭고 낯설어. 지난 한 달 동안 평생 했던 일보다 무언가를 더 많이 한 것 같은 느낌이야. 여긴 매일 기온이 30도 이상을 오르내린단다. 난 지금 테라스에 누워 이 편지를 쓰고 있어. 지중해엔 두 번 다녀왔고, 이스라엘 남자아이들과 함께 프리즈비와 서핑을 했어. 하지만 금발의 여자아이들은 이곳 남자아이들을 믿으면 안 될 것 같다는 생각도 들어. 그들은 내가 여기에 단지 휴가를 즐기기 위해 온 것이라 생각하고, 쉽게 손에 넣을 수 있다고 믿는 것 같아. 난 아직도 너를 잊지 않았단다. 나도 이런 나 자신을 이해할 수가 없어. 난 진심으로 너를 사랑했고, 지금도 너를 사랑하고 있어. 칼 오베, 앞으로도 네 삶엔 수많은 여자가 지나쳐갈 거야. 하지만 항상 나를 기억해줘. 그리고 내년엔 덴마크에 꼭 올 거지? 내 편지를 받으면 바로 답장을 보내줘.

너의 팬
리스벳으로부터

나는 몸을 일으켜 창문을 열었다. 창틀에 팔을 얹고 창밖으로 몸을 쑥 내밀어보았다. 공기는 차갑고 날카로웠다. 햇살이 내 얼굴을 비추어 내렸지만, 따스함은 느낄 수 없었다.
그녀가 거짓말을 하는 것 같진 않았다. 그녀는 진심을 이야기하고 있었다. 나는 편지를 들고 밖으로 나갔다. 창문 아래 벤치에 앉아 그녀의 편지를 한 번 더 읽고는 담배에 불을 붙였다.

여름에 덴마크로 갈까. 별안간 이곳으로 다시 돌아올 필요가 없다는 생각이 들었다.

이곳으로 다시 돌아올 필요는 없다.

지금까지 한 번도 해본 적이 없는 생각이었다. 그 생각을 하는 순간, 세상이 변해버린 것 같았다.

차갑고 날카롭게 내 얼굴에 부딪히는 빛, 짙은 푸른색의 가을 하늘, 강가의 숲. 문득 미래가 내 눈앞에서 활짝 문을 여는 것 같았다. 북부 지방에서 군대 생활을 마치고, 베르겐이나 오슬로에서 대학을 다니며 6년 정도를 그곳에서 보내며 방학이 되면 집에 오고, 졸업을 하면 직장을 잡고 결혼을 하고 아이를 낳고, 손자 손녀를 보는 등, 누구나 다 하는 일, 내게도 당연한 듯 주어지는 그런 일을 꼭 해야 할 필요는 없지 않은가.

모두에게서 떠나 어디론가 사라지고 싶었다. 아주 먼 곳으로. '몇 년 후에'가 아니라 '지금 당장'. 여름이 되면 어머니에게 말할 것이다. '어머니, 지금 떠날게요. 다시는 돌아오지 않을 거예요.' 어머니는 나를 말리지 못할 것이다. 나는 자유니까. 나는 독립적인 존재니까. 나의 미래는 문을 활짝 열고 내 앞에 펼쳐져 있었다.

덴마크의 너도밤나무. 작은 벽돌집들. 리스벳.

아무도 내가 누군지 모를 것이다. 내가 어디에서 왔는지도 모를 것이다. 나는 이곳에 되돌아올 필요가 없다. 사람들은 나에 관해 알 필요도 없다. 나는 곧 사라질 테니까. 아무도 내가 누군지 모르는 먼 곳으로.

따지고 보면 그렇게 못할 이유도 없었다.

골목길 아래쪽 모퉁이에서 차가 보였다. 엔진 소리로 미루어보아 어머니의 골프 자동차가 틀림없었다. 나는 얼른 담배를 끄고, 꽁초를 잔디 밑에 숨긴 후 몸을 일으켰다. 어머니의 차는 집 앞 자갈길에 멈춰 섰다.

차에서 내린 어머니가 트렁크에서 장을 본 봉지 두 개를 꺼냈다.

"오늘 월급날인가요?"

"응. 맞아."

"저녁 장은 뭘로 보셨어요?"

"어묵반찬."

"잘 됐어요. 배가 많이 고팠거든요."

아버지가 제안했던 성탄절 계획은 텅 빈 약속에 불과했다. 아버지는 우리가 오는 것을 원치 않았다. 윙베 형과 내게 아무 말도 하지 않고 마데이라행 비행기표를 끊었던 것이다.

우리는 성탄절에 어머니와 함께 쇠르뵈보그의 외할아버지 댁에 가기로 했다. 아버지가 우리를 떠난 후 처음 맞는 성탄절이었다. 기분이 좋았다. 아버지 없이 셋이서만 시간을 보낼 때는 너무나 자유롭고 편했다.

성탄절 방학이 시작되는 날, 나는 할아버지와 할머니 댁을 찾았다. 안부 인사를 전하기 위해서였다. 어머니와 나는 다음 날 비행기를 타고 베르겐으로 가서 그곳에 있는 윙베 형과 함께 쇠르뵈보그까지 페리를 타고 갈 예정이었다.

여느 때와 마찬가지로 할머니가 대문을 열어주었다.

"어서 오너라."

할머니가 미소를 지으며 말했다.

"근처에 볼 일이 있어 왔다가 성탄절 안부를 전하기 위해 잠시 들렀어요."

나는 할머니에게 포옹을 건네지 않고 뒤를 따라 계단을 올라갔다. 의자에 앉아 있던 할아버지의 눈빛이 나를 보자마자 순간 환하고 밝은 빛을 띠었다. 적어도 나는 그렇다고 생각했다.

"저녁을 먹으려면 아직 멀었는데…"

할머니가 말을 이었다.

"배고프면 내가 빵을 좀 데워줄까?"

"네, 좋아요."

나는 의자에 앉아 셔츠 주머니에 있는 담배를 꺼내 불을 붙였다.

"연기를 목으로 넘기는 건 아니겠지?"

할머니가 말했다.

"아니에요."

"그래, 연기를 목으로 넘기는 건 아주 위험하단다."

"네."

할머니는 불을 켜고 작은 쇠살대 위에 빵을 얹은 후, 버터와 치즈를 꺼냈다.

"아버지는 내일 마데이라로 가나봐요."

"응, 나도 들었어."

할머니가 말했다.

"거긴 경치가 매우 좋다고 들었어요. 두 분도 예전에 거기 가보신 적이 있죠?"

"우리? 아냐. 우린 마데이라에 한 번도 가본 적이 없어."

"혹시 라스팔마스를 생각했던 건 아니냐? 거기라면 가본 적이 있지."

할아버지가 말했다.

"맞아, 라스팔마스엔 가봤어."

할머니가 맞장구를 쳤다.

"아, 이제 기억나요. 그때 두 분이 티셔츠를 선물로 사오셨어요. 하늘색 바탕에 짙은 푸른색으로 라스팔마스라는 글자가 적혀 있었고, 코코넛 나무 사진도 있었어요."

"그런 것까지 다 기억하니? 아주 기억력이 좋구나."

할머니가 말했다.

"네."

그렇다. 내 기억력은 누구 못지않다. 하지만 어떤 일은 내 의식 속에 선명하게 남아 있는 반면, 희미하게 남아 있는 기억도 적지 않다. 한번은 할머니가 현관에 낯선 남자가 서 있다고 말한 적이 있었다. 나는 강도가 아닐까 생각했다. 그 일을 말했더니, 할머니는 영문을 모르겠다는 표정을 지으며 고개를 절레절레 저었다. 아냐, 낯선 남자가 현관에 서 있었던 적은 한 번도 없었어. 그렇다면 그 기억은 어디에서 온 것일까.

비슷한 일은 또 있었다. 언젠가 한번은 할아버지의 삼촌뻘 되는 사람이 노르웨이에 가정이 있는데도 미국으로 건너가 그곳에서 결혼을 하고 새 삶을 시작했다는 이야기를 들은 적이 있었다. 나는 어느 일요일 저녁 아버지와 운니, 할아버지와 할머니와 함께 저녁을 먹다가 그 이야기를 꺼냈다. 아무도 그런 일은 없었다고 딱 잡아뗐다. 할머니는 화를 내다시피 하며 굳은 표정으로 고개를 절레절레 저었다. 내가 기억하는 바로는 미국에서 칼부림도 있었다고 덧붙이자, 할머니는 내가 잘못 기억하고 있다고 단호하게 말했다.

그렇다면 그 기억은 도대체 어디에서 온 것일까. 내가 꿈을 꾸었던 것일까. 중학교에 다닐 때 읽었던 수많은 소설 속의 이야기를 현실에서 일어났던 일이라 착각했던 것은 아닐까. 소설 속의 인물이 겪었던 일을 내 가족이 겪었던 일이라 믿었던 것은 아닐까.

알 수 없는 일이었다.

어쨌든 그 일 때문에 분위기가 어두워졌고, 나는 거짓말을 하고 없던 일을 꾸며내는 사람이 되어버렸다. 다른 말로 하자면, 나는 아버지 같은 사람이 되어버렸던 것이다. 나는 절대 아버지 같은 사람이 되지 않겠다고 어렸을 때부터 다짐했었다. 절대 거짓말을 하지 않는 사람. 물론 선의에 바탕을 둔 거짓말은 가끔 해야 할 때가 있다. 특히 어머니나 아버지에게 말하고 싶지 않은 일이 생길 때면 거짓말로 얼버무릴 때도 없지 않았던 것이다. 하지만 그것은 나를 위해서가 아니라 부모님을 위해서였다. 절대 비도덕적이라 할 수는 없을 것이다.

"방학을 하니 좋아요."

"응, 그렇겠지."

할머니가 말했다.

"군나르 삼촌은 여기서 성탄절을 보낼 건가요?"

"아냐, 여기 오진 않을 거야. 올해는 우리가 그 집에 가볼까 생각 중이야."

"네, 그렇군요."

"이제 다 된 것 같구나."

할머니가 빵 두 개를 접시에 담아 내 앞에 놓아주고, 다시 의자에 앉았다.

할머니는 내게 칼과 치즈 슬라이서를 주는 걸 잊은 것 같았다.

나는 몸을 일으켰다.

"왜? 뭐가 모자라니?"

"칼과 치즈 슬라이서는 어디 있나요?"

"그냥 앉아 있어. 내가 가져올게!"

할머니가 서랍을 열어 칼과 치즈 슬라이서를 꺼내 내 곁에 내려놓았다.

"자, 이제 됐지? 이제 네가 필요한 건 다 가진 셈이야, 그렇지?"

할머니가 미소를 지었다. 나도 할머니에게 미소를 지어보였다.

빵 껍질은 너무나 바삭바삭해서 혀가 베일 것만 같았다. 나는 빵을 순식간에 먹어치웠다. 원래 음식을 빨리 먹는 편이기도 하지만 두 분이 함께 먹지 않아서이기도 했다. 내가 음식을 먹는 동안 그들은 아무 말 없이 가만히 앉아 있었기 때문에, 빵 부스러기를 털어내는 조그만 동작마저도 확대되어 보이는 것 같았다.

"어머니도 성탄절 휴가를 기다리고 있어요."

나는 남은 빵 위에 버터를 바르며 말했다.

"그렇겠지."

"지난여름 이후엔 쇠르뵈보그에 들르지 못했거든요. 이제 외할아버지와 외할머니도 나이 때문인지 기력이 많이 쇠약해지셨어요. 특히 외할머니는 꽤 많이 편찮으세요."

"그렇구나."

할머니가 고개를 끄덕였다.

"혼자서는 거동을 못 할 정도예요."

"그래? 그렇다면 많이 편찮으신가 보구나."

"보행보조기에 의지를 많이 하시죠."

나는 빵을 꿀꺽 삼키고 입가에 묻은 빵 부스러기를 손으로 털어냈다.

"집 안을 다닐 때는 문제가 없지만, 밖에 나가긴 힘드신가 봐요."

외할머니가 단 한 번도 그 조그마한 집 밖으로 나간 적이 없다는 사실이 새삼 떠올랐다. 이전에는 하지 못했던 생각이었다.

"파킨슨병이라고 했지?"

할아버지가 물었다.

나는 고개를 끄덕였다.

"그건 그렇고, 어머니는 일에 만족하시는 것 같아요. 그 외엔 별다른 일이 없어요."

할머니가 갑자기 몸을 일으키더니 커튼을 열고 창밖을 내다보았다.

"누가 오는 소리가 난 것 같은데… 아닌가?"

"또 착각을 하는구면. 우리 집에 올 사람이 어디 있다고…"

할머니가 다시 의자에 앉아, 머리를 매만지며 나를 바라보았다.

"참!"

할머니가 다시 몸을 일으켰다.

"성탄절 선물을 줘야지!"

할머니가 어디론가 사라졌다. 나는 할아버지에게로 시선을 돌렸다. 할아버지는 탁자 위에 있는 신문의 복권 면을 내려다보고 있었다.

"자, 여기…"

할머니가 하얀 봉투 두 개를 내밀었다.

"그리 많진 않아. 하지만 조금이나마 도움이 되었으면 좋겠구나. 하나는 네게 주는 거고, 다른 하나는 윙베에게 전해주렴. 무거운 건 아니니까 집까지 문제없이 가져갈 수 있겠지?"

할머니가 미소를 지었다.

"그럼요. 감사합니다!"

"천만에."

나는 의자에서 일어났다.

"성탄절 행복하게 보내세요."

"너도 성탄절 잘 보내거라."

할아버지가 말했다.

할머니는 현관까지 나를 따라왔다. 내가 신발을 신고 검은색 목도리를 두르는 동안, 할머니는 허공을 멍하니 바라보았다.

"할머니가 주신 성탄절 선물을 버스비로 사용해도 될까요?"

나는 할머니를 쳐다보며 말했다.

"아냐, 그건 안 되지! 그 돈은 성탄절 때 네가 원하는 것이 있으면 사라고 주는 돈이야. 그런데 버스비가 없니?"

"네…"

"그렇다면 내가 동전이 있나 한번 찾아볼게."

할머니는 현관 옷걸이에 걸려 있는 코트 주머니에서 작은 동전 지갑을 꺼냈다.

"성탄절 잘 보내거라."

할머니는 내게 10크로네짜리 동전 두 개를 건네주며 말했다.

"네, 할머니도요."

할머니는 미소를 지으며 대문을 닫았다.

나는 얼른 할머니의 집이 보이지 않는 곳까지 가서 내 이름이 적힌 봉투를 열어보았다. 거기에는 100크로네짜리 지폐 한 장이 들어 있었다. 완벽했다. 집으로 가는 길에 그 돈으로 음반 두 장쯤 살 수 있을 것 같았다.

음반 가게에 들어선 나는 음반을 넉 장까지 살 수 있다고 생각했다. 윙베 형의 봉투에도 100크로네가 들어 있지 않을까? 봉투를 열어보니 내 짐작은 틀리지 않았다.

윙베 형의 봉투는 나중에 내 돈으로 채워 넣어도 될 것이다. 지폐에 받을 사람의 이름이 적혀 있는 건 아니니까.

우리는 저녁 무렵에 쇠르뵈보그에 도착했다. 영상 1, 2도 정도의 기온에 비가 내렸다. 불빛이 새어나오는 집을 향해 짐을 옮기려니 어둠이 벽처럼 우리를 막아섰다. 풍경은 빗줄기가 가져온 축축함에 흠뻑 젖어 있었다.

어머니는 위쪽에 작은 창이 달린 갈색문 앞에서 발걸음을 멈추었다. 여행 가방을 내려놓고 대문을 여니, 현관에 걸려 있던 외할아버지의 작업복에서 풍기는 외양간의 퀴퀴한 냄새가 코를 덮쳤다. 현관 안쪽에 보이는 흰색 벽은 순식간에 나를 어린 시절의 기억 속으로 끌어들였다.

내가 어렸을 때는 외할아버지가 항상 마당까지 나오거나, 대문을 여는 순간 현관에서 두 팔을 활짝 벌리고 우리를 맞아주었다. 하지만 지금은 아무도 볼 수 없었다. 우리는 여행 가방을 내려놓고 외투를 벗었다. 들리는 소리라곤 우리들의 숨소리와 옷자락이 서로 스치는 소리뿐이었다.

"이제 들어가 볼까?"

어머니가 말했다.

소파에 앉아 있던 외할아버지가 몸을 일으키며 미소와 함께 우리를 맞아주었다.

"많이 컸구나!"

외할아버지가 윙베 형과 나를 올려다보며 말했다.

나는 미소를 지었다.

외할머니는 구석 쪽 의자에 앉아 우리를 바라보고 있었다. 외할머

345

니는 온몸을 바들바들 떨고 있었다. 병마의 손길이 할머니의 몸 구석구석을 덮친 것이 틀림없었다. 얼굴, 팔, 발, 다리. 신체 중에서 떨리지 않는 곳은 찾아볼 수 없었다.

어머니는 의자 옆에 있는 발판에 앉아 외할머니의 손을 잡았다. 외할머니는 무슨 말인가를 하려 했지만, 입 밖으로 나오는 소리는 속삭이는 듯한 쉰 소리뿐이었다.

"짐을 방에 가져갈게요. 우리가 묵을 방은 2층에 있죠?"

윙베 형이 물었다.

"너희들 하고 싶은 대로 하거라."

외할아버지가 말했다.

우리는 삐걱거리는 계단을 올라갔다. 윙베 형은 샤르탄 삼촌이 쓰던 방에 짐을 풀었고, 나는 어린이 방을 차지했다. 방에 불을 켜고 낡은 침대 옆에 가방을 내려놓았다. 커튼을 열고 어둠이 내린 창밖을 내다보았다. 칠흑 같은 어둠 때문에 아무것도 보이지 않았지만, 어렴풋이 윤곽을 짐작할 수는 있었다. 마치 바람이 어둠을 가르고 그 뒤에 숨겨진 자연을 보여주는 것 같기도 했다. 창틀에는 죽은 파리들이 널브러져 있었고, 천장 모퉁이에는 거미줄이 보였다. 방 안은 오싹할 정도로 추웠고, 퀴퀴한 과거의 냄새가 묻어 있었다.

불을 끄고 아래층으로 내려갔다.

어머니는 거실 한가운데 서 있었고, 외할아버지는 텔레비전을 보고 있었다.

"저녁을 준비할까?"

어머니가 말했다.

"네."

외갓집에서 음식을 담당하는 사람은 외할아버지였다. 열두 살에 어머니를 여읜 외할아버지는 그때부터 가장의 역할을 해왔다. 그 세대의 남자들은 음식 만드는 일에 익숙하지 않았지만, 외할아버지는 음식을 할 수 있다는 것을 매우 자랑스러워했다. 하지만 냄비와 프라이팬과 주걱 등을 씻는 일에는 그다지 솜씨가 없었다. 꼼꼼하게 설거지를 하지 않았던 것이다. 프라이팬 바닥은 불에 구워졌다 녹아내리기를 수백 번이나 반복한 듯 두텁고 누런 기름때가 묻어 있었고, 찬장 속의 냄비 가장자리에는 생선을 삶은 후의 하얀 소금기가 그대로 남아 있었다. 냄비 바닥에는 눌어붙은 감자 조각이 시커멓게 붙어 있었다. 하지만 정리 정돈은 잘 되어 있었다. 일주일에 두 번씩 시에서 나오는 도우미가 집안일을 도와주기 때문이다. 그렇다. 외갓집은 낡긴 했지만 지저분하고 더러운 집이라고는 할 수 없었다.

어머니와 나는 에그 스크램블을 만들고, 차를 끓인 후에 빵 위에 얹어먹을 햄과 치즈 등을 꺼냈다. 윙베 형은 식탁을 차렸다. 준비가 끝난 후, 나는 샤르탄 삼촌을 데려오기 위해 집을 나섰다. 삼촌은 몇 년 전 외갓집 바로 옆에 작은 집을 따로 지어 혼자 살고 있었다. 작고 가벼운 빗방울이 얼굴에 떨어졌다. 나는 3미터쯤 떨어진 곳에 살고 있는 샤르탄 삼촌의 집 초인종을 눌렀다. 인기척은 들리지 않았다. 나는 대문을 열고 현관에 서서 저녁 준비가 다 되었다고 계단 위를 향해 소리쳤다.

"알았어. 곧 갈게!"

삼촌이 위층에서 대답했다.

다시 외할아버지 댁에 돌아오니, 어머니가 외할머니를 부축해 천천히 식탁을 향해 걷고 있었다. 외할아버지와 윙베 형은 이미 식탁 앞에 자리를 잡고 앉아 있었고, 외할아버지는 연어 양식장에 관해 이야기를 하고 있었다.

"내 나이가 조금만 젊었더라도 연어 양식장 일을 시작했을 거야. 우리 동네 청년이 피요르 아래쪽에 작은 연어 양식장을 차려서 엄청 난 돈을 벌었단다. 복권에 당첨된 기분이었을 거야."

나는 자리에 앉아 찻잔에 차를 따랐다. 잠시 후, 대문 열리는 소리 와 함께 샤르탄 삼촌이 들어와 의자에 앉았다.

"정치학을 공부한다고 했니?"

삼촌이 윙베 형에게 물었다.

"안녕하세요, 삼촌!"

삼촌은 윙베 형의 인사를 받지 않았다. 민망해진 윙베 형은 그제 야 고개를 끄덕였다.

"네, 베르겐 대학에서는 비교정치학이라고 하더군요. 둘 다 비슷 해요."

샤르탄 삼촌이 고개를 끄덕였다.

"너는 아직 고등학교에 다니고 있고?"

삼촌이 내게 물었다.

"네."

나는 자리에서 일어나 외할머니를 위해 식탁 의자를 빼주었다. 할 머니가 천천히 의자에 앉자, 어머니가 의자를 식탁 앞으로 바짝 밀 어 넣어주었다. 샤르탄 삼촌은 주변에서 무슨 일이 일어나고 있는 지는 전혀 관심이 없어 보였다. 삼촌은 우리를 쳐다보지도 않고 말 을 시작했다. 삼촌의 손은 빵을 가져와 접시에 담고 버터를 발라 입 으로 가져갔고, 찻잔에 차와 우유를 따라 입으로 가져갔다. 그 움직 임은 삼촌이 끊임없이 내뱉는 느릿느릿한 말과는 전혀 관계가 없는 별개의 동작처럼 보였다. 자신이 한 말을 스스로 고치고, 웃음을 터 뜨리던 삼촌은 가끔 우리에게 시선을 던지기도 했지만, 대부분은 자

348

신의 말에 빠져들어 있었기에 마치 말이 삼촌의 존재를 대신하는 것 같았다.

삼촌은 하이데거에 관해 무려 10여 분 동안이나 쉬지 않고 말을 했다. 독일 철학의 대가와 그 자신과의 싸움을 늘어놓다가 갑자기 말을 멈추고 침묵을 지켰다. 어머니는 삼촌이 한 말을 되짚으며 정확하게 이해를 했는지 모르겠다며 다시 물어보았다. 삼촌은 어머니를 바라보며 미소를 짓더니, 다시 독백을 늘어놓았다. 예전에 식탁에서 대화를 주도했던 외할아버지는 아무 말도 하지 않고 식탁을 내려다보거나, 기분 좋은 표정으로 주변을 둘러보기도 했다. 가끔 무슨 말을 하려는 듯하다가도 마음을 고쳐먹은 듯 입을 꾹 다물고 다시 시선을 내리기도 했다.

"이제 우리들 중에 하이데거를 모르는 사람은 없을 것 같군요."

윙베 형이 갑자기 찾아든 침묵을 깨고 말을 이었다.

"음울하고 비관적인 독일 철학자 말고도 할 이야기는 많이 있을 것 같은데요?"

"물론 그렇지."

샤르탄 삼촌이 말을 이었다.

"예를 들어, 날씨에 관해 이야기해보는 건 어떨까. 하지만 어떤 이야기를 해야 하지? 날씨는 항상 그 자리를 지켜왔지. 날씨는 존재에게 시각적 가치를 부여해주는 도구라고 할 수 있어. 인간이 감정과 기분을 통해 자신의 존재를 드러내듯. 이 세상은 날씨 없이는 생각할 수 없고, 우리 인간은 감정과 느낌 없이는 생각할 수 없어. 하지만 이것은 하이데거의 '다스 만'Das Man* 개념으로 자연히 이어지게

• 하이데거의 다스 만: 평범한 보통 사람을 의미함.

349

되지. 다스 만은 날씨를 평범한 눈으로 바라보지. 즉, 날씨 그 자체를 이해하지 못한다는 말이야. 심지어 너희들의 외할아버지 요한네스 씨도 그래."

샤르탄 삼촌이 턱으로 외할아버지를 가리키며 말을 이었다.

"매일 한 시간 이상 일기예보를 꼼꼼하게 듣지만 날씨 그 자체를 보진 못해. 비가 온다거나 해가 난다거나, 안개가 낀다거나 진눈깨비가 내린다는 등 표면적인 것만 받아들일 뿐이지. 하지만 날씨를 통해 우리에게 다가오는 존재적 의미는 간과한단다. 우리 눈에 보이는 모든 것은 의미를 가지고 있어. 지금 이 순간을 통해 우리에게 다가오는 것은 무엇일까. 그건 바로 자비와 배려란다. 그래, 하이데거는 신과 신적인 것에 가장 가까이 다가갔던 인간이란다. 하지만 그는 단 한 번도 신을 넘어서려고 시도하지 않았어. 그는 항상 이성적인 사고로 무장했고 존재적 한계를 이해하고 받아들였지. 시셀 누나는 여기에 대해 어떻게 생각해?"

"글쎄, 내 귀엔 거의 종교적으로 들리는걸."

샤르탄 삼촌이 날씨 이야기를 할 때부터 눈동자를 휘휘 굴리며 못마땅한 표정을 짓던 윙베 형은 연어 살점에 포크를 푹 찔러넣어 자신의 접시로 옮겼다.

"올해 성탄절에도 양고기 갈비를 먹을 건가요?"

윙베 형이 물었다.

외할아버지가 형을 바라보았다.

"응. 양고기 갈비는 다락방에 잘 말려놓았단다. 돼지갈비는 샤르탄이 어제 사놓았지."

"저는 아쿠아비트를 한 병 가져왔어요."

윙베 형이 말을 이었다.

"아쿠아비트가 없으면 성탄절 기분이 나지 않아요."

어머니는 외할머니가 우유를 마실 수 있도록 컵을 들어 도와주었다. 외할머니의 입가에서 하얀 우유가 흘러내렸다.

풍경은 어둠으로 가득 채워진 양동이 같았다. 다음 날 아침 해가 뜨고 빛이 새어들어 오면 바닥부터 서서히 윤곽을 드러내며 어둠을 밀어낸다. 그 모습을 보며 어찌 풍경이 스스로 움직이지 않는다 생각할 수 있을까. 깎아지른 듯 거대하게 솟은 리헤스텐산도 빛을 향해 움직이지 않았던가. 회색빛 피요르 물은 지난밤에 몸을 숨겼던 어둡고 깊은 심연에서 서서히 올라오지 않았던가. 이웃 농가와의 경계에 자란 커다란 너도밤나무도 몇 미터 움직이지 않았던가.

마치 농가 건물을 지키는 기사들처럼 밤새 그 자리에 서 있던 대여섯 그루의 커다란 너도밤나무는 해가 뜨면 안절부절못하는 말들을 다독이기 위해 고삐를 힘껏 잡아당기는 것 같지 않은가.

오전이 되자 다시 안개가 자욱해졌고, 세상은 회색빛으로 물들었다. 심지어는 들판 건너 작은 호숫가에 자리한 사계절 내내 푸른 상록수들조차도 회색빛에 잠겨 있었다. 눈에 보이는 모든 것은 습기로 축축하게 젖어 있었다. 나뭇가지에서 떨어지는 작은 빗방울은 땅 위에 모여 작은 웅덩이를 이루면서 귀에 들리지 않는 한숨을 내쉬는 것 같았고, 젖은 흙은 발을 디딜 때마다 신발을 끌어안으며 흙탕물을 튀겼다.

11시쯤, 나는 윙베 형과 함께 샤르탄 삼촌의 차를 빌려 타고 모자라는 음식을 사기 위해 보겐으로 갔다. 사우어크라우트, 절인 적채, 맥주, 견과류와 과일, 양고기 갈비를 먹을 때마다 텁텁해지는 목을 축이기 위해 콜라도 몇 병 샀다. 저녁이 올 때까지 시간을 죽이기 위해 신문도 함께 구입했다. 성탄절 이브를 생각하니 어렸을 때 경험했던 그 설렘이 다시 샘솟아 올랐다.

창틀에선 와이퍼가 쉴 새 없이 움직였다. 울타리를 지나 학교 앞에 이른 우리는 오른쪽으로 방향을 틀고 비좁은 길로 들어섰다. 보겐까지 가려면 거기서 약 2킬로미터를 더 가야만 했다. 어렸을 때는 그 길이 너무나 멀다고 생각했다. 지나가는 길마다 개성으로 가득한 자연 풍경을 넋 놓고 보았던 기억이 떠올랐다. 강 위의 다리 난간에 서서 몇 시간이나 강물을 내려다보아도 질리지 않았다.

차로 가면 3, 4분밖에 걸리지 않는 길이었다. 어렸을 때부터 익숙했던 풍경이 아니었다면 틀림없이 그냥 지나쳤을 것이다. 길가의 나무와 농가, 강 위의 다리는 어디에서나 볼 수 있는 평범한 것들이었다.

"샤르탄 삼촌은 정상이 아닌 것 같아."

윙베 형이 말했다.

"주변 사람들을 전혀 배려하지 않아. 마치 혼자만의 세상에서 사는 사람 같아. 이 세상의 모든 사람이 자신의 이야기에 관심을 가지고 있다고 생각하는 건 아닐까?"

"글쎄… 그건 그렇고, 난 삼촌이 하는 말을 하나도 이해할 수 없었어. 형은 어때?"

"조금. 삼촌이 하는 이야기는 언뜻 거창하게 들릴지는 몰라도 따지고 보면 전혀 그렇지 않아. 모두 책에 나와 있는 이야기거든."

윙베 형이 모퉁이를 돌아 차를 세웠다. 우리는 가게로 걸어갔다. 비옷을 입은 여자가 작은 아이를 앞세우고 가게에서 나왔다. 그녀는 우리를 보고 놀란 표정을 지었다.

"이게 누구야? 윙베! 여기서 널 만나다니!"

도대체 누굴까?

그녀와 형은 포옹을 나누었다.

"얘는 내 동생이야. 칼 오베라고 해."

윙베 형이 그녀에게 나를 소개해주었다.

"안녕, 만나서 반가워. 난 잉게예르드라고 해."

그녀가 내게 손을 내밀었다.

나는 미소를 지었다. 작은 아이는 그녀에게 바짝 붙어 섰다.

"아, 네 조부모님이 여기 산다고 했지? 이제 기억나. 여기서 보니 정말 반갑구나!"

나는 그들에게서 몇 발자국 떨어져 보겐의 풍경을 바라보았다. 잔잔한 수면 위에는 보트 몇 척이 빨간 부표에 매여 있었다. 회색의 풍경 속에서 색을 머금고 있는 것은 부표뿐이었다. 우리가 어렸을 때는 베르겐을 오고가는 선박이 그곳에 정박하곤 했다. 한번은 그곳에서 야간 선박을 타고 베르겐까지 간 적도 있었다. 잠을 잤던 딱딱한 벤치, 코를 찔렀던 기름 냄새, 바다 냄새, 향긋한 커피향. 그 기억은 동화 속 이야기처럼 아직도 내게 남아 있다. 그때는 선장을 캡틴이라고 불렀던가. 이젠 그런 배를 볼 수 없다. 고속 페리와 자리바꿈을 했기 때문이다. 고속 페리는 보겐에 정박하지도 않는다.

"계속 거기 서 있을 거야?"

등 뒤에서 윙베 형의 목소리가 들렸다. 등을 돌려보니 여인과 아이는 저 끝에 세워져 있는 차로 걸어가고 있었다.

"누구야?"

"베르겐에서 알게 된 애야. 헬게와 같이 사는 여자지."

외갓집에 되돌아오니 온 집 안에 세제 냄새가 났다. 어머니는 바닥을 닦은 후 창틀을 닦기 시작했다. 외할머니는 의자에 앉아 졸고 있었다. 어머니가 양동이 위에서 걸레를 짜고 허리를 펴면서 우리를 바라보았다.

"죽은 너희들이 끓일래?"

어머니가 말했다.

"그럴게요."

윙베 형이 대답했다.

"크리스마스트리 장식을 할까요?"

"먼저 나무를 가져와야 하는데, 네가 좀 가져오겠니?"

어머니가 말했다.

"나무가 어디 있는데요?"

"글쎄, 나도 잘 모르겠구나. 샤르탄에게 물어보렴."

나는 작은 나무 신발을 신고 발을 질질 끌며 삼촌이 사는 옆집으로 갔다. 초인종을 누르고 대문을 연 후, 삼촌을 소리쳐 불렀다.

아무 대답이 없었다.

나는 조심스레 계단을 올라갔다.

샤르탄 삼촌은 안락의자에 앉아 창밖의 피요르를 바라보고 있었다. 삼촌의 머리에는 커다란 헤드셋이 끼워져 있었고, 삼촌은 음악에 맞추어 발을 흔들었다.

내가 온 것도 모르는 것 같았다. 그에게 아는 척을 하면 깜짝 놀랄 것 같았다. 하지만 그 외에는 방법이 없었다. 소리를 지르는 건 도움이 되지 않을 것 같았다. 헤드셋에서 들려오는 음악 소리는 너무나 커서 아래층까지 들릴 정도였으니까.

나는 그곳을 빠져나왔다.

축사에서 외할아버지가 걸어나왔다. 그 뒤로 고양이가 따라왔다.

"나무가 어디 있는지 알아봤니?"

어머니가 내게 물었다.

"삼촌에게 물어보지 못했어요. 음악을 듣고 있어서…"

옆에 있던 윙베 형이 한숨을 푹 내쉬었다.

"내가 가볼게."

형이 말했다.

5분 후, 윙베 형이 커다랗고 초라한 나무 한 그루를 질질 끌며 현관에 들어섰다. 우리는 반쯤 녹이 슨 쇠받침대에 나무를 고정시키고, 어머니가 다락에서 가져온 장식물을 나무에 걸기 시작했다.

저녁을 먹고 난 후, 나는 낡아 쓰러질 듯한 밍크 양식장과 농가 옆 호수를 지나 양봉장이 있던 곳으로 산책을 갔다. 오래전 건물이 있던 자리를 아직까지도 지키고 있는 지대에 이른 나는 담배를 피워 물었다. 아무 소리도 들리지 않았고, 사람의 그림자도 볼 수 없었다. 나는 꽁초를 젖은 잔디 위에 던지고, 다시 집으로 돌아갔다.

신발은 습기를 머금고 반짝였다. 어머니는 욕실에서 외할머니의 몸을 씻겨주고 있었고, 윙베 형은 평소처럼 무릎에 양 팔꿈치를 대고 소파에 앉아 외할아버지와 대화를 나누고 있었다.

나는 맞은편 소파에 앉았다.

외할아버지는 1920년대에 증조할아버지와 함께 원양어선을 탔던 이야기를 해주었다. 생각지도 못할 정도로 엄청난 양의 고기를 잡았을 때의 그 기쁨은 어디에도 비할 수 없었다며 흥분해서 이야기를 하는 외할아버지의 눈빛은 마치 그 시절로 되돌아간 듯 반짝였다. 어느 날 저녁, 배가 트론헤임 항구로 향했을 때 그 배의 선장은 오랜만에 뭍에서 여인들을 만날 생각으로 마치 발정난 수캐처럼 뱃머리에 서서 안절부절못했다고 했다. 그는 오랜 시간을 들여 치장을 했고, 불빛이 반짝이는 항구로 들어가는 동안 뱃머리를 떠나지 않았다고 했다.

외할아버지는 건설 인부로 일하며 폭파 작업을 담당했을 때의 일도 이야기해주었다. 어느 날 저녁, 인부들끼리 모여 포커 게임을 하고 있을 때, 할아버지는 의도치 않게 매번 돈을 땄다. 당시 외할머니에게 청혼을 하기 위해 반지를 사려던 할아버지는 놀음을 해서 딴 돈으로는 반지를 사면 안 된다는 생각에, 그 돈을 모두 판돈으로 걸고 느긋하게 게임을 했다고 한다. 인부들은 엄청난 판돈에 혹해 눈에 불을 켜고 이마에 땀을 흘리며 게임을 했다. 외할아버지는 그 이야기를 하면서 당시의 일이 생생하게 기억나는 듯 배를 잡고 눈물까지 찔끔 흘리며 웃음을 터뜨렸다.

윙베 형과 나도 덩달아 소리 내어 웃었다. 외할아버지의 웃음소리는 전염력이 있었다. 등을 구부리고 말을 하지 못할 정도로 껄껄대고 웃었으며, 뺨 위로는 눈물이 흘러내리기도 했다.

외할아버지는 과거의 지난 이야기만 해주지 않았다. 과거의 낭만에만 사로잡혀 있는 사람과는 거리가 멀었던 것이다. 외할아버지는 어느 정도 웃음기가 가시자 이민을 간 마그누스 형을 만나기 위해 미국으로 갔던 이야기도 해주었다. 시차에 적응하지 못해 한밤중에 홀로 깨어 있던 외할아버지는 텔레비전을 틀어보다가 깜짝 놀랐다고 했다. 국영 채널뿐이었던 노르웨이와는 달리, 미국에 가니 텔레비전 채널 수가 너무나 많아 밤새 이 채널 저 채널을 돌려보았다고 했다. 물론 외할아버지는 영어를 전혀 못했기 때문에 방송에서 무슨 말을 하는지 몰랐지만 밤새 텔레비전 앞에 앉아 있는 건 전혀 힘들지 않았다고 말하면서 미소를 지었다.

윙베 형이 나를 흘낏 바라보며 몸을 일으켰다.

"잠시 바람 좀 쐬고 올게요. 너도 같이 갈래?"

"그래, 그러렴."

외할아버지가 소파에 등을 기대며 말했다.

비가 내리고 있었다. 우리는 샤르탄 삼촌의 처마 밑에 서서 담배를 피웠다.

"요즘 한네와는 어떻게 지내고 있니?"

윙베 형이 내게 물었다.

"최근엔 한네 이야기를 거의 안 하는 것 같더라."

"아무 사이도 아냐. 가끔 전화 통화를 하긴 하지만 사귀진 않아. 불가능한 일이야. 한네는 나와 사귈 마음이 없나봐."

"음… 그렇다면 너도 한네를 잊어버리는 게 좋지 않겠니?"

"나도 그러려고 노력하고 있어."

윙베 형이 젖은 자갈 위를 발뒤꿈치로 꾹꾹 누르더니 축사 쪽으로 시선을 돌렸다. 축사는 금방이라도 쓰러질 것 같았다. 여기저기 페인트칠한 곳이 벗겨져 있었고, 헛간과 이어져 있는 다리 위엔 잡초가 무성하게 자라 있었다. 그럼에도 그 뒤편에 있는 상록수들과 회색 바닷물과 묵직한 무채색의 하늘을 배경으로 보이는 축사는 스스로 빛을 발하듯 밝고 환하게만 보였다.

어쩌면 그 축사는 나의 어린 시절 기억 속에서 가장 중요한 건물이었기 때문에 그리 보였는지도 모른다.

"그건 그렇고, 마음에 드는 여자아이가 한 명 생겼어."

윙베 형이 말문을 열었다.

"그래?"

윙베 형이 고개를 끄덕였다.

"베르겐에서 만난 여자야?"

357

형이 고개를 저으며 숨을 깊이 들이마시자 양 볼이 움푹 들어갔다.

"사실은 아렌달에서 만났어. 지난여름에. 그 이후엔 한 번도 못 만났지만, 최근까지 편지를 주고받았어. 올해 연말 파티에 만나기로 약속했단다."

"좋아? 혹시 사랑에 빠진 건 아냐?"

윙베 형이 나를 바라보았다. 그처럼 직접적인 질문을 던졌을 때 들을 수 있는 대답은 이것 아니면 저것, 즉 단답으로 돌아올 경우가 많았다. 형은 그런 이야기를 자주 하지 않는 편이었으니까. 하지만 형이 그 여자아이의 이야기를 했을 때 형의 몸짓과 눈빛은 형만의 소극적인 방식으로 빛을 말했다. 나는 형이 사랑에 빠진 것이 틀림없다고 생각했다. 만약, 형도 나와 비슷하다면, 시도 때도 없이 그 여자아이 이야기를 하고 싶어 할 것이다.

"응. 그런가봐. 세상에! 그 감정을 이토록 간단하게 표현할 수 있다니! 단지 한마디로!"

"그런데 그 여자는 어떻게 생겼어? 나이는? 어디 살고 있는데?"

"일단 이름부터 시작해볼까? 그게 가장 좋을 것 같은데?"

"오케이."

"그 아이 이름은 크리스틴이야."

"응, 그리고?"

"나보다 두 살 어려. 트로뫼이아에 살고 있지. 눈동자는 파란색이고, 금발에 곱슬머리야. 몸집은 자그마하고… 너도 걔랑 같이 학교를 다녔어. 너보다 한 학년이 높았지."

"크리스틴? 잘 모르겠는데…"

"직접 만나면 알아볼 수 있을 거야."

"사귈 거야?"

"응, 그게 내 계획이야."

윙베 형이 나를 바라보며 말을 이었다.

"너도 연말 파티에 같이 가자. 빈딜 오두막에서 파티가 있을 예정
이야. 네가 따로 잡아놓은 약속이 있다면 어쩔 수 없지만…"

"특별한 계획은 없어. 나도 같이 갈게."

"집에서 바로 갈 테니까 너도 나랑 같이 가면 되겠다."

나는 고개를 끄덕이고 얼른 저 먼 곳으로 시선을 돌렸다. 내가 얼
마나 기뻐하는지 형에게 보이고 싶지 않았기 때문이었다.

다시 집 안으로 들어오니, 외할아버지는 팔짱을 끼고 턱을 가슴에
댄 채 의자에 앉아 졸고 있었다.

오후 5시가 되자 텔레비전에서 '실버소년 합창단'이 노래를 시작
했다. 나는 얼른 방에 올라가 옷을 갈아입고 내려왔다. 하얀 셔츠, 검
은색 양복, 검은색 구두. 양고기 갈비 냄새가 온 집 안에 배어들기 시
작했다. 외할머니도 머리를 단정하게 빗고 정장을 차려입은 채 앉
아 있었다. 외할아버지는 푸른색 양복을 입고 있었고, 샤르탄 삼촌
은 70년대를 연상시키는 구식 회색 양복을 입고 있었다. 하얀 식탁
보를 덮어 꾸민 식탁 위에는 명절 때만 사용하는 식기들이 자리하고
있었고, 각각의 접시 옆에는 녹색 냅킨이 놓여 있었다. 지방의 전통
을 따라 상온에 보관해두었던 맥주 네 병과 함께 윙베 형이 가져온
아쿠아비트 한 병도 보였다. 모자라는 것은 성탄절 음식뿐이었다.
윙베 형은 음식을 가지러 주방으로 들어갔다. 외할아버지가 음식을
요리하고 있었다.

"감자가 다섯 개뿐이네요."

윙베 형이 말했다.

"한 사람 앞에 한 개도 안 돌아가겠어요."

"난 감자를 안 먹어도 돼."

어머니가 말했다.

"그러니 너희들이 하나씩 먹으렴."

"그렇긴 하지만… 성탄절인데, 한 사람 앞에 겨우 감자 한 개라니…"

나는 윙베 형을 도와 음식을 내왔다. 김이 모락모락 나는 양고기 갈비, 껍질이 바삭바삭하게 구워진 사각형의 돼지갈비. 비계에는 작은 털이 그대로 붙어 있는 곳도 있었다. 삶은 루타바가를 으깬 음식, 사우어크라우트, 절인 적채, 감자 다섯 개.

양고기 갈비는 더할 나위 없이 맛이 좋았다. 외할아버지는 양고기 갈비를 오랫동안 소금에 절여 말렸다가, 하루 정도 물에 불린 후 삶아냈다. 1년 중 가장 중요한 저녁 식사에서 단 한 가지 결점은 바로 감자가 다섯 개 뿐이라는 것이었다.

성탄절 식사를 할 때 음식을 아낀다는 것은 있을 수 없는 일이었다. 특히 감자는 더더욱! 나는 실망감을 애써 감추었다. 보아하니 다른 사람들은 개의치 않는 것 같았다. 외할머니는 식탁 앞에 구부정하게 앉아 온몸을 바들바들 떨고 있었지만, 눈빛만큼은 총기 가득하게 반짝거렸다. 그 눈을 본 나는, 외할머니도 성탄절을 맞아 기분이 좋다는 것을 짐작할 수 있었다. 사랑하는 가족과 손자들이 함께 그곳에 앉아 있다는 사실만으로도 외할머니는 기뻐 어쩔 줄 모르는 것이 틀림없었다. 고기를 큼직하게 썰어먹는 외할아버지의 턱은 기름으로 반질거렸다.

샤르탄 삼촌은 하이데거와 니체, 그리고 횔덜린이라는 시인 이야기와 삼촌의 시를 보고 매우 긍정적인 평을 해주었던 아르네 루스테라는 출판사 편집자 이야기를 하느라 음식을 거의 건드리지도 않았다. 그 외에도 삼촌의 말에 등장하는 이름들은 여러 개 더 있었다. 삼촌은 그 이름들을 신뢰와 호의를 담아 입에 올렸고, 우리 모두 삼촌과 뜻을 같이한다고 믿는 것 같았다.

식사가 끝나자, 윙베 형과 나는 식탁을 정리했고, 어머니는 라이스크림죽에 얹어 먹을 생크림을 만들기 시작했다. 샤르탄 삼촌은 거실에서 할머니 할아버지와 함께 앉아 침묵을 지키고 있었다.

"하이데거 금지 구역을 만들었으면 좋겠어요."

윙베 형이 말했다.

어머니가 웃음을 터뜨렸다.

"왜? 흥미롭지 않니?"

"성탄절 이브와는 어울리지 않는 것 같아요."

내가 말했다.

"그래, 네 말도 일리가 있구나."

"디저트는 좀더 있다가 먹으면 안 될까요?"

윙베 형이 말했다.

"배가 너무 불러서 지금 당장은 디저트를 못 먹을 것 같아요."

"저도 마찬가지예요."

내가 말을 이었다.

"올해 양고기 갈비는 특히 더 맛있는 것 같아요."

"응, 나도 그렇게 생각해."

어머니가 말했다.

"그런데 좀 짜지 않았니?"

"아니에요. 전혀!"

윙베 형이 말했다.

"원래 양고기 갈비는 좀 짜게 먹잖아요. 저는 오늘 식사가 완벽했다고 생각해요."

"이제 선물을 열어볼까?"

내가 말했다.

"그러자."

윙베 형이 대답했다.

"네가 선물을 나누어주렴."

"알았어."

나는 윙베 형에게서 『더 듀크스 오브 스트라토스피어』*The Dukes of Stratosphear* 비닐음반을 선물로 받았고, 어머니에게선 스웨터 한 벌과 반드룹이 쓴 비외르네뵈 전기책 한 권을 받았다. 샤르탄 삼촌에게선 플래시를, 외할아버지와 외할머니에게선 커다란 훈제연어 반 마리와 200크로네짜리 지폐를 받았다. 나는 어머니에게 차에서 들을 수 있는 비발디 카세트테이프를 선물로 주었고, 윙베 형에게는 더 처치의 기타리스트 윌슨-파이퍼의 솔로 앨범을, 샤르탄 삼촌에게는 얀 셰르스타의 소설을 선물했다.

윙베 형은 자못 묵직하고 권위 있는 목소리로 선물 포장지에 적힌 사람들의 이름을 읽은 후 받을 사람들에게 나누어주었다. 나는 사람들이 선물을 풀어보고 버린 포장지를 구겨서 활활 타고 있는 벽난로 속에 던져넣었고, 외할아버지가 가져온 코냑을 맛보기도 했다. 윙베 형은 셸라우 이모의 막내딸 잉그리가 외할아버지에게 보낸 선물을 전했다. 잉그리는 형제들과 터울이 많은 어린아이였다. 막내 손녀의 선물을 풀어본 외할아버지의 몸이 갑자기 뻣뻣하게 굳어지더니, 몸을 벌떡 일으켜 벽난로 쪽으로 성큼성큼 걸어갔다.

"도대체 무슨 선물을 받으셨기에 그러세요?"

어머니가 물었다.

"버리지 마세요!"

외할아버지가 벽난로의 문을 열었다. 어머니가 급히 외할아버지에게 다가갔다.

외할아버지는 화가 난 것 같기도 했고, 당황한 것 같기도 했다.

"할아버지, 그게 뭐죠? 우리에게도 보여주세요!"

내가 소리쳤다.

"잉그리의 손을 본뜬 석고 모형이야."

어머니가 말했다.

평평한 석고판에는 어린아이의 작은 손 모양이 찍혀 있었다. 그런데 외할아버지는 그걸 왜 버리려는 것일까?

샤르탄 삼촌이 웃음을 터뜨렸다.

"요한네스는 미신을 믿어서 그래. 그건 죽음을 의미하는 것이거든."

"맞아. 내 눈으로 보고 싶지 않아."

외할아버지가 말했다.

"그렇다면 어디 따로 놓아두세요."

어머니가 석고판을 옆으로 밀쳐놓았다.

"잉그리가 외할아버지를 위해 유치원에서 만든 거예요. 그걸 버리면 안 돼요, 아버지."

외할아버지는 아무 말도 하지 않았다.

나는 외할머니의 입가에 보일 듯 말 듯 떠오르는 작은 미소를 보았다고 생각했다.

윙베 형이 샤르탄 삼촌에게 선물을 건넸다. 와인 한 병이었다.

"내게 꼭 필요한 거였어. 고마워."

샤르탄 삼촌은 코냑잔을 손에 들고 거실 모퉁이의 의자에 앉아 있었다. 그의 눈빛은 조금 전보다 훨씬 부드러웠다.

"내일 삼촌 집에서 우리 음반을 들어보는 건 어때요?"

내가 샤르탄 삼촌에게 제안해 보았다.

"그래, 그러자."

삼촌은 흔쾌히 응했다.

삼촌 바로 옆에 기우뚱하게 서 있던 크리스마스트리가 갑자기 머리 위로 기울어지기 시작했다. 나는 삼촌의 눈과 마주쳤다. 당황한 삼촌의 눈빛이 불안감으로 흔들렸다. 다음 순간, 나무가 삼촌을 덮쳤다.

외할아버지가 웃음을 터뜨렸다. 윙베 형과 어머니도 마찬가지였다. 샤르탄 삼촌이 몸을 일으켰다. 윙베 형과 나는 나무를 바로 세우고, 받침대에 다시 잘 고정시킨 다음 벽에 바짝 붙여 세워놓았다.

"심지어는 크리스마스트리까지도 나를 가만히 놓아두지 않는군."

샤르탄 삼촌이 머리를 매만진 후 의자에 앉으며 말했다.

"위하여!"

윙베 형이 소리쳤다.

"행복한 성탄절을 위해!"

외갓집에서 성탄절을 보낸 후, 우리는 고속 페리를 타고 베르겐으로 갔고, 거기서 비행기를 타고 셰빅에 도착했다. 집에 오니 고양이가 우리를 반겨주었다. 기뻐 어쩔 줄 모르던 고양이는 내게 딱 붙어 저녁을 먹을 때까지 무릎 위에서 내려오지 않았다.

집에 윙베 형과 함께 있으니 나는 너무나 행복했다.

윙베 형은 여름 이후론 할아버지와 할머니를 찾아보지 못했다며 다음 날 두 분을 찾아 뵙겠다고 했어요. 나는 윙베 형과 함께 가기로 했다.

대문을 열고 들어서니 할머니가 계단에 서서 환한 미소를 지으며 우리를 반겨주었다. 할아버지는 서재에 있다고 했다. 윙베 형은 조금도 주저하지 않고 거실에 있는 할아버지의 빈 의자에 앉았다. 할머니의 태도는 내가 혼자 그곳을 찾았을 때와는 달리 너무나 자연스러웠다. 윙베 형은 가족과 친척을 대할 때, 나와는 달리 스스럼이 없었다. 농담을 하기도 하고 장난을 치기도 하며 할머니를 쉴 새 없이 웃겼다. 나는 상상할 수도 없는 일이었다. 심지어 백 년 이상을 연습한다 하더라도 나는 할 수 없는 일이었다.

갑자기 할머니가 윙베 형에게 선물로 준 돈으로 무엇을 샀느냐고 물었다.

"돈이오? 무슨 돈을 말씀하시는 건가요?"

윙베 형이 되물었다.

나는 안절부절못하며 얼굴을 붉혔다.

"우리가 성탄절 선물로 준 돈 말이야."

할머니가 말했다.

"그러셨어요? 저는 못 받았는데…"

"아, 내가 깜박 잊었어. 미안해."

내가 말했다.

할머니는 자신의 귀를 의심하는 듯한 표정을 지으며 나를 바라보았다.

"윙베에게 돈을 전달하지 않았니?"

"죄송합니다. 까맣게 잊고 있었어요."

"그 돈은 네가 써버렸니?"

"네… 그런데 잠시 빌린 것뿐이에요. 형에겐 나중에 제 돈을 주려고 했는데, 깜박 잊었을 뿐이에요."

할머니가 몸을 일으켜 어디론가 갔다.

윙베 형이 영문을 모르겠다는 표정으로 나를 바라보았다.

"할머니가 각각 100크로네씩 주셨어. 그런데 내가 형 몫의 돈을 전달하는 걸 잊어버렸어. 나중에 줄게."

할머니가 100크로네 지폐를 한 장 가져와 윙베 형에게 건네주었다.

"자, 이제 해결되었어. 지나간 일을 더 생각할 필요는 없어."

윙베 형은 연말 파티에서 크리스틴과 사귀기 시작했다. 나는 그 과정을 내 눈으로 지켜볼 수 있었다. 두 사람이 마주쳤을 때, 그녀가 고개를 비스듬히 기울이면서 형을 쳐다보며 미소를 지었다. 형은 너무나 수줍은 듯 무슨 말인가를 건넸다. 나는 그 모습을 보며 속으로 웃지 않을 수 없었다. 형이 사랑에 빠진 것은 분명했다! 인사를 나눈 후, 두 사람은 말을 한마디도 주고받지 않았지만 가끔 서로를 돌아보며 눈을 마주쳤다.

긴 탁자 양끝에 두 사람이 각각 앉아 있었다. 윙베 형은 트론과 대화를 나누었고, 그녀는 자신의 친구들과 대화를 나누고 있었다.

두 사람은 가끔 고개를 돌려 서로를 바라보며 눈을 마주쳤다.

그리고 다시 옆에 있는 친구와 계속 대화를 나누었다.

윙베 형이 잠시 자리를 떴다가 돌아와 트론과 이야기를 하더니, 종이 한 장을 앞에 놓고 무언가를 쓰기 시작했다.

형이 그 종이를 탁자 맞은편에 앉아 있는 그녀에게 쓱 밀어주었다.

그녀가 형을 한 번 쳐다보더니 종이를 집어들고 읽기 시작했다. 다시 형에게 눈길을 주고선 엄지와 검지를 사용해 허공에다 무언가를 썼다. 그 모습을 본 형은 그녀에게 펜을 밀어주었다.

그녀가 종이에 무언가를 끄적거린 후, 윙베 형에게 밀어주었다. 잠시 후, 형이 그녀에게 다가갔다. 두 사람은 깊은 대화에 빠져들었다. 그곳에 있는 다른 사람들은 눈에 보이지도 않는 것 같았다. 얼마 지나지 않아 두 사람이 입을 맞추었다. 형은 성공한 셈이었다!

그날 저녁 이후, 윙베 형에겐 오직 크리스틴밖에 없었다. 형은 새해 이튿날 베르겐으로 갔다. 형이 가고 나니 집이 텅 빈 것 같았지만, 그도 이틀 정도 지나니 익숙해졌고, 삶은 이전과 마찬가지로 흘렀다. 하지만 우리의 삶에는 항상 예상치 못한 일이 일어나기 마련이다. 어떤 일은 막다른 벽에 부딪히기도 하고, 또 어떤 일은 텅 빈 공간으로 이어지기도 한다. 어떤 일의 결과는 몇 년이나 지난 후에야 그 결과가 나타나기도 한다.

나는 에스펜과 함께 지역 라디오 방송을 시작했다. 우리는 일주일에 한 번씩 우리가 좋아하는 밴드를 소개하는 생방송을 내보냈다. 나는 내가 아는 모든 사람에게 라디오를 들어보라고 권했다. 그들은 라디오를 듣고, 학교에서나 버스 안에서 우리가 방송에서 했던 말 또는 우리가 내보냈던 음악에 관해 자주 언급해주었다. 라디오1 방송국은 꽤 규모가 작았기에, 매일 방송을 듣는 청취자의 수는 그리 많지 않았다. 『뉘에 쇠를란데』 신문사도 마찬가지였다. 하지만 그 언론을 통해 내 이름이 어느 정도 알려지니, 왠지 올바른 길로 가고 있다는 뿌듯함을 떨칠 수 없었다.

나는 라디오 방송 때문에 학교를 마친 후에도 시내에 머물러야 할 때가 많았다. 방과 후에 집에 갔다가 다시 시내로 가는 번거로움을 피하기 위해, 나는 빈 시간에 할아버지 댁을 찾곤 했다. 고픈 배를 채우기 위해선 아버지 집을 찾아가는 것보다 훨씬 확실한 방법이기도 했다. 또한 아버지가 나를 반겨주지 않을지도 모른다는 의구심을 가지지 않아도 좋았다.

그날도 여느 때와 마찬가지로 할아버지 댁에서 저녁을 먹고, 라디오 방송국에서 에스펜을 만나 방송을 했다. 버스를 타고 집에 오는 길에 나는 음악에 취해 창밖에 하얗게 눈이 쌓여 있는지도 몰랐다. 집 앞에 도착해 헤드셋을 벗었다. 대문을 열고 신발을 벗고 외투를 옷걸이에 건 후, 출출해진 배를 채우려고 주방으로 갔다.

어머니가 2층에서 텔레비전을 끄고 내려왔다. 내가 오는 소리를 들은 것 같았다.

"오늘 라디오 방송은 들어보셨나요?"

"응."

"중간에 웃음을 참지 못한 게 너무 부끄러웠어요. 그것만 제외하면 꽤 방송이 잘 된 것 같은데, 어머니는 어떻게 생각하세요?"

"아냐, 굉장히 좋았어. 오히려 그렇게 웃음을 터뜨렸던 게 더 자연스럽고 좋았어. 그런데 네가 집에 없는 동안 할머니가 전화를 하셨어."

"그래요?"

"응. 불편한 이야기를 하시더구나. 할머니가 말씀하시길… 음… 앞으로 네가 할머니 댁을 찾지 않았으면 좋겠다고 하셨어. 항상 그곳에 가서 음식을 구걸하고, 단정하지 않은 옷차림에 매번 돈까지 요구한다고 하셨어."

"뭐라고요?"

"응, 그렇게 말씀하시더구나. 너를 보살펴줄 책임이 있는 사람은 그들이 아니라 나라고도 하셨어. 어쨌든, 앞으로는 할머니 댁에 발을 들이지 않았으면 좋겠다고 했어."

나는 울기 시작했다. 쏟아지는 눈물을 참을 수 없었다. 나는 일그러진 표정을 어머니에게 보이고 싶지 않아 손으로 얼굴을 감싸고 얼른 고개를 돌렸다. 흐느낌이 치솟았다.

나는 찬장에서 냄비를 꺼내 물을 채웠다.

"너와는 상관없는 일이야. 네가 알았으면 좋겠구나. 이 일은 나와 관련된 일이야. 그분들은 나를 꾸짖고 싶었던 거란다."

나는 냄비를 불에 올려놓았다. 흐르는 눈물 때문에 앞을 볼 수가 없었다. 다시 손으로 얼굴을 가리고 고개를 숙였다. 치솟아 오르는 흐느낌을 억누를 수가 없었다.

나는 어머니가 잘못 생각한 것이라 믿었다. 할머니는 어머니가 아니라 나를 꾸짖었던 것이다. 그곳에 찾아갔던 사람은 어머니가 아니라 나였으니까. 할머니 댁에서 느꼈던 어색함과 불편함이 새삼 떠올랐다. 나는 그제야 그들의 눈으로 나 자신을 바라볼 수 있었다.

하지만 나는 아무 말도 하지 않았다. 일그러진 표정은 어느 정도 잠재울 수 있었다. 심호흡을 하고 소매로 눈물을 닦은 후, 의자에 앉았다. 어머니는 여전히 서 있었다.

"화가 많이 났어."

어머니가 말을 이었다.

"태어나서 이처럼 불쾌하고 화가 많이 난 적은 없었단다. 너는 그분들의 손자가 아니니. 게다가 지금 어려운 시기에 있어. 그런 너를 배려하고 뒷받침해주는 것은 그분들의 의무이기도 해. 그분들이 어떤 상황에 있다 하더라도!"

"저는 어려운 시기에 있다고는 생각지 않아요. 잘 지내고 있어요."

"너는 주변에 사람들이 없잖니. 네가 의지할 수 있는 사람은 많지 않아. 그분들이 네게서 등을 돌릴 수는 없는 일이야."

"저는 괜찮아요. 너무 신경 쓰지 마세요. 저도 그분들 없이 잘 지낼 수 있으니까요."

"그래, 나도 그렇게 생각해."

어머니가 말을 이었다.

"하지만 아무리 생각해도 이해할 수가 없어. 당신들의 손자에게서 등을 돌리다니! 있을 수 없는 일이야! 난 그분들 밑에서 자란 네 아버지를 충분히 이해할 수 있어."

"혹시 이 일의 뒤에 아버지가 있는 건 아닐까요?"

어머니가 나를 빤히 바라보았다. 그처럼 분노로 이글거리는 어머니의 눈은 본 적이 없었다.

"아냐, 난 그렇게 생각하지 않아. 네 아버지가 완전히 다른 사람처럼 변했다면 또 모르지만…"

"아버진 정말 많이 변했어요. 완전히 다른 사람이 되었다고요."

어머니가 자리에 앉았다.

"그리고 한 가지 더 말씀드릴 게 있어요."

내가 말을 이었다.

"어머니는 모르고 있는 일이에요. 지난 성탄절에 할머니가 욍베 형과 내게 각각 100크로네씩 주었어요. 나는 그 돈을 모두 써버렸어요. 욍베 형 몫의 돈은 나중에 주려고 생각했지만 깜박 잊어버렸죠. 성탄절이 지난 후에 형과 함께 할머니 댁을 찾았을 때야 다시 기억이 났어요."

"하지만 칼 오베…"

어머니가 한숨을 쉬며 말을 이었다.

"설사 그 돈을 네가 다 써버렸다 하더라도, 그분들이 네게서 등을 돌리진 못해. 그분들은 너를 야단치고 꾸짖기 위해 존재하는 사람들이 아니야."

"하지만 어머니도 이해하시죠? 할머니가 화낼 이유는 충분했어요. 그리고 할머니 말에도 일리가 있어요. 나는 거기 갈 때마다 저녁을 얻어먹고, 차비를 얻어왔어요."

"네가 나쁜 짓을 한 건 아냐. 네가 마음에 둘 일은 아니란다."

하지만 나는 그 일을 마음에서 지울 수가 없었다. 그날 밤, 나는 뜬눈으로 지새웠다. 오싹한 겨울 한기에 나무집이 삐걱거렸고, 저 아래 얼어붙은 강물도 삐걱거리는 소리를 냈다.

어둠 속에 홀로 누워 있자니 맑은 머리로 생각을 할 수 있었다. 만약, 할머니 할아버지가 진정으로 나를 보지 않겠다면, 나도 앞으로 그들을 찾지 않을 것이다. 내가 그들을 찾았던 것은 단지 무엇을 얻기 위해서가 아니었다. 그들과 거리를 둔다 하더라도 난 잃을 것이 없다는 생각이 들었다. 그렇게 생각하고 나니 마음이 편해졌다. 심지어는 그들이 세상을 떠나 땅에 묻히더라도, 나는 그들을 찾지 않을 것이다. 아버지가 그랬던 것처럼. 아버지는 예전에 할머니 할아버지와 연을 끊은 적이 있었다. 하지만 두 달 정도 지나자 그들은 아무렇지 않은 듯 다시 만나기 시작했다. 나는 아버지처럼 하진 않을 것이라 결심했다. 죽을 때까지 할머니 할아버지를 찾지도 않을 것이고, 말 한마디도 하지 않을 것이라 마음먹었다.

나를 원하지 않았던 것은 바로 그들이었다. 나는 그들이 원하는 대로 해주리라 생각했다. 나는 그들이 필요 없었다. 오히려 나를 필요로 하는 사람들은 그들이 아니었던가. 그들이 이 사실을 이해하지 못한다면, 죽을 때까지 그렇게 살아도 될 것이다.

어느 날 오후, 나는 심플 마인드의 공연을 보기 위해 기차를 다고 드람멘으로 갔다. 공연 장소는 작년에 U2가 공연을 했던 곳과 같았다. 나는 심플 마인드의 새 앨범을 듣자마자 그들의 음악에 빠져들었다. 말할 수 없이 훌륭했기에, 나는 그해 가을 내내 그들의 음악만 들었다. 상업적인 냄새가 없지 않았고, 『뉴 골드 드림』*New Gold Dream* 앨범처럼 강렬하지도 않았지만, 그들의 앨범에 빠져드는 건 어찌할 수 없었다.

하지만 그들의 공연을 보며 나는 실망을 감출 수 없었다. 특히 짐 커에게서 느꼈던 실망감은 매우 컸다. 무대 위에서 무기력함을 그대로 드러냈던 그는 어느 팬이 그의 빨간 베레모를 낚아채자 화가 나서 콘서트를 중단하기까지 했다. 그는 무대 가장자리에 앉아 관중석을 내려다보며, 자신의 베레모를 돌려주지 않으면 더 이상 연주를 하지 않겠다고 소리 질렀다. 나는 내 귀를 의심하지 않을 수 없었다. 그 일이 있은 후, 나는 심플 마인드를 향한 애정을 접어버렸다.

그날 밤, 나는 기차를 타고 크리스티안산으로 되돌아왔다. 버스는 이미 끊긴 후였다. 택시를 타고 집까지 가기엔 요금이 너무 비쌌기에, 사전에 운니에게 연락해 그녀의 집에서 묵기로 했다. 나는 공연장에 가기 전에 그녀에게서 미리 집열쇠를 받아두었다. 기차에서 내린 후 30분쯤 지난 시각, 나는 그녀의 집 대문에 열쇠를 꽂고 발소리를 죽여 조심스레 집 안으로 들어갔다. 5, 60년대에 지은 낡은 집에는 침실 두 개, 주방과 욕실이 있었고, 거실 창문으로는 시내 풍경을 한눈에 볼 수 있었다. 나는 그곳에서 두세 번 정도 아버지, 운니와 함께 저녁을 먹은 적이 있었다. 그 집이 아늑하게 느껴졌기에 싫지 않았다. 벽에 걸린 그림들과 도자기, 수를 놓은 벽걸이 장식 등에서 운니의 좌파적 정치 성향을 엿볼 수 있었고, 나는 그곳을 감싼 조화로움을 느낄 수 있었다.

운니는 나를 위해 소파 위에 이불보를 덮어 간이침대를 마련해두었다. 나는 책장에서 요한 보예르*의 『마지막 바이킹』을 꺼내 몇 장 읽은 후 잠에 빠졌다. 다음 날 아침, 운니가 주방에서 요리하는 소리에 잠을 깬 나는 얼른 옷을 챙겨 입었다. 그녀는 거실 탁자에 베이컨과 구운 계란, 갓 구워 따뜻한 빵과 차를 내어왔다.

우리는 오전 내내 함께 대화를 나누었다. 나와 그녀에 관한 이야기, 그녀가 아버지와 함께 살기 시작했을 때부터 반항하기 시작한 그녀의 아들 프레드릭에 관한 이야기, 아버지를 만나기 전 크리스티안산에서 교사 생활을 하며 홀로 지냈던 이야기. 나는 그녀에게 한네를 향한 내 감정을 솔직히 털어놓았으며, 고등학교를 졸업하면 글을 쓰기 시작하겠다고도 말했다. 내 미래의 결심을 그때까지 아무에게도 말한 적이 없었다. 장래 계획을 구체적으로 세워본 적이 없었기 때문이기도 했다. 하지만 그녀 앞에서 그토록 말이 술술 나온 것은 뜻밖이었다.

"나는 글을 쓰는 작가가 되고 싶어요."

나는 느지막이 그곳을 나섰다. 학교에 가기엔 늦은 시간이어서 버스를 타고 집으로 향했다. 태양은 하늘 아래 나직하게 걸려 있었고, 황량한 들판은 축축하게 젖어 있었다. 운니와 진지하게 마음을 터놓고 대화를 나누었기에 기분이 좋기도 했지만, 왠지 무언가를 아니,

* 노르웨이의 소설가.

373

누군가를 배신했다는 느낌도 없지 않았다. 하지만 그 대상은 알 수 없었다.

그로부터 몇 달이 지난 4월 초의 어느 날, 어머니는 오슬로에 사는 친구 집에 다녀온다며 집을 비웠다. 나는 주말에 혼자 집을 지켜야만 했다. 금요일 오후, 학교에서 돌아오니 주방에 메모지가 보였다.

사랑하는 칼 오베
너 자신을 사랑하길 바란다. 고양이에게도 잘 해주렴.
엄마가.

나는 달걀과 미트볼을 구워 저녁을 먹고, 커피를 마시며 담배를 피운 후, 거실에 앉아 역사책을 읽기 시작했다. 창밖의 풍경은 겨울과 봄의 중간쯤에 있었고, 들판은 황량하고 축축했으며, 하늘은 회색빛을 머금고 있었고, 나뭇가지는 잎이 떨어져 벌거벗고 있었다. 제 모습을 간직하고 있는 것은 아무것도 없었다. 모두들 앞으로 다가올 시간을 위해 조용히 준비하고 있는 것 같았다. 아니, 어쩌면 그 시간은 이미 시작되었는지도 몰랐다. 우리가 눈치채지 못하는 사이에. 문득 숲속의 공기가 어제보다 좀더 따뜻해진 것 같았다. 긴긴 겨울의 침묵을 깨고 저 멀리서 나직하게 새소리도 들리는 것 같았다. 자연 속의 친구들을 놀라게 해주기 위해 봄이 살금살금 다가오고 있는 건 아닐까. 자연은 언제라도 푸른 나뭇잎과 갖가지 날벌레들을 뱉어낼 준비가 된 것 같았다.
봄이 가까워졌다는 느낌. 내가 마치 힘이 남아도는 것처럼 안절부절못했던 것은 바로 그 때문이었을지도 모른다. 한 시간 정도 책을 읽은 후, 나는 집 안을 어슬렁거리며 돌아다녔다. 안으로 들어오려는 고양이에게 문을 열어주었다. 고양이는 기다렸다는 듯이 뛰어 들어와 먹이통으로 다가갔다. 문득 한네가 떠올랐다. 나는 별생각 없이 그녀의 전화번호를 눌렀다.

그녀의 밝은 목소리가 들렸다. 내 목소리를 들어 기뻤던 걸까.

"금요일 저녁인데도 집에 있니?"

그녀가 내게 물었다.

"너답지 않은걸? 뭐하고 있어?"

사실 금요일 저녁에 갈 데가 없어 집에 조용히 있는 건 원래의 내 모습이었다. 하지만 나는 항상 인기가 많은 듯 주말만 되면 밖에 나가는 것처럼 시늉을 했기에 그녀가 나에 관해 잘못된 인식을 가지고 있는 건 놀랄 일이 아니었다.

"역사 시험 때문에 책을 읽고 있었어. 어머니는 내일 오후에나 돌아오실 거야. 혼자 있다 보니 심심하기도 하고… 네 생각도 나고… 그런데, 넌 뭘 하고 있었니?"

"별다른 일은 없어. 사실은 나도 심심해하던 중이야."

"그렇구나."

"너희 집에 놀러갈까?"

그녀가 말했다.

"우리 집에 온다고?"

"응! 얼마 전에 운전면허를 땄어. 너희 집에서 차를 마시면서 이야기하면 좋을 것 같아. 그럴까?"

"정말 좋은 생각이야. 그런데 정말 우리 집에 올 수 있니?"

"못 갈 일도 없잖아?"

"알았어. 그럼 좀 있다 우리 집에서 보자."

약 30분 후, 집 앞 골목길 모퉁이에서 자동차 소리가 들렸다. 그녀는 언니에게서 빌린 낡은 녹색 딱정벌레차를 타고 왔다. 나는 서둘러 신발을 구겨 신고 나가 그녀를 맞았다. 운전석에 앉아 오르막길을 올라오는 그녀를 보니 왠지 이상했다. 운전과 관련된 일련의 움직임과 그녀의 소녀 같은 어색한 몸짓은 전혀 어울리지 않았다. 그녀가 운전을 잘하지 못했다는 말은 아니다. 나는 그녀를 보자마자 기뻐 어쩔 줄 몰랐다. 그녀는 차고 앞에 주차하고 차에서 내렸다. 언젠가 내가 그녀에게 섹시하게 잘 어울린다고 말한 그 검은색 스판바지를 입고 있었다. 그녀가 미소를 지으며 내게 포옹을 건넸다. 우리는 함께 거실로 들어가 차를 끓이고 음악을 틀어놓은 후, 한참 대화를 나누었다. 그녀의 학교생활, 나의 학교생활에 관한 이야기, 둘 다 친분이 있는 사람들에 관한 이야기가 주를 이루었다.

어쩐 일인지 말이 자연스럽게 나오지 않았다. 그녀도 마찬가지였다.

우리는 서로 마주 보며 어색한 미소를 지었다.

"오늘 아침까지만 하더라도 이런 일이 생길 줄은 짐작도 하지 못했어. 네가 저녁에 여기 와서 앉아 있을 줄은 상상도 못했던 일이야."

"나도 마찬가지야."

집 뒤편의 들판 위로 비행기가 지나가자, 벽이 부르르 떨렸다.

"굉장히 낮게 날고 있나봐."

내가 말했다.

"응."

그녀가 몸을 일으키며 말을 이었다.

"잠깐 밖에 나가서 바람 좀 쐬고 올게."

나는 담배를 피워물고 소파에 등을 기댄 채 눈을 지그시 감았다.

거실로 되돌아온 그녀는 창가에 서서 밖을 내다보았다. 나는 소파에서 일어나 그녀에게 다가갔다. 조심스레 그녀의 등 뒤에서 두 팔로 그녀의 배를 살짝 둘렀다. 그녀는 내 손 위에 자신의 손을 올려놓았다.

"여긴 창을 통해 바라보는 경치가 참 좋아."

햇살에 반짝이는 강물에 축구장이 잠겨 눈에 보이는 것이라곤 조악한 골대 두 개밖에 없었다. 계곡 위에는 어스름한 석양이 자라고 있었고, 반대편에 자리한 지붕은 낮의 끝자락을 붙들고 있었다. 작은 빗방울이 창틀에 흘러내렸다.

"응."

나는 다시 소파로 되돌아갔다. 그녀는 이미 사귀는 사람이 있는데다 독실한 크리스트교인이다. 나는 그녀에게 단지 좋은 친구일 뿐이다.

그녀가 버들고리 의자에 앉아 이마 위로 흘러내린 앞머리를 옆으로 쓸어넘긴 후, 찻잔을 입술로 가져갔다. 나는 그녀의 얼굴에서 가장 예쁜 것은 입술이라고 생각했다. 아름다운 곡선을 그리며 조화롭게 자리한 입술. 얼굴 표정과는 달리 항상 독자적으로 움직이려는 듯한 입술. 또, 그녀의 눈은 어떤가. 나는 가끔 그녀의 눈동자가 노란색이라는 착각에 빠질 때도 있다. 그녀를 떠올리면 예쁜 고양이가 생각나기 때문일까. 물론 그녀의 눈동자는 노란색이 아니라 녹색 빛을 띤 회색이다.

"시간이 벌써 이렇게나 흘렀어."

그녀가 말했다.

"집에 일찍 들어가야 되니?"

"아니, 꼭 그렇진 않아. 내일까지 특별히 할 일은 없어. 너는?"

"나도 마찬가지야."

"너네 엄마는 언제 오시니?"

'너네 엄마.' 그것은 한네만이 할 수 있는 말이었다. 그녀는 아직도 유년기를 벗어나지 못한 듯한 순수함이 있었다.

나는 미소를 지었다.

"우리 엄마? 네가 그렇게 말하니까 내가 열 살짜리 아이가 된 것 같아."

"알았어, 너희 어머니!"

"내일 저녁이나 되어야 오실 거야. 그건 왜 묻니?"

"오늘 너희 집에서 자고 가면 안 될까? 캄캄한 밤에 차를 몰기가 좀 불편해서 그래."

"정말 그래도 되니?"

"뭘?"

"우리 집에서 자고 간다는 거…"

"내가 그렇게 못 할 이유라도 있니?"

"넌 사귀는 사람이 있잖아."

"헤어졌어."

"뭐? 그게 정말이야? 그런데 왜 내겐 말해주지 않았지?"

"네게 모든 것을 말할 필요는 없잖아."

그녀가 웃으며 말했다.

"하지만 난 모든 것을 네게 다 말하는데?"

"응, 그렇지. 하지만 내가 누굴 사귀든 그게 너랑 무슨 상관이 있니?"

"물론 상관이 있지! 그건 나와 관계되는 일이기도 하니까!"

그녀가 고개를 절레절레 저었다.

"아냐?"

내가 그녀에게 물었다.

"아냐."

그건 나를 거절하는 말이었다. 그 외에 다른 뜻으로 해석할 여지가 없었다. 어쨌거나 상관없는 일이었다. 나는 이미 오래전에 그녀를 포기했으니까. 밤낮으로 그녀만 생각하는 일도 점점 줄었다.

그녀가 두 다리를 의자 위로 올리자 의자에서 삐걱거리는 소리가 났다.

나는 그녀가 좋았다. 그녀와 함께 우리 집에 있다는 사실도 좋았다. 더 바랄 것이 없었다.

우리는 한 시간 정도 그렇게 앉아 있었다. 창밖에는 어느새 짙은 어둠이 깔렸다. 창을 통해 볼 수 있는 것은 불빛에 반사된 거실의 모습뿐이었다.

"벌써 이렇게 어두워졌네."

내가 말문을 열었다.

"어디서 자고 싶어?"

"글쎄? 네 방에서…?"

그녀가 미소를 지었다.

"낯선 집에서 혼자 자긴 싫어. 특히 여긴 숲속에 혼자 덩그러니 있는 것 같아서 좀 무섭기도 해."

"알았어. 내가 여분의 매트리스를 가져올게."

나는 윙베 형의 침대에서 매트리스를 가져와 바닥에 놓아두었다. 그녀가 욕실에서 양치를 하는 동안 이불과 베개, 이불보와 베갯잇도 가져왔다.

379

그녀는 티셔츠와 팬티만 입은 채 내 방에 들어왔다.

나는 숨을 제대로 쉴 수가 없었다.

티셔츠 아래로 선명하게 드러난 가슴의 윤곽 때문에 눈을 어디에 두어야 할지도 알 수 없었다.

"너는 이빨을 안 닦을 거니?"

"닦아야지."

나는 그녀의 눈만 빤히 바라보며 말을 이었다.

"지금 닦을 거야."

욕실에서 돌아오니, 그녀는 의자에 앉아 책상 위에 흩어져 있는 사진을 보고 있었다. 그것은 윙베 형이 내게 보낸 사진이었다. 흑백 사진 속에는 한껏 폼을 잡고 있는 내 모습도 들어 있었다.

"이 사진, 정말 잘 나온 것 같아."

그녀가 사진 한 장을 들어올려 내게 보여주었다.

나는 콧방귀를 뀌었다.

"안 잘 거야?"

그녀가 의자에서 몸을 일으키는 순간, 내 온몸에 전율이 흘렀다.

하얀 허벅지.

작고 귀여운 맨발.

얇은 티셔츠 속에 감추어져 있는 예쁜 젖가슴.

그녀는 바닥에 자리한 매트리스 위에 누웠고, 나는 내 침대에 누웠다. 그녀가 이불을 턱까지 끌어올리고 내게 미소를 지었다. 나도 그녀에게 미소를 지어주었다. 대화를 나누던 중, 그녀가 갑자기 벌떡 일어나 매트리스를 내 침대 옆으로 바짝 붙였다.

나는 침대에서 내려가 그녀의 옆에 누울 수도 있다고 생각했다. 그녀에게 내 몸을 바짝 붙여, 그녀의 젖가슴과 허벅지와 엉덩이를 어루만질 수도 있다고 생각했다.

하지만 그녀는 독실한 신자다. 너무나 순수해 자기가 누군지도, 상대방에게 어떻게 보일지도 모르며, 때로는 생각지도 않았던 엉뚱한 질문을 해올 때도 있다. 나는 바로 그런 그녀의 모습을 사랑했다. 나는 내 침대 위에서 꼼짝도 하지 않고 누워 있었다.

"잘 자."

"응, 너도 잘 자."

우리는 꼼짝도 하지 않았다. 방 안에는 우리의 숨소리밖에 들리지 않았다.

"지금 자?"

잠시 후 그녀가 내게 속삭였다.

"아니."

"내 등을 좀 쓰다듬어주겠니? 그러면 기분이 좋아질 것 같아."

"응."

그녀는 이불을 옆으로 밀치고 티셔츠를 걷어 올렸다. 벗은 등이 나타났다. 나는 침을 꿀꺽 삼키고 그녀의 등을 쓰다듬어주었다. 위로 아래로, 아래로 위로.

"오, 기분이 너무 좋아."

그녀가 말했다.

얼마나 오랫동안 그녀의 등을 쓰다듬어주었을까. 1분, 2분? 하지만 나는 손을 멈추어야만 했다. 계속하면 미칠 것 같았기 때문이다.

"이제 잠을 잘 수 있겠니?"

나는 그녀의 등에서 손을 떼며 물어보았다.

"응."

그녀가 티셔츠를 내렸다.

"잘 자."

"너도."

그녀는 다음 날 오전에 집으로 돌아갔고, 나는 소파에 누워 하루 종일 책을 읽었다. 어머니는 저녁 무렵에 돌아왔다. 나는 어머니와 함께 텔레비전을 보며 피자를 먹었다. 어머니의 무릎 위에는 고양이가 앉아 있었고, 탁자 위에는 커피잔이 있었다. 어머니는 피자를 거의 먹지 않았기에, 나 혼자 거의 다 먹었다. 나는 탁자 위에 다리를 올려놓고 한 손에는 콜라를 든 채 '알버트와 허버트'라는 프로그램을 보았다. 무의미하고 재미도 없었다. 어머니도 같은 생각을 했던 것이 틀림없다. 하지만 우리는 무기력하게 텔레비전 화면에 눈을 꽂고 있었다.

머릿속에서 한네의 생각을 지울 수가 없었다. 이미 그녀를 잊어야겠다고 결심한 지 오래였지만, 다시 과거의 설레는 감정이 새록새록 나를 덮쳐오고 있었다.

어젯밤 그녀 옆에서 함께 잤더라면 어땠을까?

별안간 머리 위에 벼락이 친 것만 같았다. 충분히 있을 수 있었던 일! 그 일을 떠올리니 온몸이 전기에 감전된 것 같았다.

세상에!

그것은 그녀가 원했던 일이었다.

너무나 명백한 일이 아닌가.

오, 젠장! 젠장!

아니, 정말 그랬을까? 혹시 나만의 착각은 아닐까?

나는 반쯤 몸을 일으켰다. 그녀에게 전화를 해야겠다고 생각했다. 아니, 전화를 해서 무슨 말을 해야 할까. 나는 다시 소파에 몸을 파묻었다.

"무슨 일이니?"

어머니가 물었다.

"아무것도 아니에요. 갑자기 무슨 생각이 나서…"

아버지는 더 이상 사람들을 초대하지 않았다. 가끔 친척이나 지인들의 저녁 식사에 초대를 받아 집을 나서는 경우를 제외하고선, 주말에 홀로 앉아 술을 마셨다. 나는 아버지에게 할머니가 전화했던 일을 이야기해주었다. 아버지도 그 일을 알고 있다고 했다.

"네 할머니 말이 맞아. 너를 보살펴줘야 하는 사람은 그분들이 아니라 네 어머니지. 너도 알다시피 나는 양육비로 엄청난 돈을 네 어머니에게 보낸단다."

"그건 저도 알고 있어요."

하지만 아버지는 내가 이제 할머니를 찾아뵐 수 없다는 점은 전혀 개의치 않는 것 같았다.

그날은 아버지가 마흔두 살이 되는 날이었다. 나는 아버지의 집을 찾았다. 그곳에는 할아버지와 할머니도 와 있었다. 현관에 들어서자 두 분에게서만 맡을 수 있는 특유의 냄새를 느낄 수 있었다. 발길을 돌릴까 생각해보았지만, 이미 때는 늦었다. 거실에 들어가니, 할아버지와 할머니, 할아버지의 동생 알프와 그의 아내 쇨비, 군나르 삼촌과 토베 숙모, 그리고 그들의 아이들이 함께 앉아 있었다. 나는 할머니와 눈도 마주치지 않고 인사를 건넸다. 자리를 잡고 앉을 때도 할머니를 쳐다보지 않았다. 나는 식탁만 내려다보며 케이크를 먹고 커피를 마셨다. 식사가 끝나자, 몇몇은 소파로 자리를 옮겼고 몇몇은 남아서 뒷정리를 도와주었다. 쉴 새 없이 이런저런 대화가 흘렀다.

물론 술은 보이지 않았다. 나는 몸을 일으켜 화장실에 다녀왔다. 거실로 돌아오는데, 할머니가 내 앞을 가로막고 섰다.

"칼 오베, 너무 기분 나쁘게 생각하지 마. 나는 그런 뜻으로 말한 게 아니었어."

할머니가 말했다.

"네."

나는 할머니를 지나쳐 거실로 갔다.

할머니는 갑자기 그런 말을 해서 없던 일로 되돌릴 수 있다고 생각하는 걸까.

문득 모든 것을 이해할 수 있을 것 같았다. 그들은 내 태도와 행동에 관해 이야기를 나누었던 것이 틀림없었다. 나를 올바른 길로 인도하기 위해 그들이 무엇을 하면 되는지. 반면, 아버지는 일주일에도 몇 번이나 정신을 잃을 정도로 술을 마시고, 마치 아무 일도 없었던 것처럼 그들을 집으로 초대했다.

젠장! 갑자기 윙베 형이 옆에 있으면 좋겠다는 생각이 들었다.

나는 왜 이 모든 것을 혼자서 감당해야만 할까.

나는 그 후로도 몇 주 동안 할아버지와 할머니와 거리를 두었다. 그러던 어느 날 오후, 아버지를 찾아갔다. 아버지는 내게 이젠 좀더 성숙한 모습을 보여줄 때가 되었다고 말하며, 할아버지 댁에 함께 가보자고 말했다.

나는 아버지와 함께 두 분을 찾았고, 우리의 관계는 다시 예전으로 돌아갔다.

아버지와 할아버지는 예의를 갖추며 앉아 있었고, 할머니는 장난기를 담아 한쪽 눈을 찡긋해보였다. 달라진 것은 아무것도 없는 것 같았다. 저녁을 먹은 후, 할머니는 아버지와 함께 정원으로 나갔다. 문득 아버지에겐 두 개의 서로 다른 모습이 공존한다는 생각이 들었다. 술을 마실 때의 아버지와 술을 마시지 않을 때의 아버지는 너무나 달랐다. 나는 술을 마시지 않을 때의 아버지 모습에 더 익숙해 있었다.

아버지는 따로 살기 시작했을 때부터 어머니와 이혼을 결심하기까지의 과정을 자주 내게 말해주었다. 마침내 자유의 몸이 된 것 같다고 했던가. 나는 아버지가 술에 취해 주정을 하고, 말다툼을 하고, 화해를 하고, 질투하는 모습도 보았다. 별안간, 아버지가 운니와 결혼을 하겠다고 선언했다.

"나는 운니와 함께 있으면 너무나 행복해. 앞으로 평생 아침마다 그녀 옆에서 눈을 뜨고 싶어. 그래서 결혼을 하기로 결심했어. 칼 오베, 너도 마음의 준비를 하렴. 빌어먹을 법만 아니었더라도 나는 이미 일 년 전에 결혼을 했을 거야. 운니는 내게 그만큼 의미 있는 사람이란다."

"네, 아버지가 행복하다 하시니 저도 기분이 좋아요."

물론 나도 술에 취해 있었다. 멍청하게 미소를 짓고, 심지어는 분위기에 취해 눈물까지 흘렸다. 나도 아버지처럼 술에 취해 센티멘털해질 때가 있었으니까. 우리는 그렇게 서로를 마주 보고 앉아 눈물을 흘렸다.

마침내 그날이 왔다. 7월. 윙베, 크리스틴 그리고 나는 오전에 버스를 타고 아버지의 집으로 갔다. 하얀 와이셔츠를 입은 아버지, 하얀 드레스를 입은 운니. 두 사람은 안절부절못하며 집 안을 왔다 갔다 했다. 그들은 준비가 되어 있지 않은 것처럼 보였다. 운니는 내게 기다리는 동안 뭘 좀 마시겠냐고 물었다. 나는 아버지를 흘낏 쳐다보았다. 아버지는 한 손에 맥주를 들고 있었다.

"냉장고에 있어. 직접 찾아 먹어."

아버지가 말했다.

"제가 가져올게요."

나는 주방으로 가서 맥주 세 병을 가져왔다. 아버지가 나를 바라보았다.

"좀더 기다려봐. 아직 술을 마시기엔 이른 시간이니까."

아버지가 말했다.

"하지만 당신도 지금 맥주를 들고 있잖아요!"

운니의 말에, 아버지가 보일 듯 말 듯 어색한 미소를 지었다.

"알았어. 뭐, 지금 좀 마셔두는 것도 괜찮겠지."

예상보다 시간이 더 많이 걸렸다. 시청으로 가기 위해 택시를 잡을 때까지 나는 맥주를 두 병이나 마셨다. 구름이 잔뜩 낀 추운 날이었다. 술기운은 내 생각 위를 얇은 망막처럼 희미하게 덮고 있었다. 윙베 형과 크리스틴은 손을 잡고 걸었다. 나는 그들에게 미소를 지어보이며 담배에 불을 붙이고 강물을 내려다보았다. 담배 연기를 한 모금 들이마시기도 전에 택시가 왔다. 자리가 모자랐다. 우리는 미처 그 생각을 하지 못했다. 아버지가 시청까지 걸어가겠다고 자청했다.

"멀지 않아서 괜찮아."

"안 돼요. 자기 결혼식에 걸어가는 사람이 어디 있어요?"

운니가 말했다.

"우리가 걸어갈게요."

크리스틴이 윙베 형을 돌아보며 말했다.

"그러는 게 좋겠지, 윙베?"

"응."

나는 아버지, 운니와 함께 택시를 타고 시청으로 갔다. 들러리들은 이미 그곳에 도착해 우리를 기다리고 있었다. 나는 지난여름 아버지의 파티에 왔던 그들을 기억할 수 있었다. 키가 작은 대머리 남자, 머리숱이 많은 키 큰 여자. 나는 그들과 악수를 했다. 그들은 내게 미소를 지어주었다. 우리는 대기실에 앉아 기다렸다. 아버지는 시계를 보며 안절부절못했다. 곧, 그들의 차례였다. 윙베 형과 크리스틴이 도착하려면 아직 멀었다.

잠시 후, 두 사람이 상기된 얼굴로 시청 문 앞에 도착했다. 아버지는 무표정한 얼굴로 그들을 바라보았다. 모두들 예식홀 안으로 들어갔다. 아버지와 운니는 주례자 앞에 나란히 섰고, 그들의 양옆에는 들러리가 자리를 잡았다. 두 사람은 혼인 서약을 하고 서로의 손가락에 반지를 끼워주었다. 그로써 아버지는 재혼을 한 셈이었다. 두 사람은 상대방의 성을 포함한 긴 이름을 얻었다. 그들의 성은 하나씩 따로 떼어놓고 보면 꽤 그럴듯하게 들렸지만, 합쳐놓고 보니 딱딱하고 우스꽝스럽고 왠지 허세를 부리는 듯했다.

함께 점심을 먹기 위해 쇠후세 식당으로 가는 길에, 아버지는 자신의 성이 오래전 스코틀랜드에서 유래된 것이라 말했다. 즉, 우리의 조상은 스코틀랜드인이라는 말이었다. 운니는 자신의 성이 오래전 선조들이 살던 곳의 지명이라고 말했다. 나는 운니의 말은 신뢰할 수 있었지만, 아버지의 말은 새빨간 거짓말이었다. 그것쯤은 나도 잘 알고 있었다.

윙베 형도 나와 같은 생각을 했던 것이 분명했다. 아버지가 거짓말을 늘어놓았을 때, 우리는 서로를 바라보며 의미심장한 눈빛을 교환했다.

우리는 레스토랑의 구석진 곳에 자리를 잡았다. 바다를 주제로 한 인테리어가 인상적이었다. 우리는 새우와 맥주를 주문했다. 아버지와 운니는 미소를 지으며 잔을 부딪쳤다. 그날은 두 사람의 날이었다.

나는 맥주를 마셨다. 아버지는 내게 조심해서 천천히 마시라고 말했다. 평소와는 달리 매우 호의적인 목소리였다. 나는 걱정할 필요 없다며 허세를 부렸다. 독감에 걸려 거의 술을 마시지 않은 윙베 형은 쉴 새 없이 크리스틴을 돌아보며 웃음을 터뜨리고 그들만의 대화에 빠져 있었다.

술기운이 기분 좋게 나를 감싸오기 시작했다. 덕분에 나는 그곳에 모인 사람들과 어색하지 않게 대화를 나눌 수 있었다. 가끔은 내 말에 그들이 웃음을 터뜨리기도 했다. 점점 식탁 앞에 모인 사람들이 낯설게 보이기 시작했다. 윙베 형도 낯선 사람처럼 보였다.

크리스틴은 그런 내 모습을 알아차렸는지, 윙베 형과 대화를 나누다가 가끔 내게 말을 걸기도 했다. 그녀는 윙베 형과 사귀기 시작했을 때부터 나를 챙겨주려고 노력했다. 나는 그녀를 누나처럼 생각해 왔으며, 그녀와는 어떤 이야기라도 나눌 수 있을 정도로 편하게 지냈다. 하지만 그녀는 나와 나이 차이가 그리 많이 나지 않았다. 그래서 가끔은 친구처럼 지내기도 했다.

레스토랑에서 시간을 보낸 후, 우리는 함께 아버지 집으로 갔다. 들러리는 각자의 집으로 돌아갔다가 저녁 식사 시간에 맞추어 다시 오기로 했다. 저녁 식사는 드로닝겐스 거리의 프레카텐 호텔 레스토랑에서 할 예정이었다. 나는 아버지의 집에서도 계속 술을 마셨기에 꽤 취한 상태였다. 말할 나위 없이 기분이 좋았다. 하지만 창밖은 아직도 환했기 때문에 왠지 낯설기도 했다. 정신이 흐릿해지기 시작했지만, 다른 이들은 내가 어떤 상태에 있는지 모르는 것 같았다. 그들의 말투와 태도는 여느 때와 다름이 없었으니까. 나는 술을 마실 때마다 강렬한 해방감과 행복감에 몸을 맡겼으며, 그 느낌을 유지하기 위해 계속 술을 마셨다. 그 느낌이 사라질까봐 두려웠기 때문이다.

약속 시간이 가까워지자, 아버지가 택시를 불렀다. 나는 비틀거리며 계단을 내려가 500미터쯤 떨어진 곳에 자리한 프레가텐으로 가기 위해 택시에 몸을 실었다. 레스토랑에 도착한 우리는 창가에 예약해둔 자리에 앉았다. 우리 외에 다른 손님들은 없었다. 나는 오전 10시부터 레스토랑에 도착한 오후 6시까지 계속해서 술을 마셨다. 자리에 앉기 위해 의자를 뺐을 때 창문에 몸을 부딪치지 않은 것은 천만다행이었다. 다른 이들의 존재와 그들의 대화는 딴 세상의 일처럼 여겨졌다. 내 눈에 보이는 것은 의미 없는 얼굴들이었고, 내 귀에 들리는 것은 나직한 소음을 닮은 그들의 목소리였다. 아버지의 결혼을 축하하기 위해 앉아 있던 크리스티안산의 한 레스토랑은 마치 인간의 모습을 닮은 나무와 덤불로 가득한 숲과 다르지 않았다.

음식은 이미 주문을 해놓았다. 웨이터는 우리에게 무엇을 마실 것인지 물어보았다. 아버지는 레드 와인 두 병을 주문했다. 나는 담배에 불을 붙이고 술에 취해 흐리멍덩한 눈으로 아버지를 바라보았다.

"어때, 칼 오베? 괜찮니? 기분 좋아?"

아버지가 물었다.

"네. 축하해요, 아버지. 아름다운 부인을 얻어서 기분이 좋으시겠어요. 저도 운니가 참 좋아요."

"그래, 고맙구나."

아버지가 말했다.

운니가 내게 미소를 지었다.

"그런데 이제부터는 운니를 뭐라 불러야 할까요? 새어머니라 해야 되나요?"

"그냥 운니라고 불러도 좋아."

아버지가 말했다.

"넌 시셀을 뭐라고 부르니?"

운니가 내게 물었다.

아버지가 운니를 흘낏 쳐다보았다.

"어머니라고 불러요."

"그렇다면 내게도 어머니라고 하렴."

운니가 말했다.

"그럴게요, 어머니."

"이 무슨 엉뚱한 소리야!!"

아버지가 날카롭게 소리쳤다.

"와인 맛이 좋죠, 어머니?"

내가 그녀를 바라보며 말했다.

"응, 그렇구나."

아버지가 나를 쏘아보았다.

"이제 그만해, 칼 오베!"

"네."

"그건 그렇고, 두 분은 신혼여행을 어디로 가실 건가요?"

윙베 형이 물었다.

"계획하신 곳이 있나요?"

"아냐, 신혼여행은 가지 않을 거야."

운니가 말을 이었다.

"하지만 오늘 밤엔 이 호텔에 묵을 거란다. 이미 방을 예약해놓

앉어."

웨이터가 와인병을 아버지 앞에 가져왔다.

아버지는 무덤덤한 표정으로 고개를 끄덕였다.

웨이터가 시음용 와인을 잔에 따랐다.

아버지가 와인을 음미하며 입맛을 다셨다.

"아주 좋아요."

웨이터가 식탁 위의 모든 잔에 와인을 채웠다.

오, 날카롭고 차갑고 씁쓸한 맥주 뒤에 마시는 그 짙고 따스한 와인의 맛이란 어디에도 비교할 수 없었다!

나는 꿀꺽꿀꺽 네 모금 만에 와인잔을 비웠다. 윙베 형은 한 손에 얼굴을 괴고 창밖을 바라보았다. 형의 팔이 자리한 각도로 미루어보아 다른 한 손은 크리스틴의 허벅지 위에 있는 것 같았다. 들러리들은 말없이 각각 아버지와 운니의 곁에 앉았다.

"음식은 6시 30분에 나올 예정이야."

아버지가 운니를 돌아보며 말했다.

"저녁이 나올 때까지 잠시 방에 가 있을까?"

운니가 미소를 지으며 고개를 끄덕였다.

"곧 내려올게."

아버지가 몸을 일으키며 말했다.

"모두 좋은 시간 보내길 바란다."

두 사람은 입을 맞추고 손을 잡고서 레스토랑을 빠져나갔다.

나는 윙베 형을 돌아보았다. 형은 나와 눈이 마주치자 얼른 시선을 돌렸다. 들러리들은 여전히 말없이 자리를 지켰다. 평소 같았으면, 나는 그들이 어색해하지 않도록 분위기를 살리기 위해 무슨 말이라도 했을 것이다. 그것이 무의미하고 내겐 전혀 흥미롭지 않은 것이라 하더라도 일종의 손님 대접 차원에서 광대 노릇을 했을 것이다. 하지만 그날은 아무 말도 하기 싫었다. 그들이 말없이 앉아 지루해 어쩔 줄 모른다 할지라도 그건 내 책임이 아니라는 생각이 들었기 때문이다.

나는 와인을 잔에 채워 한 모금 만에 반을 비우고, 화장실에 가기 위해 몸을 일으켰다. 긴 복도를 끝까지 가보았지만 화장실은 보이지 않았다. 온 곳으로 되돌아와 계단을 내려갔다. 이번에는 지하 창고처럼 보이는 곳에 이르렀다. 날카로울 정도로 환한 불빛 아래, 몇 개의 자루가 하얀 벽에 기대어져 있었다. 다시 계단을 올라갔다. 여기였나? 카펫이 깔린 복도 끝으로 천천히 걸어가 보았다. 어느새 나는 로비 안내 데스크까지 나와버렸다.

"화장실?"

"뭐라고요?"

안내원이 되물었다.

"실례지만 화장실이 어디 있는지 가르쳐주시겠습니까?"

안내원은 나를 쳐다보지도 않고 반대쪽 문을 가리켰다. 나는 비틀거리며 문을 열고 벽에 몸을 기댔다.

'아, 여기였군.'

나는 안쪽에 나란히 자리한 화장실에 들어가 문을 잠갔다.

'앗, 이게 아니었는데.'

나는 다시 잠긴 문을 열고 나갔다. 텅 비어 있었다.

'텅 빈 것 같은데?'

그렇다. 거기엔 사람이라곤 한 명도 없었다. 나는 얼른 세면대 쪽으로 다가가 바지 지퍼를 내리고, 세면대 위에 오줌을 누었다. 하얀 세면대 안에 누런 오줌이 차올랐다가 빠져나갔다. 볼일을 본 나는 다시 화장실 문을 열고 들어가 변기 위에 앉아 두 손으로 머리를 감싸 쥐고 눈을 감았다. 다음 순간, 나는 아무것도 기억할 수가 없었다.

어디선가 내 이름을 부르는 소리가 들린다고 생각했다. 칼 오베, 칼 오베! 그 소리는 내가 닿을 수 없는 곳에서 들려왔다. 마치 누군가가 짙은 안개 속에 서서 나를 찾고 있는 것만 같았다. 칼 오베, 칼 오베! 그 소리는 다시 사라졌다.

몸을 움찔하며 순간적으로 정신을 차렸다. 벽에 머리가 쿵 부딪쳤다. 정적이 흘렀다.

무슨 일이 일어났던 것일까? 여기는 어디일까?

앗! 아버지 결혼식! 내가 잠에 빠졌던 것일까? 그렇지, 난 잠에 빠졌던 거야!

나는 서둘러 밖으로 나가 찬물로 얼굴을 씻고, 로비를 가로질러 식당으로 들어갔다.

모두들 자리에 앉아 있었다. 그들은 일제히 나를 돌아보았다.

"칼 오베, 도대체 어디 있었던 거야?"

아버지가 물었다.

"깜박 잠이 들었었나 봐요."

나는 자리에 앉으며 말했다.

"모두들 저녁은 드셨나요?"

"응."

운니가 말했다.

"방금 식사를 마쳤어. 지금 저녁 먹을래? 우린 디저트를 기다리고 있는 중이란다."

"괜찮아요. 저도 디저트를 함께 먹을게요. 그다지 배가 고프지 않아요."

"디저트 후엔 커피와 코냑을 마실 거야. 그때가 되면 너도 좀 기운이 나겠지?"

아버지가 말했다.

나는 와인잔을 단숨에 비우고 다시 잔을 채웠다. 머리가 약간 아팠지만, 견딜 만했다. 마치 살짝 열린 문으로 두통이 조금씩 조금씩 흘러 들어오는 것 같았지만, 와인을 마시니 다시 그 문이 닫히는 것 같았다.

우리는 밤 9시 30분도 되기 전에 레스토랑을 나섰다. 나는 많이 취해 있었지만, 오전에 비하면 오히려 술이 좀 깬 편이었다. 화장실에서 잠시 잠을 잤기 때문일까. 그 후에 와인과 코냑을 마셨지만 견딜 만했다.

아버지는 술에 취해 몸을 가눌 수 없을 정도였다. 아버지는 운니를 감싸 안은 채 택시를 기다렸다. 500미터밖에 안 되는 거리였지만 걸어갈 생각은 못 했던 것 같았다. 택시가 오자 아버지는 검은색 가죽 시트에 몸을 내던졌다.

집에 돌아오자, 아버지는 냉장고에서 맥주를 꺼내왔다. 운니는 접시에 땅콩을 담아왔다. 독감에 걸렸던 윙베 형은 열이 나기 시작했다며 소파에 드러누웠다. 크리스틴은 내 곁에 앉았다.

운니는 담요를 가져와 윙베 형을 덮어주었다. 아버지는 멀찍이 떨어져 그 모습을 바라보았다.

"왜 윙베에게 담요를 덮어주는 거야?"

아버지가 말했다.

"다 큰 애가 그 정도는 혼자 할 수 있어야 되는 거 아냐? 당신은 내가 몸이 안 좋을 때 단 한 번도 담요를 덮어준 적이 없잖아!"

"그건 사실이 아니에요. 난 당신에게도 담요를 덮어주었다고요."

운니가 말했다.

"아냐, 한 번도 없었어!"

아버지가 소리쳤다.

"진정하세요."

"흥, 이젠 내게 이래라저래라까지 하는군."

아버지는 거실 구석으로 가서 우리에게 등을 돌리고 앉았다.

운니가 소리 내어 웃더니, 아버지에게 다가가 마치 어린아이를 어르듯 조곤조곤 무슨 말인가를 했다. 나는 맥주 반병을 한 모금에 마시고 트림을 하기 시작했다. 크리스틴이 내 옆에 있다는 것을 깨달은 나는 얼른 손으로 입을 막았다.

"미안해."

크리스틴이 웃음을 터뜨렸다.

"괜찮아. 오늘 저녁엔 그보다 더 심한 모습도 봤으니까."

그녀는 다른 사람들이 듣지 못하도록 나직하게 말한 후 키득키득 웃었다.

윙베 형이 미소를 지었다. 나는 맥주를 더 가져오기 위해 주방으로 갔다. 새신랑과 새 신부를 지나치려는 순간, 아버지가 몸을 일으켜 다시 거실 중앙으로 걸어가기 시작했다.

"네 할머니에게 전화를 해야겠어. 내 결혼식인데도 꽃다발 하나 보내주지 않았다고!"

나는 냉장고 문을 열고 맥주를 꺼냈다. 거실에 들어간 나는 한동안 우두커니 서 있다가 탁자 위에 있는 오프너를 향해 팔을 뻗었다.

윙베 형과 크리스틴이 자못 걱정스런 표정을 지으며 앞을 바라보고 있었다. 아버지의 커다란 목소리가 들려왔다.

"나는 오늘 결혼식을 치렀어요. 그건 아셨나요? 오늘은 내 삶에 큰 의미가 있는 날이라고요!"

나는 병뚜껑을 탁자 위에 던지고 맥주를 한 모금 마신 후, 자리에 앉았다.

"작은 꽃다발 정도는 보내줄 수 있었잖아요! 나를 조금이라도 생각했다면 이처럼 모른 척할 수는 없어요!"

침묵.

"어머니! 네, 하지만 어머니!"

아버지가 소리쳤다.

나는 등을 돌려 아버지를 바라보았다.

아버지가 울고 있었다. 아버지의 일그러진 얼굴 위로 눈물이 흘러내리고 있었다.

"제가 오늘 결혼했다고요! 그런데도 두 분은 제 결혼식에 오지도 않았어요! 그 흔한 꽃다발 하나도 보내주지 않았어요! 오늘은 당신 아들이 결혼식을 한 날이었다고요!"

아버지가 수화기를 내동댕이치고 한동안 앞만 멍하니 바라보았다. 뺨 위에는 여전히 눈물이 흘러내리고 있었다.

마침내 아버지가 몸을 일으켜 주방으로 들어가 버렸다.

나는 트림을 하고 윤니를 바라보았다. 윤니가 의자에서 일어나 종종걸음으로 아버지의 뒤를 따랐다. 주방에선 흐느끼는 소리와 커다란 목소리가 들려왔다.

"어떡할까?"

나는 윙베 형을 바라보며 물었다.

"아직 늦지 않았으니 술기운이 남아 있을 때 시내로 가는 건 어때?"

윙베 형이 자리에서 일어났다.

"몸이 안 좋아. 열도 많이 나고… 집에 가서 쉬어야겠어. 전화해서 택시를 부를까?"

"아버지에겐 아무 말도 하지 않고?"

"내가 뭐 어쨌다고?"

아버지가 거실 앞에 서서 소리쳤다.

"우린 이만 집에 갈까 생각 중이었어요."

윙베 형이 말했다.

"아냐, 벌써 가려고? 좀더 있다가 가."

아버지가 말을 이었다.

"너희들의 아버지가 결혼하는 건 매일 있는 일이 아니잖아. 자, 다시 앉아. 맥주는 아직 많이 있어. 조금만 더 머물러."

"아버지도 아시다시피 저는 몸이 좋지 않아요. 열이 많이 나요. 아무래도 집에 가야겠어요."

윙베 형이 말했다.

"칼 오베, 너는?"

아버지가 공허한 눈으로 나를 바라보며 물었다.

"택시를 함께 타고 갈 거예요. 윙베 형이 간다면 저도 갈 거예요."

"알았어."

아버지가 자리에서 일어나며 말했다.

"그렇다면 나도 이제 자러 갈 거야. 오늘 와줘서 고마워. 조심해서 가거라."

아버지의 발소리가 계단 쪽에서 들려온 후, 운니가 우리에게 다가왔다.

"가끔은 이럴 때도 있어."

운니가 말을 이었다.

"감정이 워낙 풍부한 사람이라 그래. 오늘 일은 너무 마음에 두지 말고 조심해서 가렴. 다음에 또 만나자, 알았지? 오늘 고마웠어!"

나는 자리에서 일어났다. 운니는 나와 윙베 형, 크리스틴에게 차례차례 포옹을 건넸다.

밖으로 나온 나는 택시가 올 때까지의 몇 분을 서서 기다리지 못해 인도에 털썩 주저앉았다.

다음 날 나는 내 방에서 눈을 떴다. 태어나서 그처럼 취했던 적은 처음이었기에 전날 있었던 일들이 꿈인지 생시인지 가물가물했다. 아버지도 많이 취한 기억이 났다. 나는 정신이 말짱한 사람의 눈에 취한 사람이 어떻게 보이는지 잘 알고 있다. 아버지의 결혼식에 참석한 내 모습은 다른 이들의 눈에 어떻게 보였을까. 아버지도 취한 모습을 보였지만, 아버지는 저녁에 자신의 집에 있을 때만 취기와 함께 감정적인 모습을 보였을 뿐이다.

나와 아버지를 비교할 수는 없다. 가족의 망신을 시켰다는 생각에 너무나 수치스러웠다. 의도가 좋았다 하더라도 결과적으로는 망신만 당한 셈이었다.

나는 여름방학의 마지막 몇 주를 아렌달에서 보냈다. 지역 라디오 방송국의 편집장인 루네는 개인적으로 전국의 시골 주유소에 음악 테이프를 파는 에이전트 일도 했다. 어느 날 저녁, 여름방학 동안 아르바이트를 찾지 못했다고 내가 시무룩하게 말하자, 그가 내게 거리에서 카세트테이프를 팔아보라며 제안했다. 그는 돈을 많이 벌기 위해 하는 일이 아니라면서 원금만 돌려주면 된다고 했다. 나는 일정량의 테이프를 그에게서 받아 거리에서 판 후, 그 이익금을 가지기로 했다. 남부 지방의 도시에는 여름 내내 관광객과 그들이 뿌리는 돈으로 넘쳐났다. 히트송 리스트에 오른 음반을 판다면 돈을 버는 것은 식은 죽 먹기였다.

"좋은 생각이에요! 사실은 제 형이 이번 여름에 아렌달에서 지낼 예정이거든요. 거기서 카세트테이프를 팔면 어떨까요?"

"좋아!"

나는 카세트테이프로 가득한 박스와 게토 블래스터,* 캠핑용 탁자와 의자, 옷가지들을 어머니 차에 실었다. 윙베 형은 그해 여름방학 동안 어머니의 차를 빌려 사용하기로 했다. 나는 새로 산 레이밴 선글라스를 끼고 조수석에 앉았고, 윙베 형은 차에 시동을 걸고 집 앞 내리막길을 달렸다.

7월의 다른 여느 날과 마찬가지로 햇살이 화창했다. 강변도로에는 차도 별로 없었다. 나는 차창을 내리고 창틀에 팔꿈치를 얹은 채 데이비드 보위의 노래를 흥얼거렸다. 전나무 숲과 반짝이는 강물이 창 밖에서 자리를 바꾸어가며 우리를 따라왔다. 가끔 해변에서 헤엄을 치거나 소리를 지르며 뛰어노는 아이들도 볼 수 있었다.

우리는 전날 할아버지와 할머니 댁을 찾아 그들과 대화를 나누었다. 지난 2년 동안 갑자기 시간이 더 빨리 간 듯했던 쇠르뵈보그에 있는 외갓집과 비교해, 할아버지 댁은 시간이 멈춘 것만 같았다.

비르켈란 시내를 가로질러 릴레산에 도착한 우리는 E18번 도로에 진입했다. 거기서부터는 어렸을 때 너무나 자주 다녀본 길이었기에 눈을 감고도 갈 수 있었다.

나는 사이키델릭 퍼스 테이프 중에서 가장 많이 팔린 것을 스테레오 기기에 꽂았다. 내가 가장 좋아하는 것이기도 했다.

• 휴대용 스테레오 기기.

"내가 런던에서 우연히 마주쳤던 여자아이 이야기를 한 적이 있니?"

욍베 형이 물었다.

"아니."

"걔가 내게 사이키델릭 퍼스의 보컬리스트가 아니냐고 물으면서 사진을 같이 찍자고 했어."

욍베 형이 나를 쳐다보며 웃음을 터뜨렸다.

"난 형이 트람테아트레*의 아우둔 오토마트를 닮았다고 생각했는데?"

"응, 하지만 난 사이키델릭 퍼스의 보컬리스트를 닮았다는 말이 훨씬 듣기 좋아."

우리는 함순**이 살았던 노르횔름을 지나쳤다. 나는 운전석 쪽의 차창을 통해 함순이 살았던 집을 보려고 고개를 숙였다. 9학년 때 그곳으로 소풍을 갔던 기억이 떠올랐다. 함순의 서재와 그가 직접 만들었던 목재 가구 등을 비롯해 집 안 구석구석 우리에게 보여주었던 사람은 바로 함순의 아들이었다.

지금 그 집은 텅 비어 있었고, 담장 옆에는 잡초가 무성했다.

"아버지가 그림스타드로 가는 버스 안에서 함순을 만났다고 자랑했던 걸 기억해?"

"아니? 정말 아버지가 그런 말을 했어?"

욍베 형이 내게 되물었다.

"응. 하얀 수염에 지팡이를 짚고 있던 노인."

---

* 노르웨이에서 70-80년대에 왕성하게 활동했던 진보적 성향의 연극단.
** 노벨문학상을 받은 노르웨이의 소설가.

윙베 형이 고개를 절레절레 흔들었다.

"아버지가 우리에게 했던 그 많은 거짓말을 한번 생각해봐. 우린 아직도 그중에서 몇 개는 사실이라고 믿고 있을지도 몰라."

"응."

내가 말을 이었다.

"사실 난 아버지와 따로 살아도 그다지 슬프지 않아."

"나도 마찬가지야."

윙베 형이 말했다.

아버지와 운니는 북부 지방의 한 고등학교에서 함께 일하기로 했다. 그들은 지난 몇 주 동안 짐을 싸는 등 이사 준비를 했다. 보름 후면 그들은 북부 지방으로 옮겨갈 것이다.

"크리스틴은 아버지 결혼식에 관해서 뭐라고 했어? 내가 짐작하기론 꽤 많이 놀랐던 것 같은데?"

"응, 좀 특별한 결혼식이었지."

형이 말했다.

우리는 함순이 그림스타드에서 집필 작업을 했던 호텔 노르게를 지나쳤다. 그곳은 오덴센터레라는 쇼핑센터로 변해 있었다.

"그런데 아버지가 호텔에 방을 잡아놓았다고 했잖아?"

내가 말을 이었다.

"우리가 식사를 했던 그 호텔 말야. 그건 어떻게 되었어?"

윙베 형이 어깨를 으쓱 추켜올렸다.

"우리가 호텔을 나선 후에 그 방에서 묵으려 했던 건 아닐까?"

"그런 것 같진 않던데?"

"글쎄… 어쨌든, 아버지와 운니는 계획에 따라 살기보다는 충동적으로 삶을 사는 것 같기도 해. 예를 들어, 신혼여행을 가지 않을 거라고 했는데, 다음 날 페리를 타고 덴마크로 갔던 걸 너도 기억하지? 덴마크의 스카겐으로 가서 그곳 호텔에 묵었다고 하더군."

"맞아."

우리는 코케플라센을 지나쳤다. 그곳은 어머니가 예전에 일했던 곳이고, 내가 유치원을 다녔던 곳이기도 했다. 나는 목을 쭉 빼서 창밖을 내다보았다. 그곳에 절벽이 있다는 것을 기억해냈다. 나는 그곳에 살 때 매일같이 절벽 위의 나무에 기어오르곤 했다. 그런데 지금 보니, 그것은 절벽이 아니라 나직한 언덕에 불과했다. 내가 올랐던 나무는 베어지고 없었다. 저 멀리 아렌달이 보이기 시작했다. 아렌달 뒤에는 트로뫼이아가 자리하고 있었다. 화창한 햇살과 함께 그리움이 밀려들었다.

"바로 일할 자리를 구해볼까?"

"응, 그게 좋을 것 같아."

사전에 준비된 것은 아무것도 없었다. 루네는 거리의 상점에 가서 양해를 구한 다음 문 앞에 가판대를 펼치고 전기를 빌려 써도 되냐고 물어보라고 했다. 만약 상점 측에서 전기요금을 요구한다면, 1,200크로네 정도 제안해보라고도 했다.

욍베 형이 차를 세웠다. 우리는 시내를 돌아다니다가 옷가게 앞에서 멈춰섰다. 나는 가게 안으로 들어가 문 앞에서 카세트테이프를 팔아도 되냐고 물어보았다. 스테레오 기기를 작동시키기 위해 전기도 필요하다고 말했다. 문 앞에 가판대가 있으면 옷가게에도 손님이 몰려들 것이라고 덧붙였다.

가게 주인은 흔쾌히 승낙했다.

가판대 자리를 해결하고 난 다음, 우리는 욍베 형의 자취방으로 갔다. 형은 지난봄부터 그곳에서 살았고, 겨울에 비교정치학의 기본

과정을 마쳤으며, 지금은 내년 가을에 크리스틴과 함께 중국 여행을 하기 위해 시내에 있는 센트럴 호텔에서 아르바이트를 하는 중이었다.

윙베 형의 자취방은 시내에서 조금 떨어진 랑세에 있었다. 나는 그곳에서 3주 동안 형과 함께 지낼 예정이었다. 형은 나를 위해 바닥에 에어 매트리스를 마련해놓았다. 어렸을 때를 제외하고선 형과 함께 그토록 오랜 기간을 함께 지낸 적은 처음이었다.

다음 날, 윙베 형은 나를 시내까지 태워주었다. 고요한 아침에 인적 없는 거리에 서서 저 멀리 보이는 잔잔하고 묵직한 푸른 바다를 바라보는 기분은 그 무엇과도 비교할 수 없을 정도로 좋았다. 나는 누런색 낡은 캠핑 테이블을 펼치고 그 위에 카세트테이프를 늘어놓았다. 제네시스, 팔코, 유리스믹스, 마돈나, 그리고 그해 여름에 인기를 얻은 갖가지 테이프를 진열해놓고, 가게 안에 들어가서 전선을 빌려와 스테레오 기기에 연결했다. 나는 선글라스를 끼고 의자에 앉아 플레이 버튼을 눌렀다.

나는 마치 아렌달을 지배하는 왕이 된 것 같았다.

옷가게 옆에는 아이스크림 가게가 있었다. 내가 옷가게 앞에 가판대를 설치하자마자, 한 소녀가 와서 아이스크림 가게 문을 열었다. 그녀는 먼저 가게 앞길을 쓸고, 박스를 안으로 옮기고, 행주를 가져와 가게 바깥쪽의 창문을 닦은 후 다시 안으로 들어갔다.

꽤 예쁜 소녀였다. 빨간 머리, 주근깨, 아름다운 몸매. 약 30분 후, 가게 밖으로 다시 모습을 드러낸 그녀는 하얀 앞치마를 두르고 있었다.

너무나 예뻤다! 하지만 그녀는 내 쪽으로는 눈길도 돌리지 않았

나. 단 한 번도!

시간이 지나면 자연히 해결될 일이라 생각했다.

사람들이 몰려들기 시작했다. 거리를 걷던 사람들은 내 가판대 앞을 지나쳤다. 나는 그들을 뚫어지게 바라보았다. 어떤 이들은 발걸음을 멈추고 가판대에 진열된 테이프를 바라보기도 했다. 그들이 테이프를 손가락으로 가리키면 나는 의자에서 벌떡 일어나 따로 마련해둔 테이프를 꺼내 건네주었고, 그들이 건네는 돈을 받아 주머니에 넣은 후 고맙다는 말을 하고 종이 위에 판매가 되었다는 표시로 X를 적었다.

너무나 쉬운 일이었다.

11시쯤 되자, 정신이 없을 정도로 사람들이 많이 몰려들었다. 그때부터 오후 1시까지 판매한 테이프는 셀 수 없이 많았다. 그 시간이 지나자, 사람들이 줄어들었다. 나는 4시쯤 가판대를 정리하고 나를 데리러 온 윙베 형과 함께 차를 타고 자취방으로 갔다.

나는 루네에게 줄 돈을 따로 챙겨서 비닐봉지에 넣어두었다. 나머지 돈은 그날 저녁 시내에 가서 다 써버렸다. 얼음 바구니에 담긴 화이트 와인 몇 병을 주문하고, 춤을 추고, 우리 테이블로 다가온 낯선 이들과 대화를 나누었다. 화이트 와인. 그것은 그해 여름에 내가 발견한 최고의 술이었다. 그것은 마치 물처럼 내 몸속으로 미끄러져 들어갔고, 내 기분을 가볍고 밝게 만들어주었다.

다음 날, 출근하던 아이스크림 가게의 소녀가 내게 미소를 지어주었다. 보일 듯 말 듯했지만, 그것은 틀림없는 미소였다.

나는 11시쯤 아이스크림 가게의 창문을 두드리며 물 한 잔을 부탁했다.

그녀가 물잔을 내게 건넸다.

"우린 직장 동료라고도 할 수 있어요. 그쪽 이름은 뭔가요?"

"시그리드."

그녀의 억양은 참으로 이상했다. 특히, R 발음은 더 이상했다. 보통 시그리Sigrid의 d는 발음하지 않는데, 그녀는 d까지 정확하게 발음했다.

"어디서 오셨나요?"

"아이슬란드."

그녀가 환한 미소를 지으며 말했다.

인사를 나누긴 했지만, 그녀가 내게 먼저 다가와 말을 건네는 일은 없었다. 살짝 고개를 끄덕이며 작은 미소만 건넬 뿐.

며칠 후, 디스코텍에서 그녀와 다시 마주쳤다. 술에 취해 있던 내 눈에는 그녀밖에 보이지 않았다. 다음 날, 나는 그녀의 침대에서 눈을 떴다. 몇몇 조각난 기억을 제외하고선 내가 어떻게 그녀의 집에 가서 그녀의 침대까지 올라갔는지는 전혀 기억이 나지 않았다. 나는 팬티만 입고 있던 그녀의 몸 위로 올라갔고, 우리는 서로의 몸을 애무했다.

나는 그녀의 아름다운 젖가슴에 키스를 했고, 그녀의 두 다리 사이로 손을 집어넣었다. 그녀는 단호하게 거부했다. 나는 몸을 일으켜 속옷을 벗고 그녀 앞에 서서 잘난 체를 해보였다. 그녀가 내 몸에 감동받기를 원했던 것일까. 그녀는 웃음을 터뜨리며 다시 한번 단호하게 나를 거부했다. 지워버리고만 싶은 기억.

나는 수치심에 두 손으로 얼굴을 감쌌다. 문득 아직도 그녀가 집 안에 있을지도 모른다고 생각했다. 나는 고개를 들어 그녀의 이름을 불렀다. 텅 빈 방에 내 목소리가 작은 메아리를 만들어냈다.

대답은 들리지 않았다. 그녀는 화장실에 있을까?

몸을 일으켰다.

앗! 나는 여전히 발가벗고 있었다!

탁자 위에 작은 메모지가 눈에 띄었다.

아렌달의 왕이시여!

소인은 아이스크림을 팔기 위해 나가보겠나이다.

<u>어쩌면</u> 다시 만날 날이 있겠지요.

S.

추신: 나갈 때 문을 꼭 닫고 나가주세요.

왜 그녀는 어쩌면이라는 단어 밑에 밑줄을 그어놓았을까?

나는 옷을 주섬주섬 입고, 메모지를 뒷주머니에 찔러 넣은 후 그
녀가 시키는 대로 문을 쾅 닫고 그곳을 나섰다. 어두컴컴하고 비좁
은 계단을 내려가자니 퀴퀴한 곰팡이 냄새가 코를 찔렀다. 그곳이
어디인지 전혀 알 수 없었다. 내가 아는 것이라곤, 그곳이 시내에서
멀리 떨어져 있다는 사실뿐이었다.

밖으로 나오니 화창한 햇살에 눈이 부셨다.

도대체 여긴 어딜까.

골목길을 따라가 모퉁이를 도는 순간, 그곳이 어디인지 깨달았다.
그곳은 사격장 옆이었다!

나는 터벅터벅 시내까지 걸어갔다. 아이스크림 가게로는 눈도 돌
리지 않고 슈퍼마켓으로 들어가 콜라와 빵 한 봉지를 샀다. 짜디짠
바다 냄새를 맡으니 기분이 좋아졌다.

부두를 오가는 보트들과 머리 위에서 울부짖는 갈매기들, 랑브뤼
가와 그 맞은편 길을 달리는 자동차들, 짙은 푸른색을 띤 하늘을 바

라보며, 나는 윙베 형이 일하는 호텔을 찾아갔다. 형은 손님을 맞이하느라 바쁜 것 같았다. 나는 로비의 소파에 앉아 형을 바라보았다. 윙베 형은 왠지 어색하게만 보이는 호텔 유니폼을 입고 얼굴에 미소를 띤 채 예의 바르게 고개를 끄덕이며 손님을 향해 무언가 영어로 말했다.

손님이 안내 데스크를 떠나자, 윙베 형이 내게 다가왔다.

"어디 있었어?"

"아이스크림 가게에서 일하는 여자아이 집에 갔었어."

내 입으로 한 말이었지만 입 밖으로 내놓고 나니 여간 뿌듯하지 않았다.

"어떻게 되었어? 둘이 사귀니?"

"아냐, 그런 일은 없을 거야. 아침에 눈을 뜨니까 사라졌어. 메모지 한 장을 남겨놓았는데, 어쩌면 다시 볼 일이 있을지도 모른다고 적혀 있었어. 형은 그게 무슨 뜻이라고 생각해?"

윙베 형은 어깨를 으쓱 추켜 보였다. 갑자기 관심이 없어진 것 같았다.

"그건 그렇고, 크리스틴이 오늘 우리 집에서 묵을 거야."

"그럼, 나는 어디서 자?"

"욕실에서 자."

"진심으로 하는 말이야?"

"응. 그렇게 할 수 있지?"

"물론이지. 난 형과 크리스틴을 위해서라면 무슨 일이든지 다 할 수 있어."

"너무 신경 쓰지 마. 크리스틴에게도 이미 이야기를 해놓았으니까. 난 어제 크리스틴 집에서 잤어."

문제될 일은 아니었다. 하지만 코딱지만 한 욕실의 에어 매트리스 위에 누워 윙베 형과 크리스틴이 나직이 속삭이는 소리, 깔깔대며 웃는 소리를 들으니 기분이 너무나 이상했다. 다음 날 아침, 나는 설레는 마음으로 시내로 갔다. 아이스크림 가게의 소녀가 도착하기 전에 가판대에 앉아 있으면 분위기를 장악할 수 있다고 생각했던 것이다. 그녀는 여느 때와 마찬가지로 내게 보일 듯 말 듯한 미소를 지어보이며 가게 안으로 들어갔다. 나는 가판대 앞에 앉아 카세트테이프를 팔다가, 아이스크림 가게로 들어가 그녀에게 물 한 잔을 부탁했다.

"지난번엔 고마웠어."

나는 물을 한 모금 마시며 말했다.

"나도 마찬가지야."

"오늘 저녁에 시내에 갈 건데, 같이 갈래?"

그녀가 고개를 저었다.

"내일 저녁은 어때?"

그녀가 다시 고개를 저었다.

"넌 내 스타일이 아냐."

그녀가 미소를 지으며 말을 이었다.

"하지만 친구로 가끔 만날 수는 있겠지?"

"언제?"

그녀가 어깨를 으쓱 추켜 보이며 미소를 지었다.

나는 다시 가판대로 돌아가 테이프를 팔았다. 그녀는 아이스크림 가게에서 자신이 맡은 일을 했고, 나는 내가 해야 할 일을 했다. 자주 있는 일은 아니었지만, 가끔 눈이 마주치면 우리는 미소를 주고받았다. 그 이상도 그 이하도 아니었다.

나는 문구점에 가서 사인펜과 종이를 구입한 후, 광고문을 적어 가판대 옆의 나무에 걸어놓았다. '오르지널 카세트테이프'라고 커다랗게 적고, 그 밑에는 몇몇 음반 제목과 가격도 함께 적었다. 얼마 지나지 않아, 40대의 한 남자가 가판대 앞에 멈춰섰다. 그는 '오르지널'이 아니라 '오리지널'이라고 적어야 한다고 지적했다. 나는 맞춤법만큼은 자신이 있었기에, 틀린 사람은 내가 아니라 그라고 우겼다. 그는 고개를 절레절레 흔들며 가버렸다.

돈은 쏟아져 들어왔다. 사람들은 한 번에 네댓 개씩 테이프를 구입하곤 했다. 저녁이 되면, 나는 윙베 형과 함께 시내로 가서 코가 비뚤어질 정도로 술을 마시며 그날 번 돈을 펑펑 다 써버렸다. 그러니 돈이 모일 리가 없었다. 하지만 나는 개의치 않았다. 다음 날 다시 카세트테이프를 팔면 되니까. 루네는 빨간 트럭에 테이프를 실어 일주일에 한 번씩 물건을 공급하기 위해 나를 찾아왔다. 가끔은 예전에 알던 지인들이 가판대 앞을 지나가기도 했다. 은행에서 아르바이트를 하는 다그 로타르는 예전과 비교해 조금도 달라지지 않았다. 직업 고등학교에 다니는 게이르 프레스트바크모는 반짝반짝 광이 나는 새 스쿠터를 타고 지나갔다. 그에게서도 달라진 모습을 찾을 수 없었다. 항상 터프한 척하던 욘도 마찬가지였다.

어느 날 윙베 형과 나는 트로뫼이아 외곽으로 차를 타고 가보았다. 어렸을 때 아버지와 함께 가끔 헤엄을 쳤던 곳이었다. 윙베 형은 사격장 옆에 차를 세웠다. 우리는 우거진 덤불을 헤치고 걸었다. 히스 향, 소나무 향, 바다 향을 맡으며, 수십만 년 동안 제자리를 지킨 회색빛의 거대한 바다를 바라보았다. 허공에는 날벌레로 빽빽했다. 나는 혹여 뱀이 나올지도 몰라, 발소리를 쿵쿵 내며 걸었다. 적어도 내가 어렸을 때는 그곳에 뱀이 살고 있었다.

나는 그곳을 아버지와 함께 걷다가 뱀과 마주쳤던 기억이 떠올랐다. 뱀은 약 100여 미터 앞에서 목을 쭉 빼들고 있었다. 당시 나는 열 살 전후였던 것으로 기억한다. 아버지는 당황해서 어쩔 줄 모르며, 뱀에게 돌멩이를 던졌다. 뱀은 그곳을 피하려 했지만 아버지는 쉴 새 없이 돌멩이를 던졌고, 결국 뱀은 돌무덤 속에 파묻혀 꼼짝도 하지 못했다. 하지만 우리가 돌무덤 옆을 지나칠 때가 되자, 뱀은 돌무덤을 벗어나려 꿈틀거리고 있었다. 아버지는 그 옆으로 가서 다시 돌을 던지기 시작했다. 나도 아버지를 따라 돌을 던졌다. 잠시 후, 뱀은 꼼짝도 하지 않았다. 숨이 끊어진 것이 틀림없었다. 하지만 아버지는 거기에서 그치지 않고 손에 쥐고 있던 커다란 돌멩이로 뱀의 머리를 찧었다.

고개를 돌려보았다. 윙베 형은 내 뒤에 바짝 붙어 따라오고 있었다. 우리는 기다란 돌산을 따라 걷다가 물가의 우묵한 곳에 이르렀다. 아래쪽에 자리한 돌개구멍을 내려다보았다. 어렸을 때는 돌개구멍이 너무나 커서 그 속에 들어가 물장구도 쳤지만, 지금 보니 그다지 크지 않았다. 나는 콸콸 흐르는 물속으로 몸을 던져 약 100여 미터를 헤엄쳐 갔다가 되돌아온 후, 바윗돌 위에 누워 햇살에 물기를 말리고 과자와 오렌지를 먹고 담배를 피우며 커피를 마셨다. 윙베 형은 내게 크리스틴의 집에 함께 가자고 제안했다. 그렇게 하면 다시 시내까지 돌아갈 필요가 없다고 말했다.

"정말 내가 가도 될까?"

"물론이지. 크리스틴의 가족은 매우 친절해. 하지만 지금 그들은 휴가 중이라 집을 비웠어. 크리스틴만 집을 지키고 있단다."

몇 시간 후, 윙베 형의 차는 그녀의 집 앞에 멈추었다. 우리는 함께 비디오를 보고 피자를 먹었다. 윙베 형은 지난 반년 동안 크리스틴의 집을 매우 자주 찾았다. 형은 그녀의 부모와 여동생을 매우 좋아했고, 그들도 욍베 형을 친아들처럼 대해주었다.

그녀의 여동생 세실리에는 나보다 한 살 어렸다. 나는 그녀의 사진을 보며 매우 예쁘다고 생각했다. 남동생들은 초등학교에 다니고 있었다.

나는 세실리에의 침대에서 잤다. 우리는 다음 날 저녁에도 다시 만나기로 약속했다. 크리스틴은 먼저 레스토랑에서 저녁을 먹은 후, 친구들을 불러 함께 놀자고 제안했다. 나는 저녁을 먹으며 화이트 와인을 두 병이나 마셨고, 디스코텍에선 세 병을 더 마셨다.

별안간, 눈앞에 익숙한 얼굴이 보였다. 아이스크림 가게에서 일하는 소녀였다.

다 함께 트로뫼이아로 가기 위해 택시를 기다리는 동안, 우리는 서로의 몸을 어루만졌다. 그녀는 자신의 엉덩이를 향해 뻗어오는 내 손을 어루만졌다. 그녀의 손은 투박하고 거칠었다.

"오, 칼 오베!"

욍베 형이 등 뒤에서 소리쳤다.

그들이 함께 웃음을 터뜨렸다.

나는 그녀의 엉덩이에서 손을 뗐다.

"도대체 얼마나 많이 마신 거야?"

욍베 형이 물었다.

"와인 다섯 병."

"다섯 병이나? 설마 농담하는 건 아니겠지?"

욍베 형이 깜짝 놀라 되물었다.

"아냐."

"다섯 병이나 마셨다니, 그럴 만도 하군. 만약 나였다면 벌써 길거리에 쓰러졌을 거야."

"응."

택시가 멈춘 후, 우리는 돈을 지불하고 크리스틴의 집으로 들어
갔다.

지난번과 다른 점이 있다면, 이번엔 시그리가 실오라기 하나 걸치
지 않은 채 나와 함께 있었다는 것이었다. 하지만 그녀는 여전히 허
락하지 않았다. 하얗고 통통하고 아름다운 허벅지를 드러낸 채 누운
그녀는 나를 단호하게 거부했다.

다음 날 아침 눈을 뜨니, 그녀는 어디로 갔는지 보이지 않았다.

술기운이 가시지 않은 채, 나는 계단을 내려가 주방으로 들어갔
다. 윙베 형과 크리스틴이 함께 앉아 아침 식사를 하고 있었다.

"시그리는 좀 전에 버스를 타고 갔어. 좋은 시간을 보냈다며 고맙
다는 말을 네게 전해달라고 했어."

창밖을 보니 어제와는 달리 구름이 잔뜩 끼어 있었다. 나는 그날
가판대 일을 하지 않기로 결심했다. 소파에 누워 윙베 형이 저녁에
아르바이트를 하러 갈 때까지 책을 읽었다. 다음 날 가판대로 가니,
아이스크림 가게에는 낯선 20대의 여인이 서 있었다. 나는 시그리
가 어디 있냐고 물어보았다. 그녀는 시그리가 어제 일을 그만두었
고 대답했다.

"그렇다면 지금 시그리는 어디 있는지 아시나요?"

"글쎄요, 거기까진 몰라요."

나는 그 이후에도 크리스틴의 집을 한두 번 더 찾았다. 그날은 그
녀의 가족이 휴가 여행에서 돌아오는 날이었다. 나는 그들에게 인사
를 건넸다. 윙베 형이 말했던 대로 그들은 매우 친절하고 호의적이

었다. 우리는「지옥의 묵시록」비디오를 함께 보았다. 크리스틴은 윙베 형 옆에 앉아 있었고, 나는 세실리에 옆에 앉았다. 우리는 때때로 눈을 마주치며 미소를 지었다. 마치 오빠와 여동생처럼. 하지만 우리가 결혼을 한다 하더라도 놀랄 사람은 없을 것이다.

나는 저녁 내내 기분 좋은 설렘에서 벗어날 수 없었다. 그 기분을 어떻게 설명할 수 있을까.

우리는 수줍은 태도로 서로를 대했다.

세실리에는 언니의 그림자를 벗어나 독립적인 인격체라는 것을 보여주기라도 하듯 가끔 우리의 대화를 주도하려고도 했다. 나는 그런 그녀의 모습이 좋았다. 가끔 그녀는 앞서 나가는 자신의 의지를 주저하며 뒤따르는 것 같기도 했다.

그녀는 발레리나였다. 크리스틴은 여동생이 발레에 재능이 있다고 말하면서 고등학교를 졸업한 후 대학에서 발레를 전공하는 게 꿈이라고 덧붙였다.

소파에 앉는 자세, 미소를 지을 때 환하게 변하는 그녀의 얼굴 표정. 하지만 그녀와 사귀는 것은 있을 수 없는 일이었다. 나는 더 이상 생각을 않기로 마음먹었다. 그럼에도 내 머릿속에는 그녀 생각으로 가득했다.

아르바이트가 끝나는 날까지는 일주일밖에 남지 않았다. 나는 윙베 형이 크리스틴의 집에 갈 때마다 따라나섰다. 그녀의 집에는 좋은 사람들이 만들어내는 좋은 분위기로 가득했기에, 그곳에만 가면 나도 기분이 좋아졌다.

나는 크리스틴의 가족들이 윙베 형을 어떻게 맞이하고, 또 윙베 형이 그들을 만나 얼마나 행복해하는지 볼 수 있었다. 그런 형의 행복을 비집고 들어가는 이방인처럼 행동하는 나 자신이 부끄러워졌다. 그렇지만 나는 세실리에가 좋았다. 그녀와 함께 있을 때면 그녀의 존재가 내 몸을 꽉 채워오는 것 같기도 했다.

나도 세실리에가 나와 같은 감정을 지니고 있다는 것을 잘 알고 있었다.

그들의 부모님이 잠자리에 들자, 윙베 형과 크리스틴도 침실로 들어갔다. 세실리에와 나는 커다란 거실에 탁자를 사이에 두고 마주 앉았다. 나는 그녀를 향한 내 감정과 나를 향한 그녀의 감정 또는 우리에 관한 이야기를 의도적으로 피했다.

"난 두 사람이 사귀기 시작했던 날을 아직도 기억해. 빈딜 오두막에서였지. 너도 그 자리에 있었더라면 좋았을걸. 두 사람은 정말 잘 어울리는 것 같아."

"응, 나도 그렇게 생각해."

"응…"

도대체 내가 갑자기 맞닥뜨린 이 상황은 무엇일까. 트로뫼이아의 한집에서 윙베 형 애인의 여동생과 단둘이 앉아 있는 이 상황은 도대체 무엇이란 말인가.

상황이 잘못된 것이라 할 수는 없었다. 잘못된 것은 내 감정뿐이었다.

"피곤해."

그녀가 하품을 하며 말했다.

"이제 자러 가야겠어."

"난 좀더 있다가 잘게."

"내일 아침 먹고 갈 거지? 그때 보자."

"응, 잘 자."

"잘 자."

414

그녀는 당당하고 우아한 걸음걸이로 아래층으로 내려갔다. 며칠 후면 아르바이트를 끝내고 집으로 돌아간다는 사실이 문득 감사하게 여겨졌다. 집에 가면 내 감정을 묻고, 이 모든 일을 잊을 수 있을 테니까.

다음 날 저녁, 나는 윙베 형이 일하는 호텔로 갔다. 그날은 내가 아렌달에서 머무는 마지막 날이었다. 윙베 형은 내게 커다란 피자를 사주었다. 나는 호텔 로비에 앉아 피자를 먹었고, 형은 손님이 없을 때 가끔 내게 다가와 대화를 나누기도 했다. 형은 크리스틴이 곧 그곳에 올 거라고 말했다. 세실리에도 함께 올지는 모르겠다고 덧붙였다. 곧, 크리스틴과 세실리에가 호텔로 찾아왔고, 나는 그들과 함께 아렌달에서의 마지막 저녁을 보냈다. 나는 그것이 잘못된 일인 줄 알면서도, 세실리에와 함께 나란히 말없이 걸었다. 서로의 깊고 떨리는 숨소리를 들으며, 우리는 서로를 껴안고 입을 맞추었다. 수도 없이 많이.

"우리, 지금 뭘 하고 있는 거지? 이런 일을 해도 될까?"

나는 그녀에게 나직이 말을 걸어보았다.

"나도 너를 처음 본 날부터 그런 생각을 해왔어."

그녀가 두 손으로 내 얼굴을 감싸쥐며 말했다.

"나도 마찬가지야."

우리는 한동안 서로를 부둥켜안고 서 있었다.

"이젠 어쩔 수 없어."

세실리에가 말했다.

"응."

"후회하면 안 돼."

그녀가 말을 이었다.

"아니, 후회한다면 내게 바로 말해줘. 약속할 수 있지?"

"난 절대 후회하지 않을 거야. 그것만큼은 자신할 수 있어. 다음 주 주말에 집에 있을 거니?"

그녀가 고개를 끄덕였다.

"너희 집에 가도 될까?"

그녀가 다시 고개를 끄덕였다. 우리는 마지막 키스를 나누었다. 발을 떼려던 나는 등을 돌려 그녀를 바라보았다. 그녀가 손을 흔들어주었다.

내가 윙베 형에게 열쇠를 받아오기 위해 호텔을 찾았을 때, 형은 안내 데스크 위에 있는 종이를 유심히 들여다보고 있었다. 나는 세실리에와 무슨 일이 있었는지 형에게 말하지 않았다.

그녀와 내가 사귄다고 말해도 될까? 나는 호텔로 가는 오르막길을 걸으며 곰곰이 생각에 잠겼다. 윙베 형과 내가 피를 나눈 자매와 각각 사귄다고 말하면 얼마나 이상하게 들릴까. 아니, 꼭 이런 걸 생각해야만 하는 걸까. 학기가 시작되면 윙베 형은 베르겐으로 갈 것이고 나는 크리스티안산으로 되돌아갈 것이다. 그리고 형과 크리스틴은 중국으로 여행을 갈 것이다.

이 모든 일은 생각지도 않은 상황에서 벌어졌다. 집으로 돌아가는 그녀도 이 뜻밖의 상황에 당황했던 것이 틀림없었다.

다음 날 아침, 윙베 형은 나를 버스 터미널까지 데려다주었다. 나는 그때까지도 윙베 형에게 아무 말도 하지 않았다. 버스를 타고 창밖을 보니, 윙베 형은 이미 길을 건너가는 중이었다.

눈을 감았다. 피곤함이 온몸을 덮쳤다. 버스가 그림스타드 시내에 들어설 때, 나는 잠에 빠졌다. 다시 눈을 뜨니, 버스는 크리스티안산

동물원 앞을 지나치는 중이었다. 나는 티메네스 교차로에서 내려 버스를 갈아타고 보엔으로 향했다. 버스가 솔슬레타를 지날 때, 버릇처럼 얀 비다르가 보이는지 창밖을 내다보았다. 하지만 그는 보이지 않았다. 그의 차도 집 앞 골목길에서 볼 수 없었다.

나는 담배를 피우며 폭포수를 바라보았다. 버스에서 내려 힘없이 터벅터벅 걷던 나는, 집 앞에 거의 이르렀을 때야 힘을 내어 걸을 수 있었다.

집 앞 언덕에 이르니, 어머니가 양철통 앞에서 종이를 태우고 있었다. 거의 투명하게 보이는 가느다란 불꽃이 양철통의 가장자리에서 넘실거렸다. 나를 발견한 어머니가 아래쪽으로 내려왔다.

"이제 오니?"

어머니가 미소를 지으며 말했다.

"잘 지냈어?"

"네. 어머니는요?"

어머니가 고개를 끄덕였다.

"아주 잘 지냈어."

"얼른 들어서 샤워하고 옷을 갈아입을게요."

"그러렴. 나는 저녁을 준비할게. 데우기만 하면 돼. 배고프니?"

"네, 배고파 죽겠어요."

저녁 무렵, 나는 책상 앞에 앉아 책을 읽었지만 이유 없이 들뜬 마음을 가라앉히기는 쉽지 않았다. 생각은 방향을 잃은 듯 여기저기 헤맸다. 간혹 한자리에 머무르는 생각조차 나를 혼란 속으로 밀어넣기에 충분했다. 이전 같지 않았다. 가끔 창밖으로 시선을 던져보았다. 정원은 저 멀리 작은 감자밭을 지나 숲까지 이어져 있었다. 겨울 기운을 머금은 어둠은 항상 내게 특별한 느낌을 가져다주었다. 나뭇잎이 갑자기 부르르 떨릴 때나 나뭇가지가 흔들릴 때면, 그 느낌은 더욱 강해졌다. 일주일 전만 하더라도, 나는 그녀가 누군지도 몰랐다. 이제, 나는 그녀와 사귀는 중이다.

한네는 어떻게 할까?

그리고 아이스크림 가게의 소녀는?

마치 서로 다른 퍼즐 조각을 한데 모아 끼워 맞추고 있는 것 같았다. 들어맞는 조각은 아무것도 없었다.

나는 거실에 있는 어머니에게 내려갔다.

"제가 집에 없는 동안 어떻게 지내셨어요?"

어머니가 탁자 위에 읽던 책을 내려놓았다.

"아주 잘 지냈어."

"외롭진 않으셨나요?"

어머니가 미소를 지었다.

"아냐. 일을 하러 갔기 때문에 그다지 외롭진 않았어. 요즘 할 일이 꽤 많아. 직장에서 바쁘게 하루를 보내고 저녁에 집에서 푹 쉬는 것도 나쁘진 않더구나."

우리의 대화 소리에 잠을 깼는지, 고양이가 졸린 표정으로 다가왔다. 내 무릎 위로 뛰어오른 고양이는 허벅지 위로 무겁게 고개를 떨궜다.

"너는 어떻게 지냈니?"

어머니가 내게 물었다.

나는 어깨를 으쓱 추켜 보였다.

"잘 지냈어요. 가판대에서 물건을 파는 건 생각보다 재밌었어요. 하루 벌어 하루 먹고사는 그런 삶을 산 셈이죠. 낮에 번 돈은 저녁에 다 써버렸어요."

"뭐?"

어머니가 놀란 표정을 지었다.

"어디에 썼는데?"

"이것저것… 꽤 자주 밖에서 저녁을 먹었어요. 원래 외식을 하면 돈이 많이 들잖아요. 가끔 욍베 형과 맥주를 마시기도 했어요. 하지만 돈을 다 써버린 건 아니에요. 봉지 한가득 돈을 가져왔거든요. 아마 3,000크로네쯤 될 거예요."

나는 돈을 세어보지 않았다. 사실, 돈에 관해선 깜박 잊고 있었다. 생각난 김에 돈을 비닐봉지가 아닌 좀더 그럴듯한 곳에 보관해놓으려 몸을 일으켰다.

하지만 돈이 들어 있는 비닐봉지는 그곳에 없었다.

분명히 현관에 놓아두었는데…

아, 신발 속에 넣어두었던가? 나는 구겨진 지폐를 하얀 베이슬란 비닐봉지 속에 가득 넣어두었는데.

혹시 어머니가 어디 치워버린 건 아닐까?

나는 다시 거실로 갔다.

"혹시 현관에 있는 하얀 비닐봉지 보셨어요? 어머니가 치우신 건 아닌가 싶어서요."

어머니가 집게손가락을 책장에 끼우며 고개를 들어 나를 쳐다보았다.

"현관에 있던 비닐봉지라고? 내가 버렸는데…"

"버렸다고요? 제정신이에요? 혹시 돈을 태워버린 건 아니겠죠?"

나는 두 팔을 치켜들고 마구 휘둘렀다. 서둘러 현관으로 가서 신발을 구겨 신고 언덕 위로 뛰어갔다.

비닐봉지는 그곳에 있었다.

그런데 돈은 어디 있을까?

나는 비닐봉지를 찢어 속을 들여다보았다.

오! 다행히도 돈은 봉지 속에 있었다.

나는 봉지를 가져와 돈을 바닥에 쏟아 붓고 세기 시작했다. 3,200크로네. 나는 그 돈을 서랍 속에 넣어놓고 다시 거실로 왔다.

"찾았니?"

나는 고개를 끄덕이며 음악을 틀고 책장을 둘러보았다. 곰곰이 생각한 끝에 『판』*Pan*을 꺼내 소파에 누워 읽기 시작했다.

개학까지는 일주일밖에 남지 않았다. 나는 그 시간 동안 음반평론을 쓰기로 마음먹었다. 시내로 가서 스테이나르 빈슬란을 찾았다. 그는 마침 잘 왔다며 나를 반겨주었다. 그는 방학 동안 내게 몇 번 전화를 했지만 통화를 할 수 없었다고 말했다.

"난 곧 여길 그만둘 거야. 『페드레란즈벤넨』 신문사에서 일하게 되었단다. 원한다면 넌 계속 여기서 평론을 쓸 수 있을 거야. 물론 그건 내가 장담할 수는 없는 일이지만…"

"네…"

"어쨌든 난 네게 한 가지 제안을 하고 싶었어. 난 새 직장에서 청소년 문화 관련 섹션을 맡았단다. 너도 그곳에 글을 써보고 싶은 생각은 없니? 음반평론은 아냐. 그건 이미 시그비외른 네들란이 맡고 있으니까. 너도 알고 있지? 하지만 청소년 문화 섹션에선 콘서트 후기와 밴드 인터뷰도 실을 예정이란다. 그 일을 네가 맡아주면 안 되겠니?"

"물론이죠!"

"좋아. 그럼 그렇게 하는 걸로 알고 있을게. 잘 가."

『뉘에 쇠를란데』 신문사는 침몰하는 배였다. 누구나 아는 사실이었다. 그렇기 때문에 그것은 매우 좋은 뉴스였다. 『페드레란즈벤넨』은 누구나 다 읽는 신문이었다. 그곳에 이름을 올린다면, 누구나 다 알아볼 것이 틀림없었다.

나는 플라테뵈르센 음반 가게에 가서 나름대로 승진이라 생각했던 그날의 일을 축하하기 위해 음반 다섯 장을 구입했다. 돈은 봉지에서 꺼내왔다. 지폐를 몇 장 꺼내 쓰는 건 문제되지 않는다고 생각했다. 루네에게 돈을 건네줄 때 부족한 부분은 어떤 식으로든 메꾸어서 주면 되니까.

집에 돌아오니, 윙베 형이 전화를 해서 내게 전날 저녁 무슨 일이 있었냐고 물었다. 세실리에는 평소 같지 않게 말도 별로 하지 않았고 무언가를 숨기는 듯했으며, 홀로 앉아 내게 편지를 쓰고 있었다고 했다.

나는 전날 있었던 일을 윙베 형에게 털어놓았다.

"그렇다면 너와 세실리에가 사귀는 거니?"

"응."

"좀 이상할 것 같지 않니?"

"응. 하지만 딱히 문제될 것도 없잖아?"

"글쎄… 그런 것 같기도 하고…"

"잘 될 거야!"

잘 될 거라고 장담했던 내 예언은 빗나가고 말았다. 이틀 후, 그녀의 편지가 도착했다. 그녀는 여전히 혼란 속에 있고, 마치 꿈을 꾸는 것 같다고 했다. 말하지 않으려 했지만, 나와 헤어진 날 저녁 흐르는 눈물을 멈출 수 없었다고 고백했다.

나는 금요일 날 그녀를 찾아갔다. 우리는 단둘이 앉아 서로의 속내를 터놓았다. 우리에게 무슨 일이 일어났는지도 다시 짚어보았다. 그녀는 크리스틴에게서 내 이야기를 들었고 내 사진을 본 후, 나에 대한 호기심을 억누를 수 없었다고 말했다. 나와 만난 후엔, 어렴풋하던 감정이 더욱 선명하게 다가왔고, 사랑에 빠지게 되었지만, 우리가 이 사랑을 이어갈 수는 없을 것 같다고 했다.

나는 그녀에게 내 감정도 다르지 않다고 털어놓았다. 그녀는 내가 떠나기 전날, 욍베 형이 우리를 번갈아가며 쳐다보았던 것도 이야기해주었다. 보아하니, 욍베 형도 이미 우리 사이의 일을 감지한 것 같았다. 가슴이 아팠다. 나는 그녀를 잘 알지도 못했고, 그녀처럼 현재의 감정에 혼란스러웠지만, 어느새 서로를 껴안고 있는 우리를 발견했다. 우리는 거기서 그치지 않고 침대까지 향했다.

하지만 우리 사이엔 아무 일도 없었다. 나는 그녀가 너무나 어리다고 생각했다. 서로를 깊이 아는 것도 아니었기에 조심해서 앞으로 나아가야 한다고 생각했다. 그럼에도 내 몸은 마음과는 상관없이 움직였다. 무슨 일이 있기도 전에 사정을 해버렸던 것이다.

나는 수치심을 견디지 못해 한동안 꼼짝 않고 누워 있었다. 그녀에게 숨기고만 싶었다. 그때뿐만이 아니었다. 그런 일은 우리가 함께 있을 때 매번 일어났다.

『페드레란즈벤넨』 신문사에서 첫 편집회의를 하던 날, 나는 소위 시셀 쉬르체뵈* 신드롬에 관한 기사를 써보자고 제안했다. 그녀는 당시 전국의 모든 신문과 방송에서 거론되었으며, 셀 수 없이 많은 수의 음반을 판매했다. 나는 그 이유가 무엇인지 곰곰이 생각해보곤

* 노르웨이의 가수.

422

했었다.

"좋은 생각이야. 네가 한번 해보렴."

스테이나르가 말했다.

'시셀 신드롬.' 나는 기사 제목과 함께 요약어를 대충 정리했다. '그 이름에 대하여' '시셀 쉬르체뵈'… 나는 기사의 방향을 노르웨이에 깊이 뿌리 내린 크리스트교와 농업사회 및 국수주의로 연결시켰다. 그녀는 앨범 표지에 자주 전통의상을 입고 등장하지 않았던가. 그녀는 내가 혐오하는 모든 것을 대표하는 여자였다. 위선과 교묘함과 진부함, 그림엽서에나 나올 듯한 세상. 그 누가 도전정신이라고는 전혀 찾아볼 수 없는 아름답기만 한 세상을 갈구하는가.

기사가 나간 다음 날, 신문의 독자란에는 다음과 같은 글이 실렸다. 「칼 오베 크나우스고르. 그 이름에 대하여.」* 그것은 행인의 발길에 걸어차이는 이름 모를 황폐한 농가의 보잘것없는 자갈돌에 내 기사를 비유하는 글이었다. 『페드레란즈벤넨』은 매우 유명한 신문이었다. 신문이 추구하는 혁신적이고 도전적이며 아방가르드적인 성격 때문에, 그 신문을 구독하는 독자들도 스스로 그러한 경향이 있다고 오해하는 사람이 적지 않았다. 하지만 내 기사는 그들에게 먹혀들지 않았다. 신문사에선 이를 덮기 위해서였는지, 그로부터 며칠 내내 시셀 쉬르체뵈에 관한 긍정적인 기사를 연속적으로 쏟아냈다.

어쨌거나 나는 좋기만 했다. 마침내 내 이름은 무명신문을 벗어나 유명신문에 찍히는 것으로 격상되었기 때문이다. 그다지 큰 의미가 있다고는 생각할 수 없지만, 그렇다고 무의미하다고도 할 수 없는

• 크나우스고르는 자갈돌(크나우스)과 농가 또는 들판(고르)을 의미하는 단어가 합쳐져 만들어진 이름이다.

일이었다.

기사가 실린 그 주의 주말에 윙베 형이 집에 들렀다. 우리는 할아버지 댁을 함께 찾았다. 할아버지를 방문 중이던 군나르 삼촌이 일어나 주방에 들어서는 나를 빤히 바라보았다.

"이게 누구야? 유명 인사님이 발걸음을 하셨네?"

나는 멍한 미소를 지어 보였다.

"넌 네가 누구라고 생각하니?"

삼촌이 말을 이었다.

"네가 얼마나 멍청한 바보로 보이는지 알고 있니? 아니, 네가 알리가 없지. 넌 스스로 아주 굉장한 사람이라 생각할 테니까."

"무슨 뜻인가요?"

나는 삼촌이 무슨 말을 하는지 너무나 잘 알고 있었지만, 모르는 척 되물었다.

"도대체 무슨 이유로, 네 의견만 옳고 다른 사람들의 의견은 틀렸다고 생각하는 거니? 너는 이제 겨우 열일곱 살의 고등학생에 불과해! 넌 아무것도 아냐! 그런데도 다른 사람을 판단하려 해. 그보다 더 멍청한 일이 어디 있겠니!"

나는 아무 말도 하지 않고 눈을 내리깔았다. 윙베 형도 마찬가지였다.

"시셀 쉬르체뵈는 온 국민의 사랑을 받는 예술가야. 음악성도 나무랄 데 없어. 그런데 네가 나서서 온 국민의 생각이 틀렸다고 말하고 있어! 네가 뭔데! 세상에!"

삼촌이 고개를 절레절레 흔들며 말했다.

나는 삼촌이 그처럼 화를 내는 모습을 한 번도 본 적이 없었다.

"어차피 집에 가려던 참이었어."

삼촌이 말을 이었다.

"만나서 반갑구나, 윙베. 아직 베르겐에서 공부하니?"

"네. 이번 가을엔 중국에 갈 거예요."

"그렇구나!"

군나르 삼촌이 말했다.

"더 큰 세상을 경험하는 것도 좋은 일이지!"

삼촌이 대문을 나선 후, 우리는 할머니 할아버지에게 시선을 돌렸다. 두 분은 아무 일도 없었다는 듯 식탁 앞에 앉아 있었다.

"난 네 의견에 동의해."

집으로 돌아가는 차 안에서 윙베 형이 내게 말했다.

"난 네 글이 아주 적절했다고 생각했어."

"물론이지!"

나는 웃음을 터뜨리며 이유를 알 수 없는 설렘과 흥분감에 몸을 맡겼다.

세실리아와 몇 시간 동안 전화 통화를 했다. 그녀는 그간 발레 연습을 많이 했다고 말했다. 나는 그녀가 의지력이 강하고 규칙을 중시하며, 별 어려움 없이 자라 활짝 열린 밝은 세상밖에 모르는 아이라고 생각했다. 하지만 그녀에게서도 닫힌 곳은 있었다. 침묵으로 스스로를 숨기려 하는 듯한 느낌. 나는 그 이유를 알 수 없었다.

주말이 되자, 나는 하이킹을 해서 그녀의 집에 갔다. 나는 그곳에 가면 친아들 같은 대접을 받았기에 그녀의 집에서 만나는 것을 더 좋아했다. 물론 윙베 형처럼 극진한 사랑을 받진 못했지만 내겐 과분할 뿐이었다. 어쩌면 세실리에와 나는 집안에서 막내와 둘째라는 입지 때문에 어른들의 눈에 그다지 진지하게 보이지 않았을 수도 있었다. 어쩌면 그들은 우리가 언니와 형을 흉내 내는 조무래기처럼 보였을지도 모른다.

하지만 우리는 조무래기라고는 할 수 없었다. 특히 단둘이 있을 때는 성인과 다를 바 없이 독립적으로 사고하고 행동했다. 가을은 점점 무르익기 시작했고, 우리는 이른 어둠 속에서 손을 잡고 산책을 했다. 세실리에는 여리면서도 강인했고, 열려 있으면서도 닫혀 있었으며, 들뜨고 까부는 것 같으면서도 깊고 진중한 면을 보여주었다.

어느 날 저녁, 우리는 과거 함께 다녔던 초등학교 앞으로 산책을 했다. 그녀의 집에서 그리 멀지 않은 곳이었다. 나는 열두 살 때까지 그 학교를 다녔다. 열일곱 살이 된 나는 지난 5년이 너무나 길었다고 느꼈다. 초등학교 때의 내 모습, 내가 했던 일 등을 하나도 기억할 수 없었기 때문이다.

학교 정문 앞에 이르자 과거의 기억이 마치 흐릿한 안개처럼 나를 덮쳤고, 동시에 어둡고 폭발적인 감정이 치솟아 올랐다. 나는 세실리에의 손을 놓고 학교 안으로 들어가 건물에 손을 짚어보았다. 온갖 감정이 뒤섞여 눈물로 흘러내렸다. 어린 시절의 기억이 한꺼번에 되돌아온 것만 같았다.

게다가 안개까지. 그렇다. 나는 안개를 사랑한다. 안개가 세상을 감싸안는 모습도 사랑한다.

게이르와 함께 안개 속에서 안네 리스벳과 솔베이의 주변을 뛰어다녔던 기억, 그 기억은 너무나 강렬하게 나를 덮쳤기에 온몸이 갈기갈기 찢어질 것만 같았다. 물에 젖은 자갈길, 습기로 반짝이는 나뭇잎, 끝없이 반짝이는 햇살.

"너도 이 학교를 다녔다고 생각하니 기분이 좀 이상해."

세실리에가 말했다.

"산네스 학교와 너를 연결지어 생각하기가 쉽지 않아."

"그건 나도 마찬가지야."

나는 다시 그녀의 손을 잡았다. 우리는 건물 담장을 따라 걸었다. 내 기억 속의 담장은 금방 지은 새 담장이었는데… 나는 걸으면서 쉴 새 없이 목을 쭉 빼서 여기저기 둘러보았다.

"우린 같은 시기에 학교를 다녔잖아?"

나는 축구장으로 향하는 완만한 언덕을 오르며 말했다. 내 기억 속의 그 언덕은 가파르기 그지없었다.

"응, 맞아. 네가 6학년이었을 때, 난 5학년이었어."

"그때 크리스틴은 8학년이었고, 윙베 형은 고등학교 1학년이었지."

"난 지금 고등학교 2학년이야."

그녀가 말했다.

"세상이 참 좁은 것 같아."

우리는 함께 소리 내어 웃으며 텅 빈 운동장을 가로질러 콩스하븐으로 향하는 자갈길을 걸었다. 몇 백 미터를 더 걸으니, 과거로 돌아간 듯한 느낌은 사라져버렸다. 마치 어린 시절을 담은 기억의 가장자리에 잠시 발을 들이밀었다가 다시 나온 것 같았다. 그런 경험은 이전에도 몇 번 해본 적이 있다. 그럴 때면, 과거의 풍경마저도 꿈에서 보듯 흐릿하게 다가왔다. 그럼에도 나는 그 풍경을 선명히 알아볼 수 있었다.

그날은 모든 것이 이상했다. 내가 그곳에서 윙베 형의 애인의 동생인 세실리에와 함께 서 있다는 것도 이상했고, 심지어는 집에 돌아와 어머니와 함께 일상을 엮어 나가는 것도 이상했다. 바깥에서의 내 삶과 너무나 명확히 구분되었기에 그랬던 것은 아닐까.

나는 또 다른 지역 라디오 방송국에서 일을 하기 시작했다. 이전 방송국보다 훨씬 규모도 컸고, 각종 기기도 모두 새것이었다. 녹음실도 말할 수 없이 훌륭했다. 그들은 내게 일을 해보지 않겠냐고 제안해왔다. 내가 그 제안을 거절할 이유는 하나도 없었다. 나는 여전히 숙十를 했고, 신문에 글을 실었으며, 점점 더 집 밖에서 생활하는 시간이 늘기 시작했다. 힐데, 에이릭, 라스와 만나지 않을 때는 에스펜과 그의 친구들과 함께 시간을 보냈으며, 가끔 얀 비다르와 만나기도 했다. 그 세상에 세실리에를 끌어들이기는 쉽지 않았다. 그녀는 나와는 너무나 다른 세상에 살고 있었다. 셸러렌에 앉아 술을 마실 때면 그녀는 너무나 먼 곳에 있는 사람처럼 느껴졌고, 그녀와 함께 앉아 있을 때면 말할 수 없이 가깝게 느껴졌다.

또 다른 문제를 들자면, 그녀가 너무 헌신적이었다는 것이다. 때문에 나는 원치 않은 일이었는데도 항상 그녀의 우위에 있는 듯한 느낌을 지울 수가 없었다. 그러면서도 나는 그녀 앞에 서면 한껏 작아지는 듯한 열등감도 느꼈다. 처음 몇 주에 불과했던 시간은 몇 달로 길어졌고, 결국 그녀는 물론 다른 어떤 여자들과도 잠자리를 할 수 없을 것이라는 두려움에 사로잡히게 되었다. 벗은 가슴 또는 부드러운 손길이 내 허벅지 안쪽을 단 한 번 스치는 것으로 족했다. 그러면 나는 그 일이 시작되기도 전에 사정을 해버렸던 것이다.

단 한 번도 예외가 없었다!

그녀 옆에 누워, 이미 나 혼자 일을 치러버렸다는 것을 숨기기 위해 아랫도리를 매트리스에 대고 그 수치스런 비밀을 숨기고자 얼마나 무진 노력을 했던가.

나는 그녀가 아직 어려 아무것도 이해하지 못하기를 바라고 또 바랐다. 물론 그녀는 어리고 순수했기 때문에 이해를 못 했을 수도 있

428

다. 하지만 그것이 영원히 계속될 수 없다는 것은 너무나 자명했다.

어느 날 저녁, 그녀는 어머니가 피임약을 먹는 게 어떻겠냐며 넌지시 제안했다는 말을 내게 해주었다. 그녀는 환한 미소를 띠며 설렘을 감추지 못하고 들뜬 목소리로 내게 그 말을 했다. 그때까지만 해도 아무 일 없었다는 듯 피해오기만 했던 나는 그 말에 화들짝 놀라 그녀에게서 빠져나갈 길을 찾기 시작했다. 물론 그녀와 함께 지내는 것은 나도 싫지 않았다. 하지만 우리에겐 더 큰 장애물이 있었다. 예를 들어, 우리가 다른 도시에서 살고 있다는 점. 나는 주말마다 그녀를 방문하기 위해 내 시간을 모두 써버리고 싶지 않았다. 그녀가 너무나 헌신적이라는 것도 내겐 문제로 다가왔다. 그녀는 나를 위해선 무슨 일이든 할 수 있는 사람이었다. 심지어는 나와 헤어져 집으로 돌아간 직후에 썼다는 편지에도 그리움이 흠뻑 묻어 있었다.

나는 그녀에게서 벗어나야만 한다고 생각했다.

12월 초, 어느 토요일 오전, 그녀가 우리 집에 왔다. 그녀의 부모님은 다음 날 그녀를 데리러 오기로 했다. 그들은 어머니와도 인사를 나누고 싶다고 했다. 그도 그럴 것이, 나의 어머니는 그들이 사랑하는 두 딸의 시어머니가 될 사람이었으니까. 그것은 우리의 관계에 도장을 찍는 것이나 다름없었다. 나는 그럴 마음이 전혀 없었다. 우리는 함께 산책했다. 자연 풍경은 얼음처럼 차갑고 딱딱하게만 보였다. 정원의 잔디에도 서리가 끼어 가로등 불빛에 반짝였다. 우리는 어머니와 함께 저녁을 먹은 후, 버스를 타고 칼레도니엔으로 갔다. 그녀는 빨간 원피스를 입고 있었다. 우리는 크리스 드 버그의 「더 레이디 인 레드」The Lady in Red에 맞추어 춤을 추었다. 나는 춤을 추며 그녀와 헤어져야겠다고 마음먹었다.

우리는 밤차를 타고 집에 돌아왔다. 손을 잡고 골목길을 걷는 동안, 그녀가 내게 몸을 바짝 붙여왔다. 현관에 들어선 우리는 외투를 벗었다. 나는 그녀에게 마음에 두고 있던 말을 해야겠다고 결심했다. 우리는 함께 계단을 올라갔다. 세실리에가 문을 열고 내 방으로 앞장 서서 들어갔다.

"어딜 가는 거니?"

그녀가 황당한 표정으로 나를 돌아보았다.

"자러 가려고."

"넌 저 방에서 자."

나는 윙베 형의 방을 가리키며 말했다.

"왜?"

그녀가 놀란 듯 눈을 휘둥그레 뜨고 말했다.

"우리 헤어져. 미안해. 더는 너랑 사귈 수 없어."

"지금 무슨 말을 하는 거야?"

"헤어지자고 말했어. 넌 오늘 저 방에서 자."

그녀는 내키지 않는 듯 천천히 윙베 형의 방으로 들어갔다. 나는 옷을 벗고 침대에 누웠다. 옆방에서 그녀의 울음소리가 들렸다. 나는 손가락으로 귀를 막았다.

다음 날은 가시방석에 앉은 것처럼 불편하기 짝이 없었다.

어머니는 세실리에가 왜 우는지 궁금해했지만, 직접 물어보지는 않았다. 우리도 먼저 입을 떼진 않았다. 얼마 후, 그녀의 부모님이 차를 타고 우리 집에 도착했다. 어머니는 그들을 위해 성대하게 음식을 준비했고, 우리는 함께 식탁에 둘러앉았다. 세실리에는 울어서 퉁퉁 부은 얼굴로 앉아 아무 말도 하지 않았다. 어머니와 그녀의 부모님은 대화를 나누었고, 나는 가끔 그들의 대화에 끼기도 했다. 그들도 물론 무언가 이상하다는 것을 눈치챘지만, 정확히 무엇 때문인지는 알지 못했다. 단지 우리가 말다툼을 했을 것이라 짐작했을 것이다.

우리는 단 한 번도 말다툼을 한 적이 없다. 우리는 항상 웃고 장난을 쳤으며, 입을 맞추고 산책을 하고, 함께 와인을 마시고 벌거벗은 채 누워 있곤 했다.

그녀는 부모님이 오자 울음을 그치고 말없이 음식을 먹었다. 그녀의 행동은 조심스러웠고, 부모님은 애처로운 눈길로 말없이 딸을 지켜보았다.

식사가 끝난 후, 마침내 그들이 집을 나섰다.

그들이 멀리 떨어진 아렌달에 산다는 것이 얼마나 감사한지 몰랐다. 윙베 형이 두 가족 사이에 놓은 다리는 우리 집과 아렌달 사이의 거리보다 훨씬 멀었다.

성탄절이 지난 후, 아버지가 전화를 했다. 평소와는 달리 목소리에 날카로움이 느껴지지 않았기에, 나는 아버지가 술을 마셨다고 짐작했다. 아버지는 자신의 목소리를 통제하지 못했다. 허공을 맴도는 듯한 느낌이었지만, 그렇다고 해서 평소와 크게 다르진 않았다.

"안녕하세요. 성탄절은 잘 보내셨어요? 아직도 카나리아 군도에 계시나요?"

"응, 여기 며칠 더 있을 거야. 노르웨이의 춥고 어둑어둑한 겨울에서 벗어날 수 있어 얼마나 좋은지 몰라."

"네."

"그건 그렇고, 우리에게 아이가 생길 거야."

아버지가 말을 이었다.

"운니가 임신했어."

431

"그래요? 언제 출산 예정인가요?"

"가을이 시작될 무렵."

"기쁜 소식이군요."

"그럼, 그렇지. 이제 네게도 동생이 생길 테니까."

"좀 이상할 것 같아요."

"이상할 건 하나도 없어."

"아니, 그런 뜻이 아니라… 동생과 나이 차이가 너무 많이 나는 것 같아서요. 게다가 한집에서 살지도 않을 테니까…"

"상관없어. 어쨌거나 네 동생이 생기니 기쁘지 않니? 너와 핏줄을 나눈 동생이니 그보다 더 가까운 사람은 없어."

"네."

어머니는 주방에서 상을 차리고 있었다. 커피머신이 작동하는 소리도 났다. 나는 한 손을 들어올려 팔뚝을 문질렀다.

"거긴 좋아요? 헤엄칠 만한 곳도 있나요?"

"물론이지. 우린 하루 종일 수영장에서 산다고 해도 과언이 아냐. 노르웨이의 춥고 어두운 겨울을 벗어날 수 있어서 얼마나 좋은지 몰라."

침묵이 흘렀다.

"네 어머니도 거기 있니?"

아버지가 물었다.

"네. 통화하시게요?"

"아냐, 아냐. 내가 네 어머니와 통화할 일이 뭐가 있겠니?"

"그건 저도 모르죠."

"그렇다면 처음부터 그런 멍청한 질문은 하지 말았어야지."

"네."

"이번 성탄절에도 쇠르뵈보그의 외갓집에 갔었니?"

"네. 그렇잖아도 방금 집에 돌아왔어요. 도착한 지 30분쯤 된 것 같아요."

"두 분은 아직도 살아계시니?"

"네, 그럼요."

"외할머니가 편찮으시다며?"

"네."

"너도 알다시피 그건 유전적인 병이야. 파킨슨이라고 했나?"

"그런가요?"

"맞아. 그러니까 너도 위험할 수 있어. 만약 네가 그 병에 걸리면 원인을 찾는 건 어렵지 않을 거야."

"아버지, 이제 저녁을 먹어야 해요. 나중에 다시 통화하면 안 될까요? 운니에게 축하한다고 전해주세요!"

"우리가 도착하면 너도 전화를 해. 너는 절대 먼저 전화하는 법이 없잖아."

"네, 그럴게요, 안녕히 계세요."

"그래, 너도 잘 지내라."

나는 전화를 끊고 주방에 갔다. 고양이는 식탁 밑에 누워 있었다. 식탁 가장자리로 털이 북슬북슬한 고양이의 꼬리가 보였다. 어머니가 냉동실에 보관해둔 빵을 오븐 속에 넣었다.

"집에 먹을 게 별로 없구나."

어머니가 말을 이었다.

"다행히도 냉동실에 있던 빵을 찾아냈어. 몇 개 먹을 거니?"

나는 어깨를 으쓱 추켜 보였다.

"네 개 정도…"

어머니가 빵을 한 개 더 넣고 오븐 문을 닫았다.

"누가 전화했니?"

"아버지 전화였어요."

나는 고양이 옆의 의자를 빼내어 앉았다.

"지금 카나리아 제도에 있다고 하지 않았니?"

어머니가 냉장고를 향해 걸어가며 말했다.

"네."

어머니가 냉장고에서 흰 치즈와 갈색 염소젖 치즈를 꺼내 작은 도마 위에 올린 후, 식탁 위로 옮겨왔다.

"무슨 말을 했니? 둘이 잘 지내고 있다고 하든?"

"특별한 이야기는 없었어요. 단지 대화를 나누고 싶었나봐요. 술에 좀 취한 것 같았어요."

어머니가 치즈 슬라이서를 흰 치즈 덩어리 위에 올려놓고, 커피를 잔에 따랐다.

"너도 마실래?"

"네."

나는 어머니를 향해 커피잔을 기울였다.

"그런데 아버지가 좀 이상한 말을 했어요. 파킨슨병은 유전병이라면서요? 그래서 저도 위험하다고 했어요."

"네 아버지가 그런 말을 했니?"

어머니가 내 눈을 바라보며 말했다.

"네, 정확하게 그렇게 말했어요."

나는 흰 치즈의 가장자리를 도려내 접시 위에 옮겨 담았다가, 마음을 바꿔 얼른 접시 위의 치즈를 싱크대 밑의 쓰레기통에 버렸다.

"그걸 정확하게 아는 사람은 없어."

어머니가 말했다.

"걱정 마세요. 제가 그런 말에 신경이라도 쓸 것 같아요?"

어머니가 의자에 앉았다. 나는 냉장고에서 주스를 꺼냈다. 용기 겉면에는 유통기한이 12월 31일이라고 적혀 있었다. 흔들어보니 주스가 얼마 남아 있지 않은 것 같았다.

"정말 네 아버지가 그렇게 말했니?"

어머니가 내게 되물었다.

"네. 너무 신경 쓰지 마세요. 아까도 말했지만, 아버진 술에 취해 있었어요."

"네 아버지가 네 외할아버지와 외할머니를 처음 만났을 때의 이야기를 해준 적이 있니?"

나는 고개를 저으며, 찬장 문을 열고 유리컵을 꺼냈다.

"네 아버지는 두 분에게서 깊은 인상을 받았단다. 특히 외할머니에게서 말야. 나중에 네 아버지는 외할머니가 우아하고 고상한 귀족 같다고 말했어."

"귀족 같다고요?"

나는 자리에 앉으며 컵에 주스를 따랐다.

"응, 네 아버지는 특히 외할머니 이야기를 자주 했지. 인간적 가치에 관한 이야기였단다. 아버지가 자랐던 환경과 비교했을 때, 네 외갓집은 비록 부유하진 않았지만 깊은 인상을 준다고 했어. 물론 우리 집도 가난하다고는 할 수 없었지. 항상 배를 곯지 않을 정도로 음식이 넉넉했고, 옷도 새 옷은 아니었지만 해진 옷을 입고 다니진 않았으니까. 그래, 가난한 건 아니었지만, 부유하지도 않았어. 적어도 네 아버지가 자랐던 환경과 비교하면 그렇다는 이야기란다. 두 분은 네 아버지가 익숙해 있던 방식과는 다르게 맞아들였어. 즉, 네 아버지를 한 인격체로 진지하게 대우해주었다는 것이지. 두 분은 네 아버지뿐만 아니라 모든 사람을 진지하게 받아들이고 존중했어. 그건 간단하고도 어려운 일이란다."

"그때 아버지는 몇 살이었나요?"

어머니가 미소를 지었다.

"우린 그때 둘 다 열아홉 살이었단다."

"참, 주스 드실래요?"

내가 어머니에게 물어보았다.

"아직 조금 남아 있어요."

"아냐, 네가 마셔."

나는 주스 용기를 비우고 쓰레기통으로 휙 던졌다. 그 소리에 고양이가 깜짝 놀라 몸을 일으켰다.

"네 아버지는 외할머니의 눈빛에 대해서 이야기한 적도 있단다."

어머니가 말을 이었다.

"아직도 기억해. 네 아버지는 외할머니의 눈빛에서 강인함과 부드러움을 동시에 보았다고 말했어."

"그건 맞는 말이에요."

"그래, 네 아버지는 다른 사람을 꿰뚫어보는 데는 일가견이 있었지."

"하지만 최근의 아버지를 본다면 그런 말씀은 못 하실 걸요?"

나는 주스를 마시며 말했다. 주스의 신맛에 절로 눈이 감겼다.

"바로 그 때문에 지금 내가 이런 말을 하는 거야. 네가 현재의 모습만 보고 아버지라는 한 인격체를 섣부르게 판단하지 않았으면 좋겠어."

"네."

오븐에서 김이 모락모락 새어나왔다. 얼마나 오래 빵을 구웠을 까? 6분? 7분?

"네 아버지는 참으로 많은 것을 가진 사람이란다. 나는 그가 함께 어울리는 사람들보다 훨씬 깊고 현명한 사람이라는 것을 내 눈으로 자주 보았어. 네 아버지의 문제점은 바로 그것이었어. 성장기에 자신을 알아주고 이해해주는 사람들을 만나지 못했던 것이지. 이해할 수 있겠니?"

"네, 물론이죠."

"그래."

"하지만 정말 어머니 말대로 아버지가 그토록 진중하고 현명한 사람이라면, 우리가 어렸을 때 우리에겐 왜 그렇게 대했을까요? 나는 아버지가 정말 두려웠거든요. 매일매일 아버지만 보면 숨도 못 쉴 것 같았어요."

"그건 나도 모르겠구나."

어머니가 말을 이었다.

"어쩌면 네 아버지는 혼란을 겪었을 수도 있어. 가장으로서, 아버지로서 요구되는 외면적인 것들과 자신의 내면 사이에서 균형을 잡지 못했던 것은 아닐까. 네 아버지는 큰 기대와 압박감 속에서 어린 시절을 보냈단다. 엄격한 규칙과 규율 속에서 자랐지. 나를 만난 후엔 내가 알게 모르게 그에게 요구했던 것이 있었을 거야. 바로 그 때문에 더 혼란스러웠으리라 생각해."

"네, 아버지도 그 비슷한 말을 한 적이 있어요."

"정말 그랬니?"

"네."

"만나면 그런 이야기도 하니?"

437

나는 미소를 지었다.

"꼭 그런 건 아니에요. 불평을 늘어놓는다고 하는 게 더 정확할 거예요. 그건 그렇고, 빵이 다 데워진 것 같아요."

나는 몸을 일으켜 식탁을 빙 둘러가서 오븐을 열고 김이 모락모락 나는 뜨거운 빵을 하나씩 꺼내 빵 광주리에 담은 후, 식탁 위에 올려놓았다.

"수많은 외적 규범과 커다란 내면적 혼란… 그게 어머니가 내린 진단인가요?"

어머니가 미소를 지었다.

"그렇게도 말할 수 있겠지."

빵칼로 자른 빵을 어머니에게 건네주었다. 내 몫의 빵에 버터를 바르자 하얀 빵 위에 버터가 사르르 녹아들었다. 염소젖 치즈 두 조각을 잘라 빵에 얹으니 그 또한 사르르 녹기 시작했다.

"그런데 왜 좀더 일찍 헤어지지 않았나요?"

"누구랑? 네 아버지랑?"

나는 입에 빵을 가득 넣고 대답 대신 고개를 끄덕였다.

"그건 나도 여러 번 생각해본 적이 있는 질문이야. 대답은 나도 모르겠어."

우리는 아무 말도 하지 않고 빵을 먹었다. 그날 아침까지만 해도 쇠르뵈보그에 있었다는 것이 믿기지 않았다. 너무나 오래전, 다른 세상의 일처럼 느껴졌다.

"그 질문에 어떤 대답을 해야 할지 모르겠구나."

어머니는 잠시 생각에 잠겼다가 말을 이었다.

"여러 이유가 있었겠지. 우린 성인이 된 후에 계속 함께 지냈기 때문에 연을 끊기가 쉽지 않았단다. 그리고 난 네 아버지를 좋아했고…"

"나는 이해할 수가 없어요. 하지만 어머니가 그렇게 말씀하시니…"

"네가 네 아버지에 대해 할 말이 많은 것은 나도 잘 알고 있단다. 하지만 그는 절대 함께 살기에 지루한 사람은 아니었어."

"네."

나는 자리에서 일어나 현관에 걸려 있는 재킷 주머니에서 담배를 가져왔다.

"샤르탄 삼촌은요?"

나는 다시 어머니에게 돌아와 질문을 던졌다.

"삼촌의 내면도 혼란으로 가득 차 있다고 생각하시나요?"

"너는 그렇게 생각하니?"

어머니가 되물었다.

"그렇지 않은가요?"

나는 종이를 꺼내 그 위에 타바코를 가지런하게 놓았다.

"그럴지도 몰라. 적어도 샤르탄은 항상 무언가를 추구하지. 평생을 그렇게 살아왔단다. 그리고 무언가를 찾았다고 생각하면 거기에 집중하지."

"공산주의적 사상을 말씀하시는 건가요?"

"그것도 한 예라고 할 수 있어."

"어머니는요?"

나는 담배를 종이에 돌돌 말며 말을 이었다.

"어머니도 무언가를 추구하는 쪽인가요?"

어머니가 웃음을 터뜨렸다.

"나? 아냐! 나는 살아남기 위해 살아왔다고 할 수 있어. 생존 그 자체를 추구하는 삶을 살아왔단다."

나는 풀칠이 되어 있는 종이 끝부분에 침을 발라 붙인 후, 불을 붙였다.

다음 날 저녁, 나는 학교 친구들과 모여 술을 마셨다. 술김에 낯선 집 지하실에서 맥주를 훔쳐 마시다가 쫓겨난 우리는 시내 쪽으로 발길을 옮겼다. 눈 쌓인 거리는 발걸음을 옮길 때마다 뽀득뽀득하는 소리를 만들어냈다. 일베가텐의 쉘 주유소에 이른 우리는 일행 중의 여자아이에게 말을 거는 땅딸한 남자를 향해 웃음을 터뜨리며 마구 놀려댔고, 노래를 지어 부르기도 했다.

"저기 그 남자가 오네, 뿡뿡뿡, 바보바바바보오바보바보."

그 남자가 몸을 돌리는 찰나, 나는 그의 엉덩이를 걷어찼다. 모두들 웃음을 터뜨렸다. 주유소 편의점에서 돈을 지불하고 밖으로 나오니, 그가 동료로 보이는 일행들과 함께 문밖에 서서 우리를 기다리고 있었다. 그의 동료는 우리보다 몸집이 훨씬 컸다. 생각도 못했던 일이었다. 주유기 앞에 서 있던 땅딸한 남자가 나를 가리켰다.

"바로 저 애야!"

몸집이 커다란 남자가 길을 가로막고 서서 나를 무섭게 째려보았다. 1초, 아니 2초 정도 지났을까. 그가 내 얼굴에 박치기를 했다. 나는 털썩 주저앉았다. 코에서 미지근한 피가 흘러내려 아스팔트 위를 적셨다. 방금 무슨 일이 일어났을까. 누가 내게 박치기를 했었나? 전혀 아프지 않았다.

내 등 뒤에서 하우크의 목소리가 들렸다.

"나는 이제 겨우 열여섯 살이에요!"

"나는 열여섯 살이라고요! 열여섯 살일 뿐이에요!"

440

나는 몸을 일으켰다. 그들이 아래쪽 길로 달리기 시작했다. 몸집이 커다란 남자가 하우크와 두 아이를 뒤쫓고 있었다. 남자가 칼을 휘두르기 시작했다. 나는 여자아이들에게 다가갔다. 다행히도 그 남자는 여자아이들을 위협하진 않았다. 마리안네가 어디에선가 두루마리 화장지를 가져왔다. 나는 화장지로 흘러내리는 코피를 닦았다. 얼마나 지났을까. 하우크와 함께 도망쳤던 아이들이 돌아왔다. 그들은 여전히 두려움에 떨고 있었다. 우리는 함께 편의점 안으로 들어가 경찰을 불러달라고 점원에게 부탁했다.

술기운에 들떴던 기분은 저녁빛과 함께 사라졌다. 아이들은 하나둘 집으로 돌아가려 했다. 나 혼자서 술을 더 마시자고 주장했다. 아이들은 고개를 저었다. 나는 할 수 없이 택시를 잡아타고 집으로 갔다. 택시 뒷좌석에 앉아 있으려니 코와 머리가 지끈지끈 아파오기 시작했다.

대문을 열자마자 윙베 형이 집에 와 있다는 것을 알 수 있었다. 현관에는 윙베 형의 짐과 커다란 장화가 있었고, 옷걸이에는 형의 외투가 걸려 있었다. 나는 형을 놀라게 해주려고 마음먹었다. 그 생각을 하자 재밌는 일이 벌어질 것 같은 생각에 가슴이 두근거렸다. 윙베 형의 방문을 열고 불을 켠 다음 "짠!" 하고 소리를 쳤다. 윙베 형이 깜짝 놀라 침대에서 몸을 일으켰다. 나는 웃음을 터뜨렸다. 통제력을 잃어버리고 눈물이 찔끔 날 정도로 웃고 또 웃었다. 윙베 형이 나를 빤히 쳐다보며 물었다.

"무슨 일이야? 네 코가 왜 그래?"

나는 웃느라 대답을 할 수 없을 정도였다.

"칼 오베, 어서 자는 게 좋겠다. 내일 아침에 이야기하자."

"중국에서 오는 길이야?"

나는 여전히 웃음을 참지 못하고 겨우 말을 했다. 형은 대답하지 않았다. 나는 방문을 닫고 내 방으로 들어갔다. 여전히 킥킥 터져나오는 웃음을 참지 못하며 옷을 벗고 침대에 누웠다. 몸을 움직일 때마다 방 전체가 나와 함께 움직이는 것 같았다. 머리를 베개 위에 고정시켰지만, 방 안의 물건들은 움직임을 멈추지 않았다. 정신을 집중했다. 잠에 빠졌다.

아침에 일어나니 온 얼굴이 지끈지끈 아팠다. 그제야 전날 밤에 무슨 일이 있었는지 기억할 수 있었다. 얼른 몸을 일으켰다.

윙베 형이 집에 왔다는 사실도 기억해냈다. 기분이 좋아졌다.

희미하게 장작 타는 냄새가 코를 찔렀다. 벽난로를 피우는 모양이었다. 어머니와 윙베 형의 목소리가 아래층에서 들려왔다. 주방에 앉아 아침 식사를 하는 것이 분명했다.

나는 서둘러 티셔츠와 바지를 입고 계단을 내려갔다.

두 사람이 나를 쳐다보았다. 윙베 형이 미소를 지었다.

"얼른 세수하고 올게."

나는 욕실로 들어갔다.

앗!

코가 비뚤어져 있었다. 콧부리에서부터 살짝 휘어진 것 같았다. 뿐만 아니라, 코 주변은 통통 부어 있었고, 마른 피가 더덕더덕 붙어 있었다. 나는 조심스레 얼굴을 씻고 다시 주방으로 갔다.

"어제 무슨 일이 있었니?"

윙베 형이 물었다.

"누가 내 얼굴에 박치기를 했어."

나는 의자에 앉아 빵을 접시에 담으며 말을 이었다.

"난 아무것도 하지 않았어. 주유소 편의점 앞에 있던 남자가 갑자기 내게 다가와 박치기를 하더라고. 심지어는 칼을 들고 나와 함께 있던 아이들을 위협하기도 했어. 그건 말 그대로 묻지 마 폭력이었어."

어머니는 한숨을 쉬었지만 아무 말도 하지 않았다. 윙베 형은 중국에 갔던 이야기를 늘어놓았다. 이미 내가 주방에 내려가기 전부터 하고 있던 이야기를 계속하는 것 같았다. 윙베 형의 이야기는 끝이 없었다. 나는 형의 이야기를 들으면서 중국인들이 크리스틴을 신기한 듯 바라보며 둘러싸는 모습을 상상해보았다. 그들에겐 금발의 소녀가 너무나 낯설게 보였으리라. 기차를 타고 시베리아 횡단을 하고 티베트의 동화 같은 정경을 보았던 두 사람이 부러워졌다. 거대한 황해, 초록으로 우거진 낭떠러지, 낯선 대도시와 값싼 호텔, 만리장성, 페리와 기차, 어딜 가나 사람들로 발 디딜 틈이 없는 도시, 개와 닭이 자유롭게 거니는 시골길, 눈과 얼음으로 뒤덮인 황량한 풍경.

이틀 후, 윙베 형은 빈딜 오두막에서 열리는 연말 파티에 갔다. 나는 새 옷을 입고 반짝이는 구두를 신고, 빌린 턱시도를 입고 바센의 집에 갔다. 그곳에는 한네도 있었다. 나는 보드카와 주스를 마셨고, 한네와 함께 춤을 추었다. 술을 더 마셨다. 그녀를 본 지 꽤 오래되었지만, 그녀에게 사귀고 싶다고 고백했다. 일종의 강박 관념 때문에 한 말이었다.

그녀는 웃음을 터뜨리며 내 말을 진지하게 들어주지 않았다. 기분이 나빠진 나는 술을 더 마시고 다른 여자아이들과 춤을 추었다. 자정이 되자 모두들 거리로 몰려들었다. 사람들은 0시 정각이 될 때까지 기다리지 못하고 몇 분 전부터 폭죽을 터뜨렸다. 여기저기 무리

443

를 지어 몰려다녔고, 소리를 지르고 포옹을 하기도 했다. 나는 한네를 바라보았다. 여전히 아름다웠다. 왜 나는 그녀와 함께 서서 그녀에게 포옹을 하지 못하는 걸까. 별안간 폭죽이 그녀의 발 앞에 떨어졌다.

사람들은 깜짝 놀라 소리를 질렀다.

나는 기회가 왔다고 생각했다. 그녀 앞으로 달려가 폭죽을 발로 힘껏 찼다. 그 순간, 폭죽이 내 발 앞에서 터져버렸다. 기분이 이상했다. 다리가 뜨끈뜨끈해졌다. 나는 아래를 내려다보았다. 찢어진 바지 사이로 피가 흘러내렸다. 신발에도 커다랗게 구멍이 뚫려 있었다! 나는 응급실에 가자는 사람들의 제안을 단호하게 거절했다. 누가 내게 다가와 피를 닦아주고 붕대를 둘러주었다. 나는 내가 글란 사령관*이라고 외쳤다. 나는 사랑하는 한네를 구하기 위해 몸을 던졌고 발을 다쳤다. 찢어진 바지를 입고, 피로 젖은 붕대를 한 채 그녀가 내 마음을 알아주었으면 하는 마음으로 그곳을 미친 사람처럼 뛰어다녔다.

"나는 글란 사령관이야! 글란 사령관!"

나는 구석진 곳의 의자에 홀로 앉아 훌쩍훌쩍 울기도 했던 것 같다. 너무나 희미한 기억이었기에 실제로 그랬는지는 장담할 수 없다. 적어도 새벽 5시쯤 집으로 돌아온 것은 기억할 수 있었다. 택시 운전사에게 골목길의 우체통 앞에 세워달라고 말했다. 대문 앞까지 가면 어머니가 자동차 소리에 잠을 깰까봐 두려웠기 때문이다. 나는 찢어진 바지와 구멍난 신발을 옷장 깊숙한 곳에 숨겨놓고 잠에 들었다. 다음 날 오후, 나는 붕대를 풀어 비닐봉지에 넣은 다음 쓰레기통

* 함순의 소설 『판』에 등장하는 주인공.

에 던져넣고, 상처를 씻었다. 상처는 생각보다 깊었다. 소독약을 바른 후, 배가 터질 정도로 늦은 아침을 먹었다.

우리는 홀로 삶을 살지 않는다. 그러나 우리와 함께 삶을 사는 주변인들을 항상 눈여겨보고 배려하진 않는다. 아버지는 북부 지방으로 이사를 갔다. 아버지의 얼굴과 목소리, 화난 듯한 눈초리와 불같은 성격을 물리적으로 가까이 할 수 없는 상황이 되자, 아버지도 내 삶에서 사라져버렸다. 가끔 전화 통화로 아버지의 목소리를 들으면 내 속에 자리하고 있던 일종의 불편함과 불쾌함이 슬며시 머리를 들곤 했다. 그것은 아버지를 향한 나만의 느낌이었을 뿐, 아버지와 함께 나누었던 느낌이라고는 할 수 없었다.

훗날 나는 아버지가 카나리아 제도에서 전화를 걸었던 그해 성탄절을 전후해 남긴 메모를 읽어보았다. 수첩 속에서 볼 수 있는 아버지는 자신의 삶을 살고 있던 독립적인 존재였다. 바로 그 때문에 아버지의 메모를 읽는 것이 너무나 아팠다. 아버지가 내 느낌과 감정 속에 존재하는 사람이 아니라, 아버지도 살아 있는 한 생명체로서 그의 삶을 누렸던 존재라는 사실을 깨달았기 때문이었다.

아버지의 수첩을 찾아낸 것은 윙베 형이었다. 장례식 이후 몇 주가 지난 날, 윙베 형은 커다란 트럭을 빌려 크리스티안산으로 가서 차고에 있는 아버지의 유품을 정리했고, 아버지가 세상을 떠나기 전 몇 년 동안 살았던 오슬로로 가서 그곳에 남아 있는 유품도 함께 가져왔다. 윙베 형은 아버지의 유품을 한데 모아 스타방게르로 가져와 다락방에 모아놓았다. 나는 형의 제안을 받아들여 아버지가 남긴 물건들을 함께 살펴보기로 했다.

1998년 어느 가을날 저녁, 윙베 형이 전화를 했다. 아버지의 유품을 싣고 고속도로를 달리던 형은 별안간 아버지가 살아 있다는 느낌에 머리가 쭈뼛 섰다고 말했다.

"아버지의 유품을 트럭에 가득 싣고 달리던 중이었지. 문득 그런 내 모습을 본다면 아버지가 불같이 화를 낼 거라는 생각이 들었어. 너무나 기분이 이상했단다. 난 그때, 아버지가 나를 뒤따라오고 있다고 확신했어."

"나도 가끔 그럴 때가 있어."

내가 말을 이었다.

"전화벨이 울릴 때마다 또는 누가 우리 집 초인종을 누를 때마다, 나는 그게 아버지라는 생각을 하곤 해."

"어쨌든…"

윙베 형이 말을 이었다.

"난 아버지가 남긴 일기장을 찾았어. 그건 일기장이라기보다는 메모에 불과해. 아버지는 1986년부터 1988년까지 매일 짧은 메모를 남겼어. 너도 한번 읽어봐."

"아버지가 일기를 썼다고?"

"아니, 일기라기보다는 메모에 불과했어."

"뭐라고 적혀 있었는데?"

"직접 읽어봐."

며칠 후, 나는 윙베 형을 방문해 아버지가 남긴 물건의 대부분을 함께 버리고, 아버지의 고무장화와 망원경, 식기 세트, 책 몇 권은 내가 가져왔다. 고무장화는 10년이 지난 지금도 내가 사용하고 있으며, 망원경은 지금 내가 글을 쓰고 있는 책상 위에 놓여 있다. 아버지의 수첩도 함께.

1월 7일 수요일.

일찍 일어남. 5시 30분. 몸이 찌뿌둥함.

찬물로 샤워함.

푸에르토리코에서 오는 6시 30분 버스. 술을 한 모금 마셨음.

공항. 워크맨 구입. 비행기 출발 시간은 9시 30분. 출발 시간이 지연됨.

16시 40분, 크리스티안산에 도착. 오슬로행 비행기는 17시 05분. 비행기를 탈 수 있을지 걱정됨.

알타 도착. 하랄젠과 만남. 락셀브 경유. 영하 31도.

택시로 집에 도착. 얼음장 같은 집. 면세점에서 구입한 술로 몸을 녹임. 피곤했던 하루.

1월 8일 목요일.

아침에 겨우 몸을 일으켰음. 하랄젠에게 전화해서 결근하겠다고 알림. 견딜 수 없는 숙취. 하루 종일 침대에 누워 있었음.『뉴스위크』를 읽어보려 했지만 마음처럼 안 됨. 텔레비전만 들여다봄. 내일은 일하러 갈 수 있을까?

1월 9일 금요일.

아침 7시에 일어남. 몸이 찌뿌둥해 겨우 아침을 먹었음.

학교. 겨우 3교시 수업까지 할 수 있었음. 설사. 점심시간에 HK에게 말하고 조퇴함. 집에서 약럼과 콜라 복용. 술이 얼마나 큰 도움이 되는지… 조용한 오후와 저녁 시간. 저녁 뉴스를 보면서 잠에 듦.

1월 10일 토요일.

늦잠. 쉐리 한 잔. 저녁 파티에서 파란색 스미노프를 마심.

1월 11일 일요일.

아침에 눈을 뜨자마자 하루 종일 찌뿌둥할 것 같은 불길한 예감. 그 예감은 빗나가지 않았음!

1월 12일 월요일.

어젯밤 잠을 설침. 환청을 들으며 밤새 뒤척임. 학교 출근. 영어 수업. 몸이 찌뿌둥해서 너무나 힘들었음. 저녁 수업 때문에 스트레스를 받음.

1월 13일 화요일.

밤새 뜬눈으로 뒤척임. 내 몸은 술 없이는 견디지 못하는 것일까. 출근.

1월 20일 화요일.

어젯밤 잠을 제대로 자지 못했음. 수면제를 먹지 않으면 잠을 잘 수 없음. 1시간 30분 수면. 수업을 할 수 없다는 생각에 다시 결근. 저녁에 홍어를 먹음. 내가 가장 좋아하는 음식. 저녁 식사 직후 잠시 눈을 붙임. 저녁 10시에 일어남. 새벽 3시까지 서류 정리. 한밤중에 일어나 일하는 것이 습관처럼 되어버렸음.

아버지의 메모는 이런 식으로 계속되었다. 아버지는 주말마다 술을 마셨고, 시간이 흐를수록 평일에도 술을 마시는 일이 늘어났다.

술을 끊어보려 노력한 흔적도 보였다. 며칠이나 몇 주 동안 술을 마시지 않았던 적도 있었지만, 그때마다 밤잠을 이루지 못했고, 안절부절못했으며, 환청까지 경험했다. 가끔 술의 유혹을 이기지 못해 와인 전매점이나 가게에서 맥주를 사들고 집에 오는 날이면, 아버지의 혼란스런 내면은 다시 균형을 찾는 것 같았다.

3월 4일 수요일 메모에는 윙베, 칼 오베, 크리스틴이라는 이름이 적혀 있었다. 우리는 겨울방학*을 맞아 함께 아버지를 방문했다. 여행 경비는 아버지가 지불했다. 운니는 자신의 아들 프레드릭도 함께 초대했다. 나는 크리스티안산에서 베르겐까지 크리스틴과 함께 비행기를 타고 갔다. 나는 적지 않이 당황했고 불편하기까지 했다. 그녀의 동생 세실리에와 있었던 일 때문이었다. 하지만 그녀는 아무 말도 하지 않았고, 나를 조심스레 대해주었다. 우리는 베르겐에서 윙베 형과 만나 함께 트롬쇠까지 비행기를 탔다. 트롬쇠에 도착한 우리는 작은 경비행기를 타고 아버지가 사는 도시로 향했다.

발밑의 풍경은 황량하기 그지없었다. 집도 몇 채 보이지 않았다. 목적지에 도착하니, 비행기는 마치 먹이를 발견한 독수리처럼 거의 수직으로 착륙했다. 순식간에 비행기 바퀴가 활주로에 닿았고, 우리 몸은 앞좌석 쪽으로 튕겨나갔다.

비행기에서 내린 승객들은 나란히 줄을 지어 공항 건물 안으로 들어갔다. 구름이 잔뜩 낀 추운 날이었다. 눈으로 뒤덮인 산 중턱에는 여기저기 거뭇거뭇한 점이 보였다. 너무나 가팔라서 눈이 내려앉아 쌓이질 못했던 것이다.

아버지는 도착 장소에서 우리를 기다리고 있었다. 공식적인 장소

* 노르웨이의 겨울방학 기간은 3월 초 약 일주일 동안.

에 나온 사람처럼 뻣뻣하기 그지없었다. 우리에게 여정이 어땠냐고 물어보았지만, 대답을 원하진 않았다. 아버지는 떨리는 손으로 차 키를 꽂아 시동을 걸고 핸드브레이크를 풀었다. 시내까지 향하는 황량한 안갯길을 운전하며, 아버지는 단 한 마디도 하지 않았다. 니는 아버지의 손을 바라보았다. 그 손은 기어에 얹고 있을 때는 전혀 떨림이 없었지만, 기어에서 손을 떼기만 하면 바들바들 떨렸다.

아버지는 시내 외곽의 바다가 보이는 집 앞에서 차를 세웠다. 그 동네는 70년대 건물로 가득했다. 아버지와 운니는 2층 전체를 세내어 살고 있었고, 거실에는 커다란 베란다가 연결되어 있었다. 창문에는 여기저기 하얀 얼룩이 묻어 있었다. 나는 그것이 소금기를 머금은 바닷물 때문이라고 생각했다. 바다는 그곳에서 몇 백 미터나 떨어져 있었지만 대문을 열어준 운니는 미소를 지으며 우리를 차례차례 포옹해주었다. 거실 의자에 앉아 텔레비전을 보고 있던 소년은 프레드릭이 분명했다. 우리가 거실에 들어가자, 그가 몸을 일으켜 인사를 건넸다.

우리는 미소를 교환했다.

그는 짙은 색의 머리에 키가 큰 소년이었고, 마치 그 집이 자기 집인 양 매우 자연스럽게 행동했다. 그가 자리에 앉은 후, 나는 현관으로 나가 배낭을 가져와 주방문 앞에 내려놓았다. 아버지를 흘낏 바라보았다. 아버지는 냉장고 옆에 서서 맥주를 벌컥벌컥 마시고 있었다.

운니는 우리가 묵을 방으로 안내했다. 나는 내가 묵을 방에 짐을 가져갔다. 다시 거실로 돌아오니, 탁자 위에는 빈 술병이 하나 놓여 있었다. 아버지는 두 병째 맥주를 마시며 트림을 했다. 손등으로 수염에 묻은 맥주 거품을 닦아내며 나를 돌아보았다.

뻣뻣하고 부자연스럽던 아버지의 모습은 어느새 사라지고 없었다.

"칼 오베, 배고프니?"

아버지가 물었다.

"네. 하지만 서두르실 필요는 없어요. 저녁은 천천히 준비하셔도 돼요."

"비프와 레드 와인을 사놨어. 새우를 먹고 싶으면 새우를 먹어도 좋아. 알다시피 이곳에서 잡히는 새우는 살이 굉장히 많단다."

"둘 다 좋아요."

아버지가 냉장고에서 새 맥주병을 꺼냈다.

"방학 때 마시는 술이라 그런지 맛이 훨씬 좋구나."

아버지가 말했다.

"네."

"너도 식사가 시작되면 맥주를 마셔도 돼."

"네. 고맙습니다."

윙베 형과 크리스틴이 소파에 나란히 앉았다. 그들은 낯선 곳에 발을 들인 사람들이 그러하듯 호기심 어린 눈으로 주변을 둘러보았다. 그러면서도 두 사람은 끊임없이 서로를 챙겨주었다. 직접적으로 눈을 마주치는 일은 별로 없었지만, 애인들에게서 흔히 볼 수 있는 배려를 느낄 수 있었다. 크리스틴은 밝고 자연스러웠으며, 그러한 그녀의 태도 때문에 윙베 형도 안정감을 느끼는 것 같았다. 윙베 형의 얼굴에선 그녀와 함께 있을 때만 나타나는 어린아이 같은 홍조도 볼 수 있었다.

프레드릭은 맞은편 의자에 앉아 윙베 형과 크리스틴이 묻는 말에 수줍은 듯 대답만 했다. 그는 나보다 한 살 어렸고, 오슬로에서 자신의 아버지와 함께 살며 여가 시간에는 축구를 자주 한다고 했다. 낚시에 관심이 많았고 U2와 더 큐어The Cure를 좋아한다고 덧붙였다.

나는 자리를 옮겨 그의 옆에 앉았다. 소파 뒤편의 벽에는 아버지가 어머니와 이혼을 하며 가져간 시그발젠의 그림이 걸려 있었다. 양쪽 벽에도 집에서 가져간 그림이 한 점씩 걸려 있었다. 구석진 곳의 소파와 탁자에는 아버지의 사무용품이 자리하고 있었고, 바닥에는 카펫이 깔려 있었다. 다른 가구들은 운니의 집에서 보았던 것들이었다.

아버지가 소파에 앉아, 한 팔을 운니의 어깨에 둘렀다. 다른 한 손으로는 맥주병을 쥐고 있었다. 나는 그 자리에 윙베 형과 크리스틴이 함께 있어 다행이라고 생각했다.

아버지는 윙베 형에게 여러 질문을 던졌지만, 형은 무뚝뚝하고 짧게 대답했다. 크리스틴은 분위기를 누그러뜨리려 아버지에게 그곳의 생활과 학교에 관해 이런저런 질문을 던졌다. 그녀의 질문에 대답한 사람은 운니였다.

잠시 후, 아버지는 프레드릭에게 관심을 돌렸다. 아버지의 태도는 밝고 호의적이었지만, 프레드릭에게선 말투와 행동에서 거부감을 느낄 수 있었다. 그는 아버지를 싫어하는 것이 틀림없었다. 마치 어린아이에게 말을 거는 듯, 아버지의 꾸민 목소리를 좋아하는 사람은 아무도 없었다. 물론 아버지는 운니를 생각해 그렇게 말하는 것이 분명했다.

프레드릭은 여전히 무뚝뚝하게 대답했다. 아버지는 잠시 멍하니 앞만 바라보았다. 운니가 차분하고 상냥한 어조로 프레드릭을 살짝 꾸짖자, 그는 불편한 듯 몸을 비비 꼬았다.

아버지는 꼼짝도 하지 않고 한참 동안 술만 들이켰다. 갑자기 자리에서 일어나 바지를 추어올린 아버지가 주방으로 가서 저녁 식사를 준비하기 시작했다. 우리는 운니와 함께 거실에 앉아 대화를 나누었다. 8시쯤 저녁 식사가 시작되었다. 아버지는 술에 취해 있었고, 분위기를 띄우기 위해 농담을 하기도 했지만, 그러면 그럴수록 분위기는 어색해지기만 했다. 특히 프레드릭은 그 자리가 너무나 불편한 것 같았다. 우리는 그런 아버지의 모습에 익숙했기 때문에 크게 개의치 않았지만, 그런 바보 같은 아버지에게 어머니를 빼앗겼다고 생각하는 프레드릭의 기분을 충분히 이해할 수 있었다.

아버지는 한동안 아무 말도 하지 않고 멍하니 앉아 있었다. 얼굴에는 불쾌한 표정으로 가득했다. 갑자기 아버지가 몸을 일으켜 침실로 들어가 버렸다. 운니가 서둘러 아버지의 뒤를 따랐다. 침실에서 그들의 목소리가 들렸다. 잠시 후, 두 사람은 아무 일도 없었다는 듯다시 거실로 나왔다. 그들은 휴가를 이용해 다녀왔던 여행지에 관한이야기, 여행사와 관련된 갈등 등을 늘어놓았다. 아버지는 여행지에서 쓰러진 적이 있었다. 갑자기 방에서 쓰러져 구급차를 타고 병원에 다녀온 아버지는, 그것이 심장 질환 때문이었다고 말했다.

아버지는 여행사 가이드를 고발했다. 아버지는 가이드와 갈등을일으켜 말다툼을 여러 번 했을 뿐 아니라, 함께 단체관광을 간 다른여행자들과도 호텔에서 말다툼을 했다. 아버지는 그들 모두가 자신을 괴롭히기 위해 단단히 벼르고 있었다고 말했다. 바로 그 때문에심장마비를 일으켰다는 것이 아버지의 주장이었다. 아버지는 이틀동안 병원에 있다가 퇴원했다. 아버지는 당시의 사진도 보여주었다. 그중에는 불쾌해서 눈을 돌리고 싶은 사진도 몇 장 있었다. 테라스에서 찍은 사진들, 낯선 여행객이 카메라 렌즈를 향해 주먹을 흔드는 사진들. 도대체 무슨 일이 있었던 것일까.

"이걸 좀 봐. 얼마나 화를 내고 있는지. 멍청한 사람들 같으니. 군나르와 다르지 않아."

"군나르 삼촌은 왜요?"

윙베 형이 물었다.

"군나르? 그래, 내가 얘기해주지. 군나르는 여름 내내 엘베가텐의 우리 집을 드나들며 몰래 우리 근황을 살폈단다. 시도 때도 없이 와서 내가 술을 마시는지 감시했어. 자기가 세상에서 가장 올바르게 사는 사람이라 믿는 모양이야. 쳇! 군나르가 내게 뭐라고 했는지 아니? 술을 좀 줄이라고 하더군. 아니, 어떻게 자기 형에게 그런 말을 할 수 있지? 난 성인이야. 군나르는 내 주먹 한 줌 가치도 안 돼. 아니, 성인이 된 후에도 자기 집 정원에서 맥주 한 병을 제대로 마실 수 없다는 게 말이나 되니? 군나르는 선을 넘었어. 게다가 네 할아버지 할머니에겐 쉴 새 없이 아첨을 하고 꼬리를 흔들어. 왜 그런지 알아? 네 조부모가 소유한 별장을 염두에 두었기 때문이야. 그 별장을 물려받고 싶었던 거라고. 항상 그 별장을 마음에 들어 했어. 결국엔 별장을 손에 넣었지. 군나르는 가족에게 독을 뿌리는 존재야."

나는 아무 말도 하지 않고 윙베 형과 눈빛만 교환했다.

어떻게 하면 그처럼 존재의 바닥으로 추락할 수 있을까. 두 사람은 형제다. 군나르 삼촌은 아버지의 동생이지만 부끄럼 없는 삶을 살고 있다. 그의 아이들도 아버지를 두려워하지 않는다. 그들을 만날 때마다 나는 느낄 수 있었다. 그들의 눈에선 두려움이라곤 전혀 볼 수 없었다. 오히려 아버지를 향한 사랑과 신뢰를 볼 수 있었다.

군나르 삼촌은 형을 생각해 술을 줄이라고 조언해주었다. 친동생이 아니면 누가 그런 말을 할 수 있단 말인가. 내가 할 수 있다고? 하하! 그리고 할아버지의 별장도 마찬가지다. 형제 중에서 그 별장을 찾아가 묵은 사람은 군나르 삼촌밖에 없었다. 삼촌은 별장이 자리한 그곳의 자연을 사랑했지만, 아버지는 달랐다. 만약 아버지가 별장을 물려받았다면, 그 즉시 팔았을 것이다.

아버지는 술에 취하면 항상 그렇듯 입을 멍하니 벌린 채 흐릿한 눈빛으로 앉아 있었다.

"중국에서 찍어온 슬라이드 필름은 내일 보여드릴게요."

욍베 형이 말했다.

"벌써 시간이 많이 늦었으니까요."

"슬라이드 필름?"

아버지가 되물었다.

"중국에서 찍은 거예요."

욍베 형이 대답했다.

"아, 그렇지. 너희들 중국에 다녀왔지?"

운니가 기지개를 켰다.

"난 이제 자야겠어."

"나도 곧 자러 갈게."

아버지가 우리를 돌아보며 말을 이었다.

"하지만 먼저 우리 아들들과 이야기를 좀 해야겠어. 오랜만에 아버지를 보겠다고 먼 길을 왔으니까."

운니가 아버지의 머리를 쓰다듬은 후 침실로 들어갔다. 침실 문이 닫히자마자 프레드릭도 자리에서 일어났다.

"안녕히 주무세요."

"너도 자러 가려고? 넌 임신한 몸도 아닌데 뭐가 그렇게 피곤해?"

아버지가 크게 웃음을 터뜨리며 말했다.

나는 프레드릭과 눈을 마주치며 눈썹을 추켜올렸다. 나도 그의 생

455

각과 같다는 것을 은연중에 알리고 싶었던 것이다.

"저도 피곤해요."

크리스틴이 말을 이었다.

"긴 여행 때문인지 바닷바람 때문인지 평소보다 더 피곤하네요. 모두들 잘 주무세요!"

거실에는 남자 셋만 남아 침묵을 지켰다. 아버지는 허공을 바라보며 맥주를 한 병 비우고 다시 냉장고에서 맥주를 꺼내왔다. 나는 취하진 않았지만, 술기운이 스멀스멀 올라오는 것을 느낄 수 있었다.

"오랜만에 모였구나."

아버지가 말했다.

"네."

"예전에도 이렇게 앉아 있곤 했었지. 윙베, 칼 오베… 튀바켄에서 살았던 때를 기억하니? 우린 매일 주방에 이렇게 앉아 아침을 함께 먹었잖아."

"우리가 어떻게 그때를 잊을 수 있겠어요?"

윙베 형이 말했다.

"그래… 하지만 나도 그 당시엔 나름대로 힘들었단다. 너희들도 그것만큼은 알아줬으면 좋겠구나."

아버지가 말했다.

"힘든 삶을 사는 사람들은 많이 있어요."

윙베 형이 말했다.

"하지만 자신의 삶이 힘들다고 자식들에게 화풀이를 하는 사람은 별로 없어요."

"그래, 그래."

아버지가 훌쩍이기 시작했다.

"너희들과 함께 앉아 있으니 너무나 행복하구나."

"괜히 감성에 빠질 필요는 없잖아요?"

윙베 형이 말을 이었다.

"평상시처럼 대화를 나누면 안 될까요?"

"운니의 몸에서 새 생명이 자라고 있어. 생각해보렴. 그 아이는 너희들의 동생이 될 거야."

아버지가 미소를 지으며 눈물을 닦고, 맥주를 비운 후 담배를 말았다.

나는 윙베 형과 눈을 마주쳤다. 절망적인 상황이었다. 아버지에게서 벗어날 방법을 찾을 수 없었다.

"저는 이만 자러 갈게요."

윙베 형이 말했다.

아버지는 아무 말도 하지 않았다. 나는 아버지를 혼자 남겨두고 싶지 않아 잠시 더 앉아 있었다. 하지만 아버지는 말없이 가만히 앉아 있기만 했다. 말을 할 기미도 보이지 않았다. 단지 멍하니 허공만 바라볼 뿐이었다. 결국 나도 몸을 일으켜 침실로 들어갔다.

다음 날 아침 식사를 한 후, 나는 윙베 형, 크리스틴, 프레드릭과 함께 시내에 갔다. 해가 뜨기 전이었기에 칠흑같이 어두웠고 바람 부는 거리에는 눈이 쌓여 있었다. 우리는 밴드 이야기를 나누며 교감을 했고, 신마저 포기한 듯한 이런 도시에서 어떻게 사람이 살 수 있는지 의아해하며 수다를 떨었다. 집 안에서만 살 수는 없지 않은가. 프레드릭은 그곳에서 멀지 않은 곳에 수영장이 있다고 하면서 저녁에 그곳에 가보자고 제안했다. 집에 돌아오니, 운니도 좋은 생각이라고 말해주었다.

"아주 좋은 생각이야!"

거실에서 맞장구를 치는 아버지의 목소리가 들렸다.

"난 몇 년 동안 수영장에 한 번도 못 가봤어."

"그럼, 당신도 애들과 함께 다녀오세요!"

운니가 말했다.

"그럴까?"

나는 프레드릭이 내켜 하지 않는다는 것을 알고 있었지만, 아버지와 함께 가도 나쁠 것은 없다고 생각했다. 하지만 저녁이 되려면 한참이나 기다려야 했다. 운니는 우리를 수영장까지 태워주었다. 아버지는 맥주를 두 병이나 마셨기 때문에 운전을 할 수 없었다. 우리는 탈의실로 들어가 벤치에 앉았다.

아버지가 옷을 벗기 시작했다.

나는 얼른 고개를 돌렸다. 이전에는 단 한 번도 옷을 벗는 아버지의 모습을 본 적이 없었다. 아버지와 같은 공간에서 그처럼 사사롭고 개인적인 일을 해본 적도 없었다. 아버지는 바지를 벗어 개어놓고 그 위에 양말을 동그랗게 뭉쳐 올려놓은 후, 벤치에 앉아 셔츠의 단추를 풀기 시작했다.

얼굴이 달아올랐다. 아버지가 속옷을 벗는 순간, 눈을 어디에 두어야 할지 알 수 없어 당황했다.

나는 아버지의 벌거벗은 모습을 단 한 번도 본 적이 없었다. 아버지의 몸에 눈길이 닿는 순간, 나는 어쩔 줄 몰라 안절부절못했다.

아버지가 나를 바라보며 보일 듯 말 듯한 미소를 지었다.

순간 눈앞이 캄캄해졌다. 내게 던지는 아버지의 미소 외에는 아무것도 보이지 않았다. 아버지가 몸을 돌리고 수영복을 입었다.

나도 수영복을 입었다. 우리는 함께 탈의실을 나섰다.

집에 돌아오니, 운니가 저녁으로 퐁듀를 준비해 우리를 기다리고 있었다. 아버지는 레드 와인 한 병을 혼자 다 마셨다. 식사 후, 윙베 형과 크리스틴은 중국에서 찍어온 슬라이드 필름을 운니가 학교에서 빌려온 프로젝터를 통해 우리에게 보여주었다. 두 사람은 사진을 보며 신나게 설명했지만, 아버지는 전혀 관심을 보이지 않았다. 나는 윙베 형이 짜증을 낸다고 생각했다. 형이 아버지를 포기하는 게 나을 것이라 말해주고 싶었다.

프레드릭은 아버지가 묻는 말에 매번 비꼬는 말투로 무뚝뚝하게 대답했기에 아버지는 화를 내며 그를 꾸짖었다. 그렇기 때문에 운니가 불같이 화를 내며 침실로 들어가 버렸다. 아버지가 운니의 뒤를 따랐다. 잠시 후, 침실에서 두 사람이 큰 소리로 말다툼하는 소리가 들려왔다. 우리는 아무렇지도 않은 척 거실에 앉아 있었다. 잠시 후, 아버지가 거실에 나와 아무 말도 하지 않고 술을 벌컥벌컥 마셨다. 갑자기 아버지가 우리에게 흐리멍덩한 미소를 지어 보였다. 프레드릭에겐 다음 날 낚시하러 가자고 제안하기도 했다.

"내 아들들은 낚시에 관심이 없거든."

아버지가 수첩에 적은 메모 중에서 내가 정확하게 기억하는 것은 그날뿐이었다. 아마, 난생처음으로 벌거벗은 아버지를 보았기에 그날의 기억이 더욱 강렬하게 남아 있었던 것이리라.

아버지의 수첩에는 그날의 일이 이렇게 적혀 있었다.

3월 6일 금요일.

K.O., 프레드릭과 함께 수영장에 감.

오랜만에 수영을 하니 기분이 이상했음. 집에 돌아와 퐁듀를 먹고 윙베가 중국에서 찍어온 슬라이드 필름을 보았음.

대화. 과할 정도의 술. 말다툼. 운니가 화를 내며 알람시계를 던져 고장냈음.

기분이 그다지 좋지 않음.

그곳에서의 마지막 날, 나는 다른 이들이 모두 잠자리에 든 후에도 혼자 거실에 앉아 있었다. 담배를 피우고, 차를 마시며 책을 읽었다. 운니와 아버지의 사진첩을 꺼내들었다. 그들이 여행지에서 찍은 이상한 사진들을 다시 살펴보고 싶었다. 앨범 제일 뒷장에 몇 장의 종이가 끼워져 있었다. 그중에는 여행사에서 아버지가 입원했던 병원에 의뢰해 전달받은 서류도 있었다. 거기에는 아버지의 심장마비 원인이 과도한 약물 복용과 술 때문이라고 적혀 있었다.

온몸에서 피가 빠져나가는 것 같았다.

과도한 약물 복용?

도대체 아버지는 어떤 약을 복용했던 것일까?

나는 서류를 더 뒤져 보았다. 지난봄에 있었던 재판과 관련된 서류가 보였다. 그것은 크리스티안산의 버스 터미널에서 보안요원과 몸싸움을 한 것과 관련된 재판이었다. 문득 아버지가 예전에 그 이야기를 해주었던 기억이 어렴풋이 났다. 보안요원에게서 위협을 받았다고 했던가. 하지만 나는 그 일로 재판까지 한 것은 전혀 모르고 있었다. 아버지는 재판에서 패소했고, 재판 비용을 모두 물어주어야만 했다.

도대체 아버지는 어떤 식으로 삶을 살아왔던 것일까.

나는 사진첩을 제자리에 꽂아놓고 양치를 한 다음 방으로 들어갔다. 옷을 벗고 침대에 누운 후, 불을 끄고 베개에 머리를 파묻었다.

잠이 오지 않았다. 다시 일어난 나는 거실의 모퉁이 탁자 위에 있는 전화기를 들고 한네의 번호를 눌렀다.

나는 가끔 한밤중에 그녀에게 전화를 하곤 했다. 그녀의 아버지가 전화를 받으면 말없이 끊을 참이었지만, 그런 일은 없었다. 한네의 방 옆에도 전화기가 있었기 때문에, 밤에 전화가 오면 항상 그녀가 먼저 받았기 때문이다. 그날도 마찬가지였다.

우리는 거의 한 시간 동안 통화를 했다. 나는 그곳에서 있었던 일을 그녀에게 이야기해주었다. 가을이 시작될 무렵 내게도 동생이 생길 것이라는 이야기, 새로 태어날 아이와는 어떻게 지내게 될지 궁금하다는 이야기, 그리고 아버지와 윙베 형, 크리스틴의 이야기도 늘어놓았다. 그녀는 내 이야기에 귀를 기울였고, 내가 농담을 하면 웃어주기도 했다. 마음이 가벼워지기 시작했다. 우리는 다가올 졸업 시험과 내가 결석했던 이야기, 그녀가 속한 합창단, 졸업을 하면 무엇을 할지에 관해서도 대화를 나누었다.

별안간 침실 문이 열리며 아버지가 모습을 드러냈다.

"전화를 끊어야겠어. 안녕."

나는 얼른 수화기를 내려놓았다.

"뭐하는 짓이야!"

아버지가 소리쳤다.

"지금 몇 신줄 알아?"

"죄송합니다."

나는 최대한 목소리를 낮추어 말했다.

"전화를 사용해도 된다고 누가 말했어? 얼마나 오랫동안 통화를 한 거야?"

"한 시간…"

"한 시간? 한 시간 동안 전화를 하면 요금이 얼마나 많이 나오는지 알긴 알아? 나는 너희들이 여기까지 올 수 있도록 비행기 값도 지불해주었어! 그 대가를 이런 식으로 치르다니! 어서 들어가! 지금 당장!"

나는 흐르는 눈물을 보이지 않으려고 고개를 푹 숙이고 방으로 들어갔다. 심장이 세차게 뛰었다. 두려움이 온몸을 감쌌다. 바들바들 떨며 바지를 벗기 위해 한쪽 다리를 추켜올렸다.

나는 아버지가 잠들기를 기다린 후, 다시 거실로 나왔다. 종이와 봉투, 펜을 찾아 아버지에게 짧은 메모를 남겼다.

'허락 없이 전화를 써서 죄송합니다. 여기 제가 사용한 통화 요금이 있습니다.'

나는 봉투 속에 메모지와 함께 100크로네 지폐 한 장을 넣고, 겉면에 아버지의 이름을 쓴 후 책장 속에 꽂아놓았다. 내가 집으로 돌아간 후에 아버지가 발견할 수 있도록.

나는 집에 있을 때면, 아버지가 전화를 할 때를 제외하고선 아버지 생각을 거의 하지 않았다. 그렇다고 문제가 사라진 것은 아니었다. 나는 어느새 이중적인 삶을 살기 시작했던 것이다. 저녁에 어머니와 함께 앉아 차를 마시며 대화를 나누고, 함께 음악을 듣고 텔레비전을 보거나, 각자의 일을 하는 것을 좋아했지만, 저녁에 시내에 가서 술을 마시며 노는 것도 좋아했다. 나는 운전면허가 없었고, 버스는 자주 다니지 않았기 때문에 어머니는 말만 하면 차를 태워주겠다고 했다. 아무리 늦어도 전화만 하면 당장 데리러 가겠다고 말했다. 전화를 하면, 그로부터 한 시간쯤 후에 차문을 열고 앉기만 하면 되었다.

어머니는 내가 술을 마시는 건 괜찮다고 했지만, 취한 모습을 보이는 건 그다지 좋아하지 않았다. 그래서 나는 술을 많이 마신 날에는 어머니에게 전화를 하지 않았다. 대신, 그날 밤은 친구 집에서 자고 다음 날 어머니에게 전화를 했다. 친구들 중에는 운전면허를 딴 아이들도 상당히 많았다. 가끔은 그들의 차를 타고 집으로 갈 때도 있었고, 택시나 야간버스를 타기도 했다. 어머니는 내가 집에 올 때까지 뜬눈으로 기다리지 않았다. 나를 신뢰했기 때문이었다.

집에 있을 때의 내 행동으로 미루어 본다면 어머니가 나를 신뢰할 이유는 충분했다. 그렇다고 내가 어머니 앞에서 위선적으로 행동했다는 말은 아니다. 어머니 앞에서의 내 모습도, 힐데와 함께 있을 때의 내 모습도 진실된 것이었고, 에스펜이나 카타에 사는 친구들과 함께 술을 마실 때의 내 모습도 진실된 것이었다. 하지만 그 두 진실은 조화를 이루며 양립할 수 없는 것이었다.

내가 어머니에게 숨기는 것은 그것뿐만이 아니었다. 예를 들어, 어머니는 내가 시도 때도 없이 결석하는 것을 몰랐다. 한 번 결석을 하니 그 횟수는 점점 더 많아졌고, 시간이 흐르니 학교에 가는 날보다 가지 않는 날이 더 많았다. 그날도 학교에 가지 않고 집에서 쉬고 있었다. 예정보다 이른 시간에 퇴근한 어머니는 집에서 빈둥거리는 나를 발견했다. 어머니는 학교엔 무슨 일이 있어도 가야 한다고 말했다. 학교는 매우 중요하며, 삶에서 그 중요한 부분을 간과해선 안 된다고 꾸짖었다. 어머니는 내가 매우 엄격한 아버지 밑에서 자랐다는 것을 잘 알고 있었기에 내게 최대한 자유를 주려고 노력했지만, 나는 그런 어머니의 의도를 이용하고 있을 뿐이라 말하기도 했다. 나는 학교라는 것이 일종의 규칙일 뿐이라며, 삶에서 그리 중요하다고 생각지 않는다고 대꾸했다. 어머니는 내 의견을 존중하지만 일단 학교에 다니는 동안만큼은 학교에서 요구하는 책임과 의무를 다해야 한다고 말했다.

"약속할 수 있겠니?"

"네."

내 답은 그렇게 했지만, 나는 약속을 지키지 않았다. 결석하는 것을 어머니에게 더 잘 숨겼을 뿐이다. 담임선생님은 나를 잘 이해해 주는 마음이 넓은 사람이었다. 소풍을 가던 날, 내 옆자리에 앉아 내가 힘든 시기를 보내고 있다는 것을 잘 안다고 말하기도 했다.

"칼 오베, 내가 도울 수 있는 것이 있다면 언제든 주저하지 말고 말해. 대화가 필요하다면 나를 찾아. 알았지?"

다음 순간, 나는 치솟는 눈물을 애써 참아야만 했다. 하지만 그도 오래가지 않았다. 내가 결석을 그토록 자주 했던 것은 학교나 가정생활이 힘들어서가 아니라, 단순히 학교에 가지 않고 시내를 돌아다니거나 카페에서 사람을 만나거나, 라디오 방송국에 들르거나, 음반을 구입하거나, 집에 드러누워 책을 읽는 것이 훨씬 좋았기 때문이다. 나는 대학에 가지 않겠다고 일찍부터 결심했다. 우리가 학교에서 배우는 것은 무의미할 뿐이며, 그보다 더 중요한 것은 삶을 원하는 방식대로 즐기며 사는 것이라 생각했다. 어떤 이들은 일을 하며 사는 삶을 더 좋아하지만 반면 일을 하지 않고 사는 삶을 더 좋아하는 사람들도 있다. 물론 일을 해서 돈을 벌어야 한다는 것은 나도 잘 알고 있다. 나도 일을 하긴 해야겠지만, 매일 밤낮으로 일을 할 필요는 없지 않은가. 나는 내 몸과 영혼을 잡아먹는 틀에 박힌 일은 죽어도 하기 싫었다. 판에 박힌 삶을 살다가 중년에 이르러 울타리 너머의 이웃과 나의 삶을 몰래 비교하는 그런 삶을 살고 싶진 않았다.

그것만큼은 하기 싫었다.

문제는 돈이었다.

어머니는 아버지가 떠난 후 홀로 가정을 꾸리기 위해 일을 훨씬 더 많이 했다. 간호학교에서 학생들을 가르치는 일 외에도 주말이나 방학이 되면 병원에서 대리근무를 하기도 했다. 문제는 집이었다. 아버지와 함께 소유했던 집에 혼자 살게 되었으니 아버지 몫의 지분을 떼어주어야 했기 때문이다. 게다가 갚아야 할 주택 융자금도 많이 남아 있었다.

나는 그런 일에는 관심이 없었다. 나는 신문사에서 받는 돈과 아버지가 다달이 보내오는 양육비를 내 용돈으로 썼고, 용돈을 다 써버리면 어머니에게 돈을 구걸했다. 가끔 어머니는 내게 돈을 쓰는데 무엇이 중요한지 모른다고 꾸짖기도 했다. 밑창이 해진 너저분한 신발을 신고 다니면서 주말에 새 음반을 석 장이나 사오는 나를 보고 답답해했던 것이다.

"신발은 물건에 불과해요. 음악을 물질적인 것과 비교할 수는 없잖아요. 음악은 영혼이에요. 우리 인간이 필요로 하는 것은 바로 그런 것이에요. 어머니 말씀대로 중요한 것을 우선순위에 두는 것은 현명한 일이에요. 우리에겐 저마다 중요한 것이 있어요. 사람들은 새 옷, 새 신발, 새 자동차, 새집, 새 캠핑카, 새 별장, 새 보트를 중요한 것이라 생각하지만 나는 아니에요. 나는 책을 사고 음반을 구입해요. 책을 읽지 않고 음악을 듣지 않는다면 이 세상의 삶이 어떻게 될지 생각해보셨어요?"

"그래, 그래. 어떤 면에서 보면 네 말도 맞아. 하지만 밑창이 다 떨어진 신발을 신고 다니면 불편하지 않니? 그리 좋아보이지도 않는구나."

"그렇다면 어머니는 제가 뭘 어떻게 하길 바라세요? 저는 돈이 없

465

어요. 오늘은 제가 가지고 있는 돈으로 제가 더 중요하다고 생각하는 음악에 투자를 했을 뿐이에요."

"이번 달에는 좀 여유가 있어. 내가 새 신발을 사줄게. 하지만 다음부터는 좀 규모 있게 살도록 해라. 알았지?"

"네. 고맙습니다."

나는 그날 시내에 가서 할인매장에서 파는 운동화를 한 켤레 샀다.

부활절에는 내가 속한 축구팀이 스위스로 훈련 캠프를 갈 예정이었다. 나도 너무나 가고 싶었지만, 비용이 만만찮았다. 어머니는 미안하다며 이번에는 캠프에 보내줄 형편이 안 된다고 말했다. 어쩔수 없는 일이었다. 내겐 돈이 없었으니까.

출발 일주일 전, 어머니가 탁자 위에 돈을 내려놓았다.

"지금이라도 합류할 수 있겠니? 너무 늦지 않았나 모르겠구나."

나는 코치에게 전화를 해보았다. 그는 지금 합류해도 문제없다고 말했다.

"정말 잘됐구나!"

어머니도 나처럼 기뻐했다.

출발 며칠 전, 나는 오래전부터 생각해온 프린스에 관한 글과 그의 새 앨범 「사인 오브 더 타임스」에 관한 평론을 썼다. 내가 봐도 너무나 잘 쓴 글이었기에 모두들 봐주었으면 좋겠다고 생각했다.

출발하는 날이 되었다. 우리는 버스를 타고 덴마크와 독일을 경유해 스위스로 갈 예정이었다. 도중에 면세점에 들러 맥주를 사 마셨기에 분위기는 말할 수 없이 좋았다. 버스가 호텔에 도착했을 때 나는 비외른, 외게, 엑세와 함께 내렸다. 버스는 세리에 A 경기를 보려는 나머지 아이들을 태우고 이탈리아 국경 쪽으로 향했다. 우리는 축구 경기를 보기보다는 호텔 바에 앉아 술을 마시고 싶었다.

축구 경기를 본 아이들은 밤 10시쯤 호텔에 도착했다. 우리는 이미 술을 거나하게 마신 후였기에 들떠 있었지만, 그들은 피곤하다며 모두들 잠자리에 들었다.

나는 비외른과 같은 방을 썼다. 5층에 있는 우리 방은 그때까지 내가 묵었던 그 어떤 방보다 훨씬 좋았다. 심플하고 현대적인 가구, 거울과 카펫. 우리는 각자 맥주병을 손에 들고 침대에 누웠다. 시각은 11시밖에 되지 않았다. 시내로 나가볼까? 축구팀은 밤 10시 이후에는 모든 활동을 중단하고 11시 전에는 취침을 해야 했다. 하지만 우리의 행동을 감시하는 사람은 없었다. 우리는 조금 더 기다려 보았다. 복도에서 코치나 팀원을 만날 수도 있으니까.

우리는 살금살금 호텔 밖으로 나가 택시를 잡아타고 '다운타운'이라고 중얼거린 후, 등을 기댄 채 불빛이 반짝이는 낯선 번화가로 향했다. 운전사는 커다란 광장 앞에서 택시를 세웠다. 우리는 요금을 지불하고 택시에서 내렸다. 커다란 건물 안에서 음악 소리가 들려왔다. 건물 입구에는 건장한 체격의 남자가 지키고 있었다. 우리는 건물 안으로 들어가 보았다. 안쪽에는 디스코텍과 바, 카지노가 있었고, 무대 위에선 아름다운 여인들이 스트립쇼를 하고 있었으며, 테이블 사이로는 최소한의 복장을 한 아름다운 여인들이 돌아다니면서 서빙을 하고 있었다.

비외른과 나는 서로를 마주 보았다. 이곳은 뭐하는 곳일까. 이처럼 환상적인 곳이 존재하다니!

우리는 그곳을 돌아다니며 쉴 새 없이 눈을 돌렸다. 술을 마시며 무대 앞에 서서 스트립쇼도 보았다. 알고 보니, 무대 위에서 쇼를 하던 여인들은 자신의 순서를 마친 후 아래쪽으로 내려와 테이블을 돌아다니면서 서빙을 하고 있었다. 즉, 무대 위의 여인들과 테이블 사이의 여인들이 동일 인물이었던 것이다. 무대 위를 바라보던 우리는 다음 순간 무대 위에 있던 여인이 우리 옆에 서 있어서 깜짝 놀랐다.

우리는 디스코텍과 나란히 자리한 서로 다른 종류의 바에도 차례차례 들러보았다. 검은색 양복을 입은 남자들과 파티 드레스를 입은 여자들이 룰렛 게임을 하는 곳도 둘러보았다. 정처 없이 발걸음을 옮기던 우리는 커다란 홀로 향하는 이중문 앞에 멈춰 섰다. 그곳에는 하얀 유니폼을 입은 웨이터들이 쟁반에 와인잔과 음식을 담아 돌아다니는 가운데, 옷을 잘 차려입은 사람들이 무리 지어 서서 담소를 나누고 있었다.

우리는 그 누구와도 말을 하지 않고 술만 마시다가 새벽 3시 30분에 호텔로 돌아왔다. 그리고 6시간 후에 시작된 첫 훈련에서 정신없이 뛰어다니다가 방으로 들어와 두 시간쯤 낮잠을 잤다. 저녁을 먹고 바에서 맥주를 마신 후, 우리는 다시 택시를 타고 어제와 같은 장소로 갔고, 다음 날 새벽이 될 때까지 꿈을 꾸듯 멍한 상태에서 여기저기 돌아다녔다.

다음 날은 알프스산에 올라가 스키를 탔다. 그 또한 꿈만 같았다. 하늘은 눈부시게 파랬고, 햇살은 화창했다. 눈길을 돌리는 곳마다 하얀 눈으로 뒤덮인 산봉우리가 보였다. 스키를 신은 발을 덜렁거리며 승강기를 타고 산꼭대기로 올라갔다.

갑자기 사방이 고요해졌다. 마치 다른 공간, 다른 시간 속으로 들어온 것 같았다. 갑자기 가슴이 벅차올랐다. 나를 둘러싼 정적은 거대한 바닷속의 정적을 닮았고, 모든 기쁨이 그러하듯 조금의 아픔도 포함하고 있었기 때문이다.

저 높은 곳에 자리한 정적 아래쪽은 아름다움으로 가득 차 있었다. 문득 그 속에 서 있는 나를 제3자의 눈으로 바라보게 되었다. 아니, 갑자기 내 본연의 모습을 되찾았다고 해야 할까. 나의 도덕적 내면이 아니라 단지 그곳에 내가 서 있다는 사실만으로도 강렬한 존재감을 느꼈던 것이다. 사실 나의 도덕적 내면은 나와는 아무 상관 없는 것이 아니었던가. 그때 그곳에서 저 높은 곳으로 천천히 이동하고 있는 내 몸, 이 모든 것을 경험하고 난 다음에 언젠가는 죽어 사라질 내 몸.

나는 집으로 돌아가는 버스 안에서 잠에 빠졌다. 눈을 뜨니 머리가 지끈지끈 아팠다. 바에서 맥주를 마시고 저녁을 먹은 후, 다시 맥주를 몇 병 더 마셨다. 그날 저녁엔 모두들 호텔 옆에 있는 디스코텍에 갈 예정이었다. 우리는 거기에서 새벽 1시까지 춤을 추며 놀았다.

술에 거나하게 취한 나는 만나는 사람들마다 말을 걸었다. 디스코텍에서 나온 나는 비외른과 함께 지붕 위로 기어 올라갔다. 그것은 높다란 탑을 닮은 전형적인 스위스식 지붕이었다. 우리는 땀을 뻘뻘 흘리며 기어 올라가 꼭대기에 이르렀다. 그 높이는 저 아래 사람들이 모여 있는 주차장에서부터 약 30미터는 족히 되는 것 같았다.

우리는 바들바들 떨리는 다리로 몸을 지탱하고 끝없이 펼쳐진 밤을 향해 목청이 터지도록 소리를 지른 후, 다시 아래로 내려왔다. 지상에 거의 이르렀을 무렵, 남자 둘이 플래시를 켜고 우리 쪽으로 다가왔다. 플래시의 불빛이 어둠을 갈랐다.

'폴리차이.'

그들이 우리 발아래에 멈춰 섰다. 그중 한 명이 신분증을 내보였다. 데릭이라는 이름을 본 우리는 키득키득 코웃음을 쳤다. 우리는 땅으로 껑충 뛰어내렸다. 코치가 우리에게 다가왔다. 독일어를 잘했던 그가 두 경찰관에게 전후 사정을 설명했다. 경찰들은 미심쩍은 표정을 지었지만, 우리를 놓아주었다.

저 멀리서 시니어 팀 선수 한 명이 우리를 향해 다가왔다. 그는 우리가 매일 저녁 시내에 가서 술을 마시고 지붕 위에 올라가는 것을 지켜보았다고 말하며, 우리가 매우 용감하다고 추어올렸다. 자기도 우리 나이 때에 그처럼 객기를 부려보고 싶었지만 용기를 낼 수 없었다며 우리가 존경스럽다는 말까지 했다.

그렇다. 그는 우리에게 존경스럽다고 말했다.

그가 자취를 감춘 후, 나는 비외른에게 내 귀를 믿을 수가 없다고 속삭였다.

"나도 그래."

비외른이 맞장구를 쳤다.

"우리가 그런 말을 듣다니… 기분이 나쁘진 않은걸."

비외른이 나를 쳐다보았다.

"젠장, 경찰이 우리를 불러 세우기까지 했어. 폴리짜이! 폴리짜이!"

우리는 함께 웃음을 터뜨렸다. 문득 시니어 팀의 선수가 한 말이 떠올랐다. 그는 우리가 매일 밤 시내에 가서 술을 마시며 논다는 것을 알고 있었다. 그렇다면 축구팀 전체가 다 알고 있을지도 모른다. 조금 두려워졌다. 하지만 걱정한다고 해결될 일은 아니었다. 생각할 수 있는 최악의 상황은 팀에서 쫓겨나는 일일 것이다. 하지만 우리는 개의치 않았다. 어차피 실력도 없는 5부 리그 팀이니까. 게다가 앞으로 루스 파티*도 있을 테니 문제될 것은 하나도 없었다.

---

* 노르웨이에서 졸업을 앞둔 고등학생들이 5월경 한 달 가까이 파티를 하며 즐

호텔로 돌아오자, 우리 팀 일원이 한데 모여 있었다. 시니어 팀의 선수 중에는 애인을 데려오기도 했다. 비외른은 외란의 애인인 아만다에게 다가가 말을 걸었다. 그녀는 스물다섯 살이었다. 비외른이 그녀를 꾀려는 것일까? 여기서?

내 짐작은 빗나가지 않았다. 사람들이 하나둘 방으로 돌아가자, 비외른도 어디론가 사라졌다. 나는 혼자 방에 돌아와 옷을 입은 채 침대에 누워 잠이 들었다. 잠시 후, 비외른이 나를 흔들어 깨우는 바람에 눈을 떴다.

"아만다가 왔어."

비외른이 나직하게 속삭였다.

"잠시 자리를 비켜줘. 30분이면 돼."

나는 잠에서 미처 깨지 못해 멍한 얼굴로 일어났다.

"알았어. 창문 밖에 나가 있을게."

나는 창문을 열며 말했다.

"그리로 나가려고? 미쳤어? 여긴 5층이야. 잊고 있었니?"

"아냐. 괜찮아."

창문을 빠져나간 나는 벽돌 창틀 위로 조심조심 발을 내디뎠다. 머리 위에서 누군가가 비명을 지르는 소리가 들렸다. 나는 아래쪽 난간에 발을 얹고 위쪽 난간을 두 손으로 꽉 붙든 채 한 발 한 발 조심스레 옮겼다. 비외른이 창문 밖으로 머리를 쑥 내밀고 나를 바라보았다.

"관둬. 얼른 돌아와."

"아만다가 오기로 했다며. 여기 있다가 30분 뒤에 들어갈게."

기는 시기.

그가 나를 흘낏 바라보더니 황급히 창문을 닫았다. 나는 아래쪽을 내려다보았다. 호텔 출입문 앞에 자리한 커다란 분수대가 보였다. 분수대 옆에는 열린 광장이 있었고, 그 끝에는 주차장이 있었다. 호텔 주위에는 벽돌담이 둘러져 있었다. 사람은 하나도 보이지 않았다. 그도 그럴 것이 시각은 새벽 3시였으니까.

나는 천천히 옆방 쪽 창문으로 다가갔다. 커튼이 내려져 있어서 방 안을 들여다볼 수는 없었다. 나는 다시 우리 방 창 옆으로 되돌아가 고개를 쑥 내밀고 방 안을 들여다보았다. 두 사람은 비외른의 침대에 누워 서로의 몸을 더듬고 있었다. 둘의 다리는 서로 엉켜 있었고, 비외른의 손은 그녀의 치마 속에서 움직이고 있었다. 나는 얼른 한 발짝 옆으로 물러서 아래쪽을 내려다보았다. 여전히 텅 비어 있었다. 얼마나 거기 서 있었을까. 10분? 나는 난간을 붙들고 있는 한쪽 손을 놓고, 재킷 주머니를 뒤져 담배와 라이터를 꺼냈다. 간신히 담뱃갑에서 한 개비를 꺼내 입에 물고 조심조심 불을 붙였다. 불이 붙은 담배는 저 아래쪽의 아스팔트를 배경으로 이글이글 불타는 눈동자처럼 보였다. 나는 옆걸음질을 쳐서 창문 앞으로 간 다음, 창문을 똑똑 두드렸다. 비외른이 벌떡 일어났다. 아만다도 몸을 일으켰다. 비외른이 창가로 다가왔다. 아만다는 방문을 열고 나갔다. 비외른이 몸을 돌렸다. 그녀를 따라 나가려다 말고 화가 잔뜩 난 표정으로 창문을 열었다.

"5분! 5분도 더 못 기다리면 어떡해?"

"5분이 남았는지 10분이 남았는지 내가 어떻게 알아? 게다가 내가 보기엔 아무런 진전도 없는 것 같던데."

"봤어?"

"아냐. 농담했어. 잠이 와서 견딜 수가 없었어. 너도 잠을 좀 자야

472

하지 않겠니. 내일 외란과 마주칠 것을 대비해 준비를 해야 하잖아."

비외른이 코웃음을 쳤다.

"외란은 아만다가 바람을 피울 거라고는 생각도 못 했을 거야."

"난 외란이 참 괜찮은 사람이라고 생각했어."

"그건 나도 마찬가지야."

비외른이 말을 이었다.

"하지만 아만다는 괜찮은 사람 이상이라고."

그가 웃음을 터뜨렸다. 나는 침대에 눕자마자 스스로 던진 질문의 대답을 찾기 전에 잠들었다. 왜 아만다는 비외른에게 넘어갔을까. 도대체 비외른이 무엇을 어떻게 했기에.

루체른에서의 마지막 날 저녁, 버스가 시동을 켜놓고 입구에서 우리를 기다리고 있었다. 우리는 저녁을 먹고 함께 시내로 나갈 예정이었다. 목적지는 비밀에 부쳐졌다. 버스에서 내리고 보니, 그곳은 바로 우리가 매일 저녁 드나들었던 카지노 건물이었다. 주니어 팀의 선수들은 놀란 표정으로 입을 쩍 벌리고 돌아다녔지만, 그곳에 이미 익숙해 있었던 비외른과 나는 자연스럽고 당당하게 스트립쇼가 진행되는 홀에 들어가 화이트 와인을 마셨다.

"아만다가 전화번호를 줬어."

비외른이 말했다.

"집에 도착하면 전화하래."

"그 여자도 정신이 나갔군. 너 같은 애에게? 그건 그렇고, 아만다는 외란과 헤어진 거야?"

비외른이 고개를 저었다.

"아냐, 두 사람은 계속 사귀고 있어. 그런데 넌 내 일에 조금도 기뻐하지 않는구나?"

"아냐, 기뻐. 기쁘다고. 아만다는 꽤 예쁘잖아."

"꽤 예쁘다고? 무슨 소리야? 말할 수 없이 예뻐. 게다가 스물네 살이라고!"

우리는 와인을 비우고 여기저기 돌아다녔다. 잠시 후, 비외른이 어디론가 사라졌다. 나는 혼자 돌아다니다가 커다란 이중문 앞에 이르렀다. 문득 그 안에 들어가보고 싶은 충동이 생겼다.

"여기서 무슨 일이 벌어지고 있나요?"

나는 안경을 낀 땅딸한 대머리 남자에게 물어보았다.

"컨퍼런스가 열리고 있어요."

"누구를 위한 컨퍼런스인가요?"

"생물학자들이죠."

"흥미롭군요!"

말을 마친 그가 어디론가 사라졌다. 나는 주변을 둘러보다가 작은 탁자 앞에 사람들이 모여 있는 것을 발견했다. 며칠 전보다 훨씬 많은 수의 사람들이었다. 탁자 위에는 녹색의 작은 카드가 여러 개 놓여 있었다. 탁자 앞으로 다가가 카드를 자세히 들여다보니, 그것은 카드가 아니라 이름표라는 것을 알 수 있었다. 나는 그중 한 개를 집어들고 내 재킷의 옷깃에 꽂은 다음 이중문 안으로 들어갔다. 그곳은 연단을 중심으로 수많은 의자가 반원형으로 자리한 커다란 컨퍼런스 홀이었다. 한 남자가 연단 위에 서서 말을 시작했다. 그의 등 뒤에 있는 프로젝터에선 사진이 바뀌어가며 등장했다. 좌석은 반쯤 채워져 있었다. 나는 빈자리를 찾아 안쪽으로 들어갔다. 사람들은 마치 극장에서처럼 내게 길을 내어주기 위해 의자에서 일어났다. 나는 의자에 앉아 다리를 꼬고 연단을 뚫어지게 바라보았다.

474

"어떻게 생각해?"

나는 혼잣말로 나직이 중얼거렸다.

"정말 흥미롭군!"

나는 거의 20분 동안이나 연단 위의 사람과 청중석에 있는 사람들을 번갈아가며 쳐다보았다. 마이크를 통해 홀 안을 쩌렁쩌렁 울리는 목소리는 마치 짜증나는 기억처럼 내 머릿속을 휘저었다. 자리에서 일어난 나는 디스코텍으로 되돌아갔다. 주니어 팀 선수들 대부분은 스트립쇼를 보고 있었다. 나도 그곳으로 들어가 보았다. 외계가 나를 발견하고 다가왔다.

"돈 좀 빌려줄 수 있어?"

"얼마나 필요한데? 나도 돈이 많지는 않아."

"1,000크로네. 그 정도 돈을 가지고 있니?"

"1,000크로네로 뭘 하려고?"

"사실은 2,000크로네가 필요해. 샴페인 한 병을 사려고…"

"샴페인 한 병에 2,000크로네나 한다고? 미쳤어?"

"저 여자들 중 한 명에게 아주 비싼 술을 사주면, 그 여자와 대화를 할 수 있다고 들었어. 만약, 내가 샴페인을 사게 된다면 너도 끼워줄게."

"정말?"

"그럼, 내가 거짓말하는 줄 알았어? 돈만 있다면 할 거야! 그건 그렇고, 돈을 빌려줄 거야 말 거야?"

그가 주변을 두리번거리면서 말을 이었다.

"부탁이야. 2,000크로네만 빌려줘. 난 지금까지 단 한 번도 섹스를 해본 적이 없거든. 열여덟 살인데도 섹스를 못 해봤다고. 너희들은 해봤잖아. 하지만 난 한 번도 못 해봤어. 2,000크로네만 있으면

475

할 수 있어. 부탁이야. 제발! 제발!"

그가 내 앞으로 무릎을 꿇고 두 손을 모으며 애원하듯 나를 쳐다보았다. 나는 그가 진심이라는 것을 이해할 수가 없었다.

"한 번만 여자랑 자보고 싶어. 내가 원하는 건 그것밖에 없어. 이제 눈앞에 기회가 왔는데 놓칠 수는 없잖아. 상대방이 매춘부라도 괜찮아. 여기 있는 여자들은 모두 하나같이 너무너무 예뻐. 칼 오베, 부탁이야. 내게 자비를 베풀어줘. 하랄! 엑세! 비외른! 칼 오베!"

"난 돈이 많지 않아. 하지만 대화를 할 수 있을 정도의 돈은 빌려줄 수 있을 것 같은데…"

"진심으로 하는 말이야!"

외게가 몸을 일으키며 말을 이었다.

"난 이 기회를 놓칠 수 없어. 크리스티안산에는 이런 곳이 없잖아."

"미안해, 외게. 마음 같아선 네 소원을 들어주고 싶지만…"

비외른이 말했다.

"나도 마찬가지야."

하랄이 말했다.

"젠장!"

외게가 소리쳤다.

"전통적인 방법을 사용해봐."

비외른이 말을 이었다.

"여기 놀러온 다른 여자아이들을 꼬셔보란 말야. 눈만 돌리면 여자아이들이 바글바글한데 꼭 그처럼 큰돈을 들일 필요는 없잖아."

"너는 그렇게 쉽게 말하지만 난 그게 안 된단 말야."

외게가 말했다.

"나를 따라와. 한 번 시도나 해보자고."

비외른이 외게를 데리고 안으로 들어갔다.

그날 밤, 술기운은 난생처음 느껴보는 이상한 기분으로 나를 덮쳤다. 마치 차가운 녹색 강물이 내 핏줄을 흐르는 것만 같았다. 이 세상이 모두 내 손안에 있는 것 같기도 했다. 바 옆에 서 있을 때, 춤을 추던 한 소녀가 눈에 들어왔다. 언뜻 보니 나보다 한두 살 어린 것 같았다. 금발 머리에 너무나 아름다운 얼굴. 그녀와 두 번째로 눈이 마주쳤을 때, 나는 주저하지 않고 계단 두 개를 내려가 그녀에게 다가갔다. 그와 동시에 음악이 끝났고, 그녀는 일행처럼 보이는 세 소녀에게로 가버렸다.

나는 그녀의 뒤를 따랐다. 그녀 앞에 멈춰선 나는 그녀가 춤을 추는 모습을 지켜보았다고 말하며 한눈에 반했다고 말했다.

"유 룩 어메이징!"

그녀는 미소를 지으며 고개를 비스듬히 기울인 채 나를 바라보았다. 나는 그녀에게 미국인이냐고 물어보았다. 소녀는 그렇다고 대답했다.

"이곳에 사니?"

"아냐, 우린 메인에서 함께 이곳으로 놀러왔어. 너는 어디서 왔니?"

"저 북쪽의 작고 야만적인 나라에서 왔어. 우리는 포크와 나이프를 처음으로 사용한 세대지."

나는 등을 돌려 바 옆에서 나를 지켜보고 있던 아이들에게 고갯짓을 했다.

"난 저 애들과 함께 왔어. 같은 축구팀 일원이란다. 훈련 캠프에 참가하기 위해 이곳에 머무는 중이야. 함께 춤을 추지 않을래?"

그녀가 고개를 끄덕였다.

우리는 함께 춤을 추기 위해 무대로 나갔다. 나는 그녀의 몸에 팔을 둘렀다. 그녀의 몸에 내 몸이 닿자, 마치 머릿속에 전기가 흐르는 듯 찌릿찌릿했다. 나는 춤을 추며 그녀에게 바짝 몸을 붙였다. 가끔, 그녀와 멀찍이 떨어져 그녀의 눈을 빤히 들여다보기도 했다.

"네 이름은 뭐니?"

나는 그녀의 귀에 대고 속삭였다.

"멜로디."

그녀도 나직이 속삭였다.

"멜로디?"

"아냐, 멜라니! 내 이름은 멜라니야!"

그녀가 미소를 지으며 말했다.

음악이 끝난 후, 우리는 인사를 나누고 각자의 일행에게 되돌아갔다.

"어떻게 된 거야? 재주 좋은데?"

비외른이 말했다.

"그냥 말을 걸었을 뿐이야. 이렇게 쉬우리라곤 생각지도 못했어. 하하!"

"다시 그 애에게 가봐. 여기 이렇게 바보같이 서 있지만 말고!"

"알았어. 술 좀 마시고… 그런데 오늘이 마지막 날이구나."

버스는 새벽 3시에 우리를 데리러 올 예정이었다. 그 시간까지 30분밖에 남지 않았다. 시간을 낭비하고 싶지 않았다. 그럼에도 나는 선뜻 그녀에게 다가갈 수가 없었다. 내 몸에 닿는 그녀의 젖가슴, 그 가볍고 짜릿한 느낌을 상상하면 할수록 일이 잘못될 것 같은 불길한 느낌도 함께 커졌다.

나는 와인 두 잔을 단숨에 비운 후, 일행과 함께 서 있는 소녀에게 다가갔다. 그녀는 나를 보자 환한 표정을 지었다. 우리는 함께 춤을 추고, 구석진 곳에 나란히 서서 대화를 나누었다. 다른 아이들은 하나둘 그곳을 빠져나가고 있었다. 나는 이제 갈 시간이 되었다고 말했다. 그녀는 나를 따라오려 했다. 우리는 손을 잡고 건물 앞에 서 있었다. 우리에게서 몇 발자국 떨어진 곳에 서 있던 버스가 시동을 걸었다.

"어디에 사니?"

그녀는 호텔 이름을 말했다.

"아니, 호텔이 아니라 메인의 어디에 사는지 물었어. 네게 편지를 쓰고 싶어. 그래도 될까?"

"응."

그녀가 집주소를 말했다. 내겐 주소를 받아 적을 종이와 펜이 없었다.

"혹시 종이와 펜이 있니?"

"아니, 나도 없는데."

버스에 탄 아이들이 내게 얼른 오라고 소리쳤다.

"주소를 외울게. 한 번만 더 말해주겠니?"

나는 그녀가 말한 주소를 두 번 연거푸 되뇌며 머릿속에 집어넣었다.

"편지 쓸게."

그녀가 고개를 끄덕이며 나를 바라보았다. 나는 고개를 숙여 그녀에게 입을 맞추었다. 두 팔로 그녀를 감싸안고 내 몸 쪽으로 바짝 당겼다.

"이젠 정말 가야 해."

"작고 야만적인 나라에서 행복하게 살길 바랄게."

그녀가 미소를 지으며 말했다. 나는 버스 문 앞에 서서 그녀에게 손을 흔들고 좌석에 앉았다.

버스에 앉아 있던 아이들이 환호를 하며 박수를 쳤다. 나는 허리를 숙여 양옆으로 인사를 한 후, 비외른의 곁에 앉았다. 버스가 움직이기 시작했을 때, 나는 다시 창 너머로 그녀에게 손을 흔들었다.

"이런 일이 여기 온 첫날 있었어야 했는데…"

"주소는 받았어?"

"응. 외웠어. 그러니까… 주소가…"

나는 어느새 주소를 까맣게 잊어버렸다.

"적어놓지 않았어?"

비외른이 물었다.

"아냐. 내 기억력만 철석같이 믿었는데…"

그가 웃음을 터뜨렸다.

"멍청한 놈 같으니."

우리는 호텔방에서 쫑파티를 했다. 비외른은 실수로 램프를 깨버렸다. 몸을 돌리다가 맥주를 들고 있던 손으로 램프의 유리 덮개를 깨버렸던 것이다. 그러자 옆에 있던 다른 아이가 재미로 나머지 램프도 깨버렸다. 분위기에 휩쓸린 나는 한 주 내내 나를 짜증나게 했던 커다란 그림을 벽에서 내려 창문 밖으로 던져버렸다. 5층 아래에서 아스팔트에 부딪힌 그림이 깨지는 소리가 들렸다. 아래층 방에 불이 켜졌다.

"아, 씨발, 왜 그랬어?"

비외른이 짜증을 냈다.

"괜찮아. 복도에 있는 그림을 가져와서 방에 걸어놓으면 돼. 아무도 눈치 못 챌 거야."

"창밖으로 내던진 그림은 어떡하고? 저 밑에 그대로 있을 거 아냐?"

"그건 내가 치울게."

나는 내가 한 말을 지키기 위해, 승강기를 타고 아래층으로 내려갔다. 텅빈 로비를 지나 건물 밖으로 나간 나는 깨진 유리 조각을 모아 분수대 뒤에 숨겨놓았다. 호텔 안으로 들어와서는 복도에 걸린 그림을 방으로 몰래 가져왔다. 아이들은 겁을 먹었는지 이미 각자의 방으로 돌아간 후였다. 비외른은 입을 쩍 벌린 채 자고 있었다. 나는 침대에 눕자마자 잠에 빠졌다.

다음 날, 우리는 짐을 싸고 아침을 먹은 후 바로 집으로 돌아갈 예정이었다. 버스에 짐을 싣고 있으려니 호텔 지배인이 다가왔다. 그는 504호에 누가 머물렀는지 물었다. 그 방은 바로 비외른과 내가 머물렀던 방이었다. 우리가 그에게 다가가자, 그가 펄쩍펄쩍 뛰며 불같이 화를 냈다.

"자네들 같은 사람은 호텔에서 묵으면 안 돼!"

그가 소리쳤다.

"그림 값을 지불하기 전에는 여길 빠져나갈 수 없을 테니 그리 알아!"

너무나 불편한 상황이었다. 우리는 잘못했다고 싹싹 빌었다. 그림을 부순 것은 순전한 실수였으며 절대로 그럴 의도는 없었다고 말했다. 그리고 그림 값은 꼭 변상하겠다고도 덧붙였다. 아이들은 빙 둘러서서 우리가 절을 하고 싹싹 비는 모습을 지켜보며 키득키득 코웃음을 쳤다. 코치 얀이 다가와 자기가 이 일을 책임지겠다면서 호텔 지배인을 달랬다.

"진심으로 사과드립니다. 이 아이들은 나이도 어리고 많이 미숙합니다. 그런 실수는 있을 수 있다고 생각합니다. 부디 너그러이 봐주시기 바랍니다. 그림 값은 충분히 변상하도록 하겠습니다."

우리는 다시 허리를 굽혀 절을 하고 잘못했다고 말한 후 버스에 올라탔다.

"너희들 같은 사람은 절대 호텔에 묵어선 안 돼!"

지배인이 다시 우리 등에 대고 소리쳤다. 얀은 지갑을 꺼내 지폐 몇 장을 호텔 지배인에게 건넸다. 버스 운전사가 시동을 걸었다. 얀이 버스에 올라타자, 버스는 천천히 움직이기 시작했다. 호텔 지배인은 여전히 그 자리에 서서 분노에 가득 찬 눈빛으로 우리를 쏘아보았다.

집에 돌아오자마자 나는 이전의 생활로 되돌아갔다. 아니, 이전의 생활이 다시 나를 찾아왔다고 해야 할 것이다. 학교에서는 모두들 졸업 시험 준비로 바빴지만, 나는 쉬는 시간에는 그림자처럼 여기저기 돌아다녔고, 수업 시간에는 노트에 빽빽하게 낙서를 했다. 스위스 여행은 일종의 승리감으로 남아 있었고, 나는 다가올 루스 기간도 스위스에서의 시간 못지않게 신나게 보낼 수 있기를 바랐다.

나는 저녁에 집에 돌아와 졸업 과제를 해결하는 데 많은 시간을 보냈다. 그것은 사회 과목 과제로서, 러시아 혁명과 니카라과 혁명을 비교하여 글을 쓰는 것이었다. 나는 두 나라의 발전 과정을 지난 몇 년 동안 관심을 가지고 유심히 지켜보았기 때문에 과제를 해결하는 것은 그다지 어렵지 않았다. 나는 스위스 호텔에도 편지를 보냈다.

외람된 부탁이지만, 귀 호텔에 묵었던 손님 한 분의 주소를 알려주셨으면 합니다. 제가 간직하고 있는 지갑의 주인을 찾기 위해서입니다. 소유자는 미국에 거주지를 둔 여성이며 이름은 멜라니라고 합니다. 성은 알 수 없습니다. 그녀는 귀 호텔에 부활절 기간에 머물렀던 것으로 알고 있습니다.

4월 말, 나는 집에서 파티를 열었다. 나는 당시 힐데와 함께 『루스신문』의 공동 편집장을 맡고 있었다. 『루스신문』의 편집장이라면 루스 이사회 소속이었으나, 그해에는 무슨 이유에선지 편집장들은 이사회에서 배제되었다. 어쩌면 힐데와 나는 그들이 요구하는 임무에 적합하지 않았을지도 모른다. 그 속내는 알 길이 없었다. 하지만 나는 개의치 않았고, 거기에 더해 루스 이사회 소속 아이들을 토요일 저녁 우리 집에 모두 초대하기까지 했다.

어머니는 금요일 오후에 친구 집에 가서 일요일 오후에 돌아올 예정이었다. 그래서 나는 아이들에게 금요일 오후 6시 이후에 우리 집에 오라고 신신당부를 했다. 하지만 오후 2~3시쯤 되니, 벌써 루스 버스*가 집 앞에 도착해 있었다. 차 안에는 크리스티안과 여자아이 둘이 타고 있었다.

"미리 맥주 박스를 너희 집에 가져다 놓으려고 왔어."

그가 말했다.

"내가 오후 6시 이후에 오라고 말했잖아."

"알아. 하지만 벌써 여기 와버린 걸 어떡하겠니."

---

* 노르웨이의 고등학교 졸업반, 즉 '루스'들은 약 한 달여의 파티 기간에 버스를 대여해, 그 버스를 타고 여기저기 다니면서 파티와 갖가지 행사에 참여한다.

그가 웃음을 터뜨리며 말을 이었다.

"맥주 박스는 어디에 두면 되니?"

10분 후, 주방에는 맥주 박스가 차곡차곡 쌓이기 시작했다. 바닥에서 천장에 이르는 높이였다. 그는 어머니에게 인사도 제대로 건네지 않은 채 우리 집 수방 천장이 낮다고 투덜거렸다. 어머니의 기분이 좋을 리가 없었다.

"저 많은 맥주를 다 마실 작정이니? 설마 우리 집에서 술파티를 하려는 건 아니겠지? 그렇다면 난 절대 허락할 수 없어."

"괜찮아요, 어머니. 진정하세요. 루스 파티일 뿐이에요. 모두들 열여덟 살 성인이라고요. 술을 마시긴 하겠지만, 그 책임은 제가 질게요. 약속할 수 있어요. 문제없을 테니 너무 걱정 마세요."

"정말 장담할 수 있니?"

어머니가 걱정스런 표정으로 나를 바라보며 말을 이었다.

"남자 백 명이 마셔도 남을 양이구나. 도대체 몇 박스나 가져온 거야?"

"걱정 마세요, 어머니. 루스 파티가 시작되면 항상 술이 동반되기 마련이잖아요. 루스 파티의 목적이 그거니까요."

"그게 정말이니?"

"아니, 그것만 목적이라고는 할 수 없지만, 술은 적어도 루스 파티의 한 부분이라고 할 수 있어요. 어머니가 마음에 들어 하지 않는다는 걸 저도 잘 알아요. 일이 이렇게 되어서 죄송하지만 다 잘 될 거예요. 어머니가 걱정하는 일은 일어나지 않도록 조심할게요."

"그래, 어쨌든 지금 파티를 취소하기엔 늦은 것 같기도 하구나. 이럴 줄 알았으면 내가 허락해주지 않았을 거야. 과음하지 않겠다고 약속해. 아무 문제가 일어나지 않도록 네가 책임져야 한다는 것도 잊지 마. 알았지?"

"네, 네. 알았어요."

우리는 탑처럼 쌓아놓은 누런 맥주 박스 옆에서 함께 저녁을 먹었다. 어머니는 식사 후 차를 몰고 시내로 갔고, 나는 음악을 틀어놓고 소파에 앉아 아이들이 오기를 기다리며 맥주를 마셨다.

몇 시간 후, 우리 집 앞에는 루스 버스로 발 디딜 틈이 없었다. 여기저기 빨간 루스 유니폼을 입은 아이들이 손에 맥주병을 들고 웃고 떠들었다. 버스에서는 귀를 찢을 듯 음악 소리가 크게 들려왔고, 거실의 스테레오 기기에서도 음악이 흘렀다. 언뜻 보아도 내가 초대한 아이들보다 서너 배는 더 많이 온 것 같았다.

새벽 1시쯤 파티는 절정에 달했다. 크리스티안은 괴성을 지르며 욕실 문을 발로 차서 커다란 구멍을 만들었고, 주방에 있던 트론은 커다란 칼 두 개로 조리대를 두들기며 음악에 맞추어 드럼을 치는 흉내를 냈다. 그가 칼로 조리대를 내려칠 때마다 칼자국이 생겼다. 아이들은 거실 앞, 버스 사이의 자갈 마당, 심지어는 윙베 형의 침대 위에도 토했다. 어떤 아이들은 라일락 덤불 뒤에서 섹스를 하기도 했다. 음악에 맞추어 괴성을 지르며 펄쩍펄쩍 뛰는 아이, 벌거벗고 버스 지붕 위에 올라가서 스웨터를 허공에 빙글빙글 돌리는 아이도 있었다. 나는 어머니와의 약속은 아랑곳하지 않고 마음껏 술을 마셨다. 그럼에도 때때로 아이들에게 조심하라고 주의를 주곤 했다. 가끔 정신이 번쩍 들어 주변에서 벌어지는 일을 볼 때는 걱정이 되기도 했다.

새벽 3시쯤, 파티는 파하기 시작했다. 하지만 몇몇 아이들은 여전히 춤을 추거나 쌍쌍이 앉아 서로의 몸을 더듬었다. 탁자 밑이나 정원의 덤불 옆에 누워 잠을 자는 아이도 보였다. 나는 소파에 앉아 그

때까지 대화를 나누어본 적도 없는 낯선 여자아이와 입을 맞추고 애무를 했다. 우연히 옆자리에 앉게 된 우리는 인사도 나누지 않고 서로의 몸을 더듬었다. 짙은 머리카락에 피부도 가무잡잡한 그녀는 옷도 검은색을 입고 있었다. 검은색 스웨터, 검은색 치마, 검은색 스타킹. 빨간색 루스 유니폼을 입지 않은 아이는 그녀뿐이었다.

"내 방에 갈래?"

나는 그녀의 귀에 대고 나직하게 속삭였다. 그녀가 말없이 고개를 끄덕였다. 나는 술을 머리끝까지 마셨기에 이번에는 잘 될 것이라 믿었다. 나를 멈출 수 있는 것은 아무것도 없다고 생각했다. 두렵거나 긴장되지도 않았다. 나는 열쇠를 꺼내 잠가놓은 내 방문을 열었다. 그녀의 몸에 팔을 둘렀다. 그녀는 어깨에 비스듬히 메고 있던 작은 핸드백을 내려놓고, 내 침대에 누웠다. 내 침대. 나는 그녀의 상의를 머리 위로 벗겨 올리고 그녀의 거뭇거뭇한 젖꼭지에 입을 맞추며, 두 젖가슴 사이에 내 얼굴을 문질렀다.

'아, 이번에는 정말 잘 되려나.'

그녀의 스타킹을 벗겨내리기 위해 몸을 일으키자 내 다리가 바들바들 떨렸다. 그녀는 거부하지 않았다. 나는 바지를 벗었다.

'아, 이번에는 정말 뭔가 이루어지려나.'

실오라기 하나 걸치지 않은 그녀의 몸이 어둠 속에서 하얗게 윤곽을 드러냈다. 나는 그녀의 두 다리 사이를 더듬었다. 곱슬곱슬하지만 매끈매끈한 음모가 손에 닿았다. 나는 자세를 고쳤다. 내 밑에 누워 있던 그녀가 무겁다며 불평했다. 나는 상체를 살짝 일으켰다. 순간, 내 성기가 그녀의 음모에 닿았다. 힘을 주었다.

"좀더 밑으로."

나는 그녀가 시키는 대로 했다. 순간, 축축하고 부드러운 액체가 느껴졌다.

'제기랄. 제기랄. 오, 제기랄.'

전기에 감전된 듯한 긴 떨림이 내 몸을 스쳤다. 그녀는 감았던 눈을 뜨고 나를 빤히 바라보았다.

'아, 씨발.'

나는 그녀의 몸속에 들어가지도 못했다. 잘해봤자 겨우 1센티미터. 그것으로 끝이었다. 나는 그녀의 목에 입을 맞추었다. 그녀가 나를 밀치고 상체를 일으켰다. 나는 손을 뻗어 그녀의 젖가슴을 잡아쥐었다. 하지만 그녀는 내 손을 홱 뿌리치고 팬티와 스타킹을 끌어올린 후, 밖으로 나가버렸다.

다음 날 아침 눈을 뜨자, 반쯤 열린 방문 앞에서 아이들의 목소리가 들려왔다. 에스펜, 트론 그리고 전날 밤 내 방에 들어왔던 여자아이의 말소리.

"아냐, 난 아냐."

그녀의 목소리였다.

"거짓말하지 마. 칼 오베와 함께 방에 들어갔잖아."

"아냐."

"우리가 두 눈으로 똑똑히 다 봤는데도?"

"그래, 하지만 난 그냥 방에만 따라 들어갔을 뿐이야. 칼 오베는 바로 잠에 빠졌고, 난 즉시 방에서 나왔어. 정말 아무 일도 없었어."

"하하하!"

에스펜이 소리 내어 웃었다.

"안에서 뭘 했는지 안 봐도 다 알아."

"정말 아니라니까!"

"그런데 지금은 왜 칼 오베 방에 들어가려고 했니? 어젯밤에 너희들이 섹스를 하지 않았다면 지금 다시 그 방에 들어갈 이유도 없잖아. 넌 칼 오베와 잘 아는 사이지?"

"아냐, 잃어버린 물건을 가져오려던 것뿐이었어."

"그게 뭔데?"

"내 핸드백."

나는 몸을 일으켜 서둘러 옷을 입은 후, 그녀의 핸드백을 가지고 밖으로 나갔다.

"자, 여기 있어."

나는 그녀에게 핸드백을 건네주며 말했다.

"이걸 잊고 갔지?"

"고마워."

핸드백을 손에 쥔 그녀는 뒤도 돌아보지 않고 계단을 내려갔다.

"아래층에 내려가봐. 난장판이야."

에스펜이 말했다.

"안 봐도 알 것 같아."

"청소하는 걸 도와줄게."

"고마워."

"기슬레와 트론도 데려올게."

그가 나를 빤히 바라보며 질문을 던졌다.

"베아테와 섹스를 한 거야?"

"그 여자애 이름이 베아테였니? 응, 맞아. 우린 했어."

"그런데 베아테는 한사코 아니라고 하던데?"

"나도 들었어."

"왜 그럴까?"

"그걸 내가 어떻게 알겠니?"

내가 말했다.

우리의 눈이 마주쳤다.

"어쨌든…"

나는 그의 눈을 피하며 말을 이었다.

"이제 얼마나 어질러져 있는지 확인해봐야겠어."

구멍이 난 욕실 문은 어떻게 할 도리가 없었다. 문을 새로 달아야 하는 수밖에 없었다. 주방 조리대 위의 칼자국도 손을 쓸 수 없었다. 하지만 그 외에는 박박 문질러 닦으면 다시 원상태로 되돌릴 수 있을 것 같았다. 우리는 오전 내내 집 안을 정리하고 청소를 했다. 에스펜, 기슬레, 트론은 오후 1시쯤 집으로 돌아갔다. 나는 공황 상태에 빠진 채 홀로 계속 청소를 했다. 아무리 쓸고 닦아도 집 안에서 파티가 있었다는 것을 숨길 수는 없었다.

어머니는 오후 5시쯤 돌아왔다. 나는 집 밖으로 나가서 어머니를 맞았다. 어머니가 집 안에 들어오기 전에 미리 이야기를 하면 조금 덜 놀랠 것이라 생각했던 것이다.

"이제 오세요?"

"응. 파티는 어땠니?"

"그다지… 솔직히 말하면 엉망진창이었어요."

"그래? 무슨 일이라도 있었니?"

"어떻게 손을 쓸 수 없을 정도였어요. 욕실 문에는 커다란 구멍이 뚫렸고, 그 외에도 여러 가지가 있어요. 어머니가 직접 보셔야 할 것 같아요. 정말 죄송해요."

어머니가 나를 바라보았다.

"짐작했어. 네 말대로 직접 한번 봐야겠구나."

집 안을 둘러본 어머니가 주방 조리대 앞에 털썩 주저앉았다. 두 손으로 얼굴을 한 번 문지르고선 고개를 들어 나를 쳐다보았다.

"생각보다 심하구나."

"네."

"욕실 문은 어떡하지? 내겐 새 문을 살 만큼의 경제적 여유가 없단다."

"우리에게 그만한 돈도 없나요?"

"응, 불행히도 그렇단다. 그런데 누가 욕실 문에 구멍을 냈니?"

"크리스티안이라는 아이예요. 한마디로 바보 같은 아이죠."

"그 애가 문을 배상해야 하지 않을까?"

"제가 말해볼게요."

"그래. 그렇게 해보렴."

어머니가 몸을 일으키고 한숨을 내쉬었다.

"뭘 좀 먹어야겠구나. 냉장고에 생선이 있을 거야. 그걸 먹을까?"

"네, 좋아요."

어머니는 옷걸이에 코트를 걸어놓고 커다란 생선 두 조각을 꺼내왔다. 내가 생선을 자르는 동안, 어머니는 감자를 물에 씻었다.

"우리는 이미 여기에 대해 이야기를 했잖니."

"네."

"너는 스스로 결정을 내렸어. 하지만 네 결정은 그다지 좋지 않은 결과를 가져왔어. 너는 네가 내린 결정에 책임도 져야 해."

"네, 물론이죠."

나는 접시 위에 밀가루와 소금, 후추를 뿌리고 그 위에 생선 조각을 굴린 후, 프라이팬을 불 위에 올렸다. 달궈진 프라이팬 위로 버터가 녹아내리는 모습을 보며, 그것이 마치 우리 집 같다는 생각을 했다. 흐물거리는 지반 위에서 맥을 못 추고 쓰러져가는 우리 집. 당당하게 마지막 자존심을 지키려 안간힘을 쓰다가 마침내 허물어지는 그 모습.

"하룻밤 새에 1년 이상 사용한 집처럼 변해버렸구나."

"이 집은 1880년에 지어졌잖아요. 1년은 아무것도 아니에요."

어머니는 내 말을 흘려들었다.

"넌 열여덟 살이야. 너도 이제 성인이기 때문에 내가 이래라저래라 할 수는 없어. 내가 할 수 있는 일은 네 곁에 있어주는 일뿐이야. 그리고 네가 도움이 필요하면 내게 다가와주길 바랄 뿐이지."

"네."

"난 너를 멈출 수도 있었어. 하지만 내가 그래야 할 이유는 없어. 넌 이제 성인이기 때문이야. 넌 네가 하는 일에 스스로 책임을 져야 할 나이가 되었어. 나는 너를 믿어. 너는 원하는 일은 자유롭게 할 수 있어. 대신, 내가 너를 신뢰하는 만큼 너도 나를 믿어줘야 해. 내가 너를 성인으로 대하는 것처럼, 너도 나를 같은 성인으로 대해줘야 한다고. 우리는 이 집에서 함께 살고 있어. 그러니 그 책임도 함께 져야 해."

어머니가 손에 비누를 묻히고 양손을 비빈 후 흐르는 물에 씻고, 수건으로 물기를 닦아냈다.

"어머닌 지금 혼자 책임을 지지 않으려고 그런 말씀을 하시는 건가요?"

어머니는 내 농담에 살짝 미소를 지었지만, 그 미소에서는 밝음과 기쁨은 전혀 찾아볼 수 없었다.

"칼 오베, 난 진지하게 이야기하고 있어. 너 때문에 걱정이 커."

"걱정하실 필요는 없어요. 어제 있었던 일은… 단지 루스 파티였을 뿐인 걸요."

어머니는 아무 말도 하지 않았다. 나는 프라이팬 위에 생선을 올려놓고, 썰어놓은 양파와 캔 토마토를 부어넣은 다음 양념을 했다. 신문을 펼쳐들고 몇 주 전에 써서 보낸 프린스에 관한 평론을 찾아보았다. 나는 그 페이지를 펼쳐들고 어머니에게 보여주었다.

"제가 쓴 글이 신문에 났어요. 이건 보셨나요?"

월요일, 나는 크리스티안에게 우리 집 욕실 문이 망가졌다고 말했다.

"그래?"

"욕실 문을 망가뜨린 건 너야."

"맞아. 그랬지."

"망가진 문을 변상해주었으면 좋겠어."

"안 돼."

"무슨 말이니? 왜 안 된다는 거야?"

"안 된다면 안 되는 줄 알아. 게다가 그 파티는 네가 열었던 거잖아."

"하지만 욕실 문을 망가뜨린 건 너였어."

"그건 맞아."

"그런데 변상을 하지 않겠다고?"

"응."

그는 몸을 홱 돌려 가버렸다.

그날 집으로 돌아오는 길, 우체통을 열어보니 외국에서 편지가 와 있었다. 나는 그 자리에서 봉투를 뜯어 오르막길을 걸으며 편지를 읽어보았다. 루체른의 '그랜드 호텔 유럽' 지배인에게서 온 편지였다. 그는 호텔에 묵는 모든 손님의 이름은 성만 기록되어 있기 때문에 멜라니라는 여성을 확인할 수 없으며, 주소를 가르쳐줄 수도 없다고 했다. 하지만 원한다면 필라델피아와 루가노에 있는 여행사를 통해 주소를 확인해보라고 제안했다.

나는 편지를 봉투 속에 다시 집어넣고 집에 들어갔다. 그녀와 함께 1년 정도 편지를 주고받은 후, 그녀를 방문할 겸 나의 미래를 펼칠 수 있는 미국으로 가려던 나의 꿈은 그 편지로 산산조각이 나 버렸다.

나는 그해 봄엔 하루도 쉬지 않고 계속 술을 마셨다. 아침이면 루스 버스 안이거나 낯선 아이의 집 소파 또는 공원의 벤치 위에서 잠을 깨기 일쑤였고, 정신을 차린 후엔 다시 술을 마셨다. 하루를 맥주로 시작하고 술에 취해 오전 시간을 보내는 일을 계속하다 보니, 이것이 바로 내가 원하는 삶이라는 생각이 들었다. 여기서 술을 마시고, 저기서 술을 마시고, 잠이 오면 장소를 가리지 않고 잠을 자고, 눈을 뜨면 배를 채우고, 다시 술을 마셨다. 황홀하기까지 했다. 나는 술에 취한 기분을 사랑했다. 술에 취하면 내 본모습을 되찾는 것 같았고, 내가 진정으로 원하는 일을 할 수 있는 용기를 낼 수도 있었다.

한계와 제약은 없었다. 나는 샤워를 하고 옷을 갈아입을 때만 집에 들렀다. 그날도 집에 들러 샤워를 하고, 루스 버스가 나를 데리러 오기를 기다리며 거실에 앉아 칼스버그 맥주를 마셨다. 그 모습을 본 어머니가 불같이 화를 냈다. 그때까지 참았던 화가 폭발한 것 같았다. 어머니는 대낮에 거실에 혼자 앉아 술을 마시는 내 모습을 참을 수 없었던 것이다. 어머니는 내게 술을 끊든지, 아니면 집을 나가라고 소리를 질렀다. 선택은 어렵지 않았다. 나는 맥주병을 손에 들고 몸을 일으켰다.

"안녕히 계세요."

나는 어머니에게 인사를 하고 집을 나섰다. 골목길에 앉아 담배를 피우고 술을 마시며 루스 버스가 오기를 기다렸다. 나와 한집에서 실기 싫다면 내가 집을 나가는 수밖에.

"왜 여기 앉아 있어?"

루스 버스에 타고 있던 에스펜이 내게 말을 걸었다.

"집에서 쫓겨났어. 어차피 잘된 일이야."

나는 버스 안에 앉아 시내까지 가는 길 내내 술을 마셨다. 시내의 슈퍼마켓에서 술을 더 구입한 우리는 그날 저녁 파티가 있는 보그스 뷔그드로 향했다. 우리는 바닷가 우거진 숲속의 잔디 위에 앉아 다시 술을 마시기 시작했다. 어느 순간, 내 머릿속은 텅 비어버렸고 나는 정처 없이 숲속을 돌아다니기 시작했다. 여느 때와 마찬가지로 술에 취한 기분은 황홀하기 이루 말할 수 없었다. 보잘것없는 내 존재는 어디론가 사라져버렸고, 기쁨과 자유가 나를 가득 채웠다. 그 기분은 날카로울 정도로 선명하기까지 했다.

나는 게이르 헬게를 찾기 시작했다. 마른 체구에 안경을 낀 그는 만달 사투리를 사용했으며 매우 사교적이었다. 그가 대마초를 피운다는 것은 모두 잘 알고 있는 사실이었다. 내가 그를 찾은 이유는 나도 대마초를 피워보고 싶어서였다. 이미 오래전부터 해보고 싶었던 일이었다.

대마초는 오명이었다. 대마초를 피우는 사람은 존중을 받기는커녕 사회에서 이방인 취급을 받았고, 사람들은 대마초를 피운다는 것은 마약 중독자가 되는 지름길이라 믿었다. 적어도 당시 크리스티안산에서는 그러한 인식이 자리 잡고 있었다. 대마초를 피움으로써 나도 마약 중독자가 될지 모른다는 생각은 내게 큰 유혹으로 다가왔다. 그 삶은 내게 운명이라는 생각마저도 해보았다. 하지만 나는 마약에 의지해 사는 사람들을 혐오했다. 그들은 스스로의 인간적 정체성을 포기한 사람들이다. 나는 대마초와 헤로인을 같은 것이라 생각하는 사람들을 바보 같다고 생각했다. 대마초를 피운다는 것은 내게 자유 프로젝트와도 같았다. 하지만 대마초 또한 향정신성 물질이 아니었던가. 그렇다면 대마초를 피워도 마약을 한다고 말할 수 있지 않을까.

나는 물건을 훔치고, 술을 마시고, 대마초를 피우고 코카인, 암페타민,* 메스칼린** 등의 다른 물질들도 시험해보고 싶었다. 삶의 '록 앤드롤'을 만끽하며, 가능한 한 온갖 반사회적인 일들을 바닥부터 세세히 경험해보고 싶었다. 내겐 견딜 수 없을 정도의 큰 유혹이었다. 하지만 내 속에 자리한 또 다른 나는 모범적인 학생과 아들, 존중받는 한 인간으로 살고 싶다며 발버둥을 쳤다. 아, 그런 나를 갈기갈기 찢을 수만 있다면!

나는 되든 안 되든 한번 시도해보고 싶었다. 대마초를 피울 생각, 실제로 대마초를 피울 수 있다는 생각, 마약 중독자가 될 수도 있다는 생각을 현실화할 수 있는 방법은 하나씩 직접 해보는 수밖에 없었다. 간단하지 않은가. 게이르 헬게를 찾아가기 위해 발걸음을 옮기는 동안, 내 가슴은 흥분과 설렘으로 터질 것만 같았다.

나는 그에게 대마초를 한 번도 피워본 적이 없다고 말하면서 그에게 대마초 피우는 방법을 가르쳐달라고 부탁했다. 그는 기뻐하며 흔

• 펜에틸아민 계열의 각성제 중 하나.
•• 페닐에틸아민계의 환각성 물질.

495

쾌히 응했다. 우리는 함께 대마초를 피운 후, 천천히 내리막길을 내려와 다른 아이들과 함께 어울렸다. 처음에는 특별한 느낌을 느낄 수 없었다. 술에 많이 취해 있었기 때문일까. 게이르 헬게는 처음엔 아무것도 못 느낄 수 있다고 말했다. 하지만 텅 빈 루스 버스에 올라타서 제일 뒤쪽 좌석에 앉는 순간 변화를 느낄 수 있었다. 먼저 어깨를 움직여 보았다. 내 어깨는 마치 관절에 기름을 칠한 듯 너무나 매끄럽게 움직였다. 온몸이 기름으로 가득 차 있는 것 같기도 했다. 작은 움직임 하나만으로도 내 온몸은 기쁨과 쾌락으로 가득 찼다. 손가락 하나를 살짝 흔들어보고, 다른 쪽 어깨를 살짝 추켜보고, 엉덩이를 흔들어보았다. 말할 수 없는 기쁨과 행복감이 파도처럼 연이어 내 몸을 덮쳐왔다.

에스펜이 버스 안에 고개를 쑥 들이밀었다.

"여기서 혼자 뭘 하고 있니? 속이 안 좋아?"

나는 눈을 뜨고 허리를 쭉 폈다. 그 움직임은 너무나 강렬한 행복감을 동반했기에 나는 순간적으로 깜짝 놀랐다.

"어… 괜찮아. 기분이 너무 좋아. 그런데 혼자 있고 싶어. 잠시 후에 나갈게."

나는 그 말을 지키지 못했다. 버스 안에서 잠이 들었기 때문이다. 그날 이후, 나는 매일 대마초를 피우고 술을 마셨다. 5·17 제헌절 전날, 나는 너무나 취해 내가 어디에 있는지도 알 수 없었다. 다음 날 아침, 나는 루스 버스 안에서 눈을 떴다. 버스는 시내 광장 앞에 서 있었고, 창밖에는 제헌절을 맞아 행진을 하는 사람들로 발 디딜 틈이 없었다. 어렴풋이 전날 트레세에 갔었다는 기억이 떠올랐다. 나는 슈르와 함께 유동 부두 옆 한 나무배 안에서 낯선 남자와 함께 앉아 있었다. 그 남자는 어쩐 일인지 꼼짝하지 않았고, 우리가 던진 말에 대답도 하지 않았다. 얼마 후, 에스펜이 우리에게 달려와 얼른 나무배 밖으로 나오라고 소리를 질렀다.

"너희들, 왜 시체와 함께 앉아 있니? 얼른 나와!"

얼마간 시간이 흐른 후, 우리는 다시 나무배 쪽으로 가보았다. 배 안은 텅 비어 있었다. 에스펜은 당황해 어쩔 줄 모르며 왔다 갔다 했다. 그 이후엔 기억나는 일이 없었다. 그런데 그 일은 얼마나 지속되었을까? 10분?

한번은 길가의 노숙자와 마주친 적도 있었다. 우리는 공원 벤치에 앉아 있는 그를 빙 둘러싸고 이런저런 대화를 나누었다. 그는 제2차 세계대전 당시 '셰틀란즈-라르센'*과 한배를 타고 전쟁에 참가했다고 말했다. 그 말을 들은 우리는 그때부터 그를 '셰틀란즈 보지'라고 불렀고, 기회가 생길 때마다 '안녕하세요 셰틀란즈 보지 씨!'라고 말하며 웃음을 터뜨렸다. 나는 그의 등 뒤로 살며시 다가가 오줌을 누기도 했다. 힘차게 고추를 흔들며 그의 등이 흠뻑 젖도록 오줌을 눈 나는 다시 무리에 섞여 밤길을 걸었다. 마음이 내키는 곳에 앉아 술을 마셨던 것은 당연한 일이었다. 무리 중에는 항상 맥주나 양주를 가져오는 아이가 적어도 한둘은 있었으니까. 나는 쉴 새 없이 웃음을 터뜨리고, 술을 마시고, 누군지도 모르는 여자아이와 입을 맞추고 서로 몸을 더듬었다. 조금이라도 안면이 있는 아이에겐 "안녕, 난 항상 너를 지켜보았단다. 그간 내 머릿속에서 너를 지울 수가 없었어"라고 한두 마디만 던지면 내가 원하는 세상이 두 팔을 활짝 열고 내게 어서 들어오라고 손짓을 했다. 물론 그들에게 한 말은 새빨간

---

* 제2차 세계대전 중 셰틀란 지역에서 큰 공을 세웠던 노르웨이의 전쟁 영웅으로, 본명은 레이프 라르센이다.

거짓이었지만 매번 먹혀들었다.

5월 17일 제헌절 날 아침, 나는 버스 안에서 잠을 깼다. 차창 밖으로 정장과 전통 옷을 차려입은 사람들을 본 나는 두려움에 휩싸였다. 하지만 문제될 것은 하나도 없었다. 술을 몇 병 더 마시면 두려움을 쫓을 수 있었으니까. 우리는 술을 살 돈을 마련하기 위해『루스신문』을 길에서 팔기도 했다. 나는 정오쯤 버스 밖으로 나갔다. 길거리를 뛰어다니며 고함을 지르고, 낯선 이들과 마주 서서 대화를 나누기도 하고, 농담을 건네거나 놀리기도 했다. 기분은 이루 말할 수 없을 정도로 좋았지만, 너무나 피곤했다. 그런 상태에서 나는 저마다 집에 있는 가장 좋은 옷을 입고 모여든 사람들 사이를 미친 사람처럼 뛰어다녔다. 광장은 물론 골목길에도 양복과 전통 옷을 차려입은 사람들이 행진을 하며 국기를 흔들고 있었다. 별안간 어디선가 귀에 익숙한 목소리가 들려왔다.

할아버지와 할머니였다.

나는 입가에 미소를 머금고 그들 앞에서 발을 멈추었다. 군나르 삼촌의 아들도 그들과 함께 서 있었다. 그의 표정으로 미루어 보아, 태어나서 처음으로 술 취한 사람을 보는 것 같았다. 할아버지와 할머니는 차가운 눈빛으로 나를 쏘아보았다. 하지만 나는 아랑곳하지 않고 웃음을 터뜨리며 그들을 지나쳤다. 졸업 시험까지는 이틀밖에 남지 않았다. 나는 영원히 그 시간이 계속되기를 바랐다.

졸업식은 펀 센터에서 진행되었고, 분위기는 진지했다. 루스 기간이 끝났다는 것을 믿고 싶지 않았던 나는 친구 둘과 함께 그날 밤늦게 택시를 타고 바센의 집으로 갔다. 그의 집은 텅 비어 있었다. 우리는 2층 창틀에 사다리를 걸쳐놓고 올라갔다. 창문은 조금 열려 있었다. 우리는 창을 통해 그의 집 안으로 들어가, 거실 바닥에 앉아 콜라 병에 구멍을 뚫어 대마초를 피웠다. 다음 날 아침 집에 돌아온 바센은 거실 바닥에 널브러져 자고 있는 우리를 발견하고 불같이 화를 냈다. 당연한 일이었다. 하지만 우리는 그가 화를 낸다는 사실보다 루스 기간이 끝났다는 사실을 더 안타깝게 생각했다.

나는 여전히 취해 있었다. 버스를 타고 집에 오는 길에, 나는 절망에 빠졌다. 세상이 어둡게만 보였다. 어머니는 나를 집에서 쫓아냈던 일은 한마디도 언급하지 않고, 여느 때와 다름없이 나를 맞아주었다. 욕조에 물을 채우고 몸을 담그니, 수면 위에 시커먼 때가 둥둥 떠올랐다. 피곤하기도 했거니와, 다음 날 있을 노르웨이어 시험 때문에 일찍 잠자리에 들었다. 어쩐 일인지 잠을 잘 수가 없었다. 두 손이 바들바들 떨렸다. 떨리는 것은 내 손뿐이 아니었다. 램프의 전선도 내가 눈을 돌릴 때마다 부르르 떨고 있었다. 지옥 같은 밤이었다. 다음 날 아침, 나는 겨우 옷을 챙겨입고 버스를 타고 학교에 갔다. 시험에 집중할 수가 없었다. 나는 20분마다 한 번씩 감독관을 향해 손을 번쩍 들었고, 그때마다 감독관은 화장실까지 나를 따라왔다. 나는 화장실에서 찬물로 얼굴을 씻었다.

루스 기간에 했던 모든 일이 민망한 기억 조각이 되어 내게 되돌아왔다. 그중에서도 제헌절 날 길에서 할아버지와 할머니를 만났던 기억은 생각조차 하기 싫을 정도로 나를 괴롭혔다. 그들은 내가 술에 취해 있었다는 것을 알았을까? 설마! 그들은 내가 대마초를 피웠다는 것도 알고 있었을까? 설마! 그해 6월 초에 쓴 내 일기장에는 루스로 지냈던 때가 내 생애에서 가장 행복한 시간이었다고 적혀 있었다. 내 삶에서 가장 행복한 시간.

정말 내가 그 말을 썼을까.

그렇다. 나는 그때처럼 자유롭고 행복했던 적이 없었다. 내 입에서는 웃음이 사라지지 않았고, 나는 거칠 것이 없을 정도로 자유로웠으며, 세상 모든 사람과 친구로 지냈다.

6월 말, 나는 집에서 나와 독립을 했다. 어머니는 병원 옆에 있는 자취방까지 나를 태워주었다. 나는 병원에서 한 달 정도 아르바이트를 했고, 리네와 사귀면서 매일 저녁과 주말에 와인을 마셨다. 운이 좋은 날에는 대마초도 피웠다. 에스펜은 대마초를 함께 피워보자는 내 제안을 매번 단호하게 거절했다. 하지만 그는 제헌절 전날 나무배 안에서 죽은 남자와 함께 앉아 있는 우리를 보았다는 주장은 굽히지 않았다. 어느 날 오후, 그에게서 전화가 왔다.

"오늘 신문에 나왔어. 바닷가에서 시체가 발견되었대. 우리가 봤던 바로 그 남자가 틀림없어!"

나는 그가 거짓말을 하는지 농담을 하는지 알 수가 없었다.

"꿈인지 생시인지 구별할 수가 없어. 하지만 난 정말 나무배 안에서 시체를 보았다고! 심지어는 시체를 뭍으로 옮길 생각까지 했다니까!"

"헛것을 보았던 건 아니니?"

"아냐, 취하긴 했지만 헛것을 보진 않았어. 장담할 수 있어."

"하지만 너 외엔 나무배 안에 있는 시체를 본 사람이 아무도 없잖아. 괜히 없는 이야기 지어내지 마."

"참 내, 정말이라니까!"

"나무배 안에서 우리와 함께 앉아 있던 남자를 너도 봤지? 그건 기억하지?"

"물론이지."

"정말 봤어? 확실해?"

"응. 확실해. 그리고 그 남자는 그때 죽어 있는 시체였다니까."

"정신 차려, 에스펜! 그 남자가 이미 죽어 있었다면, 그를 뭍으로 끌어올린 후에 다시 우리를 데리러 올 이유가 없었잖아?"

"그건 나도 모르겠어."

그 시기엔 이처럼 설명할 수 없는 일들이 연속적으로 일어났다. 실제로 있었던 일인지, 아니면 꿈속에서 경험했던 일인지 가물가물한 일들뿐이었다. 동시에 시간의 경계가 사라진 것 같은 느낌 때문에 나를 잃어버린 것 같기도 했다. 내가 어디론가 사라져버린 것 같은 느낌이었다. 나는 그 느낌이 좋기도 하고 싫기도 했다. 병원에서 내가 한 일은 매일 반복되는 간단한 일뿐이었다. 식사 때가 되면 식탁을 차리는 일 등과 같이 습관적으로 반복되는 일들은 루스로 지내며 들떠 있던 내 느낌과 기분을 차분하게 가라앉히는 데 큰 도움이 되었다. 하지만 나는 그 생활에서 완전히 벗어날 수 없었다. 저녁이 되면 시내로 나가 우연히 만난 사람들과 함께 술을 마시곤 했던 것이다. 여름이었기에 시내에 가면 항상 아는 얼굴 한둘쯤은 볼 수 있었다.

어느 날 저녁, 셸레르렌에 가려던 우리는 문 앞에서 입장을 거부당했다. 바센과 나는 거기서 한 블록쯤 떨어진 뒷건물의 지붕 위로 기어올라가 나란히 자리한 지붕과 지붕을 건너뛰어서 셸레르렌의 지붕에 이르렀다. 지붕 위의 환풍 통로를 통해 내려오니 셸레르렌은 텅 비어 있었다. 지붕을 건너뛰어 오는 데 한 시간 이상이나 걸린 것이 분명했다. 건물 안을 헤매던 우리는 계단을 발견했다. 위층에는 가정집이 있었다. 누군가가 잠을 깨서 우리에게 소리를 질렀다. 우리는 길을 잘못 들었다고 말한 후, 쉴 새 없이 키득키득 웃으면서 트레세로 발을 옮겼다. 그곳에는 비외른의 아버지가 세를 준 집이 있었다. 마침 그곳이 비어 있다는 소문을 들어서, 우리는 그 집에서 잘 수 있을 것이라 생각했다.

다음 날 아침, 나는 병원에 전화해서 몸이 아파 일을 못 하겠다고 말했다. 그들은 내 말을 믿지 않는 것 같았지만, 그들이 할 수 있는 일은 아무것도 없었다.

그날 저녁, 나는 라디오 방송국의 기술자인 폴과 함께 술을 마셨다. 그는 예전에 오슬로의 임페리에콘서트 홀까지 우리를 차로 데려다준 적도 있었다. 콘서트를 보고 난 후에도 그와 함께 차를 타고 집으로 왔다. 얼음이 얼어붙은 영하 20도의 밤길이었다. 시속 100킬로미터의 속도로 텔레마크를 지날 무렵, 차가 미끄러졌다. 전신주를 살짝 들이받은 차는 길가의 도랑으로 빠져버렸다.

순간, 나는 이제 죽었다고 생각했다. 어쩐 일인지 마음이 너무나 평온했다. 하지만 우리는 죽지 않았다. 차가 부서졌을 뿐, 우리는 다친 데 하나 없이 말짱했다. 나는 그 일을 두고두고 자랑처럼 아이들에게 떠벌리고 다녔다. 그날, 차가 부서졌기에 오도 가도 못한 우리는 근처에 있는 집 대문을 두드렸다. 현관에 걸려 있는 장총을 보니 마치 다른 세상에 들어선 듯한 오싹한 느낌이 스쳤다. 우리는 양복 재킷과 운동화 차림으로 살을 에는 듯한 밤길에 두 시간 이상이나 서서 하이킹을 해보려 시도했다.

나는 셸러렌에서 폴과 함께 앉아 그날 있었던 이야기를 되새기며 대화를 나누었다. 폴은 그 자리에 애인도 함께 데려왔다. 그녀는 스물서너 살쯤 되어보였고 매우 아름다웠다. 나는 폴의 시선을 피해 틈만 나면 그녀를 곁눈질로 훑어보았다. 그녀는 택시를 잡아타고 자신의 집으로 가자고 제안했다. 우리는 그녀의 집에 가서 함께 대마초를 피웠다. 나는 대마초를 피우면 가끔 한없이 치솟는 욕정을 억누르지 못해 괴로워할 때도 있었다.

그날도 그랬다. 그녀 옆에 앉아 대마초를 한 모금 빠는 순간, 욕정의 노예가 되어버린 나는 그녀에게 두 팔을 내밀었다. 그녀는 웃음을 터뜨리며 몸을 피했다. 다음 순간, 그녀는 자기가 폴의 애인이라는 것을 잊지 말라고 말하며, 내 사타구니에 손을 집어넣었다. 다시 큰 소리로 웃음을 터뜨린 그녀는 내게 어른이 다 된 것 같다고 말했다. 그녀는 셀러렌에 있을 때는 말을 거의 하지 않고 조용히 앉아 있었기에, 나는 변한 그녀의 모습에 놀라지 않을 수 없었다. 폴은 소파에 앉아 입가에 미소를 띠고 우리를 바라보고 있었다. 그는 그녀를 신뢰하고 있었던 것이다.

다음 날, 병원에 일을 하러 갔다. 병원 사람들은 내게 아무 말도 하지 않았지만, 나는 그들이 나를 원하지 않는다는 것을 느낄 수 있었다. 나는 분위기를 띄워보려고 농담을 해보았지만 소용없었다. 나는 한 달만 그곳에서 일을 하기로 되어 있었다. 그 기간이 끝난 후, 나는 집으로 돌아갔다. 그 집은 이제 우리 집이 아니었다. 어머니가 집을 팔았기 때문이다. 우리는 이삿짐을 쌌고, 이틀 후 커다란 트럭이 와서 이삿짐을 실어갔다.

남은 것은 단 하나. 고양이뿐이었다.

"고양이는 어떻게 하지?"

"메피스토 말인가요?"

어머니가 살 새집에선 애완동물을 기르는 것이 금지되어 있었다. 나는 북부 지방으로 이사를 갈 예정이었기에 고양이를 데려갈 수 없었다.

"안락사를 시켜야 할 것 같아."

고양이는 우리의 발치를 맴돌고 있었다. 어머니는 작은 우리 안에 간고기 파이를 넣어두었다. 고양이가 우리 안에 들어가자마자, 어머니는 우리 문을 닫고 차에 실은 후 시내에 있는 동물병원으로 갔다.

나는 오후에 폭포수 아래 바윗돌 위에 누워 시간을 보냈다. 집에 돌아오니, 차고 안에 주차되어 있는 어머니의 차가 보였다. 어머니는 주방에 앉아 커피를 마시고 있었다. 내가 주방에 들어가자, 어머니는 몸을 일으켜 고개를 숙이고 말없이 내 곁을 지나쳤다.

"메피스토가 죽었나요?"

어머니는 말없이 내게 시선을 던진 후, 문밖으로 사라졌다. 어머니의 두 눈은 흠뻑 젖어 있었다.

나는 그날 처음으로 어머니가 우는 모습을 보았다.

*

그로부터 8일 후, 나는 호피요르의 소파 위에 뱃속의 태아처럼 몸을 웅크린 채 누워 잤다. 뱃속에 있는 모든 것을 변기에 비운 직후였다. 잠을 깊이 잘 수 없었다. 창밖에서 자동차 소리가 날 때마다 나는 눈을 떴다. 하지만 주말에 꼭 해야 할 일은 없었다. 그렇기 때문에 나는 토요일과 일요일 내내 그렇게 누워 잠을 잘 수 있었다. 월요일은 너무나 먼 미래의 일처럼 느껴졌다. 몽롱하게 잠에 빠지기 직전, 초인종 소리가 들렸다.

대문을 열기 위해 소파에서 몸을 일으키니, 깜짝 놀랄 정도로 몸이 가벼웠다.

문밖에는 스투레가 서 있었다.

"오늘 축구 훈련이 있어요. 15분 후에 시작할 텐데 혹시 잊어버린 건 아니겠죠? 아니면 어제 마신 술 때문에 아직도 비실비실하는 건가요?"

"저는 느릿느릿하긴 하지만 비실비실하진 않아요."

나는 미소를 지으며 손을 올려 머리를 빗어넘겼다.

"그런데 축구화가 없는데 어떡하죠? 한 켤레 사둔다는 걸 깜박 잊었어요. 축구화가 없으니 오늘은 훈련을 못 할 것 같은데…"

스투레가 등 뒤의 손을 앞으로 내밀었다. 그의 손에는 축구화 두 켤레가 매달려 있었다.

"사이즈는 뭔가요? 45? 46?"

"45."

나는 그에게서 축구화 한 켤레를 받아들었다.

"훈련장에서 봅시다."

"네, 그러죠."

나는 두 달쯤 축구공을 차지 않았다. 오랜만에 축구를 하려고 뛰어다니니 기분이 이상했다. 축구 경기장도 낯설기 그지없었다. 양쪽에는 햇살을 받아 반짝이는 푸른 산이 서 있었고, 저 멀리로는 쭉 뻗은 바다가 보였다. 그 풍경은 내가 생각했던 축구장과는 너무나 거리가 멀었다. 함께 축구를 하는 이들이 모두 어부라는 사실도 내겐 도움이 되지 않았다. 하지만 두 명 정도는 실력이 꽤 있어 보였다. 특히, 아른핀이라는 남자는 70년대 영국 축구 리그에서 흔히 볼 수 있었던 미드필더를 연상시켰다. 빨간 머리, 거의 대머리로 보일 정도로 적은 머리숱, 비교적 작은 키, 건장한 체격에 살짝 튀어나온 배, 그다지 발은 빠르지 않았지만 공을 잡기만 하면 기회를 만들어내는 사람. 그는 고개를 돌려 보지도 않고 긴 크로스를 만들어내거나 공격에 가담했다.

그는 내게 몇 번이나 태클을 걸었다. 그럴 때마다 마치 육중한 나무에 부딪히는 것 같았다. 그의 실력은 만만치 않았다. 그들 팀의 공격수도 얕볼 수 없을 정도의 실력자였다. 키가 크고 마른 체형의 그는 놀랄 정도로 발이 빨랐다. 키퍼였던 휴고 역시 뒤지지 않았다.

나머지는 나와 비슷하거나 실력이 조금 떨어지는 수준이었다. 닐스 에릭은 축구를 단 한 번도 해보지 않은 사람 같았다. 무릎 굽히기를 반복하며 몸을 푸는 모습을 보니, 마치 50년대 이후에는 운동이라는 것을 전혀 해보지 않은 사람처럼 보였다.

경기를 마친 후, 우리는 수영장의 라커룸으로 함께 가서 샤워를 하고 사우나실에 들어갔다. 닐스 에릭과 나를 제외하고선 모두들 햇빛을 받아보지 못한 사람들처럼 피부가 희었다. 등과 어깨가 주근깨로 뒤덮인 친구도 몇 명 있었다. 털이 수북이 난 벌거벗은 몸으로 서로를 놀리는 그들의 모습을 보자니, 내가 그들과는 다른 종류의 인간이 아닌가 하는 착각마저 들었다. 내 살갗은 지난여름 햇살에 그을려 여전히 갈색을 유지하고 있었고, 수영복을 입었던 자리의 하얀 경계선은 선명했다.

나는 팔과 가슴, 등에도 털이 없었다. 자세히 들여다보면 거의 투명해 보이는 솜털뿐이었다. 그것도 털이라 할 수 있다면 말이다. 내 등은 전신주처럼 쭉 뻗어 있었다. 그들의 등처럼 넓적하지도 않고 불룩하게 튀어나오지도 않았다. 내 팔뚝은 잔 나뭇가지처럼 가늘기 짝이 없었다. 반면, 그들의 팔은 내 팔에 비하면 거대한 나무둥치처럼 보였다. 내 가슴은 선반처럼 납작하고 평평했다. 반면, 그들의 가슴은 커다란 나무 술통처럼 둥그렇고 퉁퉁했다.

그렇다고 그들의 몸이 포토모델처럼 멋있다는 말은 아니다. 아니, 그들의 몸은 포토모델과는 거리가 멀었다. 대부분은 뱃살이 축 처

506

져 있었고 옆구리에 비곗살이 삐져나온 사람도 있었다. 그들의 가슴이나 배에서는 운동을 많이 한 사람들에게서 흔히 볼 수 있는 아름다운 근육을 하나도 찾아볼 수 없었다. 그들이 존중하고 부러워하는 남자의 조건은 바로 힘이었다. 힘만 세면 벨트 위로 뱃살이 흘러내리거나 목깃 위로 턱이 두 개가 되든 세 개가 되든 상관하지 않았다.

우리는 사우나실의 벤치 세 개 위에 나란히 앉았다. 누군가 맥주병의 뚜껑을 땄다. 키퍼인 휴고가 내게 맥주를 마시겠냐고 물었다.

"사실은 오늘 저녁에 일을 해야 하는데… 한 병쯤은 괜찮을 거예요."

"좋아요!"

그가 내게 맥주병을 내밀었다.

차가운 녹색 유리병 입구에서 김이 모락모락 피어올랐다.

"어제는 정말 즐거웠어요!"

그가 말했다.

"네, 저도 즐거운 시간을 보냈어요."

"이레네와 심상찮은 관계 같던데, 내 말이 맞죠?"

나는 미소를 지으며 대답을 미뤘다.

"칼 오베, 우리도 봤어! 세상에! 여기 온 지 일주일밖에 안 되었는데 여자를 사귀다니! 재주가 대단한걸!"

"여기까지 와서 우리 여자를 채어가다니! 당장 남쪽으로 돌려보내야겠어, 젠장!"

그들은 일제히 웃음을 터뜨렸다. 나도 덩달아 큰 소리로 웃었다.

"그런데 피노키오는 춤만 추던데?"

휴고가 닐스 에릭을 바라보며 말했다.

피노키오! 그러고 보니 닐스 에릭은 피노키오를 닮은 것 같기도

507

했다.

"네. 저는 춤추는 걸 매우 좋아합니다. 호르텐의 댄스 인스티튜트에서 오랫동안 춤을 배우기도 했죠."

사람들은 일제히 닐스 에릭을 바라보며 어색한 미소를 지었다. 나는 터져나오는 웃음을 억누르지 못하고 소리 내어 웃었다. 그와 동시에 스투레가 사우나실에 들어왔다. 그는 그곳에 앉아 있는 사람들을 수건으로 툭툭 치며 앉을 자리를 만들었다. 그는 건장한 다른 이들과는 달리 호리호리했지만, 빼빼 마른 몸은 아니었다. 게다가 턱수염에 대머리, 그리고 항상 당당하고 자신만만한 태도 때문에 왠지 범접할 수 없는 분위기를 자아냈다. 나는 교사인 그가 그들 사이에서 열등감을 가질까봐 조금 걱정이 되었다. 하지만 몇 분도 지나지 않아 그들의 관계는 내가 생각했던 것과는 다르다는 것을 깨달았다.

그가 몸을 돌려 나를 쳐다보았다.

"화요일 저녁에 경기가 있어요. 우리와 함께 뛸 거죠?"

나는 고개를 끄덕였다.

"중앙 수비를 맡아주세요."

"중앙 수비라고요?"

"네, 제가 말한 그대로예요."

그가 윙크를 찡긋하고 고개를 돌렸다. 나는 맥주병을 비우고 트림을 한 후 몸을 일으켜 샤워실로 갔다. 닐스 에릭도 샤워실로 들어와 내 옆에 섰다.

그의 고추는 어마어마했다. 허벅지까지 내려와 덜렁거릴 정도였으니까.

양 볼에 홍조를 띠고 숲속에서 산책하는 것을 좋아하는 사람이 저토록 큰 고추를 가지고 있다니! 그처럼 큰 고추를 사용할 일이 어디에 있다고?

"혹시 단체 체조단에서 활동했던 적이 있었어?"

"뜬금없이 체조단이라니?"

"몸을 풀 때 보니까 그런 것 같던데?"

그가 웃음을 터뜨리며 샤워실 안에서 무릎 굽혀 펴기를 다시 해보였다.

"이 동작 때문에 그런 거야?"

그가 내게 되물었다.

"응, 바로 그거야. 그 동작은 우리 반 학생들에게 절대 가르쳐주면 안 돼. 아이들이 열등감을 느끼면 안 되니까."

사우나실에 있던 사람들이 하나둘 샤워실로 들어왔다. 몇 초도 지나지 않아 샤워실 안의 공기는 후덥지근하게 변했다.

"오늘 우리 집에 모일까요?"

휴고가 말했다.

"훈련이 끝나면 자주 한데 모여서 술 한잔씩 하곤 한답니다."

"마음 같아선 함께 가고 싶지만, 할 일이 있어서 다음으로 미룰게요."

"저도 다음에 갈게요."

닐스 에릭이 말을 이었다.

"이틀 연속으로 술을 마셨더니 견디기가 쉽지 않네요."

"에이, 약골들 같으니!"

나는 기분이 살짝 나빠졌다. 나는 그 누구에게서도 약골 소리를 듣고 싶진 않았다. 마음 같아선 그와 술 대결을 해서 그가 탁자 밑에 뻗어버릴 때까지 마실 수도 있었다. 하지만 그렇게 할 수는 없었다. 나는 글을 써야만 하니까.

교차로에서 닐스 에릭과 작별 인사를 나누었다. 집에 들어온 나는 현관 바닥에 가방을 내동댕이치고 거울 앞에 서서 손으로 머리를 빗어 올렸다. 어디선가 향긋한 냄새가 났다. 코를 킁킁거렸다. 이게 도대체 무슨 냄새지? 향수 냄샌가? 우리 집에 누가 왔다 간 건 아닐까?

거실 탁자 위에 꼬깃꼬깃 접은 종이 한 장이 눈에 띄었다. 분명, 내가 놓아둔 것은 아니었다.

종이를 펼쳐 보았다. 이레네가 남긴 편지였다.

안녕 칼 오베!

힐데와 함께 깜짝 방문을 했는데 집에 없더라. 알고 보니 축구 훈련을 하는 중이었어. 난 네가 훈련을 하는 동안 힐데와 함께 네 음반들을 살펴보았단다. 음악에 조예가 깊다고 생각했어. 그건 그렇고, 지난번에 왔을 때보다 가구가 좀더 많아진 것 같아. 축하해.

넌 참 좋은 사람 같아. 앞으로 너를 좀더 깊이 알아가며 지내고 싶어. 너를 만나려고 왔는데 많이 아쉽네… 다음엔 만날 수 있겠지. 안녕.

너의 보배 이레네로부터.

그들이 그냥 우리 집에 들어와 거실에 앉아 있다 갔다고?
편지를 읽어보니 정말 그런 것 같았다.
그리고 말도 없이 가버렸다고?
나는 대문을 열고 몇 발자국 밖으로 나가 집 앞을 살펴보았다. 어쩌면 나와 길이 엇갈렸을 수도 있다고 생각했다.
그들의 자취는 찾을 수 없었다.

저 멀리 바다에서 들려오는 파도 소리, 거대한 회색 하늘 아래 길 아래쪽으로 뛰어가는 조그만 어린아이 둘뿐이었다.

나는 안으로 들어가 스파게티 한 봉지를 삶고, 냉장고에서 오래된 감자를 모두 꺼냈다. 잠시 후, 나는 거실에 앉아 산더미 같은 스파게티와 노릇노릇하게 구운 감자를 접시 위에 올려놓고 케첩을 뿌린 다음 허겁지겁 배를 채웠다. 행복했다. 커피를 끓이고 레드 제플린의 음악을 들으며 볼륨을 끝까지 올린 후, 두 주먹을 흔들며 고개를 끄덕이면서 거실을 왔다 갔다 했다. 그들에게 내가 어떤 사람인지 보여주고 싶었다. 아드레날린이 치솟았다. 나는 책상 앞에 앉아 타자기를 두들겼다.

내가 쓰는 소설은 그해 여름에 꾼 꿈을 바탕으로 한 이야기였다. 나는 일종의 그물 위에서 몸을 움직이고 있었다. 두텁고 미끌미끌한 그물은 마치 거대하고 억센 인대처럼 어둠 속으로 끝없이 쭉쭉 늘어났다. 그 그물은 나의 뇌였다. 나는 나의 뇌와 자리바꿈을 했던 것이다. 뇌가 내 머릿속에 있는 것이 아니라, 내가 나의 뇌 속에 있었던 것이다. 그 아이디어는 너무나 혁신적이었다. 하지만 막상 글로 옮겨놓고 보니 너무나 실망스러웠다.

나는 종이를 구겨 쓰레기통에 던져넣고, 음반을 뒤로 돌린 후 다시 글을 쓰기 시작했다. 그 역시 내 꿈을 바탕으로 한 소설로, 나는 어둠 속을 뚫고 미지의 세계를 찾아 움직이고 있었다. 이전에 묘사했던 어둠과 다른 점이 있다면, 이번의 어둠은 불꽃 속에서 찾아볼 수 있는 것이었다. 내가 발을 옮기는 곳마다 불꽃이 이글거렸다. 내 오른쪽에는 산이 있었고, 눈앞에는 바다가 있었다. 그것이 전부였다. 일어나는 일은 아무것도 없었다. 내 소설 속에는 그것밖에 없었다.

젠장. 역시나 실망스러웠다.

어둠 속의 불꽃들, 거대한 산과 널찍한 들판. 내 머릿속에선 너무나 환상적이었는데! 종이 위에선 밋밋하기 그지없었다.

나는 소파로 자리를 옮겨 일기를 쓰기 시작했다.

내면에서 외면으로 전이시키는 과정을 좀더 다듬어야 한다. 어떻게 하면 될까. 사람들의 행위를 묘사하는 것은 쉽지만, 나는 그것만으로는 부족하다고 생각한다. 하지만 헤밍웨이도 그렇게 하지 않았던가.

나는 고개를 들어 피요르 위로 솟아오른 산을 바라보았다.

적어도 나는 이곳에서 만족한 생활을 하고 있다. 내가 이곳의 삶에 만족할 것이라 그 누가 짐작이라도 했을까. 게다가 꽤 예쁜 여자도 만났다. 이번엔 잘 될 것 같다. 록앤드롤!

이른 저녁, 아래층 건물 정문이 열리는 소리가 들렸다. 묵직하고 힘찬 발소리로 미루어 토릴은 아닌 것 같았다. 문득 남편이 오늘 집에 돌아온다고 했던 그녀의 말이 떠올랐다. 위층에서 들리는 소리를 들으니 내가 사는 세상과는 완전히 달랐다. 웃음소리와 음악 소리. 잠을 자려고 침대에 누우니, 머리 위에서 두 사람이 일을 치르는 소리가 들렸다.

오, 그들은 놀랄 만큼 오랫동안 일을 멈추지 않았다.

그녀의 외마디 소리, 그의 신음 소리, 무언가에 규칙적으로 부딪치는 듯한 소리. 어쩌면 그것은 그들의 침대가 벽에 부딪히는 소리일지도 몰랐다.

512

나는 베개로 귀를 막고 다른 생각을 해보려 무진 애를 썼다.

하지만 마음처럼 잘 되지 않았다. 그도 그럴 것이, 나는 그녀와 잘 아는 사이였고 그녀가 어떻게 생겼는지도 너무나 잘 알고 있었으니까.

마침내 조용해졌다. 나는 그제야 잠을 청할 수 있겠다며 안심했다.

다시 위층에서 소리가 들리기 시작했다.

나는 더 참을 수 없어 거실 소파에서 잠을 청했다. 어둑어둑한 그림자가 나를 덮쳤다. 이레네와 잘될 수 있으리라 생각했던 기대감은 마치 낡은 광산처럼 내 속에서 허물어져 내리기 시작했다.

이레네와 사귄다는 것은 말도 안 되는 일이라는 생각이 스쳤다.

나는 이제 겨우 열여덟 살이지만 교사라는 직업과 집도 있다. 나이에 비해 어마어마한 양의 음반도 소유하고 있다. 그저 그런 음반이 아니라 수준 있는 음반들뿐이다. 게다가 내 외모도 어디에 뒤지지 않는다. 심지어 코트를 입고 검은색 바지에 하얀 농구화를 신고 검은색 베레모를 쓰고 나가면 유명한 밴드 멤버처럼 보일 때도 있다. 하지만 내가 원하는 단 한 가지 일을 할 수 없다면 이 모든 것이 무슨 소용이 있단 말인가.

위층 부부는 마침내 두 번째 일을 치렀는지 조용해졌다. 나는 마치 어린아이처럼 소파 위에서 잠이 들었다.

다음 날, 나는 하루 종일 글을 썼다. 레드 제플린의 음악을 들으며 주먹을 쥐고 손을 흔들며 하루를 시작한 나는 네 시간 동안 잠시도 쉬지 않고 글을 썼다. 첫 번째 소설로 되돌아갔다. 이야기는 두 소년이 공사장의 간이 건물 창을 깨고 들어가 포르노 잡지를 훔쳐나오는 것으로 전개되었다. 꽤 만족스러웠다. 문제는 결말을 생각해낼 수 없다는 것이었다. 집에 돌아온 소년은 불같이 화를 내는 아버지와 맞닥뜨렸다. 무언가 다른 일도 더 일어나야 할 것 같았다. 하지만 나는 아무것도 생각해낼 수 없었다.

저녁 무렵, 나는 학교로 가보았다. 텅 빈 건물 안에 혼자 있으려니 이유 없는 죄책감이 밀려들었다. 마치 허락되지 않은 곳에 몰래 들어가는 것만 같았다. 나는 근거 없는 죄책감을 밀쳐놓고, 잠긴 교무실 문을 열쇠로 열고 들어가 어머니에게 전화를 걸었다.

어머니는 신호가 떨어지자마자 전화를 받았다.

"잘 지내세요?"

"응, 나는 잘 지내고 있어. 그러잖아도 네 생각이 나서 오늘 저녁에 편지를 썼단다."

"제가 보내드린 소설은 읽어보셨나요?"

"응. 고마워. 잘 읽어봤어."

"어떻게 생각하세요?"

"매우 좋았어. 솔직히 깜짝 놀랄 정도로 잘 쓴 글이라고 생각했단다. 내 아들이 작가라는 생각도 했어."

"그게 정말이에요?"

"그럼, 정말이지. 네 소설에는 이야기가 있었어. 등장인물인 두 소년의 캐릭터도 매우 좋았고, 전개는 매우 생생했어. 마치 내가 소설 속에 있는 것 같았단다."

"어머니가 특별히 좋아하는 부분이 있었나요?"

"특별히 좋아했던 부분은 없었어. 처음부터 끝까지 모두 좋았으니까."

"결말은 어떻게 생각하세요?"

"소년이 아버지와 마주쳤던 부분 말이니?"

"네."

"나는 그게 이야기의 핵심이라고 생각했어."

"저도 그런 의도로 썼어요."

잠시 침묵이 흘렀다.

"샤르탄 삼촌은요? 삼촌 소식은 들어보셨나요? 사실은 샤르탄 삼촌에게도 제가 쓴 글을 보냈거든요."

"아니, 아직. 나는 일요일마다 샤르탄에게 전화를 한단다. 이번 주 일요일이 되면 샤르탄의 감상을 들어볼 수 있을 거야."

"안부 전해주세요."

"그럴게. 그런데 너는 어떻게 지내니?"

"잘 지내고 있어요. 어제는 축구 훈련도 했답니다. 내일부터는 다시 노예 생활로 되돌아가야 해요."

"일이 어렵니?"

나는 콧방귀를 뀌었다.

"아니에요. 사실은 아주 쉬워요. 교사가 되기 위해 대학에서 3년이나 공부하는 사람들을 이해할 수 없어요. 하지만 교육대학을 졸업하면 학생 수가 많은 학교에서 일을 하겠죠? 여긴 한 반에 학생이 대여섯 명밖에 없어요."

"정말 그렇게 생각하니?"

"뭘요?"

"일이 쉽다는 것 말야."

나는 미소를 지었다.

"그런 일에 의심을 하다니, 정말 어머니답군요. 아니에요. 솔직히 말하자면 만만하게 볼 일은 아닌 것 같아요."

"그곳 사람들과는 잘 지내고 있니?"

515

"네. 동료 교사들과 꽤 친해졌어요. 특히, 닐스 에릭이라는 사람과 자주 대화를 나눠요. 그런데 이곳 사람들은 제가 익숙했던 사람들과는 많이 달라요. 굉장히 호의적이고 친절해요. 시도 때도 없이 우리 집에 와서 초인종을 누르기도 해요. 담장이 없어도 살 수 있을 것 같아요."

"그렇구나."

"네, 동료들은 물론 동네 사람들까지. 심지어는 우리 반 학생들까지 집으로 놀러와요!"

"들어보니 잘 지내고 있는 것 같구나."

"네, 제가 그렇게 말했잖아요."

우리는 약 30분간 통화를 했다. 나는 전화를 끊고 소파에 앉아 텔레비전에서 스포츠 뉴스를 보았다. 스타르트 팀은 패배를 연속했다. 이대로 간다면 시즌이 끝날 무렵 2부 리그로 강등될 것이 뻔했다.

이틀 후, 리카르드가 수업 시간 중에 교실에 와서 내게 손짓을 했다.

"자네에게 전화가 왔어. 받아보게. 그동안 수업은 내가 대신 진행하도록 하지."

전화라고?

나는 서둘러 교무실로 가서 전화를 받았다.

"여보세요?"

"안녕, 나야. 이레네."

"어, 안녕!"

"지금 수업 중이야?"

"응."

"내 편지는 읽어봤어?"

"응. 좀 놀랐어!"

"그렇다면 너를 놀라게 해주려던 내 의도가 먹힌 거네! 그건 그렇고, 너희 집에 언제 한 번 가도 될까? 마침, 이번 주 금요일에 그 동네로 가는 친구가 있어. 그 친구 차를 타고 함께 가려고."

"물론이지. 언제든."

"그럼, 금요일쯤 너희 집에 갈게. 그때 보자."

"알았어. 안녕."

전화를 끊고 교실로 들어가니, 리카르드는 칠판에 무언가를 써가며 학생들에게 설명을 하고 있었다. 나는 그가 가만히 앉아 과제를 해결하는 학생들을 감독할 줄로만 알았는데… 그가 내게 미소를 지었다. 하지만 그의 눈빛은 차갑기 그지없었다. 내가 잘못 본 걸까.

쉬는 시간이 되자 그가 나를 따로 불렀다.

"칼 오베, 한 가지 일러줄 게 있어. 수업 중에는 개인적인 전화를 하면 안 돼."

"하지만 그녀가 전화를 하는 건 내가 어쩔 수 없는 일이잖아요. 수업 중에 통화를 할 수 없다면, 당신이 처음부터 메시지를 받아놓든가… 그러면 나는 수업이 끝난 후에 전화를 할 수 있을 텐데요."

그가 나를 빤히 바라보았다.

"그녀가 중요한 일이라고 했어. 정말 중요한 사항이었나?"

"네."

그가 한쪽 눈을 찡긋하며 교장실로 들어갔다.

젠장.

집으로 돌아오는 길에 사서함을 확인하니 편지가 세 통 와 있었

517

다. 하나는 채무업체에서 빚을 갚으라 독촉하는 것으로, 정해진 기한 내에 돈을 지불하지 않으면 법적인 조치를 취하겠다는 경고장이었다. 지난 연말 파티 때 대여했던 턱시도 때문이었다. 파티 때 턱시도는 완전히 망가졌지만, 나는 그것을 변상하지 않았다. 심지어는 그 일을 잊어버리기 위해 턱시도를 쓰레기통에 버리기까지 했다. 그때나 지금이나 돈이 없는 건 매한가지였기에 갚을 수가 없었다. 내가 돈을 갚지 않는다면 채무업체에선 어떻게 나올까? 나를 감옥에 집어넣을까? 하지만 어쩌라고! 나는 돈이 없는데!

다른 두 통은 힐데와 어머니에게서 온 편지였다. 나는 집에 돌아와서야 편지 봉투를 열어보았다. 편지를 읽는다는 것은 내게 파티를 하는 것이나 마찬가지였다. 편지를 읽을 때는 주변의 환경이 완벽해야만 했다. 커피와 음악은 물론이고, 손가락에 끼운 담배 이외에 책상 위에 담배 한 개비를 여분으로 더 마련해놓은 후 편지를 읽기 시작했다.

어머니의 편지부터 읽어보았다.

사랑하는 칼 오베

네 글에 대한 평을 기다리고 있을 것이라는 생각에 먼저 샤르탄의 말부터 적으려 한다. 그는 네가 보낸 이메일을 받아보고 매우 기뻐했어. 샤르탄과 전화 통화를 하며 나누었던 말 중에서 아직도 내가 기억하고 있는 것은, 네 글이 문학이라 이름붙이기에 부족함이 없었다는 것과 네 글에서 재능을 엿볼 수 있다는 말이었어. 그는 너를 조카가 아니라 글을 쓰는 동료로 생각하는 것 같더구나. 그리고 자신이 직접 쓴 글을 내게 보내줄 테니 네게 전달해달라고도 했어. 요즘은 시 외에도 소설을 시도해보는 중이라 했어. 어쨌든 샤르탄은 네가 글을 계속 쓰길 바란다고 응원해주었단다. 기회가 되면 너도 비슷한 관심을 가진 사람들끼리 만나 글에 관한 토론을 해보라고 하던데, 그곳에서도 그러한 사람들을 만날 수 있을지 조금 걱정하는 눈치였어. 네가 원한다면 삼촌이 시집을 출간했던 출판사 사람들에게 연락해서 조언을 받을 수 있도록 도와준다고 하더구나. (나는 이 부분에선 조금 염려가 되는구나. 네 개인적인 발전 과정을 염두에 둔다면 아직은 좀 때가 이르지 않나 싶어서 말야. 어쨌든 그건 네 삼촌의 생각이라는 것을 알아주었으면 좋겠어. 나는 그의 생각을 네게 전달할 뿐.)

보아하니, 너는 집을 나와 독립적인 삶을 살기 위한 과도기를 잘 보내고 있는 것 같구나. 그 시기는 항상 편하지만은 않단다. 하지만 네가 집에서 살던 시기도 편하지만은 않았다는 것을 나는 잘 알고 있어. 어쩌면 그곳에서 글과 음악과 함께하는 너의 삶이 더 조용하고 편안할지도 모르겠다는 생각이 드는구나.

나는 요즘 정신병동 간호사 학교를 설립하려는 생각을 해봤어. 여러 가지 생각을 많이 하고 있지. 최근에 문을 닫은 낡은 학교 건물을 하나 발견했어. 환하고 아름다우며 과거의 지식과 현명함으로 가득 차 있는 장소였지. 바로 그곳에서 내 학생들을 가르친다면 얼마나 좋을까 생각해보았단다.

쇠르뵈보그의 두 분은 기력이 많이 쇠약해지셨어. 무기력함과 가난함, 삶의 의지마저도 조금씩 사라지고 있는 것 같아. 그곳을 찾을 때마다 혈육의 정을 느낄 수 있어 좋긴 하지만 두 분의 무기력함은 내 속에 자리한 삶의 의지마저도 앗아가버리는 것 같아서 안타깝기 그지없단다. 나는 두 분이 하루하루를 어떻게 살아가는지 궁금할 때가 있어. 그분들의 삶은 하루하루를 겨우 살아내기에도 힘들 정도란다. 최소한의 일상만 마지못해 꾸려나가는 것 같아. 아침에 일어나 옷을 입고 음식을 만드는 일조차도 힘들어하는 것 같더구나. 그럼에도 두 분에게선 여전히 끊이지 않는 삶의 의지를 찾아볼 수 있어. 놀랍지 않니. 네 외할아버지는 스스로 100세까지 살 수 있다고 믿고 있어. 외할머니는 이미 몸과 정신을 갉아먹는 병마를 받아들인 지 오래되었단다. 과거와 현재의 시간을 뒤섞는 일이 다반사지만 대부분은 과거의 시간에 살고 있는 것 같아. 하긴, 외할아버지도 그럴 때가 종종 있단다. 두 분이 노쇠해가는 과정을 지켜보는 것은 너무나 슬퍼. 하지만 두 분이 없다면 내 삶은 텅 비어버릴 것 같아. 너의 이모 보르그힐과는 자주 대화를 나눈단다. 그녀는 항상 밝고 긍정적인 데다 현명하기까지 하지. 그녀와 대화를 하다보면 마음이 편해져. 쉴 새 없이 수다를 떨어 가끔 귀가 먹먹하긴 하지만 말야. 이번 주엔 보르그힐의 집에 가볼까 생각 중이야. 그러면 또 밤새 수다를 떨게 되겠지.

네가 글 쓰는 일을 진지하게 생각한다는 것은 잘 알고 있어. 젊음을 불태울 수 있는 목표가 있다는 것은 감사한 일이야. 목표를 위해 노력한다면 발전 가능성은 무한하단다. 나는 요즘 특히 그런 생각을 자주 해.

참, 네게 스웨터를 하나 짜주려고 무늬 도면을 하나 구입했단다. 어쩌면 무늬를 조금 변경해야 될지도 모르겠어. 그런데 요즘은 뜨개질도 시들해지는구나. 그래서 스웨터를 직접 짜기보다는 차라리 가게에서 한 벌 사서 보내주거나 돈을 보내게 될지도 모르겠어. 어떻게 될지 두고 보자구나.

네가 하는 모든 일에 행운이 깃들기를 바란다.

어머니로부터.

정말 샤르탄 삼촌이 내 글에서 재능을 보았다고 말했을까. 정말 내 글을 출판사에 보내보라고 말했을까.

삼촌이 그런 말을 하지 않았다면 어머니가 편지에 쓸 이유도 없을 것이다.

그런데 어머니가 말한 '나의 개인적인 발전 과정'은 무엇을 의미 하는 것일까. 내 글이 좋다는 말일까, 그렇지 않다는 말일까.

힐데가 보낸 편지를 열어보았다. 이미 짐작했던 대로 내가 제대로 이해할 수 없는 어렵고 추상적인 문구로 가득 차 있었다. 내가 이해 할 수 있었던 것은, 그녀가 내 글을 더 읽어보고 싶다고 말했던 것뿐 이었다. 그 말에는 그녀만이 표현할 수 있는 진정성이 담겨 있었다.

나는 편지를 타자기 옆에 놓아두었다. 타자기를 켜자마자 모닥불 의 불꽃과 관련한 소설을 전개시킬 수 있는 아이디어가 떠올랐다.

그들은 산 채로 불에 타버렸다! 끝없는 들판에 타오르고 있던 불꽃은 산 채로 불타오르는 시신들이었던 것이다! 처음에 그는 아 무것도 몰랐다. 하지만 가까이 다가가서 살펴본 후엔 모든 것을 깨달았다. 그들은 불꽃 속에서 재로 변한 시체를 평평한 나무삽으 로 퍼올렸다.

나는 한 시간 만에 단편 한 편을 완성하고, 타자기에서 종이를 빼 어내 복사를 하기 위해 서둘러 학교로 갔다.

사흘 후, 이레네가 대문 앞에 서 있었다.

나는 그녀를 집 안으로 맞아들였다.

분위기는 어색하기 그지없었다. 그녀는 농담을 하며 분위기를 가볍게 만들어보려 노력했지만 큰 도움이 되진 않았다. 우리는 차를 마시며 대화를 나누었다. 아무 일도 일어나지 않았다.

그녀가 대문을 나설 때 나는 그녀를 두 팔로 감싸 안았다. 그녀가 내 얼굴을 바라보았다. 나는 고개를 숙여 그녀에게 입을 맞추었다.

그녀는 따스하고 부드러웠으며 생기로 가득 차 있었다.

"우리 언제 다시 만나지?"

그녀가 물었다.

"글쎄… 너는 언제 시간이 되니?"

"내일은 어때? 내일 집에 있어? 이곳으로 오는 사람에게 부탁해서 차를 타고 올게."

"알았어. 내일 보자."

나는 정문 앞에 서서 차로 걸어가는 그녀의 뒷모습을 지켜보았다. 내 몸은 욕정으로 가득했다. 그녀가 뒤를 돌아보며 손을 흔든 후, 차에 올라탔다. 나는 문을 닫고 집 안으로 들어가 소파에 앉았다. 그녀를 향한 내 마음은 여러 가지 느낌으로 복잡하기만 했다. 나는 그녀를 좋아하고 그녀를 원했지만, 그것만으로 충분하다 할 수 있을까. 그녀는 청바지에 청재킷을 입고 있었다. 이곳 사람들에겐 그 옷차림이 유행인 것 같았다. 적어도 여자아이들은 대부분 그렇게 입고 다녔다. 그녀의 편지는 사투리로 가득했다. 그것은 내가 혐오하는 것 중의 하나였다.

그녀와 함께 취할 때까지 술을 마셔야겠다고 생각했다. 그렇게 한다면 내 속에 있는 온갖 회의적인 느낌들이 사라질 것이고, 그녀의 벌거벗은 몸도 볼 수 있지 않을까. 그렇다, 연인으로서의 의무와 책임감 없이 그녀와 하룻밤 정도는 즐길 수 있을 것이다.

다음 날 저녁, 초인종 소리가 들렸다. 졸고 있던 나는 얼른 몸을 일으켜 대문을 열었다. 그녀는 바지 주머니에 엄지손가락을 꽂고 내게 미소를 지었다. 그녀의 뒤에는 자동차 한 대가 시동을 건 채 멈추어 있었다.

"핀스네스로 가려는 참인데, 같이 갈래?"

그녀가 내게 물었다.

"응. 그러자."

자동차 안의 조수석에는 그녀와 함께 첫날 우리 집에 왔던 소녀가 앉아 있었다. 나는 그녀의 이름을 기억할 수 없었다. 핸들을 잡고 있는 내 나이 또래의 남자는 그녀의 애인인 것 같았다. 아니, 애인이 아닐 수도 있었다. 나는 이레네와 함께 뒷좌석에 나란히 앉았다. 그는 이 동네의 여느 다른 사람들처럼 매우 빨리 차를 몰았다. 스피커에서는 크리던스의 음악이 흘러나왔다. 이곳 사람들은 그 밴드를 매우 좋아하는 것 같았다.

내리막길을 벗어나자마자 그들은 내게 맥주 한 병을 건네주었다. 차를 타고 가는 내내 내 몸속에는 그녀를 향한 욕정이 넘쳐흘렀다. 그녀는 내게 너무나 가까이 앉아 있었고, 앞좌석에 있는 사람들과 대화를 나누기 위해 상체를 앞으로 굽힐 때마다 그녀의 팔이 내 몸에 닿을 듯 말 듯 가까이 다가왔다. 그들은 내게 이런저런 질문을 던졌고, 나는 그들에게 대답과 함께 이어지는 질문을 되돌려주었다. 잠시 침묵이 흐르자 이레네가 앞좌석의 사람들과 다시 대화를 시작했다. 가끔, 그녀는 나를 돌아보며 그들이 나누었던 대화의 배경을 설명해주기도 했다. 그녀는 우리가 눈을 마주칠 때마다 미소를 짓거나 진지한 표정을 번갈아가며 지었다.

약 한 시간 후, 운전사는 핀스네스의 한 디스코텍 앞에 차를 세웠다. 우리는 안으로 들어가서 자리를 잡고 앉은 후, 와인 한 병을 사서 나누어 마셨다. 춤을 추기 시작했다. 그녀가 내게 몸을 바짝 붙여왔다. 나는 욕정을 억누르지 못해 어쩔 줄 몰랐다. 무의미한 대화들. 그것이 무슨 소용이 있을까. 나는 술을 벌컥벌컥 들이켰다. 우리는 잠시도 쉬지 않고 춤을 추었다. 집으로 돌아가는 길, 시속 120킬로미터로 달리는 차 안에서 그녀와 나는 서로의 몸을 더듬었다. 스피커에서 「스탠 바이 유어 맨」Stand by Your Man이 흘러나왔다. 나는 고개를 뒤로 젖히고 웃음을 터뜨렸다. 내 삶이 이토록 볼품없는 싸구려처럼 변해버렸다는 사실에 웃지 않을 수 없었던 것이다. 나는 다음번에 남쪽의 친구들에게 편지를 쓸 때 꼭 이 말을 잊지 않고 써야겠다고 생각했다.

"갑자기 왜 웃었어?"

그녀가 물었다.

"아무것도 아냐. 그냥 너무 행복해서."

운전사는 호피요르로 접어드는 진입로 앞에서 차를 세웠다.

"여기서부터는 걸어가세요. 우리는 헬레비카로 갈 예정이거든요."

"여기서 호피요르까지 꽤 멀지 않습니까?"

"그다지 먼 거리는 아니에요. 한 시간 정도 걸어가면 될 거예요. 빨리 걸으면 45분 만에 갈 수도 있어요."

나는 이레네에게 입을 맞추고 차문을 열고 나왔다.

차 안에 있던 그들이 크게 웃음을 터뜨렸다. 등을 돌려 보았다. 운전사가 차창을 열고 고개를 쑥 내밀었다.

"장난을 쳤을 뿐이에요. 어서 타세요. 집까지 태워줄 테니까."

차는 터널을 지나 피요르 갓길을 따라 움직였다. 바다와 산은 어슴푸레하고 조용한 밤공기 속에서 침묵을 지키며 제자리를 지키고 있었다.

"오늘밤 우리 집에서 자고 갈래?"

집에 가까워올 때쯤 나는 이레네의 귀에 대고 낮게 속삭였다.

"응, 나도 그러고 싶어."

그녀가 나직이 대답했다.

"하지만 오늘은 안 돼. 집에 돌아가야만 하거든. 다음 주 주말은 어때? 집에 있을 거야?"

"응."

"그럼, 다음 주 주말에 너희 집에 갈게."

월요일 아침이면 항상 습관처럼 한 시간 일찍 학교에 출근했다. 그날 할 일을 대충 살펴보고 종이 치면 교실에 들어가 교탁 위에 앉은 채 아이들을 기다렸다. 수업이 시작되면, 나는 아이들과 잠시 이야기를 나눈 후 지난 시간에 이어 수업을 진행했다.

그날은 교실 안 분위기가 여느 때와는 조금 달랐다. 아이들이 하나둘 교실 안에 들어올 때부터 눈치챌 수 있었다. 아이들은 어색한 몸짓으로 자리에 앉았다. 안드레아가 비비안을 흘낏 쳐다보더니 손을 번쩍 들었다.

"선생님, 헬레비카에서 온 이레네와 사귄다는 소문이 정말인가요?"

여자아이들이 킥킥 코웃음을 쳤다. 카이 로알은 못마땅한 듯 눈동자를 휘휘 굴렸지만 입가에는 미소를 머금고 있었다.

"학교 밖에서 내가 무슨 일을 하든, 그건 너희들과는 상관없는 일이야."

"하지만 선생님은 월요일이 되면 주말에 뭘 했냐고 우리에게 묻곤 했잖아요."

안드레아가 대꾸했다.

"그래, 그렇지. 너희들도 내가 주말에 무엇을 했는지 물어봐. 그 정도는 나도 대답해줄 수 있어."

"선생님, 주말에 뭘 하셨나요?"

카리 로알이 질문을 던졌다.

"토요일엔 집에만 있었어. 저녁에 잠깐 핀스네스에 다녀왔을 뿐이야. 일요일엔 집에 하루 종일 있었어."

"오, 그렇군요!"

비비안이 말을 이었다.

"핀스네스엔 누구랑 함께 갔나요?"

"그건 너희들이 상관할 일이 아냐. 자, 이제 수업을 시작해볼까?"

"싫어요!"

나는 두 팔을 활짝 벌렸다.

"더 할 이야기가 있니?"

"이레네와 사귄다는 소문은 사실인가요?"

안드레아가 다시 물었다.

나는 미소를 지으며 아무 말도 하지 않은 채, 교탁 위에 있던 책을 학생들에게 나누어주었다. 그 시간은 노르웨이어 시간이었고, 학생들이 읽어야 할 책은 알렉산더 셸란*의 『독』이었다. 나는 그 책을 지

---

* 노르웨이의 소설가이자 극작가.

난주부터 수업에 사용했다. 교육학자가 방문했을 때, 나는 학생들의 읽기 능력이 매우 떨어진다고 말했다. 그녀는 내게 학생들과 함께 소리 내어 책을 읽어보라고 권했다. 나는 그녀의 조언을 따르기로 했다.

"앗, 또 이 책이야. 오늘도 지루하겠는걸."

아이들이 70년대 스타일의 녹색 책표지를 보며 한숨을 쉬었다.

"이 책은 싫어요. 무슨 말인지 하나도 이해할 수 없다고요!"

"그 책은 노르웨이어로 적혀 있어. 너희들, 노르웨이어를 못 읽니?"

"그런 건 아니지만, 이 책에 적혀 있는 글은 너무 구식이란 말이에요! 정말 하나도 모르겠어요."

"카이 로알, 네가 먼저 읽어보렴."

그가 책 읽는 것을 듣는 것은 고통 그 자체였다. 원래 책을 더듬거리며 읽는 아이였다. 전개를 이끌어가는 역동성이라곤 전혀 찾아볼 수 없었다. 셀란의 구식 문체는 단음절로 끊겼고, 주저하며 더듬거리는 소리로 채워졌다. 그 책에 어떤 이야기가 담겨 있는지 이해하는 아이는 아무도 없었다. 나는 그 책을 선택한 것을 후회했다. 하지만 여기서 포기한다면 웃음거리가 될 것 같았다. 나는 종이 울릴 때까지 책 읽기를 계속했다. 아이들은 지루해 어쩔 줄 모르며 몸을 비비 꼬았다. 나는 다음 주 월요일 수업에도 같은 책을 사용할 생각이었다.

그날 쉬는 시간 감독은 내 차례였다. 나는 아이들이 운동장으로 나가는 동안, 교무실 앞 복도로 가서 코트를 걸쳐 입었다.

"칼 오베, 아버님이 전화하셨어."

헤게가 메모지 한 장을 들고 내게 다가왔다.

"전화해달라고 하셔서 번호를 받아놨어."

나는 그녀가 건네주는 메모지를 손에 들고 잠시 주저했다. 학생들을 운동장에 내버려두면 안 될 것 같았다. 하지만 아버지도 교사의 입장이니 학교 사정을 잘 알고 있을 것이다. 수업 중에 전화를 한 걸 보면 무언가 중요한 일이 틀림없었다.

'아, 아기가 태어났구나!'

나는 얼른 교무실에 들어가 전화를 걸었다.

"여보세요?"

아버지의 목소리였다.

"안녕하세요, 칼 오베예요. 전화하셨다면서요?"

"응. 아기가 태어났어."

"오, 그렇군요. 남자아이인가요, 여자아이인가요?"

"작은 여자아이야."

아버지는 술에 취한 것 같았다. 아니, 너무 기뻐서 어쩔 줄 모르는 것일까?

"축하합니다."

"고맙구나. 방금 집에 왔어. 이젠 내가 두 사람을 보살펴야 해."

"운니의 건강은 어떤가요?"

"좋아. 나중에 다시 전화하자. 잘 있거라."

"네, 운니에게도 축하한다고 전해주세요."

전화를 끊고 밖에 나가니 나를 지켜보던 헤게가 미소를 지었다. 나는 서둘러 코트를 입고 운동장으로 나갔다. 건물 밖으로 나가자마자 레이다르가 내 앞을 가로막고 섰다. 그는 말할 수 없을 정도로 귀찮은 아이였다. 매사에 자신이 중심이 되어야 하는 아이였으며, 수업 시간 중에는 꼬박꼬박 대답을 하고, 온갖 자잘한 일에 끼어들며 모든 것을 다 알아야 하고 항상 1등을 해야 성이 차는 아이였다. 동시에 나를 비롯한 교사들 앞에서는 아첨과 아부를 아끼지 않았다. 그는 여러 면에서 좋아할 수 없는 아이였다. 어린 시절의 내 모습과 똑같았다. 나는 기회가 있을 때마다 앞으로의 삶이 더 힘들어지지 않도록 그의 행동과 말을 바로잡아주려 노력했지만, 큰 도움이 되는 것 같지는 않았다. 그는 내가 꾸짖거나 심한 말을 하면 용수철처럼 튀어올라 반격하는 아이였다.

그가 내 반의 안드레아와 형제지간이라는 것을 안 다음부터는 그를 좀더 부드럽게 대하기 시작했다. 안드레아는 내 마음에 쏙 드는 학생이었고, 그가 안드레아와 형제지간이라는 사실에 마음이 누그러졌기 때문일까. 나는 솔직히 그 이유를 정확히 알 수 없었다.

"칼 오베, 칼 오베 선생님!"

그가 내 코트 자락을 잡아당겼다.

"왜, 무슨 일이니? 그런데 내 코트는 잡아당기지 마!"

"잠시 교실 안에 들어갔다 나와도 될까요?"

"뭐 때문에?"

"깜박 잊고 공을 놔두고 왔어요. 공만 가져올게요. 부탁이에요! 교실에 잠깐만 들어갔다 올게요! 한 번만!"

"안 돼."

나는 축구장 쪽으로 걷기 시작했다.

그가 내 뒤를 졸졸 따라왔다.

"토릴 선생님이 감독을 했다면 허락했을 거예요."

"내가 토릴처럼 보이니?"

그가 웃음을 터뜨렸다.

"아뇨!"

"얼른 운동장에 가서 다른 아이들과 함께 놀아! 어서!"

운동장으로 달려나가던 그가 속력을 줄이고 천천히 걷더니 자기 반 학생들 앞에서 걸음을 멈추었다. 그들은 학교 담벼락 옆에서 줄넘기를 하고 있었다.

저 멀리서 세찬 바람이 한 줄기 불어왔다. 운동장의 모래와 먼지가 휘날렸다. 나는 눈에 들어간 먼지를 제거하려 수차례 눈을 깜박였다.

아버지가 다시 아버지가 되었다는 사실이 이상하게만 느껴졌다.

몸을 돌려 운동장 안쪽을 바라보았다. 9학년 여자아이 둘이 건물에서 나와 내리막길을 걷기 시작했다. 몸에 딱 달라붙는 파란 리바이스 청바지, 하얀 운동화, 커다란 점퍼. 그중 한 명은 짙은 머리카락을 올려 꽁지머리를 했고, 다른 아이는 연갈색 머리에 파마를 한 것 같았다. 그녀는 이마 위로 흘러내리는 곱슬머리를 넘기려 연신 고개를 젖혔다. 그녀의 길고 하얀 목이 참으로 아름답다고 생각했다. 엉덩이도 너무나 탐스러웠다.

앗, 이런 생각을 하면 안 되는데. 계속하다 보면 미치거나 감옥에 가게 될 것이다. 나는 홀로 미소를 지으며 등을 돌렸다. 축구를 하는 아이들, 줄넘기를 하는 아이들. 어디서도 싸움질을 하거나 말다툼을 하는 아이들은 볼 수 없었다.

젠장, 뚱뚱한 아이가 나를 향해 다가오고 있었다.

"안녕하세요!"

그가 슬픔과 기쁨을 함께 담은 듯한 눈으로 나를 쳐다보았다.

"안녕. 너도 줄넘기를 해보았니?"

"네, 하지만 한 번 만에 줄에 걸려서 나와야만 했어요."

"그래, 가끔은 그런 일도 있을 수 있지."

"오늘 선생님 댁에 놀러가도 되나요?"

"우리 집에? 왜?"

"재밌을 것 같아요. 선생님도 혼자 있으면 심심하지 않나요?"

나는 미소를 지었다.

"그래, 맞아. 하지만 오늘은 좀 곤란한걸. 일을 해야 해. 다음에 기회를 봐서 친구들과 함께 놀러오렴."

"네."

나는 주머니에서 시계를 꺼내 시간을 확인했다.

"종이 치기까진 2분이 남았어. 천천히 걸어가면 시간에 맞추어 건물 안에 들어갈 수 있을 거야."

그가 내 손을 잡았다. 우리는 함께 학교 건물을 향해 걷기 시작했다.

안드레아와 힐데군이 바지 주머니에 손을 넣고 교장실 창문 아래서서 우리를 바라보았다.

"『독』이라는 책은 너무 지루해요. 다른 책을 읽으면 안 될까요?"

"그 책은 노르웨이 문학사에서 고전으로 간주되는 책이야. 한 번은 읽어봐야 하는 책이란다."

"우린 고전 같은 건 싫어요."

힐데군이 새침하게 말했다.

나는 집게손가락을 들어 그들을 가리켰다.

두 아이가 웃음을 터뜨렸다. 동시에 수업 시작을 알리는 종소리가 들렸다.

토요일 날, 나는 첫 축구 경기를 했다. 유니폼 상의는 얇은 녹색 천에 하얀 줄무늬였고, 바지는 흰색, 축구 양말은 녹색이었다. 나는 중앙 수비수로 뛰었고, 닐스 에릭은 쫄쫄이 내복 위에 유니폼 바지를 입고 사이드라인에서 뛰었다.

경기를 구경하러 온 사람들도 몇몇 있었다. 대부분은 사이드라인 쪽에 앉아 있었고, 반대편 언덕 위에 앉아 구경하는 사람도 있었다. 비비안과 안드레아가 눈에 띄었다. 나는 경기 시작 전에 그들에게 손을 흔들어주었다. 몇 분 후, "칼 오베! 칼 오베!"라고 내 이름을 부르며 응원하는 목소리가 들려왔다. 나는 소리나는 쪽을 돌아보며 미소를 지었다. 큰 소리로 응원했던 아이는 비비안이었다. 안드레아는 부끄러운지 비비안의 재킷을 잡아당기며 그만하라고 핀잔을 주었다.

우리는 1 대 0으로 졌다. 라커룸에 들어가니 분위기는 말할 수 없이 좋았다. 모두들 시내에 가서 술을 마실 예정이라 했다. 대부분은 핀스네스로 가는 모양이었다.

모두들 내게 함께 가자고 초대했다. 나는 그들과 함께 갈 수 없다. 이레네가 우리 집에 오기로 했기 때문이다.

나는 집으로 돌아가기 전에 교무실에 들러 윙베 형에게 전화를 했다.

"잘 지내?"

"응. 잘 지내고 있어."

"보내준다고 했던 편지는 어떻게 되었어?"

"아, 그거… 요즘 신경 쓸 일이 너무 많아서 미처 편지를 못 썼어."

"무슨 일인데?"

"크리스틴과 헤어졌어."

"그게 정말이야? 둘이 헤어졌다고?"

"응."

532

"왜?"

"어쩌다 그렇게 되었어. 더는 묻지 마."

잠시 침묵이 흘렀다.

"그런데 지금 막 나가려는 참이었어. 오늘 저녁에 영화 동아리에 가야 해. 나중에 다시 통화해도 되겠지?"

"물론이지."

나는 전화를 끊고 재킷을 입은 후, 문을 잠그고 학교 건물을 나섰다. 하늘은 회색빛을 띠고 있었고, 바다 쪽에선 거센 바람이 불어왔다. 커다랗게 출렁이는 파도는 하얀 거품을 머금고 있었다. 나는 집에 오자마자 냉동 라자니아를 오븐에 넣어 데웠다. 소파에 앉아 하얀 플라스틱 용기에 담긴 음식을 접시에 옮기지도 않고 그대로 먹었다. 맥주를 두 병째 마시려는 순간, 창밖에서 자동차가 멈추는 소리가 들렸다.

우리 집을 찾아오는 손님이라고 생각하는 순간, 아랫도리가 불룩해졌다. 몇 초 후, 초인종 소리가 들렸다. 나는 불룩해진 아랫도리를 감추기 위해 한 손을 바지 주머니 속에 집어넣고 대문을 열었다.

"안녕."

이레네였다.

집 앞에 있던 자동차가 경적을 울린 후 길 아래쪽으로 사라졌다.

"안녕."

그녀가 한 발짝 다가와 내게 포옹을 건넸다. 나도 그녀에게 포옹을 건네기 위해 주머니에 넣은 손을 빼냈다. 그녀에게 내 불룩한 아랫도리를 들키지 않으려 엉덩이를 최대한 뒤로 쑥 빼는 것도 잊지 않았다.

"다시 만나서 반가워."

그녀가 말을 이었다.

"오늘을 얼마나 기다렸는지 몰라. 시간마다 시계를 볼 정도였다니까!"

"나도 마찬가지야. 어서 들어와!"

"난 오늘 저녁에 되돌아가야 돼. 하지만 아직 시간은 많이 남아 있어. 친구가 밤 11시 30분에 데리러오기로 했거든. 괜찮겠지?"

"물론이지."

나는 주방 조리대 위에 맥주를 올려놓고, 화이트 와인을 잔 두 개에 채웠다. 마음먹은 대로 저녁 시간을 보내기 위해선 맥주보다 빨리 취할 수 있는 술을 마셔야 했다.

"위하여!"

나는 그녀의 눈을 바라보며 잔을 들어올렸다.

"위하여!"

그녀가 미소를 지었다.

나는 크리스 아이작의 음반을 틀었다. 사전에 생각해둔 음악이었다. 조용하고 분위기 있는 곡이었지만, 그 저변에는 야성적인 느낌도 있었기에 그날 저녁과는 더할 나위 없이 잘 어울렸다.

그녀는 첫날 나를 찾아왔을 때와 똑같은 하얀 블라우스를 입고 있었다. 블라우스 밑에 있는 그녀의 가슴은 볼 수 없었지만 느낄 수는 있었다. 그녀의 꽉 끼는 청바지 밑에 있는 허벅지를 볼 수는 없었지만 느낄 수 있는 것처럼.

오.

"지난번에 핀스네스에 갔을 때는 정말 즐거웠어."

그녀가 말했다.

"맞아. 나도 그렇게 생각해. 그런데 그 친구들은 연인 관계니?"

"누구? 에일리프와 힐데 말이니?"

"응."

그녀가 웃음을 터뜨렸다.

"아냐, 사촌지간이야. 어렸을 때부터 형제처럼 자랐지. 떼려야 뗄 수 없는 아주 가까운 사이야."

그녀가 손가락 두 개를 꼬아 보이며 말했다.

"너는 형제가 있니?"

내가 그녀에게 물어보았다.

"없어. 넌?"

"남자 형제가 하나 있어."

"형이야 동생이야? 아니, 내가 맞춰볼게. 형이지?"

"응. 어떻게 알았어?"

"넌 형 타입은 아냐."

나는 미소를 지으며 다시 잔에 와인을 채우고 한 모금 만에 잔을 비웠다.

"참, 내겐 여동생도 있어. 배다른 여동생."

"여동생이 있다는 걸 잊고 있었던 거야?"

"그 아이는 태어난 지 며칠밖에 안 되었어!"

"그게 정말이야?"

"응. 갓난아기야. 아직 얼굴도 못 봤어. 아버지가 재혼을 해서 낳은 아이지."

침묵이 흘렀다.

우리는 서로의 눈을 바라보며 미소를 지었다.

침묵은 계속되었다.

기회를 놓칠 수는 없었다. 어떻게 해서라도 분위기를 만들어야만 했다. 비록 와인 기운을 느낄 수는 없었지만, 얼른 생각했던 일을 해 치우고 싶었다.

"네 부모님은 뭘 하시니?"

나는 말을 하자마자 후회했다. 그처럼 분위기를 망치는 질문을 하다니!

하지만 그녀는 예의 바르게 대답했다.

"아버지는 어선에서 일을 하시고, 어머니는 집에 계셔. 네 부모님은?"

"우리 아버진 고등학교 교사야. 어머니는 간호학교 교수지."

"너도 교사잖아!"

그녀가 말을 이었다.

"콩 심은 데 콩 나고 팥 심은 데 팥이 난다더니!"

"난 교사라고 할 수 없어. 교사가 될 마음도 없어."

"왜? 그 직업이 마음에 들지 않아?"

"아니, 그런 건 아냐. 난 단지 학교에서 아이들을 가르치며 내 삶을 허비하고 싶지 않을 뿐이야. 난 여기서 1년 동안 교사 일을 하면서 돈을 모으려고 생각했어."

"그렇다면 넌 네 삶을 어떤 곳에 사용하고 싶니?"

"난 글을 쓸 거야. 작가가 되고 싶어."

"정말? 흥미롭군!"

"응… 하지만 작가가 될 수 있을지는 장담할 수 없어."

"그래… 아니, 넌 꼭 작가가 될 수 있을 거야."

그녀가 내 눈을 빤히 바라보며 말했다.

"와인을 좀더 마실래?"

나는 와인병을 들어 보이며 물어보았다.

그녀가 고개를 끄덕였다. 그녀의 잔에 와인을 따라주었다. 그녀는 와인을 한 모금 마시고 몸을 일으키더니 책상 앞에서 걸음을 멈추었다.

"여기 앉아서 글을 쓰는 모양이구나."

그녀가 말했다.

"응."

그녀가 창밖을 내다보았다.

나는 잔을 한 모금에 비우고 그녀에게 다가갔다. 그녀의 향수 냄새는 푸른 초원처럼 신선하고 상큼했다.

"창밖 경치가 꽤 좋은걸."

그녀가 말했다.

나는 침을 꿀꺽 삼키고 조심스레 그녀를 등 뒤에서 감싸 안았다. 그녀는 그 순간을 기다렸다는 듯 내게 머리를 기댔다. 나는 그녀의 뺨에 내 뺨을 가져가며 그녀의 배를 어루만졌다. 그녀가 나를 향해 몸을 돌렸다. 그녀의 입술이 스칠 듯 말 듯 내 입술을 지나쳐갔다.

"음…"

그녀가 두 팔로 나를 감쌌다. 우리는 오랫동안 키스를 나누었다. 나는 그녀에게 내 몸을 바짝 붙이고, 그녀의 목과 뺨과 팔에 키스를 퍼부었다. 심장이 세차게 뛰기 시작했다.

"침실로 갈까?"

나는 그녀의 손을 잡고 내 침실로 안내했다. 그녀가 침대에 누웠다. 나는 그녀의 몸 위에 내 몸을 겹쳤다. 떨리는 손으로 그녀의 블라우스 단추를 풀고, 브래지어에 손을 가져갔다. 브래지어를 벗겨보려 했지만 마음처럼 잘 되지 않았다. 그녀가 웃음을 터뜨리며 손을 등 뒤로 가져가 직접 브래지어를 벗겨내렸다. 그녀의 하얀 젖가슴이 드러났다.

오, 신이시여! 그녀의 젖가슴은 통통하고 사랑스럽기 그지없었다. 나는 떨리는 숨결로 그녀의 양쪽 젖가슴에 번갈아가며 입을 맞추었다. 그녀의 입에서 신음 소리가 흘러나왔다. 나는 몇 번의 시도 끝에 겨우 그녀의 바지 단추를 풀 수 있었다. 그녀의 바지를 벗겨내린 후, 서둘러 내 바지를 내리고 상의를 벗은 후 그녀의 몸 위에 누웠다. 그녀의 살이 내 살에 닿았다. 그녀의 피부는 너무나 부드러웠다. 내 아랫도리가 그처럼 딱딱했던 것은 난생처음 있는 일이었다. 나는 아랫도리를 그녀의 허벅지에 문질렀다.

아, 안 돼! 젠장! 아, 씨발! 이럴 수가!

하지만 내 아랫도리는 내 마음대로 움직이지 않았다. 경련을 닮은 떨림과 함께 모든 것이 끝나 버렸다.

나는 꼼짝도 않고 누워 있었다.

"왜 그래? 무슨 일이야?"

그녀가 나를 쳐다보며 물었다.

그녀가 팔꿈치에 의지해 상체를 반쯤 일으켰다.

"아무것도 아냐."

나는 살짝 몸을 피했다.

"목이 너무 말라서 그래. 마실 것을 좀 가져와야겠어. 너도 뭘 좀 마실래?"

그녀가 눈치채지 않게 그곳을 빠져나올 수만 있다면, 나는 주방으로 가서 무언가를 흘렸다고 말할 생각이었다. 그렇다면 내 속옷에 축축하게 젖은 자국이 사정의 흔적이 아니라 주스라고 둘러댈 수 있을 것이다. 일은 생각대로 돌아갔다. 나는 냉장고 앞에 서서 사과 주스를 컵에 조금 따랐다. 그리고 컵에 있던 주스를 내 배와 팬티 속에 흘려넣었다.

"오, 제기랄!"

내가 큰 소리로 외쳤다.

"무슨 일이야?"

침실에서 그녀의 목소리가 들렸다.

"아무것도 아냐. 주스를 좀 쏟았을 뿐이야. 참, 너도 뭘 마시겠다고 했니?"

"아냐, 난 괜찮아."

다시 침실로 들어가자, 그녀는 이불로 윗몸을 감싼 채 내게 기댔다. 나는 컵을 든 채 침대 가장자리에 앉았다. 기회는 사라져버렸다. 이젠 이 상황을 자연스럽게 무마하는 수밖에 없었다.

"이제 좀 살 것 같군. 담배 피울래? 난 네가 여기 온 후에 담배를 한 개비도 피우지 않았어. 네게 정신을 빼앗겼었나봐."

나는 미소를 지으며 몸을 일으켰다. 바지를 입고 상의를 입으며 거실로 나가서 더 하우스마틴스The Housemartins의 곡을 틀었다. 크리스 아이작의 최면에 걸린 듯한 멜로디는 이제 더는 필요 없었다. 나는 소파에 앉아 와인을 잔에 따르고 담배를 말았다. 잠시 후, 이레네가 옷을 다 입고 거실로 나왔다.

어떻게 하면 이 상황을 벗어날 수 있을까.

원점으로 되돌려 다시 침대로 되돌아갈 수는 없을까.

설렘과 흥분은 싹 사라져버렸다. 이레네가 소파 끝에 앉아 부스스한 머리를 매만진 뒤 잔을 향해 손을 뻗었다.

미소를 지으며 나를 바라보는 그녀의 눈이 반짝였다.

무언가 뾰족한 것에 가슴이 찔린 것 같은 기분이었다.

내가 기대에 미치지 못했다고 놀리는 건 아닐까.

"칼 오베 크나우스고르. 난 너를 사랑하나봐. 진지하게 하는 말이야."

뭐라고?

지금 나를 놀리는 건 아닐까.

그녀의 눈빛을 보니 진심으로 하는 말 같았다. 그녀의 눈은 따스함과 기쁨과 신뢰감으로 반짝이고 있었다.

도대체 그녀는 지금 무슨 생각을 하는 걸까. 내가 그녀를 아끼는 마음에서 그 잘난 기사도 정신을 발휘했다고 믿는 걸까. 그녀는 정말 내가 제대로 일을 치르지 못한다는 것을 눈치채지 못했던 것일까. 앞으로도 성공할 가능성이 없다는 걸 정말 모르는 것일까. 그녀의 눈에 비친 내 겉모습 뒤에는 일그러진 기형의 괴물이 숨어 있다는 것을 모르는 것일까.

"넌 나를 조금이나마 좋아하고 있니?"

그녀가 물었다.

"물론이지!"

나는 미소를 지으며 말했다.

하지만 내 미소에는 설득력이라곤 전혀 없었다.

"그건 그렇고… 잠깐 밖에 나가서 산책이나 하고 올까? 바람도 쐴 겸."

"좋은 생각이야."

대문을 나서자마자 산책을 제안했던 것을 후회했다. 하나밖에 없는 길, 양옆에 나란히 서 있는 집들. 이곳에서는 1미터도 가지 않아 온 동네 사람들의 눈에 띌 것이 뻔했다.

이레네가 내 손을 잡고 나를 쳐다보며 환하게 미소 지었다. 그녀의 미소에 마음이 편해진 나는 그녀에게 미소를 되돌려주었다.

우리는 길을 걷기 시작했다. 아무 말도 하지 않았다. 그녀는 때때로 내 손을 힘주어 잡곤 했다. 그녀가 내게서 불과 몇 센티미터 떨어지지 않은 곳에 있다고 생각하니 다시 욕정이 솟구쳤다. 주변의 자연 풍경은 휴식을 취하는 듯했다. 바다는 조금의 움직임도 보이지 않았고, 지평선에 걸린 구름도 제자리를 지키고 있었다. 저 멀리 보이는 산봉우리는 어슴푸레한 석양빛 속에서 우리를 지켜보고 있었다. 그 순간, 내가 원했던 단 한 가지는 그녀를 길옆으로 쓰러뜨리고 덮치는 일뿐이었다. 하지만 그것은 있을 수 없는 일이었다. 그 어느 곳에서도, 심지어는 우리 집에서도 불가능한 일이었다. 목이 터지도록 고함을 지르고 싶었다. 나는 그녀를 원했다. 그녀를 얻을 수도 있었다. 하지만 그건 마음처럼 되지 않았다.

하늘과 바다 위와 산등성이를 스치며 어둠이 서서히 다가왔다. 저녁을 알리는 첫 별빛이 어둠을 뚫고 모습을 드러냈다. 사람이라고는 그림자도 보이지 않았다.

"이곳에서 1년을 보낸 후엔 다시 크리스티안산으로 되돌아갈 거야?"

이레네가 물었다.

나는 고개를 저었다.

"그럴 생각은 없어. 무슨 일이 있어도 그곳에 다시 가서 살고 싶진 않아."

"그 정도인지는 몰랐어."

"넌 상상도 못 할 거야."

"나도 크리스티안산에 가본 적이 있어. 아버지 쪽의 친척이 그곳에 살거든."

"그래? 어디에 사는데?"

"보그스뷔그드였던가? 정확히 기억이 나진 않아."

"맞아, 그런 동네가 있긴 있어."

우리는 교회가 자리한 길 끝에 이르렀다. 그녀가 발걸음을 멈추고 두 팔로 나를 감싸 안았다.

"이제 우린 정식으로 사귀는 거지?"

그녀가 말했다.

"그렇지?"

"응."

우리는 키스를 했다.

"사랑하는 작가님."

그녀가 미소를 지으며 말했다.

이번엔 나를 놀리는 것이 틀림없었다. 하지만 그녀가 나를 좋아한다는 사실은 의심의 여지가 없었다.

오, 세상에! 이 산책은 언제쯤 끝이 날까? 나는 불룩해진 아랫도리가 불편해 걸을 수도 없을 정도였다. 어떻게 하면 솟구치는 욕정을 잠재울 수 있을까.

우리는 계속 걸었다. 그녀는 핀스네스에서 무엇을 하며 시간을 보내는지 이야기했고, 나는 크리스티안산에서의 삶을 이야기해주었다.

집으로 되돌아가다가, 마치 사회민주주의 사회의 견고한 성이라 할 수 있는 학교 건물이 눈에 띄었다. 문득 그곳에 가보고 싶다는 충동이 치밀어 올랐다. 잠긴 문을 열고 들어가 수영장에서 함께 샤워를 하고 사우나실에서 땀을 뺀 후, 수영을 하면 어떨까. 하지만 그 생각을 하는 순간, 나는 할 수 없다는 절망감이 밀려들었다. 그녀의 눈을 속이는 것도 한두 번이지, 매번 무언가를 팬티 속에 흘려넣을 수는 없지 않은가.

집으로 돌아온 우리는 대화를 더 나눈 후 와인을 마셨다. 점점 길어지는 침묵은 어색하고 불편하기 짝이 없었다. 마침내 11시 30분이 되었다. 몰래 안도의 한숨을 쉰 나는 그녀를 배웅하며 키스로 작별 인사를 대신했다.

그녀는 차를 향해 걸어가며 뒤를 돌아보았다. 그녀의 눈동자가 반짝였다. 그녀가 좌석에 앉자 문이 닫혔다. 잠시 후, 그녀가 탄 차는 길 아래쪽으로 사라졌다.

다음 날, 나는 글을 써보려 노력했지만, 마음처럼 잘 되지 않았다. 전날 밤 있었던 일이 거뭇한 그림자를 드리웠다. 그 그림자는 내가 하는 일뿐 아니라 지나온 내 삶 전체를 둘러싸고 있었다. 나는 그 이유를 어렴풋이 짐작할 수 있었지만, 정확히 알 수는 없었다. 마치 내 기억과 사고가 안개에 휩싸인 것 같았다.

나는 단 한 번도 자위를 해본 적이 없다. 단 한 번도 욕구를 충족시키기 위해 내 몸에 스스로 손을 댄 적이 없었다. 19년이라는 삶을 살면서 시도조차 해보지 않았다. 나는 자위가 무엇인지는 알고 있었지만, 정확히 어떻게 하는 것인지 몰랐던 것이다. 10대 초반에 아예 시작도 하지 않았더니, 시간이 흐르면서 그것은 아예 나와는 상관없는 일처럼 변해버렸다. 그 직접적인 결과로, 나는 밤마다 꿈속에서 몽정을 하게 되었던 것이다. 꿈속에서는 여자를 한 번 슬쩍 보는 것으로 족했다. 그들의 아름다운 몸에 손도 대지 않고 단 한 번 눈길만 주는 것만으로도 속옷은 흠뻑 젖어버렸다. 나는 경련을 일으키듯 온몸을 부르르 떨었고, 축축한 속옷과 함께 눈을 뜨곤 했다.

나는 다른 여느 아이들과 마찬가지로 포르노 잡지를 보며 자랐다.

543

하지만 나는 항상 그들과 함께 있을 때 포르노 잡지를 보았다. 게이르나 다그 로타르 또는 다른 아이들과 함께 숲속에서 잡지를 뒤적였을 뿐, 집에 혼자 있을 때는 단 한 번도 잡지를 본 적이 없었다. 잡지를 몰래 집에 가져올 용기가 없었다. 포르노 잡지를 뒤적이는 일보다 더 설레고 흥분되는 일은 없었다. 그럼에도, 나는 단 한 번도 자위를 해본 적이 없었다. 항상 다른 아이들과 함께 있었기 때문이다. 내가 했던 일은 가끔 숲속에 엎드려 포르노 잡지를 뒤적이며 아랫도리를 땅에 문지르는 것이 전부였다. 집에 혼자 있을 때면 홈쇼핑 카탈로그의 속옷 모델이나 수영복 모델의 사진을 보았다. 얇은 천이 그들의 허벅지 사이를 살짝 덮고 있는 사진, 브래지어나 비키니 상의를 통해 살짝 불거져 나오는 그들의 젖꼭지 사진을 볼 때면 목이 컥컥 막히고 심장이 세차게 뛰었다. 하지만 나는 자위를 하지 않았다. 그런 일을 하지 않겠다고 스스로 굳게 결심했던 적은 없다. 단 한 번도! 다만 그 일이 내겐 너무나 불분명하고 희미하고 불확실하게 다가왔을 뿐이다.

10대 후반으로 들어서니, 시작하기엔 때가 늦어버렸다. 포르노 영화나 포르노 잡지를 본 적도 없다. 나의 본능적 욕구는 어느 한곳에 초점이 맞추어졌던 것이 아니라, 사방팔방에 흩어져 있었다. 어느 순간, 여자와 관련된 내 문제는 자위를 하면 아주 빠르게 좋아질 수 있다는 것을 깨달았다. 그럼에도 나는 자위를 하지 않았다. 나는 잘 알고 있었지만, 동시에 모르고 있었다. 자위는 여전히 생각지도 못하는 일, 나와는 상관없는 일 같았다. 그리고 오늘에 이르렀다. 침대 위에는 이레네의 향수 냄새가 희미하게 남아 있었다. 그녀가 남긴 체취 속에서 자위를 했어야만, 해야만, 하고 싶었지만, 나는 끝내 하지 않았다.

대신 레드 제플린을 크게 틀어놓고 마음을 다잡고 집중한 후 글을 쓰기 시작했다. 창밖이 어두워지기 시작했다. 나는 어둠을 집 안으로 맞아들였다. 불빛이라곤 어둠 속의 작은 외딴섬을 닮은 책상 위의 램프 불빛뿐이었다. 나와 나의 글, 어둠 속의 외딴섬을 닮은 불빛. 그리고 잠들었다. 알람시계와 함께 일어난 나는 호피요르의 초중등학교에서 새로운 월요일을 시작하기 위해 집을 나섰다.

교실에 들어온 아이들이 이레네 이야기를 꺼내며 나를 놀렸다.
나는 아이들에게 차례차례 시선을 던졌다.
"자, 이제 그만하고 수업을 시작해보자."
아이들은 책을 꺼내 읽고 과제를 풀기 시작했다. 나는 책상 사이를 돌아다니며 도움을 주었다. 키득키득 코웃음을 치고 잡담을 하던 아이들이 어느새 책에 집중하고 빠져드는 모습이 사랑스러웠다.
옆 친구와 잡담도 하지 않고 조용하게 앉아 자신만의 세계에 빠져 있는 아이들을 보니 그들의 나이가 사라져버린 것 같았다. 그때 내가 보았던 것은 나이로 정의하는 어린아이의 개념이 아니라, 앞으로 평생 그들이 지니고 살아갈 인간성으로 정의하는 개개의 존재적 개념이었다.
아이들과 함께 있을 때면 이레네 생각은 조금도 나지 않았다. 방과 후, 집에 홀로 앉아 있을 때면 그제야 이레네를 향한 욕구가 나를 휘감았다. 그와 동시에 나를 찾아들었던 것은 여러 가지 불확실하고 복잡한 느낌들이었다. 그녀는 나를 원했고, 나 역시 그녀를 좋아했지만, 그녀를 사랑하지 않는다는 것만큼은 확실했다. 그녀와 함께 있으면 함께 나눌 대화의 주제를 찾을 수 없었다. 나는 그녀를 원했지만, 내가 원하는 것은 그녀의 몸뿐이었다.

그녀는 정말 나를 사랑하는 것일까.

나는 확신할 수 없었다. 어쩌면 그녀는 내가 이곳 사람들과 다르기 때문에 내게 단순한 흥미를 느꼈을지도 모른다. 교사라는 직업과 중년의 남자가 아니라 그녀 나이 또래라는 사실, 이곳 출신이 아니라 낯선 남부 지방에서 온 사람이기 때문일 것이다.

1년 후면, 나는 이곳을 떠날 것이고, 그녀는 고등학교 졸업반이 될 것이다. 사귀기에 그다지 좋은 조건은 아니다. 게다가 나는 글을 써야 한다. 그녀와 사귄다면 주말마다 그녀에게 시간을 투자해야 하기 때문에 글을 쓰기가 쉽지 않을 것이다.

온갖 생각들로 머릿속이 복잡했다. 화요일에는 원정 경기를 치르기 위해 축구팀 일원과 함께 한 시간쯤 차를 타고 갔다. 경기장은 흙으로 뒤덮여 있었다. 바람에 흩날리는 먼지 때문에, 경기를 하는 선수들의 모습은 마치 모래사막의 베두인이 만들어내는 그림자처럼 보였다. 나는 코너킥에서 이어진 골을 만들어냈지만, 우리 팀은 경기에서 졌다.

수요일에는 정기구독을 시작한 문학잡지 『빈두에』를 우편으로 받았다. 여타 다른 형태의 예술과 비교했을 때 문학이 예술 장르에서 차지하는 입지를 다루고 있었다. 내가 이해할 수 있는 것은 하나도 없었지만, 단지 수준 높은 문학잡지가 내 책상 위에 있다는 사실 만으로도 뿌듯하기 그지없었다. 저녁이 되자 헤게가 집으로 찾아왔다. 그녀는 학교에 남아 일을 하다가 집으로 가는 길에 잠깐 들렀다고 했다.

목요일에는 닐스 에릭과 함께 핀스네스에 갔다. 와인 전매점에서 보드카 한 병을 사고, 도서관에서 토마스 만의 『사기꾼 펠릭스 크룰의 고백』과 『파우스투스 박사』를 빌렸다. 금요일에는 이레네에게 전화를 하기 위해 학교로 갔다. 교무실에는 아무도 없었기에 커피를 끓이고 텔레비전을 보면서 느긋하게 시간을 보내다가 전화가 있는 구석진 방으로 들어갔다. 그녀의 전화번호가 적힌 메모지를 전화기 위에 올려놓고 번호를 누른 후, 수화기를 귀에 가져갔다.

이레네의 어머니가 전화를 받았다. 내가 이름을 대자, 그녀가 소리를 쳤다.

"이레네! 칼 오베 전화야!"

잠시 후, 발소리가 들렸다.

"여보세요!"

"안녕. 잘 지냈니?"

"어쩐 일이야? 무슨 일이라도 있었어? 목소리가 어두워 보이는데?"

그녀의 목소리는 전화기를 통해 들으니 평소보다 더 허스키하게 들렸다. 나는 그녀의 목소리가 너무나 섹시하다고 생각했다.

"아냐… 글쎄… 나도 잘 모르겠어."

그녀만 떠올리면 내 마음은 방향을 잡지 못하고 갈팡질팡했다. 어쩌면 그녀는 가장 먼저 눈에 띄었던 나를 점찍었는지도 모른다. 그도 그럴 것이, 우리는 버스 안에서 한 번밖에 마주친 적이 없다. 그런데도 그녀는 조금의 거부 의사도 없이 나를 받아들였다. 심지어는 스스로 내 침대에 눕기까지 했다.

"얼른 말해봐."

그녀가 재촉했다.

지금 내가 무슨 짓을 하고 있는 거지? 전화로 이별을 통보하다니! 그것은 너무나 용기 없는 짓이었다. 적어도 이별을 통보할 때는 직접 만나서 해야 하지 않을까.

"아냐, 아무것도 아냐."

나는 주저하며 말을 이었다.

"단지… 그냥 좀 괴로워서… 하지만 심각한 일은 아냐. 그냥 기분이 좀 가라앉아 있을 뿐이야."

"왜? 무슨 일이라도 있었어? 집 생각이 나서 그러는 거야?"

"어… 그럴지도 몰라. 아냐, 모르겠어. 내일이면 괜찮아질 거야."

"할 수만 있다면 지금 당장 네게 가서 위로를 해주고 싶어. 보고 싶어."

"나도 마찬가지야."

"내일 만날까?"

그녀는 지난번과 마찬가지로 자정까지 머무를 수 있다고 말했다. 그렇게 한다면 이별을 통보하는 것은 불가능하다. 네 시간 동안 함께 얼굴을 맞대고 앉아 있다 보면 헤어지자는 말을 꺼내기 힘들 것이다. 어쩌면 침대에 함께 눕게 될지도 모른다. 그렇다고 그녀가 오자마자 헤어지자고 말할 수는 없는 일이다. 그녀를 데리러 오는 차가 도착할 때까지 그 어색한 분위기를 어떻게 견뎌낼 수 있을까.

"안 돼. 내일은 약속이 있어. 일요일은 어때?"

"난 일요일에 핀스네스로 가야 하는데…"

"우리 집에 먼저 왔다가 버스 타고 가면 되잖아."

"그럴까? 그래, 그럴게."

"좋아. 그럼 일요일 날 보자."

"알았어. 안녕!"

"안녕, 이레네."

다음 날 오전, 슈퍼마켓 앞에서 만난 사람들이 내게 인사를 하며 잘 지내냐고 물었다.

"네, 잘 지내고 있습니다."

"오늘 저녁에 우리와 함께 가시겠어요?"

"어디서 파티가 열리나요?"

"파티라고 할 건 없고… 그냥 몇 명이 모여 함께 술을 마시기로 했어요. 에드발드의 집에서 모이기로 했으니, 마음이 내키면 그곳으로 오세요. 술은 넉넉히 준비되어 있으니까 따로 가져오지 않아도 돼요."

집으로 돌아오며, 나는 이곳 사람들이 너무나 호의적이라고 생각했다. 그들은 친하게 지내지도 않는데 이곳저곳으로 나를 초대했다. 그 이유는 무엇일까. 그들의 눈으로 보기엔 이해할 수 없는 음악만 좋아하는 나, 베레모를 쓰고 검은색 코트를 입은 크리스티안산 출신의 남자를 왜 저녁마다 이곳저곳으로 초대해가며 함께 술을 마시려는 걸까. 내 고향에서는 저녁에 한 번 술을 마시러 나가기 위해서는 미리 계획을 세우고 온갖 장애물을 극복해야만 했다.

마음이 내킨다고 아무 집에나 들어가 술을 마신다는 것은 생각할 수도 없는 일이었다. 시내 술집에서조차도 안면이 있다고 무작정 끼어앉아 술을 마신다는 것도 있을 수 없는 일이었다. 모두들 항상 함께 어울려 다니는 각자의 무리가 있기 마련이고, 그런 무리에 끼지 못한다면 외톨이로 남아 있어야 했다. 이곳에도 무리가 형성되어 있긴 하지만 무리에 끼지 않은 사람들을 배척하는 일은 없었다. 오히려 서로를 받아들이고 포함시키는 일에 더 적극적이었다. 그들은 내게 먼저 손을 흔들며 다가와 나를 초대했다. 나뿐만 아니라 눈에 보이는 모든 사람을 그렇게 대했던 것이다.

어쩌면 그러한 호의는 그들에게 필수불가결한 일일지도 모른다.

사람 수가 적기 때문에 자신들의 무리에 끼지 않는다고 배척할 여유가 없는지도 모른다. 아니, 어쩌면 그들의 삶이 다른 지방의 삶과는 달리 힘들고 거칠기 때문은 아닐까. 배 위에서 매일 신체를 사용하는 힘든 일을 하다가 뭍에 올라와 술을 마시다 보면, 세세한 사회적 메커니즘과 개개인의 상이성이 무의미하게 느껴지기 때문은 아닐까. 그래서 그들은 만나는 사람들마다 손을 흔들어 보이며 "여기 앉아요. 같이 술 한잔해요. 참, 그때 그 이야기는 들어보셨나요…"라고 말하는 것은 아닐까?

아래쪽 길에서 비비안, 리베, 안드레아가 자전거를 타고 올라오고 있었다. 그들은 내 곁을 지나치며 손을 흔들고 인사를 건넸다. 바람에 흩날리는 머리카락, 햇살에 눈이 부셔 가늘게 뜬 눈. 나는 그들이 지나간 후에 홀로 미소를 지었다. 어른인 척 짐짓 심각한 태도와 표정 속에 숨어 있는 어린아이의 순수함과 밝음이 가끔 그들 자신도 모르는 사이에 폭발할 듯 겉으로 모습을 드러낼 때가 있다는 것을 생각하니 절로 웃음이 나왔다.

집에 돌아온 나는 나무둥치에 고양이를 못으로 박으려 했던 남자아이들의 이야기를 주제로 몇 시간 동안 글을 쓴 후, 저녁으로 냉동 음식을 데워 먹었다. 소파에 누워 『파우스투스 박사』를 읽고 있으려니 어느새 창밖이 어두워졌다. 밖에 나갈 시간이 되었다.

토마스 만의 책을 처음 읽었던 나는 그의 과장된 구식 문체와 세세한 묘사 방식에 매료되었다. 주인공이 무생물을 살아 움직이는 생물처럼 움직이게 하는 실험을 해보이는 도입부를 읽으며 느꼈던 오싹함과 어렴풋한 불쾌감은 어느새 사라지고 나는 전개되는 이야기에 빠져들었다. 문득 언젠가 텔레비전에서 보았던 심장이 떠올랐다. 수술대 위의 흥건한 피 속에서 마치 눈먼 작은 짐승처럼 움직였던 심장은 책 속에서 아드리안의 아버지가 실험을 했던 대상과는 달리 살아 있는 것이었지만, 앞을 볼 수 없는 눈먼 존재라는 점, 자의가 아닌 외부적 규칙에 의해 움직인다는 점에선 크게 다르지 않았다.

나는 음악 이론에는 무지하기 때문에 음악을 들을 때는 세세한 이론적 요소를 생각지 않는다. 소설도 마찬가지다. 나는 소설을 읽을 때 항상 커다란 표면적 요소부터 받아들인다. 그 표면 아래에 존재하는 세세한 요소들은 가끔 어떤 책에서 갑자기 발견하곤 했던 프랑스어처럼 어렴풋이 인지할 수 있을 뿐이었다.

샤워를 하고 옷을 갈아입고 비닐봉지에 보드카를 넣고 에드발드의 집으로 터벅터벅 걸어갔다. 그는 서른다섯 살쯤의 어부로, 혼자 살면서 술을 즐겨 마시는 남자였다. 나는 그의 집에서 새벽 5시까지 함께 술을 마시다가 집으로 돌아왔다. 내 머릿속은 차가 한 대도 없는 황량한 터널처럼 텅 비어 있었다. 다음 날 오후 2-3시쯤 잠에서 깬 나는 전날의 일을 거의 기억할 수 없었다. 어렴풋이 기억나는 것이라곤, 선착장에 서서 물속에 머리를 박고 있는 새들을 보면서 잠을 자는지 죽었는지 궁금해했던 것과 슈퍼마켓 담벼락에 오줌을 갈긴 일밖에 없었다. 그 외의 기억은 하나도 남아 있지 않았다. 세세한 장면과 순간은 바람에 날려 사라져버린 것 같았다.

나는 에드발드의 집에서 이곳 사람들처럼 보드카 한 병을 다 비웠다. 그래서 눈을 뜬 다음에도 술기운이 가시지 않았다. 글을 쓴다는 것은 불가능했다.

나는 침대에 누워 책을 읽었다. 그 역시 마음처럼 잘 되지 않았다. 눈은 책을 향하고 있었지만, 내 생각들은 마치 누런 액체 속에 잠겨 있는 것만 같았다. 어느새 나는 외부인의 시각에서 내 머릿속을 들여다보고 있었다. 집중을 하지 않으면 내 속의 느낌과 감정들을 잃어버릴 것만 같았고, 누런 액체 속에 잠겨 있는 것은 내 생각들이 아니라 어느새 나 자신으로 변해버렸다.

다섯 시가 좀 넘은 시간, 초인종 소리가 들렸다. 잠에 빠졌던 나는 벌떡 일어나 대문을 열었다. 이레네였다.

"안녕!"

그녀가 미소를 지으며 인사를 건넸다. 그녀의 옆에는 커다란 가방이 놓여 있었다. 나는 그녀의 포옹을 피하려 두 발짝 물러났다.

"들어와."

그녀의 눈이 의아한 빛을 띠었다.

"무슨 일이야, 칼 오베? 안 좋은 일이라도 있었어?"

"어… 사실은… 너와 할 이야기가 있어."

그녀가 나를 빤히 바라보았다.

"네겐 말하지 않았지만… 사실, 나는 이곳에 오기 전에 사귀던 사람이 있었어. 이곳에 도착한 지 며칠 지나지 않아 그녀가 편지로 이별을 통보했어. 솔직히, 난 아직도 그 충격에서 헤어나지 못하고 있어. 동시에 너와의 관계가 진지하게 발전하기 시작했지… 그런데 난 아직 누구를 사귀기엔 이르다고 생각해. 이해할 수 있겠니? 난 너를 진심으로 좋아하고 있어. 하지만…"

"지금 내게 헤어지자고 말하는 거니?"

그녀가 말을 이었다.

"시작도 하기 전에?"

나는 고개를 끄덕였다.

"응…"

"그래… 알았어… 난 네가 좋아지기 시작했는데…"

"미안해. 하지만 이건 아니야. 생각하면 할수록 잘못된 일이라는

552

느낌만 더욱 커져."

"그렇다면 헤어지는 수밖에… 네가 행복하길 바라."

그녀는 내게 포옹을 건네고 가방을 들어올린 후, 몸을 돌려 걷기 시작했다.

"지금 가는 거야?"

그녀가 고개를 돌렸다.

"응. 이 상태에서 너희 집에서 얼굴을 마주 보며 함께 앉아 있을 수는 없어. 이상하지 않니?"

"하지만 버스가 오기까지는 한참 기다려야 할 텐데?"

"천천히 걸어가다 보면 버스가 올 거야."

한 손에 가방을 들고 터벅터벅 길 아래쪽으로 걷는 그녀의 뒷모습을 지켜보노라니 후회가 밀려들었다. 기회를 놓쳤다는 생각이 들었다. 동시에 큰 고통 없이 그녀와 헤어질 수 있어서 크게 안도했다. 앞으로 더 마음에 담아두지 않아도 된다고 생각하니 속이 후련하기도 했다.

낮 시간은 점점 짧아졌다. 마치 어둠이 전속력으로 달려오는 것 같았다. 10월 중순에 내린 첫눈은 며칠 후에 다 녹아버렸다. 11월 초부터는 밤낮을 가리지 않고 며칠 내내 눈이 내렸다. 하얀 눈으로 뒤덮인 세상 속에서 눈에 띄는 것은 거대한 심연과 비단결 같은 표면을 지닌 거뭇거뭇한 바다뿐이었다. 그 모습은 낯설고 위협적이기까지 했다. 마치 옆집에 세들어 사는 살인자의 조리대 위에 반짝반짝 빛을 발하며 놓여 있는 날카로운 칼처럼 보이기도 했다.

눈과 어둠을 머금은 마을 풍경은 낯설기만 했다. 처음 그곳에 갔을 때, 하늘은 높이 솟아 있었고 햇살은 화창했으며 바다는 거대했고 육지는 활짝 열려 있었다. 그 속에 자리한 마을의 집들은 마치 꼬깃꼬깃 접혀 있는 종잇조각처럼 보였다. 밝고 활짝 열린 풍경 속에서는 모든 것들, 심지어는 느낌과 감정마저도 살아 움직였다.

겨울이 되자 눈과 어둠이 그곳에 찾아들었다. 하늘은 마치 지붕 위를 덮은 뚜껑처럼 나직하게 내려앉았고, 거뭇거뭇한 바다는 역시 거뭇거뭇한 하늘 속으로 녹아 들어갔기에 수평선이라곤 찾아볼 수 없었다. 거대한 산과 활짝 열린 풍경 한가운데에서 찾아볼 수 있었던 온갖 느낌과 감정마저도 사라져버렸다. 남아 있는 것은 길가에 나란히 서서 창문으로 빛을 발하는 집들뿐이었다. 겨울이 되니 자연이 아니라 집이 중심이 되어버렸고, 그 집들은 주변의 모든 것을 빨아들이는 블랙홀처럼 보였다.

높이 쌓인 눈 때문에 마을로 들어오는 길이 막혔고, 사람들은 자동차 대신 페리를 교통수단으로 사용했다. 페리는 하루에 두 번밖에 운행되지 않았다. 그곳이 지구상에서 유일한 마을이며, 그곳에 사는 사람들이 지구상에서 찾아볼 수 있는 유일한 사람들이라는 느낌과 고립감은 점점 커졌다.

내게 오는 편지는 여전히 셀 수 없이 많았다. 나는 편지에 답장 쓰는 일로 대부분의 시간을 보냈다. 외딴 마을이 주는 고립감 때문인지, 어느새 그 편지들은 편지를 보내는 사람들을 의미하기보다는 편지 그 자체로서의 의미로 내게 다가오기 시작했다. 동시에 내 삶도 그 속에 담긴 의미보다는 일상의 행위 자체로 내게 다가오기 시작했다.

나는 여전히 아침에 일어나 쌓인 눈을 헤치고 언덕길을 올라 학교에 출근했고, 불이 환히 켜진 나지막한 벙커 같은 학교 건물 안에서 하루의 대부분을 보냈다. 집에 오는 길에 장을 보고 저녁을 먹었다.

저녁이 되면 체육관에 가서 젊은 어부들과 함께 훈련을 하거나, 학교 교무실에 앉아 텔레비전을 보거나, 수영장에 들러 수영을 하기도 했다. 다시 집에 돌아와 글을 쓰거나 책을 읽었고, 잠자리에 들 정도로 늦은 시간이 되면 침대에 누워 다음 날이 시작되기 전까지 세상모르고 잠을 잤다.

주말이 되면 술을 마셨다. 눈이 조금 녹아 길이 열리면 항상 누군가가 핀스네스나 몇 시간 떨어진 옆 동네로 함께 가자고 제안해왔다. 길이 막혀 있을 때면 마을에 사는 누군가의 집에 앉아 술을 마셨다. 그곳에선 술이 없는 주말은 생각지도 못하는 것 같았다. 나는 그들의 초대를 거절하는 법이 없었다. 어느새 하루 저녁에 양주 한 병을 마시는 건 습관처럼 되어버렸고, 다음 날 눈을 뜨면 전날 있었던 일을 기억하지 못해 절망에 빠지곤 했다.

한번은 밴드 버스에서 내려 홀로 마을 밖으로 터덜터덜 걸어간 적도 있었다. 셔츠와 얇은 양복 재킷 하나만 걸쳤던 나는 추위에 몸을 부들부들 떨며 약 100여 미터를 걸었다. 문득 등 뒤에서 나를 부르는 소리가 들렸다. '바보 아냐? 얼른 돌아와! 이쪽으로!' 또 다른 파티에선 후스외이아의 계약직 교사와 함께 춤을 추기도 했다. 동쪽지방 외스트란데에서 온 그녀의 이름은 안네였고, 금발에 차가운 아름다움이 매력적인 여자였다. 그녀의 매력에 빠져든 나는 라커룸 옆 복도의 구석진 곳에서 그녀와 정신없이 입을 맞추고 서로의 몸을 더듬었다. 그로부터 며칠 후, 나는 그녀에게 전화를 해서 저녁 식사에 초대했다. 토르 에이나르와 닐스 에릭도 올 예정이었기에, 그녀의 친구도 함께 초대했다. 저녁을 먹고 술을 마신 나는 그녀에게 키스를 시도했지만, 그녀는 고개를 돌려 피했다.

"난 사귀는 사람이 있어요. 지난번 파티에서 있었던 일은 없었던 것으로 해요. 당신은 내 타입이 아니랍니다."

그녀는 그날 술을 마셔 실수를 했을 뿐이라고 누누이 말했다.

"어두워서 사람을 잘못 본 것일 수도 있겠죠?"

나는 분위기를 가볍게 만들어보려 농담을 했지만, 그녀는 전혀 웃지 않았다. 그녀는 차갑고 진지한 여자였다. 안네는 그런 여자였다.

가끔은 주말에 학교 학생들이나 다른 도시에서 대학을 다니는 젊은이들이 나를 찾아오기도 했다. 나는 늘 보던 얼굴이 아니라는 사실만으로도 만족할 수 있었다.

나는 그중 한 명을 마치 강아지처럼 졸졸 따라다녔다. 그녀의 이름은 토네였고, 프랑크의 누나였으며, 내가 좋아하려야 좋아할 수 없는 나이 많은 여교사의 딸이기도 했다. 하지만 그런 것은 아무래도 좋았다. 나는 머리끝까지 술에 취해 있었고, 그날 저녁 내내 그녀에게서 눈을 떼지 않았다.

그녀가 집에 가겠다면서 자리에서 일어났다. 나는 그녀의 뒤를 따르기로 마음먹었다.

눈송이가 어둠을 가르며 떨어져 내렸다. 그녀는 고개를 푹 숙이고 가로등 불빛 아래 50미터쯤 앞쪽에서 걷고 있었다. 나는 목도리를 두르고 그녀의 뒤를 따랐다. 그녀는 자신의 부모님 집 앞에 서서 장화에 묻은 눈을 털고 대문 안으로 사라졌다.

나는 대문 밖에 몇 분 동안 서 있었다. 그녀가 나를 보면 반가워할 것이라 믿었다. 그녀도 그날 저녁 내내 나를 원하지 않았던가.

주방 창은 불이 꺼져 있었다. 거실 창도 캄캄했다. 하지만 끝 쪽에 보이는 작은 창에선 희미한 불빛이 새어나오고 있었다.

나는 대문을 열고 안으로 들어갔다. 신발도 벗지 않고 컴컴한 거실로 들어갔다. 텅 비어 있었다. 복도 끝 쪽의 열린 문을 향해 걸어갔다.

그녀는 세면대 앞에 서서 거울을 보며 양치를 하고 있었다. 그녀의 입은 하얀 거품으로 가득했다.

"안녕."

그녀는 이미 내 발소리를 들었던 것 같았다. 몸을 돌려 나를 보고서도 전혀 놀라지 않았으니까.

"나가."

나는 욕실 벽 쪽에 있는 작은 의자에 앉아 그녀를 빤히 쳐다보았다. 그녀의 얼굴과 녹색 울 스웨터 밑에 자리한 가슴.

그녀가 고개를 절레절레 흔들었다.

"넌 지금 시간을 낭비하고 있어. 어림도 없는 일이니까 빨리 포기하는 게 좋을 거야."

그녀는 이빨을 닦으면서 말하는 사람들이 그렇듯 거의 알아들을 수 없을 정도로 우물우물 말을 내뱉었다.

"내가 나가길 원하는 거야?"

그녀가 고개를 끄덕였다.

"응."

나는 두말없이 몸을 일으켜 그곳을 나왔다. 대문을 나서니 세찬 바람과 함께 작고 딱딱하고 차갑기 그지없는 눈송이가 벽처럼 내 앞을 가로막았다.

'아쉬운걸…'

나는 고개를 들어 머리 위의 거대한 어둠을 바라보았다. 그녀는 참으로 당차고 똑 부러지는 여자였다.

눈 내리는 길을 정처 없이 왔다 갔다 했다. 가로등 불빛 아래의 하얀 눈과 어둠은 마치 희미한 녹색 호수처럼 보였다. 온 세상이 마치 물속에 잠겨 있는 것 같았다. 마침내 파티가 열리고 있던 집으로 되돌아왔다.

문을 열고 들어가니 거실은 텅 비어 있었고, 탁자 위에는 빈 술병과 빈 잔, 빈 담뱃갑과 재떨이뿐이었다. 잠시 시간 개념을 잊었던 것일까. 나는 그토록 오랫동안 내가 자리를 비웠다고는 생각지도 않았다. 공간 개념도 마찬가지였다. 그 이후엔 어디서 무얼 했는지 알 수 없었다. 기억나는 것은 내 침대에서 눈을 떴다는 사실뿐이었다.

시간이 흐르면서 나는 술을 마실 때마다 방탕하게 행동했던 대가를 조금씩 치러야만 했다. 고등학교 때에는 술을 마셨다 하더라도 다음 날 몸이 조금 안 좋을 뿐이었다. 물론 숙취가 전혀 없을 때도 종종 있었다. 그 외에는 나를 괴롭혔던 것은 아무것도 없었다. 술에 취해서 했던 말이나 행동에 조금의 가책을 느끼거나, 영혼을 찌르듯 날카로운 죄책감을 느낀다 하더라도, 시내에 가서 배가 터지도록 아침을 먹고 나면 씻은 듯 말짱해졌다.

이곳에서는 달랐다. 어쩌면 평소의 나와 술에 취했을 때의 나 사이에 존재하는 엄청난 상이성 때문인지도 몰랐다. 한 인간의 내면에 이처럼 큰 간극을 열어놓고 생활한다는 것은 거의 불가능하다. 술을 마실 때면 평소의 나는 어디론가 숨어버리고, 술이 깨면 다시 평소의 내가 모습을 드러냈다. 내 속에 존재하는 서로 다른 두 개의 나는 수치심이라는 실로 한데 엮여 있었다.

오, 젠장! 정말 내가 그런 일을 했단 말인가! 술을 마신 다음 날이면 나는 어둠 속에 누워 소리를 질렀다. 오, 오, 내가 정말 그런 말을 했단 말인가? 아, 씨발.

수치심과 절망감에 온몸이 마비된 채 나는 꼼짝할 수 없었다. 마치 누군가가 내가 배출한 분비물을 양동이에 담아 내 얼굴에 연달아

쏟아붓는 것만 같았다.

이 멍청한 인간을 보라! 이 말할 수 없을 정도로 바보 같은 인간을 보라!

하지만 나는 몸을 일으켰고 다시 새로운 날을 맞았으며, 또 하루를 견뎌냈다. 최악이라고 한다면 다른 사람들이 나를 어떻게 볼지 전혀 감을 잡을 수 없다는 사실이었다. 하지만 전날 밤 술에 취해 그들 앞에서 광대처럼 행동했던 내 모습을 짐작할 수 있었기에, 나는 다음 날에도 그들의 시선이 내 등 뒤에 꽂힌다는 착각을 지울 수 없었다.

나는 정신이 말짱할 때는 그들의 아이들을 세심하게 보살펴주는 젊은 교사처럼 행동했다. 우체국에 갈 때나 슈퍼마켓에 갈 때도 마찬가지였다. 하지만 실상을 알고 보면 나는 밤마다 술에 취해 여자의 뒤꽁무니만 따르는 바보 멍청이에 불과했다. 아, 누구라도 그에게 딸을 내어준다면 그는 양손을 잘라 바칠지도 모른다. 하지만 그에게 딸을 내어주는 바보 같은 짓을 할 사람은 없었다. 그는 여자만 보면 침을 질질 흘리며 정신없이 따르는 광대에 불과하니까.

학교에서도 가끔 그런 기분을 느낄 때가 있었다. 물론 학생들을 향해 그런 생각을 하진 않았다. 나는 학생들과 함께 있을 때면 항상 나 자신은 물론 상황을 이성적으로 통제할 수 있었다. 닐스 에릭과 토르 에이나르와 함께 있을 때도 마찬가지였다. 그들은 같은 학교에서 일하는 동료 교사였으니까.

그렇다. 나는 일상을 이성적으로 통제하는 데는 별 문제를 느끼지 않았다. 하지만 그것은 고통을 수반했다. 한 주가 시작되기 전 교탁 앞에 서서 학생들과 마주할 때면 주말에 있었던 일들이 선명히 떠올라 나를 괴롭혔다.

아이들이 두꺼운 외투를 벗고 스웨터 차림으로 자리에 앉았다. 추운 바깥에 있다가 들어온 아이들은 발갛게 상기된 얼굴로 몸을 비비 꼬며 의자에 앉았다. 교실에 머물러 있기보다는 금방이라도 다시 집에 되돌아가고 싶은 마음뿐인 것 같았다. 하지만 그들은 서서히 옆자리의 학생들과 눈빛을 교환하고 작은 소리로 수다를 떨며 코웃음을 치기도 하면서 월요일을 맞았다.

낮이 짧아진 탓에 어둠은 항상 우리 주위를 맴돌았다. 교실을 밝히는 천장의 불빛은 창밖의 어둠과 대비되어 날카롭기 그지없었다.

카이 로알, 비비안, 힐데군, 리베, 그리고 안드레아. 안드레아는 연하늘색 청바지에 목을 덮는 흰색 스웨터를 입고, 긴 흰색 부츠를 신고 있었다. 나는 검은색 셔츠와 검은색 바지를 입고 피곤함과 무기력함을 애써 숨긴 채 교탁 뒤에 앉아 있었다. 나는 조그만 소리에도 깜짝 놀라기 일쑤였다. 내가 원했던 것과 내게 필요했던 것은 안정감과 평온함이었다.

책을 펼쳐 그날 수업할 내용을 찾았다. 교실은 다른 반에서 들려오는 나직한 소리로 가득 찼다. 반면 우리 반 학생들은 무관심한 태도로 꾸벅꾸벅 졸기까지 했다.

"책을 펼쳐! 축 처져 있는 것도 한계가 있지… 얼른 정신 차려!"

안드레아가 가방에서 책을 꺼내며 미소를 지었다. 그녀의 갈색 책꺼풀 위에는 갖가지 색의 사인펜으로 쓴 밴드 멤버와 영화배우의 이름이 빽빽하게 적혀 있었다. 한숨을 푹 내쉬던 카이 로알은 나와 눈이 마주치자 얼른 미소를 지었다. 힐데군은 이미 책을 꺼내 펼쳐놓은 후였다. 리베는 창밖을 내다보았다. 나는 그녀가 무엇을 보는지 궁금해 창 쪽으로 시선을 옮겼다. 눈바람 때문에 언덕길을 올라오는 사람이 마치 유령처럼 보였다.

"리베! 얼른 책을 펴!"

"네, 네, 알았어요. 그런데 무슨 과목인가요?"

"그게 무슨 말이야? 무슨 과목 시간인지도 모르고 있었어?"

"…네…"

"지난 6개월 동안 월요일 1교시에는 항상 같은 과목을 공부했어. 그 과목은…?"

나를 쳐다보는 그녀의 두 눈이 동그랗게 커지며 불안한 빛을 띠었다.

"기억이 안 나니?"

사실은, 나도 기억할 수 없었다. 마치 소용돌이치는 변기 속의 물처럼 극심한 불안감이 나를 덮쳤다.

그녀가 천천히 고개를 저었다.

"지금 이 시간이 무슨 과목 시간인지 아는 사람?"

모두들 나를 쳐다보았다. 그들이 내 머릿속을 꿰뚫어보는 건 아닐까.

그것은 기우였다. 카이 로알이 대답했다.

"크리스트 종교 과목 시간이에요."

"아! 종교 과목 시간이었구나!"

리베가 말을 이었다.

"사실은 저도 알고 있었어요. 잠시 머리가 텅 비었을 뿐이었다고요."

"네 머리는 항상 텅 비어 있잖아."

카이 로알이 말했다.

리베가 그를 째려보았다.

"네 머리는 그렇지 않니?"

561

내가 카이 로알에게 말했다.

그가 웃음을 터뜨렸다.

"네, 그런 것 같기도 해요."

"사실, 지금 내 머리도 그래."

내가 말을 이었다.

"그렇다고 해서 포기하면 안 되겠지? 정해진 교과 과정은 무슨 일이 있어도 이수해야 한단다. 그러기 위해선 열심히 공부를 하는 수밖에 없어."

"선생님은 맨날 같은 말만 하시는군요."

비비안이 말했다.

"어쩔 수 없어. 그건 사실이니까. 너희들은 내가 여기 서서 마틴 루터에 관한 이야기를 하는 것이 나를 위해서라고 생각하니? 난 이미 마틴 루터에 관해서 많은 것을 알고 있어. 하지만 너희들은 아무것도 몰라. 너희들은 무지한 바보들일 뿐이야. 그렇지만 너희들은 이제 겨우 열세 살이니 마틴 루터를 모른다 해서 상심할 필요는 없어. 앞으로 공부를 하고 알아가면 되니까. 그건 그렇고 너희들은 무지하다는 것이 무슨 뜻인지 아니?"

침묵이 흘렀다.

"그건 무시하다라는 말과 비슷한 말인가요?"

안드레아가 말했다. 그녀는 얼굴을 살짝 붉히며 얼른 시선을 아래로 내려 공책에 낙서를 했다.

"그렇지. 무시한다는 것은 어떤 것을 제대로 보지 않거나 전혀 신경을 쓰지 않는다는 뜻이란다. 무지한 사람은 어떤 일이나 사물에 전혀 신경을 쓰지 않기 때문에 그것에 대해 전혀 모르는 사람이야. 너희들도 주변의 사물이나 책 속의 내용에 신경을 쓰지 않으면 아무것도 모르는 사람이 될 거야."

"그렇다면 나는 무지한 사람이군요."

카이 로알이 말했다.

"아냐, 너는 절대 무지한 사람이 아니란다. 너는 아는 것이 많잖아, 그렇지?"

"없는데요…?"

"예를 들어, 너는 자동차에 관해 굉장히 많이 알고 있어. 적어도 나보다 훨씬 많이 알고 있잖아. 물고기에 관해서도 많이 알고 있어. 나는 물고기에 관해선 아무것도 모른단다."

"그런데 선생님은 왜 운전면허가 없어요? 선생님은 열여덟 살이잖아요."

비비안이 말했다.

나는 어깨를 으쓱 추켜 보였다.

"난 차가 없어도 문제없이 생활할 수 있어."

"하지만 어디 먼 곳을 갈 때면 항상 다른 사람의 차를 얻어타고 가야 하잖아요!"

"그렇긴 하지만 항상 내가 가고 싶은 곳에 갈 수 있어. 이제 이런 이야기는 그만하고, 얼른 수업을 시작하자."

나는 의자에서 일어났다.

"너희들은 마틴 루터에 관해 무엇을 알고 있니?"

"아무것도 없어요."

힐데군이 말했다.

"정말 아무것도 모른단 말이니? 하나도?"

"네."

리베가 말했다.

"그렇다면 이 사람은 어느 나라 사람일까? 노르웨이?"

"아니에요."

힐데군이 대답했다.

"그렇다면 어느 나라에서 태어났을까?"

힐데군이 어깨를 으쓱 추키며 주저하듯 대답했다.

"독일…?"

"지금도 살아 있을까?"

"그건 아니에요!"

"그럼, 언제 살았을까? 너희들이 아주 어렸을 때? 1960년대는 아닐까?"

"아주 옛날에 살았어요."

비비안이 말했다.

"1500년경에 살았어요."

힐데군이 말했다.

"그렇다면 마틴 루터는 살았을 때 어떤 일을 했을까? 배수공? 어부? 운전사?"

"아니에요."

카이 로알이 웃음을 터뜨리며 말했다.

"그는 성직자였어요."

안드레아가 이미 다 알고 있었다는 듯 무덤덤하게 말했다.

"너희들은 정말 아는 게 많구나. 맞아, 마틴 루터는 1500년대에 독일에서 살았던 종교인이란다. 지금부터 너희들은 마틴 루터와 관련된 사항들을 각자 열 개씩 찾아서 공책에 써. 수업이 끝날 때쯤 각자 적은 것을 발표할 기회를 가질 거야."

"그건 어떻게 찾아야 하나요?"

비비안이 물었다.

"그건 선생님이 설명해줘야 하는 게 아닌가요?"

힐데군이 말을 이었다.

"선생님은 그런 일을 하면서 월급을 받잖아요."

"맞아, 나는 너희들을 가르치는 일을 하면서 돈을 받아. 하지만 너희들 앞에서 평생 무언가를 가르쳐줄 수는 없어. 그렇다면 너희들은 어떻게 해야 할까? 모르는 것의 해답을 어디에선가 찾아내야 하겠지? 우선 교과서나 백과사전을 찾아봐. 어떤 방법을 이용하든 괜찮아. 오늘은 마틴 루터에 관한 열 가지 사항을 찾아서 적어봐. 지금 당장!"

아이들은 한숨을 푹푹 내쉬며 표정을 찌푸린 채 자리에서 일어나 각자 펜과 종이를 들고 책장으로 다가갔다. 나는 교탁 뒤에 앉아 벽시계를 쳐다보았다. 남은 시간은 30분. 그리고 수업 5시간. 그것만 끝내면 월요일을 마무리할 수 있다. 그러면 화요일이 되겠지. 그리고 수요일, 목요일, 금요일.

나는 주말에 글을 썼다. 핀스네스도 가지 않았고, 저녁에 술을 마시지도 않았다. 눈을 뜨고 잠자리에 들 때까지 오직 책상 앞에 앉아 글만 썼다.

꿈 이야기를 주제로 한두 편의 단편 외에도 다섯 편의 단편소설을 만들어냈다. 주인공은 가브리엘이었고, 등장인물도 동일했다. 이야기는 튀바켄에서부터 시작되었다. 글 속의 이야기가 너무나 가깝게만 느껴졌다. 마치 타자기 앞에 앉으면 어린 시절로 향하는 문이 저절로 열리는 것만 같았다. 눈에 익은 자연 풍경이 솟아오르고 내 속에 자리를 잡았다. 집 앞 골목길, 강가의 커다란 전나무, 우베실렌으로 향하는 흙길, 돌벽, 산등성이, 보트 창고, 금방이라도 쓰러질 듯 비스듬히 기운 낡은 선착장, 갈매기들이 떼를 지어 앉아 있는 바위섬.

초인종을 누르는 소리는 그치지 않았다. 4학년 학생들, 7학년 학생들, 심지어는 내가 수업을 맡지 않았던 9학년의 키가 훌쩍 커버린 학생들도 나를 찾아왔으며, 동네의 젊은 어부는 물론 젊은 동료 교사들도 우리 집 대문을 두드렸다. 그럴 때마다 나는 의자에서 펄쩍 뛰어오를 듯 깜짝 놀라곤 했다. 동시에 과거의 풍경 속에 앉아 있는 듯한 느낌은 산산조각이 나버렸다. 사람들이 돌아간 후 책상 앞에 앉아 다시 어린 시절의 풍경으로 되돌아가기까지는 한 시간 이상이나 걸렸다.

내가 찾고자 했던 것은 바로 그것이었다. 나무가 '나무'가 아니었던 그때, 자동차가 '자동차'가 아니었던 그때, 아버지가 '아버지'가 아니었던 바로 그때의 시간과 느낌과 풍경이었다.

몸을 일으켜 아이들에게 다가갔다. 그들이 무엇을 하고 있는지 살펴보기 위해서였다. 모두들 작은 도서관의 둥그런 책상 앞에 모여 앉아 있었다. 안드레아와 힐데군은 이미 과제를 해결하고 자기 자리로 돌아가는 중이었다.

"뭘 좀 찾아냈니?"

나는 그들을 지나치며 물어보았다.

"물론이죠."

힐데군이 대답했다.

"우린 벌써 열 가지 사항을 다 찾았어요. 이제 우린 뭘 하면 되나요?"

"자리에 앉아서 다른 아이들이 올 때까지 기다려."

작은 도서관의 긴 책장을 경계로 반대편에 자리한 교실에선 3학

566

년과 4학년 학생들이 책상에 코를 박고 문제를 풀고 있었다. 토릴은 손을 들고 질문하는 아이들 사이를 돌아다니며 그들을 도와주고 있었다. 그 맞은편에는 1학년 학생들이 헤게를 둘러싸고 바닥에 앉아 책을 읽어주는 그녀의 목소리에 귀를 기울이고 있었다. 아이들은 마치 꿈을 꾸는 듯한 눈빛으로 앞을 멍하니 바라보고 있었다. 헤게가 내 시선을 눈치챘는지 책을 읽으면서 고개를 들어 내게 미소를 지었다. 우리 반 학생들이 앉아 있는 교실로 되돌아오던 중, 안드레아와 눈이 마주쳤다. 자리에 앉아 나를 계속 바라보고 있었던 그녀는 나와 눈이 마주치자 얼른 고개를 숙였다.

"너희들이 찾아낸 것은 뭐니?"

"지금 들어보실래요?"

힐데군이 되물었다.

"아냐, 다른 아이들이 돌아올 때까지 조금 더 기다려보자."

"그럴 거면 왜 물어보셨나요?"

안드레아가 말했다.

"그냥."

카펫이 깔려 있는 도서관 쪽에서 카이 로알과 비비안이 걸어 나왔다. 그들은 자리에 앉아 도서관 쪽으로 고개를 돌렸다. 거기에는 아직도 리베가 혼자 앉아 무언가를 열심히 적고 있었다. 나는 리베에게 다가갔다.

"잘 되고 있니?"

"아직 다섯 개밖에 못 찾았어요. 아니, 여섯 개."

"좋아. 그것만으로도 충분해. 나머지 네 개는 다른 아이들이 찾아낸 것을 들으며 채워넣도록 해."

리베는 다른 사람의 지시를 받을 때면 항상 그러하듯 입을 삐죽거리며 펜과 종이를 챙겼다. 하지만 나는 그녀의 내면에 자리한 커다란 불확실성을 감지할 수 있었다. 또래 아이들이 그녀의 내면을 볼 수 있을지는 알 수 없었다.

수업 시간이 20분쯤 남았을 때, 아이들에게 각자 찾아낸 사항을 발표해보라고 시켰다. 나는 그들의 텅 빈 시선을 받아내며 부족한 점을 채워주었다. 그들이 앞으로 마틴 루터에 관한 지식을 어떻게 활용할지는 알 수 없었지만, 나는 그들이 스스로 무언가를 알아내고 종이 위에 적는 것, 자신의 자리에 앉아 다른 이의 말을 경청하는 것만으로도 충분하다고 생각했다.

종이 울렸다. 그들은 쉬는 시간에 교실에 남아 있어도 되냐고 물었다.

"날씨가 너무 안 좋아요."

"안 돼. 물어볼 걸 물어야지…"

나는 그들이 외투를 입고 모자를 쓰고 교실에서 나갈 때까지 기다렸다. 아이들이 모두 운동장으로 나간 후, 나는 교무실로 가서 커피잔을 앞에 두고 소파에 앉았다. 커피를 내린 지 한 시간밖에 지나지 않았지만 씁쓸한 맛이 났다.

신문을 읽고 있던 닐스 에릭이 나를 쳐다보았다.

"오늘 저녁에 수영장에 함께 갈까?"

"좋아. 가기 전에 우리 집에 들러."

토릴이 냉장고 문을 열고 허리를 굽혀 요거트를 꺼냈다. 뚜껑에 묻은 요거트를 혀로 핥고, 싱크대 아래 있는 쓰레기통에 뚜껑을 버린 후, 서랍에서 티스푼을 꺼내 요거트를 먹기 시작했다. 우리를 향해 미소 짓는 그녀의 아랫입술에 분홍색 요거트 자국이 남아 있었다.

"이 시간만 되면 항상 배가 고프더라고요."

그녀가 말했다.

"괜히 우리한테 미안해할 필요는 없어요. 우리도 가끔 이 시간에 뭘 먹으니까요."

내 옆에 앉아 있던 닐스 에릭이 신문을 내려놓고 화장실에 갔다. 나는 커피를 한 모금 마시고 복사실에서 종이 한 뭉치를 들고 나오는 야네에게 눈을 돌렸다. 그녀의 입술은 언제나처럼 양쪽 끝이 아래로 향하고 있었고, 두 눈은 무심한 빛을 띠고 있었다. 그녀에게 무슨 일이 있냐고 관심을 보이며 말을 걸고 싶은 마음은 생기지 않았다.

"야네, 오늘 아침에 당신이 커피를 내렸나요?"

내가 물어보았다.

그녀가 내게 고개를 돌렸다.

"맞아요. 오늘은 내가 주방을 담당하는 날이에요. 그런데 그건 왜 묻나요?"

"그냥 물어봤어요. 내가 마셨던 커피 중에서 가장 맛이 없어서. 하하."

그녀가 미소를 지었다.

"지금까지 고급 커피만 마셨던 모양이군요. 하지만 원한다면 커피를 다시 끓일게요."

"아니에요! 그럴 필요는 없어요. 농담을 했을 뿐이랍니다. 충분히 맛이 좋아요."

그녀가 자신의 책상으로 돌아갔다. 나는 몸을 일으켜 창가로 다가갔다. 가로등이 만들어내는 동그란 불빛 주위로 흩날리는 하얀 눈송이가 마치 떼를 지어 날고 있는 날벌레처럼 보였다. 운동장의 눈더미 위에 아이들 넷이 차곡차곡 몸을 포개고 누워 있었다. 제일 밑에 깔려 있는 아이가 느낄지도 모르는 답답함을 생각하니 얼른 나가서 그 위에 있는 아이들을 하나하나 들어올리고 싶은 충동이 생겼다.

몸을 조금 비틀어 운동장 먼 곳을 살펴보았다.

오늘 쉬는 시간 감독을 맡은 교사는 누굴까.

앗! 나는 언제쯤 되어야 제대로 기억할 수 있을까. 그날은 내가 감독 임무를 맡은 날이었다.

나는 서둘러 복도의 옷걸이 쪽으로 뛰쳐나갔다.

"쉬는 시간은 3분밖에 남지 않았어요."

스투레가 다가와 말했다.

"지금 나가봤자 소용없으니, 차라리 방과 후에 감독을 하는 게 낫지 않겠어요?"

그는 자신이 한 농담이 그럴듯하다고 느꼈는지 키득키득 웃었다. 나는 무표정한 얼굴로 그를 바라보며 모자를 눌러쓰고 장갑을 꼈다. 지금 나가봤자 소용없다는 그의 말도 틀리진 않았지만, 나는 그 누구에게도 내가 게으르고 무책임하다는 인상을 주기 싫었기에 쏜살같이 운동장으로 뛰어 나갔다.

처마 밑에서 작고 통통한 아이가 미끄러지듯 내게 다가왔다. 나는 그를 못 본 척 눈싸움을 하던 무리에게 다가갔다. 그들은 내가 다가가자 청바지에 묻은 눈을 털어냈다. 그들의 청바지는 축축하게 젖어 거뭇거뭇하게 변해 있었다.

"선생님! 칼 오베 선생님!"

내 등 뒤에서 들려오는 목소리와 함께 누가 내 재킷을 잡아당겼다.

작고 통통한 아이는 나를 따라잡기 위해 뛰어온 것이 분명했다.

나는 등을 돌렸다.

"무슨 일이니, 요?"

요가 미소를 지었다.

"선생님한테 눈뭉치를 던져도 되나요?"

나는 지난주에 내게는 눈뭉치를 던져도 된다고 아이들에게 말한 적이 있었다. 그것은 실수였다. 아이들은 신이 나서 눈을 뭉쳐 내게 던졌고, 특히 눈덩이가 내 허벅지를 맞추었을 때는 숨이 끊어져라 깔깔대며 웃었다. 이젠 그만하자고 말해도 막무가내였다. 그들은 금지되었던 일이 마침내 허락되었을 때 이를 되돌리는 것이 얼마나 힘든 일인지 잘 알고 있었다.

"아냐, 오늘은 안 돼. 게다가 이제 곧 종이 울릴 거야."

눈싸움을 하던 남자아이 넷이 머리 위로 푹 눌러쓴 모자 밑의 눈으로 나를 흘낏 쳐다보았다.

"괜찮아?"

"네, 안 괜찮을 것도 없잖아요."

레이다르가 말을 이었다.

"왜 안 괜찮을 거라고 생각하시나요?"

"말조심해. 어른을 대할 때는 항상 예의 바르게 말해야 한단다. 무례하게 말하지 않도록 앞으로는 조심해."

"하지만 선생님은 어른이 아니잖아요. 운전면허도 없으면서!"

"맞아. 하지만 난 적어도 구구단은 모두 외울 수 있어. 너희들은 구구단을 틀리지 않고 다 외울 수 있니? 나는 마음만 먹으면 하루에 세 번도 너희들을 때려눕힐 수 있어. 필요하다면 말야."

"만약 그런 일이 생긴다면 우리 아버지가 선생님을 가만두지 않을 거예요."

"칼 오베 선생님, 잠시만 이쪽으로 와보세요."

요가 내 재킷을 다시 잡아당겼다.

"내게도 아버지가 있단다. 우리 아버진 나보다 훨씬 크고 힘도 세. 심지어는 운전면허증도 있어."

나는 요를 내려다보며 말을 이었다.

"그런데 너는 어디로 가려고?"

"선생님께 보여줄 것이 있어요. 제가 직접 만든 거예요."

"그게 뭔데?"

"비밀이에요. 다른 애들은 보면 안 되는 거예요."

나는 운동장 구석 쪽을 바라보았다. 처마 밑에는 7학년 여학생들이 모여 있었고, 그들의 뒤쪽 축구장이 시작되는 곳에는 한 무리의 아이들이 술래잡기를 하며 뛰어놀고 있었다.

"하지만 곧 종이 울릴 거야."

나는 요에게 말했다.

그가 내 손을 잡았다. 이 아이는 학급 친구들에게 어떻게 보일지 전혀 상관하지 않는 것일까.

"오래 걸리지 않을 거예요."

그가 말을 채 맺기도 전에, 종이 울렸다.

"다음 쉬는 시간으로 미뤄야겠군요. 그때는 꼭 같이 가주실 거죠?"

"알았어. 일단 얼른 교실로 들어가."

축구장에 있던 아이들은 종소리를 듣지 못했거나, 종소리를 무시했던 것이 틀림없었다. 나는 몇 발짝 앞으로 나아가 두 손을 모아 입에 댄 후, 그들에게 종이 울렸다고 소리를 질렀다. 그들이 동작을 멈추고 나를 바라보았다. 운동장에 쌓인 눈은 가장자리로 갈수록 점점 높아져 언덕을 이루었고 학교 뒤쪽에 이르자 조그마한 산이 되어 있었다. 온 세상을 덮은 하얀 눈 속에서는 거뭇거뭇한 하늘조차도 푸르스름하게 보였다. 눈 속에서 뛰어노는 아이들은 마치 통로로 얼키설키 엮인 그들만의 동굴 앞에서 왔다 갔다 하는 조그마한 설치류 동물 같았다.

손짓을 하자, 그들이 나를 향해 달려오기 시작했다.

"종소리를 못 들었니?"

그들이 고개를 저었다.

"곧 종이 칠 거라는 생각도 하지 않았어?"

그들이 다시 고개를 저었다.

"얼른 교실로 들어가. 벌써 한참 전에 종이 쳤어."

아이들이 교실로 뛰어가기 시작했다. 내가 처마 밑 모퉁이를 돌 때쯤, 그들은 이미 건물 안으로 사라지고 없었다. 나는 입구에서 발을 툭툭 차 눈을 털어내고 아이들의 뒤를 따랐다. 교무실 문을 열고 외투를 옷걸이에 건 후, 수업에 필요한 책을 꺼냈다. 등 뒤에서 화장실 문이 열리는 소리가 들렸다. 몸을 돌려보았다. 닐스 에릭이 화장실에서 나오는 중이었다.

"여태 거기 있었어?"

"무슨 질문이 그래?"

"아니, 조금 놀라서 그랬어."

나는 책을 내려다보며 말을 이었다.

"그냥 화장실에서 시간을 많이 보냈구나 싶어서 했던 말이야. 다른 의도는 없었어."

나는 그에게 미소를 지으며 사회 과목 문제집을 꺼냈다.

"다행이군. 근거 없는 의도나 암시는 어디에도 도움이 되지 않아. 사실은 토릴 때문이었어. 그녀는 말로 표현할 수 없을 정도로 섹시

573

해. 조금 전에 냉장고 앞에서 허리를 굽혔을 때… 나는 그때 발생했던 응급 상황에 대처하기 위해서 화장실에 갔을 뿐이야."

"응급 상황이라니?"

"바로 그거야."

그가 웃음을 터뜨리며 말을 이었다.

"자네도 알다시피… 그 상황은 남자가 여자를 보았을 때 여자에게 매력을 느껴서 화장실로 뛰어 들어가 자위를 하는 상황이라고 할 수 있겠지."

"아, 그 상황…"

나는 그에게 미소를 지어보이고 교실로 들어갔다.

다음 쉬는 시간에 운동장에 나가자마자 요가 헐레벌떡 내게 달려왔다.

"선생님, 저와 함께 가요!"

그가 내 손을 잡아당겼다.

"너무 서두르지 마. 그런데 도대체 내게 뭘 보여주려고 그러니?"

"저와 엔드레가 함께 만든 거예요."

"엔드레는 어디 있니?"

엔드레는 3학년, 요는 4학년 학생이었다. 둘은 다른 아이들과 어울리지 않고 따로 놀 때가 많았다.

"저기 있어요."

그가 건물 뒤쪽의 커다란 눈 더미를 가리켰다. 운동장에서는 보이지 않는 것이었다.

"우리가 얼음 동굴을 만들었어요. 굉장히 커요. 선생님도 한번 들어가 보세요."

우리가 오는 것을 지켜보던 엔드레가 동굴 속으로 사라졌다.

"잘 만들었구나."

나는 걸음을 멈추고 말을 이었다.

"내가 들어가기엔 좀 작은 것 같은데… 네가 한번 들어가보렴."

요가 나를 쳐다보며 미소를 지은 후, 얼음 동굴 속으로 기어들어 갔다. 나는 뒤로 물러나 운동장 쪽을 바라보았다. 4학년 남학생 둘이 건물 모퉁이를 돌아 우리 쪽으로 오고 있었다. 요가 얼음 동굴 입구로 얼굴을 내밀었다.

"선생님이 들어와도 돼요. 칼 오베 선생님, 여기 자리가 많이 남아 있어요."

"너도 알다시피 나는 다른 아이들도 살펴봐야 한단다."

요가 건물 뒤편으로 걸어오는 두 소년을 발견했다.

"이건 우리 동굴이에요. 이건 우리가 만든 얼음 동굴이라고요."

"그래, 맞아."

"어, 너희들 얼음 동굴을 만들었구나!"

저 멀리서 걸어오던 레이다르가 소리쳤다.

"이건 우리 동굴이야. 너희들은 들어오면 안 돼!"

남학생 둘이 동굴 앞에서 걸음을 멈추었다.

"어디 한번 보자!"

스티그가 요를 지나쳐 동굴 속으로 기어들어갔다.

"이건 우리 거야!"

요가 나를 쳐다보며 말을 이었다.

"그렇죠, 칼 오베 선생님?"

"이건 너희들이 만든 거야. 하지만 다른 아이들이 사용하는 걸 막으려면 밤낮으로 여기 서서 보초를 서야 할 거야."

"하지만 이건 우리 동굴이에요!"

요가 소리쳤다.

"여기는 학교 안이잖아. 때문에 이곳에서 다른 아이들이 노는 걸 막을 수는 없단다."

레이다르가 미소를 지으며 요를 지나쳐 동굴 안으로 들어갔다. 곧, 얼음 동굴 안은 아이들로 가득 찼다. 그들은 어떻게 하면 동굴을 더 넓힐 수 있을지 토론하기 시작했다. 터널을 파면 될까. 요는 대장 노릇을 하려 했지만, 아이들은 그를 무시했다. 그는 하는 수 없이 서열의 가장 밑바닥에 머물러야만 했다. 나는 몸을 돌려 그곳을 빠져나왔다. 슬퍼하는 요를 떠올리니 조금의 죄책감이 생겨났다. 하지만 내가 할 수 있는 일은 없었다. 사회 속에서 살아가는 방법은 스스로 알아가야 하는 것이다. 매번 불평만 하고 다른 아이들의 험담만 하며 살아갈 수는 없다는 것을 그도 깨달아야 한다고 생각했다.

"여기 서서 뭘 하고 있니?"

나는 처마 밑 담장에 붙어 서서 껌을 씹고 있는 7학년 여학생들에게 말을 걸었다.

"눈도 오고 바람도 불어서 갈 데가 없어요."

비비안이 말했다.

"여기 서 있으면 안 된다는 말씀을 하려 하셨나요?"

"꼭 여기 서 있을 필요는 없잖니? 다른 아이들처럼 뛰어놀아."

"우린 '아이들'이 아니에요."

안드레아가 말했다.

"그리고 8학년과 9학년 학생들은 지금 교실에 있잖아요. 불공평해요."

"불공평하다는 말을 하는 걸 보니, 너희들은 '아이들'이 틀림없구나. 게다가 8학년과 9학년은 두 시간 연속으로 수업을 하고 있어. 지금 교실 안에서 노는 게 아니라 공부를 하고 있다고."

"우리도 공부를 하고 싶어요. 이런 날씨엔 밖에 있는 것보다 차라리 안에서 공부를 하는 게 훨씬 나아요."

안드레아가 나를 쳐다보며 말했다. 차가운 공기 때문에 그녀의 뺨은 발갛게 달아올라 있었다. 가늘게 뜬 눈은 너무나 예뻤다.

나는 웃음을 터뜨렸다.

"갑자기 공부를 하겠다고? 놀랄 만한 일이군."

"선생님은 항상 우리 말에 웃기만 해요. 우리를 눈곱만큼도 존중해주지 않아요."

비비안이 말했다.

"난 너희들에게 어울리는 대접을 해줄 뿐이야."

수영장과 체육관이 있는 건물과 본관 건물 사이의 벽에 걸린 커다란 시계를 보았다. 수업이 시작하기까지는 4분이 남아 있었다.

나는 4학년 학생들을 살펴보기 위해 발길을 돌렸다. 모퉁이를 돌자마자 바람을 피해 고개를 푹 숙이고 화가 난 듯 쿵쿵 발소리를 내며 걸어오는 요와 엔드레를 볼 수 있었다.

"얼음 동굴은 어떻게 되었니?"

"망가졌어요!"

요가 소리를 질렀다.

"레이다르가 지붕 위에 떨어지는 바람에 완전히 망가져버렸어요. 젠장."

그의 두 눈은 젖어 있었다.

"욕을 하면 안 돼."

"죄송합니다."

"가끔 그런 일이 일어날 때도 있어. 레이다르도 일부러 그런 건 아

577

닐 거야.”

“하지만 그건 우리 동굴이었어요! 우리가 만들었다고요! 이젠 다 망가져버렸어요.”

“다음엔 그 아이들과 함께 얼음 동굴을 만들면 되잖아. 그러면 걔들도 동굴을 부술 생각은 하지 않을 거야.”

“싫어요.”

요가 말했다.

“엔드레, 얼른 이리로 와.”

두 아이가 총총걸음으로 나를 지나쳤다.

“너희들이 원한다면 얼음 동굴을 다시 만들어보자. 내가 도와줄게. 다음 쉬는 시간에 말야.”

“그게 정말이에요?”

“일단 시작하면, 다른 아이들도 함께 만들어보려고 올 거야.”

“네. 하지만 선생님이 꼭 그 자리에 있어야만 해요. 그래야 다른 아이들이 동굴을 부수지 않을 거예요.”

몇 분 후, 나는 교무실로 들어가며 얼음 동굴을 만드는 데 도와주겠다고 말한 것을 후회했다. 이젠 쉬는 시간마다 열 살짜리 아이들과 함께 눈을 파헤치며 얼음 동굴을 만들어야 한다. 하지만 밝아지는 요의 얼굴을 생각하니 그 정도는 할 수 있다고 생각하면서 화장실로 들어갔다. 문을 닫고 바지 지퍼를 내리고 소변을 보았다. 문밖에 있는 사람들에게 소리가 들리지 않도록 변기에 잘 조준하는 것도 잊지 않았다. 손을 씻으며 거울 속의 내 얼굴을 바라보았다. 때때로 거울 속의 내 눈을 바라볼 때면, 내가 몸의 안쪽과 바깥쪽에 동시에 존재한다는 이상한 기분이 나를 스치곤 했다.

그때도 마찬가지였다. 몇 초 동안 강렬하게 내 몸을 휘감았던 그 이상한 기분은 거울에서 눈을 떼자마자 사라졌다. 수건을 제자리에 걸어놓거나 손을 씻은 후 비누를 내려놓는 순간, 그것들은 다음 사람이 화장실에 들어올 때까지 어둡고 텅 빈 공간 속에서 제자리를 지킨다. 다음 사람이 손을 씻고 거울을 바라보며 자신의 영혼을 들여다볼 때까지.

거실에 앉아 저녁을 먹고 있는데 닐스 에릭이 찾아왔다. 대문을 열자 거센 눈바람이 그의 몸을 때렸다. 저 멀리서 들려오는 파도 소리는 마치 투명한 돔 지붕처럼 마을 위를 덮고 있었다.

"지금 저녁을 먹고 있는 중이야. 거의 다 먹었어. 안에 들어와서 조금만 기다려."

"음식을 먹은 후에 곧바로 수영을 하면 안 되잖아?"

"저녁으로 물고기를 먹었으니까 괜찮을 거야. 물고기는 밤낮으로 헤엄을 치잖아."

"응, 그건 맞는 말이야."

"대구알과 감자야. 자네도 좀 먹을래?"

그가 고개를 저은 후, 장화 끈을 풀고 거실로 들어왔다.

"어때?"

나는 입속에 있던 음식을 꿀꺽 삼키고 어깨를 으쓱 추켜 보인 후, 물을 들이켰다.

"뭐가?"

나는 그에게 되물었다.

"전부… 음… 예를 들면, 글 쓰는 일이라든지…"

"나쁘지 않아."

"학교 일은?"

"좋아."

"성생활은?"

"음… 무슨 말을 해야 될까… 그건 별로야. 자네는?"

"오늘 두 눈으로 직접 보고서 또 왜 물어? 그 이상도 그 이하도 아냐."

"그렇군."

나는 접시 위에 남아 있는 마지막 대구알과 버터와 부서진 감자 조각을 한데 모아 포크 위에 올리고 입으로 가져갔다. 입술이 기름으로 반들반들해졌다.

"시간이 흐른다 해도 나아질 것 같진 않아."

그가 말을 이었다.

"이곳 여자아이들은 열여섯 살만 되면 모두 다른 도시로 가서 공부를 하잖아. 이 동네에 남아 있는 여자라곤 초·중등학교 학생과 그들의 어머니들뿐이야. 두 나이대 사이에 있는 여자들은 모두 전멸 상태야."

"모두 전멸 상태라…"

나는 한 손으로 포크와 나이프를 올린 접시를 쥐고, 다른 한 손으로는 물컵을 쥔 채 몸을 일으켜 주방으로 갔다.

"그렇게 말하니 마치 그들이 누군가에게 쫓기는 것 같아."

"그것도 틀린 말은 아냐! 만약 그들이 계속 이 동네에 살고 있었다면 우리가 그들을 쫓았을 테니까."

내가 말을 이었다.

"사실, 난 이전엔 숲속에서 사냥을 하며 돌아다니는 사람들을 이해하지 못했어. 하지만 지금 생각하니 그 행위의 숨은 뜻을 이해할 수 있을 것 같아."

"난 그게 왜 그처럼 재미있는 일인지 이해할 수 없어."

닐스 에릭이 주방에 있는 나에게 들릴 수 있도록 목소리를 높여 말했다.

"공을 들이고 노력하는 것에 비해 돌아오는 것은 거의 없어. 적어도 내겐 그렇다는 말이야. 누군가와 함께 안정적인 삶을 사는 게 훨씬 낫다고 생각해."

나는 침실로 들어가 옷장에서 수영복과 수건을 꺼내 비닐봉지에 넣었다. 잠시 우두커니 서서 더 필요한 것은 없는지 생각에 잠겼다. 수영복과 수건만 있으면 될 것 같았다.

"연애는 언제 해봤는데? 오래전 일이야?"

내가 그에게 물어보았다.

"3년 전."

그는 비닐봉지를 들고 나오는 나를 보자 몸을 일으켜 대문 쪽으로 걸어갔다.

"우리 학교의 계약직 교사들은 어떻게 생각해?"

장화끈을 묶고 허리를 쭉 펴는 그의 얼굴은 발갛게 달아올라 있었다.

"그들만 괜찮다면, 나도 좋아."

그가 말했다.

우리는 오르막길을 말없이 걸었다. 눈바람이 너무나 세찼기 때문에 발을 움직이는 것만으로도 힘들었다. 학교 건물 안에 들어서니 마치 커다란 선박의 갑판 위에 있다가 객실 안으로 들어온 것 같았다.

닐스 에릭이 복도의 불을 켰다. 우리는 계단을 성큼성큼 뛰어올라 라커룸으로 들어가 옷을 갈아입었다. 벽을 때리는 세찬 바람 소리가 환풍기를 통해 흘러 들어왔지만, 실내는 조용하게만 느껴졌다. 움직이는 것을 볼 수 없었기 때문일까. 부동성浮動性은 곳곳에 숨어 있었고, 심지어는 수면 위에도 반짝이는 빛을 발하며 자리하고 있었다.

소독약 냄새가 매혹적으로 다가왔다. 그 냄새와 함께 어린 시절의 기억이 떠올랐다. 매주 스틴타할렌 수영장으로 가서 헤엄을 치던 일, 수영장에서 나오는 길에 항상 들렀던 조그만 구멍가게에서 삼각모자 모양의 봉지 속에 군것질 거리를 담아오던 일, 민트향이 나는 초록색 사탕, 라코리스 맛이 나는 검은색 사탕. 열대 폭포수처럼 보였던 가로등 불빛. 노르웨이 국기가 옆에 새겨져 있던 하얀 수영모와 짙은 푸른색 물안경.

나는 수영복 바지의 허리끈을 질끈 묶고 작은 수영장으로 나갔다. 타일의 거친 표면이 발바닥에 닿았다. 창밖의 가로등 주변에는 하얀 눈송이가 흩날리고 있었고, 그 뒤편에는 거대한 어둠이 자리하고 있었다.

수영장 바닥의 푸른색을 희미하게 비추어내는 검푸른 수면은 거울처럼 매끈했다. 그 매끈한 표면을 망가뜨리고 싶지 않았다. 수면을 뚫고 첨벙 뛰어 들어가는 것이 꺼려질 정도였다. 나는 사다리를 통해 조심조심 물속으로 들어갔다. 하지만 닐스 에릭이 힘차게 뛰어와 물속으로 첨벙 뛰어드는 바람에 내가 시도했던 바는 소용없이 변해버렸다. 그는 수면을 가르며 고개를 들어 숨을 쉬고 팔을 힘차게 휘저으면서 반대편 가장자리를 향해 헤엄을 쳤다.

"아, 기분이 너무 좋아!"

그가 소리쳤다.

"뭐야? 겁을 먹은 건 아니겠지?"

"내가? 천만에!"

나는 그에게 소리쳤다.

"그런데 왜 그래? 아줌마처럼!"

별안간 어렸을 때 다그 로타르를 놀렸던 기억이 났다. 그가 오기 몇 분 전에 수영장에 도착했던 나는 안쪽의 흰색 면이 바깥쪽으로 나오도록 수영모를 뒤집어쓰고, 할머니들처럼 모자를 살짝 올려 주름을 잡았다. 고개를 한껏 위로 치켜들고 천천히 팔을 저으면서 헤엄을 치던 내 모습은 할머니들의 움직임과 너무나 비슷했기에 다그 로타르는 나를 알아보지 못했다. 수영장 안에는 네 명밖에 없었는데도 말이다. 그는 내게 시선을 던졌지만 나를 전혀 알아보지 못했다. 그가 큰 소리로 내 이름을 불렀다. 나는 대답하지 않았다. 그는 나를 찾기 위해 다시 라커룸으로 되돌아갔다.

나는 천천히 헤엄을 치기 시작했다. 머리를 물속에 집어넣고 힘껏 발을 차서 반대편 가장자리에 도달했다. 닐스 에릭은 저 멀리서 개구리헤엄을 치고 있었다. 나는 있는 힘을 다해 수영장을 왔다 갔다 하며 헤엄을 친 후, 가장자리를 붙들고 눈 쌓인 창밖으로 시선을 돌렸다.

수영장 가장자리에 팔꿈치를 대고 고개를 돌렸다. 사지를 버둥거리며 하얀 거품을 일으키는 닐스 에릭을 보니 언젠가 게이르의 아버지가 했던 말이 떠올랐다. 개구리헤엄을 칠 때는 몸을 솜뭉치처럼 웅크려야 한다고 했던가. 닐스 에릭의 등 뒤로 열린 문이 눈에 들어왔다.

앗! 사우나실에 불을 지피는 것을 잊고 있었다.

나는 얼른 라커룸으로 들어가 사우나실에 불을 피웠다. 다시 수영장 안으로 되돌아온 나는 30분 정도 쉬지 않고 헤엄을 쳤다.

힘이 빠진 우리는 사우나실로 들어가 제일 위쪽 벤치에 앉았다.

나는 오븐 속의 돌멩이에 물을 부었다. 뜨거운 수증기가 내 살갗을 스치고 지나가 작은 사각형의 방 안을 채웠다.

"이 학교에서 일할 때 가장 큰 혜택은 바로 이거라고 생각해."

닐스 에릭이 젖은 머리를 뒤로 쓸어넘기며 말했다.

"유일한 혜택이기도 하지."

내가 말했다.

"아냐, 커피도 공짜로 마실 수 있고, 신문도 공짜로 볼 수 있잖아. 또 학기를 마칠 때면 케이크도 먹을 수 있고."

"쳇."

침묵이 흘렀다. 그가 한 층 아래의 벤치로 내려가 앉았다.

"지금까지 어떤 일을 해봤어?"

나는 벽에 어깨를 기대고 그에게 물었다. 사우나실의 무더움 때문에 머리가 납덩이처럼 무거워졌다.

"그리 많은 일을 해본 건 아냐. 병원에서 아르바이트를 해봤어. 아, 맞다! 아주 오래전에 여름방학을 이용해 두 번 정도 공원 관리소에서 아르바이트를 한 적도 있어. 자네는?"

"화원, 목재소, 신문사, 정신병원 그리고 라디오 방송국. 하지만 방송국에선 돈을 받고 일하진 않았어."

"그렇군."

그가 무덤덤하게 말했다. 나는 그에게 시선을 돌렸다. 그는 두 눈을 감고 내가 앉아 있는 벤치에 팔꿈치를 댄 채 고개를 뒤로 젖히고 있었다. 그에게선 생기와 번뜩이는 재치를 볼 수 있지만, 그것은 마치 노인네 같은 그의 말투와 태도에 묻혀 거의 알아볼 수 없을 정도였다. 내가 가끔 보았다고 생각했던 그의 생기 넘치는 열정과 재치는 겉으로 선명히 드러난다기보다는 일종의 아우라처럼 그를 감싸고 있는 분위기 같은 것이었다. 때로는 그에게서 생각지도 않았던 면을 찾아냈을 때 놀라움을 표현하기도 했지만, 그럴 때마다 그는 부정적인 반응을 보였다. 예를 들어, 그가 더 지저스 앤 메리 체인The Jesus and Mary Chain의 음악을 들어봤으며 심지어 좋아하기도 한다고 말했을 때 내가 놀라는 반응을 보였더니 그는 어이없다는 표정을 지으며 이렇게 말했다.

"내가 왜 그들의 음악을 들어보지 않았다고 생각하는 거지?"

그가 허리를 쭉 펴고 내게 고개를 돌렸다.

"있잖아… 한번 생각해봤는데… 혹시 힐다의 집이 어디 있는지 알아?"

나는 고개를 저었다.

"힐다의 집? 그게 뭔데?"

"모퉁이에 있는 노란색 집 말야. 그 집은 에바의 시어머니인 힐다가 소유했던 집이었지. 그녀는 몇 년 전에 세상을 떠났고, 그 집은 지금까지 텅 비어 있다고 들었어. 에바와 이야기를 해봤는데, 그 집을 세 주겠다고 하더군. 사람이 살지 않으면 집도 더 빨리 상하기 마련이니까. 월세도 많이 받지 않겠다고 했어. 한 달에 500크로네 정도."

"정말?"

"그렇게 큰 집에서 혼자 살기보다는 자네와 함께 세들어 사는 게 좋겠다고 생각해보았어. 그렇게 하면 집세로 나가는 돈도 아낄 수 있고, 식비도 꽤 많이 절약할 수 있을 거야. 자네 생각은 어때?"

"글쎄… 나쁘진 않은데?"

"방은 세 개야. 우리가 각각 하나씩 침실로 쓰고 남는 방은 함께 사용하면 되지 않을까?"

"하지만 우리가 같이 살면 모두들 우리를 호모라고 생각할 거야.

585

젊은 남교사 둘이서 눈이 맞았다고 말야."

그가 웃음을 터뜨렸다.

"지금 벌거벗은 채로 나와 함께 사우나실에 앉아 있는 자네가 할 말은 아닌 것 같은데…"

"아니, 벌써 소문이 돌고 있는 거야?"

"아냐, 미쳤어? 자넨 이미 이 동네에서 바람기를 입증했어. 자네의 성적 경향을 의심하는 사람은 아무도 없다고. 어때? 생각이 있어?"

"글쎄… 참, 나는 글을 써야 해. 글을 쓸 때는 혼자 있어야 하는데…"

"거실 안쪽에 작은 방이 하나 있어. 자네가 그 방을 쓰면 되잖아. 글을 쓰기엔 완벽해."

"좋아. 그렇다면 사양할 이유도 없군."

옷을 갈아입고 계단을 오를 때, 나는 마음속에 오랫동안 넣어두었던 말을 넌지시 꺼냈다. 사우나실에서 벌거벗고 있을 때는 차마 입밖에 낼 수가 없어 밖으로 나올 때까지 기다렸던 것이다.

"사실은 우리가 오늘 대화를 나누었던 그 점에 관해 문제가 있어."

"그게 뭔데?"

"섹스와 관계된 거야."

"말해봐!"

"선뜻 말하기가 쉽진 않지만… 문제는… 내가 사정을 너무 일찍 한다는 거야."

"아, 매우 고전적인 문제로군. 또?"

"아냐, 그것뿐이야. 그 문제에 관해 조언을 좀 얻을 수 있을까 싶어서 물어보는 거야. 정작 그런 일을 겪고 나면 기분이 별로 좋지 않아. 자네도 이해하지?"

"얼마나 빠르기에 그러는 거야? 1분? 3분? 5분?"

"상황에 따라 달라."

나는 커다란 유리문을 밀고 나가며 말했다. 사우나실에서 덥혀질 대로 덥혀진 몸이었기에 찬바람이 불어도 추운 걸 느끼지 못했다.

"3, 4분 정도?"

"그 정도면 괜찮은 거 아냐?"

그가 목도리를 두르고 모자를 푹 눌러쓰며 말했다.

"4분이면 꽤 긴 시간 같은데?"

"자네는 어때?"

"나? 난 자네와는 정반대야. 아무리 오래해도 사정하기가 쉽지 않아. 내겐 오히려 그게 문제라고 할 수 있지. 30분이 지나도 아무 일이 없어서 그냥 포기할 때도 있어."

우리는 나란히 함께 길을 걸었다.

"자위를 할 때는 어때?"

그가 내게 물었다.

"그때도 그렇게 빨라?"

양 볼이 화끈 달아올랐다. 몰아치는 눈바람 때문에 달아오른 얼굴을 그에게 들키지 않아 다행이었다. 그는 내가 거짓말을 한다고는 생각지 않을 것이다.

"응, 자위를 할 때도 마찬가지야."

"흠… 자네도 오늘 봤잖아. 난 자위를 할 때도 욕구를 풀기까지 굉장히 오래 걸려."

"이건 생리적인 문제일까 아니면 심리적인 문제일까? 어쨌든 자네와 허심탄회하게 이런 대화까지 나눌 수 있어서 좋아. 난 자네의 반 정도만 되어도 더 바랄 게 없을 것 같아. 오히려 자네와 같은 문제를 두고 고민하는 게 천배 만배는 더 좋을 것 같기도 해."

"글쎄… 난 생리적인 문제라고 생각해. 난 항상 그랬거든. 그래서 자네에게 조언을 해주기가 쉽지 않아. 하지만 성기 끝부분을 세게 꼬집거나, 고환을 살짝 잡아당기면 도움이 된다는 말을 어디서 들어 본 적은 있어."

"그렇다면 나도 다음엔 그렇게 한번 해봐야겠군."

나는 어둠 속에서 미소를 지으며 말했다.

"그래, 기회가 생기면 한번 시도해봐."

"성탄절 무렵이 기회일 것 같아. 그때가 되면 타지에 있던 젊은 여자들이 모두 집으로 돌아올 테니까."

"그들이 섹스를 하기 위해 본가에 돌아올 거라고 생각해? 그건 아냐. 난 그들이 타지에서 마음껏 즐기고, 잠시 쉬기 위해 집에 온다고 생각해. 1월에 다시 시작할 타지에서의 성생활을 위해 힘을 비축하러 오는 거라고."

"아, 듣고 보니 그럴 것 같아."

걷다 보니 어느새 우리 집 앞에 도착했다. 나는 멈춰섰다.

"만약 집 문제가 해결된다면 언제 이사를 할 생각이야?"

"지금 세들어 사는 곳의 방부터 빼야 하지 않을까? 성탄절 후는 어때? 성탄절 휴가를 이틀 정도 반납하면 그 기간에 이사를 할 수 있을 거야."

"좋은 생각이야. 그럼 그렇게 하도록 하자!"

나는 손을 들어 그에게 작별 인사를 건넨 후, 대문을 열고 집 안으로 들어갔다. 빵 여덟 조각을 먹고 1리터짜리 우유통을 반쯤 비운 후, 소파에 앉아 얼마 전에 구입한 책을 집어들었다. 얀 셰르스타의 『그 거대한 동화』. 나는 얼마 전에 그의 작품 중 『거울』과 『호모 팔서

스』오류 인간를 읽어보았고, 핀스네스 도서관에서 『빙글빙글 도는 지구』를 대여해 읽어보기도 했다. 하지만 『그 거대한 동화』는 이전 작품과는 너무나 달랐다. 나는 책을 들어 종이 냄새를 맡은 후 책장을 뒤적였다. 각각의 챕터는 대문자 O로 시작했다. 어떤 챕터는 여러 개의 섹션으로 이루어져 있었고, 그 하나는 주된 줄거리 사이를 헤집고 다니는 메모처럼 보이기도 했다. 어떤 챕터는 편지 형식으로 구성되어 있었고, 또 다른 챕터는 고딕체나 이탤릭체로만 적혀 있었다. 책을 읽다보니 '하자르'와 '이니그마'라는 단어가 반복해서 등장한다는 것을 깨달았다. 그와 함께 k를 정의하는 듯한 암시도 여러 곳에서 볼 수 있었다. 나는 k가 의미하는 바가 사랑이라고 짐작했다.

나는 첫 장부터 읽기 시작했다.

그녀는 꽤 젊었다. 목덜미에 송글송글 맺힌 땀방울. 두 사람은 1미터 정도 떨어진 각자의 세상 속에 서 있었다. 그는 등을 돌리고 있었는데도 뒤쪽에서 느껴지는 긴장감을 감지할 수 있었다. 고개를 돌려 그녀를 몰래 훔쳐보았다. 욕정이 물밀듯 솟구쳤다. 다리를 살짝 움직였다. 그녀가 그의 움직임을 눈치채고 미소를 지었다. 콜*과 마스카라 사이의 불꽃. 그녀가 오른쪽 어깨를 살짝 두 번 흔들었다. 낯선 리듬. 그녀가 아랫입술을 깨물며 시선을 내렸다. 리듬 악기와 베이스 멜로디가 만들어내는 펑키 음악이 그의 감각을 두드렸다. 물구나무를 선 듯한 부자연스러움. 그가 카펫 위에서 몇 걸음을 옮겨 그녀에게 다가갔다가 다시 뒤로 물러났다. 초대하듯, 놀리듯. 그녀가 그의 발 움직임을 흉내 냈다. 동일한 리듬.

• 고대서부터 전해져 내려오는 눈 주위에 바르는 검은색 화장품.

콧잔등에 생겨나는 호랑이 주름. 굽실거리는 검은 머리. 머리에 둘둘 감은 천. 짙은 화장. 그녀는 무엇을 들었을까? 크램프? 스플릿 비버즈? 비비복스? 나뭇잎 문양이 새겨진 기모노 재킷, 헐렁한 실크 바지. 토렘.* 욕정. 네모난 커버 속에서 불꽃처럼 반짝이는 갖가지 형체, 색깔, 화려한 붓글씨.

나는 같은 문단을 여러 번 반복해서 읽었다. 강렬하고 짧은 문체, 끝을 맺지 않는 문장들, 여기저기 섞여 있는 영어 단어들과 시적인 운율. 그리고 낯선 단어들. 기모노 재킷―그것은 일본적인 냄새를 풍겼다. 호랑이 주름―인도적 분위기와 함께 풍기는 야생적 느낌. '콜'―독일어처럼 들리는데? 몇 줄 안 되는 문단 속에는 완전한 세상이 들어 있었다. 그 세상은 낯설기 그지없었다. 나는 그 낯선 세상에 매혹되어 빠져들어 갔다. 나는 그런 글은 쓸 수 없을 것 같았다. 아무리 노력해도 불가능할 것 같았다.

얀 셰르스타가 편집장으로 있는 『빈두에』 문학지를 읽었을 때도 내가 이해할 수 있었던 것은 이름과 제목, 몇 안 되는 문학적 개념뿐이었다. 『빈두에』에 실렸던 글 중 하나는 「「아이네이스」**를 태우는 것에 관하여」였다. 무슨 이유에선지, 그것은 내 의식 속을 헤집고 돌아다니며 시도 때도 없이 여기저기서 불쑥 머리를 내밀곤 했다. 물론 나는 아이네이스가 무엇인지 알지 못했다. 이 모든 것은 포스트모더니즘이었다. 얀 셰르스타는 노르웨이의 포스트모더니즘 문학을 대표하는 작가였다. 나는 글 뒤에 자리 잡고 있는 이 낯설고 완전

---

* 샌들을 닮은 나막신.
** 로마의 시인 베르길리우스가 쓴 서사시의 제목.

한 세상에 매료되었지만, 그것이 무엇인지 알지 못했고, 실제로 그러한 세상이 존재하는지도 모르고 있었다. 예를 들어, '토렘'은 무엇을 의미하는 것일까. '하렘'과 마찬가지로 중동 또는 동양적인 것과 관계된 것은 아닐까.

셰르스타의 책에는 이처럼 낯선 의미들로 가득 차 있었다. 마치 『천일야화』처럼 이야기 속에 이야기가 있었고, 그것은 내 속에 자리한 또 다른 세계를 끄집어내어 작가가 보여주는 수많은 세계와 함께 자리하고 있었다. 그것이 무엇을 의미하는지는 전혀 알 수 없었다.

나는 그의 글을 직관적으로 좋아했다. 내가 밀란 쿤데라의 글을 직관적으로 싫어하는 것처럼. 쿤데라도 포스트모더니즘을 대표하는 한 작가이지만, 그는 셰르스타처럼 여러 개의 다른 세상을 잡아내지 못했다.

쿤데라의 세계는 항상 동일했다. 그의 글 속에는 프라하와 체코슬로바키아 그리고 소비에트 연방이 그곳을 침략했을 때 또는 그 직전의 이야기를 묘사한 세상뿐이었다. 그것이 나쁘다는 말은 아니다. 그는 책 속에서 전개되는 이야기와 행위에서 인물들을 끄집어내고, 그 자리에 자신이 비집고 들어가서 참견을 한다. 등장인물이 창가에 서서 꼼짝 않고 기다리는 동안, 그가 끼어들어 자신의 생각을 주절주절 늘어놓는다. 그가 할 말을 다 하고 나면 그제야 등장인물이 움직이기 시작한다.

이렇듯, 그의 책에서는 '해프닝'은 해프닝일 뿐이고, 등장인물은 그가 가상으로 만들어낸 사람일 뿐이다. 독자들은 그러한 사람이 실제로 존재하지 않는다는 것을 단번에 깨달을 수 있다.

그런 책을 읽을 필요가 있을까? 쿤데라의 반대편에 서 있는 작가는 함순이다. 함순처럼 등장인물의 세상에 가깝게 접근할 수 있는 작가는 없다. 함순의 『굶주림』은 실체적이고 현실적이다. 나는 쿤데라보다 함순을 선호한다. 굳이 두 작가를 비교하라고 한다면 말이다. 함순의 세계에서는 무게감을 찾아볼 수 있으며, 인간의 사고를 직접적으로 파고든다. 반면, 쿤데라는 세상에 자신의 존재감을 드러내기에 급급하다는 느낌을 지울 수가 없다. 내가 발견했던 또 다른 차이점은, 유럽의 소설 속에서는 자주 한 가지 일만 일어나는 반면, 남미의 소설은 큰 주제를 중심에 두고 수많은 일이 곁가지처럼 뻗어나간다는 것이다. 이 수많은 서로 다른 일들은 결말 부분으로 갈수록 폭발하듯 강렬하게 전개된다.

남미 소설 중 내가 좋아하는 책은 가르시아 마르케스의 『백년의 고독』이다. 『콜레라 시대의 사랑』도 매우 좋아하는 책이다. 셰르스타의 스타일은 유럽의 마르케스를 연상시킨다. 쿤데라적 요소도 가끔 찾아볼 수 있다.

내가 쓰는 글은 어떨까?

셰르스타처럼 포스트모더니즘적인 글을 쓴다는 것은 불가능하다. 비록 내가 아무리 원한다 할지라도 내 능력이 따라가주지 않기 때문이다. 내게는 단 하나의 세상이 존재할 뿐이기에, 그 세상에 대해 글을 쓰는 수밖에 없다. 내가 할 수 있는 것은 가르시아 마르케스를 흉내 내어 갖가지 이야기들을 풍부하게 늘어놓는 것, 함순을 흉내 내어 순간에 접근해 이를 세세히 묘사하는 것뿐이다. 하지만 무엇보다도 중요한 것은 이 세상들을 표면으로 끄집어내는 방식이다. 나는 마르케스의 풍부함과 밀접함 그리고 군집적인 요소들을 셰르스타의 글에서 보았다.

나는 책을 내려놓고 책상 앞에 앉아 내가 써놓은 글을 읽어보았다. 너무나 얇았다! 믿을 수 없을 정도로 얇았다! 내 글 속에는 꼭 필요한 요소들만 자리를 지키고 있었다. 숲, 길, 집, 다른 것들은 보이지 않았다. 만약 이들을 제외한 다른 요소들을 폭발할 정도로 강렬하게 끄집어내보면 어떨까.

타자기에 새 종이를 끼우고 레버가 제자리를 찾아가는 동안 창에 어른거리는 내 그림자를 바라보았다. 서로 다른 요소들은 어디서 각각의 모습을 드러내면 될까? 이 요소들은 어디서 함께 나란히 모습을 드러내면 될까? 나는 튀바켄의 집 앞 골목길을 떠올렸다.

골목길로 나섰다. 거뭇거뭇한 나무둥치 위로 뻗은 녹색 가지가 바람에 흔들렸다. 자동차 한 대가 지나갔다. BMW. 인도 위에선 엘링과 하랄이 각자의 자전거에 기대어 서 있었다. 엘링의 자전거는 아파체였고, 하랄의 자전거는 DBS였다. 언덕 뒤에는 집들이 나란히 서 있었다. 잔디가 깔린 정원에는 정원용 가구, 개집, 바비큐 그릴, 세발자전거, 작은 플라스틱 풀, 정원용 호스 그리고 잊힌 채 버려진 쇠창살이 있었다. 머리 위의 하늘에는 비행기 한 대가 남긴 하얀 줄이 그려져 있었다.

나는 타자기에서 종이를 빼서 구긴 다음 쓰레기통으로 던져넣고, 새 종이를 끼워 넣었다. 한동안 빈 종이를 멍하니 바라보았다. 2년 전, 나는 윙베 형과 어머니를 방문하기 위해 베르겐에 간 적이 있다. 바닷가의 수산 시장은 사람들과 생선 가판대와 갖가지 수산물로 즐비했다. 자동차와 보트, 깃발과 광고용 페넌트, 새와 물과 산과 집으로 북적북적했다. 그곳은 밀접성을 표현하기에 완벽한 장소였다.

나는 다시 글을 쓰기 시작했다.

생선들은 얼음 침대 위에 빈틈을 보이지 않고 나란히 누워 있었다. 햇살이 반짝였다. 옷을 잘 차려입은 중년의 여인들이 불룩한 쇼핑백을 들고 생선 가판대 사이를 걷고 있었다. 한 손에 풍선을 든 작은 소년은 다른 한 손으로 어머니가 끄는 유모차의 손잡이를 잡은 채 걷고 있었다. 난데없이 소년이 대구가 진열된 가판대 앞으로 달려갔다.

"엄마, 여길 보세요!"

소년이 소리쳤다. 검은 양복을 입은 노신사가 지팡이에 몸을 의지해 길을 걷고 있었다. 코트를 입은 뚱뚱한 여인이 고등어 가판대를 들여다보고 있었다. 그녀의 목걸이가 햇살을 받아 반짝였다. 가판대를 지키는 두 점원의 앞치마에는 생선 피가 묻어 있었다. 두 사람이 농담을 하며 웃음을 터뜨렸다. 차도에는 자동차들이 달리고 있었다. 가슴의 윤곽이 선명히 드러나는 하얀 티셔츠와 엉덩이에 501이 새겨진 청바지를 입은 갈색 단발머리 소녀가 바다를 바라보며 서 있었다. 나는 그녀의 옆을 지나가면서 흘낏 곁눈질을 했다. 그녀가 나를 바라보며 미소를 지었다. 나는 그녀의 벗은 몸을 떠올리며 황홀감에 사로잡혔다.

의자에 등을 기대고 시계를 보았다. 9시가 좀 지난 시각이었다. 만족스러웠다. 도입부가 마음에 들었다. 하얀 티셔츠를 입은 소녀는 이야기가 전개되면서 다시 만나게 될 것이다. 그 뒤엔 어떤 일이라도 일어날 수 있다. 나는 타자기를 끄고 냄비에 물을 담아 불 위에 올려놓았다. 차 주전자를 가져와 찻잎을 넣었다. 문득 처음으로 음악 없이 글을 썼다는 것을 깨달았다. 물이 끓기를 기다리는 동안, 방금 쓴 글을 다시 읽어 보았다. 문장을 좀더 간결하게 다듬어야 할 것 같았다. 서로 다른 냄새와 소리를 찾아볼 수 없다는 것도 깨달았다. 더욱 자세하게 묘사를 하고 두운에도 신경을 써야 한다고 생각했다.

다시 타자기를 켜고 종이를 끼운 다음 글을 쓰기 시작했다.

생선들이 나란히 줄을 지어 얼음 침대 위에 누워 있었다. 세상의 모든 것은 햇살을 받아 반짝이고 있었다. 소금기, 매연, 향수 냄새를 머금은 공기. 옷을 잘 차려입은 통통한 중년 여인들은 불룩한 쇼핑백을 들고 생선 가판대 사이를 돌아다니며 오만한 태도로 사려고 하는 생선들을 손가락으로 가리켰다. 새우, 가재, 게, 고등어, 대구, 장어, 가자미. 여기저기서 말소리와 웃음소리가 들렸다. 소리를 지르는 아이들도 있었다. 버스 한 대가 묵직한 한숨을 내쉬며 맞은편 버스 정류장 앞에 멈춰 섰다. 부둣가에선 바람을 머금은 깃발이 펄럭펄럭 소리를 내며 흔들리고 있었다. 위니 더 푸 풍선을 한 손에 든 작고 창백한 소년이 어머니가 밀고 가는 아기 유모차의 손잡이에 손을 얹은 채 걷고 있었다.

끓는 물의 수증기가 문틈으로 들어왔다. 나는 타자기를 끄고 얼른 주방으로 가서 차 주전자에 물을 부었다. 찻잔과 주전자, 우유와 설탕을 거실로 가져와 소파에 앉은 후, 담배를 피우며 얀 셰르스타의 책을 계속해서 읽었다. 이번에는 문제를 비롯한 세세한 사항에 신경 쓰지 않고 읽기로 마음먹었다. 몇 분도 채 지나지 않아 나는 책 속에 빠져 시간 가는 것도 잊어버렸다. 난데없이 들리는 초인종 소리에 깜짝 놀랐다.

헤게였다.

"안녕."

595

그녀가 입을 가리고 있던 목도리를 내리며 말했다.

"아직 안 잤어?"

"아직 안 잤냐고? 아직 9시 30분도 안 되었는데?"

"10시야. 들어가도 돼?"

"물론이지. 그런데 무슨 일이라도 있었어?"

현관에 들어온 그녀가 커다란 목도리를 풀고 파커 점퍼의 지퍼를 내렸다.

"아무 일도 없어. 문제는 바로 그거야. 너무 심심해. 비다르는 바다에서 아직 돌아오지 않았어. 너는 깨어 있을 거라고 생각해서 들렀던 거야."

"마침 잘 됐어. 차도 끓여놨어."

우리는 함께 거실로 들어갔다. 그녀가 소파에 앉으며 탁자에 있던 책을 들어 표지를 살펴보았다.

"셰르스타의 신간이야. 그 책을 읽어봤니?"

"내가? 아냐! 네 앞에 앉아 있는 여자는 거의 문맹이란다. 그건 그렇고 차는 줄 거야, 안 줄 거야? 그냥 대화만 나누자는 거니?"

나는 얼른 찻잔을 가져와 탁자 위에 내려놓고 그녀의 맞은편 의자에 앉았다. 그녀는 다리를 꼬고 차를 따랐다.

그녀는 사지가 길쭉길쭉하고 호리호리했으며, 남자 같은 몸매를 지니고 있었다. 각진 얼굴, 긴 코, 커다란 입술. 그녀의 머리카락은 부스스한 곱슬머리였다. 그러한 외모 때문에 언뜻 무뚝뚝하고 딱딱하게 보이지만, 그녀의 눈동자는 생기로 반짝였고, 자주 따스하고 부드러운 빛을 띠기도 했다. 그녀는 공과 사가 분명했으며, 누구에게도 지지 않고 당당하게 할 말을 하는 여자였다. 동네 어부들은 그녀를 겁이 없고 독특한 여자라고 생각했으며 항상 그녀를 존중해주었다.

　나도 그녀를 좋아하지만 매력은 전혀 느끼지 못했다. 바로 그 때문에 우리는 친구로 지낼 수 있었다. 만약, 내가 그녀에게 조금이라도 매력을 느꼈다면, 나는 그녀 앞에서 무슨 말을 해야 할지 몰라 안절부절못했을 것이다. 하지만 나는 그녀에게 어떤 감정도 느낄 수 없었기에 하고 싶은 말을 자연스럽게 할 수 있었다. 이런 경우엔 마음속에 있는 말을 솔직히 털어놓을 수도 있어서 더욱 가까워질 수 있다.

　"어때? 새로운 일은 없어?"

　나는 고개를 저었다.

　"아니, 별로… 아, 맞다. 닐스 에릭이 모퉁이에 있는 노란 집으로 함께 이사를 가자고 하더군."

　"너는 뭐라고 대답했는데?"

　"좋은 생각이라고 했어. 성탄절 직후에 짐을 옮기기로 했어."

　"난 지금까지 너희처럼 극과 극의 두 남자가 잘 어울려 지내는 걸 본 적이 없어."

　"갑자기 내가 남자가 된 거니?"

　그녀가 나를 바라보며 웃음을 터뜨렸다.

　"왜? 넌 남자가 아니니?"

　"그렇게 생각하진 않아."

　"그렇다면 넌 네가 뭐라고 생각하니?"

　"소년…? 열여덟 살짜리 청년."

　"그래, 나도 이해해. 넌 이 동네 남자와는 달라."

　"무슨 뜻이니?"

　"네 팔을 본 적이 있니? 네 팔은 내 팔만큼이나 가늘잖아. 어깨가 넓은 편도 아니고."

"그래서 어쩌라고? 난 어부가 아니잖아."

"화났어?"

"아냐."

"아니라고?"

그녀가 내 말투를 흉내 내며 소리 내어 웃었다.

"그래, 네 말이 맞아. 넌 평생 의자에 가만히 앉아서 글만 쓸 거니까 굳이 근육이 필요하지도 않을 거야."

"맞아."

"칼 오베, 꼭 그렇게 매사에 진지해야 할 필요는 없잖아?"

"이건 진지한 것과는 상관없는 이야기야."

내가 말을 이었다.

"네 말에도 일리가 있어. 비다르와 비교했을 때 내가 많이 다르다는 건 나도 인정해. 하지만 그렇다고 해서 네가 우리 집까지 와서 내게 이래라저래라 할 필요는 없잖아?"

"하하, 내가 네 아픈 곳을 찌른 모양이구나!"

"쳇, 그건 아냐."

"아니긴 뭐가 아냐?"

"난 마음만 먹으면 널 당장 이 집에서 쫓아낼 수도 있어. 그러길 바라니?"

나는 찻잔을 치켜들고 위협하는 시늉을 했다.

그녀가 다시 웃음을 터뜨렸다.

나는 의자에 등을 기대고 담배를 말았다.

"난 네가 남자에 대해 고정관념을 가지고 있다는 것을 알아. 너도 여러 차례 언급했어. 남자는 무뚝뚝하고 힘이 세야 한다고 말야. 하지만 너는 비다르에 관해 자주 불평하잖아? 항상 무뚝뚝하고 조곤조곤 대화를 하지 않는다고 말했던 건 기억하니? 그에게선 로맨틱한 면을 조금도 찾아볼 수 없다고까지 했어. 모든 면에서 완벽한 사람은 없어. 조곤조곤 상냥하게 이야기를 하는 동시에 무뚝뚝할 수는 없고, 야수성과 감수성을 함께 지닐 수도 없어. 로맨틱하면서 로맨틱하지 않은 면을 동시에 기대할 수는 없다는 말이지."

그녀가 나를 쳐다보았다.

"난 강인한 남자의 지배를 받는 게 로맨틱하다고 생각하는데?"

나는 화끈 달아오르는 얼굴을 감추기 위해 얼른 라이터를 집어들고 담배에 불을 붙인 후, 너털웃음을 내뱉었다.

"난 솔직히 그런 건 몰라. 생각도 해보지 않았거든."

"넌 여자를 힘으로 몰아붙인 적이 한 번도 없니?"

나는 그녀가 나를 바라보고 있다는 것을 눈치채고 고개를 들어 그녀의 시선을 받아들였다.

"물론 있지…"

나는 옆을 돌아보며 말을 이었다.

"하지만 이 경우에 너의 입장은 다르다고 생각해."

나는 자리에서 일어나 음반 쪽으로 걸어갔다.

"듣고 싶은 음악이 있니?"

그녀를 돌아보며 물었다.

"네가 좋아하는 음악을 틀어. 난 곧 집에 가야 하니까 아무래도 좋아."

나는 데릴로의 최근 음반 중에서 「전에는 눈이 오면 행복했어」라는 곡을 선택했다.

"이사를 가면 윗집 사람들의 소리를 듣지 않아도 되어서 좋아."

나는 천장을 가리키며 말했다.

"토릴과 게오르그?"

나는 고개를 끄덕였다.

"이 건물엔 방음이 전혀 안 되어 있는 것 같아. 특히 침실벽이 얇은 것 같아. 로맨틱의 개념을 우리가 말했던 대로 정의를 내린다면, 윗집 사람들은 과도할 정도로 로맨틱한 일상을 보낸다고 해도 될 거야."

"토릴을 생각한다면 좋은 일이군."

"게오르그 입장도 다르지 않을 거야."

나는 다시 의자에 앉았다.

"넌 토릴을 그다지 좋아하지 않는 것 같던데…?"

"맞아, 좋아한다고는 할 수 없지."

그녀는 입가에 위선적인 미소를 지으며 턱을 치켜들고 말을 이었다.

"토릴은 너무 착하고 순진해서 보기만 해도 답답할 정도야. 하지만, 남자들의 시선을 끌기 위해 무슨 짓이라도 할 수 있는 여자야."

"그게 무슨 말이니?"

"토릴이 혼자 있을 때 어떻게 몸을 움직이는지 봤어? 가슴을 쭉 내밀고, 엉덩이를 살랑살랑 흔들면서 자리에 앉아 머리를 쓸어넘기는 모습…"

나는 미소를 지었다.

"난 한 번도 눈여겨본 적이 없어서 잘 모르겠는걸. 그런데, 네 말을 듣고 보니, 닐스 에릭이 토릴의 그런 모습에 힘들어했던 게 떠오르는군. 토릴이 냉장고 앞에서 허리를 굽히는 모습을 보고선 닐스 에릭이 허겁지겁 화장실로 갔거든."

"그것 봐! 토릴은 어떻게 해야 남자들의 눈길을 끌 수 있는지 잘 아는 여자야. 너는 어떻게 생각해?"

"뭘? 토릴을…? 그녀는 나보다 열두 살이나 많은걸."

"그건 나도 알아. 하지만 난 네가 토릴을 좋아하냐고 물었어."

"적어도 싫어하진 않아. 토릴은 항상 사람들을 호의적으로 대해주잖아."

잠시 침묵이 흘렀다. 램프 불빛을 머금은 거실 풍경이 창문에 반사되었다. 그것은 마치 물속의 풍경처럼 보였다.

"이번 주 금요일엔 특별한 계획이 있니?"

헤게가 물었다.

"아니. 특별한 일은 없어."

"학교의 계약직 교사들을 모두 우리 집에 초대하고 싶어. 함께 피자를 만들어 먹고 맥주를 마실 생각인데, 너도 올래?"

"물론이지."

그녀가 몸을 일으켰다.

"이제 집에 가야겠어. 잘 자, 작가 선생."

"입조심하지 않으면 후회할걸."

"난 여자야. 네가 그러는 건 어울리지 않아. 넌 나를 아가씨나 헤게라고 불러야 해. 그건 그렇고 너는 꽃에 물을 과하게 주는 것 같아. 꽃들이 네 곁에만 가면 허우적거리잖아."

"그게 잘못된 거니? 난 항상 꽃들이 시들지 않게 물을 넉넉하게 주는 게 가장 중요하다고 생각해왔는데?"

"아냐, 정반대야. 꽃이 불쌍하지도 않니? 너는 살인자나 마찬가지야. 살인자 중에서도 가장 최악의 부류지. 자기가 하는 짓이 살인인지도 모르는…"

"나는 솔직히 꽃이 죽으면 마음이 아파."

"물고기는 어때?"

"갑자기 물고기는 왜?"

"물고기가 죽어도 마음이 아프니?"

"응. 뭍에 올라와 팔딱팔딱 움직이는 물고기의 숨을 내 손으로 끊어야 할 때가 제일 괴로워."

그녀가 웃음을 터뜨렸다.

"이곳에서 그런 말은 난생처음 들어봐."

"평생을 뱃멀미로 고생했다는 어부도 있는데 그것쯤이야… 따지고 보면 비슷한 얘기 아니니?"

"아냐, 그건 완전히 다른 이야기야. 어쨌든 난 이제 정말 가야겠어."

나는 그녀를 배웅하기 위해 현관까지 따라 나갔다.

"편한 밤 보내시기 바랍니다, 아가씨."

나는 그녀가 외투를 입을 때까지 말없이 현관에 서 있었다. 그녀가 목도리를 두르고 모자를 눌러썼다. 나는 눈동자밖에 보이지 않는 그녀의 얼굴을 보며 미소를 지었다. 그녀가 작별 인사를 하고 어둠 속으로 사라졌다.

다음 날 아침 1교시와 2교시는 3, 4학년 학생들을 대상으로 한 수업이었다. 나는 1교시가 시작되기 10분 전에 일어났다. 서둘러 옷을 입고 학교 앞 언덕길을 헐레벌떡 뛰어 올라갔다. 하늘은 약 10시간 전 헤게가 집으로 돌아갔을 때와 마찬가지로 검고 야생적이었다.

아이들은 잠이 가시지 않은 듯 눈을 가늘게 뜨고 모자를 벗었다. 부스스한 머리카락을 매만지지도 않고 터벅터벅 교실 안으로 들어오는 그들이 너무나 작고 연약해 보인다고 생각했다. 가끔 내가 그들에게 짜증을 내고 화를 냈던 것을 생각하니 나 자신을 이해할 수가 없었다. 하지만 하루가 다 지나갈 때쯤이면 그들의 장난과 말다툼, 시끌벅적한 소리로 정신이 빠지기 마련이다. 바로 그 때문에 나는 그들을 작고 연약한 인간으로 보는 대신, 그들이 만들어내는 말과 행동의 파도로 그들을 받아들였던 것이다.

자리에 앉은 요가 손을 들었다.

"요, 무슨 일이지?"

그가 미소를 지었다.

"1교시엔 무엇을 하실 건가요?"

"기다려보면 알게 될 거야."

"2교시가 끝날 무렵엔 다른 날처럼 책을 읽을 건가요?"

"인내는 쓰고 그 열매는 달다고 했어. 이런 말을 들어본 적이 있니?"

그가 미소를 지었다.

"그럼 됐어."

학생들이 교실 문을 열고 들어올 때마다 나는 반사적으로 고개를 돌려 그쪽으로 시선을 던졌다. 문 오른쪽에는 내가 담임을 맡은 학급의 아이들이 닐스 에릭의 수업을 받고 있었다. 그는 교탁 뒤에 앉아 허공을 바라보며 아이들이 조용해질 때까지 기다렸다.

레이다르와 안드레아가 문을 열고 들어왔다. 둘은 형제지간이라 매일 함께 등교한다. 오늘은 지각을 한 셈이다.

뛰어오던 레이다르가 교실 안에선 뛰는 것이 금지되어 있다는 것을 깨닫고 갑자기 멈춰섰다. 나를 슬쩍 돌아본 그가 총총걸음으로 자리를 찾아갔다. 안드레아가 우리를 바라보았다. 나와 눈이 마주친 그녀가 얼른 몸을 돌려 7학년 교실로 들어갔다.

그 짧은 시간에 일어났던 일은 자연스러운 일일 수도 있었다. 하지만 안드레아의 움직임은 마치 맡은 일을 억지로 하는 것처럼 부자연스럽게만 보였다.

"안녕하세요, 칼 오베 선생님."

레이다르가 미소를 지으며 인사했다. 그가 굳이 내 이름을 불렀던 것은 일종의 아첨이라 할 수도 있었다. 지각을 해서 야단맞을 것을 예상한 아이가 미리 방어벽을 치는 것과도 같은 것이다. 작은 악마 같으니.

"안녕, 레이다르. 자리에 앉아. 너 때문에 학급 전체가 아무것도 못 하고 기다려야만 했어."

안드레아는 나를 좋아하는 것이 틀림없다.

나는 그걸 이제야 깨달았다.

나를 대하는 그녀의 태도와 눈빛과 회피하는 듯한 표정과 상기된 얼굴.

따스하고 먹먹한 느낌이 온몸을 휘감았다. 나는 의자에서 일어나 칠판 앞으로 다가갔다.

"직업을 가진다는 것은 무슨 말일까?"

나는 아이들을 둘러보며 말했다.

"직업은 뭘까?"

작고 연약한 아이들.

"일을 하는 거예요."

레이다르가 말했다.

"말을 할 때는 손을 들고 해."

그가 손을 번쩍 들었다. 다행히도 손을 든 아이는 몇몇 더 있었다.

나는 루비사를 손으로 가리켰다.

"그건 일을 해서 돈을 버는 거예요."

"나도 그렇게 말했어요!"

레이다르가 소리쳤다.

"루비사, 그렇다면 직업에는 뭐가 있는지 말해보렴."

그녀가 고개를 끄덕였다.

"어부."

"좋아."

나는 칠판에 '어부'라고 썼다.

"또 뭐가 있을까?"

"수산물 수취장에서 일하는 것도 직업이라 할 수 있나요?"

"그렇지! 또 다른 직업은 뭐가 있을까? 손을 들고 말해!"

아이들이 앞다투어 대답했다. 버스 운전사, 트럭 운전사, 크레인 조종사, 가게 점원, 선장, 환경미화원, 경찰, 소방대원. 아이들은 내가 그들의 코앞에 서 있는데도 교사라는 직업이 생각나지 않는 모양이었다. 그들에게 교사는 직업 축에도 끼지 않았다. 교사는 단지 밤낮으로 아이들 앞에 서서 말을 하는 사람일 뿐이다.

"나는 어때? 내가 하는 일은 뭐지?"

"선생님! 선생님이에요! 선생님!"

"너희들은 몸이 아프면 누구를 찾아가지?"

"간호사! 의사! 구급차 운전사!"

칠판은 어느새 갖가지 직업명으로 빽빽해졌다. 나는 아이들에게 나중에 어른이 되면 어떤 직업을 가지고 싶은지, 그 이유는 무엇인지를 쓰고, 그림도 함께 그려보자고 말했다. 아이들이 과제를 하는 동안, 나는 그들의 책상 사이를 돌아다니면서 한 사람씩 이야기를 나눈 후 뒷짐을 지고 창밖의 어둠을 바라보았다. 안드레아가 나를 좋아한다고 생각하니 기쁨과 슬픔이 동시에 나를 덮쳤다. 가슴이 저려왔다.

교탁 앞으로 돌아가 아이들에게 각자 쓴 글을 발표시켰다. 아이들의 발표는 다음 시간까지 이어졌고, 그 일이 끝나자 우리는 교과서의 문제를 읽고 구두로 대답을 했다. 수업 시간이 20분쯤 남았을 때, 나는 『천일야화』를 꺼내들었다. 책을 읽기 시작하자, 아이들은 자리에서 일어나 나를 빙 둘러싸고 앉았다. 1학년 때부터 그렇게 했던 것이 습관처럼 변한 모양이었다.

나는 아이들에게 따스함과 안정감을 줄 수 있다는 생각에 기분이 좋았다. 아니, 더 정확히 말하자면, 그들은 일상적이고 평범한 상황을 따스하고 안정감 있는 상황으로 바꾸어놓았던 것이다. 그들은 온갖 감정과 느낌으로 이루어진 내면의 사막 속에 자리한 영혼의 오아시스 앞에 눈을 반짝이며 앉아 있었다. 낙타와 실크, 불꽃같은 사랑과 갑작스런 죽음, 나는 양탄자와 유령과 해적, 모스크와 바자르, 공허한 의식의 푸른 하늘로 솟아오른 신기루의 파도. 칠흑 같은 어둠과 얼음 같은 한기로 가득한 이 세상의 끝에 앉아 있는 그 아이들에게 그보다 더 먼 나라의 이야기는 없을 것이다. 그럼에도 아이들은 책 속의 이야기가 마치 자신들의 내면에서 일어나는 일처럼 푹 빠져 있었다. 그들의 가슴속에는 불가능한 일이란 없었으니까.

다음 시간은 5, 6, 7학년의 수학 과목을 가르쳐야 했다.

"자, 바로 시작하자."

나는 교실에 들어가자마자 말했다.

"얼른 자리에 앉아서 책을 꺼내!"

"오늘은 기분이 안 좋으세요?"

힐데군이 물었다.

"시간을 끌려고 잔머리를 굴리면 안 돼. 어서 책을 꺼내. 오늘은 조별로 문제를 풀어볼까 해. 두 사람씩 짝을 지어 앉도록. 힐데군과 안드레아, 책상을 나란히 붙여봐. 외른과 리베, 카이 로알과 비비안. 어서 서둘러. 매번 이렇게 느릿느릿 움직여야 하겠니?"

아이들은 시키는 대로 두 명씩 책상을 붙여 앉았다. 카이 로알은 꼼짝도 하지 않았다. 그는 책상에 팔꿈치를 대고 손으로 얼굴을 감싸고 있었다.

"카이 로알, 너도 얼른 움직여. 비비안과 책상을 나란히 붙여보렴."

그가 나를 쳐다보며 고개를 흔들더니, 앞만 뚫어지게 바라보았다.

"네 마음대로 선택할 수 없는 일이야. 얼른 시키는 대로 해."

"싫어요."

나는 그에게 다가갔다.

"내 말이 안 들리니? 얼른 책상을 뒤로 옮겨서 비비안과 나란히 앉아봐."

"싫어요."

"왜 안 하겠다는 거니?"

이미 두 명씩 나란히 짝을 지어 앉은 아이들이 우리를 바라보았다.

"그냥 싫어요."

"내가 대신 책상을 옮겨줄까?"

그가 고개를 저었다.

"선생님은 제 말이 안 들리세요? 싫다고 했잖아요."

"시키는 대로 해!"

그가 다시 고개를 저었다.

나는 책상을 들어올렸다. 그는 있는 힘을 다해 두 팔로 책상을 눌렀다. 나는 더 힘을 주어 책상을 들어올렸지만, 그도 지지 않고 책상을 팔로 눌렀다. 그의 얼굴이 발갛게 달아올랐다. 내 심장이 점점 빨리 뛰기 시작했다.

"내가 시키는 대로 하라고 했지!"

"싫어요!"

나는 힘을 주어 책상을 번쩍 들어올린 후 비비안의 옆자리로 옮겼다. 그는 여전히 자기 자리에 앉아 있었다.

"여기 있을 거예요."

나는 그의 팔을 잡았다. 그가 몸을 홱 비틀어 내 손에서 벗어났다.

"얼른 비비안의 옆으로 가서 앉아!"

나는 크게 소리를 질렀다.

"내가 너를 들어서 옮겨줄까? 그게 네가 원하는 거니?"

열린 도서관 너머로 헤게가 우리를 곁눈질로 바라보았다.

카이 로알은 대답하지 않았다.

나는 그의 등 뒤로 가서 그가 앉아 있는 의자를 들어올렸다. 그는 얼른 의자에서 내려와 내가 옮겨놓았던 책상을 들어올렸다. 다시 책상을 제자리로 가져가려는 모양이었다.

"책상을 내려놔!"

그의 얼굴은 걷잡을 수 없이 빨개졌고, 눈빛은 분노로 이글거렸다. 나는 그가 질질 끌고 오는 책상의 한쪽 가장자리를 홱 낚아챘다. 그가 책상을 놓쳤다.

"아, 씨발! 미친 개새끼!"

그가 소리 내어 욕설을 퍼부었다.

나는 책상을 내려놓았다. 화가 머리끝까지 치밀었다. 귀에서 심장 뛰는 소리가 들렸고, 눈앞에는 보이는 것이 없었다. 나는 마음을 가라앉혀 보려고 심호흡을 했지만 도움이 되지 않았다. 온몸이 부들부들 떨렸다.

"집에 가. 오늘은 너를 다시 보고 싶지 않아."

"네?"

"집에 가라고 했어."

아이는 갑자기 터져 나오는 눈물을 감추기 위해 고개를 숙였다.

"제가 나쁜 짓이라도 했나요?"

"집에 가! 어서! 얼른 나가!"

그가 고개를 들고 나를 째려본 후 홱 몸을 돌려 천천히 교실 밖으로 나갔다.

"자, 이제 수업을 시작하자."

나는 아무 일도 없었다는 듯 아이들에게 말했다.

"문제집 46페이지를 펼쳐보렴."

아이들은 내가 시키는 대로 했다. 창밖에는 카이 로알이 두 팔을 축 늘어뜨린 채 앞만 바라보며 걷고 있었다.

나는 아이들에게 간단하게 설명을 해주고 길 아래쪽으로 시선을 던졌다. 카이 로알은 저 멀리 보이는 가로등 밑을 터덜터덜 걸어가고 있었다. 고개를 푹 숙이고 구부정하게 걷는 그의 모습을 보니 마음이 착잡했지만, 나는 내가 잘못한 것이 없다고 생각했다. 선생님의 면전에서 욕을 한 학생은 벌을 받는 것이 당연하다.

교탁 뒤에 다시 앉았다. 종이 울릴 때까지 마음을 다잡을 수가 없었다. 그저 아이들에게 그런 내 모습을 들키지 않고 싶을 뿐이었다.

교무실에 들어오니 헤게가 수업 시간 중에 무슨 일이 있었냐고 물었다. 나는 어깨를 으쓱 추켜 보이며, 카이 로알과 좀 다투었고 그가 내게 욕을 했다고 말했다.

"있을 수 없는 일이야. 그래서 그를 집으로 돌려보냈어."

"너도 알다시피… 북부 지방은 좀 달라."

그녀가 말을 이었다.

"이곳에선 욕을 하는 것을 그다지 심각하게 여기지 않아."

"네겐 그렇겠지. 하지만 담임은 나야."

"알아, 나도 안다고."

나는 커피잔을 들고 자리에 앉아 책을 펼쳤다. 순간, 모든 것을 이해할 수 있었다. 카이 로알이 비비안 옆에 앉기를 거부했던 것은 그가 그녀를 좋아하기 때문이었다.

갑작스런 깨달음 탓인지 머리가 화끈거렸다. 오, 이처럼 멍청할 수가! 나는 바보였다. 수업 시간에 학생을 쫓아낸 것은 물론 심각한 일이다. 하지만 그것은 정당한 일이었다. 그의 부모들도 내가 잘못했다고는 생각지 않을 것이다. 그러나 모든 것을 깨닫고 나니 내 잘못이 크다는 생각을 지울 수 없었다.

나는 카이 로알이 좋은 학생이라 생각해왔다. 그는 사랑에 빠졌다. 나는 그것을 깨달았지만, 일을 되돌리기엔 이미 너무나 늦었다.

다시 교무실로 들어가 소파에 앉아 신문을 읽기 시작했다. 문이 열리는 소리가 났다. 리카르드였다. 그가 나를 빤히 바라보았다.

"칼 오베."

그가 내게 가까이 오라는 손짓을 했다.

"잠시 좀 볼까?"

"네."

나는 의자에서 일어났다.

"내 집무실로 오지."

나는 말없이 그의 뒤를 따랐다. 교장실로 들어가자 그가 문을 닫고 나를 돌아보았다.

"카이 로알의 어머니가 전화를 했어."

그가 말을 이었다.

"자네가 카이 로알을 집으로 돌려보냈다고 하더군. 무슨 일이지?"

"수업 시간에 제가 시키는 대로 하지 않았습니다. 그 때문에 조금의 말다툼이 있었고, 학생이 제게 입에 담지 못할 욕을 했습니다. 학생을 집으로 돌려보낼 수밖에 없었습니다. 도를 넘었다고 생각했기 때문입니다."

리카르드가 나를 빤히 쳐다보더니 책상 앞에 앉았다.

"수업 중에 학생을 쫓아내는 것은 매우 심각한 체벌 방법이라네. 체벌 중에서도 가장 강력한 방법이라 여간해선 사용하지 않지. 자네도 그건 알고 있겠지? 학생이 자네에게 욕을 한 것이 결코 잘한 일이라 할 수는 없지만, 자네가 생각하는 것만큼 심각한 일은 아냐. 그 학생은 욱하는 성격이 있어. 그 정도는 교사의 입장에서 이해할 수 있어야 한다고 생각하는데?"

"저는 학생에게서 개새끼라는 말을 들을 이유가 없습니다. 학교안이 아니라 그 어디에서도 말입니다."

"이해하네. 나도 이해해. 하지만 문제를 해결하는 방법은 여러 가지가 있어. 주는 게 있으면 돌아오는 것도 있기 마련이지. 수업 중에 학생을 집으로 돌려보내는 것은 가장 마지막으로 고려해야 할 체벌 방식이야. 내가 보아하니, 상황이 그 정도로 나쁜 것 같진 않던데, 내 말이 맞나?"

나는 대답하지 않았다.

"칼 오베, 자네는 이곳에서 오래 일하지 않았어. 경험이 많은 교사들도 종종 상황을 잘못 판단할 때가 있지. 다음번에 또 이와 비슷한 일이 발생하면 혼자서 해결하기보다는 내게 즉시 알려주거나 학생을 교장실로 데려오게."

쳇!

"그런 일이 또 생기면 고려해보겠습니다."

"그런 일은 또 생길 거야. 어쨌든 지금은 상황을 정리해야만 해. 자네가 카이 로알의 어머니에게 전화를 해서 그 이유를 설명하게."

"내일 학생의 알림장에 편지를 써서 보내면 될 것 같은데요?"

"학부모가 직접 전화를 했어. 매우 불안해하더군. 나는 자네가 직접 카이 로알의 어머니에게 자초지종을 설명하는 것이 최선이라고 생각하네."

"알겠습니다. 그렇게 하죠."

그가 책상 위의 회색 전화기를 손으로 가리켰다.

"이 전화기를 사용하게."

"하지만 곧 수업이 시작될 텐데요. 다음 쉬는 시간에 전화를 하겠습니다."

"수업이 시작되면 처음 몇 분간은 내가 대신 봐주겠네. 몇 학년 수업인가?"

"5, 6, 7학년 수업입니다."

그가 고개를 끄덕이며 자리에서 일어났다. 하지만 그는 책상 옆에 가만히 서 있었다.

내가 전화를 하는 동안 그는 여기에 서 있을 생각일까? 통화 내용을 다 들을 생각일까? 제기랄. 나는 그가 권위주의자에 통제광이라고 생각했다.

전화번호부를 뒤적여 번호를 찾은 후, 리카르드를 흘낏 쳐다보았다. 나와 눈이 마주친 그는 무표정한 얼굴로 꼼짝도 하지 않고 그 자리에 서 있었다.

꼴도 보기 싫은 놈 같으니.

번호를 눌렀다.

"여보세요?"

여자 목소리가 들렸다.

"여보세요, 네, 저는 카이 로알의 담임을 맡고 있는 칼 오베 크나우스고르라고 합니다."

"오, 안녕하세요!"

"오늘 저와 카이 로알 사이에 갈등이 있었습니다. 수업 중에 제가 시키는 것을 거부하고, 제게⋯ 네⋯ 제 면전에서 입에 담지 못할 욕을 했습니다. 그래서 집으로 돌려보냈던 것입니다."

"잘하셨습니다, 선생님. 카이 로알은 때때로 화를 억제하지 못할 때가 있습니다."

"네, 그렇습니다. 하지만 카이 로알은 절대 나쁜 아이가 아닙니다. 그리고 오늘 일은 그다지 심각하다고는 할 수 없었습니다. 오늘 일 때문에 카이 로알이 어떤 방식으로든 불이익을 당하는 일은 더 없을 것입니다. 하지만 오늘만큼은 어쩔 수 없었습니다. 내일은 여느 때와 다름없이 학교생활을 할 수 있도록 최선을 다하겠습니다. 이해해 주시기 바랍니다."

"네, 전화해주셔서 감사합니다."

"천만에요. 안녕히 계십시오."

"네, 안녕히 계세요."

전화를 끊는 순간, 종이 울렸다. 리카르드가 내게 고개를 끄덕였다. 나는 한마디도 하지 않고 교장실을 나와 교실로 들어갔다. 5, 6, 7학년의 수학 시간이었다. 수학은 내가 가장 자신 없어 하는 과목이었다. 수학 과목에는 내가 흥미를 가질 만한 요소가 없었고, 나를 발전시킬 만한 요소도 없었다. 그래서, 수학 수업 시간에는 문제집을 풀고 몇몇 문제를 선택해 칠판에 적고 그 풀이 과정을 다시 살펴보는 것이 전부였다. 아이들도 내 약점을 간파하고 있었기 때문에, 수학 시간만 되면 어떻게든 시간을 질질 끌어보려 안달했다.

"누구에게 전화를 하셨나요?"

비비안이 내게 물었다.

"내가 누구에게 전화를 했다는 건 어떻게 알았지?"

"창문을 통해서 다 봤어요."

안드레아가 말을 이었다.

"교장실 전화를 사용하는 것도 다 봤어요."

"카이 로알의 집에 전화를 하셨나요?"

힐데군이 물었다.

"카이 로알이 오늘 다시 학교에 오나요?"

비비안이 말했다.

"내가 누구에게 전화를 하든 너희들이 상관할 일이 아냐. 너희들 중에도 수업 중에 문제를 일으키는 아이가 있다면, 나는 바로 그 아이의 집에 전화를 할 거니까 그렇게 알아."

"하지만 우리 부모님은 낮엔 집에 없는 걸요."

비비안이 말했다.

"비비안!"

내가 그녀에게 소리를 질렀다.

"네?"

"집중해서 얼른 문제를 풀어. 외른, 너도 마찬가지야."

안드레아는 책상 밑으로 두 다리를 쭉 뻗고 발끝을 서로 비비며, 연필을 손에 들고 책을 내려다보았다. 리베는 모르는 문제가 나오면 항상 그렇듯 교실 안을 휘휘 둘러보았다. 외른은 혀를 쑥 내밀고 재빨리 연필을 움직이며 문제를 풀었다. 리베는 나와 눈이 마주치자 손을 번쩍 들었다.

나는 그녀의 책상 앞으로 다가가 허리를 굽혔다.

"선생님, 이 문제를 못 풀겠어요. 여기 이거요."

그녀가 연필 끝으로 책을 가리켰다. 안경 너머 그녀의 눈동자가 초점을 잃고 왔다 갔다 했다. 내가 자세하게 설명을 해주자, 그녀는 한숨을 내쉬며 못마땅한 표정을 지었다. 친구들 앞에서 무식이 탄로 날 때면 흔히 하는 행동이었다.

"이제 이해할 수 있겠니?"

"네, 네."

그녀가 귀찮다는 듯 손을 휘휘 내저었다.

"선생님!"

비비안이 손을 들었다.

"선생님, 이 문제를 어떻게 풀어야 할지 모르겠어요, 선생님!"

그녀의 책상 옆으로 다가갔다. 그녀의 눈에는 초점이 없었고, 얼굴은 무표정했다. 아무리 설명을 해도 그녀는 못 알아듣는 것 같았다.

"왜 이 문제에서 막혔지? 비슷한 문제를 이미 열다섯 개나 잘 풀어놓고선."

그녀가 어깨를 으쓱 추켰다.

"한 번 더 시도해보렴. 앞 문제를 어떻게 풀었는지 다시 한번 찬찬히 살펴봐. 그래도 못 풀겠으면 그때 내가 다시 설명해줄게. 알았지?"

"네, 선생님."

그녀가 교실 안을 재빨리 훑어보고 키득키득 코웃음을 쳤다.

허리를 쭉 펴는 순간 안드레아와 눈이 마주쳤다.

나를 빨아들이는 듯한 그녀의 눈빛을 보니 온몸에서 열이 나는 것 같았다.

"잘 되어가니?"

"사실은… 도움이 필요해요."

그녀의 책상 앞에 이르자 심장 고동이 빨라졌다. 그런 내가 너무나 바보 같다고 생각했다. 하지만 그녀가 나를 사랑하는지도 모른다고 생각하니 그녀 앞에서 자연스럽게 행동하기가 쉽지 않았다.

책상 앞에서 허리를 굽히자 그녀가 몸을 웅크렸다. 그녀의 숨소리가 바뀌었고, 눈은 책만 뚫어지게 바라보고 있었다. 향긋한 샴푸 냄새가 코를 찔렀다. 나는 그 어떤 종류의 물리적 접촉도 피하려 갖은 노력을 하며, 손가락으로 그녀가 써놓은 숫자를 가리켰다. 그녀가 머리를 옆으로 넘기고 책상 위에 팔꿈치를 댔다. 우리가 하는 모든 행위는 마치 사전에 계획한 것처럼 세세하게 의식의 지배를 받고 있어서 손가락 하나 까딱하는 조그만 행동마저도 어색하고 부자연스러웠다.

"바로 이 부분이 틀렸구나. 여기부터 다시 풀어보렴."

"네."

그녀가 얼굴을 붉히며 나직한 목소리로 대답했다. 그녀가 다음 문제를 손으로 가리켰다.

"이 문제도 못 풀겠니?"

"네."

그녀의 목소리는 여전히 부드럽고 나직했다. 그녀의 숨소리가 살짝 떨렸다.

나는 몸을 펴고 문제를 풀고 있는 아이들을 한 명씩 돌아보았다. 여전히 마음을 진정시키기 힘들었다. 조금 전의 순간이 내 속에 남아 있었던 것이다. 나는 마음을 추스르려 책을 모아 교탁 위에 탕탕 내리쳤다. 지난 순간을 벗어나기 위해선 그보다 더 큰 새로운 순간을 만들어내야 한다. 나는 교실을 모두를 위한 공간으로 만들어야 할 책임이 있다고 생각했다. 아이들이 무언가를 함께 배울 수 있는 공간.

"보아하니 너희들은 모두 같은 문제에서 막히는 것 같더구나. 그 문제를 함께 풀어볼까?"

나는 칠판에 문제를 적었다.

"5학년과 6학년 학생들은 귀를 막고 있으면 돼."

문제를 풀어본 후, 수업은 다시 진행되었다. 나는 안드레아의 감정을 이해하기 훨씬 전부터 의식적으로 아이들과 거리를 두었다. 학생들에게 팔을 둘러 포옹을 건넨 적도 없다. 손가락 하나도 접촉한 적이 없다. 대화나 농담이 도에 지나치거나 성적인 내용을 담을 때면 바로 그 자리에서 말을 멈추곤 했다. 다른 교사들은 이렇게 할 필요가 없었다. 그들에겐 학생들과의 거리감이 너무나 당연한 것이었기에 의식적으로 자제할 필요가 없었기 때문이다. 반면, 나는 그 같은 거리감을 스스로 만들어내야만 했다.

오후에 아버지에게 전화를 했다. 묵직하고 차가운 아버지의 목소리에서 술기운이라곤 전혀 느낄 수 없었다.

"어떻게 지내니?"

"그럭저럭 잘 지내요. 성탄절에 가족을 만날 생각을 하니 기대가 돼요."

"올해 성탄절은 네 어머니와 함께 보낼 거니?"

"네."

"그럴 줄 알았어. 프레드릭도 올해는 우리 집에 못 온다고 하더구나. 그래서 우린 올해도 외국 여행을 가기로 했어. 칼 오베, 이젠 네게도 여동생이 있다는 사실을 잊지 말거라."

아버지는 내가 그런 말에 넘어갈 것이라 믿었던 것일까. 내가 성탄절을 아버지와 함께 보내고 싶다고 말한들, 아버지는 분명 수천 가지 이유를 대며 나를 거부했을 것이 뻔하다. 그런데도 굳이 그런 말을 하며, 마치 내가 아버지를 배신한 듯 생색을 내는 이유는 뭘까?

"하지만 3월경의 겨울방학 때는 아버지를 찾아뵐 수 있을 것 같아요. 그때는 시간이 괜찮은지요? 혹시 그때도 여행을 가실 계획이신가요?"

"지금으로선 특별한 계획이 없어. 그건 그때 가서 보자."

"고속 페리를 타면 돼요."

"그건 그렇고, 최근에 윙베 소식은 들어보았니?"

"저도 윙베 형 소식을 들은 지 꽤 되었어요. 많이 바쁜가봐요."

아버지는 얼른 전화를 끊고 싶어 하는 것 같았다. 전화를 끊고 나니 아버지와 통화한 시간은 2분밖에 되지 않았다는 것을 알았다. 나는 전화를 빨리 끊을 수 있었기에 오히려 기분이 좋았다. 그런 일이 있을 때마다, 나는 아버지에게 필요 없는 존재라는 것을 더욱 명확히 확인할 수 있었다.

나는 다른 사람들도 그런지 궁금했다. 혹시 모두들 이런 삶을 살고 있는 건 아닐까.

검푸른 바다로 향하는 길엔 눈바람이 세차게 몰아치고 있었다. 문득 내게 진정으로 필요한 사람은 아무도 없을지 모른다는 생각이 들었다. 내가 정말 필요로 하는 사람은 누구일까.

윙베 형과 어머니? 하지만 그들이 없어도 잘 살 수 있을 것 같았다. 그들이 없는 삶을 떠올려보았다.

지금과 비슷한 삶. 가끔 전화도 할 수 없고 성탄절이나 여름방학 때 만나지 못한다 하더라도 사는 데는 지장이 없을 것 같았다. 그렇지만 내가 작가로 이름을 떨칠 때가 되면 어머니가 꼭 내 곁에 있어주었으면 좋겠다고 바랐다.

대문 앞에서 신발에 묻은 눈을 툭툭 털어내고 안으로 들어갔다. 아, 내가 가정을 꾸리고 아기를 낳을 때도 어머니가 옆에 있으면 좋을 것이다. 하지만 나는 아기를 낳을 생각은 추호도 없다. 너무나 먼 세상의 일처럼 느껴져 상상하기도 어려웠다. 더구나 지금과 같은 삶이 계속된다면 가정을 꾸리는 것도 쉽지 않을 것이다.

나는 미소를 지으며 재킷을 벗었다. 다음 순간, 절망감이 밀려들었다. 그것만 생각하면 어두운 그림자가 나를 덮쳤다. 내 아랫도리는 내 마음처럼 움직여주지 않는다. 몇 번이나 시도해보았지만 소용없었다. 내 삶은 불가능한 삶이다.

제기랄.

소파에 몸을 던지고 눈을 감았다. 불쾌하기 짝이 없었다. 마치 누군가가 언제든 마음만 먹으면 내 속을 들여다볼 수 있을 것만 같았다. 그 순간도 그랬다.

금요일 저녁, 계약직 교사들은 모두 헤게의 집에 모여 피자를 먹고 맥주를 마셨다. 헤게는 무리의 중심 역할을 했고, 평소와 마찬가지로 재치 있고 날카로운 입담으로 이런저런 이야기를 늘어놓았다. 닐스 에릭은 그녀에게 마음이 있는지 그녀의 관심을 끌기 위해 성대모사를 하고 농담을 늘어놓았다. 그녀는 내게 눈길도 돌리지 않았다. 조금 이상하다는 느낌을 지울 수 없었다. 왜냐하면 그녀는 지금까지 자주 우리 집에 들러 마음속에 있는 이야기를 여러 번 솔직하게 터놓았기 때문이다.

피자를 먹은 후, 그녀가 냉동실에서 보드카 한 병을 꺼내왔다. 우리는 잔을 들어올리며 투명하고 차가운 술을 마셨다. 얼마 후, 헤게는 술에 취해 표정은 물론 몸도 제대로 가누지 못했다. 화장실에 가기 위해 몸을 일으킨 그녀가 바닥에 풀썩 쓰러졌다. 벽을 짚고 일어난 그녀가 비틀거리면서 걸었다. 웃음을 터뜨리며 한 발 한 발 앞으로 나아가던 그녀는 잠시 방향 감각을 잃고 옆으로 걷기 시작했다. 잠시 후, 화장실로 들어간 그녀는 30분이 지나서야 다시 거실로 나와 소파에 털썩 주저앉았다. 나는 그녀의 뺨을 쓰다듬었다. 그녀가 눈을 뜨고 나를 바라보았다. 나는 차가운 공기를 쐬면 술이 좀 깰 거라며 잠시 나와 함께 산책을 다녀오자고 제안했다. 그녀가 고개를 끄덕였다. 나는 그녀를 부축해 계단을 내려왔다. 그녀는 쉴 새 없이 코웃음을 쳤다. 나는 그녀가 재킷을 걸칠 수 있도록 도와주었다. 그녀는 모자를 눌러쓰고 천천히 목도리를 둘렀다.

어두운 길에는 정적이 흘렀다. 그녀의 집에 있는 동안 기온이 급격히 떨어진 것 같았다. 한 주 내내 방수포처럼 하늘을 덮고 있던 먹구름은 어느새 사라졌고, 그 자리엔 반짝이는 별들이 모습을 드러냈다. 나는 그녀의 팔을 부축했다. 우리는 함께 걷기 시작했다. 앞만 뚫어지게 바라보는 그녀의 눈은 초점이라곤 찾아볼 수 없이 멍하기만 했다. 가끔 그녀는 이유 없이 키득키득 웃기도 했다. 우리는 교회까지 갔다가 되돌아온 후, 학교까지 갔다가 되돌아왔다. 서쪽 산봉우리 위로 한 줄기 녹색 빛이 파도처럼 일렁거리다 사라지자, 그 자리에 녹색과 노란색의 장막이 모습을 드러냈다.

"오로라! 너도 봤니? 오로라야!"

"쳇, 오로라가 뭐 그리 대단하다고…"

그녀가 혼잣말처럼 중얼거렸다.

우리는 다시 교회까지 걸어갔다. 메마른 눈을 밟을 때마다 뽀드득 뽀드득 소리가 났다. 어둠 속에서 피요르 건너편의 무뚝뚝하고 야만적으로 보이는 산들이 희미하게 윤곽을 드러냈다. 봉우리에 쌓인 눈 때문이리라. 살을 에는 듯한 차가운 공기가 마치 마스크처럼 내 얼굴을 감쌌다.

"이제 술이 좀 깨니?"

교회 앞에서 방향을 바꾸며 그녀에게 물어보았다.

"으음…"

나는 이래도 술이 깨지 않는다면 더 이상의 방법은 없다고 생각했다.

"이제 들어가 볼까?"

나는 집 앞 골목길에 서서 말했다. 그녀가 고개를 들고 나를 쳐다보며 미소를 지었다. 나는 그 미소가 악마의 미소를 닮았다고 생각했다. 그 순간, 그녀가 내 목에 팔을 두르고, 내게 힘껏 입을 맞추었다.

나는 그녀의 기분이 상하는 것을 원치 않았기에, 잠시 가만히 서 있다가 몸을 살짝 비틀어 그녀에게서 벗어났다.

"안 돼."

"응, 나도 알아."

그녀가 웃음을 터뜨렸다.

"얼른 돌아가자. 그럴 거지?"

"응, 그러자."

그녀는 정신이 좀 드는 것 같았지만 오래가지 않았다. 따뜻한 집 안으로 들어오자마자 그녀는 침실로 자취를 감추었다. 우리는 집주인도 없는 상태에서 탁자 위의 술병과 술잔을 치우고 침실을 살짝 들여다보았다. 그녀는 커다란 더블침대에서 옷을 입은 채 누워 코를 골고 있었다. 우리는 소리 없이 그 집을 빠져나왔다.

나는 주말 내내 글을 썼다. 일요일 오후엔 힐데군, 비비안, 안드레아, 리베가 심심하다며 우리 집을 찾았다. 나는 30분 정도 그들과 대화를 나누었다. 안드레아와는 될 수 있으면 눈을 마주치지 않으려 애를 썼다. 어쩌다 그녀와 딱 한 번 눈이 마주쳤는데 나는 자석이요 그녀는 쇠라는 느낌이 들었다. 15초 후쯤, 나를 흘낏 바라보는 그녀의 얼굴은 발갛게 달아올라 있었다.

오, 작은 천사 같은 안드레아. 이러면 안 돼.

하지만 그녀는 결코 작다고는 할 수 없었다. 그녀의 엉덩이는 충분히 여성스러웠고, 젖가슴은 오렌지 크기였으며, 녹색 눈은 성숙함으로 반짝이고 있었다.

나는 그들을 집으로 돌려보냈다.

"저녁 내내 너희들 같은 조무래기와 놀아줄 수는 없어. 나도 할 일이 있거든."

그들은 키득키득 웃기도 하고 한숨도 내쉬면서 현관으로 갔다. 마지막으로 나간 안드레아가 허리를 굽히고 긴 부츠를 신은 후 나를 흘낏 쳐다보고 대문 밖으로 나갔다. 아이들은 대문 앞에서 그녀를 기다리고 있었다. 그들은 세차게 몰아치는 눈바람 속에서 또래 아이들과 마찬가지로 생기발랄하게 웃음을 터뜨리며 걷기 시작했다. 나는 열쇠를 돌려 대문을 잠갔다. 마침내 혼자 있을 수 있었다. 나는 음악의 볼륨을 끝까지 올리고 전날 시작했던 단편을 이어 쓰기 시작했다.

열일곱 살 아이들이 파티에 다녀오는 길에 산등성이 아래 서 있는 찌그러진 자동차를 발견했다. 그들은 술에 취해 있었고, 안개 낀 일요일 새벽의 도로에는 지나가는 차가 한 대도 없었다. 그들은 모퉁이를 돌자마자 자동차를 보았다. 차체의 앞쪽은 완전히 찌그러져 있었고 창문은 깨져 있었다. 그들은 처음에 그것이 폐차라고 생각했다. 사고 차량이라고 알아차린 것은 뒷좌석 쪽으로 쭉 밀려난 운전석에 앉아 있던 한 남자를 본 후였다. 피로 뒤범벅되어 있는 그의 얼굴을 보는 순간, 그들은 사고가 일어난 지 얼마 안 되었다고 짐작했다. 10분, 15분 전에 사고가 난 것이 분명했다.
"어떠세요? 무슨 일인가요?"
그들이 차 안의 남자에게 말을 걸어보았다. 그는 소년들을 바라보며 천천히 입을 벌렸지만, 아무 소리도 나오지 않았다. '어떻게 하지?' 그들은 서로를 마주 보며 걱정에 잠겼다. 고요한 풍경과 짙은 안개 때문에 그 광경은 마치 꿈속의 일처럼 어렴풋하게 느껴졌다.
"전화로 구급차를 불러야 하지 않을까?"
가브리엘이 말했다.

"그런데 어디서 전화를 하지? 가장 가까운 동네도 1킬로미터 이상을 가야 하는데…"

그들은 일행 중 한 명이 근처 동네로 뛰어가 전화를 하고, 나머지는 사고 차량을 지켜보며 그곳에서 기다리기로 했다. 사고를 당한 남자는 차체에 몸이 끼어 꼼짝달싹 못 했기에 응급처치도 할 수 없었다. 내장 기관이 파괴되었을지도 몰랐다.

나는 거기까지 글을 썼다. 그 뒤에 무슨 일이 일어날지는 나도 알 수 없었다. 차 안에 앉아 있던 남자는 아이들이 보는 앞에서 죽을지도 모른다. 어쩌면 그가 입을 열어 무슨 말을 할지도 모르지만, 아이들에겐 이해할 수 없는 이야기일 것이다. 나는 뒤를 이어 쓸 만한 갖가지 아이디어를 떠올려 보았다. 그 남자를 또 다른 이야기를 전개할 수 있는 매개체로 사용하면 어떨까. 예를 들어, 그는 자신에게 습관처럼 폭력을 행했던 아버지를 집 안에 가두고 차를 타고 나왔다가 죽음을 맞게 되었다. 그의 죽음과 함께 그의 비밀도 함께 사라지게 될 것이다. 아니, 여러 가지 이야기로 곁가지를 치기보다는 일요일 새벽 차 사고를 당해 죽어가는 남자의 모습만 묘사하는 것으로 충분하지 않을까.

반짝이는 아스팔트, 꼿꼿하게 서 있는 전나무들, 구부러진 쇳조각과 깨진 유리조각, 고무 타는 냄새, 비에 젖은 숲, 저 멀리 안개 속에서 반짝이는 빨간 등대 불빛 사이로 어렴풋이 보이는 교각. 내가 만들어낸 이야기 속의 세상에 빠져 있던 나는 갑자기 창문을 두드리는 소리에 깜짝 놀라 의자에서 떨어질 뻔했다.

헤게였다.

창문을 두드린 사람이 헤게라는 사실과 그녀가 한참이나 초인종을 누르다 할 수 없이 창문을 두드렸다는 사실을 깨달은 후에도 놀란 내 심장은 제자리를 찾지 못했다. 그녀가 웃음을 터뜨렸다. 나는 미소를 지으며 손가락으로 대문을 가리켰다. 그녀가 고개를 끄덕였다. 나는 잠겨 있던 대문을 열어주었다.

"안녕. 네가 그렇게 잘 놀라는 사람인 줄은 몰랐어!"

"글을 쓰느라 네가 온 줄도 몰랐어. 들어와."

그녀가 고개를 저었다.

"비다르에겐 편의점에 잠깐 다녀온다고 했어. 금요일 날 일을 사과하려고 잠깐 들렀을 뿐이야."

"내게 사과할 일은 아무것도 없어."

"그럴지도 모르지. 어쨌거나 난 사과를 하고 싶어. 미안해."

"고마워."

"오해는 하지 마. 난 술에 취하면 항상 그래. 충동적으로 변하고 통제력을 잃어버리지. 그러니까 네게 했던 내 행동에 너무 큰 의미를 두지 않았으면 좋겠어. 이해할 수 있지?"

나는 고개를 끄덕였다.

"나도 술에 취하면 그래."

그녀가 미소를 지었다.

"좋아. 그럼 우린 다시 이전으로 되돌아가는 거지? 월요일 날 보자. 안녕!"

"그래, 안녕."

그녀는 왔던 길을 되돌아갔다.

대문을 닫는 순간 울화가 치밀어 올랐다. 다시 글에 집중하려면 최소한 한 시간은 걸릴 텐데… 시계를 보니 벌써 저녁 8시였다. 차라리 글을 쓰는 것을 포기하고 학교에 가서 텔레비전으로 스포츠 뉴스를 볼까 생각하던 나는, 책상 앞에 서서 종이 위의 마지막 문장을 뚫어지게 바라보았다.

아니, 글을 쓰는 작가라면 이 정도 유혹은 이겨내야 하지 않을까. 모든 힘과 열정을 다 쏟아 부어야 한다는 생각이 들었다.

나는 다시 책상 앞에 앉아 글을 이어 쓰기 시작했다.

또 누가 대문 앞에서 초인종을 눌렀다.

나는 음악 볼륨을 낮추고 대문을 열었다.

나이가 꽤 젊은 동네 어부 셋이 대문 앞에 서 있었다. 축구팀에서도 본 적이 없고, 특히 그중 둘은 말도 한마디 나누어보지 않았다. 동네에서 지나치며 서너 번 마주친 것이 전부였다. 나머지 한 명은 헨닝이었다. 그는 나보다 한 살 많았고 동네의 젊은이들과 다르게 보이기 위해 세심한 것에 신경을 쓰는 사람이었다. 예를 들어, 끝이 뾰족한 구두를 신는다든지, 검은색 리바이스 청바지를 입는다든지, 차안에서 특별한 음악을 듣는 것으로 자신을 표현했다. 그가 듣는 음악은 동네 젊은이들이 듣는 음악보다는 내가 즐겨 듣는 음악과 더 비슷했다.

"들어가도 될까요?"

그가 말했다.

"물론이죠. 어서 들어오세요."

나는 그들에게 공간을 내주기 위해 옆으로 한 발짝 비켜섰다. 그들은 어깨에 묻은 눈을 털어내고 재킷을 옷걸이에 건 후, 신발에 묻은 거뭇거뭇한 눈을 털어내고 나서 거실로 들어와 앉았다.

창밖에는 바람이 더욱 거세게 불기 시작했다. 바닷가의 파도 소리는 화난 짐승이 울부짖는 소리 같았다. 항상 마을을 감싸고 있던 백색 소음 같은 파도 소리는 비바람이 부니 더욱 어둡고 묵직하게 귓전에 다가왔다. 그것은 진동 소리 같기도 했고 나직한 굴착기 소리 같기도 했다.

그들은 각자 가져온 앱솔루트 보드카를 탁자 위에 올려놓았다.

"우리 집엔 지금 보드카에 섞어 마실 만한 것이 없는데 어떡하죠?"

"괜찮아요. 냉동실에 잠깐 넣어두었다가 마시면 돼요."

헨닝이 말을 이었다.

"러시아인들이 하는 것처럼 말이죠. 보드카는 원래 그렇게 마셔야 하는 거래요. 후추를 살짝 뿌리면 맛이 훨씬 좋아요."

"그렇군요."

나는 술잔을 가져왔다. 그들은 각자의 잔에 술을 따르고 내 잔에도 넘치도록 따라주었다. 나는 U2의 잘 알려지지 않은 미니 LP 중 하나를 틀었다. 짐작했던 대로 평소 U2를 좋아했던 헨닝은 관심을 보이며 어느 밴드의 곡이냐고 내게 물었다. 덕분에 나는 아는 척을 하며 우쭐해할 수 있었다.

음악의 멜로디는 9학년부터 고등학교 1학년 때까지의 기억을 불러왔다. 나는 음악 속의 거대하고 황폐하며 아름답고 외로운 공간을 사랑했다. 그때의 느낌이 여전히 내 속에 남아 있다는 것을 깨닫는 순간, 지난 1년간의 일들이 알 수 없는 떨림과 함께 집중적인 기억의 형태로 주마등처럼 지나갔다.

"오, 너무 기분이 좋아!"

나는 한마디 비명처럼 소리를 질렀다.

"위하여!"

코레가 소리쳤다.

"위하여!"

요니가 뒤를 이었다.

"위하여!"

헨닝이 지지 않고 소리쳤다.

"위하여!"

나는 잔을 단숨에 비우고 온몸을 부르르 떨었다. 음악의 볼륨을 더욱 높였다. 창밖의 어둠이 점점 짙어지는 가운데 불빛이 환한 집 안에 앉아 있으려니, 마치 배 안에 앉아 있는 것 같았다. 거대한 선박. 저 먼 우주 속에 자리한 한 척의 배.

그건 틀린 말은 아니었다. 우리는 우주 속으로 훨훨 날아가고 있다. 나는 항상 알고 있었다. 하지만 이곳에서 살기 전에는 이해하지 못했다. 어둠은 세상을 이해하는 데 도움을 주었다. 오로라. 하늘 위에서 이글거리는 그 차가운 불꽃과 고립감도 마찬가지였다.

그녀에게서 눈을 뗄 수 없었던 것은 내게 내린 저주였다. 나는 무슨 일이 있어도 나를 향한 그녀의 감정을 막아야만 했다.

다시는 그녀에게 눈길을 주지 않겠다고 결심했다.

수업 시간만 제외하고 말이다.

내가 그녀를 좋아하는 감정은 별개의 일이다. 나는 다른 아이들도 좋아했으니까. 4학년 학생부터 7학년 학생까지 나이를 가리지 않고 모두 좋아했다. 예외가 있다면 비비안의 언니인 리브뿐이었다. 하지만 리브는 열여섯 살이었고 나보다 두 살밖에 어리지 않았다. 그러니 그녀에게 간혹 눈길을 준다 해도 뭐라 할 사람은 아무도 없었다.

"오늘 집에 온 거야?"

나는 헨닝에게 물어보았다.

그가 고개를 끄덕였다.

"고기는 많이 잡았어?"

그가 고개를 저었다.

"전혀."

그들은 새벽 대여섯 시쯤 집으로 돌아갔다. 나는 그들과 함께 보드카 한 병을 거의 다 비웠다. 정신없이 취했지만 알람을 맞추는 일은 잊지 않았다. 8시 15분. 하지만 눈을 떴을 때는 알람시계 소리와 함께 귀에 익은 또 다른 소리가 지옥의 불길처럼 내 귓전을 때리고 있었다. 그것은 초인종 소리와 함께 주먹으로 대문을 두드리는 소리였다.

나는 비틀거리며 일어나 찬물로 세수를 하고 대문을 열었다.

대문 앞에는 리카르드가 서 있었다.

"이제 일어났나? 정신 차리게. 학생들이 교실에 앉아 자네를 기다리고 있어. 벌써 9시 15분이라네."

"몸이 안 좋아요. 오늘은 집에서 쉬어야 할 것 같습니다."

"무슨 소리야. 얼른 정신 차리고 나오게. 샤워를 하고 옷을 입게나. 나는 여기서 기다리고 있을 테니까."

나는 그를 바라보았다. 여전히 술기운이 가시지 않은 상태였기에 내 생각은 유리벽 안에 갇혀 있는 것 같았다. 리카르드는 내게서 1미터도 떨어지지 않은 곳에 서 있었지만, 너무나 먼 곳에 있는 것만 같았다.

"뭘 기다리고 있나?"

그가 말했다.

"몸이 안 좋아요."

나는 했던 말을 되풀이했다.

"기회는 이번뿐이야. 이 기회를 잡지 않으면 다시 기회가 오지 않을지도 몰라."

그와 눈이 마주쳤다. 나는 몸을 돌려 욕실로 갔다. 샤워기 아래 몇

629

초 동안 서 있었다. 화가 나서 견딜 수가 없었다. 나는 학교에 근무하는 교사다. 리카르드는 다른 교사가 학교에 나오지 않아도 집까지 찾아가서 대문을 두드릴까. 그렇진 않을 것이다. 물론 그의 말도 일리는 있었다. 나는 실제로 아프기는커녕 멀쩡했으니까. 하지만 그건 별개의 문제다. 나는 어린아이가 아닌 성인이고, 학생이 아닌 교사다. 게다가 이미 나는 몸이 아프다고 되풀이해서 말했다. 젠장.

수건으로 몸을 닦고 겨드랑이에 데오도런트를 바른 후, 침실에 들어가 옷을 입었다. 현관에서 코트를 걸치고 신발을 신고 목도리를 두른 후 대문을 열었다.

"좋아. 이제 학교로 가지."

그는 내 자존심을 밟았다. 하지만 내가 할 수 있는 일은 아무것도 없었다. 힘과 권력은 그의 편이었으니까.

나는 항상 어둠을 좋아했다. 어렸을 때는 어둠 속에 홀로 있으면 두려움에 떨었다. 누군가와 함께 있을 때면 어둠 속에서 변해가는 세상을 보면서 행복감을 느끼곤 했다. 어둠 속에서 숲속이나 골목길을 뛰어다닐 때면 대낮에 뛰어다닐 때와는 너무나 달랐다. 마법에 걸린 것 같은 세상 속에서, 우리는 반짝이는 눈동자와 설렘으로 콩콩 뛰는 심장으로 숨을 헐떡이며 뛰어다니는 모험가로 변했다.

나이가 들면서 나는 밤에 홀로 앉아 있는 것을 좋아했다. 정적과 조화를 이룬 어둠은 너무나 매혹적이었고, 그것은 세상이 내게 해주는 거대한 약속처럼 느껴졌다. 가을은 내가 제일 좋아하는 계절이었다. 비 내리는 어둠 속에서 강가를 거닐 때의 기분은 어디에도 비할 수 없다.

이곳의 어둠은 달랐다. 모든 것은 이 어둠 속에서 생명을 잃어버렸다. 움직이지 않는 어둠. 그것은 내가 깨어 있을 때나 잠을 잘 때나 변하지 않았다.

아침에 눈을 뜨고 일어나기가 점점 힘들어졌다. 5분 후, 나는 교탁 앞에 서 있었고, 그날 아침 있었던 일은 다시 어둠이 동반한 죽음 속에 묻혀버렸다. 내가 무슨 일을 하든 내게 되돌아오는 것은 없는 것 같았다. 아무리 많은 노력과 정성을 기울여도 내게 돌아오는 것은 아무것도 없었다. 모든 것은 우리가 살고 있는 거대한 어둠 속에서 녹아버렸다. 의미도 사라졌다. 나는 학생들 앞에서 기계처럼 해야 할 말을 하고, 해야 할 일을 할 뿐이었다.

나는 항상 누군가가 나를 지켜보고 있다는 생각 때문에 주눅이 들기 시작했다. 모두들 내가 누군지 알고 있었기에 나는 자유를 누릴 수 없었다.

학교에서는 더했다. 리카르드는 마치 맹금류처럼 날카로운 눈으로 나를 감시하는 것만 같았다. 그는 언제든 내가 그의 마음에 들지 않는 말이나 행동을 할 때면, 즉시 나를 덮쳐 날카로운 부리로 쪼아대는 독수리 같았다.

술도 도움이 되지 않았다. 오히려 내면의 불쾌감을 더욱 증폭시킬 뿐이었다. 내가 하는 일에서 아무런 의미를 찾지 못하니, 나날이 피곤해지는 것은 당연한 일이었다. 마치 내가 스스로 내면을 비워버리는 것 같았다. 나는 점점 텅 비어가고 있었다. 이제 얼마 가지 않으면 그림자만 남은 존재가 될 것 같았다. 캄캄하고 텅 빈 하늘과 나를 둘러싼 바다처럼.

리카르드가 아침에 나를 데리러 온 그날부터, 나는 주중에도 술을 마시기 시작했다. 그러나 매일 아침 눈을 떠서 학교로 출근하는 일은 거르지 않았다. 그러던 어느 날, 그와 비슷한 일이 다시 일어났다. 나는 휴가를 받아 올라온 외게와 트롬쇠에서 만나 술을 마셨다. 일요일 저녁, 핀스네스로 오는 페리를 탈 예정이었지만 출발 시간에 늦었기에 할 수 없이 트롬쇠에서 하룻밤을 더 묵어야만 했다. 마침내 마을에 도착했을 때는 출근 시간이 훌쩍 지나 있었다. 점심시간이 다 되어서 학교에 간들 무슨 소용이 있을까. 나는 바로 집으로 와버렸다.

다음 날, 리카르드가 나를 교장실로 불렀다.

"나는 그간 자네를 전적으로 신뢰해왔었네. 자네는 학교에서 매우 중요한 역할을 하고 있어. 자네도 알다시피 학교는 모두가 각자 맡은 책임을 다한다는 전제하에서 움직일 수 있다네. 자네가 출근을 하지 않으면 다른 교사들은 물론 학생들도 큰 어려움을 겪을 수밖에 없어. 자네가 맡은 일은 책임지고 끝까지 완수해야 한다는 것을 잊지 말게. 다시는 이런 일이 없도록 주의해주게나."

창문 밖으로 학생들이 뛰어다니는 모습을 보면서 나는 교장실에 우두커니 서 있었고, 그는 책상 앞에 앉아 화를 냈다. 내 속에서 치밀어 오르는 화는 그의 딱딱하고 커다란 목소리 때문에 밖으로 나오지 못했고, 나는 울분을 삼키며 눈물을 글썽거릴 뿐이었다.

그는 내게 굴욕을 주었다. 그의 말은 틀림없는 사실이었기에 반박할 여지가 없었다. 학교에 출근해 학생들을 가르치는 것은 내가 해야 할 일이었다. 고등학교에 다닐 때처럼 시도 때도 없이 결석할 수는 없는 일이었다.

몸에서 힘이 쭉 빠졌다. 의지도 사라졌다.

나는 화장실에서 찬물로 얼굴을 씻고 나와 소파에 털썩 앉았다. 커피를 따를 힘도 없었다. 토릴이 성탄절 장식을 만들기 위해 가위로 색종이를 오리고 있었다. 그녀가 내 눈길을 의식했는지 고개를 돌려 말했다.

"아이들에게 시키기 전에 직접 실습을 해봐야 할 것 같아서…"

"교육학을 전공하면 대학에서 그런 걸 배우지 않나요?"

"대학에선 이런 것보다는 교육학과 관계된 학문적인 요소에 더 중점을 둔답니다. 실제로는 거의 필요 없는 것들이죠."

그녀가 미소를 지으며 말했다.

나는 소파에서 몸을 일으켰다. 당장 일을 그만두고 싶었다. 지금 일을 그만두면 안 된다고 누가 말할 수 있을까? 그래, 누가 그런 말을 했지?

모두들 그렇게 말했다. 하지만 내가 그들의 말을 꼭 따라야 할 필요는 없지 않은가.

아무도 내가 일을 그만두는 걸 막을 수는 없다. 사직서를 제출할 필요도 없다. 남쪽으로 내려가 성탄절 휴가를 보낸 후에 다시 올라오지 않으면 그만이다. 그것은 학교를 배신하는 일이기도 하지만 그렇게 하면 안 된다는 법도 없다.

지금의 내 학급을 작년에 담당했던 교사는 술에 취한 채 출근한 적도 있고, 결근을 밥 먹듯 하기도 했다. 결국, 그는 어디론가 떠났고 다시는 학교에 돌아오지 않았다. 그들은 내게 했던 것과 마찬가지로 그를 달달 볶았을 것이 틀림없다.

종소리가 들렸다. 아, 습관이라는 것은 얼마나 무서운 것인가. 나는 기계처럼 책을 들고 교실로 들어갔다. 하지만 일을 그만둘 것이라고 생각하니 기분이 좋아졌다. 나는 자유롭고 싶었다. 그 자유는 이곳만 제외한 세상 모든 곳에서 찾아볼 수 있다.

그날 학교 일을 마치고 어머니의 직장으로 전화를 했다. 어머니는 막 퇴근하려던 참이라고 했다.

"어머니, 잠시 이야기할 시간이 있나요?"

"물론이지. 그런데 무슨 일이라도 있었니?"

"아니에요. 별일 없어요. 하지만 이곳 생활이 힘들어지기 시작했어요. 아침에 일어나서 출근하는 것도 힘들 정도예요. 일을 그만둘 생각도 해보았어요. 정말 힘들어요. 저는 교사로 일할 수 있는 정식 교육도 못 받았잖아요. 그래서 말인데… 이번에 학교 일을 그만두고 성탄절이 지난 후에 다시 공부를 시작하면 어떨까 싶어요. 대학에 입학하기 전에 필수 과목부터 공부하면 되지 않을까요?"

"그곳 생활에 네가 힘들어하는 건 충분히 이해할 수 있어. 하지만 어떤 결정을 내리기 전에 조금만 더 생각해보렴. 이제 곧 성탄절이 잖아. 휴가 기간에 좀 쉬면 다시 마음의 안정을 얻을 수 있을 거야. 원한다면 집에 와서 아무것도 하지 않고 소파에 누워 푹 쉬기만 해도 돼. 그렇게 하면 다시 그곳에 갔을 때 지금과는 다른 눈으로 볼 수 있을 거야."

"하지만 저는 지금 당장 일을 그만두고 싶어요!"

"세상일에는 항상 굴곡이 있기 마련이야. 너는 얼마 전까지만 하더라도 그곳 생활이 매우 만족스럽다고 하지 않았니. 지금 힘들고 의욕이 없는 건 어찌 보면 자연스러운 일이라고도 할 수 있어. 물론 내가 네게 일을 그만두면 안 된다고 만류할 수는 없어. 그건 네가 결정해야 하는 일이니까. 내가 해주고 싶은 말은 지금 당장 결정을 내릴 필요는 없다는 거란다."

"어머니는 제 말을 이해하지 못해요. 이건 시간이 지나도 나아질 일이 아니란 말이에요. 정말 힘들어 죽겠어요. 아무리 힘들여 일해도 돌아오는 건 하나도 없고…"

"삶은 때때로 그런 거란다."

"어머니는 항상 그렇게 말씀하시죠. 하지만 어머니 삶이 때때로 힘들다고 해서 제 삶까지 그래야 할 필요는 없잖아요."

"난 단지 너에게 조언을 해주었을 뿐이야. 네게 필요할 것 같아서."

"알았어요. 어쨌든 저는 이미 일을 그만두기로 결심했어요. 하지만 어머니 말씀대로 지금 당장 결정을 내릴 필요는 없을 것 같군요."

나는 평소 교무실이 비어 있거나 닐스 에릭이 있을 때만 전화를 했다. 하지만 이번엔 너무나 화가 나서 교무실이 비었는지 확인도 하지 못하고 전화를 했다. 전화가 자리한 구석진 방의 문을 열고 나오니 리카르드가 싱크대 앞에 서 있었다.

"아, 자네였나? 난 설거지를 하던 참이라네. 이제 퇴근할 참인가?"

"네."

나는 몸을 돌려 바로 교무실을 나와버렸다.

그가 내 전화 통화를 들었던 건 아닐까? 이젠 전화방 앞에서 내 통화 내용을 엿듣기까지 하는 걸까?

믿을 수가 없었다.

마침내 마지막 날이 다가왔다. 우리는 학생들에게 성적표를 나누어주고 교무실에 모여 커피를 마시고 케이크를 함께 먹었다. 이제 한 시간 후면 나는 버스를 타고 핀스네스로 가서 쾨르데에 사는 어머니를 만나기 위해 긴 여행을 시작할 것이다. 나는 어머니와 함께 쇠르뵈보그의 외갓집으로 가서 성탄절을 보낼 계획이었다. 리카르드가 내 앞에 멈춰섰다.

"칼 오베, 지난 반년 동안 우리 학교를 위해 맡은 일을 열심히 해주어서 고맙네. 자네는 우리 학교에서 없어선 안 될 사람이야. 때로는 작은 걸림돌도 있었지만, 자네는 보란 듯이 잘 이겨냈어. 성탄절 잘 보내고 다시 우리 학교로 돌아오겠다고 약속할 수 있지?"

그는 농담하듯 미소를 지으며 말했다.

"왜 제가 다시 돌아오지 않을 거라고 생각하시나요?"

"꼭 돌아오게. 이곳 북부 지방의 삶은 쉽지 않아. 하지만 좋은 점도 많아. 우린 자네가 필요하다네."

그의 말은 투명한 유리처럼 속이 훤히 보이는 아첨에 불과했다. 그럼에도 나는 기분이 우쭐해졌다. 자랑스러움에 가슴이 터질 정도였다. 그의 말에는 틀린 게 없었다. 내가 지난 반년 동안 맡은 일을 성실하게 했다는 것은 분명한 사실이니까.

"물론이죠. 꼭 돌아오겠습니다. 행복한 성탄절 보내시기 바랍니다. 1988년 새해에 다시 뵙겠습니다!"

다음 날 저녁, 나는 베르겐에서 고속 페리를 타고 라빅에 도착했다. 어머니는 선착장에서 나를 기다리고 있었다. 저녁 8시 30분, 칠흑 같은 어둠 속에서 프로펠러가 굉음을 내며 물거품을 만드는 가운데, 선원들이 승선용 발판을 내렸다. 선착장의 대기실 건물 위를 비추어 내리는 가로등 불빛에 아스팔트 위를 얇게 덮은 빗물도 함께 반짝였다. 육지에 내린 나는 허리를 굽혀 어머니에게 포옹을 건넸다. 우리는 함께 어머니의 차로 걸어갔다. 여기저기서 차문이 열고 닫히는 소리, 시동이 걸리는 소리가 들렸다. 다시 손님들을 태운 고속 페리는 피요르를 향해 움직이고 있었다. 날씨는 그다지 춥지 않았고 쌓인 눈도 볼 수 없었다. 앞쪽 차창의 와이퍼는 작은 빗방울이 내려앉을 때마다 이들을 쫓아냈다. 헤드라이트는 마치 겁을 집어먹은 두 마리의 짐승처럼 우리 앞에서 깜박였다. 나무, 집, 주유소, 강,

산, 피요르, 숲이 차례차례 모습을 드러냈다. 나는 의자에 등을 기대고 창밖을 뚫어지게 바라보았다. 차에 앉아 길가의 나무들을 보기 전까지는 내가 그것들을 그토록 그리워했다는 것을 깨닫지 못했다.

어머니는 나를 마중 나오기 전에 죽을 미리 만들어두었다. 우리는 죽을 함께 먹고 한 시간 정도 이런저런 대화를 나누었다. 나는 어머니가 잠자리에 든 후에 홀로 앉아 글을 쓰려고 했지만, 몇 줄밖에 쓰지 못했다. 어머니가 세 들어 사는 집에는 가구가 딸려 있었다. 집 안을 둘러보니 낯설기 그지없었다.

다음 날 우리는 시내로 가서 성탄절에 필요한 물건들을 구입했다. 하늘에는 먹구름이 끼어 있었지만, 태양을 덮은 먹구름은 얇고 거친 느낌을 주었다. 문을 열고 나서니 온몸에 전율이 흘렀다. 몇 달 만에 처음으로 구름 뒤에서 타오르는 태양을 볼 수 있었기 때문이다. 비록 풍경은 최소한의 색을 발할 뿐이었지만, 잔디의 창백한 누런색과 덤불의 창백한 녹색이 주변의 회색 속에서 선명하게 드러나는 것을 보니 가슴이 벅차올랐다. 그곳에서는 날카로움과 선명함, 극명한 색조 대비는 물론 날카로운 산봉우리도, 끝없이 펼쳐진 바다도 찾아볼 수 없었다. 잔디와 덤불과 나란히 자리한 집들과 그 뒤로 펼쳐진 부드럽고 완만한 산봉우리뿐이었고, 그것들은 축축한 습기와 회색 겨울빛 속에 잠겨 있었다.

저녁이 되자 윙베 형이 왔다. 그날은 윙베 형이 스물세 살이 되는 생일이었다. 우리는 저녁식사 후, 커피와 케이크를 먹고 코냑을 한 잔씩 마셨다. 나는 윙베 형에게 음반을 선물로 주었고, 어머니는 책을 주었다. 어머니가 잠자리에 든 후, 우리는 코냑을 한 잔씩 더 마시며 지난 이야기를 나누었다. 나는 윙베 형에게 최근에 쓴 단편을 읽어보라고 권했다. 형이 글을 읽는 동안, 나는 베란다로 나가 먼 곳을

637

바라보았다. 나는 집에 와 있다는 것만으로도 몸을 가눌 수 없을 정도로 기뻤다. 그 집에는 어머니와 어머니의 삶의 흔적을 거의 찾아볼 수 없었기에 낯선 느낌이 없지 않았다. 얼마 남아 있지 않은 어머니의 자취는 마치 박물관에서 눈에 익은 것들을 보는 것만 같았고, 낯선 공간을 가정적으로 만들기보다는 오히려 가정적인 공간을 더 낯선 공간으로 만들어놓은 것 같았다. 하지만 가정이라는 것은 공간적 개념이 아니다. 내게 가정은 어머니와 윙베 형이 있는 곳이며, 나는 그곳을 우리 집이라고 불렀다.

거실 안쪽으로 시선을 돌렸다. 윙베 형은 여전히 내가 쓴 단편을 읽고 있었다.

마지막 장을 읽고 있는 것일까.

그런 것 같았다.

나는 베란다에서 좀더 기다리기로 마음먹었다.

잠시 후, 나는 긴 손잡이를 돌려 베란다의 유리문을 옆으로 밀고 거실로 들어가서 탁자를 가운데 두고 윙베 형의 맞은편에 앉았다. 윙베 형은 종이 뭉치를 탁자 위에 올려놓고 내겐 눈길도 주지 않은 채 담배를 말았다.

"어때?"

윙베 형이 미소를 지었다.

"좋아. 마음에 들어."

"정말?"

"응. 내가 읽었던 너의 다른 글과 비슷해."

"그래? 지금까지 여섯 편의 단편을 썼어. 조금만 더 노력하면 학교 일을 마칠 때까지 열다섯 편 정도는 쓸 수 있을 것 같아."

"단편을 써서 뭘 하려고?"

윙베 형이 비뚤비뚤하게 만 담배를 입술 사이에 끼우고 불을 붙이며 물었다.

"물론 출판사에 보내야지. 형은 내가 글을 써서 뭘 하려 한다고 생각했어?"

윙베 형이 나를 쳐다보았다.

"출판사에서 네 글을 출간해줄 거라고 생각했니? 진심으로? 정말 그렇게 생각했어?"

갑자기 온몸이 싸늘하게 식는 것 같았다. 머릿속에서 피가 다 빠져나가는 것만 같았다.

윙베 형이 미소를 지었다.

"정말 그렇게 생각했나보구나."

젖어오는 두 눈을 감추기 위해 나는 얼른 고개를 돌렸다.

"출판사에 보내보는 것도 나쁘진 않겠지. 그들이 무슨 말을 하는지 들어보는 것도 좋을 거야. 어쩌면 그들이 네 글을 좋아할지도 모르잖아."

"그렇다면 형은 내 글이 좋다고 마음에도 없는 말을 했던 거야?"

"그런 건 아냐. 모든 것은 상대적이란다. 나는 네 글을 열아홉 살짜리 동생이 쓴 글이라는 전제하에서 읽었던 거야. 그렇게 따지자면 아주 잘 쓴 글이지. 하지만 출간할 수 있을 정도로 수준 있는 글은 아니라고 생각했어."

"알았어."

나는 다시 베란다로 나갔다. 윙베 형은 한 손에 코냑 잔을 들고 다른 손으로는 어머니에게서 생일 선물로 받은 플뢰그스타의 책을 집어들었다. 방금 자신이 했던 말에 특별한 의미가 없다는 것처럼. 마치 내가 하는 일도 전혀 특별하지 않다는 듯 무덤덤하게.

제기랄.

도대체 형은 얼마나 잘났기에? 내가 왜 형의 말을 귀담아들어야 하지? 샤르탄 삼촌은 내 글을 좋아했다. 삼촌은 작가다. 아니, 샤르탄 삼촌도 내 글을 열아홉 살짜리 조카가 쓴 글이라 생각하고 읽었던 것일까?

어머니는 내 글을 읽으며 내가 이젠 작가가 되었다고 말했다. '너도 이젠 작가가 되었구나.' 마치, 아들의 재능을 전혀 모르고 있다가 갑자기 발견한 것처럼. 아니, 어머니가 내게 거짓말을 할 리는 없다. 어머니의 말은 진심이었을 것이다.

하지만 나는 어머니의 아들이 아닌가.

출판사에서 네 글을 출간해줄 거라고 생각했니? 진심으로? 정말 그렇게 생각했어?

나는 윙베 형에게 내가 누군지 보여줄 것이다. 이 거지 같은 세상에 내가 어떤 사람인지 보여줄 것이다. 세상 모든 사람이 입을 쩍 벌리고 아무 말도 하지 못하도록 만들어줄 것이다. 꼭 그렇게 하고 말 것이다. 그 누구도 넘볼 수 없는 최고의 작가가 될 것이다. 그 어떤 일이 있어도 나는 작가로 성공할 것이다. 그래서 보란 듯이 그들에게 코웃음을 칠 것이다.

무슨 일이 있어도 나는 최고의 작가가 될 것이다. 꼭 그렇게 되고 말 것이다.

만약, 그렇게 되지 못한다면 나는 스스로 내 목숨을 끊어버릴 것이다.

창백한 겨울 햇빛은 성탄절 기간 내내 축축하고 창백한 풍경을 비추어 내렸다. 문득 태양이 사라지기 전에는 태양의 존재를 느껴보지 못했던 것 같다는 생각이 들었다. 태양은 구름과 안개를 뚫고 희미한 빛을 비추어 내리고, 때로는 구름 한 점 없는 푸른 하늘 속에서 강렬한 빛을 비추어 내리기도 한다. 자연은 갖가지 뉘앙스의 색조를 햇빛을 통해 반사시킨다.

쇠르뵈보그의 상황은 이전과 다름이 없었다. 외할머니의 건강은 더 나빠지지 않았고, 외할아버지의 주름도 더 늘어나지 않았다. 샤르탄 삼촌의 눈빛도 그 강렬함을 잃지 않았다. 삼촌은 지난해 성탄절 직후 퀴르데에서 대학 입학 자격시험을 치렀다. 그 이후, 삼촌은 하이데거와 니체보다는 교수들의 이름을 더 자주 입에 올렸다. 나는 삼촌과 함께 문학에 관한 이야기를 나누려 마음먹었지만, 삼촌이 쓴 시 몇 편을 함께 읽어보는 것 외엔 아무런 진전을 보지 못했다. 나는 삼촌의 시를 조금도 이해할 수 없었다.

삼촌의 거실에는 바닥부터 천장에 이르는 유리창 옆에 천체 망원경이 자리하고 있었다. 삼촌은 저녁이 되면 자주 천체 망원경을 통해 우주를 바라본다고 말했다. 삼촌은 고대 이집트 문명에도 관심이 많았다. 그는 낡은 가죽 소파에 앉아 수수께끼 같은 고대 문명에 관한 책을 읽었다. 내겐 너무나 멀게만 느껴지는 나라였기에, 파라오가 살아 있는 신이라 해도 그대로 믿을 수 있을 것 같았다. 고대 이집트에 관해 무지했던 나는 삼촌이 잠시 거실을 비웠을 때 삼촌의 책을 펼쳐들고 그림을 훑어보기도 했다.

성탄절 나흘째 되는 날, 나는 크리스티안산으로 가서 연말 파티에 참석했다. 에스펜은 몇몇 친구들과 함께 칼레도니엔 호텔의 방을 하나 빌렸다. 화재 복구 후 처음으로 문을 연데다 연말이었기 때문에 호텔은 북적북적했다. 술을 마시고 쉴 새 없이 담배를 피우는 사람들 때문에 호텔 안은 연기로 자욱했다. 얼마 지나지 않아 소방대원 둘이 소방 장비를 들고 급히 복도를 뛰어가는 모습을 보았다. 몇몇 아이들과 함께 호텔 옥상으로 올라가던 나는 그 모습에 웃지 않을 수 없었다. 우리는 옥상 가장자리에 앉아 다리를 덜렁거리며 화려한 폭죽놀이가 펼쳐지는 도시를 바라보았다.

우리는 여름방학이 되면 함께 로실데로 가보자고 의견 일치를 보았다. 그뿐 아니라, 나는 라스와 함께 기차와 하이킹으로 그리스까지 가보기로 했다. 나는 성탄절 기간에 할아버지, 할머니도 찾아뵈었다. 그곳 역시 이전과 비교해 변함이 없었다. 집과 사람과 집 안에 은은하게 배어 있는 특유의 향도 이전과 마찬가지였다. 문득 변하는 것은 그들이 아니라 나라는 생각이 들었다. 전속력으로 앞으로 나아가는 것은 그들의 삶이 아니라 내 삶이었다.

1월 3일, 나는 비행기를 타고 트롬쇠로 갔다. 중간 지점쯤에 이르니 마치 어둑어둑한 터널로 들어가는 것 같았다. 나는 그 어둠이 계속 이어지리라는 것을 잘 알고 있었다. 앞으로 몇 주 동안은 밤낮을 가리지 않고 어둠이 이어지다가 서서히 어둠이 사라지고 햇살이 모습을 드러내는 시간이 조금씩 길어질 것이다. 나는 비좁은 비행기 좌석에 앉아 담배를 피우며 낯선 느낌에 휩싸였다.

잠긴 문을 열고 집 안으로 들어가 배낭을 내려놓고 천장의 불을 켰다. 그곳이 내 집이라고 생각하니 아늑하고 편안했다.

벽에는 베티 블루 포스터, 리버풀 포스터, 이사온 지 얼마 되지 않았을 때 핀스네스에서 구입한 자연 풍경을 담은 포스터가 걸려 있었다.

커피를 끓이고 음반을 꽂아둔 나직한 선반 앞에 웅크리고 앉아 음반을 뒤적였다. 시선을 돌려 내가 사모은 적지 않은 수의 책을 바라보았다. 가슴이 벅차오를 정도로 기뻤다.

주방에 가서 커피를 잔에 따랐다. 창밖을 내다보니 한 무리의 아이들이 언덕길을 올라오고 있었다. 그들이 우리 집에 올지도 모른다고 생각한 나는 모차르트의 「레퀴엠」을 틀었다. 내가 가지고 있는 단 두 개의 클래식 음반 중 하나였다. 볼륨을 높였다.

초인종 소리가 났다.

안드레아, 비비안, 리베, 스티안 그리고 장대처럼 키가 큰 9학년 학생 이바르가 대문 앞에 서 있었다.

"새해 복 많이 받았니? 얼른 들어와."

그들은 현관에 서서 외투를 벗었다. 비비안이 속삭이는 소리가 들렸다.

"우와, 오페라를 듣고 있어!"

나는 홀로 미소를 지으며 김이 모락모락 나는 커피잔을 손에 들고 그들이 거실에 들어오기를 기다렸다. 스티안은 이바르와 함께 내가 이곳으로 이사온 지 며칠 되지 않았던 날, 나를 한 번 찾아온 적이 있었다. 그는 내 음반을 뒤적이더니 헤비메탈 음악은 없냐고 물었다. 나는 학교에서 그에게 관심을 주지 않았다. 그가 늘어놓는 온갖 무례하고 불쾌한 말에 엮이지 않기 위해 일부러 무시했던 것이다. 나는 그에게 아무것도 요구하지 않았지만, 그의 태도는 변하지 않았다. 9학년 수업에 자주 들어가는 토르 에이나르는 그의 태도를 바로 잡아 주려 온갖 노력을 기울였다. 덕분에 둘 사이에는 자주 갈등이 생겨났다. 한번은 토르 에이나르가 온몸을 부들부들 떨면서 교무실로 들어온 적이 있었다. 스티안과 이바르가 토르 에이나르를 때려눕혔고, 심지어 이바르는 그의 멱살을 잡기까지 했다. 그 일로 인해 그들은 며칠 동안의 단기 제적을 당했다.

하지만 학교와 마을은 크지 않았다. 다른 지역에선 심각하게 다루어지는 문제들도 이곳에선 그냥 넘겨버리기 일쑤였다. 스티안과 이바르는 가끔 어선에서 아르바이트를 하거나 동네의 젊은 어부들과 어울릴 때도 있었다. 그럴 때면, 어부들은 그들을 마치 말썽꾸러기 어린아이처럼 대했고 그들이 무슨 말을 해도 크게 신경쓰지 않았다. 그러니 토르 에이나르가 와서 그들이 자신의 멱살을 잡았다고 화를 낼 입장이 아니었던 것이다. 설사 그렇다 하더라도, 동네 어부들이 그의 말에 이해나 공감을 해주지 않을 것은 뻔했다.

그는 두 다리를 쩍 벌리고 소파에 앉았다. 외투를 벗지 않고 거실에 들어온 아이는 스티안뿐이었다. 여자아이 셋은 그가 하는 말이나 작은 행동에도 관심을 두고 반응했다. 그가 말을 시작하면, 여자아이들은 그를 주의 깊게 바라보며 고개를 끄덕였다. 그가 여자아이중 한 명을 꼭 집어 무슨 말인가를 하면, 그 대상자는 고개를 떨구고 불편한 듯 몸을 비비 꼬았다.

"성탄절 선물은 뭘 받았니?"

내가 아이들에게 물어보았다.

비비안이 코웃음을 쳤다.

나는 그들의 맞은편 의자에 앉았다.

"스티안, 너는 뭘 받았니?"

그가 콧방귀를 뀌었다.

"성탄절 기간 동안 바다에 나가서 돈을 좀 벌었어요. 눈이 녹으면 그 돈으로 스쿠터를 살 거예요."

"스티안은 3월에 열여섯 살이 돼요."

안드레아가 말했다.

그녀는 왜 갑자기 그런 말을 했을까?

"너랑 나랑 세 살 차이네. 얼마 안 가서 네가 내 일을 맡아 할지도 모르겠구나. 네 장래 희망은 교사지?"

그는 다시 콧방귀를 뀌었지만, 그의 입가에는 보일 듯 말 듯한 미소가 떠올랐다.

"쳇! 나는 학교를 졸업한 후엔 책을 들여다보지도 않을 거예요. 은행통장만 빼고."

아이들이 웃음을 터뜨렸다.

"너는 성탄절에 뭘 했니, 이바르?"

"저도 바다에 나가서 고기를 잡았어요."

이바르는 열여섯 살밖에 안 되었지만, 동네에서 가장 키가 컸다. 그 때문인지 그는 항상 주눅이 들어 있었다. 7학년 여학생들과 함께 앉아 있는 그를 보니 내가 고통스러울 정도였다. 그는 작고 섬세한 것이라면 가리지 않고 코웃음을 쳤다. 글자, 숫자, 아이들끼리 주고받는 농담, 공을 가지고 하는 놀이 그리고 여자들. 그는 대부분의 경우에 어린아이처럼 행동했다. 무의미하고 멍청하게 들리는 농담에도 큰 소리로 껄껄 웃었으며, 누군가가 그의 말이나 행동을 지적하면 얼굴을 빨갛게 붉혔다. 그는 항상 스티안을 졸졸 따라다녔고, 스티안은 그를 마치 애완견처럼 대했다.

그는 어렸을 때 아버지를 잃었다. 몇 달 전에 우리 집에 찾아왔을 때 내게 그 이야기를 해주었던 기억이 났다. 그는 바로 그 이야기를 하기 위해 나를 찾아왔다고 했다. 70년대였다. 어선 한 척이 흔적도 없이 바다에서 사라졌다. 그 사건은 노르웨이 전역에서 회자되었지만, 얼마 가지 않아 사람들의 기억 속에서 자취를 감추었다. 그 사건을 가슴속에 넣어둔 사람은 이바르와 그의 어머니 그리고 몇 안 되는 유족들뿐이었다. 그들은 사고가 일어난 지 1년 후, 이곳 호피요르로 이사를 왔다. 어머니의 친척이 이곳에 살고 있었기 때문이다. 어렸을 때 아버지를 잃었다는 그의 이야기. 그것은 그의 운명이었다.

"너희들은?"

나는 여자아이들을 돌아보며 물었다.

그들은 어깨를 으쓱 추켜올렸다. 다른 때는 마음을 열고 나를 대했지만, 남자아이들이 옆에 있으니 마음의 문을 닫아버린 것 같았다. 평소 그들이 우리 집에 오면 나는 그들을 놀리기도 했고, 그들은 내 말에 웃음을 터뜨리며 대답을 했다. 살짝 도가 지나친 농담도 하며 즐거워했다. 하지만 오늘은 마음을 내보이지 않았다. 마치 스티안 앞에서 다른 아이가 되어버린 것 같았다.

"비비안에게 애인이 생겼어요."

뜬금없이 리베가 말문을 열었다.

비비안은 리베를 째려보며 주먹으로 그녀의 어깨를 쳤다.

"아얏!"

리베가 소리쳤다.

"그게 정말이니?"

내가 비비안에게 물어보았다.

"정말이라니까요."

리베가 어깨를 문지르며 말을 이었다.

"스티브랑 사귀고 있어요."

"스티브? 그게 누구지?"

"성탄절 무렵에 우리 동네에 이사온 사람이에요."

스티안이 대답했다.

"원래는 핀스네스에서 살았는데, 봄이 오면 이곳에서 고기를 잡을 거라고 했어요. 들리는 소문에 의하면 아무 짝에도 쓸모없는 사람이래요."

"아냐!"

비비안이 발갛게 달아오른 얼굴로 소리쳤다.

"스티브는 스무 살이에요."

리베가 말했다.

"스무 살? 그게 정말이니? 너는 이제 겨우 열세 살이잖아?"

"네!"

비비안이 퉁명스레 대꾸했다.

"그래서 그게 어쨌다고요?"

"여기 사람들은 제정신이 아닌 것 같아."

나는 웃음을 터뜨리며 말을 이었다.

"너희들, 이제 집으로 돌아가. 난 방금 집에 도착했단다. 짐도 풀어야 하고 할 일이 많아. 게다가 수업 준비도 해야 해. 너희들도 알다시피 내 학생들은 아는 게 하나도 없거든."

"하하."

안드레아가 웃음을 터뜨리며 자리에서 일어나 하얀 재킷을 걸어둔 현관으로 갔다. 다른 아이들도 주섬주섬 자리에서 일어나 그녀의 뒤를 따랐다. 갑자기 현관이 북적거렸다. 재킷과 팔과 모자와 벙어리장갑. 그들은 얼굴에 미소를 띠고 어둠 속으로 걸어나갔다.

나는 짐을 풀고 간단하게 저녁을 먹은 후, 두 시간 정도 책을 읽고 나서 불을 끄고 잠에 빠졌다. 한밤중에 위층에서 나는 소리에 잠을 깼다. 토릴과 그녀의 남편. 흔들리는 천장. 그녀의 외마디 소리와 그의 신음 소리. 나는 이불을 들고 거실로 나가 아침이 올 때까지 소파에서 잤다.

다음 주 주말에 닐스 에릭과 나는 이사를 했고, 우리는 한집에서 살기 시작했다. 우리는 각자의 침실과 내가 글을 쓰기로 한 거실 안쪽의 작은 방을 제외하고선 집 안의 모든 것을 공유했다. 하루건너 한 번씩 저녁식사를 준비하고 설거지를 했다. 우리 집엔 거의 매일 손님들이 찾아왔다. 학생은 물론 동료 교사들도 우리를 찾았다. 특히, 토르 에이나르는 거의 하루도 빠지지 않고 매일 찾아왔다. 헤게도 자주 우리 집에 들렀다.

주말이 되면 닐스 에릭은 산책을 나갔다. 항상 내게 산책을 같이 하자고 제안했지만, 나는 매번 거절했다. 내가 자연 속에서 할 수 있는 일은 아무것도 없었다. 나는 주말에 사람들과 모여 술을 마시지 않을 때면 집에서 혼자 글을 썼다. 나는 단편은 접어두고 장편소설을 쓰기로 결심했다.

수면 위/수면 아래. 그것은 윙베 형과 아렌달에 살고 있는 형의 친구 외이빈이 함께 작곡한 노래 제목을 딴 것이었다. 소설의 주인공은 크리스티안산에서 고등학교를 다니는 젊은 청년 가브리엘이었다. 술과 여자 이야기를 다루는 현재 시점의 글 중간중간에 수수께끼 같은 짧막한 리포트 형식의 글과 어린 시절을 회상하는 글을 끼워넣는 형식으로 쓸 생각이었다. 이야기는 아그데르의 한 오두막에서 열린 파티 후 온몸이 묶인 채 발견된 주인공이 정신 분열증을 일으켜 병원에 입원하는 부분에서 절정을 맞이하며, 각 챕터의 도입부 역할을 한 리포트 형식의 글은 정신 병원에 입원한 주인공의 독백이었던 것으로 나타난다.

학교 일이 시작되었을 때, 나는 글 쓰는 시간을 더 많이 확보하기 위해 밤낮을 바꾸었다. 어차피 하루 종일 캄캄하니 언제 잠을 자든 언제 깨어 있든 상관없었다. 아침이나 저녁이나, 밤이나 낮이나 어둡긴 매한가지였으니까. 나는 밤 11시쯤 일어나 다음 날 학교로 출근하는 오전 8시까지 글을 썼으며, 샤워를 하고 학교에서 돌아오는 오후 서너 시경에 잠자리에 들었다.

글 쓰는 일이 막히면 외투를 입고 밖으로 나가 고요한 마을길을 정처 없이 걸었다. 뭍에 부딪히는 파도 소리를 들으면서 어둠 속에서 희미하게 윤곽을 드러내는 눈 쌓인 산꼭대기를 바라보았다. 가끔은 학교에 가기도 했다. 새벽 3시 또는 4시쯤 텅 빈 학교 건물 안에 홀로 앉아 창문에 비친 내 모습을 바라보면, 텅 빈 얼굴과 텅 빈 눈동자밖에 보이지 않았다. 가끔은 교무실 소파에 앉아 책을 읽거나 텔레비전에서 영화를 보기도 했다. 잠시 눈을 붙였다가 아침이 되어 문이 열리는 소리에 눈을 뜨면 어김없이 리카르드가 그곳에 서 있곤 했다. 그는 학교에 일찍 출근하는 한 사람이었다. 그럴 때면, 나는 그곳이 어디인지 모르는 사람처럼 혼란스러운 머릿속을 추스르며 멍한 얼굴로 그를 바라보았다. 마치 절벽의 가장자리에 앉아 있는 것 같았다. 그 이유는 알 수 없었다.

그렇다고 해서 내가 맡은 일을 소홀히 하진 않았다. 나는 단지 학교 일을 하루를 시작할 무렵이 아니라 하루를 마칠 무렵에 했을 뿐이다. 그런 이유로 내가 가책을 느낄 필요는 없지 않은가.

어둠. 작고 고립된 마을. 날이 흘러도 변하지 않는 얼굴들. 학생들. 동료들. 가게의 점원. 누구누구의 어머니와 누구누구의 아버지. 가끔 마주치는 젊은 어부들. 눈, 어둠 그리고 학교를 밝히는 불빛. 매번 같은 얼굴에 같은 상황만 반복되었다.

그날 밤도 여느 때와 마찬가지로 한밤중에 학교를 향해 걷고 있었다. 갑자기 불도저 한 대가 내 등 뒤로 다가왔다. 불도저의 앞쪽에는 눈을 치우는 커다란 삽이 달려 있었고, 불도저가 가는 길에는 삽에 쓸린 눈덩이가 길가에 모여 작은 언덕을 이뤘다. 불도저를 운전하는 남자는 나를 못 본 것 같았다. 잠시 후, 불도저는 시동을 켠 채 언덕 위에서 멈추어 섰다. 내가 언덕 위에 이르자, 불도저는 다시 움직이기 시작했다. 내가 걷는 속도와 비슷할 정도로 느릿느릿 앞으로 나아갔다.

나는 운전석에 앉아 있는 남자를 흘낏 쳐다보았다. 도대체 왜 이처럼 느릿느릿 운전하는 걸까. 앞만 뚫어지게 바라보는 운전사를 보는 순간 무슨 이유에선지 등골이 오싹했다. 엔진이 부르르 떨리는 소리, 눈을 치우는 날카로운 쇳조각 소리, 반짝이는 헤드라이트 불빛은 내 영혼을 후벼 팠다.

나는 걸음을 빨리했다. 그도 속력을 높였다. 나는 오른쪽으로 방향을 틀었다. 그도 오른쪽으로 방향을 틀었다. 나는 다시 방향을 바꾸었다. 그도 방향을 바꾸었다. 학교 앞 언덕에 이르러 뒤를 돌아보니, 불도저는 내 등 뒤에 바짝 따라오고 있었다. 나는 달리기 시작했다. 너무나 오싹하고 두려웠다. 주변에는 죽음을 연상시키는 어둠뿐이었고, 마을은 잠들어 있었다. 캄캄한 언덕 위에는 나와 나를 쫓는 미친 불도저 운전사뿐이었다. 나는 있는 힘을 다해 뛰었지만, 불도저를 따돌리기는 불가능했다. 그는 더욱 속력을 내어 학교 운동장 안까지 들어왔다. 나는 건물 안으로 들어가 문을 잠갔다. 내 심장은 너무나 세차게 뛰어 살갗을 뚫고 나올 것만 같았다. 그가 건물 안까지 나를 따라오는 건 아닐까?

나는 교무실 창을 통해, 그가 학교 운동장의 눈을 치우는 것을 보았다. 정교하고 기계적인 움직임으로 불도저를 움직여 눈을 치우던 그는 15분쯤 지난 후 학교를 벗어나 마을 쪽으로 가버렸다.

다음 날 오후 집으로 돌아오던 길에, 스무 살 청년과 함께 차를 타고 가는 비비안을 보았다. 청년이 모는 차에 앉아 자랑스러운 표정을 짓고 있던 그녀는 나와 눈이 마주치자 어쩔 줄 몰라 하며 시선을 돌렸다. 잠시 후, 나는 가게 안에서 그 청년과 마주쳤다. 가냘픈 외모의 그는 조그만 일에도 큰 소리로 웃었다. 핀스네스에서 일자리를 찾지 못했던 그는 이곳 어선에 빈자리가 있다는 소식을 듣고 이사를 왔다고 했다.

비비안은 평소 수업 중에 어린아이처럼 질문을 하고, 친구들을 놀리고, 내 말에 코웃음을 치기도 했지만, 애인과 함께 있을 때는 어린아이 같은 모습을 조금도 찾아볼 수 없었다. 내겐 너무나 낯선 모습이었다. 그녀는 애인의 차 안에 마치 왕족이라도 되는 듯 우쭐거리며 앉아 어른이 된 척 시늉했다. 하지만 그녀의 순수한 어린아이 같은 모습은 언제든 폭발할 듯 내면에 힘겹게 숨어 있었다. 그녀의 내면과 외면을 연결하는 것은 가늘디가는 자각의식이었고, 어린아이의 순수성은 자신도 모르게 만들어내는 작은 코웃음, 작은 손짓, 살짝 붉힌 얼굴 속에 자리하고 있었다.

그녀의 애인은 그다지 현명한 사람으로 보이지 않았다. 그래서 두 사람은 잘 어울린다고도 할 수 있었다. 그녀의 입지는 교실 안에서도 변하기 시작했다. 어느새 그녀는 또래 아이들 가운데서 중심 역할을 하게 되었고, 또래 아이들을 유치하다며 깔보기도 했다. 하지만 그녀의 천진한 내면을 끄집어내는 것은 그리 어렵지 않았다. 농담을 하고 깔깔거리며 웃다보면, 그녀는 자신도 모르는 사이에 코트처럼 자신을 감싸고 있던 외면의 자락을 놓아버렸다. 그렇다고 해서 그녀가 변하지 않았다는 말은 아니다. 단지, 나이에 걸맞은 천진한 모습이 여전히 그녀의 내면에 꼭꼭 숨어 있을 뿐. 그녀는 내가 농담

651

을 해도 웃지 않았고, 심지어는 내가 유치하다고까지 했다. 그럼에도 끝내는 깔깔거리며 웃음을 터뜨리기 일쑤였다.

웃음을 멈추고 나면 그녀는 이전에는 볼 수 없었던 미묘한 눈빛으로 나를 바라보았다. 그 눈빛은 안드레아의 눈빛과도 닮아 있었다. 물론 안드레아의 눈빛에서 느낄 수 있는 명백한 의미는 찾아볼 수 없었지만, 나는 그 눈빛에서 나를 보호해야 한다고 생각했다. 그렇지 않으면 나도 모르는 사이에 그 눈빛 속에 끌려 들어갈 것이 분명했다.

나와 그들의 거리감은 그 눈빛 속에서 점점 줄어들었다. 내가 그들에게 가까이 다가갔기 때문이 아니라, 그들이 내게 다가왔기 때문이다. 나는 내게 열려 있는 그 눈빛의 의미를 반은 의식적으로 반은 무의식적으로 이해할 수 있었다.

어쩌면 그것은 나만의 생각인지도 모른다. 그들이 토릴이나 닐스에릭의 수업을 받을 때, 또는 그들의 부모와 함께 가게에 왔을 때는 전혀 그러한 눈빛을 발견할 수 없었다. 그들은 상황에 따라 내면을 드러내기도 하고 숨기기도 했다. 그것이 뜻대로 되지 않을 때면 불평을 하거나 짜증을 내거나 반발을 했다. 그것도 먹혀 들어가지 않으면 내 수업 시간에 흔히 하듯 의미심장한 눈빛을 의식적으로 만들어냈다.

그렇다고 해서 내가 그들의 눈빛을 밤낮으로 생각하며 의미를 찾아내려 고심했던 것은 아니다. 그들의 눈빛과 태도는 그해 1월과 2월, 한밤중에 홀로 앉아 글을 쓰고 있을 때 한 줄기 바람처럼 나를 스치고 갔던 기쁨과 두려움에 불과했다. 내 짐작을 구체적으로 뒷받침해줄 수 있는 것은 아무것도 없었다. 단지 스쳐 지나가듯 던지는 눈빛이나 작은 몸짓이 불러오는 느낌과 감정뿐.

652

1교시 수업을 시작하기 위해 마을을 가로질러 걸을 때면 학교 일이 좋기도 하고 싫기도 했다. 가끔은 그녀를 볼 수 있을 것이라는 생각만 해도 가슴을 간질이는 듯한 설렘이 생겨나기도 했다. 그런 내 마음은 아무도 몰랐다. 나 자신도 거의 모르고 있었으니까.

2월 초 어느 금요일, 이 모든 조그맣고 무의미하며 희미한 감정과 느낌의 조각들이 갑자기 강렬하게 변해버렸다. 나는 평소와 다름없이 저녁 무렵에 잠에서 깨어 밤새 글을 썼다. 새벽 5시쯤, 더는 글을 쓸 수가 없어 어둠 속으로 나갔다. 잠에 빠져 있는 거리를 지나 학교에 도착한 나는 교무실 소파에 앉아 책을 읽었다. 피곤함이 밀려들었다. 어느새 나는 책을 가슴 위에 얹고 잠에 빠져버렸다.

교무실 문이 열렸다. 나는 벌떡 일어나 얼른 손으로 머리를 쓸어넘긴 후 당황한 표정으로 리카르드의 눈빛을 받아냈다.

"자네, 여기서 잤나?"

"아닙니다. 수업 준비를 하기 위해 일찍 출근했는데, 그만 잠이 들어버렸습니다."

그가 나를 한참이나 말없이 바라보았다.

"진한 커피를 만들어줄게. 잠이 확 깰 거야."

"네, 잠자는 말도 깨울 수 있을 정도로 진하게 만들어주세요."

"어? 어디서 들어본 말 같은데… 누가 그런 말을 했지?"

"럭키 루크 아니었던가요?"

내가 책상으로 가는 동안, 그는 홀로 킥킥 웃으며 커피 머신에 물을 부었다. 나는 이미 몇 달 전부터 매일 수업 준비를 착실하게 해왔다. 수업 시간 몇 분 전에 교과서를 대충 훑어보는 일은 이제 하지 않았던 것이다. 갖가지 대안적 방식으로 수업을 이끌어가는 것도 하지 않았다. 오직 수업 계획표에 따라 수업을 진행하고 과제를 내줄 뿐이었다. 목표는 정해진 기간 내에 모든 과목의 정해진 범위를 다 훑어보는 것이었다. 설사 이해를 못 하는 학생들이 있어도 끝까지 그들을 이해시키기 위해 수업 시간을 사용하진 않았다. 내게 중요한 것은 내가 맡은 일을 함과 동시에, 교사로서 학생들과의 거리를 유지하는 것뿐이었다.

"커피가 다 된 모양이군. 여기 있으니 마시게."

리카르드는 자신의 몫으로 커피 한 잔을 따라 교장실로 들어갔다.

"감사합니다!"

30분 후 종이 울렸다. 나는 교실 창가에 서서 등교하는 학생들을 바라보았다. 내 몸속엔 피곤함이 고인 물처럼 자리하고 있었다. 1교시와 2교시는 수학 시간이었다. 수학처럼 지루한 과목은 없다. 그때는 2월. 내겐 2월도 1년 중 가장 지루한 달이었다.

"책을 펼치고 문제를 풀어."

나는 아이들이 자리에 앉기가 무섭게 말했다. 수학 시간에는 5학년과 6학년이 함께 수업을 받기 때문에 교실 안에는 모두 여덟 명의 학생들이 앉아 있었다.

"평소와 마찬가지로 먼저 각자 문제를 풀어보렴. 만약 모르는 것이 있으면 손을 들어. 내가 도와줄게. 2교시가 시작하면 복습을 하고 새로운 공식을 살펴보도록 하자."

반발하는 아이는 없었다. 그들은 무기력하게 내 말을 받아들였다. 리베가 책을 펼치기도 전에 손을 번쩍 들었다.

나는 그녀의 책상 앞에 가서 허리를 굽혔다.

"네 힘으로 먼저 풀어보라고 했잖아. 그게 안 되니?"

"하지만 저는 문제를 풀 수가 없어요. 안 봐도 다 안단 말이에요.

너무 어려워요."

"생각보다 문제가 쉬울 수도 있잖아. 시도해보기도 전에 포기하면 안 돼. 10분을 줄게. 그동안 문제를 풀어보고 그때 가서 모르는 게 있으면 다시 질문해. 알았지?"

"네."

작고 똑 부러지는 6학년 학생 외른이 내게 손을 흔들었다.

"저는 집에서 미리 문제를 풀어봤어요. 그런데 이 문제에서 막혔어요. 이 문제 푸는 방법을 좀 가르쳐주세요."

"사실은 나도 수학은 잘 못 해."

그가 나를 쳐다보며 미소를 지었다. 그는 내가 농담을 한다고 생각했지만, 그건 사실이었다. 나는 8학년 때부터 거의 수학을 포기했으니까. 가끔은 7학년 수학 문제를 풀 때도 헤맬 때가 있었다. 한번은 백 단위 숫자들의 나눗셈을 하는 방법이 생각나지 않아, 천연덕스럽게 아이들에게 '이 문제를 어떻게 푸는지 아는 사람?' 하면서 떠넘기기도 했다. 물론 나도 나눗셈을 할 줄 안다. 단지 그날은 그 방식을 기억하지 못했을 뿐.

"이건 그리 어려워 보이지 않는구나."

그는 내가 문제 푸는 방식을 집중해서 지켜보았다. 곧, 그는 혼자서 풀어보겠다고 자신 있게 말했다. 나는 다시 창가로 다가갔다.

그는 의지가 대단했지만 포기도 빠른 편이었다. 수학 과목은 전혀 문제가 없었다. 하지만 몇몇 과목은 이미 포기한 것 같았다.

리베가 다시 손을 들었다.

"선생님, 정말 못 풀겠어요. 정말이라니까요."

나는 그녀에게 문제를 풀어 보였다. 그녀는 고개를 끄덕였지만 눈빛은 멍하니 텅 비어 있었다.

"나머지 문제는 해결할 수 있겠니?"

그녀가 고개를 끄덕였다.

나는 리베를 볼 때마다 웬지 그녀가 애처롭다는 느낌을 지울 수가 없었다. 그녀는 수업 시간마다 수치심에 사로잡혀 어쩔 줄 몰라 했다. 하지만 내가 그녀에게 해줄 수 있는 것은 아무것도 없었다.

교탁 뒤에 앉아 교실 안의 학생들을 둘러본 후 벽시계를 보았다. 시곗바늘은 거의 움직이지 않았다. 안드레아가 손을 들었다. 그녀와 눈이 마주친 나는 미소를 지으며 몸을 일으켰다.

"칼 오베 선생님은 안드레아를 사랑한대요!"

외른이 크게 소리쳤다.

나는 깜짝 놀라 숨이 멎을 것만 같았다. 얼굴이 화끈 달아올랐지만 애써 모른 척 그녀가 묻는 수학 문제에만 집중했다.

"칼 오베 선생님은 안드레아를 사랑한대요!"

외른이 다시 크게 소리질렀다.

나는 허리를 펴고 그를 바라보았다.

"너, 그게 뭔지 아니?"

"뭐가요?"

그가 미소를 지으며 되물었다.

"그런 말을 하는 사람은 바로 자기가 그렇기 때문이야. 그런 걸 이입이라고 한단다. 예를 들어, 네가 7학년 여학생 중 한 명을 좋아한다고 했을 때, 그 사실을 솔직히 인정하지 않고 너 대신 선생님이 그 여학생을 좋아한다고 말하는 거지."

"저는 좋아하는 여자가 없어요."

"나도 마찬가지야. 자, 이제 계속 수학 문제를 풀어!"

나는 다시 안드레아의 책상 위로 허리를 굽혔다. 안드레아는 이마에 흘러내린 머리를 귀 뒤로 넘겼다.

"선생님, 너무 신경 쓰지 마세요."

그녀가 나직하게 말했다.

나는 못 들은 척 그녀가 공책에 적은 숫자들을 손으로 짚었다.

"여기! 여기가 틀린 것 같구나."

"네. 그런데 정답은 뭔가요?"

"그건 내가 말해줄 수 없어! 이 문제를 푸는 사람은 내가 아니라 너니까. 나는 저기 앉아 있을 테니까 정 못 풀겠으면 다시 나를 불러. 알았지?"

"네."

그녀가 나를 쳐다보며 살짝 미소를 지었다.

가슴이 떨렸다.

내가 정말 안드레아를 사랑하는 건 아닐까.

정말 그럴까?

아니. 이건 있을 수 없는 일이다.

하지만 나는 이미 그녀에게 빨려 들어가고 있었다. 그건 부인할 수 없는 사실이었다.

밤에 혼자 학교에 와서 수영장의 고요하고 검은 물 옆에 서 있을 때면, 라커룸에 혼자 있을 그녀를 떠올려보기도 했다. 갑자기 내가 라커룸에 들어가면, 그녀는 허겁지겁 몸을 가리겠지. 나를 쳐다보는 그녀의 눈빛. 그녀 앞에서 몸을 굽히는 나. 겁에 질린 표정으로 나를 바라보는 그녀. 하지만 그녀는 곧 나를 위해 부드럽게 자신을 열어줄 것이다.

그런 상상을 할 때면 정반대의 생각도 함께 떠오른다. 그녀가 라커룸에 있을 이유도 없거니와 내가 그런 생각을 해서는 안 된다는 것. 아무도 내가 무슨 생각을 하는지 알면 안 된다는 것.

내 영혼은 걷잡을 수 없이 떨렸지만, 그것을 아는 사람은 아무도 없었다. 겉으로만 본다면 내 움직임은 통제된 것이었고, 내 말은 심사숙고한 뒤에 나오는 신중한 것이었기 때문이다. 타인의 눈에 비치는 내 모습에서 내 생각을 유추해내기는 불가능한 일이었다.

나는 내 머릿속에 그러한 생각들이 자리하고 있는지도 몰랐다. 의식과 무의식의 경계선 위에 있던 그 생각들은 가끔 폭발하듯 나를 덮칠 때가 있었다. 그럴 때면, 나는 숨을 고르고 그 생각들을 제자리로 밀쳐 넣었다. 마치 처음부터 존재하지 않았던 생각들처럼.

하지만 외른이 입 밖에 냈던 그 한마디로 모든 것은 변해버렸다. 이제 그 생각들은 나의 내면에서 생겨나는 것이 아니라 외면에서부터 내게 다가오기 시작했던 것이다. 외면에서 생겨나는 모든 것은 위험하다.

모든 이들이 잠에 빠졌을 때 혼자 일어나 글을 쓴다는 것은 그리 쉬운 일이 아니었다. 더욱이 밤새 글을 쓰고 얼마 남지 않은 힘으로 학교에서 아이들을 가르친다는 것은 너무나 힘든 일이었다. 시간이 흐를수록 점점 기력이 사라졌다. 2월 말, 더는 견딜 수 없어 다시 밤낮을 바꾸기로 결심했다. 그와 동시에 낮에 빛이 얼굴을 내미는 시간도 조금씩 길어지기 시작했다. 마치 잃어버렸던 세상이 되돌아온 것 같았다. 나는 닐스 에릭과 함께 살 수 있어 만족했다. 집에 찾아오는 학생들을 대하는 것도 그다지 힘들지 않았다. 이전처럼 아이들 앞에서 중심 역할을 하기보다는 가만히 앉아 그들의 말을 들어주는 역할을 선택했던 것이다.

헤게의 경우는 사정이 좀 달랐다. 그녀는 닐스 에릭이 집을 비울 때마다 우리 집에 왔다. 그녀가 어떻게 내가 혼자 있다는 것을 아는지, 왜 내가 혼자 있을 때만 우리 집에 오는지는 알 수 없었다. 그녀는 나와 대화 나누는 것을 매우 좋아했다. 그건 나도 마찬가지였다. 우리는 서로 너무나 달랐지만 몇 시간이고 함께 대화를 나누곤 했다.

글을 쓰는 일은 그다지 만족스럽지 않았다. 어느덧 나는 같은 스타일의 글을 습관처럼 반복해서 쓰고 있었고, 동시에 왜 내가 글을 쓰고 있는지 이해할 수 없는 지점에 도달해버렸다.

다그블라데에 아스케하우그* 출판사에서 주최하는 단편소설 공모 광고가 실렸다. 다시 글을 향한 의욕이 불타올랐다. 나는 써놓은 단편 중 마음에 드는 두 편을 보냈다. 숲속의 쓰레기 하치장에서의 이야기와 시신을 태우는 평원의 모닥불 이야기였다.

그 지방에서는 각각의 마을회관에서 돌아가며 파티가 열렸다. 3월 초에는 호피요르 마을회관 차례였다. 계약직 교사들과 몇몇 또래 어부들은 먼저 우리 집에 모여 가볍게 술을 마신 후 마을회관으로 출발했다. 기분이 좋았다. 나는 그들이 있어 행복하다고 말하면서 보드카 병과 담배 한 갑을 넣은 비닐봉지를 손에 들고 덜렁거리며 걸었다.

마을회관에서 열리는 파티의 특별한 점은 참석자의 나이가 다양하다는 것이었다. 서로 다른 나이 또래끼리 무리 지어 앉아 있는 일도 없고, 절망에 빠진 20대 청년도 없으며, 수줍은 듯 구석에 앉아 있는 40대 중년도 볼 수 없었다. 그곳의 파티는 모두를 위한 행사였

• 노르웨이 최대 출판사 중의 하나.

다. 70대 노인과 사춘기 소년이 한 테이블에 앉아 있기도 했고, 수산 가공업자와 교육자가 한 테이블에 앉아 있기도 했다. 모두들 태어날 때부터 한 마을에서 가족처럼 자랐지만, 그것이 술을 마시고 즐기는 데 방해가 되진 않았다. 사회적 관계는 술과 함께 용해되어버린 것 같았다. 열세 살 소녀와 스무 살 청년이 입을 맞추거나, 치마를 흔들면서 캉캉 댄스를 추던 70대 할머니가 이빨 빠진 미소로 또래 할아버지를 유혹하는 모습도 볼 수 있었다. 단 한마디의 비판과 질책만으로도 두고두고 놀림을 받거나, 조롱이나 풍자의 대상이 될 수 있는 세상에서, 이처럼 한없는 자유와 통제되지 않는 희열의 공간에 나도 함께 있을 수 있다는 사실이 너무나 좋았다.

아이들은 커피콩에 불을 붙이고 나직하게 올라오는 푸른 불꽃을 보며 좋아했고, 백발이 성성한 할머니들은 우스꽝스런 미소와 유혹하는 눈빛으로 15세 소녀에게 치근덕거리는 유니폼 차림의 대머리 중년 남자를 바라보았다. 저 멀리 도랑에선 한 청년이 허리를 굽히고 토하고 있었으며, 성숙한 여인들에게 거부당하고 울상 짓는 남자들도 있었다. 이 모든 것은 동네 사람에게만 알려진 무명 밴드가 연주하는 6, 70년대의 유행가와 모르는 사람이 보면 지하실에서 화재가 난 것으로 오해할 정도의 자욱한 담배 연기로 포장되어 있었다.

내겐 이 모든 것이 낯설고 이국적으로 보였다. 나는 아무도 술을 마시지 않는 곳 아니, 아무도 술 취한 모습을 보이지 않았던 곳에서 자랐다. 이웃 남자가 가끔 술을 마시긴 했지만 그가 취한 모습은 1년에 서너 번 정도밖에 보지 못했고, 두고두고 입에 올릴 만한 대사건으로 취급되었다. 매일 슈퍼마켓에 가서 비닐봉지 가득 갈색 맥주병을 담아오는 나이 많은 남자도 있었지만, 그는 알코올중독자였다. 그게 전부였다. 어머니와 아버지는 가끔 식사에 곁들여 포도주 한

잔이나 맥주 한 병을 마셨고, 외할아버지 내외와 할아버지 내외는 전혀 술을 마시지 않았으며 삼촌이나 이모들도 술을 마시는 것을 본 적이 없다. 설사 그들이 술을 마셨다 하더라도 내 눈앞에서 대놓고 마신 적은 한 번도 없었다. 난생처음으로 아버지의 취한 모습을 본 것은 불과 2년 반 전이었다.

왜 그들은 술을 마시지 않았을까. 왜 모두들 술을 마시지 않았을까. 알코올은 세상을 확대시킨다. 그 확대된 세상 속에서 부는 바람은 의식을 스쳐가고 그것이 만들어내는 파도는 숲을 움직이게 만들며, 어둠 속에 빛을 뿌려 눈앞의 모든 것을 황금색으로 반짝이게 만들고 세상에서 가장 혐오스러운 인간조차도 아름답게 변화시킨다. 존재하는 모든 가치와 판단의 기준은 손짓 한 번으로 사라져버리고, 그 자리는 너그러움으로 채워진다. 술이 있는 곳에서는 모든 것이 아름다울 뿐이다.

왜 사람들은 술을 거부할까.

3월 저녁, 나는 그날 파티에서 만난 모든 사람들에게 기분 좋게 말을 걸었다. 심지어는 70년대 말에 유행했던 꽉 끼는 구식 양복을 입고 아내와 함께 앉아 있던 리카르드에게 다가가 내가 얼마나 그를 좋아하는지 모를 것이라며 주절거렸다. 그는 초점 없는 눈으로 나를 바라보았다.

"학교 일은 어떤가?"

"좋습니다. 아주 좋아요."

그는 나를 좋아하지 않았다. 하지만 내 앞에서 대놓고 말할 수는 없었다. 그가 할 수 있었던 것은 예의 바른 억지 미소를 지어내는 일 뿐이었다. 나는 그의 머리 꼭대기에 있었고, 빛을 발하는 별이었다. 반면, 그는 작은 시골 학교의 교장일 뿐이다. 내가 그에게 다가가 기분 좋은 말 한마디 건네지 못할 이유는 없지 않은가.

비비안과 안드레아의 어머니가 함께 앉아 있었다. 그들은 친구 사이였고 같은 테이블에 앉아 담배를 피우고 있었다. 나는 그들에게 다가갔다. 그들의 딸들에 관해 이야기를 나누고 싶었다.

"두 분은 정말 똑똑한 따님을 두셨습니다. 예쁜데다 생기도 넘쳐서 앞으로 무슨 일을 해도 잘 해나갈 수 있으리라 확신합니다."

나는 그들과 학부모 회의 외에는 단 한 번도 대화를 나누어 본 적이 없었다. 회의 자리에서 오갔던 것은 딱딱하고 공식적인 말뿐이었다. 나는 그들의 수업 태도와 성적에 관한 이야기를 했고, 그들은 내 말에 귀를 기울이며 미리 준비해온 듯한 질문을 던진 후, 어둠을 뚫고 회의에서 무슨 말이 오갔는지 가슴을 졸이며 기다리고 있을 딸들에게 돌아갔다. 하지만 사람들이 바글바글한 마을회관 내에서의 상황은 달랐다. 음악 소리는 귀를 찢을 듯 컸고, 공기는 후덥지근했으며, 술에 취한 나는 그들에게 허리를 굽혀 그들이 행복하기만을 바라는 마음으로 주절주절 말을 늘어놓고 미소를 지었다.

"아이들이 집에 와서 선생님 이야기를 자주 해요. 언뜻 들으면 선생님과 사랑에 빠졌다고 오해할 정도랍니다!"

그들이 웃음을 터뜨리며 말했다.

"네, 그럴 만한 나이죠. 게다가 선생이라는 사람이 겨우 열여덟 살밖에 되지 않았으니. 하하. 어쨌든 아이들이 매우 예쁘고 똑똑한 것만은 사실입니다."

문득 그들에게 손을 내밀어 함께 춤을 추자고 제안해볼까 생각했지만, 나는 얼른 그 생각을 지워버렸다. 그들은 서른다섯 살의 중년 부인이다. 비록, 그들이 내게 윙크를 하긴 했지만, 나는 눈에 익은 얼굴을 찾기 위해 발길을 돌렸다. 마을회관 안을 이리저리 휘젓고 다니던 나는 잠시 바람을 쐬러 밖으로 나가보았다. 발아래 자리한 동네는 불빛으로 반짝였고, 저 멀리 거뭇거뭇한 바다가 보였다. 다시 안으로 들어가 닐스 에릭을 찾았다. 내가 얼마나 그를 좋아하는지, 한집에 같이 살게 되어 얼마나 행복한지 말해주고 싶어서였다.

그와 대화를 나눈 후, 나는 다시 바깥 풍경을 눈에 넣기 위해 밖으로 나갔다. 언덕 아래쪽에 학생들이 서 있었다. 비비안은 스티브와 함께 서 있었고, 안드레아는 힐데군과 함께 서 있었다.

"어때? 잘 지내고 있니?"

"네."

그들이 나를 쳐다보며 웃음을 터뜨렸다. 내가 취했다고 생각하는 걸까. 나는 개의치 않고 다시 안으로 들어갔다. 계단을 성큼성큼 뛰어올라 회관 안쪽으로 들어가려는 순간, 마치 신의 계시처럼 내 앞에 서 있는 한 소녀와 눈이 마주쳤다.

걸음을 멈추었다.

시간이 멈춘 것만 같았다. 그녀는 참으로 아름다웠다. 하지만 아름다운 소녀들은 눈만 돌리면 볼 수 있었다. 나를 멈추었던 것은 그녀의 아름다운 외모가 아니라 나를 바라보는 짙은 눈동자였다. 나는 그 눈동자의 일부가 되고 싶었다. 한 번도 본 적이 없는 낯선 소녀였지만, 그녀는 이 동네 출신이 분명했다. 동네 축구팀 유니폼에 축구화까지 신고 있었기 때문이다. 마을회관의 파티는 동네 축구팀의 지원으로 개최되었고, 그녀는 호피요르 축구팀의 일원으로 일을 도와주고 있었다.

그녀는 빈 유리잔이 가득 담긴 쟁반을 들고 있었다.

축구팀 유니폼을 입고 축구화를 신은 아름다운 소녀를 보는 순간 정신이 아득해져 온몸이 부르르 떨릴 지경이었다. 나는 그녀의 드러난 허벅지와 종아리를 슬쩍 바라보았다. 순간, 안 될 일을 했다는 생각에, 얼른 마을회관 안을 샅샅이 살펴보기라도 하듯 사방팔방으로 시선을 돌렸다.

"안녕."

그녀가 미소를 지으며 말을 걸어왔다.

"안녕. 혹시 누구…? 한 번도 본 적이 없는 것 같은데? 하지만 너무 예뻐서 한 번만 스쳐도 평생 기억에 남을 것 같아."

"난 이네라고 해."

"혹시 이 동네에 살긴 하지만 한 번도 밖에 나가본 적이 없는 건 아니니?"

"하하, 그건 아니야. 지금은 핀스네스에 살고 있지만, 이 동네 출신이야."

"나는 이 동네에 살고 있어."

"그건 나도 알고 있어. 당신이 우리 언니 동료라는 것도 알고 있지."

"그래? 언니가 누군데?"

"헤게."

"네가 헤게의 동생이라고? 왜 헤게는 이렇게 예쁜 동생이 있다는 걸 내게 말해주지 않았을까? 정말 헤게의 동생이니?"

"응. 그런데 언니가 왜 아무 말도 하지 않았을까? 혹시 나를 보호하기 위해서 그랬던 건 아닐까?"

"나로부터? 나는 이 동네에서 제일 위험하지 않은 착한 남자야!"

"물론 그렇겠지. 어쨌든, 난 이제 가봐야겠어. 일을 해야 하니까. 보시다시피."

"오, 그렇군. 우리 다시 만날 수 있을까? 일을 마친 후는 어때? 애프터 파티를 하는 곳이 어디엔가 있을 거야. 같이 가자. 그럴 수 있지? 너와 좀더 이야기를 나눠보고 싶어."

"글쎄…"

그녀가 발길을 돌려 무대 옆쪽에 있는 작은 주방 안으로 들어갔다.

그 후, 파티는 끝이 나버렸다. 적어도 나의 파티는 끝이 나버렸던 것이다. 마을회관 안에서 일어나는 일에는 더 이상 관심이 없었다. 술을 마시고 춤을 추는 마을 사람들을 바라보는 내 머릿속에는 오직 축구팀 유니폼을 입은 아름다운 소녀 생각뿐이었다.

그녀가 헤게의 동생이라니!

내게 온갖 이야기를 다 털어놓았던 그녀가 왜 여동생이 있다는 말은 한 번도 하지 않았을까.

나는 닐스 에릭에게 다가가 우리 집에서 애프터 파티를 해야 한다고 말했다. 그는 내키지 않는 눈치였다. 피곤하다고 했다. 하지만 나는 꼭 애프터 파티를 우리 집에서 해야 한다고 고집을 부렸다.

"내가 꼭 그 자리에 없어도 된다면, 네가 파티를 하든 뭘 하든 상관없어."

"아냐, 잠시만 그 자리에 있어줘. 네가 나서서 사람들을 초대할 필요는 없어."

"도대체 무슨 꿍꿍이속인지 모르겠군. 특별한 계획이라도 있어?"

"두고 보면 알 거야."

나는 잔을 채우며 마을회관의 파티가 끝날 때까지 무엇을 하면서 시간을 보낼지 생각에 잠겼다. 때때로 그녀를 바라보았다. 그녀는 주방을 왔다 갔다 했고, 잠시 매점에서 일을 보기도 했다. 나는 매점에 가서 그녀가 파는 소시지를 사고 싶었다. 그녀가 소시지 위에 케첩과 겨자소스를 뿌리는 모습을 보고 싶었지만 애써 꾹 참았다. 그녀와 함께할 애프터 파티와는 상관없는 이런 조그만 일로 시간을 보내고 싶진 않았으며, 시도 때도 없이 귀찮게 집적거리는 사람이라는 인상을 주고 싶지 않았던 것이다. 하지만 내게 미소 짓는 그녀를 보니 가만히 앉아 있을 수 없었다. 나는 그녀에게 다가가 우리 집에서 애프터 파티를 할 예정이라고 말했다.

"모퉁이에 있는 노란 집이야. 네가 와준다면 더 바랄 게 없겠어."

"두고 보자고 했잖아."

그녀는 무덤덤한 표정으로 말했다.

오, 신이시여, 그녀가 제발 애프터 파티에 올 수 있도록 도와주소서!

밴드가 다시 음악을 연주하기 시작했다. 에릭 클랩튼의 「코카인」.

나는 연주가 끝난 후 밴드에게 박수를 쳤다. 더는 그 자리에 가만히 앉아 있을 수 없어 쌀쌀한 바깥으로 나갔다. 토르 에이나르가 환한 미소를 지으며 9학년 두 여학생과 함께 대화를 나누고 있었다. 조금 떨어진 곳에는 한 쌍의 남녀가 차 안에 앉아 입을 맞추고 있었다. 축구장 끝에 자리한 학교 건물이 어둠 속의 성벽을 닮았다고 생각하며 담배에 불을 붙이고 손에 들고 있던 보드카 잔을 들이켰다. 뒤를 돌아보니 헤게가 내게 걸어오고 있었다. 직감적으로 이네에 관한 이야기는 단 한마디도 하면 안 된다고 생각했다. 혹여라도 애프터 파티 이야기를 꺼내게 된다면 헤게도 따라올 것이 분명했으니까.

"기분이 좋아 보이는데?"

"응. 그럭저럭."

"아까 보니까 내 동생과 이야기를 하던데?"

"맞아. 어떻게 지금까지 네게 동생이 있다는 이야기를 내게 한마디도 하지 않았지? 난 네게 여동생이 있다는 걸 전혀 몰랐어."

"우린 배다른 자매야. 아버지가 같을 뿐이지. 게다가 어렸을 때부터 따로 자랐어."

"핀스네스에 산다고 하던데?"

"맞아. 거기서 기계공고에 다니고 있어. 모터사이클 광이지."

"그렇군."

비다르가 문 앞에 서서 마을회관 밖에 서 있는 사람들을 훑어보았다. 그의 눈길은 우리에게서 멈추었다. 그는 2초쯤 가만히 서 있다가 우리를 향해 걸어오기 시작했다. 술에 취한 그는 비틀거리지 않으려 애쓰며 한 발 한 발 내디뎠다. 널찍한 어깨에 건장한 체격. 단추를 풀어헤친 가슴엔 금목걸이가 보였다. 그가 우리 앞에 멈춰섰다.

"어디 갔나 했더니, 여기 있었군."

헤게는 대꾸하지 않았다. 그가 나를 돌아보았다.

"요즘 잘 볼 수가 없더군요. 언제 한 번 우리 집에 놀러오세요. 아, 내가 집에 없을 때는 우리 집에 자주 들르나요?"

"몇 번 들른 적이 있긴 있어요."

내가 말을 이었다.

"몇 주 전에 교사들이 헤게의 집에서 함께 모인 적이 있었지요. 하지만 저는 저녁 시간이면 대부분 집에 앉아 글을 써요."

"호피요르에 대해선 어떻게 생각하시나요?"

"꽤 좋은 마을이라 생각합니다."

"살기에 불편하진 않나요?"

"전혀."

"잘됐군요. 이곳에서 일하는 교사들이 만족하며 사는 것은 매우 중요합니다."

"이제 안으로 들어갈까?"

헤게가 말했다.

"추워지기 시작했어."

"난 조금 있다가 들어갈게. 머리를 좀 식혀야겠어."

두 사람은 나란히 걷기 시작했다. 비다르에 비하면 헤게는 너무나 작고 가냘파 보였다. 하지만 그녀는 누구보다도 강인한 여자라고 생각하면서 마을을 내려다보았다. 등 뒤의 북적북적하고 소란스러운 마을회관에 비해, 저 아래쪽 마을은 조용하기만 했다.

밴드가 음악을 멈추자 사람들이 하나둘 마을회관을 떠났다. 불이 켜졌다. 날카로운 불빛이 비추자, 마을회관 안을 감싸고 있던 어렴풋한 마법의 장막이 걷히는 것 같았다. 달콤하고 따스한 꿈을 지닌 사람들을 위해 자리했던 바닥은 벌거벗은 모습을 드러냈고, 저녁 내내 그곳을 드나들며 춤을 추었던 사람들의 장화 때문에 진흙투성이로 변한 후였다. 밤하늘의 별처럼 빨간색, 녹색, 파란색으로 반짝였던 불빛은 때로는 물속에 있는 듯한 느낌을 자아냈지만, 남아 있는 것은 싸구려 디스코 전구와 조명 받침대뿐이었다. 사람들이 모여 앉아 즐겁게 대화를 나누었던 테이블은 여기저기 어지럽게 흩어져 있었고, 그 밑에는 빈 술병과 담뱃재로 지저분하기 짝이 없었다. 뿐만 아니라, 여기저기 깨진 유리조각도 볼 수 있었고, 누군가가 화장실에서부터 달고 나온 듯한 두루마리 화장지도 널브러져 있었다. 테이블 위는 사람들이 흘린 음식 자국으로 얼룩져 있었고, 담뱃불로 지진 자국도 있었으며, 넘칠 듯한 재떨이와 쌓아올린 컵과 유리잔, 온갖 종류의 빈 술병과 가장자리에 흘러내린 커피 자국이 선명한 싸구려 보온병으로 빈틈이 없었다. 그때까지도 자리를 지키고 있던 사람들의 얼굴에는 생기라곤 찾아볼 수 없을 정도로 피곤한 기색이 역력했다. 살갗을 뚫고 나올 듯한 광대뼈, 창백하고 주름진 피부, 퀭한 눈동자. 살이 접힐 정도로 뚱뚱한 몸과 뼈만 남은 듯 빼빼한 몸. 언젠가는 바닷물의 소금기를 머금은 땅속에서 썩어 들어갈 존재들이여.

불이 켜지고 환해지니 세상은 볼품없이 변해버렸다. 하지만 축구팀 유니폼 차림의 소녀 여섯 명이 쟁반과 행주를 가져와 청소를 하기 시작하니, 스멀스멀 스며들었던 죽음이 생기발랄한 삶에 다시 쫓겨나가는 것 같았다. 나는 그곳에 서서 그들을 바라보고 싶었지만, 그렇게 하면 내가 끈덕지고 귀찮은 사람처럼 보일까봐 얼른 밖으로 나갔다. 집으로 가려는 사람들과 가볍게 대화를 주고받으면서 어디서 애프터 파티가 열리는지 정보를 수집하기 시작했다. 그녀가 우리 집에 오지 않을 경우를 대비하기 위해서였다.

약 15분 후, 마을회관 밖에 서 있던 사람들의 수도 점점 줄어들기 시작했다. 나는 용기를 내어 회관 안으로 들어가 보기로 마음먹었다. 그녀는 또 다른 소녀와 함께 무대 앞 구석 쪽으로 테이블을 옮기고 있었다. 일을 마친 그녀가 한 손을 허리에 짚고 다른 한 손을 올려 이마의 땀을 닦으며 나를 흘낏 바라보았다.

"이처럼 일을 열심히 했으니 쉴 때도 되지 않았니? 난 바닷가 근처에 네가 푹 쉴 수 있는 집을 알고 있어. 거기선 다시 기운이 날 때까지 마음 놓고 푹 쉴 수 있어."

"거기선 정말 방해받지 않고 쉴 수 있을까?"

"물론이지."

나는 미소를 지었다.

그녀는 집게손가락을 뺨에 얹고 엄지손가락으로 턱을 받치며 눈썹을 치켜올렸다. 오, 나는 그녀의 아름다운 모습에 정신을 잃을 것만 같았다.

5초가 흘렀다. 10초가 흘렀다.

"좋아."

그녀가 말문을 열었다.

"여기 일은 대충 마무리했으니, 옷을 갈아입고 올게."

"밖에서 기다리고 있을게."

나는 입이 찢어질 정도로 미소 짓는 내 모습을 보이지 않으려 얼른 몸을 돌렸다.

몇 분 후, 그녀가 짙은 푸른색 파커 점퍼의 지퍼를 올리며 계단을 내려왔다. 어둠 속에서 그녀를 기다리고 있던 나는, 하얀 털모자를 고쳐 쓰는 그녀를 보는 순간 걷잡을 수 없이 뛰는 심장을 주체할 수 없어 어쩔 줄 몰랐다.

내 앞에 멈춰선 그녀가 벙어리장갑을 끼고 하얀 핸드백을 한쪽 어깨에서 다른 쪽 어깨로 옮겨 멨다.

"이제 갈까?"

그녀는 마치 우리가 오랫동안 알아왔던 사이처럼 스스럼없이 말했다.

나는 고개를 끄덕였다.

언덕 아래로 걸음을 옮기기 시작하자 밝고 편안했던 마음이 별안간 조급해지기 시작했다. 이제 그녀와 단둘이 있을 수 있으리라는 생각 때문이었을까. 나는 눈 쌓인 길을 걸으며 그녀의 조그만 몸짓에도 민감하게 반응했다.

그녀는 키가 크고 날씬했다. 엉덩이는 예쁜 곡선을 그렸고, 두 발은 조그마했으며, 코는 어린아이의 코처럼 작고 예뻤다. 하지만 그녀의 태도는 외모와는 달리 차갑고 당당했다. 남자들의 보호본능을 불러일으키지도 않았고, 호락호락하게 몸을 허락할 것 같지도 않았다. 나는 바로 그 점 때문에 그녀에게 미칠 듯 빨려 들어갔다.

그녀의 눈동자는 생기로 반짝이지 않을 때는 고요하고 어두웠다.

나는 주도권을 잡아야겠다고 생각했다. 그녀가 기다려온 사람은 나였으며, 우리의 만남이 이루어질 수 있도록 손을 쓴 사람도 나라고 생각했다.

몇 달 전에 내가 살던 집 앞을 지나쳤다.

"이 동네에 머무를 때는 어디서 묵니?"

"엄마 집에서 지내."

그녀가 길 아래쪽 오른편을 손으로 가리키며 말했다.

"우리 엄마는 저기 저 집에 살아."

"여기서 학교를 다녔니?"

"아냐. 난 핀스네스에서 자랐어."

"지금은 거기서 기계공고를 다닌다고?"

"그새 헤게랑 만나서 내 이야기를 했던 거야?"

그녀가 나를 쳐다보며 물었다.

"아냐. 그냥 넘겨짚은 것뿐이야."

침묵이 흘렀다. 점점 나 자신이 싫어지기 시작했다. 혹여 그녀가 내 긴장하는 모습을 눈치챌까봐 다른 생각을 해보려 애썼다. 개들이 인간의 두려움을 느낄 수 있듯, 여자들은 남자들의 긴장감을 알아챌 수 있다. 나는 그것을 경험해봤기에 잘 알고 있다.

저 멀리 우리 집이 보였다. 거실에 불이 켜져 있었다. 집 안으로 들어가니 거실에는 닐스 에릭, 토르 에이나르, 헨닝이 앉아 있었다. 그들은 닉 케이브의 음악을 들으며 포도주를 마시고 있었다. 우리는 그들과 함께 소파에 앉았다. 분위기는 축 처져 있었다. 생기라곤 조금도 찾아볼 수 없었다. 오직 텅 빈 눈동자와 와인을 마시며 입맛을 다시는 소리밖에 없었다. 토르 에이나르가 분위기를 띄워 보려 몇 번 시도해보았지만, 아무도 동조하지 않았다. 그의 커다란 웃음 소리는 예의 바른 미소와 무덤덤한 눈빛이 만들어내는 벽에 부딪혀버렸다.

"뭘 좀 마실래? 레드 와인? 보드카?"

나는 이네에게 물었다.

"맥주는 없니?"

"없는데 어떡하지…?"

"그럼 보드카를 줘."

나는 얼음장처럼 차가운 주방으로 가서 찬장을 열었다. 술잔 두 개를 꺼내고 보드카와 7-up을 섞으며 뭘 해야 할지 곰곰히 생각해 보았다. 기다려보는 게 최선일 것 같았다. 곧 그들이 집으로 돌아가고 나면 나는 이네와 단둘이 있을 수 있을 것이다. 하지만 그들이 계속 눌러앉아 있으면 어떡할까? 30분 정도 지나면 그녀도 집으로 돌아갈 가능성이 크다고 생각했다. 그녀가 이런 자리를 좋아하지 않을 것은 분명했다. 그렇다면 단도직입적으로 내 침실로 가자고 말해볼까?

아니, 그건 있을 수 없는 일이었다. 우리가 2층 침실로 올라가면 아래층 거실에 앉아 있는 사람들은 우리의 조그만 움직임까지도 다 들을 수 있을 것이다. 그녀가 좋아할 리가 없다.

하지만 나는 그녀와 단둘이 있을 기회를 만들어내야만 한다.

글을 쓰는 작업실로 데려갈까?

나는 양손에 술잔을 하나씩 들고 거실로 나갔다. 이네 앞의 테이블 위에 한 잔을 내려놓았다. 그녀는 나를 쳐다보며 보일 듯 말 듯 미소를 지었다.

"이 음악을 들으니 우울해지는걸. 내가 다른 곡을 한번 찾아볼까?"

"그렇게 해."

닐스 에릭이 말했다.

이네는 어떤 음악을 좋아할까.

내가 좋아하는 음악을 틀어볼까? 그렇다면 그녀도 음악을 통해 나라는 사람을 조금은 이해할 수 있지 않을까. 예를 들어, 허스커 두*는 어떨까? 아니, 지저스 앤 메리 체인의 「사이코캔디」는 어떨까?

"희망곡이 있으면 말해봐."

나는 음반을 꽂아둔 선반 앞에 웅크려 앉으며 말했다.

아무도 대답하지 않았다.

스미스의 음악을 틀어볼까.

아니, 그건 좀 애처로운 분위기잖아. 나는 그녀가 불평을 늘어놓고 짜증내는 남자를 제일 싫어할 것이라고 짐작했다. 그렇다면 강하고 남성적인 음악을 트는 수밖에. 내게 그런 음반이 있었던가. 아무리 찾아도 없었다. 정말 내가 좋아하는 음악은 모두 애처롭고 여성스러운 분위기라는 것이 믿기지 않았다.

남은 것은 레드 제플린뿐이었다.

작은 바늘을 음반 위에 내려놓고 몸을 일으켰다. 움직여야 한다고 생각했다. 그렇지 않으면 정적인 배경 속에서 나의 조그마한 움직임까지도 확대되어 보일 것이다.

"위하여!"

나는 술잔 든 손을 쭉 뻗었다. 거실에 앉아 있는 사람들과 차례차

---

* 미국에서 결성된 록밴드.

673

례 잔을 부딪친 후, 마지막으로 이네에게 잔을 뻗었다.

"따라와. 네게 보여줄 게 있어."

내가 그녀에게 말했다.

"뭔데?"

"저기 저 방 안에 있어."

나는 턱으로 거실 구석에 있는 작은 문을 가리켰다.

"오늘 저녁에 마을회관에서 내가 말했던 거야. 따라와."

그녀가 몸을 일으켰다. 우리는 거실을 가로질러 내 작업실로 들어갔다. 문을 닫았다. 우리는 술잔을 든 채 책과 종이와 이삿짐 박스가 흩어져 있는 방 안에서 마주 보고 섰다.

그녀가 방을 둘러보았다. 나는 의자에 앉았다.

"도대체 뭘 보여주겠다는 거야?"

"아무것도 아냐. 그냥 저쪽 분위기가 너무 지루해서 그랬어. 여기 와서 앉아."

나는 그녀의 손을 잡아끌었다. 그녀는 내 무릎 위에 앉았다. 그녀가 뜬금없이 내 손을 들어올려 자세히 살펴보더니 엄지손가락으로 내 손등을 쓰다듬었다.

"손이 너무 부드러워."

그녀가 말했다.

"평생 손을 사용해서 힘든 일은 해본 적이 없는 것 같아. 내 말이 맞지?"

"거의 맞아."

"삽을 들어본 적도 없지? 스패너도 쥐어본 적이 없는 것 같군."

"맞아."

그녀가 고개를 절레절레 저었다.

674

"흠… 실망인걸. 게다가 손톱도 자주 물어뜯는 것 같은데? 자주 긴장하고 안절부절못하는 타입 아냐?"

"응, 맞아."

"그건 그렇고, 왜 나를 너희 집까지 데려왔니?"

나는 대답할 말을 찾지 못해 어쩔 줄 몰랐다. 어느새 불룩해진 아랫도리도 도움이 되진 않았다.

그녀가 허리를 굽히며 입을 살짝 벌렸다. 우리는 키스를 했다. 나는 그녀의 등을 어루만지다가 힘껏 그녀의 몸을 내게로 바짝 당겼다.

그녀가 내 뺨을 부드럽게 어루만졌다.

"넌 참 잘생겼어."

그녀가 눈을 반짝이며 미소를 지었다.

우리는 다시 키스를 했다.

그녀가 몸을 일으켰다.

"난 이제 가야 해."

"안 돼. 가지 마. 아직은 안 돼."

"지금 가야 해. 하지만 난 내일도 엄마 집에 있을 거야. 원한다면 거기로 와."

그녀가 방문을 열었다. 나는 그녀를 현관까지 따라나갔다. 그녀는 살짝 뒤를 돌아보며 작별 인사를 건네고 총총걸음으로 걷기 시작했다. 거실에는 그녀가 잊고 가져가지 않은 핸드백이 덩그러니 남아 있었다.

다음 날. 그래, 다음 날은 내가 무슨 생각을 했더라…?

이네.

675

기적이 일어났다. 지난밤, 내 방에서, 기적이 일어났다.

이네, 이네, 이네.

하지만 나는 그녀를 찾아보는 일을 미루었다. 전날 밤 술에 취했을 때는 모든 일이 저절로 돌아갔다. 술에서 깨어 정신이 멀쩡해지니 모든 것을 잃어버린 것만 같았다.

나는 오후 3시가 되어서야 용기를 내어 밖으로 나갔다.

이네의 어머니로 보이는 나이가 지긋한 백발의 여인이 대문을 열어주었다.

"안녕하세요, 이네가 집에 있나요?"

"응, 지금 거실에 앉아 있어. 얼른 들어와."

거실에 앉아 있는 이네는 파티에서 보았던 이네와 달랐다. 그녀는 머리를 묶어 올린 채, 회색 조깅복 바지에 모터사이클이 그려진 흰색 티셔츠를 입고 있었다. 나를 본 그녀가 미소를 지으며 자리에서 일어났다.

"커피 마실래?"

"응, 고마워."

그녀가 커피잔과 하얀 보온병을 탁자 위에 내려놓았다.

나는 보온병을 들어올려 뚜껑을 돌렸다. 하지만 내 손은 식은땀으로 축축하게 젖어 있어서 자꾸만 미끄러졌다. 겨우 뚜껑을 잡긴 잡았지만, 이미 젖 먹던 힘까지 다 써버렸기에 마지막에 뚜껑을 살짝 돌릴 힘조차 남아 있지 않았다.

그녀가 그런 내 모습을 뚫어지게 바라보았다.

나는 얼굴을 붉혔다.

"내가 도와줄까?"

나는 고개를 끄덕였다.

"손이 너무 미끄러워서 그래."

나는 어쭙잖은 변명을 늘어놓았다.

내 곁에 다가온 그녀가 힘들이지 않고 보온병 뚜껑을 열었다.

"자, 이제 됐지?"

그녀가 다시 자기 자리로 돌아가 앉으며 말했다.

나는 커피를 잔에 따라 마셨다.

나는 그제야 말문을 열었다.

"언제 다시 핀스네스로 돌아갈 거니? 오늘 저녁?"

그녀가 고개를 끄덕였다. 내 등 뒤로 그녀의 어머니가 다가왔다.

"자네는 헤게랑 같은 학교에서 일하고 있지?"

"네, 그렇습니다."

"헤게가 널 많이 좋아하는 것 같아."

이네가 끼어들어 말했다.

"너에 관한 이야기를 굉장히 자주 한단다."

"오, 그러니?"

"응."

내가 왜 여기까지 왔을까? 나는 지금 여기서 무엇을 하고 있을까? 우리는 단지 담소를 나누기 위해 여기 앉아 있는 걸까? 일이 마음대로 돌아가지 않았다. 젠장!

"핀스네스에선 어디쯤 살고 있니?"

내가 그녀에게 물어보았다.

"은행 바로 뒤에."

"세를 내서 살고 있니?"

그녀가 고개를 끄덕였다.

"호피요르에서의 생활은 어떤가?"

677

그녀의 어머니가 내게 물었다.

"매우 잘 지내고 있습니다."

"작지만 아주 아름다운 마을이지."

"엄마!"

갑자기 이네가 소리를 쳤다.

"엄마 때문에 칼 오베가 지루해하잖아요."

그녀의 어머니가 미소를 지으며 자리에서 일어났다.

"알았어, 알았다고. 이제 자리를 피해줄 테니까 마음 편하게 대화 나눠."

이네는 손가락으로 탁자 위를 톡톡 두드리며, 어머니가 거실에서 나가는 것을 지켜보았다.

"다시 너를 만날 수 있을까?"

내가 그녀를 향해 말했다.

"지금도 만나고 있잖아."

"아, 그래, 그렇지… 그러니까, 내 말은… 지금과는 다른 방식으로 너와 만날 수 있을지 물어보는 거였어. 예를 들어, 함께 저녁을 먹는 다든지… 어때?"

"그럴 수도 있겠지."

그녀는 너무나 아름답고 당당했다. 얼굴을 붉히고 식은땀을 흘리며 쭈뼛쭈뼛하는 남자를 만날 생각은 추호도 없는 것 같았다.

"사실은 학교에 가는 길에 잠깐 들렀어. 이제 가볼게. 내일 수업 준비를 해야 하거든."

나는 자리에서 일어났다.

그녀도 몸을 일으켰다.

그녀는 현관까지 따라와 외투를 입는 나를 지켜보았다.

"잘 가."

"안녕, 잘 있어."

나는 학교 앞 언덕길을 터덜터덜 올라갔다. 학교에서 해야 할 일은 아무것도 없었지만, 그녀가 눈으로 나를 따르고 있을 것 같아 집으로 돌아갈 수는 없었다. 물론 그녀는 대문을 닫는 순간 나라는 사람이 존재한다는 사실마저도 잊어버렸을 테지만, 혹여라도 우연히 창을 통해 집으로 돌아가는 나를 보게 된다면 나를 거짓말쟁이라 생각할 것이다. 나는 울며 겨자 먹기로 학교에 갔다. 일단 학교에 왔으니, 교무실에 앉아 텔레비전을 보는 것도 나쁘지 않을 것 같았다. 일요일엔 항상 스포츠 경기를 중계해주니까.

이네, 이네, 이네. 다음 날 1교시가 시작되자 우리 반 여학생들이 키득키득 웃으며 나를 놀렸다. 벌써 온 동네에 소문이 퍼진 것일까.

나는 아무렇지도 않은 척 태연하게 행동했지만, 내 머릿속에는 이네 생각뿐이었다.

이네, 이네, 이네.

그날 저녁, 나는 뜬눈으로 누워 다음 단계로 무엇을 어떻게 하면 좋을지 곰곰이 생각해보았다. 그녀는 우리 집에 핸드백을 두고 갔다. 그 핸드백 때문이라도 우리 집에 한 번쯤은 들를 것이다. 아니, 그녀의 핸드백을 전해주기 위해 내가 핀스네스까지 가는 건 어떨까.

그녀를 찾아갔을 때의 기억은 악몽이나 다름없었다. 보온병 뚜껑도 제대로 열지 못했다. 다시 그녀를 찾아갈 용기가 나지 않았다. 그녀가 내 품 안에 뛰어들어 두 팔로 목을 감아오는 일은 절대 없을 것이다.

술을 마시고 그녀와 만나는 수밖에 없었다. 그것만이 나의 유일한 기회였다.

이네, 이네, 이네.

그녀와의 짧은 기억은 내 가슴속에 불도장을 찍은 듯 선명하게 남아 있었다. 평생 그처럼 강렬한 만남은 처음이었다. 내 생각과 느낌과 감정은 모두 그녀를 중심으로 모여들었다.

나는 시계추처럼 학교와 집을 오갔고, 저녁이 되면 그녀의 생각을 지우기 위해 밖에 나가서 땀이 뻘뻘 날 정도로 뛰고 또 뛰었다. 다음 주 일요일, 난데없이 그녀가 나를 찾아왔다.

대문을 두드리는 소리와 함께 그녀가 내 눈앞에 서 있었다.

아름다운 이네.

"지난번에 핸드백을 놓고 간 것 같아. 그걸 가지러 왔어."

"이거니?"

나는 핸드백을 들어보였다.

"응, 맞아. 고마워."

그녀가 몸을 돌렸다.

"잠깐 들어오지도 않고 그냥 가려고?"

그녀가 고개를 저었다. 그녀가 고개를 젓는 모습까지도 아름답게만 보였다.

"난 핀스네스로 가야 돼."

그녀가 도로로 향하는 골목길을 걷기 시작했다. 길은 미끄러웠고, 그녀의 보폭은 작고 아담했다.

"핸드백을 가지러 그 먼 길을 온 거야?"

"아냐, 주말에 계속 엄마 집에 있었어."

그녀가 골목길을 벗어났다.

나는 그녀가 열여섯 살이라는 것, 모터사이클 광이라는 것, 기계 공고에 다닌다는 것 외에는 그녀에 관해 아무것도 몰랐다. 연애를 전제로 만나기에는 너무나 빈약한 바탕이 아닐 수 없었다. 하지만 그녀는 자연이 만들어낸 예술품이었고, 기적이었으며, 게다가 차갑고 당당하기까지 했다.

젖가슴은 풍만했고 두 다리는 길쭉했다.

그만하면 더 바랄 것이 없지 않은가.

그렇다. 내가 더 바랄 것은 아무것도 없었다. 그것만으로도 충분했다. 그런데 나는 이제 무엇을 어떻게 해야 할까.

내가 할 수 있는 일은 아무것도 없었다. 나는 그녀에게 아무런 의미도 없는 남자였다. 그녀는 내가 어떤 사람인지 5분 만에 알아냈다.

나는 헤게와 함께 차를 마시며 대화를 나누다가 마음속에 있던 말을 털어놓았다.

"이네는 네게 아무것도 아냐."

그녀가 말했다.

"너는 정말 아무것도 모르는구나. 이젠 이네를 잊어버리는 게 좋을 거야."

"그렇게 할 수가 없어."

그녀가 나를 빤히 쳐다보았다.

"너, 혹시 내 동생을 사랑하는 건 아니니?"

"응. 맞아."

그녀가 차를 한 모금 마시고, 눈을 가린 앞머리를 옆으로 넘겼다.

"세상에… 칼 오베, 칼 오베…"

"진부하게 들릴지는 모르겠지만, 내 머릿속에는 정말 이네 생각뿐이야."

"넌 이네와 사귈 수 없어. 있을 수 없는 일이야. 생각할 수조차 없는 일이라고!"

"네가 그런 말을 해도 도움이 되진 않아. 난 되든 안 되든 시도를 해봐야 해. 방법은 그것밖에 없어."

"알았어."

그녀가 한숨을 내쉬며 말을 이었다.

"나와 함께 핀스네스로 가자. 디스코텍에 갔다가 버스를 놓쳤다는 핑계를 대고 이네의 집에서 하루 묵는 건 어때?"

"이네도 디스코텍에 데려가면 안 될까?"

"걔는 디스코텍을 싫어해."

우리는 계획대로 일을 착착 진행했다. 금요일 저녁, 우리는 핀스네스의 은행 뒤편에 있는 그녀의 집으로 갔다. 디스코텍에서 그리 멀지 않은 곳이었다. 헤게가 초인종을 누르자 이네가 대문을 열어주었다.

설사 이네가 언니의 계획에 속아 넘어가서 화를 낸다 할지라도, 겉으로 드러내진 않았다. 두 사람은 포옹을 하며 인사를 주고받았고, 나는 오지랖 넓다는 인상을 주지 않기 위해 바닥만 내려다보며 그들의 뒤를 따라 계단을 오른 후, 소파가 아닌 작은 의자에 앉았다. 그녀의 곁에 앉으면 혹여라도 그녀가 의심할지도 모른다고 생각했기 때문이다.

그녀는 이전에 만났을 때와 마찬가지로 편한 복장 차림이었다. 허벅지를 조이는 조깅 바지와 하얀 티셔츠. 그녀가 차를 끓였다. 자매는 이런저런 이야기를 나누었고, 나는 기회를 봐가며 가끔 그들의 대화에 끼어들기도 했다.

그녀의 자취방은 스튜디오식이었고, 구석에는 작은 주방이 있었다. 공간은 꽤 넓었다. 나는 헤게가 무슨 생각을 했는지 궁금해서 미칠 지경이었다. 이제 무슨 일이 벌어질까.

이네는 여분의 매트리스를 가져와 문 앞에 내려놓았다. 내가 잘 곳이었다. 헤게와 이네는 더블 침대에서 같이 잘 것이라고 했다.

불이 꺼졌다. 두 사람은 침대에 누워 소곤소곤 이야기를 나누었다. 잠시 후, 둘은 잠이 들었는지 조용해졌다.

나는 천장을 보며 누워 있었다. 내 인생이 참으로 이상하게 변했다는 생각이 들었다.

침대 쪽에서 그림자 하나가 몸을 일으켰다. 나는 꿈을 꾸는 듯 몽롱한 눈빛으로 그림자를 바라보았다. 이네가 미끄러지듯 내게 다가왔다.

오! 실오라기 하나 걸치지 않은 몸이었다. 그녀는 내 곁에 누워 무거운 숨을 내쉬었다.

우리는 입을 맞추었다. 나는 어둠 속에서 그녀의 몸과 커다란 젖가슴을 더듬었다. 허벅지에 그녀의 매끈매끈한 음모가 닿았다. 그녀의 숨소리는 무겁게 내 귓전을 스쳤다. 이제 때가 온 것일까. 이 환상적인 모터사이클 소녀와 함께?

그녀의 살결이 내게 닿자마자 나는 사정을 해버렸다.

나는 고개를 돌려 매트리스에 파묻었다.

젠장. 젠장. 오, 젠장!

"해버렸어?"

그녀가 나직이 물었다.

"으음…"

그녀는 불과 몇 분 전 너무나 매혹적인 자태로 몸을 일으켰던 그

침대를 향해 다시 미끄러지듯 가버렸다.

그 일이 있은 후, 나는 며칠 동안이나 사랑의 감정과 마지막 남은 작은 자존심을 두고 갈등했다. 그녀를 다시 찾아간다는 것은 말도 안 되는 소리였다. 전화도 할 수 없었고, 편지도 쓸 수 없었다. 다시는 그녀를 볼 수 없을 것 같았다.

그럼에도 내 머릿속에서 그녀의 생각을 지울 수가 없었다. 하지만 그녀의 자취방에서 있었던 일은 너무나 수치스러웠기에 결국은 내 가슴을 짓눌러오는 사랑의 감정마저도 버려야만 했다.

남은 것은 학교에서 아이들을 가르치는 일, 글을 쓰고 술을 마시는 일뿐이었다.

시간은 흘렀고 거리의 눈은 녹기 시작했다. 봄이 찾아오고 있었다. 내게 배달된 편지 봉투 겉면에는 '아스케하우그 출판사'라고 적혀 있었다. 우체통에서 그와 함께 도착한 다른 편지들을 꺼내들고 담배에 불을 붙인 후, 피요르 건너편의 울퉁불퉁한 산을 바라보았다. 피요르와 산봉우리는 매일 서서히 마을을 향해 더 가까이 다가오는 햇살을 받아 황금색으로 반짝이고 있었다. 저 광활한 우주 속에서 우리 인간을 위해 스스로를 태우며 빛을 발하는 존재가 있다고 생각하니 가슴이 벅차 올랐다.

차 한 대가 지나갔다. 차를 운전하는 사람이 누구인지는 몰랐지만, 손을 들어올려 인사를 건넸다. 수산물 수취장 위로 갈매기 떼가 빙빙 돌며 울부짖고 있었다. 저 멀리 선착장 위에도 갈매기 몇 마리가 원을 그리며 날고 있었다. 밀려오는 파도는 자갈돌을 씻어내고 있었다.

봉투를 열었다. 내가 보냈던 단편 두 편이 들어 있었다. 원고를 거절당한 것이 틀림없었다. 그와 함께 보내온 편지를 꺼내 읽어 보았다. 올해 단편 공모전에서 선택된 작품은 한 편도 없다고 적혀 있었다. 전반적인 작품 수준이 너무 낮아서 올해는 단편 모음집을 출간하지 않을 것이라고 했다.

그렇다면 적어도 내 원고가 거절당했다고 말할 수는 없지 않은가!

나는 내가 사는 노란 집을 향해 터벅터벅 걷기 시작했다. 토르 에이나르의 낡은 푸조 자동차가 집 앞에 서 있었다. 조카를 데려온 그는 거실에 앉아 닐스 에릭과 함께 대화를 나누고 있었다. 그의 조카는 8학년에 다니는 에벤이었다. 마침 토요일이어서 우리는 핀스네스로 함께 가기로 했다. 골목길에 들어서는 순간, 그들이 대문을 열고 나왔다.

"준비됐어?"

그가 내게 물었다.

"응. 지금 떠날 거야?"

"응."

나는 차문을 열고 조수석에 앉았다. 뒷좌석에 앉아 있던 에벤이 앞좌석 등받이에 두 팔을 얹고 상체를 쑥 내밀었다. 그는 착하고 순진해 보이는 푸른 눈동자, 짙은 색의 머리카락, 입술 위를 살짝 덮은 짤막한 파란 수염, 스스로도 목소리의 높낮이를 조절하기 힘든 변성기 소년이었다.

토르 에이나르가 시동을 걸고 천천히 차를 몰기 시작했다. 그는 양쪽 길에서 걷고 있는 사람들에게 빠지지 않고 손을 들어 인사를 건넸다. 나는 우체통에서 가져온 한 뭉치의 편지들을 차례차례 열어 보았다. 처음 이곳에 왔을 때 편지를 주고받았던 사람들은 스무 명이었으나, 지금은 열두 명으로 줄었다. 하지만 그도 적지 않은 수였기에 우체통이 텅 비어 있는 날은 거의 없었다. 그중 한 통은 안네가 보낸 편지였다. 내가 크리스티안산의 라디오 방송국에서 일했을 때 음향기술자로 일했던 그녀는 몰데로 이사를 갔다. 그곳에서 대학을 다닌다고 했던가. 나는 그녀에게 별 관심이 없었다. 하지만 그녀는 내게 편지를 보낼 때마다 최소 스무 장 이상씩 글을 써서 보내곤 했다.

봉투를 열어 두터운 종이 뭉치를 꺼내자 작은 갈색 덩어리가 내 무릎 위로 툭 떨어졌다.

"그건 뭔가요?"

에벤이 물었다.

제기랄. 그것은 대마초였다.

"뭐가?"

나는 손으로 그것을 살짝 덮으며 천연덕스럽게 되물었다.

"봉투에서 떨어진 거 말이에요. 뭘 받으셨어요?"

"아, 이거? 아무것도 아냐. 원예학교에 다니는 내 친구가 보낸 거야. 나무에 관심이 많거든. 그래서 내게도 희귀종의 나무껍질을 보내주었지."

"제가 한번 봐도 되나요?"

나는 앞만 바라보았다. 우리가 탄 차는 터널 속으로 진입하려는 참이었다. 만약 에벤이 그것이 뭔지 알아차린다면 어떻게 해야 할까? 혹여 그가 다른 사람에게 말을 해버리면 어떡하지? 만약 그런 일이 생긴다면 마을이 소란스러워질 것이다. '호피요르의 교사가 마약 흡입으로 체포되다!' 이곳 사람들은 코가 비뚤어질 정도로 술을 마시지만 대마초, 코카인, 암페타민 같은 향정신성 물질과는 거리가 멀다. 아니, 그런 것이 존재하는지도 모르는 사람들이다.

"보여주세요!"

에벤이 재촉했다.

"아무것도 아니라고 했잖아. 그냥 희귀한 나무껍질일 뿐이야."

"왜 그걸 하필이면 선생님에게 보냈나요?"

나는 어깨를 으쓱 추켰다.

"예전에 사귀던 여자였거든."

토르 에이나르가 곁눈질로 나를 흘깃 쳐다보았다.

"오, 흥미로운걸. 그 이야기도 한번 풀어 봐."

"할 이야기도 없어."

나는 한 손으로 주머니에 넣어둔 갈색 덩어리를 꼭 잡아쥐며, 다른 손으로는 차창 위의 손잡이를 움켜쥐었다. 토르 에이나르는 항상 차를 천천히 조심해서 몰기 때문에 굳이 손잡이를 잡을 필요는 없었다. 그 동네에서 제한 속도를 지키며 운전하는 사람은 그와 닐스 에릭뿐이었다.

"참 내, 그냥 한번 보는 것도 안 되나요?"

에벤이 말했다.

그가 이토록 관심을 보이는 게 의아했다.

나는 뒷좌석에 앉아 있는 그에게 고개를 돌렸다.

"정말 귀찮게 하는구나. 그건 이제 내 주머니 속에 있어. 그냥 나무껍질일 뿐이란 말야."

"매우 희귀한 거라면서요?"

"너도 나무껍질에 관심이 있니?"

"아뇨."

그가 웃음을 터뜨렸다.

"그렇다면 더는 귀찮게 하지 마. 난 이제 편지를 읽을 테니까 좀 조용히 해줄래?"

나는 안네의 편지를 대충 눈으로 훑었다.

우리는 몇 시간 후 집으로 돌아왔다. 토르 에이나르와 닐스 에릭은 바로 스키를 타러 가자고 했다. 나는 여느 때와 마찬가지로 글을 써야 한다며 그들의 제안을 거절했다. 그들이 대문을 나서사마자, 나는 대마초 덩어리를 꺼내 불에 살짝 달군 다음 담배와 함께 종이로 말았다. 커튼을 치고 대문을 잠근 후, 소파에 앉아 대마초를 피웠다.

닐스 에릭은 베티 블루 포스터 옆에 찰리 채플린의 포스터를 걸어 놓았다. 대마초를 피우며 그 포스터를 보고 있으니, 마치 내가 찰리 채플린이 된 것만 같았다. 나는 그의 몸짓을 흉내 내기 시작했다. 손에 든 지팡이를 휘두르며 안짱다리로 거실 안을 왔다 갔다 걸었다. 완벽한 모사였다.

나는 거기서 멈추지 않고 계단을 올라가 침실로 들어갔다. 침실 안은 산더미처럼 쌓여 있는 옷 무더기와 벽 쪽에 놓여 있는 매트리스뿐이었다. 계단을 내려와 주방을 빙빙 돈 후 다시 거실로 갔다. 몇 번이나 소리 내어 웃음을 터뜨렸다. 무언가 웃기는 것을 보아서가 아니라 단지 기분이 너무 좋았기 때문이다.

나는 방랑자였다. 지팡이를 빙빙 돌리면서 어린아이처럼 작은 보폭으로 뒤뚱뒤뚱 걸었다. 모자를 벗어 피루엣을 하듯 인사를 하기도 했다. 내 표정과 내 몸짓은 너무나 완벽했다. 나의 내면은 기름칠을 한 듯 매끈매끈했고, 나의 움직임은 오랫동안 연습을 거듭한 듯 완벽했다. 소파에 누워 양쪽 어깨를 번갈아 치켜들고, 다리의 근육을 조였다. 무릎, 배, 팔로 이어진 그 움직임에 이어 나는 어느새 바다 위에 떠 있는 파도가 되었다.

대문을 두드리는 소리에 잠에서 깼다. 창밖은 칠흑같이 어두웠다. 시계를 보니 5시 30분이었다. 몸을 일으키고 두 손으로 얼굴을 문질렀다. 다시 대문을 두드리는 소리가 들렸다. 대마초 냄새는 여전히 거실에 배어 있었다. 대문을 열어주지 않기로 마음먹었다. 하지만 다시 대문을 두드리는 소리에 나는 얼른 일어나 창문을 활짝 열었다. 세 번이나 문을 두드렸다는 것은 내가 집에 있다는 것을 알고 있기 때문이라 생각했다. 나는 거실의 미닫이문을 닫고 대문을 열었다.

대문 앞에는 40대 남자가 서 있었다. 학부모 중 한 명이 틀림없었지만, 누구의 아버지인지 기억이 나지 않았다. 머리가 지끈지끈 아파오기 시작했다.

"안녕하세요."

"안녕하세요, 저는 요의 아버지입니다. 선생님과 잠시 이야기를 나누고 싶어 찾아왔습니다. 뭐…심각한 일은 아닙니다. 요에 관한 일이지요. 언제 한번 찾아뵙고 싶었는데, 기회가 닿지 않아 이제야 찾게 되었습니다. 혹시 시간이 되는지요? 엄밀히 말하자면 수업 외의 시간이라서…"

그가 너털웃음을 터뜨렸다.

"괜찮습니다. 어서 들어오시지요. 커피 드시겠습니까?"

"네, 미리 끓여놓은 커피가 있다면 한 잔 주십시오. 저 때문에 일부러 커피를 끓일 필요는 없습니다."

그가 나를 지나쳐 주방으로 들어갔다.

"그렇잖아도 커피를 끓이려던 참이었어요. 사실은 피곤해서 낮잠을 좀 잤거든요."

그가 재킷과 장화를 신은 채 식탁 앞에 앉았다. 나는 주전자에 물을 부었다.

　나는 지금까지 학교와 학생에 관련된 일로는 남자를 만난 적이 없었다. 그런 일은 모두 여자들이 도맡아 하곤 했으니까. 학부모 회의에 참석하는 사람도, 가정 통신문에 서명을 하는 사람도, 소풍이나 돈과 관련된 일 또는 학교와 협력을 해야 하는 일에 얼굴을 내미는 사람도 전부 학생들의 어머니였다.

　물을 데우기 위해 불을 켜고 그의 맞은편 의자에 앉았다.

　"네, 이미 말씀드렸듯이 요 때문에 찾아뵈었습니다. 최근에 요가 학교에 가지 않으려고 해서요."

　"그런가요?"

　"네. 학교에 가지 않고 집에만 있겠다고 하더군요. 가끔은 학교에 가지 않겠다며 울기도 합니다. 이유를 물어봐도 대답을 하지 않아요. 어떤 때는 아무것도 아니라며 얼버무리기도 하죠. 하지만 제가 보기엔 분명히 뭔가 잘못되어가는 것 같아요. 전에는… 그러니까 아이가 어렸을 때는 학교에 가는 걸 즐거워했어요. 아침이면 신이 나서 학교에 가곤 했는데, 지금은… 그렇지 않아요."

　그가 나를 바라보았다.

　"선생님을 찾아온 것은… 네… 선생님은 요의 담임이 아니라는 것도 압니다. 이런 일로는 요의 담임선생님을 먼저 찾아야 하는데… 굳이 선생님을 찾아온 것은, 요가 집에서 선생님 이야기를 많이 하기 때문입니다. 아이가 선생님을 많이 좋아하는 것 같아요. 매일 칼 오베 선생님이 이러저러한 말을 했고, 칼 오베 선생님이 이러저러한 행동을 했다고 수다를 떤답니다. 그래서 선생님을 먼저 찾아뵙게 되었습니다. 선생님이 우리 요를 잘 알고 있다고 생각했기 때문입니다."

690

그의 말을 듣다보니 몇 년 만에 처음으로 크나큰 양심의 가책을 느꼈다. 나는 이미 그가 내게 보여준 신뢰를 배반한 것이나 마찬가지였다. 눈에 보이는 행동으로 그의 신뢰를 배신했던 것이 아니라, 내 머릿속의 생각으로 배신했던 것이다. 나의 맞은편에 앉아 어두운 표정으로 심각하게 말하는 그의 모습을 보니, 그가 아들을 얼마나 사랑하는지 느낄 수 있었다. 요는 그에게 단 하나뿐인 소중한 아들이었다. 반면, 내겐 조그만 일에도 울음을 터뜨리고 학교생활에 적응을 못 하는 무의미한 아이일 뿐이었다. 하지만 그에겐 세상 그 무엇보다도 소중하게 그의 삶을 채워주는 존재였다. 요는 그의 삶 자체였으며, 그의 전부였다.

양심의 가책과 죄책감이 마른 숲에 번지는 불길처럼 나를 휘감았다. 나는 내 잘못을 바로잡고 싶었다. 다행히도 그는 내가 무슨 생각을 하는지 전혀 모르고 있었다. 나는 학교에서 요를 만나면 진심을 다해 따스하게 대해주리라 마음먹었다.

"네, 요는 참 바르고 착한 아이입니다."

"혹시 학교에서 무슨 일이 있었던 건 아닌가요?"

"아닙니다. 제가 기억하는 한 그와 관련한 구체적인 일은 없었습니다. 가끔 아이들이 요를 따돌리거나 놀리긴 했지만, 심각하진 않았습니다. 이해하실 수 있죠? 그러니까 폭행이라든가 조직적인 왕따는 없었다는 말입니다. 제가 직접 본 적도 없고 들어본 적도 없습니다."

"네…"

그가 턱을 문지르며 나를 바라보았다.

"요는… 결코 연약한 아이라곤 할 수 없습니다. 하지만 다른 아이들처럼 구기 종목이나 몸을 움직이는 일엔 그다지 재능을 보이지 않습니다. 그래서 아이들이 요를 따돌리는 일이 가끔 있습니다. 그럴 때면 혼자 운동장을 거닐곤 하죠."

"그렇군요."

"아시다시피 학교는 매우 작습니다. 학생 수도 작고 학교 일은 모두 투명하게 진행됩니다. 모두들 서로 잘 알고 있지요. 누가 왕따를 당한다면 곧바로 잡기는 그리 어렵지 않을 것입니다. 우리 학교에는 방금 전학온 낯선 학생도 없고 불량 조직도 없습니다. 스티그, 레이다르, 엔드레… 이처럼 우리 모두가 잘 아는 아이들뿐입니다. 제 말을 이해하시겠죠? 아이들과 마음을 터놓고 이야기를 한다면 상황은 나아질 것입니다."

"네…"

그는 나를 믿고 찾아왔고, 내 말에 귀를 기울였다. 그 모습을 보니 너무나 가슴이 아팠다. 그는 40대의 학부모였고, 나는 겨우 열여덟 살 청년일 뿐이었다. 그런데도 그가 내 말을 귀 기울여 들어야 하는 상황을 견뎌내는 건 쉽지 않았다.

"수업 중에는 아무 문제가 없습니다."

나는 다시 말을 이었다.

"가끔 아이들이 무례한 말을 주고받을 때도 있습니다. 하지만 그런 일은 거의 모두 경험해 보았습니다. 만약, 입에 담기 힘들 정도로 무례한 말을 내뱉는 아이들이 있으면 즉각 그 자리에서 바로잡아 줍니다. 문제는 쉬는 시간이지요. 앞으로 쉬는 시간이 돌아오면 요가 좋아하는 일을 하고 다른 아이들을 포함시키는 것도 좋을 것 같습니다. 요의 담임인 헤게와 한번 의논을 해보고 실행에 옮길 수 있는 계획을 세워 보겠습니다. 같은 반 아이들과 터놓고 대화를 하며 요가 처한 상황을 자세히 설명해주는 것도 나쁘지 않을 것 같습니다. 저

692

는 아이들이 요의 기분을 잘 이해하지 못한다고 생각합니다만…"

"저는 아이들이 잘 알고 있다고 생각합니다. 요즘은 우리 집에 오지도 않더군요. 함께 모여 놀 때도 요를 끼워주지 않는 모습을 저는 여러 번 봤습니다."

"그렇군요. 하지만 저는 그 아이들이 악한 마음을 품고 그처럼 행동하진 않는다고 생각합니다. 단지, 그들이 하는 놀이를 매우 중요하게 생각할 뿐이지요. 그 나이 또래에 흔히 있을 수 있는 일입니다."

"만약 선생님이 아이들에게 그런 이야기를 한다면 상황이 더 악화되지 않을까요?"

"시도는 해봐야 한다고 생각합니다. 아이들에게 배려가 무엇인지 가르쳐주는 것도 중요하니까요. 그들도 요와 마찬가지로 착한 아이들입니다. 다 잘될 거예요."

"정말 그렇게 생각하십니까?"

나는 고개를 끄덕였다.

"월요일 날 학교에 가면 헤게와 이야기해보겠습니다."

그가 자리에서 일어났다.

"그럼, 오늘은 선생님의 시간을 더 빼앗지 않겠습니다."

"천만에요."

"감사합니다!"

그가 내 손을 잡아줬었다.

"너무 걱정 마세요."

그가 대문을 나선 후, 나는 소파에 드러누웠다. 창을 열어놓았던 탓에 거실은 얼음장처럼 차가웠다. 열린 창을 통해 들려오는 소리는 평소와는 달리 너무나 가깝게만 느껴졌다. 파도 소리는 담벼락을 치는 것만 같았고, 눈 쌓인 거리의 발소리는 마치 바닷가로 향하는 유령이 스쳐가는 소리처럼 들렸다. 어디선가 들려오는 웃음소리는 소름이 끼칠 정도로 불쾌했다. 문득 오늘 저녁엔 악마가 거리를 헤매고 있다는 생각이 스쳤다. 요의 아버지가 만들어낸 저녁 시간의 불균형이 바로 그 원인이었다. 그의 신뢰와 나의 배신이 만들어낸 어두운 구렁텅이 때문에 가슴이 저렸다.

몸을 일으켜 음악을 틀었다. 로이드 콜 & 커모션의 곡은 그해 내가 가장 자주 들었던 곡이었다. 그 곡은 무슨 이유에선지 내가 사는 곳의 분위기를 연상시켰다. 담배에 불을 붙이고 창문을 닫은 후, 차가운 유리창에 이마를 대고 머리를 식혔다. 잠시 후, 나는 거실 구석의 작업실로 들어갔다. 책과 종이가 산더미처럼 쌓여 있는 방의 불을 켜고 책상 앞에 앉았다.

타자기에 끼워놓은 종이를 보는 순간, 누가 글을 써놓았다는 것을 발견했다. 반은 내가 이미 써놓은 글이지만, 뒤에 이어진 다섯 줄은 내 것이 아니었다.

가브리엘은 젖은 보지 속에 손가락을 집어넣었다. 오! 리사가 신음 소리를 냈다. 가브리엘은 손가락을 빼서 냄새를 맡았다. 보지 냄새가 났다. 리사는 그의 몸 밑에서 몸부림을 쳤다. 가브리엘은 보드카를 벌컥벌컥 마시고 바지를 내린 후, 딱딱해진 성기를 그녀의 주름진 보지 속에 끼워넣었다. 그녀가 황홀한 비명을 질렀다. 가브리엘!

내 영혼이 찢어지는 것 같았다. 눈물이 날 것 같았다. 나는 다섯 줄의 낯선 글을 뚫어지게 바라보았다. 그것은 어떤 면에서 내 글의 완벽한 패러디라 해도 과언이 아니었다. 나는 그것을 누가 썼는지 알 것 같았다. 토르 에이나르. 나는 그가 무슨 마음으로 그런 짓을 했는지도 알 것 같았다. 그것은 친밀감에 바탕을 둔 장난이었다. 그는 분명 글을 쓰며 혼자 낄낄 웃었을 것이다. 뿐만 아니라 닐스 에릭에게 자기가 쓴 글을 큰 소리로 읽어주기까지 했을 것이다. 닐스 에릭은 웃음을 터뜨렸겠지.

물론 악의를 품고 한 일은 아닐 것이다. 하지만 나는 그들을 용서할 수 없었다. 이제 나는 그들과 만나지도 않을 것이며, 말도 하지 않을 것이다. 학교 일 때문에 불가피한 경우를 제외하고선 말이다.

나는 타자기에서 종이를 홱 낚아채 마구 구겨서 바닥에 던졌다. 옷을 걸치고 대문 밖 저녁 속으로 나갔다. 잠시 주저했다. 가로등 불빛이 환한 거리를 걷는다면 누군가의 눈에 띌 것이 분명했다. 나는 방향을 돌려 막다른 길을 걷기 시작했다. 길 끝에는 거대한 눈 더미가 보였고, 그 뒤에는 하얀 눈과 키 작은 나무와 산, 어둠뿐이었다. 무릎까지 눈에 푹푹 빠졌다. 그 길을 정처없이 걸을 수는 없다는 생각에 발길을 돌려 바닷가로 걷기 시작했다. 검푸른 바다는 하얀 파도를 뭍으로 반복해서 보내고 있었다. 파도는 무심하게 움직일 뿐이었다.

젠장.

그는 내 글을 망쳤을 뿐 아니라 내게 깊은 상처를 주었다. 그 상처는 내 영혼을 찢어놓았다. 그렇다, 그가 망쳐놓았던 것은 내 영혼이었다. 아니, 어쩌면 나는 절망감에 휩쓸려 나를 객관적으로 바라보지 못했던 것은 아닐까. 내가 썼던 글은 아무런 가치도 없는 것이었고, 나는 그 어떤 가치도 찾아볼 수 없는 무의미한 사람이라는 생각이 들었다.

내 발자국을 따라 왔던 길을 되돌아갔다. 교차로에 선 나는 어디로 발을 옮겨야 할지 몰라 우두커니 서 있었다. 500미터를 걸으면 끝에 학교가 나오는 오른쪽 길, 역시 500미터 정도를 걸으면 그 끝에 다시 학교가 나오는 왼쪽 길. 가능성은 그것뿐이었다. 가게는 문을 닫았고, 어디서 파티가 열리는지는 알 수 없었다. 더구나 그곳에는 무작정 찾아갈 수 있는 친한 친구도 없었다. 닐스 에릭과 토르 에이나르가 있었지만, 나는 그들과 다시는 만나지 않겠다고 이미 결심한 후였다. 헤게를 찾아가고 싶진 않았다. 그녀의 남편이 집에 있기에 찾아갈 수도 없었다. 그는 내 눈앞에서는 항상 호의를 보이지만 나는 그가 질투심을 견디지 못해 힘들어한다는 것을 잘 알고 있었다. 집에 가서 책을 읽으면서 음악을 들을 수도 없었다. 거실에 불이 켜져 있는 것으로 보아 닐스 에릭이 집에 있다는 것을 깨달았기 때문이다.

그렇다고 가로등 아래 우두커니 서 있을 수도 없었다. 누군가가 창가에 서서 나를 지켜보며 궁금해 할지도 모르는 일이니까.

나는 천천히 걸음을 옮겼다. 소리나지 않게 조심스레 대문을 열고 살금살금 계단을 올라갔다. 순간, 침실 문이 열리며 닐스 에릭이 모습을 드러냈다.

"이제 왔어? 토르 에이나르의 할머니가 직접 만드신 묄리에*를 먹었어. 너도 거기 있었더라면 좋았을 텐데. 정말 맛있었어!"

"난 자러 들어갈게."

나는 그와 눈을 마주치지 않은 채 말을 이었다.

"잘 자."

---

* 육류나 생선에 바삭바삭한 빵가루를 덮어 구운 전통음식.

"벌써?"

나는 대답도 않고 문을 쾅 닫은 후, 옷을 입은 채 어둠 속의 매트리스에 드러누웠다. 천장을 바라보았다. 아래층에서 닐스 에릭이 설거지를 하는 소리가 들렸다. 라디오 소리도 들렸다. 때때로 그가 나직하게 콧노래를 흥얼거리는 소리도 섞여 들려왔다. 그와 몇 달을 함께 지내며 알게 된 사실은 그가 음악을 크게 틀어놓을 때면 종종 콧노래를 따라 부른다는 점이었다. 창밖에서 음악을 크게 틀어놓고 달리는 자동차 소리가 들렸다. 드럼 소리가 점점 약해지더니 어느새 다시 반대편 창 밑에서 들려왔다.

시계를 보았다. 8시가 좀 지난 시각이었다.

무엇을 할까.

밖으로 나가는 문은 모두 닫혀 있었다.

나는 꼼짝없이 갇힌 몸이 되었다.

나는 어둠 속에서 한 시간 정도 꼼짝 않고 누워 있었다. 결국 수치심과 자존심을 누르고 거실로 내려갔다. 닐스 에릭이 소파에 앉아 책을 읽고 있었다.

"포도주 한 병이 있었던 것으로 기억하는데…?"

"응, 맞아. 그건 왜?"

"내가 그 포도주를 마셔도 될까? 다음 주에 내가 새로 한 병을 사다놓을게."

"응, 그래. 오늘 저녁에 약속 있어?"

나는 고개를 저었다. 포도주 병을 들고 침실로 올라갔다. 술을 한 모금 마시자마자 기분이 좋아졌다. 그들이 내게 상처를 주었기 때문에 내가 우울했던 것은 사실이다. 하지만 혼자 앉아 술을 마시다보니 나는 어느새 작가가 되어 있었다.

그들은 내게 아무 말도 할 수 없다. 그들은 아무것도 아닌 존재들이니까.

나는 10분 만에 술병을 비웠다. 머릿속에 안개가 낀 듯 멍했다. 거실로 내려간 나는 닐스 에릭을 무시하고 구석의 작업실로 들어가 문을 잠갔다. 타자기를 켜고 책상 앞에 앉아 글을 쓰기 시작했다. 몇 분후, 배가 쓰려왔다. 나는 문을 향해 몸을 던졌다. 하지만 문은 잠겨 있었다. 금방이라도 토할 것 같았다. 나는 방 안을 둘러보았다. 박스, 양동이. 아무것이라도 좋았다. 하지만 눈에 띄는 것은 아무것도 없었다. 입을 벌리자 누런 오물이 폭포수처럼 쏟아졌다.

나는 바닥에 털썩 주저앉았다. 배가 뒤틀렸다. 다시 와인과 소시지 조각을 걷잡을 수 없이 토해냈다. 배가 다시 뒤틀렸다. 하지만 토해낼 것은 아무것도 없었다. 오직 견딜 수 없는 통증만 남아 있을 뿐. 나는 기침을 하며 진득한 침을 뱉었다.

아…

나는 바닥에 앉은 채 서서히 나를 찾아드는 편안함을 만끽했다. 구토물로 젖어버린 책과 종이는 눈에 들어오지도 않았다.

문을 두드리는 소리가 들렸다. 문손잡이가 움직였다.

"거기서 뭐 하는 거야? 무슨 일이라도 있어?"

닐스 에릭이 물었다.

"특별한 일은 없어."

"뭐라고? 어디 아파? 도움이 필요하니?"

"네게서 도움을 받을 일은 없어. 멍청한 놈 같으니."

"지금 뭐라고 했어?"

"아무것도 아냐. 아무것도 아니라고!"

"알았어, 알았다고."

나는 그가 잠긴 문 위에 손을 얹은 채 서 있다는 것을 느낄 수 있었다. 잠시 후, 소파로 돌아가는 그의 발소리가 들렸다. 구토물이 남긴 악취가 방 안을 채웠다. 문득 인간이 토해내는 액체는 왜 인간이 분비하는 배설물보다 더 악취가 나는지 궁금해졌다. 어쩌면 그것은 일종의 네안데르탈적인 삶의 방식이 이어져 내려왔기 때문일지도 모른다. 숲에서 배설물을 분출하는 행위는 자신의 영역을 표시하기 위해서지만, 구토를 하는 행위는 영역 표시와는 아무런 관계가 없으며 단지 몸속에 들어간 상한 물질을 제거하기 위해서일 것이다. 바로 그래서 구토물에서 악취가 나는 건 아닐까.

억지로 몸을 일으켜서 창문을 열었다. 구토물을 치울 기력도 없었다. 내일 치워도 되지 않을까. 잠갔던 방문을 열고 거실로 나가 닐스 에릭에겐 눈길도 주지 않고 계단을 올라가 침실로 들어갔다. 옷을 벗고 이불을 덮은 나는 다음 날까지 세상모르고 깊은 잠을 잤다.

그날 이후, 나는 며칠 동안 그들을 피해 다녔다. 어느 날 저녁, 그들이 내게 학교 수영장에 함께 가자고 제안했다. 나는 그다지 내키지 않았지만, 더 화를 내는 것도 우스울 것 같아 그들을 따라 나섰다. 나는 그들과 한마디도 나누지 않고 헤엄만 쳤다. 그들이 사우나실에 들어간 후에도 혼자서 헤엄을 치다가 뒤늦게 사우나실로 갔다. 문앞에서 발을 멈춘 나는 귀를 기울여 보았다. 나는 그들이 분명히 내 이야기를 하면서 비웃고 있을 것이라 생각했다. 그들은 많은 시간을 함께 붙어 지내고, 내가 온 힘을 들여 하는 일을 비웃는 사람들이었다.

하지만 안에서는 아무런 말소리도 들리지 않았다. 나는 문을 열고 사우나실 안으로 들어가 제일 위쪽 벤치 구석에 앉아 벽에 등을 기댔다. 아래쪽 벤치를 내려다보니 땀에 젖어 반들거리는 두 사람의 하얀 등이 눈에 들어왔다. 닐스 에릭은 상체를 굽힌 채 앉아 있었고, 토르 에이나르는 상체를 뒤로 젖히고 앉아 있었다. 닐스 에릭의 얼굴은 항상 다양한 표정을 머금고 있었다. 말을 할 때, 미소를 지을 때, 웃음을 터뜨릴 때, 인상을 찌푸릴 때 등. 하지만 지금은 그의 얼굴에서 아무런 표정도 찾아볼 수 없었다. 언뜻, 그의 얼굴이 나무 조각상 같다는 생각이 들었다. 어쩌면, 그는 정말 피노키오가 아닐까. 나무둥치를 잘라내고 조각해 만든 모형에 이름 모를 마법사가 생명을 불어넣은 존재인지도 모른다.

그가 내 시선을 느꼈는지, 고개를 돌려 미소를 지었다.

"칼 오베, 오늘 『다그블라데』에서 네가 관심을 가질 만한 것을 발견했어. 베르겐에 문예창작 교육기관이 설립된다는 광고였어."

"오, 그래?"

나는 무덤덤하게 반응했다. 그깟 알량한 말에 내가 넘어갈 것이라 생각했던 것일까.

학교에서는 내게 일주일에 두 시간씩 9학년의 문제아라고 할 수 있는 스티안과 이바르를 위해 방과후 활동을 시작하라는 결정을 내렸다. 나는 그들에게 악기를 연주하는 법을 가르치기로 마음먹었다. 필요한 악기는 동네 밴드인 오토파일럿에 부탁해 대여할 수 있었다. 우리는 매주 화요일마다 마을회관에 가서 앰프를 켜고 내가 연주할 수 있는 몇 안 되는 곡을 연습하기 시작했다. 이바르는 베이스 기타를 선택했다. 그에게선 음악적 재능이라곤 전혀 찾아볼 수 없었다. 나는 그에게 같은 음을 계속 연주하다가 내가 고갯짓을 하면 다음

음을 연주하라고 지시했다.

스티안은 드럼을 선택했다. 그는 이바르보다 조금 나았지만, 내가 시키는 것을 제대로 한 적이 없었다. 자존심이 강해서일까. 나는 기타를 쳤다. 우리는 모두 세 곡을 연습했다.「스모크 온 더 워터」「파라노이드」「블랙 매직 우먼」. 나는 보컬 없이 연주하는 일에 이미 익숙해 있었다. 얀 비다르와 연주할 때도 그랬으니까. 솔직히, 재능이라곤 좁쌀만큼도 없는 무능한 밴드의 연주에는 보컬이 아예 없는 것이 더 나았다. 우리는 텅 빈 마을회관의 무대 위로 올라가 연주를 했다. 스티안과 이바르는 악기를 연주하는 것만큼이나 이런저런 포즈를 잡으며 잘난 척하는 데 시간을 소비했다.

한 시간 정도 지나니, 마을회관 문이 열리며 4학년 학생들이 들어왔다. 그들은 눈을 둥그렇게 뜨고 감탄한 표정을 지으며 우리를 바라보았다. 스티안과 이바르는 자랑스러워 어쩔 줄 몰랐지만, 바닥에 침을 퉤 뱉으며 그것쯤은 아무것도 아니라는 듯 잘난 척을 했다.

며칠 후, 학교에서 교무회의가 열렸다. 에바는 그 자리에서 나를 집중적으로 공격했다. 우리가 그녀의 아들이 멤버로 있는 밴드에서 악기를 빌린 것이 문제가 되었던 것이다. 그녀는 우리가 악기를 조심스럽게 다루지 않는다고 불평을 늘어놓았다. 기타 줄이 끊어졌고, 드럼 스틱이 부러졌지만 배상을 하지 않았기에 앞으로 방과후 활동으로 밴드 연습은 없을 것이라 잘라 말했다. 그뿐만이 아니라, 그녀는 7학년 학생들의 수업 태도에 관해 언급하며 다시 나를 물고 늘어졌다. 학생들이 나 때문에 그녀의 말에 귀를 기울이지 않는다는 것이었다. 그녀가 무언가를 지시하면 학생들은 "칼 오베 선생님은 그렇게 말하지 않았어요!"라고 반항한다고 했다. 그녀는 내게 학생들을 다잡아야 한다고 말했다. 나는 그렇게 하겠다고 말했지만 그 약속을 지킨 적은 한 번도 없었다. 적어도 그녀가 보고 있지 않을 때는 말이다.

나는 내 수업 시간엔 그런 적이 없다고 말하며, 정 아이들의 태도가 마음에 들지 않는다면 이야기는 해보겠다고 덧붙였다. 그녀는 바로 그게 문제라고 다시 나를 공격했다. 내가 그녀의 말을 심각하게 여기지 않기 때문에, 학생들도 자신의 말을 따르지 않는다고 했다. 솔직히, 나는 7학년 학생들의 수업 태도와 관련해 지금까지 단 한 번도 문제라고 생각한 적은 없었다. 그들은 항상 수업에 집중하고 과제도 성실히 해왔기 때문이다. 그런 아이들이 갑자기 그녀의 말 한마디 때문에 반항적이고 게으른 아이들로 변해버린 것이다.

"제 수업 시간엔 아무런 문제가 없었습니다."

나는 그녀의 눈을 똑바로 바라보며 말했다.

그녀는 화를 참지 못해 온몸을 부들부들 떨었다.

보다 못한 리카르드가 끼어들었다.

"두 사람 말이 모두 일리가 있다고 생각합니다. 하지만 칼 오베 선생이 한 번쯤 학생들에게 주의를 줄 필요는 있다고 생각합니다."

"네, 그렇게 하겠습니다."

회의가 끝난 후 복도에 서서 외투를 입고 있으려니, 에바가 내게 다가왔다.

"그레테가 지난 8월에 당신에게 침대보를 빌려준 것을 기억하나요? 그 침대보가 어떻게 되었는지 궁금해 하더군요. 혹시 당신이 무언가를 오해해서 침대보를 가져도 된다고 생각했던 건 아닌가요?"

아, 제기랄. 이 여자는 정말 끝이 없군!

"아닙니다. 깜박 잊고 있었을 뿐입니다. 내일 당장 갖다 드리겠습니다."

사람들은 조그마한 일에 필요 이상으로 신경을 쓴다. 일이 생각처럼 제대로 돌아가지 않으면 큰 그림을 보면서 해결할 생각은 않고 자질구레한 것을 찾아내 꼬투리를 잡는다. 인간이 지구에 머무르는 시간은 너무나 짧다. 잔디와 나무, 오소리와 고양이, 물고기와 바다, 밤하늘의 별, 이 환상적인 것들을 보고 느끼고 즐길 생각은 않고 고작 끊어진 기타줄 하나, 부러진 드럼 스틱 하나에 화를 내다니! 침대보를 빌려준 지 좀 오래되었다고 그걸 물고 늘어지며 화를 내다니! 세상에! 도대체 그들의 문제는 뭘까.

나는 그중에서도 그녀가 부러진 드럼 스틱을 두고 꼬투리를 잡았다는 것을 견딜 수가 없었다. 그녀가 세상에서 가장 하찮고 비열한 인간상의 표본이라는 생각을 지울 수 없을 정도였다. 방과후 활동을 통해 스티안과 이바르가 얼마나 발전했는지 그 결과는 간과한 채 부러진 드럼 스틱을 문제로 삼다니!

사람들은 왜 크고 밝은 것을 찾을 수 있음에도 불구하고 작고 어두운 것에 집착을 하는가?

나는 작고 하찮은 것들을 경멸했다. 그렇다고 해서 내가 삶의 작고 하찮은 부분을 문제없이 관리할 수 있다는 말은 아니다. 예를 들어, 이곳에 와서 구입했던 스테레오 기기는 할부금을 제때 내지 않아 채무기관에서 독촉장이 날아왔고, 1년 전 대여했던 턱시도는 연말 파티 때 폭죽에 바지가 찢어졌기 때문에 다시 돌려주지 않아 재판에 넘겨졌다. 나는 턱시도는 물론 이자까지 지불하라는 선고를 받았다. 세상에! 내가 턱시도 때문에 비행기를 타고 내려갈 것이라 생각했던 것일까.

삶은 그런 것이다. 일상은 끝없이 이어지는 자질구레한 요구와 책임으로 이루어져 있다. 나는 술을 마시지 않을 때는 그러한 삶을 살았다. 하지만 술을 마실 때면 나는 더 크고 환한 세상에서 살 수 있었다. 비록 그 대가로 치러야 하는 것은 많았고, 절망감 또한 컸지만, 나는 피하지 않았다. 불과 하루 또는 이틀만 지나면 다시 술이 가져다주는 세상 속으로 몸을 던지고 싶은 충동이 생겨났다.

어느 날 밤, 마을회관에서 술을 마시고 집에 들어오니, 닐스 에릭이 그때까지도 뜬눈으로 나를 기다리고 있었다.

"네게 적이 생겼어."

그가 심각하게 말했다.

"어?"

나는 술에 취해 피곤한 몸을 억지로 가누며 되물었다.

"네가 마을회관에 간 후에 나는 바로 자러 들어갔단 말야. 그런데 갑자기 느낌이 이상해서 벌떡 일어났지. 침대 옆에 비다르가 앉아 있었어! 그가 장총을 들고 네가 어디 있냐고 소리를 질렀어."

"지금 농담하는 거지? 그런 농담은 하지 마."

"아냐, 정말이야. 내가 만약 너라면 잘 때 침실 문을 잠글 거야. 그리고 헤게를 만나 이야기를 할 거야."

"하지만 헤게와 나 사이엔 아무 일도 없었어."

"그걸 비다르가 어떻게 알겠냐고… 헤게는 최소 일주일에 두 번 이상 여길 찾아오잖아. 남편이 있는 여자와 일주일에 두 번 이상 만난다는 건 위험한 일이야."

"세상에! 난 헤게에게 조금도 관심이 없어!"

"칼 오베, 이건 심각한 일이야. 비다르가 장총을 들고 왔다고! 내가 하는 말은 절대 농담이 아냐."

다음 날 술이 깨니 두려워지기 시작했다. 언제 어디서라도 그와

704

마주칠 수 있을 것 같았다. 저녁이 되자, 나는 대문과 침실 문을 잠갔다. 그다음 날 나는 학교에 가자마자 헤게를 찾아가 무슨 일이 있었는지 털어놓았다.

"비다르가 잠시 실수를 한 모양이야. 다시는 그런 일이 없을 테니 안심해. 그런데 그 때문에 겁을 먹었던 거니?"

"내가? 전혀! 난 그 자리에 없었거든. 하지만 닐스 에릭은 많이 두려웠던 모양이야."

"신경 쓸 것 없어. 너도 알다시피 비다르가 총을 사용할 일은 없을 거야. 그는 단지 네게 겁을 주려고 했을 뿐이라고."

"왜? 우리가 가끔 만나 대화를 나눈다는 이유 때문에?"

그녀가 고개를 끄덕였다.

나는 남부 지방에 사는 가족과 친구들에게 이번 일을 편지에 적어 보내리라 마음먹었다. 이야기 속의 주인공은 물론 나였다. 나는 동네 사람이 장총을 들고 막무가내로 남의 집에 들어가 위협하는 그런 곳에 살고 있는 사람이었다. 동네의 정신병자가 총을 들고 쫓아올 만큼 나는 이곳에서 의미 있는 존재였다.

하지만 실상을 말하자면 그 일이 있은 후 며칠 동안 나는 겁에 질려 꼼짝도 할 수 없었다. 총에 맞을 것이라곤 생각지 않았지만, 그가 쉽게 나를 때려눕힐 수 있을 것이라는 생각은 결코 즐겁지 않았다.

정말 그가 장총을 들고 왔을까? 내가 기억하는 바로는 그랬다. 하지만 정말 그런 일이 실제로 있었을까?

그곳에는 믿기 어려운 일이 자주 일어났다. 1년 전 내게 너무나 낯설고 이상했던 일은 지금도 여전히 낯설고 이상했지만, 그 동네 사람들에겐 너무나 자연스럽고 당연한 일이었다. 나는 그런 곳에서 살고 있었다.

닐스 에릭은 성탄절에 집에 가서 잠수 기구를 가져왔다. 우리는 선착장으로 함께 갔다. 그는 잠수복을 입고 잠수 마스크를 쓰고, 오리발을 신고 산소통을 등에 멘 채 작살을 들고 물속으로 뛰어들었다. 투명한 물속에서 떨리는 듯한 그의 모습은 점점 희미해졌고, 어느새 시야에서 사라졌다. 10분 후 수면 위로 모습을 드러낸 그는 작살에 꽂혀 있는 물고기를 자랑스레 내밀었다. 그는 그 포획물을 구워 저녁으로 먹었다.

실제로 그런 일이 있었을까?

그가 정말 잠수 기구를 가져왔을까?

그가 정말 방과 후에 작살로 잡은 물고기를 저녁으로 먹었을까?

나는 단 한 번도 그 동네를 다시 찾지 않았지만, 가끔 그곳에서의 기억은 악몽의 형태로 나를 찾아왔다. 그곳을 떠난 후 몇 년이나 지난 날, 우연히 차를 타고 가며 본 마을의 모습. 내겐 그것만으로도 충분히 악몽이 될 수 있었다.

그 이유는 뭘까?

그곳에서 끔찍한 일이 일어났기 때문일까? 그곳에서 내가 하지 말았어야 할 일을 했기 때문일까? 터무니없을 정도로 섬뜩한 일이 있었기 때문일까? 술에 취해 정신 없이 마을을 헤매던 그 수많은 밤에?

나는 그곳에서의 경험을 바탕으로 소설을 쓴 적이 있다. 나는 앞을 보지 못하는 장님처럼 글을 썼다. 그곳에서의 기억은 내 머릿속에 현실과 픽션의 구분 없이 자리 잡고 있었다. 글을 쓰기 시작하자 새로운 세계가 눈앞에 펼쳐졌다. 한동안 그 세계는 내 삶의 전부를 차지했다. 글 속의 일부는 실제로 존재하는 건물과 사람들로 채워졌다. 글 속에 등장하는 학교의 모습 중 반은 내가 일했던 학교와 동일했고, 반은 내가 지어낸 것이었다. 그 글이 소설의 형태로 출간된 직후, 나는 그제야 그 마을에 살던 사람들이 내 소설을 어떻게 받아들일지 걱정하기 시작했다. 내 소설 속에 등장했던 그 세계를 너무나 잘 알고 있는 사람들, 무엇이 픽션이고 무엇이 현실인지 잘 아는 사람들. 그들을 떠올리니 걱정이 되어 뜬눈으로 밤을 지새울 때도 있었다. 물론 소설 속의 이야기는 백 퍼센트 지어낸 이야기라고는 할 수 없었다. 아니, 오히려 그 반대였다. 나는 소설 속에 등장하는 바로 그 마을에서 1년 동안 교사로 지냈다. 가끔 아침에 일어나 학교에 출근할 때면 그녀가 그곳에 있다는 사실만으로도 마음이 설레곤 했다.

그녀: 안드레아.

눈빛, 이마를 짚는 손, 흔들거리는 작은 발, 여인이었던 어린아이. 나는 그녀와 같은 공간에 있을 수 있다는 사실만으로도 기뻤다.

밤이 지속되었던 몇 달이 지나자, 빛이 문을 열고 들어왔다. 처음엔 차갑게 반짝이던 빛이 시간이 흐르자 천천히 온기를 머금기 시작했다. 길가에 쌓여 있던 눈은 녹아내렸고, 축구장의 흙은 조금씩 모습을 드러냈고, 지붕 위의 눈은 물이 되어 처마 밑으로 떨어졌다.

사람들 가슴속에서도 빛이 솟아나기 시작했다. 여기저기 생기 가득한 밝은 목소리가 들려왔다.

어느 날, 안드레아와 비비안은 내가 학교에서 가장 섹시한 교사에 뽑혔다며 디플로마를 만들어주었다. 나는 그것을 교실 벽에 걸어놓고 경쟁이 그다지 치열하지 않았을 것 같다고 말했다. 그들이 깔깔대며 웃었다.

며칠 후 눈부시게 환한 빛을 쏟아내는 태양이 푸른 하늘 한가운데 떠 있을 때, 나는 학생들에게 밖으로 나가 눈에 보이는 것을 모두 적어보라고 했다. 어디에서 무엇을 적든 상관없지만, 단 한 가지 지켜야 할 사항은 눈에 보이는 것을 세세하게 적되 최소 두 장 이상을 채워야 한다고 했다.

어떤 아이는 가게로 갔고, 어떤 아이는 햇볕이 내리쬐는 학교 담장 아래 앉았다. 나는 학교 건물 뒤로 가서 거의 눈이 다 녹은 축구장과 반짝이는 피요르를 바라보며 담배를 한 대 피운 후, 아이들을 찾아다니며 어려운 건 없는지 물어보았다. 그들이 햇살에 눈을 찌푸리며 고개를 들고 나를 쳐다보았다.

"어려운 건 없어요."

안드레아가 말했다.

"칼 오베… 선생님이… 걸어오고… 있다."

비비안이 느릿느릿 말하며 종이 위에 적었다.

"그는… 정말… 섹시하다."

안드레아가 비비안을 돌아보았다.

"적어도 안드레아는 그렇게 생각해요!"

비비안이 말했다.

"바보 같은 말 하지 마!"

안드레아가 말했다.

둘이 동시에 고개를 들고 나를 바라보며 미소를 지었다. 그들은 카디건을 벗어 허리에 묶고 있었다. 하얀 반팔 티셔츠 아래로 하얀 팔이 드러나 있었다.

불현듯 내가 7학년 학생이었을 때 느꼈던 감정이 다시 나를 덮쳤다. 우리는 여학생들의 꽁무니를 따라다녔고, 한 아이가 여학생의 뒤에 가서 꼭 붙들고 있으면 다른 아이는 여학생의 티셔츠 속으로 손을 집어넣어 그녀의 젖가슴을 만져보곤 했다. 여자아이들은 비명을 질렀지만, 단 한 번도 선생님들의 귀에 들릴 정도로 크게 비명을 지르진 않았다.

그때의 그 느낌이 나를 휘감아 왔다. 하지만 모든 것은 변했다. 나는 더 이상 열세 살 소년이 아니라 열여덟 살 청년이다. 학생이 아니라 그들의 교사가 되었다. 그들이 내 감정과 느낌을 알아차릴 리는 없었다. 나는 그들의 젊은 선생님이니까. 나는 그들에게 미소를 지어주었다.

"수업 중에 너희들이 쓴 글을 발표시킬 거니까 신중하게 생각해서 적어."

"신중하게?"

비비안이 물었다.

"그게 무슨 뜻인가요?"

"교실에 들어가면 직접 사전을 찾아봐."

"선생님은 맨날 직접 찾아보라고 하세요."

안드레아가 입을 삐죽거리며 말했다.

"이걸 찾아봐, 저걸 찾아봐, 맨날 뭘 직접 찾아보라고 하잖아요! 그냥 말해주면 안 되나요?"

"사실은 자기도 몰라서 그러는 거야."

비비안이 나직하게 중얼거렸다.

"5분 남았어. 시간이 되면 교실로 들어와."

교실로 걸어가는 내 등 뒤에서 그들의 웃음소리가 들렸다. 마음이 따스해졌다. 그들뿐 아니라 이 동네에 살고 있는 모든 아이들, 아니 모든 사람들이 있어 행복하다고 느꼈다. 그날은 그런 날이었다.

그로부터 11년 후, 나는 베르겐에 내 집을 장만했고, 집 안의 작업실에 앉아 이메일에 답장을 쓰고 있었다. 전화가 왔다.

"여보세요, 칼 오베입니다."

"안녕하세요, 저는 비비안이에요."

"비비안?"

그녀가 자신의 이름을 말하는 순간, 온몸에 서늘한 한기가 스쳤다.

"네. 저를 기억하시나요? 선생님의 제자였어요."

그녀의 목소리에선 불만의 빛을 조금도 느낄 수 없었다. 나는 식은땀이 흘러 축축한 손을 바지에 문질러 닦았다.

"물론이지. 기억하고말고! 오랜만이구나. 잘 지냈니?"

"네, 잘 지내고 있어요! 사실은 지금 안드레아와 함께 있어요. 신문에서 선생님 기사를 봤어요. 트롬쇠에서 독자와의 만남을 가지신다면서요? 거기서 선생님을 뵐까 하는데 어떠세요?"

"나는 괜찮아. 정말 반가워."

"선생님 책을 읽어봤어요. 정말 잘 쓰셨던데요!"

"그렇게 생각하니?"

"네! 안드레아도 그렇게 생각해요."

나는 얼른 책에 관한 이야기에서 벗어나야겠다는 생각으로 그들이 무엇을 하며 지내는지 물어보았다.

"저는 수산물 수취장에서 일해요. 여긴 예전과 다름없어요. 안드레아는 지금 트롬쇠에서 대학을 다니고 있어요."

"그렇구나. 다시 너희들을 만나면 참 좋을 것 같아. 당장 만날 장소와 시간을 정할까?"

그녀는 행사장에서 가까운 카페 이름을 대며, 행사를 시작하기 몇 시간 전에 만나자고 제안했다.

"좋아, 그럼 그때 보자."

몇 주 후, 나는 카페 문을 열고 들어섰다. 구석진 곳에 함께 앉아 있던 그들이 동시에 나를 쳐다보며 깔깔대고 웃었다.

"선생님은 하나도 안 변했어요!"

"너희들은 정말 많이 변했구나."

사실이었다. 비록 그들의 얼굴은 예나 지금이나 그리 다르지 않지만, 그들의 표정과 행동에선 성인의 분위기를 느낄 수 있었다. 성숙한 여인과 소녀의 모습을 한꺼번에 지녔던 그 옛날의 양면성은 찾아볼 수 없었다. 그들에게 남아 있는 것은 이제 성숙한 여인의 모습뿐이었다.

나는 코트를 벗고 계산대 앞으로 가서 커피를 주문했다. 긴장이 되어 어쩔 줄 몰랐다. 그들이 내 책을 읽었다면 등장인물들이 그들이라는 것을 알고 있을 것이다. 내가 할 수 있는 건 아무것도 없었다. 그들이 어떤 말을 하든 받아들이는 수밖에. 나는 의자에 앉아 담배에 불을 붙였다.

"내 책을 읽어봤니?"

"네."

두 사람이 동시에 고개를 끄덕였다.

"많이 비슷하긴 하지만 너희들을 염두에 두고 쓴 책은 아니란다."

"정말 많이 비슷했어요."

안드레아가 말했다.

"하지만 상관없어요. 저희는 오히려 기분이 좋은 걸요."

그들은 마을에 관한 이야기를 늘어놓았다. 듣고 보니 그간 많은 일이 있었던 것 같았다. 그중에서도 가장 놀랐던 것은, 학교에서 성폭력 사건이 있었고 가해자는 구속되어 옥살이를 하고 있다는 사실이었다. 그 일을 두고 마을 사람들의 의견은 둘로 나뉘었다고 했다.

학교의 교사들은 예전 그대로 변한 것이 없었다. 비비안은 당시 학교를 같이 다녔던 친구들은 물론 동네의 또래 어부들과도 자주 만난다고 했다. 안드레아는 트롬쇠에서 대학을 다니며 자취를 하고 있었고, 방학이나 주말이면 집에 들른다고 했다.

나는 그들을 여전히 열세 살 소녀로 취급했다. 우리의 관계는 이미 그렇게 정해져 있었기 때문이고, 나는 그것을 벗어날 수 없었다. 한 시간 후 카페를 나오며 생각에 잠겼다. 그처럼 정형적인 관계에서 벗어날 수 없는 상황이 마음에 들지 않았다. 안드레아 때문이었다.

그들은 행사장까지 와서 내가 책을 읽는 것을 들었고, 토론회에도 참석했다. 행사가 끝나자 그들이 내게 다가와 작별 인사를 건넸다. 나는 토레를 비롯해 같은 행사에 참여했던 몇몇 다른 작가들과 함께 행사장을 빠져나와 근처 술집에서 술을 마셨다. 그날 밤, 나는 다시 안드레아와 마주쳤다. 그녀는 택시 정류장 앞에서 어떤 남자와 함께 서서 택시를 기다리고 있었다. 그녀의 양손을 뒤로 하고 몸을 쭉 편 채 서 있었고, 그녀의 뒤에 서 있던 남자는 그녀의 목에 입을 맞추며 그녀의 가슴을 쓰다듬었다. 문득 내가 패배자가 된 것 같았다. 나는 반대편 길로 발길을 돌렸다. 그녀는 나를 보지 못했다. 아니, 어쩌면 보고서도 모른 척했을 수도 있었다. 나는 처음부터 머리를 잘 썼더라면 그녀를 얻을 수도 있었다고 생각했다. 하지만 나는 결혼을 한 몸이었기에 그 생각을 실행에 옮기는 것은 불가능했다. 그날 저녁의 아쉬움은 그 후 몇 년 동안이나 나를 따라다녔지만, 결국 나는 시도는 해보았다고 스스로를 위로하며 체념했다.

*

비다르가 장총을 들고 닐스 에릭의 침대에 앉아 나를 찾았던 그날
로부터 보름이 지났다. 나는 부활절 휴가를 맞아 남쪽으로 떠났다.

라빅 선착장에 나를 마중 나왔던 어머니는 매우 피곤해 보였다.
그 해, 어머니는 예년보다 일을 훨씬 많이 했다. 일을 하지 않을 때에
는 쇠르뵈보그의 외할아버지 댁을 찾아 외할아버지 내외를 보살펴
드렸다.

우리는 낮에 함께 앉아 대화를 나누었고, 푀르데 시내로 가서 장
을 보았으며, 저녁이 되면 함께 텔레비전을 보았다. 그렇지 않을 때
면, 나는 소파에 누워 책을 읽었고 어머니는 음식을 만들었다.

어머니가 욘 올라브가 집에 와 있다고 알려주었다. 나는 그에게
전화를 했고, 우리는 다음 날 저녁 푀르데에서 만나기로 했다. 그는
푀르데에서 차로 약 한 시간 거리에 있는 달레에서 자랐다. 우리는
푀르데의 한 디스코텍에서 만났다. 디스코텍 안에는 그가 아는 얼굴
로 가득했다.

나는 맥주를 마시며 그와 대화를 나누었다. 야생동물 보호구역 같
은 호피요르를 벗어나 있으니 삶이 더 쉽고 가벼워진 것 같았다. 나
는 호르달란* 에 있는 문예창작 학교에 입학원서를 낼 생각이라고 말
했다. 그는 베르겐에서 대학을 다니고 있었지만, 그런 학교가 있는
지는 들어본 적이 없다고 말했다.

"이번에 새로 생긴 학교야. 올해 첫 입학생을 받는 것으로 알고
있어."

• 베르겐이 속해 있는 자치구역.

"담당 교수는 누구니?"

그가 물었다.

"사실은 나도 들어본 적이 없는 이름이야. 베스틀란을 포함한 서부 지방 출신 작가들인가봐. 랑나르 호블란, 욘 포세, 롤프 사겐 등. 이 사람들 이름은 들어봤니?"

욘 올라브가 고개를 저었다.

"그처럼 이름 없는 지역 학교라고 생각하니 별로 마음에 들지 않는군. 하지만 1년 과정에 학자금 융자도 받을 수 있어서 좋아. 적어도 그 기간엔 글도 쓸 수 있고."

"그런데 지난번 편지에선 런던의 골드스미스 학교에 가겠다고 하지 않았니?"

그가 물었다.

나는 고개를 끄덕였다.

"거기에도 지원서를 낼 거야. 욍베 형이 주소를 가르쳐줬어. 사실은, 방금 거기 보낼 지원서를 작성하고 오는 참이었어."

욘 올라브가 디스코텍 안을 둘러보았다. 주말이 지난 후 처음으로 문을 열어서 그런지 사람들로 빽빽했다.

"잠시 둘러보고 올게."

그가 말했다.

"난 여기 앉아 있을게."

아무도 나를 알아보지 못하는 곳에 앉아 있는 그 기분이란!

술기운이 오르기 시작했다. 담배를 피우며 그곳에 있는 여자들에게 눈길을 던졌다. 오랜만에 좀 조용히 술을 마셔야겠다고 생각했다.

한 시간쯤 후에 그가 돌아올 때까지 나는 같은 자리에서 손에 턱

714

을 괸 채 같은 자세로 앉아 있었다.

"고등학교 동창을 만났어. 저기 앉아 있어. 너도 같이 가자."

그가 내 팔을 잡아당겼다.

나는 의자에서 일어나 그를 따라 안쪽으로 들어갔다. 그가 맞은편 구석의 출구 옆에 자리한 한 테이블 앞에서 멈추었다.

"여긴 칼 오베라고 해. 내 사촌이지."

그가 나를 일행에게 소개시켜주었다.

테이블을 둘러싼 사람들은 무덤덤한 눈빛으로 나를 바라보며 고개를 끄덕였다.

그들 중 한 여자가 눈에 들어왔다. 그녀는 맞은편에 앉아 있는 사람과 이야기를 하느라 나를 보지 못했다. 그녀는 양손으로 테이블을 짚은 채 상체를 앞으로 쭉 내밀고 크게 소리 내어 웃고 있었다. 하얀 얼굴, 눈을 가린 검은 앞머리. 하지만 내가 본 것은 그것이 아니라, 번갈아가며 생기와 진지함과 따스함으로 반짝이는 그녀의 두 눈이었다.

나는 욘 올라브의 옆에 앉으며 그녀가 프랑스 여인 같다고 생각했다. 그녀는 참으로 아름다웠다. 그녀가 다시 웃음을 터뜨리는 순간, 마치 전기에 감전된 듯 온몸에 전율이 흘렀다. 그녀에게서 빛이 흘렀다.

"맥주 한 잔 사줄까?"

욘 올라브가 내게 물었다.

"곧 문을 닫을 거야."

2분 전만 하더라도 나는 곧 문을 닫을 것이라는 사실에 기뻐했다. 하지만 지금은 절망감이 나를 덮쳤다. 애프터 파티에서 함께 술을 마셨던 사람들이 하나둘 자리를 떠날 때와 마찬가지로 죽음 또는 숙명적인 어둠이 한 발짝씩 내게 더 가까이 다가오는 듯한 느낌과 비슷했다.

"나도 함께 갈게."

나는 바로 가는 그의 뒤를 따랐다.

"맥주 두 잔 정도는 혼자 들고 있어."

욘 올라브가 말했다.

"그런데 저 여자는 누구니?"

"누구?"

"우리 테이블 중앙에 앉아 있던 여자."

욘 올라브가 고개를 돌려 확인했다. 테이블에 지금껏 함께 앉아 있던 그녀를 전혀 눈치채지 못했던 것일까?

"아, 쟤? 잉빌이라고 해."

"잘 아는 사이니?"

"아니, 잘 모르는 애야. 카우팡게르에 산다는 것과 토르와 사귄다는 사실 외엔 아는 게 없어. 지금 의자에서 자고 있는 애가 토르야."

아, 물론 그렇겠지. 너무나 전형적이라고 생각했다.

다음 순간, 마치 그녀에게 애인이 없으면 내게 쉽게 기회가 돌아오기라도 할 것처럼 생각하는 내가 너무나 바보처럼 느껴졌다.

나는 휴가를 맞아 어머니를 찾았고, 이틀 후면 다시 돌아갈 것이다. 그런데 무엇을 기대할 수 있단 말인가. 아름다운 여자를 한 번 보고서 그녀와의 앞날을 그려보는 내가 멍청하다고 생각했다.

왜 그랬을까.

그녀에게선 빛이 났다.

나는 욘 올라브가 맥주값을 지불하는 동안 선 채로 맥주잔의 반을 비우고, 다시 한 잔을 더 주문했다. 양손에 하나씩 맥주잔을 들고 테

716

이블로 돌아왔다.

테이블에 앉아 있던 네 명이 같은 차를 타고 집에 가기로 했다면서 차례차례 몸을 일으켰다. 남아 있는 사람은 욘 올라브와 그가 대화를 나누는 한 남자, 잉빌과 나뿐이었다. 물론 그녀의 애인도 있었지만 그는 잠에 빠져 있었으니 생각할 필요도 없었다.

나는 맥주를 두 모금 길게 들이켰다. 그녀는 자신의 한쪽 어깨를 내려다보고 있었다.

"내가 맥주를 권해도 될까?"

나는 그녀가 다시 테이블로 시선을 돌릴 때까지 기다렸다가 말을 걸었다.

"입을 대지 않은 새 술이야."

"내가 의심쩍다고 생각하는 것 중의 하나가 바로 그거야. 낯선 사람이 앞에 두고 있는 술을 갑자기 내게 권하는 것이지. 하지만 넌 그다지 나쁜 사람처럼 보이진 않아서 안심이야."

그녀는 송네 사투리를 사용했고, 미소를 지을 때마다 눈매가 가늘어졌다.

"맞아. 난 매우 선한 사람이지."

"고맙지만 사양할게. 운전을 해야 하거든."

그녀가 잠에 빠진 남자를 턱으로 가리켰다.

"난 운전을 잘해. 원한다면 몇 가지 조언을 해주지."

"한번 들어볼까? 난 운전에는 소질이 없거든."

"일단 차를 매우 빨리 몰아야 해."

"오, 그래?"

"흔히 사람들은 차를 천천히 몰아야 한다고 말하지. 하지만 난 그들이 틀렸다고 생각해. 차를 빨리 모는 게 훨씬 좋아."

"알았어. 첫 번째는 차를 빨리 몰아야 한다는 것. 또 뭐가 있을까?"

"음… 맞아, 한 번은 앞차가 아주 천천히 달린 적이 있었어. 나는 차를 빨리 모는 게 훨씬 좋다는 것을 알고 있었기에 추월했지. 커브 길에서 옆 차선으로 들어간 후에 속력을 내서 추월을 했단다."

"그래서?"

"그게 끝이야."

"넌 면허증이 없지? 그렇지?"

"맞아. 난 면허증을 딴 사람들이 너무 부러워. 사실, 지금 네게 말을 걸 용기를 냈다는 걸 믿을 수가 없어. 난 평소에 말없이 가만히 앉아서 테이블만 내려다보거든. 하지만 난 술을 마시면 운전에 관한 이야기를 하는 걸 좋아해. 특히, 이론에 관해서 이야기하는 걸 좋아하지. 난 모든 동작을 부드럽게 연계시키는 방법에 관해 자주 생각해봤어. 예를 들어, 클러치와 기어와 액셀러레이터와 브레이크를 물 흐르듯 자연스럽게 사용하는 방법이라든지… 하지만 이런 이야기를 좋아하는 사람은 별로 없어."

나는 그녀를 바라보았다.

"네 애인은 면허증을 가지고 있니?"

"얘가 내 애인이라는 건 어떻게 알았지?"

"누구?"

"지금 의자에 앉아 자고 있는 사람."

"아, 그 사람이 네 애인이니?"

그녀가 웃음을 터뜨렸다.

"맞아. 얘도 면허증이 있어."

"그럴 것 같았어. 너희 둘은 자동차 운전 때문에 사귀기 시작했니?"

그녀가 고개를 저었다.

"그건 아니지만, 오늘은 운전 때문에 사이가 벌어질 것 같아. 나도 술을 마시고 싶거든. 이렇게 잠을 잘 것 같았으면 처음부터 술을 마시지 않고 바로 잠에 들었어도 좋았을 뻔했는데 말야. 그렇다면, 나도 술을 마실 수 있었을 텐데."

그녀가 나를 쳐다보았다.

"넌 운전 말고 다른 것엔 관심이 없니?"

"응."

나는 맥주를 한 모금 들이켰다.

"너는 어떤 일에 관심을 가지고 있니?"

"정치! 정치에 관심이 아주 많아."

"어떤 형태의 정치? 국내 정치? 국외 정치?"

"그냥 일반적인 정치. 전반적인 것들에 관심이 많아."

"지금 애인이 자고 있는 틈을 타서 내 사촌에게 꼬리를 치는 건 아니니?"

욘 올라브가 그녀에게 말했다.

"꼬리를 치다니! 그건 아냐. 우린 단지 정치에 관해 대화를 나누고 있을 뿐이야. 내 짐작이 맞는다면, 우린 정치 이야기를 한 다음엔 인간의 감정과 느낌에 관해서 이야기를 하게 될 거야."

"물론 그렇겠지."

내가 그녀를 향해 말했다.

"내 감정과 느낌은 비참함과 우울함으로 채워져 있지. 너는 어때?"

"솔직히 말하면 내 삶도 감정적으로 그다지 풍성하다고는 할 수 없어. 난 감정과 느낌에 관해 자주 입에 올리는 편은 아냐. 하지만 가

719

끔 상황이 맞아떨어지면 용기를 내서 말할 때도 있어."

"내 경험에 의하면 모순과 역설에 익숙한 여자들이 주로 그렇더군. 결국 지루해진 사람들은 대화를 끝내기 위해 무슨 일이든지 하기 마련이지. 사람들은 내가 모순과 역설의 세계에 발을 들인 이후부터 내게 신뢰를 보이기 시작하더군."

음악이 멈추었다.

욘 올라브가 나를 돌아보았다.

"이제 우리도 자리를 떠야 할 것 같은데?"

"응."

나는 자리에서 일어서며 그녀에게 말했다.

"차를 빨리 모는 걸 잊지 마!"

"알았어. 미친 사람처럼 차를 몰아볼게."

그녀가 말했다.

다음 날 잠을 깬 내 머릿속에는 온통 그녀 생각뿐이었다. 전날 우리 집에서 묵었던 욘 올라브는 오전에 달레로 갔다. 그녀와 나를 이어줄 수 있는 사람은 욘 올라브뿐이었다. 나는 그가 대문을 나서기전, 그녀의 주소를 알아내 내게 편지를 보내달라고 부탁했다. 물론 그녀에게 사귀는 사람이 있다는 것을 이미 알고 있었기에 그런 부탁을 하는 내 마음은 결코 가볍지 않았다.

호피요르로 되돌아가는 것은 무의미하게만 여겨졌다. 하지만 일을 그만두기까지는 석 달밖에 남지 않았다. 석 달만 참으면 내게 익숙한 삶을 즐기며 자유롭게 살 수 있을 것이다.

호피요르로 돌아온 다음 날 욘 올라브의 편지가 도착했다. 그녀는 카우팡게르에 살고 있으며 송달 고등학교 3학년에 재학 중이라고 했다.

카우팡게르. 그곳은 세상에서 가장 아름다운 곳이 틀림없다고 생각했다.

나는 그녀에게 답장을 쓰는 데 일주일 이상의 시간을 소비했다. 그녀는 내가 어떤 사람인지, 심지어는 내 이름이 무엇인지도 모른다. 어쩌면 그날 저녁 함께 술을 마셨다는 것도 잊어버렸을지도 모른다. 그래서 나는 편지에 내가 아닌 다른 사람처럼 나를 묘사했다. 하지만 그녀가 나를 떠올릴 수 있도록 운전에 관해 몇 마디를 쓰는 것도 잊지 않았다. 나는 발신자의 주소를 적지 않았다. 만약, 그녀가 내 편지에 답장을 보내려 한다면 내 주소를 알아내기 위해 적지 않은 노력을 기울여야 할 것이다. 나는 그렇게 함으로써 그녀의 의식 속에 내 자리를 만들어놓을 수 있다고 생각했다.

나는 그 주에 문예창작 학교에 입학 신청서를 보냈다. 그들은 스무 장 이상의 소설이나 시를 첨부하라고 요구했기에, 나는 내가 써놓았던 소설의 첫 스무 장과 간단한 이력서를 동봉했다.

이젠 아침에 눈을 뜨면 창밖이 환했다. 계단을 내려가 샤워를 하고 아침을 먹다 보면, 창밖에서 갈매기 우는 소리도 들을 수 있었다. 주방 창문을 열면 파도 소리도 들을 수 있었다. 학교에 가면, 저학년 학생들은 쉬는 시간에 스웨터와 운동화 차림으로 운동장에서 뛰어놀았고, 고학년 학생들은 담벼락에 기대어 앉아 고개를 들고 햇살을 만끽했다. 어둠 속에서 있었던 일은 이제 꿈속의 일처럼 희미하게 변해버렸고, 세세한 일상의 행위는 기대감과 운명으로 햇빛 속에서 반짝였다. 눈을 돌리는 곳마다 서서히 잦아들어 넘쳐나는 햇살로 홍수를 이루었다.

나는 기회가 생길 때마다 눈치채지 못하게 리브에게 시선을 던졌고, 영어 시간에 카밀라의 성숙한 몸을 볼 때마다 온몸에 전율을 느꼈다. 하지만 그 아름답고 부드러운 곡선을 봐도 예전처럼 당황하는 일은 없었다. 나는 내 눈에 보이는 것을 좋아하고 때로는 즐기기도 했지만, 나는 그 느낌에 안주하지 않았다. 반면, 안드레아는 예외였다. 그녀가 비스듬히 고개를 들고 나를 흘낏 바라볼 때면, 나는 모른 척 외면했다. 아무도 내 가슴속에 어떤 느낌이 파도치고 있는지 알지 못했다. 그녀도 마찬가지였다.

내가 느꼈던 것은 무엇이었을까.

그것은 아무것도 아니었다. 그것은 따스함과 배려였으며, 단지 삶의 한 과정에 무의미하게 지나쳐가는 한 줄기 바람에 불과했다.

어느 날 카우팡게르에서 편지 한 통이 도착했다.

나는 우체국에 서서 편지를 읽고 싶지 않았다. 거실이나 침대에 누워 편지를 읽고 싶지도 않았다. 기다렸던 편지를 읽을 때는 주변 환경도 완벽해야 한다. 나는 봉투를 뜯어보지도 않고 옆에 밀쳐둔 채 닐스 에릭과 함께 저녁을 먹고 담배를 피우고 커피를 마셨다. 느지막한 오후가 되자, 나는 편지를 들고 바닷가로 가서 바위 위에 앉아 편지를 꺼내들었다.

짭짤한 바다향과 썰물이 남기고 간 퀴퀴한 냄새가 코를 찔렀다. 잔잔한 공기는 햇살로 데워져 있었다. 가끔 피요르에서 불어오는 바람이 먼지를 허공에 띄워 올렸다가 내려놓았다. 저 멀리 보이는 산봉우리에는 여전히 하얀 눈이 쌓여 있었지만, 등 뒤의 마을에는 여기저기 녹색 점들을 볼 수 있었다. 키 작은 나무와 덤불에는 잎이 달려 있지 않았지만, 그렇다고 생명을 잃은 것처럼 보이지는 않았다.

그것들은 마치 겨울 내내 생명이 되돌아오기를 잠자코 기다렸던 것 같았다.

그녀가 보낸 편지를 읽기 시작했다.

그녀는 자신에 관한 말은 거의 하지 않았다. 그럼에도 내 가슴속에는 그녀가 선명히 자리를 잡기 시작했다. 나는 그녀가 누구인지 잘 알 수 있을 것 같았다. 지금껏 느껴보지 못했던 낯선 기분이었다.

편지를 읽고 봉투에 다시 집어넣은 후에도 내 가슴은 걷잡을 수 없이 떨렸다. 나는 천천히 집을 향해 발길을 옮겼다. 그녀의 글은 수줍은 듯 주저하는 느낌을 주었지만, 그녀가 발하는 빛은 가로막진 못했다.

당장 내일 아침에 버스와 페리를 타고 트롬쇠로 가고 싶었다. 거기서 비행기를 타고 베르겐으로 간 다음 다시 페리를 타고 송달까지 가고 싶었다. 그녀 앞에 서서 우리는 서로를 위해 태어났다고 말하고 싶었다.

그것은 있을 수 없는 일이었다. 그렇게 하면 모든 것이 실패로 돌아갈 것이다. 그럼에도 내가 원하는 것은 그것뿐이었다. 대신, 나는 책상 앞에 앉아 그녀에게 편지를 쓰기 시작했다. 느낌과 감정을 드러내는 말은 한마디도 쓰지 않았다. 신중하고 고상하고 유쾌하고 즐거운 말만 적으려 애썼다. 그녀가 미소를 짓고, 나를 떠올리고, 내게 호기심을 가지기를 바랐던 것이다.

내겐 그다지 어렵지 않은 일이었다. 나는 글 쓰는 것만큼은 자신 있었으니까.

5·17 제헌절 축제가 있던 날 나는 하루 종일 거실에 앉아 책을 읽었다. 교사들은 오전의 행진은 물론 그 후에 있을 갖가지 행사에 참

여해야 했지만, 의무 사항은 아니었다. 나는 소파에 앉아 창밖에서 행진하는 사람들을 바라보았다. 빈약한 나팔 소리와 환호 소리가 들려왔다. 나는 다시 소파에 누워 『반지의 제왕』을 읽었다. 2년 전에 읽었던 책이지만 그 내용을 거의 기억할 수 없었다. 책 속에 등장하는 빛과 어둠의 대립, 선과 악의 대립, 거대한 힘에 대항하는 작고 가냘픈 존재들의 사투에 관한 이야기는 아무리 읽어도 싫증이 나지 않았다. 결국 가장 미약한 존재가 가장 큰 영웅으로 드러나는 부분에 선 감동을 받아 눈물까지 흘렸다.

샤워를 하고 하얀 셔츠와 검은색 바지를 입은 후, 보드카를 비닐봉지에 담아 헨닝의 집으로 갔다. 그곳에선 이미 여러 명이 모여 술을 마시고 있었다. 그날 저녁에는 푸글레외이아 마을회관에서 파티가 있을 예정이었다. 우리는 몇 시간 후 함께 그곳으로 차를 타고 갔다. 나는 주차장에 서서 술을 마시며 사람들과 가벼운 대화를 나눈후, 마을회관 안으로 들어갔다. 사람들과 몸을 부대끼며 춤을 추었고, 얼마 후 마을회관 뒤편의 언덕 위로 올라가 휴고와 주먹질을 했다. 내가 연약한 겁쟁이가 아니라는 것을 보여주고 싶었기 때문이다. 그는 비웃으며 나를 때려눕혔다. 나는 벌떡 일어나 다시 달려들었지만, 그는 다시 나를 때려눕혔다. 그는 나보다 몸집이 훨씬 작았기 때문에 그 수치심은 이루 말할 수 없었다. 나는 그의 뒤를 쫓아가 두 번은 성공했을지 몰라도 세 번째는 호락호락하지 않을 것이라며 약을 올렸다. 그는 짜증이 났는지 내게 성큼성큼 다가와 나를 번쩍 들어올려 힘껏 땅에 내동댕이쳤다. 순간, 허파에서 공기가 쑥 빠지는 느낌이 들었다. 휴고와 그 일행은 뭍에 올라와 팔딱팔딱 몸부림치듯 숨을 헐떡이는 나를 버려두고 어디론가 사라졌다. 나는 거의 비어버린 술병을 들고 주차장 옆 작은 언덕 위에 앉았다. 저녁인데도 불구하고 환하게 풍경을 감싸는 저녁 햇살이 병적으로 보인다는 생각을 했다. 그다음엔 무슨 일이 일어났는지 기억할 수 없었다.

나는 어느새 한 무리의 젊은 어부들과 함께 우리 집 다락방 앞에 서 있었다. 그 방은 집주인이 잠가놓았던 방으로 한 번도 들어가 본 적이 없었다. 나는 그들에게 잠긴 문을 문제없이 열 수 있으며 심지어는 그 방면에 적지 않은 경험도 있다고 떠벌렸던 것이다. 내 말을 곧이곧대로 믿은 그들은 기대에 가득 찬 눈으로 나를 둘러싸고 지켜보았다. 나는 아래층 서랍에서 찾아온 온갖 열쇠를 다 꽂아 보았고, 스크류 드라이버는 물론 각종 장비를 사용해봤지만 잠긴 문은 열리지 않았다. 그들은 지루해졌는지 하나둘 거실로 내려가 버렸다. 창밖에는 어느새 아침 햇살이 환하게 새어 들어오고 있었다.

잠에서 깼다. 아무것도 기억나지 않았다. 그곳이 어디인지 시각이 몇 시인지도 알 수 없었다. 공황감이 찾아들었다. 창밖의 빛은 시간을 짐작하는 데 전혀 도움이 되지 않았다. 아침일 수도 있고, 저녁일 수도 있으니까.

설마… 아무 일도 없었겠지?

휴고가 몇 번이나 나를 땅에 내동댕이쳤던 기억이 났다.

춤을 추며 비비안에게 키스를 하려 했지만, 그녀가 고개를 돌렸던 기억도 났다.

마을회관 출입문 앞에 서 있던 뻔뻔하고 건방진 소녀와 대화를 나누다가 그녀에게 키스를 했던 기억도 뒤를 이었다.

그녀는 몇 살쯤 되었을까? 아, 그녀가 7학년 학생이라고 말했던 것이 떠올랐다.

세상에! 이럴 수가!

제발, 그것이 꿈이었다고, 없었던 일이라고 누가 말해준다면 더 바랄 게 없을 것 같았다.

나는 교사였다. 교사가 파티에서 열세 살 소녀에게 키스를 했다는 소문이 퍼지면 내 위신과 체면은 땅에 떨어질 것이다. 오, 신이시여, 저를 불쌍히 여기소서.

두 손으로 얼굴을 감싸쥐었다. 아래층에서 음악소리가 들려왔다. 가만히 누워 있으면 불쾌한 기억이 온몸을 갉아먹을 것 같아 얼른 몸을 일으켰다. 움직여야만 했다. 어제 일은 아무것도 아니라며 잊어버려도 된다고 말해주는 사람을 만나고 싶었다. 그것은 사실이 아니라고 말해주는 사람은 어디에서 볼 수 있을까.

하지만 그것은 분명한 사실이었다.

왜 내가 그 어린 소녀에게 키스를 했을까? 그것은 단지 충동으로 했던 행위일 뿐 아무런 의미도 없었다. 하지만 그걸 누가 믿어줄까?

몸을 가눌 수 없어 벽을 짚고 걸어야만 했다. 술기운이 가시지 않았던 것이다. 닐스 에릭은 주방에 서서 대구 혀를 굽고 있었다. 그가 나를 돌아보았다. 그는 체크무늬 셔츠와 주머니가 많이 달린 등산용 바지를 입고 있었다.

"자네를 가까이 접할 수 있는 영광을 이제야 누릴 수 있게 되었군."

그가 미소를 지으며 말했다.

"난 아직 술에서 깨지 않았어."

"응, 그런 것 같군."

나는 식탁 앞에 앉아 두 손으로 머리를 감싸쥐었다.

"오늘 리카르드가 화를 많이 냈어."

그가 다 구워진 생선 혀를 접시에 옮겨 담고, 밀가루를 묻힌 또 다른 혀를 프라이팬에 올렸다. 지글지글 굽는 소리가 났다.

"넌 뭐라고 했는데?"

"네가 많이 아프다고 했어."

"그건 사실이야."

"하지만 리카르드가 화를 많이 냈던 것도 사실이야."

"그가 화를 내든 말든 난 상관없어. 이제 한 달밖에 남지 않았어. 그러니 지금 내게 일을 그만두라고 말하진 못할 거야. 게다가 난 지난 1년 동안 단 한 번도 결근한 적이 없어. 괜찮을 거야."

"대구 혀 맛 좀 볼래?"

나는 고개를 저으며 자리에서 일어났다.

"목욕을 해야겠어."

뜨거운 물에 몸을 담그고 천장을 바라보며 욕조에 누웠지만, 기대했던 편안함은커녕 온갖 불쾌하고 아픈 기억만 내게 찾아들었다. 더 견딜 수 없었던 나는 불과 몇 분 후에 욕조에서 나와 수건으로 몸을 닦고 트레이닝복을 입었다. 깨끗한 옷이라곤 그것뿐이었기 때문이다. 소파에 누워『사기꾼 펠릭스 크룰의 고백』을 읽었다.

나는 때때로 책 속에 빠져들 수 있었다. 하지만 몇 분도 지나지 않아 다시 전날의 기억이 고개를 들고 나를 괴롭혔다. 내가 대사기꾼 펠릭스의 세계로 들어갈 때마다 불쾌한 기억의 그림자는 나를 찾아들었다. 견딜 수가 없었다.

나는 유대인에 관한 크룰의 시각을 묘사한 부분을 소리 내어 읽었다.

"난 토마스 만을 좋아할 수 없어."

나는 닐스 에릭을 향해 말했다.

"이건 완전히 반유대주의 사상이잖아!"

닐스 에릭이 나를 쳐다보았다.

"넌 그게 작가의 의도적인 역설이라고 생각하지 않니?"

"역설이라고? 전혀! 넌 그렇게 생각하니?"

"토마스 만은 풍자와 역설과 아이러니로 잘 알려진 작가잖아."

"그렇다면 작가가 이 책에서 의도한 것은 반유대적 사상과는 관계가 없다는 말이니?"

"응."

"난 그렇게 생각하지 않아."

나는 그가 내 앞에서 아는 척을 할 때마다 기분이 나빠 견딜 수가 없었다. 매우 자주 있는 일이었다.

별안간, 7학년 여학생의 부스스한 머리와 무례하고 건방진 눈빛, 그녀의 입술을 감싸는 내 입술이 선명하게 떠올랐다.

나는 왜 그런 짓을 했을까? 왜, 왜!

"무슨 일이야?"

닐스 에릭이 물었다.

"뭐가?"

"방금 이렇게 했잖아."

그가 고개를 들고 눈을 가늘게 뜬 다음 입술을 굳게 다물었다.

"아무 일도 아냐. 그냥 갑자기 무슨 생각이 나서 그랬을 뿐이야."

걱정했던 일은 일어나지 않았다. 다음 날, 나는 태연하게 학교에 출근했고, 주말에 있었던 일을 입에 올리는 사람은 아무도 없었다. 내가 키스했던 여학생과 잘 아는 학생이 있을 법도 했지만, 아이들의 태도는 평소와 다르지 않았다.

어쩌면 그 일은 소리 없이 스르르 묻혀 사라질지도 몰랐다.

그 일이 남아 있는 곳은 내 머릿속뿐이었다. 그건 큰 문제라고 할 수 없었다. 시간이 흐르면 그 또한 사라질 테니까. 과거에 내가 했던 온갖 수치스러운 일들과 함께 언젠가는 잊힐 것이 틀림없었다.

5월 말, 문예창작 학교에서 편지가 왔다. 나는 우체국에서 선 채로 봉투를 뜯어보았다. 합격 통지서였다. 나는 담배를 피워 물고 학교를 향해 걷기 시작했다. 어머니에게 전화해서 그 소식을 알려주고 싶었다. 어머니도 많이 기뻐하시겠지. 윙베 형에게도 전화해서 학교에 가기 위해 가을에 베르겐으로 이사할 것이라고 말할 생각이었다. 무슨 이유에선지 나는 그 학교에 합격할 것이라는 것을 이미 알고 있었다. 비록 내가 제출했던 글이 보잘것없다는 것은 잘 알고 있었지만, 그들이 내 글을 무시할 수는 없을 것이라는 이상한 느낌에 사로잡혀 있었던 것이다.

5월은 막바지에 이르렀고 6월이 시작되었다. 눈에 보이는 모든 것은 빛 속에서 녹아내리는 것 같았다. 밤낮 없이 중천에 떠 있는 태양은 내가 지금껏 보지 못했던 자연의 새로운 모습을 빛 속으로 끄집어냈다. 붉은 기가 감도는 풍성하기 그지없는 햇살은 마치 지금껏 언덕과 산등성이에 숨어 있다가 마치 자연재해가 일어난 후 소리 없이 앞다투어 뛰쳐나오는 것 같았다.

닐스 에릭과 나는 때때로 환한 밤중에 차를 타고 바닷가의 외진 길을 드라이브하기도 했다. 잠든 마을을 덮고 있는 불그스름한 빛과 기괴한 구름을 보니 마치 딴 세상에 들어선 듯 낯설기 그지없었다. 사람들도 달라졌다. 한밤중에 거리를 산책하는가 하면 차를 타고 지나가기도 했고, 한 무리의 소년들은 나무배를 저어 바위섬으로 피크

닉을 가기도 했다.

잉빌에게서 편지가 왔다. 그녀는 바지를 걷어 올리고 송네 피요르
에 발을 담근 채 내게 편지를 쓰고 있다고 했다. 나는 송네 피요르를
사랑했다. 거대하고 깊은 바닷물과 머리에 하얀 눈을 이고 양쪽에
하늘을 찌를 듯 솟아오른 산들. 선명하고 고요하며 푸르고 차가운
그곳의 풍경. 그 속을 거니는 그녀의 모습.

그녀는 두 번째 편지에서 자신을 조금 더 드러냈다. 하지만 그것
으로 그녀가 어떤 사람인지 알아보기는 쉽지 않았다. 그녀의 편지는
자주 자조적인 분위기를 자아냈다. 무언가로부터 자신을 보호하려
는 것만 같았다. 도대체 무엇으로부터 보호하려는 것일까.

그녀는 미국에서 교환학생으로 1년을 지냈기에 또래보다 1년 늦
게 고등학교를 졸업할 예정이라고 했다. 그렇다면, 우리는 동갑이
분명했다. 그녀는 여름방학에 미국으로 가서 호스트 패밀리와 함께
캠핑카를 타고 미국 대륙을 횡단할 계획이라고 했다. 미국에 가면
다시 편지를 쓰겠다고 했다. 가을이 되면 그녀는 베르겐 대학에서
공부할 예정이었다.

마침내 여름방학이 되었다. 나는 칠판에 '여름방학'이라고 커다
랗게 쓰고, 학생들에게 성적표를 나누어주었다. 여름방학은 물론 앞
으로 행복하게 잘 지내라는 덕담도 잊지 않았다. 교무실에서는 동
료 교사들과 함께 케이크를 먹으며 악수를 나누었고, 그동안 고마웠
다고 말했다. 어쩐지 집으로 돌아가는 발걸음이 조금도 가볍지 않았
다. 지난 반년 동안 그날만을 기다려왔건만, 기대했던 것처럼 기쁘
고 즐겁기는커녕 무겁고 공허한 느낌만이 나를 사로잡았던 것이다.

오후가 되자 토르 에이나르가 집으로 찾아왔다. 그는 갈매기 알과
마크월* 한 박스를 가져왔다.

730

"자네가 지금까지 갈매기 알 요리를 먹어보지 못했다는 것을 부끄럽게 여겨야 돼. 노르웨이 북부 지방을 대표하는 음식은 두 가지가 있어. 묄리에와 갈매기 알 요리지. 여기까지 와서 이걸 먹어보지 않고 되돌아간다는 건 있을 수 없는 일이야."

닐스 에릭은 고열에 시달리고 있었다. 소파에 누워 있는 그에게 맥주나 갈매기 알을 권할 수는 없었다. 나는 어쩔 수 없이 토르 에이나르와 함께 대화를 나눌 수밖에 없었다.

"바닷가에 나가볼까?"

토르 에이나르가 미소를 지으며 내게 말했다.

"날씨도 좋은데 집 안에서 궁상맞게 앉아 있을 필요는 없잖아."

"그러지 뭐."

나는 토르 에이나르와 친하게 지낼 수가 없었다. 우리는 나이도 같았고 공통점도 많았다. 닐스 에릭보다도 공통점이 훨씬 많았지만, 어쩐 일인지 그와 친해질 수가 없었다. 공통점의 문제는 아닌 것 같았다. 나는 항상 토르 에이나르보다 잘났다는 생각을 지울 수가 없었다. 반면, 닐스 에릭과 함께 있을 때는 그런 생각을 하지 않았다. 내가 그리 좋아하지 않는 사람과 함께 있을 때면, 그 보이지 않는 거리감 때문에 내가 하는 말은 항상 계산적으로 변했다. 즉, 나는 내가 하고 싶은 말을 하기보다는 상대방이 듣고 싶은 말만 했던 것이다.

따지고 보면, 나는 만나는 사람들마다 그들이 듣고 싶은 말을 주로 늘어놓았던 것이 사실이다. 심지어는 지난 5년 동안 밤낮으로 붙어 다녔던 얀 비다르에게도 그랬으니까. 어쩌다 내가 그렇게 변했는지는 나도 알 수 없다.

• 노르웨이 북부 지방에서 제조되는 전통 맥주.

그것이 위험하거나 잘못된 행동이라고는 할 수 없지만, 불쾌한 것은 사실이었다. 나는 항상 단둘이 오랜 시간을 보내는 상황을 가능한 한 피하려 애썼다.

그날은 피할 수가 없었다. 불행 중 다행히도 맥주가 있었기에 나는 맥주에 의지하리라 마음먹었다. 우리는 바닷가로 터벅터벅 걸어갔다. 술의 힘을 빌리면 불쾌함과 어색함을 지우는 일이, 칠판에 그어놓은 두 줄의 하얀 분필 자국을 지우개로 지워버리는 것만큼이나 쉬워지기 마련이다.

우리는 바윗돌에 앉아 푸르고 깊은 하늘 아래 햇살을 머금고 반짝이는 바닷물을 바라보았다. 토르 에이나르가 맥주병의 뚜껑을 따서 내게 내밀었다. 그가 눈을 찡긋하며 건배를 외쳤다.

"기분이 좋아! 방학이 시작된 데다 햇살은 화창하고 저녁 내내 마실 수 있는 맥주가 충분히 있으니까."

"응."

저 멀리 넘실대는 피요르의 파도를 헤치며 나아가는 작은 고깃배가 보였다. 그 위에는 갈매기 떼가 원을 그리며 빙빙 돌고 있었다.

"이제 지난 1년을 한번 종합해볼까?"

토르 에이나르가 말했다.

"학교 일을 말하는 거야? 여기서도 꼭 교사처럼 말할 필요는 없잖아?"

나는 담배를 꺼내며 말했다.

"지난 1년은 어땠어? 이곳에 올 때 가졌던 기대에 부응했는지 궁금해."

"난 아무런 기대도 하지 않고 이곳에 왔어. 그냥 될 대로 되라는 심정이었지. 자네는? 지난 1년에 만족해?"

그가 잠시 생각에 잠겼다.

"글쎄, 연애 전선을 생각한다면 그다지 만족스럽진 않아."

햇살이 눈이 부신 듯 눈을 가늘게 뜨고 있던 그가 내게로 고개를 돌렸다.

"자네는 최소 두 번 정도의 경험이 있잖아. 이네와 이레네. 그렇지? 그리고 푸글레외이아의 계약직 교사… 그녀 이름이 뭐였더라…? 안네였던가?"

"맞아. 하지만 아무 일도 없었어."

"그게 정말이야?"

"응."

"아무도?"

"응."

그가 믿을 수 없다는 표정을 지었다.

"나는 올해 적어도 우리 중 한 명은 성공했다고 믿었는데, 정말 아무 일도 없었다고?"

나는 미소를 지으며 그와 술병을 마주쳤다. 한 모금 남은 맥주를 비우고 새 병을 땄다.

"자넨 누구에게 관심이 있는지 궁금해."

내가 그에게 물었다.

"토네."

토네는 양치질을 하며 나를 거부했던 바로 그 여자였다.

"아, 토네도 참 예뻐."

내가 말을 이었다.

"사실은 나도 그녀에게 대시를 해보았지만 거절당했어."

"절대 호락호락한 여자는 아냐."

733

그가 말을 이었다.

"하지만 나도 다 계획이 있다고. 우린 올여름에 인터레일로 유럽 여행을 할 거야. 물론 단둘이 여행을 가는 건 아냐. 우리 외에도 네 명이 더 있지. 하지만 한 달 동안 함께 여행을 하다보면 기회가 생길 것이라고 믿어."

"인터레일로 여행을 할 계획이야?"

그가 고개를 끄덕였다.

"나도 마찬가지야. 인터레일은 아니고… 친구와 함께 로실데 페스티벌에 갔다가 하이킹으로 유럽 여행을 하려고."

"그렇다면 자네와 만나지 않도록 조심해야겠군."

그가 말했다.

"그녀에게 온 정성을 다해서 준비를 해놓으면 자네가 와서 가로챌 수도 있으니까."

"하하, 나를 너무 과잉 평가하는 건 아냐? 난 그 방면엔 영 소질이 없어."

"내 전술은 항상 그녀의 눈에 띄는 자리에 있는 거야. 내겐 그 방법밖에 없어. 언젠가는 주인이 머리를 쓰다듬어주겠지 하는 심정으로 시도 때도 없이 졸졸 따라다니는 강아지가 되는 게 나의 유일한 희망이자 계획이야."

그의 말에 소름이 쫙 끼쳤다.

"그건 너무 비참하지 않아?"

"맞아. 하지만 그 외엔 방법이 없는걸."

"바로 그 때문에 비참하다는 거야. 하긴, 내게도 개 같은 면이 없지 않아 있어."

그가 혀를 쑥 내밀고 무거운 한숨을 내쉬었다.

"그 외에 마음에 두었던 여자는 없어?"

내가 그에게 물어보았다.

"리브."

그가 내 눈을 빤히 쳐다보며 대답했다.

"리브?"

"응. 우리 나이 또래의 여자들은 모두 외지에 나가서 살거나 학교에 다니잖아. 리브는 정말 예뻐. 자네도 그렇게 생각하지?"

"응."

나는 미소를 지으며 말을 이었다.

"리브의 몸매를 본 적이 있니? 그 토실토실한 엉덩이를?"

"그럼, 물론이지. 정말 환상적이야. 그렇게 따진다면 카밀라도 꽤 괜찮은 축에 들어."

"맞아. 하지만 리브는 열여섯 살이잖아. 카밀라는 이제 겨우 열다섯 살이야."

"나이가 무슨 상관이라고…"

"하긴 자네 말도 맞아."

우리는 다시 새 맥주병의 뚜껑을 땄다. 그의 미소는 햇살을 담고 있었다.

"카밀라의 젖가슴을 본 적이 있니?"

그가 물었다.

"물론이지. 수업 중엔 그것만 보이는걸."

"카밀라도 예쁘긴 하지만 리브와는 비교가 안 돼."

"응."

나는 고개를 돌려 찻길을 바라보았다. 자동차 한 대가 수산물 수취장이 자리한 언덕길을 올라오고 있었다. 우리 집 지붕 위에는 갈매기 한 마리가 앉아 먼 곳을 응시하고 있었다.

"안드레아도 빠질 수 없지."

내가 말문을 열었다.

"맞아."

"정말 예뻐. 자네도 그렇게 생각하지?"

"응."

"사실, 난 안드레아 생각을 자주 해."

"충분히 이해할 수 있어."

"따지고 보면 이 동네에 여자들이라곤 걔들밖에 없잖아."

우리는 웃음을 터뜨리며 술병을 부딪쳤다.

"안드레아의 눈을 보면 그 속에 빠져들 것 같아. 게다가 팔다리도 길쭉길쭉한 게 얼마나 예쁜지…"

"비비안은 어때?"

"언니와 비교하면 아무것도 아냐."

"맞는 말이야. 하지만 비비안도 나름대로 매력이 있어."

"그건 맞는 말이야."

"그런데 만약 누가 우리 대화를 엿들었다면 어떡하지?"

그가 어깨를 으쓱 추켰다.

"교사직을 박탈당할 거야. 다시는 교사로 일할 수 없다는 건 확실해."

그가 웃음을 터뜨리며 술병을 치켜들었다.

"모든 중학교 여학생들을 위하여!"

그가 소리쳤다.

"위하여!"

"그 아이들의 어머니는 어때?"

그가 물었다.

"그 생각은 한 번도 해본 적이 없어."

"정말?"

"자네는 해본 적이 있어?"

"당연하지!"

"난 안드레아를 사랑하는 것 같아."

"나도 사실 안드레아를 많이 좋아해. 하지만 그건 사랑이라고까지 할 수는 없어. 반면, 리브는 달라. 나는 리브만 보면 하루가 환해지는 것 같아."

"그렇군. 어쨌든, 이젠 모두 지난 일이야."

"그렇지."

다음 날 나는 이삿짐을 싸고 박스에 테이프를 두른 후 닐스 에릭의 차에 실었다. 그는 나를 핀스네스의 고속 페리 선착장까지 태워주기로 했다. 나는 페리 편으로 베르겐까지 짐을 보낼 예정이었다. 스테레오 기기와 책 몇 권, 음반 몇 개를 제외하면, 이삿짐은 1년 전 이곳에 처음 왔을 때와 조금도 다르지 않았다.

짐을 부치고 다시 집으로 돌아온 나는 소시지와 감자를 구워 닐스 에릭과 함께 주방에서 식사를 했다. 그것은 그 동네에서 먹는 마지막 끼니였다. 닐스 에릭은 그곳에서 몇 주 더 지낸 후 집으로 갈 예정이었다. 나는 내가 사용했던 침실을 청소했다. 그는 집을 비우기 전에 대청소를 하겠다고 했다.

"혼자 대청소를 하는 대가로 집에 있는 빈 술병을 돈으로 바꾸어 가질게. 액수가 꽤 될 것 같아."

그가 미소를 지으며 말했다.

"알았어. 이제 가볼까?"

그가 고개를 끄덕였다. 우리는 차에 올라탔다. 그는 여느 때와 마찬가지로 느릿느릿 차를 몰면서 길가에 지나가는 사람들에게 빠짐없이 손을 흔들어 인사를 건넸다. 우리의 등 뒤로 마을이 자취를 감추기 시작했다. 나는 다시 마을을 돌아보지 않겠다고 마음먹었다. 그 어떤 일이 있어도 다시 이곳에 발을 들이는 일은 없을 것이다.

교회와 우체국이 자취를 감추었고, 안드레아와 카이 로알의 집도 사라졌다. 헤게와 비다르의 집이 사라졌고, 가게와 내가 이전에 살던 집, 스투레의 집도 자취를 감추었다. 그 뒤를 이어 마을회관, 축구장, 학교가 차례차례 모습을 감추었다.

의자에 등을 기댔다.

"이제 끝이라고 생각하니 후련해."

나는 터널 속의 어둠이 차 안을 채우기 시작했을 때 말문을 열었다.

"나는 앞으로 다시는 일을 하지 않을 거야. 그것만큼은 확실히 장담할 수 있어."

"그렇다면 넌 정말 선박회사 아들이 맞는 모양이구나."

닐스 에릭이 농담을 했다.

"응, 맞아."

"음악을 틀어볼래?"

나는 트롬쇠의 싸구려 호텔에서 하룻밤을 묵고, 다음 날 오전 비행기를 타고 베르겐으로 갔다. 오후 3시쯤 공항버스에서 내린 나는 욍베 형이 안내원으로 일하는 오리온 호텔로 걸어갔다. 나는 검은색 신발을 신고, 헐렁한 검은색 면바지와 하얀 셔츠에 검은색 재킷을 걸치고, 배낭을 메고 레이 밴 웨이페러 선글라스를 쓴 채 길을 걸었다. 햇살은 따스했고, 바닷물은 햇살을 받아 반짝였으며, 피요르에서는 부드러운 바람이 불어왔다.

문득 내가 난생처음으로 대도시 구경을 나온 원주민 같았다. 자동차나 버스 또는 트럭이 엔진 소리를 내며 내 곁을 지나갈 때나 인도를 걷는 낯선 얼굴들이 내 곁을 지나칠 때마다 불안해졌기 때문이다. 윙베 형이 항상 친구 폴을 원주민이라고 불렀던 기억이 났다. 그 후, 나는 폴을 볼 때마다 윙베 형의 말이 생각나 웃지 않을 수 없었다. 나는 홀로 미소를 지으며 배낭을 기분 좋게 다른 쪽 어깨로 옮겼다.

호텔에 들어서니, 유니폼을 입은 윙베 형이 안내 데스크 위에 지도를 펼쳐놓고 나이 지긋한 부부에게 무언가를 열심히 설명하고 있었다. 그들은 야구 모자를 쓰고 허리에 작은 머니벨트를 두르고 있었다. 나를 발견한 윙베 형이 턱으로 로비의 소파를 가리켰다. 나는 소파에 미끄러지듯 내려앉았다.

미국 관광객들이 그곳을 떠나자마자 윙베 형이 내게 다가왔다.

"일은 10분 뒤에 끝나. 그러면 옷을 갈아입고 바로 나가자. 알았지?"

"오케이."

윙베 형은 같은 배구팀에서 활동하는 키 작은 일본인에게서 차를 빌려놓았다. 그로부터 30분 후, 우리는 차를 타고 형의 자취방이 있는 솔헤임스비켄으로 갔다. 그 집은 산 중턱에 나란히 자리한 벽돌집 중 가장 끝부분에 자리하고 있었다. 보아하니 과거 조선소 인부들을 위해 지어놓은 집 같았다.

우리는 대문 앞 계단에 앉아 차가운 맥주를 마셨다. 거실에서는 언더톤*의 「틴에이지 킥스」가 흘러나왔다. 그해 여름 가장 인기를 끌었던 곡이었다.

"로실데 페스티벌에 갈 거니?"

웡베 형이 내게 물었다.

나는 고개를 끄덕였다.

"응, 그럴 것 같아."

"나도 거기 갈지 몰라. 아르비드와 엘링도 거기 간다고 했고, 그외에도 페스티벌에 가겠다는 아이들이 꽤 많아. 거기 가려고 지금 돈을 모으는 중이야. 올해는 '처치'도 거기서 공연한다는 소문을 들었어."

"정말?"

"응. 기회를 놓치고 싶진 않아."

골목길 양쪽에는 주차된 자동차들로 빈틈이 없을 정도였다. 여기저기 쉴 새 없이 대문이 열리는 소리가 났고, 그 문을 통해 사람들이 드나들었다. 발밑에 자리한 도시에선 끊임없이 차소리가 들려왔다. 때때로 하늘 위에는 비행기가 길고 하얀 꼬리를 만들어내기도 했다. 그 꼬리는 비행기가 자취를 감춘 후에도 한참이나 하늘에 남아 있었다. 해는 여전히 서쪽 하늘에 떠 있었다. 산 아래 지붕들은 주황색과 오렌지색을 띠며 반짝였고, 그사이로는 바람에 떨리는 키 큰 나무들이 보였다.

잠시 후, 우리는 집 안으로 들어갔다. 웡베 형은 저녁으로 파스타 카르보나라를 만들었다. 우리는 저녁을 먹은 후, 다시 계단에 앉아 맥주를 마셨다. 대화는 조금 어색한 느낌이 없지 않았다. 지난번에

• 아일랜드의 펑크록 밴드.

마지막으로 만난 후, 우리 사이에 보이지 않는 틈이 생긴 것 같았다. 하지만 나는 개의치 않았다. 그 이유는 내가 아닌 다른 문제 때문일 수도 있으니까.

문득 윙베 형이 편지에서 내게 콘돔을 사용하라고 넌지시 말했던 것이 기억났다. 나는 형의 배려가 고마웠지만 편지를 읽으며 웃음을 터뜨리지 않을 수 없었다. 왜냐하면, 윙베 형은 얼굴을 마주한 자리에선 절대 그런 말을 못 하는 사람이었다. 술에 취했을 때나 편지를 통해 지나가듯 슬쩍 언급하는 것이 전부였으니까.

"크리스틴 때문에 아직도 많이 힘들어?"

나는 윙베 형에게 넌지시 물어보았다.

"응, 매일매일 너무 힘들고 고통스러워."

"다시 만날 생각은 없어? 아니, 아예 희망이라곤 조금도 남아 있지 않은 거야?"

"다시 만날 수 있다면 내가 여기 앉아서 이러고 있겠니?"

"그렇군…"

나는 미소를 지으며 말했다.

"모두 내 잘못이야. 그녀가 내 곁에 있다는 사실을 너무나 당연하게 받아들였어. 그녀는 바로 그런 점을 견딜 수 없어 결국 헤어지자고 하더군. 되돌리기엔 이미 때가 늦어버렸지. 제기랄. 내 생각이 짧았던 거야. 이별을 막을 수 있었던 사람은 바로 나였다는 생각을 하면 지금도 견디기가 힘들어. 나는 그녀를 제대로 존중해주지 않았어. 내가 멍청했지."

"지금은 그녀를 존중해?"

"지금은 내가 잃어버린 소중한 것들을 다시 살펴볼 수 있는 입장이 되었어. 배운 것이 많아."

계단을 비추어 내리던 햇살이 사라졌다. 나는 선글라스를 벗어 셔츠 주머니에 넣었다.

"선글라스를 거기에 넣지 마. 촌스러워 보여."

윙베 형이 말했다.

"어, 형 말이 맞아."

나는 얼른 선글라스를 주머니에서 꺼냈다.

"이왕 말이 나왔으니 말인데… 징을 박은 그 벨트는 이제 그만 사용해. 시대에 뒤떨어졌어."

"그럴지도 모르지. 그건 좀 생각해볼게."

잠시 침묵이 흘렀다. 우리는 담배를 피우며 햇살이 사라진 무더운 거리를 내려다보았다.

"뭐 하나 물어봐도 돼?"

나는 한참 후에 말문을 열었다.

"물론이지. 뭘 물어보려고?"

"형은… 언제 처음으로… 성관계를 해봤어?"

윙베 형이 나를 힐끗 쳐다보더니 고개를 돌려 먼 곳을 바라보았다.

"열여덟 살 때. 헬게와 함께 그리스에 갔을 때였어. 너도 기억하지? 안티파로스섬의 바닷가였어. 달빛이 흐르는 밤중에…"

"그게 정말이야?"

"응. 조금 늦었지만 꽤 좋았어. 아니, 이렇게 말로 하고 나니까 더 좋아 보이는 것 같아. 그런데 그건 갑자기 왜 묻니?"

나는 어깨를 으쓱 추키며 아무 말도 하지 않았다.

"아직 동정이니? 설마 그런 건 아니겠지?"

"아냐, 아냐! 내가 동정이 아니라는 건 형도 잘 알잖아."

다시 침묵이 흘렀다. 우리를 둘러싼 공기는 갖가지 소리로 가득차 있었다. 집집마다 열린 창을 통해 흘러나오는 사람들의 목소리, 아스팔트를 스치는 자전거 바퀴 소리, 천천히 오르막길을 오르는 자동차 소리, 차문이 닫히는 소리.

내가 거짓말을 한 것은 아니었다. 기술적으로 따진다면 나는 결코 동정의 몸이라 할 수 없었다. 나는 루스 파티에서 그녀의 몸속에 들어가 본 적이 있다. 물론 그것은 불과 1, 2센티미터에 불과했지만 접촉이 있었던 것은 사실이다.

"택시를 부를게."

윙베 형이 몸을 일으키며 말했다.

"너도 집에 같이 가자. 네게 꼭 소개시켜주고 싶은 친구야."

며칠 후에 이삿짐이 도착했다. 나는 고속 페리 선착장에서 이삿짐을 받아 윙베 형의 집 지하실에 쌓아둔 후 크리스티안산으로 내려갔다. 나는 그곳에 있을 때 대부분 라스의 오두막에 머물렀다. 우리는 로실데 페스티벌에 갔다가 함께 하이킹을 해서 유럽 여행을 할 예정이었다.

우리는 여행 계획을 함께 세웠다. 먼저 이탈리아의 남쪽에 있는 브린디시로 갔다가 아테네를 거쳐 그리스의 다른 섬을 둘러보기로 했다. 나는 안티파로스를 추천했다. 라스는 좋은 생각이라며 선뜻 동의했다. 나는 할아버지와 할머니를 찾아보았고, 내가 크리스티안산에 있다는 소문을 듣고 전화를 한 군나르 삼촌의 집에서도 하룻밤을 묵었다. 삼촌은 친척도 별로 없으니 우리끼리라도 돈독하게 잘 지내야 한다며 나를 초대했다. 나는 그곳을 떠나기 전 마지막 날, 룬딩겐에서 삼촌을 만나 그의 집으로 갔다. 저녁 식사를 준비하던 토베 숙모는 나를 반갑게 맞아주었다. 우리는 저녁 내내 함께 앉아 이런저런 이야기를 나누었다. 두 사촌들은 그들의 아버지를 전혀 두려워하지 않았다. 그들이 삼촌을 신뢰와 사랑으로 대하는 모습을 보니 기분이 좋아졌다. 아무도 아버지에 관한 말을 입에 올리지 않았다. 내겐 아무래도 상관없는 일이었다. 나는 삼촌의 지하 거실에서 잤고 다음 날 아침 일찍 서둘러 아침을 먹었다. 군나르 삼촌은 라스와 그의 애인이 기다리고 있는 페리 선착장까지 나를 차로 데려다주었다.

우리는 페리 안에서 대부분의 시간을 갑판에서 보냈다. 햇살은 따스했고, 바다는 끝없이 펼쳐져 있었다. 우리는 함께 앉아 술을 마시고 담배를 피웠다. 나는 가만히 앉아 있는 것이 따분해서 자주 페리 안을 왔다 갔다 했다.

페리에서 내린 우리는 기차를 타고 로실데로 간 다음 페스티벌 장소의 입구에 줄을 섰다. 입장용 팔찌를 받아든 우리는 거대한 캠핑 광장으로 걸어갔다. 나는 라스에게서 이인용 갈색 텐트를 빌렸고, 그는 애인의 텐트에서 함께 지내기로 했다.

텐트를 세운 후, 나는 바센을 찾아 나섰다. 우리는 사전에 페스티벌 광장의 만남의 장소를 매 시간 찾아보기로 약속한 터였다. 그곳에 가니 바센이 이미 도착해 나를 기다리고 있었다.

"잘 지냈어? 오랜만이다."

그가 미소를 지으며 말했다.

"마실 것을 사러 저쪽으로 가보자."

그는 내가 북부 지방에서 겪었던 일을 이야기해주니 크게 웃음을 터뜨렸다. 나는 안드레아에 관해선 한마디도 하지 않았다. 그녀에 관한 이야기는 그 누구에게도 할 생각이 없었다. 굳이 이야기를 해야 할 이유도 없었다.

우리는 페스티벌 장소를 한 바퀴 돌았다. 이른 시각이어서인지 사람들은 그리 많지 않았다.

"배고파. 뭘 좀 먹으러 가자."

"그러자. 사실은 나도 배가 고팠어."

우리는 헬스 엔젤스* 무리가 모여 있는 텐트장을 지나쳤다. 그들은 커다란 고깃점을 굽고 있었다. 바셴이 멈춰서서 그들에게 소리쳤다.

"여보세요! 좀 나눠 먹어요! 우린 배가 고프다고요! 노르웨이 청년 두 명에게 고기 한 점만 적선하세요!"

그들 중 한 명이 벌떡 일어나 우리에게 다가왔다.

"틀림없이 우리에게 들어오라고 할 거야."

바셴이 말했다.

"저들은 소문과는 달리 친절한 사람들이야. 두고 봐. 우리가 먼저 무례하게 대하지만 않으면 그들도 우리를 친절하게 대해줄 거야."

"너희들!"

헬스 엔젤스 사내가 우리에게 소리를 쳤다. 긴 머리에 문손잡이를 닮은 콧수염, 가죽 바지와 가죽 재킷, 머리를 두른 두건, 칠흑처럼 새까만 선글라스 차림의 그가 우리에게 점점 가까이 다가오고 있었다.

그는 결코 친절하게 보이지 않았다. 하지만 그는 바셴의 말대로 겉모습만 무시무시할 뿐 속은 상냥할지도 몰랐다. 그가 우리 앞에 멈추더니 침을 뱉고 등을 돌려 무리에게 되돌아갔다.

그의 침은 바셴의 가슴에 떨어졌다.

---

* 미국의 모터사이클 클럽으로 각국에 지부가 있다.

"아, 씨발!"

겁에 질린 그가 얼른 발길을 돌렸다.

"우리에게 침을 뱉었어! 왜 그랬지? 우린 단지 음식을 나눠달라고 했을 뿐인데!"

"젠장! 어쩌면 우린 운이 좋았을지도 몰라. 사실은 굉장히 무서운 사람들일 거야."

바센이 웃음을 터뜨렸다.

"그래, 칼 오베. 세상에는 위험한 것투성이란다."

그가 마치 어린아이에게 하듯 내게 말했다.

나도 웃음을 터뜨렸다. 나는 바센과 함께 배를 채우고 한 시간쯤 후에 텐트로 되돌아왔다. 라스와 함께 왔으니 그와도 함께 시간을 보내야 한다고 생각했다. 그들은 텐트 밖에 앉아 와인을 마시고 있었다. 그중에는 낯선 여자아이도 한 명 끼어 있었다.

"우리 이웃이야. 인사해."

라스가 말했다.

"안녕. 난 빌데라고 해."

나는 그녀와 악수를 했다. 그녀는 페스티벌에 참석하기 위해 콩스빙게르에서 혼자 왔으며, 페스티벌이 끝나면 오르후스에 사는 친구를 만나러 갈 예정이라고 했다.

나보다 두 살 많은 그녀는 짙은 머리에 살이 통통하게 쪘고, 고집이 세 보였다. 그녀의 갈색 눈은 초점이 없어 멍청해 보였지만, 가끔 따스한 빛이 스치기도 했다.

와인 병이 오고 갔다. 술이 떨어지자 빌데가 자신의 텐트에서 와인 한 병을 더 가져왔다. 그녀가 코르크 마개를 따기 위해 무릎을 꿇고 앉아 허벅지 사이에 와인병을 끼웠다. 와인병에 짓눌린 그녀의

746

평퍼짐한 허벅지는 마치 굵은 나무둥치 같았다.

"자, 여기!"

그녀가 미소를 지으며 와인병을 내게 내밀었다.

30분도 채 지나지 않아 와인병이 비어버렸다.

라스와 그의 애인이 눈빛을 교환했다.

"한자리에 너무 오래 앉아 있으니 피곤한걸."

라스가 자리에서 일어나며 말했다.

"우린 한 바퀴 빙 둘러보고 올게."

그가 애인의 손을 잡아끌었다. 잠시 후, 그들은 어디론가 사라졌다.

뜬금없이 온몸이 부르르 떨렸다. 마치 생각지도 않았던 일이 벌어질 것 같은 이상한 느낌이 들었다. 도대체 무슨 일이 벌어질 것인가.

알 수 없었다. 그곳에 온 것이 후회되기 시작했다. 그곳에 더 앉아 있을 수가 없었다.

"와인이 떨어졌어."

빌데가 말했다.

"술을 사러 함께 가지 않을래?"

"그러지 뭐."

나는 그녀와 함께 걸으며 윙베 형과 그 일행을 찾아보려 두리번거렸다. 하지만 수만 명의 사람들이 운집한 곳에서 윙베 형을 찾기는 하늘에서 별 따기였다.

"이것 봐!"

빌데가 소리쳤다.

"잘 보고 따라오란 말야!"

"어…?"

747

"넌 지금 나와 함께 걷고 있어! 최소한의 사회성은 보여줘야 할 거 아냐!"

"알았어."

나는 더 할 말을 찾을 수 없었다.

"누굴 찾고 있니?"

그녀가 물었다.

"형이 친구들과 함께 여기 온다고 했어."

"네 형도 너처럼 잘생겼니?"

얼굴이 화끈 달아올랐다. 그녀가 웃음을 터뜨리며 내 어깨를 툭 쳤다.

"농담이야. 네가 얼굴을 붉히는 걸 보니 우습구나."

"얼굴을 붉히진 않았어."

"쳇. 넌 네가 생각하는 것처럼 터프하진 않아!"

우리는 가판점 앞에서 멈춰섰다. 그녀는 와인 세 병을 샀다. 우리 는 다시 텐트로 돌아왔다.

"내 텐트에 들어갈래? 꽤 넓어. 거기 앉아서 술을 마셔도 돼."

빌데가 말했다.

"응…"

그와 동시에 내 속의 검은 심연이 활짝 열렸다.

우리는 그녀의 텐트 안으로 함께 들어가서 앉았다. 그녀가 와인 병을 땄다. 우리는 잠시 서로를 마주 보았다. 그녀가 나를 덮쳤다. 나 는 거부하지 않았다. 그녀가 바닥에 드러누웠다. 나는 그녀의 티셔 츠를 걷어올렸다. 그녀의 물컹한 젖가슴이 드러났다. 나는 그녀의 바지 단추를 풀고 아래로 끌어내렸다. 오, 세상에! 그처럼 통통하고 많은 살점은 난생처음 보았다. 나는 몸을 굽혀 그녀의 하얀 허벅지

748

에 입을 맞추고 그녀의 검은 팬티를 내린 후, 두 손을 뻗어 그녀의 젖가슴을 움켜쥐었다. 그녀가 내게 얼른 옷을 벗으라고 재촉했다.

"서둘러, 서두르란 말야, 지금 당장 너를 느끼고 싶어."

그녀는 엉덩이를 비비 꼬며 팬티를 종아리까지 내리고 한쪽 다리를 들어올렸다. 나는 거의 숨이 멎을 지경이었다. 나는 불룩하게 솟아오른 속옷을 내리고 그녀의 몸을 파고 들었다. 그녀는 두 손으로 내 머리를 감싸쥐었다. 나는 그녀의 몸속으로 들어가 보려 했지만 마음처럼 잘 되지 않았다. 젠장, 젠장. 또 같은 일이 반복될까봐 두려워지기 시작했다.

"잠시만 기다려. 내가 도와줄게. 이렇게… 자… 이제 됐어."

나는 그녀의 도움을 얻어 그녀의 몸속에 들어갈 수 있었다. 두 번 정도 아랫도리를 움직이자 내 몸은 원상태로 돌아가 버렸다. 나는 그녀의 몸 위에 쓰러졌다.

너무나 짧았고, 너무나 수치스러웠다.

그녀는 내 머리를 부드럽게 쓰다듬어 주었다.

나는 그녀에게서 내려와 허공을 바라보며 그녀의 곁에 누웠다.

적어도 그녀의 몸속에 들어갈 수 있었다는 사실만으로도 만족했다.

난생처음 해보는 경험이었다.

미소가 절로 나왔다.

"와인 마실래?"

"응."

그녀가 대답했다.

우리는 와인을 한 모금씩 나누어 마셨다.

"지금까지 몇 명과 섹스를 해봤니?"

그녀가 내게 물었다.

나는 달아오르는 얼굴을 숨기기 위해 술병을 치켜들며, 속으로 수를 세는 척했다.

"열 명."

"그렇게나 많이?"

그녀가 놀란 표정을 지었다.

"응, 너는?"

"세 명."

"세 명?"

"응."

"나는 몇 번째니? 세 번째? 네 번째?"

"세 번째야. 그런데 나의 네 번째가 되고 싶은 마음은 없니?"

"응…"

이번에는 조금 진전이 있었다. 약 20초가 지난 후, 나는 다시 그녀의 곁에 누웠다. 우리는 와인을 나누어 마셨다. 나는 그녀의 터질 듯 통통한 몸에 팔을 두르고 잠들었다. 눈을 뜨니 밖은 어느새 어둑어둑했다. 우리는 다시 그 일을 했다. 그리고 또다시.

우리는 함께 누워 대화를 나누고 큰 소리로 웃었으며, 술을 나누어 마셨다. 믿을 수가 없었다. 꿈만 같았다. 실오라기 하나 걸치지 않은 몸으로 여자와 함께 누워 내가 하고 싶은 일을 마음껏 할 수 있다니!

다시 잠에 빠졌다. 우리는 함께 눈을 뜨고 텐트 밖으로 나가서 와인을 마시며 밴드들의 공연을 보았다. 2분도 채 지나지 않아 우리는 다시 텐트로 되돌아왔다. 우리는 하루 종일 텐트 안에 머물렀고 점점 올라오는 술기운에 몸을 맡겼다. 나는 그녀의 통통한 엉덩이와 커다랗고 부드러운 젖가슴에서 벗어날 수가 없었다. 내게 이런 행운이 찾아왔다는 것을 믿을 수가 없었다.

갑자기 그녀가 고개를 옆으로 돌리며 한 손으로 입을 막았다. 나는 무슨 일이 벌어질 것인지 예상했기에 얼른 몸을 뺐다. 그녀가 엉금엉금 기어 텐트 입구로 가서 지퍼를 내렸다. 그녀는 텐트 안에 엉덩이를 두고 상체만 밖으로 내민 채 토하기 시작했다. 신음 소리와 함께 그녀의 온몸이 경련을 일으키듯 부르르 떨렸다. 그녀의 커다란 엉덩이가 눈앞에서 흔들리는 것을 보니 솟아오르는 욕구를 누르기가 쉽지 않았다. 나는 그녀의 엉덩이에 손을 얹고 다시 나를 그녀의 몸속으로 밀어넣었다.

칼 오베 크나우스고르 Karl Ove Knausgård

매일 글을 쓰고, 담배를 피운다. 세상 밖으로 뛰쳐나가고 싶은 욕구를
가끔 느낀다. 이 욕구를 누그러뜨리기 위해 글을 쓴다. 글을 씀으로써
세상 밖으로 향하는 문을 열고, 글을 씀으로써 좌절한다. 1968년 노르웨이
오슬로에서 태어나, 베르겐 대학에서 문학과 예술을 전공했다.
1998년 첫 소설 『세상 밖으로』로 노르웨이 문예비평가상을 받았다.
2004년 두 번째 소설 『어떤 일이든 때가 있다』도 비평가들에게
호평을 받았다. 세 번째 소설 『나의 투쟁』 이후 그의 삶은 완전히 변했다.
그의 자화상 같은 소설은 2009년부터 2011년까지 총 6권, 3,622쪽으로
출간되어 노르웨이에서 기이한 성공을 거두었다. 총인구 500만 명의
노르웨이에서 50만 부 이상이 팔렸다. 모든 것이 이례적이었다.
'크나우스고르 현상'이 일어났다. 그의 모든 것을 담은 이 소설을 전 세계가
읽고 이야기했다. 2009년 노르웨이 최고 문학상 브라게상을 받은 뒤
『나의 투쟁』은 독일, 영국, 프랑스, 그리스 등 유럽 전역과 미국, 캐나다,
브라질 등 아메리카 대륙은 물론 중국, 일본 등 아시아에서도
속속 번역되었다. 각종 문학상을 휩쓸었고 그의 새로운 글쓰기에 대한
찬사가 잇따랐다. 2015년 월 스트리트 저널 매거진이 크나우스고르를
'문학 이노베이터'로 선정하면서 그는 "21세기 최고의 문학혁명을
일으킨 작가"로 칭송받았다. 2017년 '예루살렘 문학상'을 수상했고
2019년에는 작은 노벨문학상이라고 불리는 '스웨덴 한림원
북유럽문학상'을 수상했다. 크나우스고르는 2020년
'한스 크리스티안 안데르센 문학상' 수상자로 선정되어
다시 한번 문학성을 인정받았다.

손화수 孫和秀

한국외국어대학교에서 영어를, 오스트리아 잘츠부르크 모차르테움 대학에서
피아노를 공부했다. 1998년 노르웨이로 이주한 후 크빈헤라드 코뮤네
예술학교에서 피아노를 가르쳤다. 2002년부터 노르웨이 문학을 번역하기
시작했다. 2012년에는 노르웨이 번역인 협회 회원(MNO)이 되었고
같은 해 노르웨이 국제문학협회(NORLA)에서 수여하는 번역가상을 받았으며
'올해의 번역가'로 선정되었다.
『나의 투쟁』 1-5, 『벌들의 역사』 『부러진 코를 위한 발라드』 『노스트라다무스
의 암호』 『파리인간』 『이케아 사장을 납치한 하롤드 영감』 등을 번역했다.
스테인셰르 코뮤네 예술학교에서 가르치고 있으며, 철 따라 찾아오는
노르웨이의 백야와 극야를 벗 삼아 책을 읽고 번역을 하고 있다.

나의
투쟁
5

모든 것을 위한 시간

지은이 칼 오베 크나우스고르
옮긴이 손화수
펴낸이 김언호

펴낸곳 (주)도서출판 한길사
등록 1976년 12월 24일 제74호
주소 10881 경기도 파주시 광인사길 37
홈페이지 www.hangilsa.co.kr
전자우편 hangilsa@hangilsa.co.kr
전화 031-955-2000~3 **팩스** 031-955-2005

부사장 박관순 **총괄이사** 김서영 **관리이사** 곽명호
영업이사 이경호 **경영이사** 김관영 **편집주간** 백은숙
편집 김지수 박희진 노유연 최현경 이한민 강성욱 김영길
마케팅 정아린 **관리** 이주환 문주상 이희문 원선아 이진아
디자인 창포 **CTP 출력및인쇄** 예림 **제본** 예림바인딩

제1판 제1쇄 2022년 4월 12일

값 18,000원
ISBN 978-89-356-6944-8 04850
ISBN 978-89-356-7011-6 (세트)

• 이 책은 노르웨이 국제문학협회(NORLA)의 지원을 받아 출간했습니다. N NORLA

세계의 미디어
크나우스고르 현상에 빠지다

이것은 글로 쓴 가상현실이다.
하지만 읽고 난 후에는 또 하나의 과거가 우리 마음속에 스며드는 것 같다.
영국_파이낸셜 타임스

크나우스고르는 모든 전형적인 문학적 가식을 벗어던진
살아 있는 영웅이다. 벌거벗은 몸이 그 어떤 화려한 치장보다
값지다는 것을 증명한 문학계의 황제다.
조나단 레덤_『머더리스 브루클린』 저자

그는 우리가 삶의 일상성 속에 살기 원한다.
때로 선명하고, 때로는 지루하고, 때로는 매우 중요하지만
결국 모두 일상적인 것이다. 삶은 각자에게 다르게 나타날 뿐
결국 우리 모두에게 일어나기 때문이다. 발터 베냐민이 말한
"진실하고 지혜로운 서사"가 이런 것이 아닐까.
미국_더 뉴요커

크나우스고르가 쏟아내는 디테일한 서사를 읽으면
우리는 모순적이게도 우리가 지나온 어린 시절을 회복할 수도
인식할 수도 없다는 사실을 깨닫게 된다.
영국_이브닝 스탠다드

강렬하고 야심적이다. 정말 특별한 독서 경험이다.
노르웨이_VG

크나우스고르는 어떤 주제든 그의 수줍음, 열정, 솔직함으로
자신만의 글을 쓸 수 있는 작가다.
에드먼드 화이트_『게으른 산책자』 저자

『모든 것을 위한 시간』은 시시하고 평범한 마라톤 같은 일상을
광기에 가깝게 그림으로써 독자들까지 미치게 만든다.
이 책을 읽을 땐 크리넥스 상자와 검은 선글라스가 필요할지 모른다.
독일_슈피겔

다채롭고 풍요로우며, 때로는 섬뜩할 정도로 충격적이다.
노르웨이_아프텐포스텐

크나우스고르의 길은 필연성이 있다.
구름 사이로 비치는 빛, 거세게 부는 바람에 생각지도 않는 표정을 짓는
북쪽의 망망대해처럼.
오노 마사쓰구_2015 아쿠타가와상 수상 작가

크나우스고르의 내러티브는 시공간을 넘나든다. 일정한 플롯도 없다.
다양한 사건을 전형적인 틀 속에 구겨 넣지 않았기에
오롯이 살아나는 그 무엇이 있다.
영국_가디언

두려움에 가득 차 있으나 자유롭다. 지독하게 상세하다.
입센 이후 노르웨이 최고의 문학 스타다.
영국_뉴스테이츠먼

크나우스고르는 세계 문학계에 센세이션을 불러일으켰다.
그에게는 완전히 새로운 천재성이 있다.
미국_크리스천 사이언스 모니터

크나우스고르의 소설은 21세기의 가장 중요한 문학적 성취다.
영국_선데이 익스프레스

크나우스고르는 자기비하를 일종의 장엄함으로,
수치심을 정화된 형태의 자부심으로 바꾸어놓았다.
무엇보다 소설을 진실을 이야기하는 가장 고통스러운 방법으로 변화시켰다.
미국_데일리 비스트

지난 10년간 세계 문학계에서 크나우스고르만큼 호평을 받은 작가는 없다.
모든 독자가 이 작가에 대해 이야기하고 싶어 한다.
미국_뉴요커

카오스 같다. 매혹적이다. 큐비스트 같다. 그리고 과학적이다.
크나우스고르의 글쓰기에는 흥취와 도취의 힘이 서려 있다.
그러면서도 부드러운 미각적 감각을 지녔다.
프랑스_르몽드